母語衰微與問題研究

覃紹則、馬麗紅◎著

目錄

前言

　　語言是人類的徽章，和愛情要素的金錢、地位和容貌一樣具無限含金量。缺少語言元素就談不上什麼人類文化遺產，也談不上什麼人類最珍貴。遺憾是，十多年來，數億的吳人閩人粵人等江南人漸漸失去對濃濃的鄉音鄉語的興趣。孩兒們幾乎與母語說再見，年長人對母語的衰微亦是麻木不仁、滿不在乎，母語仿佛似是風燭殘年的老人應是謝世了。傳媒對母語也像遇瘟疫那樣恐恐而避之，不願對母語報以同情。對此，我們提出母語管見，希望大家都能擺出道理辨明是是非非。是不是母語該進墳墓？

　　國家、民族、方言、母語、文字和家庭等等都是同質同檔的社會元素。國家要是失去民族、母語和文字等為依託，國家則屬皮毛不存。我們對清初滿人的「留頭不留髮，留髮不留頭」的政策耿耿於懷痛恨，母語遠遠比剃髮重要千萬倍，為何我們卻容允失去母語而不容允有剃髮呢？母語和頭髮相提並論哪種更珍貴？讓世世代代傳承的母語在我們這一代眼前消失，無論是對文化遺產、對列祖列宗都說不過去，將來人們會激起愧對失去的民族和母語。另一方面，討論母語不僅限於語言本身，更重要是母語瀕亡的背後埋藏著更可怕的隱患；因為母語的瀕亡是被負性文化、愚性誤導和施政

缺陷等要素擊倒的，同理，這些負性要素同樣會在將來的舞臺重演故技而各個擊破正能量，致民風頹廢、誠信和信仰真空等等，當今老人跌傷路人不敢救助已是冰山一角的信號。

所以，我們提出母語討論，其觀點是；母語是人類寶貴文化遺產；人類不和諧的根是自私和愚性。通過闡述觀點實現保護母語、克服自私、優化和諧環境、提高母語感情和提高是非認識的目的。

問題是；我國封建歷史悠久和自私濃，向來視民族和方言問題為政治敏感區，民族方言與一統思想總是格格不入，一提起民族和方言會本能地與政治聯繫，勾起政治意識敏感。很多前輩在這條路上跌倒更是屢見不鮮。但與民族和母語訣別之情難以忍禁，依然不顧得失提出探討，目的喚起人們珍惜母語。

討論母語瀕危問題從何談起？這和其他問題追根尋源擇要而解是一致的，追根就是找矛盾。母語瀕危的主要矛盾有兩因：一是人的因素，一是社會因素。前者因愚因私致無情、無義、無志和無悟識，總是說「我祖也是李剛」、或說「家鄉話太土、太難聽了」，母語意識的喪失致南方群體總是長不大，母語成了半夜尿桶。後者是因私因權致社會爭鬥不斷分強者弱者，強者總是貪婪要多分蛋糕，總是說「這是

我的」，或說「乖乖，要聽話」。由陰私引權力本位制，視統語言統習俗為護權籬笆，母語成了「非我族類」的犧牲品，母語受邊緣化而衰微。

依據母語衰微兩大原因，我們苦苦思索理出其深層秘奧是五大病源發酵劑：本書共七章，除兩章談母語常識外，其餘五章專論五大病源；分別圍繞母語意識的崩塌、獸性思維膨脹、社會負性文化侵凌、祖籍地誤判、母語活動平臺缺陷等五大語衰病源作探討。這五大病源的作用分別引信仰缺、素質低、認識無力致不愛母語，不親家鄉，視母語為尿桶；因獸性自私效同化愚化玩弄權術等致出現統語言統習俗作法，出現「不能講鳥語」，使母語有弱化和矮化；因負性文化使弱勢群體心靈扭曲致追求攀附，如服蒙汗藥致不認父老鄉親；因「南遷說」掩蓋真相致群體親疏不分使有稱這不是我家鄉我不愛鳥語；最後是遊戲模式無優化，總是作護權護利「防異類」、「防不穩」的遊戲。「推普」的紅頭文件滿天飛，母語無法亮相演出舞臺。這些要素的作用致母語生存環境的低劣無法與世共存而瀕危為語衰五大原因。影響母語衰微最大的衝擊力是社會負性文化和「南遷說」；因為有自私文化，就有因護權效統語言；有虛榮文化出現攀附高雅；「中原南遷」更是母語的致命傷，南人若認定先祖是「南遷」，就有歸宗認祖之心，沒有必要衛護母語了，棄俗語棄

夷俗便是心安理得。所從，「南遷說」是封建權貴者編織的陷阱令南人萌生歸宗認祖的麻醉劑。

通過上述的探討，讓人們弄清母語為什麼衰微？人類文化遺產是什麼？母語是否有存在的意義？母語的價值真的比不上大熊貓嗎？另一方面弘揚民族精神僅僅有愛國愛家而不愛自己民族和方言，這是不是真正的愛？尤其是相當多的人一提起母語不是認為無聊就是認為毫無意義，這認識是可喜或是可悲？為加深認識，本文尚回答為何總是南弱北強？為何南人總是愛攀附？強大的北方遊牧民族總是被同化？為何總有「統文字，統語言習俗」的思想？南方為何多見「五里不同音，十里不同俗」現象？南人祖藉是中原嗎？人類是否能有語言大同等等。提出和回答這些問題，目的就是糾正人們思想和認識上的迷茫，喚醒敬重真理、敬重自身權利、找回業已失去的真正蹤影，重塑失去久違個性的尊嚴，使數億人都能珍惜自己母語，讓民族和方言與世長存。

本文涉及內容廣，方言母語專著參考資料匱乏，使討論困難，為便利理解，在形式和表達上試作探索；一是重事實；一掃以往文人「空對空」和曖昧的玄風，不尚形式，重在求理求實，以理和事實為回答，效直白不拐彎。二是重邏輯、講標準、以防是非混淆。三是表達平民化；道典故、舉諺語、不避俗語、俚語、表達效分點說明。不奉文人八股，意在使

人明白。為抓老鼠，白貓黑貓就不計較了。四是追求獨見，不跟風、不唯上，許多規律和見解多是獨具匠心。如引力規律、不全同化、姓氏同一律、地域文化級差等名詞，均是不見於經傳。質疑姓氏五千年、質疑封建一統神聖論等均有一定含金量。

本文是通俗讀物，富有趣味性和資料性，有一定啟發和參考，適合不同群體閱讀。追求美好是人類的願望，人類社會決不存在最高最好而滿足原步，需要一代又一代不斷補充和優化，從這點來理解，探討民族和方言不失為有助發現問題和解決問題，達到優化社會需求，達到保護人類文化遺產。

最後，本書能奉與讀者，與隆運洪老師、陸炬烈教授、覃遠雄研究員及出版社張加君先生、塗宇樵主編、沈彥伶女士、楊容容女士等人的真情幫助分不開的，尤其是張加君先生，給予令人難以想像的幫助，在此表示深情感謝！

覃紹則

2019.10.15

第一章　初闖母語大觀園

○ ○ ○　○ ○ ○ ○ ○ ○ ○

　　語言是人類的徽章，是人類最神聖的精神財富。也許是政治利益的驅動，其征章和神聖作用被無限的矮化和淡化了，取而代之是被不痛不癢的「舌尖上的中國」一詞驅出聖壇。使致母語奄奄欲息而枯萎了。本文就是從愛護人類文化遺產去思考，提出要不要母語？母語衰微的前因後果是什麼？該怎麼面對現實？而本章則先談母語的常識，從種種現象、背景、問題、母語存亡倫理等談起，奉給讀者一個認識的輪廓。

第一節 母語的瀕危

一、瀕危現象

我國的南方有吳、粵、閩、贛、客、湘、西南等七大方言，人口都在 3000 萬以上，總人口 5.8 億人，各方言排名均在世界民族人口 40 名以內，其中西南方言居第 6 位、吳方言居第 10 位、粵方言居第 16 位。南方的少數民族也占全國民族總數和人口總數大半以上。

本來，一國中存在不同民族和方言，在世界上屢見不鮮，全世界有 95% 國家是多民族，多語言。俄羅斯有 193 個民族，數百種語言，印度更多，有 400 多個民族，1600 多種語言，號稱是世界「人種、民族、語言博物館」。這些都是正常現象，都能和諧相處。我國的情況也是如此，千百年來，我國各民族各方言區都有濃濃母語及鄉音傳來，讓久違的遊子頓時鄉情倍增，激起一縷說不盡的愉悅。

誠然，這十來年，方言區鄉貌鄉人鄉音大改，那些孩童的娃娃，幾乎操著清一色的朗朗國語，再也沒有一絲親切的鄉音襲人。從前未諳半句國語的阿公阿婆，當今面對兒孫們的國語強勢凌攻，也招架不住了，跟著兒孫學幾句不土不洋的國音。廣西西部是壯區，上世紀 90 年代前小學教學均用壯漢兩語教書，其後規定僅用國語不許用壯語，2014 年，國家廣電總局下文，規定除個別特殊節目外，播音員主持人一律使用普通話。

經官方力主推廣國語後，不少地方的方言母語如雪崩那樣頓然垮塌，有人調查，浙江金華市 6－14 歲兒童全會國語，有一半兒童不會說金華方言。另一調查能用金華方言交流占被調查者不到四分之一。昔日神氣的上海阿拉也是風光不在，在國語前已不是盛氣凌人架勢而是變成畢恭畢敬。不僅是母語的衰微讓人心痛，各民族各方言競爭攀附強勢層出不窮，愈是弱勢群體，攀附心愈強烈，閩人有「衣冠八族」、客家有「中原

南遷」、壯族有「狄青後裔」，就是普通場合，也是講究攀附等級用語，有個網友稱；在家用客語、在宿舍用粵語、在學校用國語。提示雅語為貴，客語為下，那些土語鄉音，更是出不了口，連「下」也評不上。

南方母語衰微的特點是；涉及面廣人多，人口占全國近半；語衰速率快，短短的十多年同化率超過去上千年的同化率；冷漠症濃，母語已是岌岌可危，但數億人對母語萎縮持滿不在乎絲毫無戀，文人亦視而不見出現失語症；理性意識淡薄，不效理，不講邏輯，客家人僅僅據一些家譜和片段歷史現象，即定是「中原南遷」，學者也持將錯就錯迎合利益需求；意識形態濃，因存在利益驅動，歷代封建權貴者都將語言視為政治狀態而不是自然狀態，使語言政治化而受干擾。由於這些特點存在，要人們更變觀念，愛護母語、否定中原南遷命題實屬困難的。

二、自悟力的危機

南人一些現象是令人著迷；南人有自己一些相異的歷史、有眾多固有的特殊人文文化、有與中原相異語言習俗、更重要是南人母語已是奄奄欲息；誠然，我們如果要查閱閩越國、吳越國、前後蜀國等的蹤跡，要查閱古代東南沿海的方言特徵、習俗更迭、有宛如「難如上青天」，很難找到合適的古文獻專著，南人母語興衰討論更是鳳毛麟角。而非方言區的夷蠻則不同，文人洋洋灑灑大潑筆墨，古文獻內容應有盡有，如《蠻書》、《赤雅》、《黔遊記》、《蠻司合志》、《炎徼紀聞》等，僅以廣西就有《桂海虞衡志》、《嶺南代答》、《粵西偶記》、《桂林風土記》、《嶺表紀蠻》等專著，換話說，當南人是夷蠻身份時，名人或文人介紹是有板有眼，如《絕越書》、《閩中記》，當身份變為民為漢後，就沒有南北之差的考究了，只存眾多的方志，族譜專著。就連江浙人寫遊記，也是以夷蠻地為主，大好的本土風光卻著墨不多，九華山、黃山、武夷山、廬山等東南名山在徐霞客筆下有限。尤其是南人母語已近西落夕陽，但從普通百姓到精英，基本是視而不見、充耳不聞，彷

彿什麼都沒有發生過，也與自已無關。這種冷漠和全民失語症實在令人驚訝！仿佛古今的文人都有約定成俗不能談「南北之別」的禁區，為何有這種理念呢？

一是意識形態雷區。方言母語的盛衰，絕非是單純的語言問題，語言是從人和社會中來，存在的問題也只能回到人和社會中找，這必然涉及到政治、歷史、國學、政策、文化和社會等問題，有動一毛而牽全身之功。歷史上各王朝的特徵只求歌功頌德，不許質疑或揭短，否則視為抹黑或反叛，其宗旨是求鞏固權力。當一國存不同群體時，必然千方百計淡化其差異，又不顧事實誇大其親緣，以防「非我族類，其心必異」的產生，這正像養母和養子的關係一樣，總是想方設法掩蓋其非親緣成分而強化其「准親緣」成分。在封建專制的理念也是這樣，總是將群體間的關係提升到政治角度來審視，以群體之間關係的親疏定為紅線。探討真相或質疑之間關係是疏視為反叛和異端。頌贊關係是親則屬主旋律，這也是我國數千年來民族和方言無法有效探討的一大原由。

當社會存在強烈的叢林自私思維時，講究意識形態就成潛規則，把純學術印上「歌頌」和「抹黑」之分。有網友在百度網說得最形象；「放眼全國方言的瀕危並非一個自然發生的事件，而是一種非市場的行政力量所致」。既然之因是「非市場的行政力量」，文人若鼓起勇氣捅破這層窗紙。極左的人士就會有按「菜譜」本本進行過濾和圍剿。網上有過討論方言，就有左人士站出來貼標籤；有的說是「無聊的行動」、有的說「幹嗎不讓它死亡？」、有的說「多分一種語言，就多一個分裂因素」等等。在這裡，史書的「非我族類，其心必異」得以活靈活現的反映。當社會存有這種左思想和左衛道士時，文人即使有三頭六臂，也無法做到秉筆直書直擊存在問題。國人的社會學水準不高、方言探討受阻等等，絕不是沒有原因的，「非市場的行政力量」只能使文人小心翼翼不敢微詞。

這說明，要在封建意識面前探討真理是相當困難的，而南北異同是最敏感的政治雷區，誰都不願擔當這風險。

　　二是利益博弈。南人和北人已成兩大政治實體，是中國的頂樑柱，如何淡化這不同的實體，與「一統」政治有機結合起來，是歷代王朝和當今史家理論家的難題。所幸國人是權術高手，發明了「漢化」和「中原南遷」的理論，使南北為一得以完滿解讀，故誰都不願考究是非捅破這層窗紙。彼此心知肚明做糊塗人。如果孫中山明示他是粵族，意味就是夷蠻後裔，中國數千年講究「華夷之辨」，他當中國總統就困難了，如果改是「漢化」，障礙就不存在。

　　三是虛榮需要。歷史上的南人均視為蠻子。春秋期，中原各國稱楚國是蠻國，陳伯達搞革命在天津被捕，員警稱「抓到一個蠻子」。「蠻」是貶稱，這對舉世虛榮最濃的國度來說，誰都受不了這個侮辱性名詞。當今南方少數民族居外，多不願講母語，免引旁人注目。在廣西南部族譜基本稱是隨狄青南遷的山東籍。廣西某地一壯村，村前村後豎兩塊石碑，村前是「系出山東」，村後是「廣普江夏」。意是先祖從山東，經湖北、江西來廣西。粟裕是湘西會同侗族，但他至死不認同是侗人。廣西區副主席莫乃群編的《廣西地方簡史》就這樣寫「（秦）還遷移一部分中原人民到五嶺以南和南方各族人民雜處」，顯然莫主席的潛臺詞是我們不是土著。因虛榮存在，能稱自己是蠻與中原有異，目前尚聽不到這種聲音。

　　四是識知能力有限。要能審清自己的身份，其條件是：一有獨立解放思想；二是有敏銳的洞察力；三是有豐富資料供參考；四是有豐富史學，社會學等各科知識，對照這四條，具備不多，尤其是缺邏輯思維。

　　由於上述種種原因的限制，無法有準確科學的母語知識資料提供。缺少知識資料，等於堵住人們的眼耳，悟識力必然大大下降。

　　五是缺理性思維。

　　母語的識別需要有良好的邏輯思維作支撐，有理性意識。但「民族方言恐懼症」、方言生存環境「貧血症」、母語無用

論等阻礙了人們的認識;「民族方言恐懼症」是將不同語言習俗視為異類並產生「不穩定因素」而打壓,結果方言變萎縮;方言生存環境「貧血症」是數千年的單方面灌輸教育的結果,使南方群體僅懂「君君臣臣」,不懂信仰和真理,包括對人生價值,民族感情,權利,先祖等等一片陌生,結果使群體患上思想和認識貧血症。只有解決「恐懼症」和「貧血症」,探討母語問題才能迎刃而解。

「恐懼症」是自私作祟,因害怕權力旁落而處處設提防。「貧血症」則是政策和知識缺乏造成,尤其是認識缺乏出現誤識誤判。

大量的事實和思考讓人明白;保護母語不僅是當務之急,又是真理和權利的風向標,但是能正視母語盛衰的人是少之又少,原因除上述種種因素外,尚與價值觀的濃淡、負性文化、教育的成敗、語言環境等等有千絲萬縷相連,這就是本書要討論的重點內容。

三、精神意識的危機

精神無確切定義,有人稱是精神物在現實物中的重演。精神意識在這裡理解為對人生價值觀的認識和態度。人生價值觀是人們在認識、評價人生活動所具有的價值屬性時所持有的根本觀點和看法。人生觀是針對人生問題,如榮恥義利等。價值觀是針對價值問題,包括價值的實質、構成、標準的認識。當存在精神意識危機時,人們對是非美醜無法分清,母語被當成「難聽無用」就不足為奇。

追求精神,是人和社會需求決定的,美國馬斯洛稱人類需求分五層次,簡單化為低層次的物質需求和高層次的精神需求。如果把需求具體化又分兩種,一種是硬體需求,包括語言、習俗、文字、文化和物質資源等;另一種是軟體需求,主要是權利、尊嚴、信仰、民主等價值觀。除物質資源外,餘屬高層次精神需求。由此可知,語言、習俗、權利和尊嚴等遠遠比舌

尖上牛肉要重要上千上萬倍。

　　人類絕不能獨來獨往，而是與他人共存編織成社會而存在。羅曼・羅蘭說；生命不是一個可以孤立成長的個體，它一面成長一面收集沿途的繁花茂葉。也是說，人不能離開他人而生存。存在的條件是每個人對社會持有責任、義務和奉獻；而社會對個人則須尊重和滿足，這樣社會才能健康運轉。如果鄰居房子有火災而無人救援，被燒的房子也許不是一家而是一大片。精神物的意義也在這裡，它不僅為人類引領方向，更重要是它讓人們學會人與人、人與社會共存的原則和方法，提供了共存的正能量，缺少這種能量人們就會喊出「母語有何用」？

　　精神意識危機恰恰是人類缺少了精神的正能量，如果我們認真審視人和社會發展軌跡，其興與衰、成或敗、美醜善惡等等全與精神的盈缺多少成比例；當人類缺理性、缺正義、私心特別強烈時，就會出現你爭我鬥、弱肉強食，國家以權力為神聖、以武功為喝彩，社會處處講自私、虛榮和權術，而人則是美醜善惡不分；評價秦皇不是「焚書坑儒」，而是高贊「置郡縣，行一統」。精神意識危機在落後地方表現更是淋漓盡致；廣西在 1957 年創立並頒佈壯文，本是意義深遠、作用極大的盛事，誠然，壯人經數千年的封建洗腦教育後精神意識已是貽盡，人們從下到上盡是報以冷眼；出現壯文極少有人願學，壯校極少有人願讀，壯文報基本無人訂，學了壯文也無處用，壯語廣播少有人收聽。壯文與蒙文、維文、藏文相比，確有天淵之別的命運。這說明，壯族的精神意識遠遠比蒙、維、藏等族低得多，社會地位也遠遠比不上後者。但古今的壯人仍是臉不紅心不跳。

　　造成人類對精神物的冷漠，原因是多方面的，但主要外因有社會發展失衡，內因是人的完善力低下造成的；社會是從氏族、部落、部族到民族自低向高級發展，當人們剛剛脫胎於蒙昧的氏族或部落社會時，理所當然是落後思想、情操、行為支配，因而缺少現代文明理念、母語認同感、奉獻、責任等等意識。對國家、民族的興或衰、人生意義更陌生。同理，當人的

完善力缺陷時，社會就有陰私濃，畸形教育和愚民教育盛行，人們只求酒杯絕無「匹夫有責」了。

　　人的完善力低下實是負性文化作祟，負性文化催生帝王戀權戀名，反過來又推行愚民控民，久而久之，把百姓培養成只有動物欲，精神需求成了天方夜譚。儘管母語和習俗是人類最精粹的文化，人們依然當成尿桶，孩兒們就恥笑母語是「土」。這樣，封建權貴一代接一代將百姓從精神搖藍扔進大酒缸，「對酒當歌」催響，精神意識的危機就出現了，談母語就視為無聊！

　　皇上為了鞏固權力，效法極權專政，名人嚴複就這樣說；國家之事，是不允許個人參與，不允許有個人發言權，國家之事只能由官員來處理，有君主來處理。如果個人干預所謂國家之事，等待他是國家的嚴刑峻法，最後，國人除了考慮自己的私事外，他還能考慮什麼呢？時間一長，自然變成自私了。人為了自己生存，就有排他性……由上可知，負性文化培育自私，自私催生極權。文化、國民、國家三者就成因果關係存在。

　　社會有句名言是什麼樣的國民，就有什麼樣的國家。這裡應補上有什麼樣的文化催生什麼樣國民。我國數千年的歷史是自私文化、虛榮文化、一統文化統攝，文化強制國民盡一切為皇上的權力、利益、榮譽「精忠報孝」為天職，改朝換代只是一種簡單的置換反應，受益僅是極少數帝王，而社會依然是「興，百姓苦，亡，百姓苦」。

　　精神意識危機造成的危害是巨大的，精神意識是一個民族崛立於民族之林的城堡，缺少這道城牆防護，必然淪為陰私者的魚肉，前幾個世紀，非洲、南美洲、太洋洲等地民族，有的是非美醜不分、有的族群意識缺失、有的蒙昧落後，使得歐洲殖民者常常不費一槍一炮就能將之瓜分統治。為追求攀附，南美洲印第安人紛紛改學西語和葡語，拉丁美洲一名就由此而成。非洲的黑人也被販賣到美洲為奴。這就是落後民族只認酒杯不識世故的結局。

　　我們認為；本文討論對象是南方群體，包括南方少數民族。

其中廣西少數民族具有代表性，為方便討論，多以廣西民族材料為主，其它群體材料為輔。所舉的材料重要者指出出處，其餘散見於一般報刊和書籍，屬常識材料，沒有注明出處，這些材料可信度高。個別有抄錯或瑕疵未免，但不影響討論的準確性。

　　對南方群體的認識，因有數千年的慣性思維影響，不同看法是正常的，僅希望不要引政治意識審視，如果事事以「姓資姓社」過濾，討論就無法進行，南方群體的權利就無法糾正，母語將是面臨瀕亡，文化思想也失去無水之源。

第二節 解讀母語瀕危的要領

對南人和母語的認識，回答無非是二；一是對南人要不要考究？其歷史和現狀如何？一是南人是否由中原人空降到南方？如客家人稱是「最純的漢種」。南人的母語是否屬古漢語音？為能加深認識，有必要先弄清母語的認識、存在問題和考究方略等內容，為後面深入考究作鋪路。

一、考究的認識

（一）母語與理性

語言是不斷變化的，新舊變化是屬必然，但變化卻不能為無序無理，語言的瀕亡分自然因素和政治因素，前者是自願選擇，後者是借助外力強迫同化。世界中 1000 人以下的語言有1500 種，這些小語種因缺少競爭消亡是可以理解的，但為了私利竟用非正常手段讓世界排名前茅擁有上千萬上億人口的語言瀕滅，無論有天大的理由都說不過去。對待不同的語言，是持獸性思維或理性思維，是美醜善惡的分水嶺。當今已不是昔日的「你有我無」的叢林思維社會，而是奉「共存共贏」的理性社會。如果我們仍捧出李斯「掩馳說之口，困烈士之行」的權術對待人類，顯然是不識時代潮流了。

提出愛護母語，防止母語衰微，根在於提高認同感和糾正存在問題，這樣，探討母語問題必然涉及歷史、政治、文化、社會及政策等問題，而這些問題的探討又必然含對真和假、成功和失敗、優和劣等等的剖析，否則就不能發現問題和糾正問題，探討失去意義。這樣，擺在我們面前就有對探討問題是持理性或獸性、持寬容或意識敏感的兩種選擇。如果將母語上升為政治、視提出問題為「抹黑」，探討就無法進行，存在問題不能引起注意而無法解決。

任何人和社會都含錯誤和缺陷，對暴露缺陷分有「良言」和「逆耳」、「因病施治」和「患疾忌醫」的兩種不同態度，

也產生「捂」和「揭」兩種治國觀點，捂派認為提問題、揭露缺陷會有損個人威信，對維穩和鞏固權力不利，因而有李斯的「掩馳說之口」的主張；所以對錯誤和缺陷效掩蓋和保護，對揭露的存在問題暴跳如雷並打擊報復，使存在問題無法解決。揭派則從多數人利益考慮，認為社會的進步是基於不斷揭示問題和謬誤，不斷克服和糾正謬誤而獲前進。

先進國家對探討語言無禁區，文明古國更應坦蕩蕩。

（二）對於母語評判是非的認識

人類社會總以利益和偏見定是非，使致亂哄哄成為「是非之地」而聞名，文人和政治家因「是非」鬥嘴鬥文屢見不鮮，滔滔不絕的長篇大論耗費了大量的社會資源，其結果依然亂哄哄，因為私利，前蘇聯與德國為誰應是卡庭事件元兇鬥嘴、中蘇為「修正」與「教條」論戰十餘年。這說明，為私利而鬥嘴是毫無意義的。我們認為；論證是非的理由可有成千上萬，但以事實和結果這兩點最具辨清是非價值；南北朝鮮都自稱己方最好、對方最差，那麼，如果拆除邊界讓人自由選擇居留地；讓人自由大辯論和全民公決，是非會一目了然，用不著放喇叭鬥嘴。同理，評判母語是非也應循事實為據；凡允許辯論公決屬「是」，不許自由辯論公決屬「非」，母語無受損屬「是」；母語有瀕危是「非」，以「是」或「非」的事實和結果觀點評價社會和母語，不失為一種有效公正的評判。。

（三）考究母語問題的必要性

提出南人母語問題的討論，是因這些事實決定的；一是母語已是搖搖欲墜，是該講或不講？是提出衛護還是任其瀕亡？強國是要不要母語？二是尊重真理。當追求私利時，就有曲改事實和真理為利益服務。當今主流派認定推廣雅語的理由是；南人絕非是名史家繆鳳林講的南方國族、梁任公講的蠻越族、常乃惠講的巴蜀系、粵閩系、苗蠻系、呂思勉講的粵族等等。而是地道華夏後裔，所以就有「中原南遷」、閩人的「衣冠八族」、壯人的「狄青後裔」，稱當今語言是河洛雅語（洛陽中

古語）、姓氏是黃帝12子姬、酉、祁、巳、姞等12姓繁衍出來，歷史有黃帝開天闢地5千年等等。這些誤識是母語冷漠症的主因。本來南北人有差別、語言有不通、習俗有不同，硬是戴上「中原南遷」帽子後，變成我不是土著，我不愛土語。更重要是；這些誤識任其自流又有損科學和真理，當全民都藐視真理、曲解真理和不相信真理時，全社會失去支撐大旗，彼此都說假話，社會就難運轉了。這樣，討論中原南遷等題，實也是找回真理的凝集力，找回強筋骨的良方，不能僅僅修煉忽悠的外功。三是母語的盛衰與民風關係極大；民風是受社會文化影響，好文化則民風正民族興；負性文化則講利益、講權術、言行不一及無信仰等等。社會缺少誠信，使民風崩塌。故探討母語興利除弊有振興民風作用。四是優化社會遊戲模式。母語的存亡是由遊戲模式決定，政策的寬嚴、優劣和取向不是自天而降，而是我們不斷考究，不斷鑒別和品味，不斷借鑒前人經驗，做到存真去偽，取優棄劣、用最好的人類財富武裝自已，這才是聰明舉止。遺憾是；人們總是重複安徒生筆下「皇帝的新衣」的故事，總認為自己是最優，拒絕作擇優討論，不是持敏感，就是持叢林思維。

二、考究存在問題

出現母語衰微，絕不是自天而降，而是內外有因；內因是南人的競爭力全線崩潰，尤其是信仰、悟識、感情等已是近乎蕩然無存。外因則有母語環境不良等種，有自私和虛榮文化摧殘，出現限母語、冷漠母語，使母語平臺日益萎縮。如果南方群體能有猶太人十分之一的民族意識和母語意識，那麼，南方群體的母語絕沒有今天的哀鐘聲了。

南人母語問題是白是黑，本來不是難題，將問題擺在桌面讓人討論暢所欲言，講道理、擺事實、尊重科學事實，黑白是清楚的。但如果將問題由學術升為政治意識理解，認為討論有損凝集力而千方百計掩蓋和淡化探討，黑白當然無法分清。影響母語考究的問題很多，將在後面六章二節著重討論，現僅將

對考究的誤識提如下；

（一）考究母語是非有損凝集力

凝集力來源有二；一是外功，靠同一聲音、同一文化、同一語言作凝結。一是內功，靠真理、靠信仰、靠競爭力作提升群體地位。事實證明，前者的提升功力非常有限；泛突厥主義、阿拉伯世界等都以語言同作旗號提升凝集力，結果仍是四分五裂。相反，美國、巴西、盧森堡等國國內語言多樣，竟是世界富強前茅。均佐證凝集力源於語言同習俗同是誤判。

（二）我們不是土著

否定自己是土著人，當然不愛自己母語。這種觀點實是無事實無科學，拿不出有根據的偽論，證明是偽論也是本文考究的主題。

（三）方言、母語無用論

這又是另一種論調，其目的也是攻破母語的防衛。和「我不是土著」、「有損凝集力」形成三大攻克母語爆破手，既然母語無用就無須學習母語。提出母語無用論本質是母語冷漠症，根就是數千年洗腦的結果；提出無用論的種種理由，不是母語本身固有的缺陷，而是人為「級差」造成的，如果吳語粵語居主導地位，能說母語是落後嗎？語言的功能是傳遞載體，載體就有各形各色，分別發揮不同的功用，彼此並無妨礙，正像火車、汽車、馬車各有各的用場，各有各的路，互不干擾。印度、瑞士、盧森堡等國多語共存，粵語在美國三藩市、馬來西亞長期存在，均證明方言無妨礙交流，無影響凝集力。母語無用論的幕後實是封建權貴者權術的怪胎；我國自私文化強烈，數千年來封建權貴者的維權護權思想和舉措非常發達，借助「一統」理論作痲痺人心宣傳已是常見的手段，因此國人被植入「一統」思想後均視不同語言習俗為「非我族類」而排除或效同化，拋出的「母語無用論」就成護權急先鋒。

（四）探討母語沒有意義

如果深入調查，會發現持這種觀點的人占人群近乎百分之百，有母語意識和感情者微乎其微。足見數千年的洗腦後世人已成星外人，不接受母語感情和母聲。提出母語無用論的理由是；族群母語太落後，無法跟上時代，母語表達力低；母語應用太窄，無法滿足資訊交流；母語有礙國家凝集力，妨礙就業、就學和官場競爭等等。這觀點是否正確，在前後面另有討論。

（五）民生是人類第一需求，母語不是需求

這是對精神與物質關係的誤解，世界人權宣言第一條是「人人生而自由」，馬斯洛的五級人類需求低級層次是生理需求，高層次是尊重需求和自我實現需求。現實中自殺的人比餓死的人多上千上萬倍。把民生當成社會主要矛盾是缺少理由的。顯然是一種偷樑換柱的權術處理。

三、母語考究方略

（一）考究應遵循正確思想和方法

解決母語瀕危，一是要解決思想思維缺陷；其缺陷是把擁有歷史及文化特徵的億萬人南方群體解釋成是中原空投「最純種漢族」的結果。一是解決自私，為了利益；不尚理、不講科學事實、效政治站隊。致問題面目全非。

所謂思想，就是如何選擇視角，以權力為繩，則秦始皇是一代偉人；以民生為準，則屬千古暴君。對權力與民生的評價，就是取決於其思想的優劣。所謂方法，就是選什麼路徑走。客家人稱是「南遷」，就是對與身邊北人的語言不同、習俗不同、形體不同、姓氏不同、邏輯不符等等硬是視而不見，卻為利益、虛榮放大迷信方志和家譜。做起咬文嚼字的遊戲，說是數十數百萬客家空投到不毛之地的粵閩贛交界山區。是否有理有事實都不顧了。同理，為了維護一統，學者和媒體對戰國期雲南出土的銅棺定性，有稱其族屬是南遷的諸夏，有稱其冶銅技術是中原技術。理由是戰國期落後的雲南無法製造銅棺。為利佐證中原論，學者徐某李某等將銅棺的斷代稱是與雲南始有來往的

西漢期而不是戰國期。但是，該墓葬出土尚有銅鼓、銅葫蘆笙、干欄式銅屋等最具特色的地方文物，經兩次最權威碳 14 測定，均是戰國中早期，其中最後一次測為 2425 年 ±55 年，這些活脫脫事實均否定南遷說，顯然南遷說的認識是缺少科學辯證和實事求是的思想造成的。

（二）母語考究不能離開原則觀

所謂原則觀，我們認為指說話或行事所依據的法則或標準的觀點，其內容很多，但在這裡主要是歷史觀、政治利益觀、事實觀和邏輯觀。我國大地古今都有蒙古種的北亞種、東亞種和南亞三大人種活動，史書稱北種為戎、狄，東亞種為諸夏，南種稱夷蠻。其後各代分別有匈奴、鮮卑、突厥、南詔、大理、武陵蠻等人出現，至今有西北壯漢、中原漢子及矮弱南人可歷歷分辨。主流派卻稱南人是「中原南遷」，這就是否定歷史觀。國人的語言也從北向南聲調漸增、韻母漸增；而聲母漸少、捲舌音漸少的現象，這絕非是偶然，提示三大人種有規律活動。目前南方群體都有硬梆梆的不同語言、不同習俗和不同遺傳標記，主流派卻稱是南方「漢化」，這就是歷代封建玩弄的權術，是由謀權力利益造成。客家人遙遙數千里「空投」到粵閩贛交界山區，缺少有中原習俗、語言、姓氏及權威史料支援，主流派卻定是古中原正音，這就是缺少事實觀和邏輯觀。主流派離開事實而以似是似非的古漢語音相提並論，未免有欺哄世人之嫌了。

（三）正確認識環境優劣和條件

出現對母語的種種誤識，是有種種因素決定或影響的。

首先，我國歷史只有國的概念，基本無民族概念。民族一詞出現約百來年，是外來名詞。史書有「族」、「氏族」、「人」、「宗族」等稱謂。史稱「族」、「氏族」等稱謂，實指歷史上不同的部族或部落群體，且隨歷史臣服中央統治後，這些部族部落雖有其文化（語言等）存在，但也沒有獨立的稱謂，而通稱是漢或「漢人」、「唐人」。例如吳人、閩人，語

言和習俗與中原有截然的不同，但對外仍稱是漢或華人，贛人文天祥也有「留取丹心照汗青」的名句。在美國三藩市的吳人閩人稱是漢人或唐人，侗族人在美國也稱是華人或漢人，只有國人在相互交流中才有吳人閩人出現，即哪個地方的人。無漢族、滿族、蒙族、瑤族等民族一詞、也沒有對民族識別。說明我國歷史只講權（國家），對講什麼話，其血緣如何都不重要，這就是「一統」產物。

其次，清代前，史書確有「夷華之辯」記載，但之間的區別既缺內容，也缺標準，多是理論到理論，鑒別內容非常含糊。

歷史上的華夷鑒別非常欠缺科學；其標準一是臣服，一是文化。而文化也僅僅是限於文字和儒學。秦代前，是群雄爭霸互不統攝，故有狄、戎、胡、蠻、夷等稱，秦人被稱是「西戎之人」，楚人也稱自己「我蠻夷也」，吳人越人更是正統斷髮紋身。但秦一統中國後，這些名詞消失無影無蹤了，取而代之是中國或華。哪些仍沒有被統攝的部落或民族，則仍稱是夷蠻，元代前，雲貴地區是南詔大理故地，史皆稱夷蠻人，如唐代的「蠻書」，就是記南詔風土人情，而南方各地土司，雖是臣服中央，仍有政治經濟軍事權，仍稱武陵蠻、西原蠻、西南夷等稱。各少數民族因存有語言、服飾、習俗等差異，故有侗、苗、瑤人等提法，但隨歷史的變化，很多族稱也發生變化，如壯族、秦漢是駱越、南北朝是僚、宋明是俍、僮等稱。解放前稱漢，解放後改為壯。其中大部分漢化改操粵語、官話等。漢化的程度不同又分生僮、熟僮。苗瑤等其它民族亦相似，如瑤人有生瑤、熟瑤之分，數百年前的熟僮、熟瑤等應是當今粵、桂、湘各漢方言的部分先民。

華夷之別據文化據政治而定，已是史家所公認，吳、閩、粵、客家等群體在秦代後稱為中國或華，民族識別時定為漢族屬順理成章。

再次，封建體制的本質是陰私，特徵是追求霸性和權術；凡符合自己利益的一切觀點、理論、言行或政策，皆屬優良，反之是偽劣。近代文人提出的「同化於漢」、「中原南遷」、

「古漢語音」等等觀點，顯然是科學事實含金量少，政治權術含金量多的名詞。故只能用含糊的，缺資料缺標準取代精準。吳、閩、粵、客等南方各群體，在秦代前皆稱夷蠻，秦一統後，雖是「夷蠻」語言習俗依舊，卻是一夜間不再稱夷蠻了。辛亥革命前稱滿人是「異族異種」，辛亥革命後一夜間又改是「中華民族」。這都是強詞和權術的明證。因為存在強詞，只能講元清代無道，不能提朱元璋濫殺無辜。所以說，歷代王朝所提供的南北人關係的史料，多含陰私和權術的印記。南方方志和族譜，都有數不清的「南遷」記載，而蒙人、滿人、維人或朝鮮人卻罕有「西遷」、「北遷」之說，兩者對比，實是權術和虛榮作祟。

最後，環境差，史料價值有限。南方群體的史料和環境的特點是；一是各方言群體均無文字（個別少數民族不成熟文字除外），變成只有官方壟斷史料話語權，黑白由官方定調。二是南方各群體在古代地位低下，歧見之詞在史書常見。這也是南人追求攀附之因。三是各方言群體缺史料，且有政治利益干擾，尤其事關「大一統」及權力得失，官方的記載出入很大，又有史料轉輾翻印，已是面目有別……如對少數民族均稱為賊，對外擴張者均稱先有受擾後有用兵征剿，使史料不能正確反映全貌。四是史料價值有限，古代交通不便，資訊不靈，資料有限，對遠地尤其是邊陲或鄰邦多是道聽塗說，實地調查或第一手資料極少，故史料價值不高。

（四）正確認識不能離開正確程式和理論

所謂按程式，就是據調查、分析資料、論證和判斷等程式走而不是唯書唯上唯聖為是。所謂按理論，是以科學和權威理論為據，引入邏輯分析。客家人稱是「南遷」，正宗漢人漢音。產生這種謬誤實是缺少同化理論、姓氏遷移理論、不調查和缺標準觀造成。客家人遙遙上千上萬里大遷移，歷時上千年，絕不可能獨來獨去，必然與周圍有交流，必然帶上祖籍地文化，必然產生同化。那麼，這些變化應符合同化規律、姓氏遷移規律等等，但是，強勢文化的客家人被弱勢文化的蠻人同化；其

姓氏與中原也不同；遷居地是不毛山區，所有這些無法與強勢的龍種龍子的中原人相聯繫，加之與漢民族標準相對照，無一條件符合。說是正宗漢人漢音，應是利益和虛榮緣故了。

母語也是一樣，南方各方言多不能相互交流，但也稱是漢方言而不是語言，原因也是對語言模糊化權術化處理，對各方言間語音、詞彙、語法僅強調其同一性而忽視其差異性，加之缺少鑒別標準和缺少參考國際語言成果或慣例，變成語言的分類是閉門造車，結果，語言的是非依利益依權威作定奪。

關於南人的母語是否屬漢語古音，將在後面有詳細介紹，這裡僅僅提數點思考，其一，漢古音是清代文人據三流價值的音韻關係資料作出間接的推斷。其二，漢古音缺少直接確鑿證據資料證明，當今尚無法復原漢古音系，就如傳說的三皇五帝那樣任人評說。其三，閩語、粵語、吳語、客語均稱是正宗河洛雅音，其之間竟是雞鴨互不相通，那麼，誰是雅語？其四，當今對方言的成因用弱勢文化影響或同化強勢文化來解釋，這種逆淘汰認識理論大大違反同化定律，等於二歲的兒子摁倒牛高馬大的老子。

為了加深對南方群體的瞭解，特提如下問題供大家思考：

1. 人類的精神內容是什麼？語言、習俗、權利、尊嚴的地位如何？我們常說要保護人類文化遺產、保護民族文化，方言和母語是不是文化？要不要保護？民族文化和母語是否有價值？

2. 南方群體是否存有母語危機和權利受損？這些問題能否探討？

3. 為何南方群體多缺民族感情、民族信仰？為何總有「祖籍中原」論？

4. 不少學者稱；方言有礙社會交流、有礙國家凝集力，語言將走向大同、走向融合，方言瀕亡是符合規律等等，這觀點正確嗎？大同世界是怎麼樣的世界？共同語是依誰為藍本？是

否有先例或事實證明？

　　5.母語崩塌是孤立現象？或是事出有因？古代崇尚的「非我族類，其心必異」思想及董仲舒大一統思想是否有影響？

第三節 冠名是非

國人的虛榮已達登峰造極，出身、祖籍、民族、語言、職業、財富、地位，直致髮型及衣服等等，均成人們炫耀攀比的神聖資本。廣西的土話人和平話人在解放前皆屬漢，都講自己方言。土話人地位略高，解放後土話人改為壯，身份的改變令扭曲的心態也亮出危機信號，有一男平話人向壯女孩求婚，談情道愛的男子第一句就拋出王牌豪言：「我是漢族，我們的祖宗是山東。」且吐「漢」字特別響。誰知該女不是一芥草包，她微微一笑後相問：「你是漢族，怎麼不講國語呢？怎麼不像山東人而像我們當地人呢？」一句問話，令求婚男子瞠目結舌紅著臉答不上話。這事例不僅反映虛榮，更折射出族群概念的混亂狀態。這種混亂讓人們生疑：為什麼有講不同的話定是漢？而講相同漢話的人為什麼又定是非漢？定民族不依標準而依拍腦袋，這種隨意定性表面是為凝集力計慮實是事與願違，削弱了凝集力；因為定性存在正品和水貨之分，水貨漢族會被人們與陰私聯繫起來而視為「名不正言不順」，這種心態不會有凝集力。

出現概念混亂狀態，原因很多；部分是人們不瞭解歷史；部分是概念含糊，國人對民族的歸屬意識不是依公認標準而是依自我認同、依文化為準繩。部分是政治利益干預的結果。壯人平話人屬漢非漢是權貴者說了算。為了能自圓其說，數千年權貴者常以「漢化」作護身符，「漢化」這種提法從政治角度講並未錯，但從學術角度講未必正確，從社會效益審視則含消極有害。上述的「我是漢族」即屬尊卑歧見陰影。

提出「漢化」概念，我們認為是非科學性名詞，理由試剖如下：

一、概念不清

民族是有標準，依同語言、同血統、同習俗、同文化和同

心理素質等內容而劃定。那麼，漢化的標準也應參考民族標準。

　　漢族不是依標準，而是按主觀意志依文化來區分，大史家錢穆說：「在古代觀念上，四夷與諸夏，實在有一個分別的標準，這個標準不是血統，而是文化、所謂諸侯用夷禮則夷之，夷狄進中國則中國之，此即是文化為華夷分別之明證」。不僅錢穆有這樣認識，其它史家也有同感，如史家徐松石也說：「附於中原文化的人稱為華，不附中原文化的人為蠻」。夷華以臣服，順從，教化程度來區分，即以國家（權力）來區分，若不是以籠統文化一詞，就很難解釋粵、閩、吳之間語言、習俗不同而「民族同」。這個「民族同」就是「國家同」。所以不少學者都認為；中國有國家（權力）概念，缺少民族（權利）概念，形成僅張揚權力，沒有關注權利。關注民族。

　　英語和德語，同源詞達 58％（見董忠司 2001 年論文），且發音很相似，尤其丹麥語，瑞典語和挪威語更相似，瑞典人可以讀懂、聽懂挪威文字和語 90％，可以讀懂丹麥書 90％，聽懂丹麥語 70％，三國相互交流，基本無障礙，泰傣語相通率 80％、傣撣語相通率 95％。我國國語，閩語、粵語、吳語等相互間是雞鴨不相通，普通話與閩語，同源詞僅達 48.9％，但卻定同屬一語言一個民族，而瑞典、丹麥、挪威及泰，傣，撣是相互獨立語言、獨立的民族，足見國人對民族和語言概念的隨意性。

　　在國內維語、哈薩克語、烏茲別克語、柯爾克孜語間可相互聽懂，交流也無礙，壯語和布衣語也可以交流，但這些均劃為不同民族、不同語言，客家人和佘族也是一樣，是操相同語言。

　　在閩、粵、桂地區，生活有一種船民，習俗奇特，歷來被各族歧視。但操當地語言（閩語、粵語、吳語），劃為漢。福建惠安人，無論語言習俗都與中原人大異，其婦女服飾衣短褲大，被稱為「封建頭，節約衫、民主肚、浪費褲」典型習俗，也定是漢。海南臨高人更明顯，歷史上是廣西俚俍人戍邊的後裔，所持的語言是侗壯語支，講話時，臨高人、壯人都可以理

解、習俗和形體相同，曾擬定為壯族，但臨高知識份子不願定為壯，百姓也說定為少數民族後婚嫁會困難，所以，臨高人仍定為漢族。這證實了民族概念的隨意性必招來「漢化」概念的人為性。

南方各方言群體語言互不相通（除西南方言、湘方言除外），習俗也差異，與中原人有很大差別，但政治家、史家依然把閩人、粵人、吳人、客家人、湘人等等的南人往漢族筐裡裝，無疑正是封建「大一統」的結果。

二、缺標準依據

民族一詞，是辛亥革命期間由梁啟超等人從西方引進的名詞，標準很多，但要素離不開共同語言、共同血統、共同文化習俗、共同地域、共同生理、心理素質等，解放後，逐改依史達林標準。即「有共同語言，有共同地域，有共同經濟生活以及表現於共同文化上的共同心理素質的穩定人們共同體」。同化的標準是：兩個不同文化模式相接觸，融合成為同質的文化單位。所謂同質，就是語言、習俗等文化劃一等同。漢化就是其它民族改持漢文化，最重要是語言和習俗，次是文字和服飾。

按照上面標準，定粵人、閩人、吳人、客家人、贛人為漢族，顯然是不符，定為漢化也是不倫不類。而湘人，西南方言定為漢也屬勉強，因為語言與中原略有差異，而習俗、心理素質亦不同。南人與中原人、權威遺傳學者認定南人是屬南蒙古種，中原人為蒙古種，北人剛烈，南人懦弱淳厚，兩者一南一北，習俗文化相差較遠。

按照標準相比，南人達成率比不上非漢族的回人、滿人、土家人、仡佬人等群體，後者與中原人同文、同服飾、語言隨便交流，定南人為漢族，還不如將回人、滿人、土家人、仡佬人定為漢族更合適。

三、缺事實

　　將南人定為漢，學者和史家的解釋是：一是南人漢化。二與中原南遷融合。這兩種解釋顯然是缺事實根據的。

　　所謂漢化，標準和內容歷來都說不清，是含糊的名詞。且古籍也少見漢化兩字，應該是近代受西方影響才出現的名詞，史家和學者對漢文化多指為：漢字、漢服、儒家文化和臣服程度。按這些標準衡量粵人、閩人、吳人等群體，確屬漢化。但尚有語言，習俗不同，故只能稱上半漢化即不全同化。

　　而少數民族的回人、滿人、土家人等，不僅用漢字、漢服、儒家文化和臣服，且尚有語言、習俗同，該稱是全漢化才對，稱是漢人更合理。

　　同理，越南人、朝鮮人也是用漢字、漢服、儒家文化和臣屬中國。也該與南人平起平坐稱上漢族，是半漢化。

　　由上可知，漢化一詞已是不科學的名詞。

　　所謂中原人南遷融合，也是不科學提法，史家和學者的解釋是：史書有南遷的記載，故屬中原人南遷。

　　史書確有片言隻語南遷的記述，但時間、人數、地點均不清楚，各書的記載又不相同，更重要是當今無證據可循，其可信度非常有限，此是一。其二人類總有交流，這是規律，沒有交流的民族是非常罕見的。故你中有我，我中有你是常情。當今的義大利人，是由羅馬人、伊特普利人、希臘人、日爾曼人、阿拉伯人等構成。日本是個島國，也由和人、朝鮮人、琉球人、通古斯人、馬來人、吳越人（百越人）等構成，最有趣是非洲馬達加斯加島，該地本來應是非洲黑人的天下，但我們如果走上該島國，卻驚呆了，他們不全像非洲黑人，而更像亞洲的馬來人。經調查，確有印度人、阿拉伯人、泰人、馬來人、黑人等血緣。

　　中國稱史有 5000 年，人口占世界五分之一強，史書也有夷、蠻、狄、戎相互來往的記載。故中國人絕不是純種民族，且史書不僅有南遷，也有秦始皇令 3000 男女童下海尋藥的記

載，地點應是日本。這樣一來，中國的你中有我，我中有你更複雜了。當今的日本人、菲律賓人、朝鮮人、越南人、泰人、馬來人都有與華夏人交流，是不是可以說這些國家的人是中國南遷（或北遷）融合的結果呢？或稱是漢人呢？

有中原少量的血統，就要稱南人、越南人等是「漢人」，這不符合科學。

融合是模糊名詞、各民族融合肯定是存在的，對單個體可以作出定性，對眾多的群體而言，是多少才算融合？如果缺少定量，容易成「指鹿為馬是馬」，更令人大惑不解是：融合一詞是內外有別，越南史家陶維英著的《越南古代史》，稱越南人是中原遷來，泰人瓊賽的《老撾史》也稱老撾人（即泰人）是中原遷來；抗日戰爭期間，日本人也提出「中日親善」的口號，意是中日不僅有同文、而且有同血統，故是「親善」。陶維英、瓊賽和日本的觀點，均被國人一一駁斥，否定中原人有遷移越南、泰國、老撾和日本之事，我國的大史家蒙文通教授尚著《越史叢考》一書，反駁陶維英論斷。

於是，凡國內的各族，都存南遷或北遷，而隔一江一山的越南、老撾卻不是南遷而是另類，尤其是廣西和越南人，僅隔小小一條河，同操一種語言，模樣也相似，竟是兩種民族，兩種不同定性，一邊河百姓是南遷，一邊河不是南遷。這種定性，顯然是真理和政治的博弈，是後者戰勝了前者的結果。又是自私的結果。對於這種謬誤，我們應該心平氣和客觀尊重真理，少含政治敏感症，是非明瞭，冷漠心也少了，母語的生存才有希望。

南方群體的概念標準事實模糊化，是造成是非美醜不清最重要的根。因為模糊化，使漏洞百出的「中原南遷」一詞得以視為顛撲不破的真理。

稱中原南遷是謬誤的，具體內容將在第五章討論。

第四節 南人的攀附

　　在廣大的南方地區，無論是定為漢族的粵人、閩人、客家人、溫州人，或是少數民族的苗人、土家人、納西人、侗人、毛南人、布依人、壯人等等，除個別民族如夷族人、羌人外，幾乎全稱自己的先祖源在中原。它們都有共同的特點；一是多有族譜和方志為據，或有古老的傳說；二是修建眾多的中原名人廟宇或名人地名，以示張揚和紀念，凡是黃帝炎帝大禹等等傳說名帝的遺址遺跡，全都可以在南方捕到。就連「化外之地」的嶺南，中原名人的名館名廟處處可尋，如廣西柳州的柳侯祠、柳侯衣冠墓、宜州山谷（黃庭堅）祠、山谷衣冠墓、合浦東坡亭、恭城文廟（孔廟）、關帝（關羽）廟、桂林的伏波（漢馬援）山、橫縣的伏波灘、伏波廟等等。連蘇東坡僅僅是路過北流，也建有「景蘇樓」作紀念。三是均聲稱自己的語言是正宗古漢語，但對古漢語是怎麼樣或事實則全然不計究了。南方各群體保留自己母語和大部分習俗，這種母語和習俗與中原有很大差異，只有漢服、漢字、漢姓等相同劃一，這些差異原因極少有人反思問個為什麼。這說明，南人思想和思維方式，全是典型的中原版，南方群體的認同感和攀附風已達根深蒂固的地步。為何有這種現象？原因是多方面的，包括愚昧、政治利益、虛榮等。但主要是：

　　其一，一統的陷阱：中西方文化有絕然不同。西方是崇尚個性，追求獨立。18 歲後就要獨立生活，而中國則不同，非常重視整體，個人居次要地位，追求一統思想很濃，所以有「統一行動，統一思想」等口號，歐洲面積和我國差不多，但歐洲有 44 個國家，比中國的省還多，最小的梵蒂岡僅 0.44 平方公里，人口 1300 餘人。這在中國是不可思議也不理解的，說明觀念不同，社會評判也不同。封建權貴者推出一統理念，顯然受「非我族類，其心必異」思想支配，致排外心很濃，歷史上多次滅佛事件就是代表，因存排外，異族文化當然很難立足生根。也因排外，南方群體文化備受歧視，語稱鳥語、習為陋俗，

南人不甘受辱而選擇攀附。

其二，利益教育；所謂利益教育，就是不據科學和事實，而是由政治利益需求定取捨：如南人的歸屬定性，本應從考古、語言、遺傳等加以考究，但現實這方面的教育幾乎是空白，而不痛不癢的傳說、家譜等又竟是堂而皇之變成「聖經」鋪天蓋地撲來。教育成各取所需，各說一是，很難找到真理教育回答「是就說是，不是就說不是」。利益教育不是張揚真理，百姓得到的是一簍假茅臺。如我國主體民族是多元而不是一元，利益教育僅張揚一元論。經超常反覆「教化」灌輸後，受洗腦的南方群體必然樂於認可「祖籍某地」，也樂於追求「祖籍」情懷。

其三，弱民心態；凡封建權貴者總有追求權力和虛榮傾間，常用的手段有武力征服、政治征服、心理征服。

心理征服的核心，就是解除對方的防衛心理，所需要的武器就是儒家派生的自私、虛榮、一統、張揚、權術和形象思維等負性文化得以實現，司馬遷作《史記》，凡所有的中國人，不分民族、不分地域，均是黃帝炎帝的後裔，如匈奴，夏後氏之苗裔也；朝鮮王滿，故燕人也；閩越王和越東海王，其先禹之苗裔……總之，縱觀《史記》全書，凡夏人到夷人、蠻人，其先祖均是炎黃之後，這種「一統」的理念，固然有強化了鞏固政權的功能，是一支強麻醉針。

心理征服最有效的武器是虛榮文化，虛榮特點是務虛不務實，將地位、金錢、名譽等等提到最高聖壇加以無休止的張揚和崇拜。漢代朱買臣因太窮，被妻子視為窮書呆而改嫁，後來因漢武帝賞識朱任為會稽太守，上任日妻子崔氏攔馬請罪要求重婚，朱買臣以收回潑水為條件，這就是「覆水難收」典故的由來。這成語說明，經金錢、地位的渲染後，人類心靈已扭曲。南方群體是弱勢群體，虛榮的推高只有加劇弱勢群體的心靈崩潰，染上了嫉妒、盲崇、心虛等畸形心態，追求攀高是必然了。

其四，思維的殘缺。南方群體屬農耕民族，以種養為業，

因而形成農耕民族的文化：一是小農經濟思想濃厚，滿足於自給自足、與世無爭，故易有保守、樸實、不上進競爭。二是負性文化影響大，南方群體自古以來皆屬臣民地位，語言、習俗與中原又不同。為了防止影響封建權力的穩定，歷代封建統治皆推行愚化教育，南人變成了講什麼信什麼，思考已是無力。三是封閉文化強烈，南方群體環境是多山、多大河，過著男耕女紡，群體間交流不大，形成封閉文化特徵，使有見少識少。因此愚性很濃，直覺思維成了首選。缺少調查、論證等邏輯演繹，結果變成人云亦云的惰性思維。國人普遍相信司馬遷說五千年前黃帝的家譜，卻不相信百多年前太平天國戰將林鳳祥、李開芳的廣西武鳴籍。五千年和一百多年的態度反差，印證了南人的思維殘缺。

攀附的結果，等於解除心理防衛、淡化母語意識，這也是母語衰微原因之一。

第二章 母語衰微之一
——母語意識大旗的倒下

　　母語生存條件主要靠母語意識，如果思想對母語冷漠、認識膚淺、必然出現母語衰微。所以説，一個民族缺少群體意識，缺少母語意識，那麼，這個民族就無法屹立於世界民族之林。

　　本章主要剖析南方群體對母語意識冷漠的種種原因，這些要素包括價值觀（真理、信仰、人格）的缺如、群體意識的缺如、群體素識的低下、政治文化的打壓、南人自身的缺陷及認識無力和謬誤等構成母語意識大旗倒下的五大根源，使母語意識貶值，處處追求虛榮攀附，出現中原人空投南方是鐵案等等。這些要素前撲後繼肆虐母語大旗，致真假美醜不分產生誤識誤判；從而解除南人母語防衛意識，使弱勢群體失去心理防衛，出現講母語有什麼用的心理。

第一節 母語愛心的蒸發——普世價值的缺失

當今母語的衰微，以人的思想意識影響最深，思想意識受真理、信仰、人格等要素支配。當真理不存、信仰缺失、人格低賤時，母語的愛心也蒸發了。

一、真理的貶值

母語意識離不開價值觀，當今母語衰微，本質是缺少真理支撐，出現母語無用論和語言大同論，形成對母語無信仰，導致普遍棄俗語從雅語的大潮。

真理是人們對客觀事物及其規律的正確反映。亞里斯多德的名言稱「是什麼說不是什麼，不是什麼說是什麼，這是假的；是什麼說是什麼，不是什麼則說不是什麼，這是真的」。巴門尼德說「真理被認為是永恆的，不變的」。真理在古希臘是無蔽的意思，德文是去除隱蔽。探索真理是哲學範疇，有符合論、融貫論和真理論等種。亞裡斯多德持的是符合論，即主觀認識符合客觀事實或規律。當代主流派認為真理是客觀事物及其規律在人們的頭腦中的正確反映。

上面的真理定義很含糊，所以造成了上千年來爭執不休。其標準分歧更非常大，有主觀心理標準、實證主義標準、實用主義標準、邏輯主義標準等等。後者認為邏輯上嚴密、清晰、排除了邏輯矛盾是真理。當代馬克思主義者則認為實踐檢驗是真理。分歧是視角不同、利益不同而造成的。為利於指導具體現實，我們認為現實的真理應符合這些條件；含人類高層次需求；符合大眾理性利益；符合大眾意志；符合邏輯。依據這四條件，說母語無用論、習俗低庸論是違背客觀真理。把民生取代自由民主也是錯誤的，現實中權術者的詭騙之所以得逞，其實是在具體社會中沒有把握界定是非，因而出現了發展權取代人權。或說「階級鬥爭是綱」是真理。對於群體的語言和習俗的評價，如果能將之樹為人類最珍貴的皇冠，那麼，討論母語

就沒有障礙，否則就出現權力優先、方言有害的認識。

我們提出真理探討，其意義就在於分清是非、分清取捨、分清意義。如果無法分清，就變成人云亦云、甚是被人利用、或被人欺騙。因此，我們要認真對待認識真理存在的種種問題，常見有利益性曲改、認識偏差和真理庸俗化等。

利益性曲解的例子在現實中比比皆見；「民可使由之，不可使知之」公認的解釋是「下愚說」，但權術者可用不同斷句使有「防民說」、「樂成學」、「事實說」等種，學者吳丕的斷句是；「民可使，由之。不可使，知之」，解釋為；老百姓如果規規矩矩，易於統治，不妨順其自然，少加干涉。如果他們不大規矩，難以統治，就要對他們進行教育了。最有趣是歪理，有人講這樣故事；老公高興地對老婆說；「這幾年你一直為家庭奉獻，我準備讓你升官」，老婆樂了，「升什麼官？」老公答「我娶了小老婆，讓你升到大老婆」。哇，答得可絕妙，由此可知，真理一經曲解離開客觀事實，離開本質判斷也成一頭霧水。

認識偏差主要存在於詭辯權術，造成使真理難辨。文革期有稱民族鬥爭是階級鬥爭的一部分。認為兩者是母子關係和因果關係。事實上兩者都是「鬥爭」的不同物件，它們地位相同，不存在隸屬關係。況者，「階級」一詞存在概念含糊，階級常與資產捆綁，事實上總經理與工人均受雇於資本家是一無所有，總經理又屬什麼階級？當今能人承包上千畝地，又是什麼階級？朱元璋曾是窮和尚，搖身一變從受剝削階級為剝削階級又如何解釋？聖西門烏托邦主義追求無財產、無國家、無家庭及無階級社會，但烏托邦社會也離不開管理人員，這些人員又屬什麼階級？所以說「階級鬥爭是綱」是陰私的名詞。遺憾是，視為真理大有人在。

真理庸俗化實屬利益性曲改範疇，內容主要有表達含糊化、歪理化等等。是權術重要手段。

含糊化特點是理論到理論，多是空對空，用口號代替真

理，不據現實也不解決問題。本質是為了掩蓋陰私或缺陷。唐代有個蘇味道，武后時做了宰相，他怕負責，對左右人說：「處理事情不能做明確決斷，因為如果發生了錯誤，就要負失責的責任，只要保持模稜兩端就可以了」，人稱為「蘇模稜」。這種現象也多見於各種主義、各種學說、各種宣言、各種宗教等。《論語》是儒家滔滔不絕大作，卻沒多少條系統觀點、沒提多少條原則和標準、缺具體經驗和事例；由於《論語》太抽象太空洞，後人學習《論語》只好各說一是，也成為封建權貴者利用其片語只語編造陰私的「一統」理論依據。一部洋洋數十萬言《資本論》也是這樣，只講經濟矛盾，不講最重要的權力矛盾，只談理論到理論，不涉具體實施原則和標準。因講得太含糊，後人只好摸石子過河，出現左派的巴枯寧；右派的伯恩施坦；中間派考茨基和被稱為「修正派」的列寧等等。各派相互攻擊都聲稱自己正確，這種分歧，總根是《資本論》對「主義」說了含糊話，使後人不知所措。如果講有條條，就不會有考茨基和巴枯寧鬥嘴了。

歪理化又是庸俗化另一表現，當今存母語無用論和語言大同等觀點就是歪理的代表。母語無用論是否正確？僅僅辨如下幾點便明是非；其一，語言、習俗、文字都是人類文化遺產的精華，那麼，母語無用論和保護文化遺產的矛盾該如何解釋？其二，世界語言達 6000 餘種，其中千萬以上人口的語言不到 100 種，漢方言均居前 30 名，壯語也居 67 名。而 10 萬人以下的語言竟占 5000 種。換話說，當今 5000 種小語言尚屬有用屬生存，那麼，居前 100 名人口上千上億人的語言怎麼是無用是不能生存呢？其三，語言分有用和無用，其根據是什麼？標準是什麼？

如何識別真理是非？每個利益集團為了追求自身利益總把自己打扮成真理的化身。史上魏晉期掀起清談熱，人們為有和無、動和靜、一和多等等爭論不休，形成公說公有理，婆說婆有理。要分清這個理由是真理或歪理，最簡單方法是化繁為簡（本質）、化虛為實（事實）、主次分清的原則，最主要是以

事實和結果定是非。對社會的真理回答，「能辯論」和「公認論」最具引力，凡允許社會講話和辯論是真理，不允許講話和辯論是歪理；允許公決或直選是真理，不許公決或直選是歪理。朝鮮和美國相互指責對方不講真理，是是非非對照「能辯論」和「公認論」便一清二楚了。不給辯論就是「理霸」，有「理霸」當然談不上是真理。真理如果離開具體的「能辯論」「公認論」而交給文人咬文嚼字打口水仗，真理永遠是「雞生蛋，蛋生雞」的難題。

對識別真理是非，不妨用某人講的故事來分析和理解；從前俄國有個無神論者，一天，他在講課時對聽眾言之鑿鑿說上帝絕對不存在，當聽眾覺得言之有理時，他便仰天大喊：「上帝，假如你真有靈，請你下來把我殺死」，說完故意靜靜等候幾分鐘無動靜，於是洋洋得意說：「你們都看見了，上帝根本不存在」。

怎知有個裹著頭巾的婦人站起來對他說：「先生，你是個飽學之士，我只是一個農村婦人，不可能反駁你，只想你回答我一個問題；我信奉耶穌多年以來，心中有了主的救恩，十分快樂，我更愛讀《聖經》，越讀越有味，我心中充滿耶穌給我的安慰。因為信奉耶穌，人生有最大快樂，請問；假如我死時發現上帝根本不存在，耶穌不是上帝的兒子，《聖經》全不可靠，我這輩子信奉耶穌，損失了什麼？」

全場靜靜無聲，聽眾也很贊同婦人的推理，連學者也驚歎好單純的邏輯，學者低聲回答：「女士，我想你一點損失也沒有。」農婦又向學者說：「謝謝你這樣回答，我心中還有一個問題，當你死時候，假如你發現果真有上帝，聖經是千真萬確，耶穌果然是神的兒子，也有天堂和地獄存在，我想請問，你損失了什麼？」學者想了很久，竟無言以對。

由上可知，農婦回答了世界上最辣手的評判是非問題，她以事實和結果為答案，不管世上有無耶穌、有無上帝都不重要，最重要是她實實在在得到了「人生有最大快樂」。墨索里尼常標榜自己的社會是最理想社會，人們卻不能批評他，這個「最

理想」又有何用呢？

　　提出以事實和結果定是非的提法也許會招來非議，戴上「實用主義」的帽子而討伐，事實上人要吃奶，要柴米油鹽，人生中最主要的需求是有笑臉有尊重有權利，離開了這些具體大談燒香拜佛、侈談什麼沒有階級、沒有國家等等豪言壯語，絕不可能解決「我爸是李剛」，不能解決母語瀕危。

　　真理為何有時被歪理取代？其因是私心者利用權術擺平造成，典型的「一統」理論統語言統習俗迷開疆是有違「社會發展」的歪理，歷代「既得利益者」卻以壯國威，震四夷，穩定國是等等給予正名，使歪理變成真理在數千年來受膜頂崇拜。

　　對待真理應樹有正確態度；包括判斷真理、熱愛和追求真理、捍衛真理。如何判斷真理在上面已談，熱愛追求捍衛真理則是社會的難題，因為要達到這些要求需要有條件；首先是思想意識，南人之所以對自己母語冷漠，當然是方言無用論、有害論在發酵，加之先天感情匱乏症，母語當成半夜尿桶任人丟就不足為奇了。其次是識知和鑒別力，人類為了利益而曲改真理和事實是司空見慣的事，當以權力為本作參照物，則稱國家（盜用）利益高於一切，這提法恰恰符合統治者利益，可以借助愛國空洞口號鞏固自己權力地位。當以人為本作參照物，就有以民族、民族文化、鄉情親情和人權高於一切，尤其是族群的語言、習俗和文字等視為個人的徽章，寧賣祖宗田，不賣祖宗言就成口號。顯而易見，在國家、民族、家族三者中，僅僅強調國家（空洞）利益而排除族群、家族利益是違背真理的。族群、家族是不利於統治者的權力鞏固，因此，拔高國權，淡化族權和人權就成了歷代王朝的治國方針。而我們也跟著念「開疆萬歲，方言不對」的經。最後，衛護真理需良好的環境和提升人的素質，社會應有好民風、好遊戲規則、個人應受好的教育。當社會是追求私利、講權術，百姓受利益教育的時候，就很難奉「是就講是，不是就講不是」。對於認識是非，還將在本章四節作詳細討論

二、信仰的真空

信仰是人對世界一種能動的把握，是對人生最高價值和社會最高理解的反映和評價。真理和信仰是回答人是什麼東西，人類該怎麼做，生命存在有何意義等等。是言行角色的動力。

真理、信仰和人格，都是人類普遍的精神需求，其關係真理是因，信仰是果，人格是因果的追求。當人們認識母語是美才有崇拜，崇拜才有母語認同感和愛戀感，認同感和愛戀感又鑄造了人格。因此，真理、信仰、人格是母語賴以生存的條件鏈。

所謂信仰真空，一種是人們對真善美缺少認同而陌生，無法激起追求的力量，這就是世稱的「文化沙漠」。一種是權貴者陰私缺少真善美，無法樹美的大旗作號召力，於是東湊西拼以酒杯或歪理填充，使最高層次需求（尊重意志和自由）無法滿足遭人們遺棄造成信仰真空。這就是常說的「信仰危機」。本質是缺理無引力。

信仰絕不是自天而降，而是有原因有條件的，這和婚姻男女相愛的道理是相似的。婚姻有兩種觀點；一種是硬體觀，雙方互不瞭解，只是打個照面符合了高富帥、有房有車有帥氣的優選條件，即刻就成閃婚，全然不計背景和人品，這種求利為貴的婚姻是不牢固的。硬體有一山比一山高，趨利婚姻就成沒完沒了的追求，婚姻當然變解體，藝人高發婚變就是這個道理。一種是軟體觀，婚姻以德才為美，特點是以精神為追求，婚姻要素不僅求才、求品、尚求志同道合，而德才無因時而變，因而婚姻成罕見的珍品形成堅如磐石。

信仰和婚姻觀也是大同小異，只是物件不同，婚姻物件是個體，人類信仰物件是社會模式或精神價值。信仰依程度和性質不同有盲從和內心崇拜之分，前者不妨稱為激情信仰，與硬體婚姻相當；後者可稱是真理信仰，和軟體婚姻相似，為何有激情信仰和真理信仰的不同呢？

信仰是有條件的，參與信仰有本體和客體兩部分，社會模

式或理念價值是本體，其價值要素是；有真理性、無悖性、可辯性、惠利性。即價值要素能滿足人類最高需求，不存運行矛盾，允許論證辯論，對社會能提供發展價值。當本體能提供這些條件時，會激起社會百姓萬般擁護和崇拜，真理信仰就形成。這種以真理佈施人心，讓人們自下而上自覺地從心底激起美醜善惡的選擇，這種內因的信仰才是經久不衰。遺憾是，這種常識卻為名利鎖心的權貴者漠視了，戈培爾的名言「必須把收音機設計得只能收聽德國電臺」即是典型的現身說法。反之，當缺少這些條件，封建權貴者為謀求護利作出陰私舉措，方法是自上而下層層佈施灌注洗腦教育，手法是以假亂真、以虛代實、以劣充優。極端宗教能有聖戰或自殺性炸彈出現，顯然就是無限放大或歪曲真主原旨宣傳，產生激情信仰而有「黑寡婦」現身。這種以權力或權術堆壘的信仰，在極權體制相當常見，原因是它們缺少真理引力，為擺平陰私只能借助權術；他們深信「謊言重複一千遍是真理」。德國法西斯戈培爾就是一個執迷於無限崇拜宣傳的納粹。激情信仰是建立在外因作用而形成，一旦外因失去作用，激情信仰也煙消雲散了，因此激情信仰充其量是湊熱鬧，不是真正信仰。

人類是客體，是本體作用後所產生的應答反應，本體能不能有亮點征服人心，關健就是主體和客體間是否存在這些條件連接；一是本體含真理性，二是有吻合性，即同性相吸。三是功利性，本體含惠利價值。四是認同性，認同需要悟性。識性、理性。當前面三條件得滿足時，有無信仰決定於認同性。南方群體缺少對母語、習俗的認同和留戀，因而產生對母語和習俗冷漠，這就是信仰危機。

當人們以理性（良好價值觀）、知悟、感情和人品支配時，會以真理為參照物，以良好知悟作鑒別、以感情和人格作衛護母語武器。於是憂國愛民情懷和強烈母語意識降生，對母語就有萬般愛戴絕無半點的冷漠。

誠然，時下人們卻不是把母語認同感當成追求，母語信仰殞落了。原因很多將在後面有詳述。但最重要一點經洗腦後人們失去了理智，把豐衣足食當成最高的信仰，而沒有把權利和

人性追求當成旗號，加上有數千年的洗腦教育，愚化教育，「祖籍中原」的認同等，南人的悟性、識性、理性基本蕩然無存，是母語重要或是大魚大肉重要全然無法區分。棄俗語操雅語就成常態。由於缺少認同感，就有把攀附強勢當成自尊，盲目崇拜視為人格；就有對自己的母語冷若冰霜，因而出現當兩三年的兵回鄉後不會講母語的怪狀；並以利益劃線，符合利我就燒香拜佛，不求是非美醜，宛如情場以高富帥為硬體追逐，而對才德美的軟體則不屑一顧了。硬體是隨時間磨損而變化的，激情信仰就成曇花一現。無法像猶太人那樣悟出聖品和徽章的韻味，無法悟出母語是飄香的徽章，無法產生有最高價值和最高理念的評價，從而失去對母語的鍾情和熱愛。「對酒當歌，人生幾何」，一杯酒幾顆黃豆即驅逐了母語認同感。南人當小二就壞在酒杯上。如果能認識徽章勝於酒杯，南人與猶太人差別就不大。

信仰的力量是巨大的，穆斯林信仰是舉世聞名，僅僅提禮功、齋功和朝功，已是使人折服。禮功有每天做 5 次禮拜，齋功則在伊曆 9 月白天戒飲食戒房事一個月，天黑後才能進食。朝功是要每個教徒一生中到聖地朝觀一次。在過去，朝觀者喪命於路上已是不鮮。朝觀踩死人年年不斷。2015 年 9 月一天中就發生踩踏死人達 717 人的慘狀。傷者不計其數，但人們依然朝觀不斷。這種信念，在南人是少有的。

信仰對社會影響更大，集權體制之所以有三十年河東三十年河西，其根就是缺少真理和信仰，失去百姓的支持。真理為何能提升人的引力？這是真理特徵決定，真理就是誠信，真理提供了「是就說是，不是就說不是」的承諾，使在領導主體和被領導之間架起一道誠信和優化的權力租賃合同，按合同尋租方的精英能在權力舞臺盡顯自己的施政風采，並為百姓兌現了自由民主的精神需求。被領導者也從精英租賃合同中獲一份蛋糕，雙方都各有所得而大悅，政府的公信力和引力也源於此，權貴們用不著拿警棍去維穩。

但當有私欲侵入政治市場時，權貴者就不按契約出牌了，

權貴者以高昂的武力代價投資權力市場時，必追求投資利潤最大化，百姓的利益不放在眼裡了。首先，廢除官民之間租賃權力關係，效君臣尊卑順逆法則，皇上要拿利益大頭，百姓只能靠施捨。其次，官民間少存誠信，皇上用權術和平民百姓玩起「躲貓貓」。常常是豪言有餘兌現不足，百姓明白被忽悠了，政府失去了公信力和引力。最後，官民關係惡化，當你不信我、我不信你時，官方不僅要架起禁言禁行的防盜網，尚要借助警棍和權術擺平上下關係以求維穩，更要弄威儡使人人自危逆來順受。這些就是信仰危機的泉源。是三十年河東三十年河西的根。

缺少真理和信仰，其弊病和害處多不勝舉；其中最主要一是是非不清，淪為人云亦云；二是社會腐朽叢生，人人充當講利而不講理；三是母語衰敗，人人幾乎都認為母語無用論，幾乎都點贊中原南遷是真理，幾乎都認為講雅語才是愛國愛家，那麼，母語的存在就沒有必要。

三、人格的低微

人格，是個人在一定社會中的地位和作用的統一，是個人做人的尊嚴，價值和品格的總和．對人格的討論，以馮友蘭先生提出的「人生四境界說」影響較大．即生物境界；屬低級，僅求溫飽食色而已，稱是凡人；功利境界；是求名，利和地位，屬俗人；識知境界；追求「寧願找到一個因果解釋，而不願獲得波斯王位」，是屬高人；道德和宇宙境界；道德完美，上不愧作天地，下不辱沒先人，中不違背良心，是完人；超越凡俗，融入宇宙，不圖得失，不計生死，是為超人。

人格的形成賴於一定因素；其中以生物遺傳因素；社會文化因素和家庭環境因素最為重要。北方民族剽悍，南方群體懦弱，是與遺傳有關；不同的社會體制和文化對人格影響更大，南方群體數千年來是缺自立自尊，以虛榮和攀附為貴，攀附便談不上什麼人格；南方開發稍遲，百姓文化水準不高，貧困和低文化的家庭得不到良好教育，人格固然難以張揚。談不上信

仰、自尊和自強了。

由於南人缺少信仰，對真理、自尊和人格等的認識又淡薄，以南方少數民族為典型，出現自尊和人格缺位，如果我們翻開歷史，因缺自尊、缺人格、缺信仰被收買，被詭騙而出賣本民族利益的事例多不勝舉。在明代，張岳、石邦憲等人征剿貴州苗民龍西坡，吳黑苗起義，先是張嶽征剿無功，於是石邦憲獻上「以夷制夷」，「以夷攻夷」之計，張用重金收買熟苗麻得盤、吳來格等人，通過麻得盤誘騙龍西坡並擒捉龍，在嘉靖 30 年殺龍西坡，梟首示眾。後來張、石兩人如法炮製「以夷攻夷」，讓熟苗殺熟苗，或熟苗殺生苗，結果苗民起義被鎮壓下去。

反之，日本和北方民族就不同，日本大和魂和趙燕烈風是舉世盛名的。1976 年日本官員兒玉與洛克希受賄案有牽連，演員出身的前野認為這有損日本民族精神，於是租一架飛機撞擊兒玉住所而壯烈身亡，臨飛前前野纏著太陽旗，高呼「天皇陛下萬歲」，壯烈之舉震撼整個日本，這種壯舉在日本屢見不鮮。

我國北方含遊牧民族血統剽悍壯烈稱世，晉國有個豫讓，其國被趙所滅，為復仇，豫讓改名換姓潛入趙王宮，多次刺殺趙王未果，最後一次行刺又被捕，讓對趙王說「我聽說賢明國君不埋沒別人優良，忠臣有為名聲而犧牲之精神，現在我殺不了你，但為了報我一片心，請你脫下衣來，讓我砍幾處，算是我的忠義，死也願了。」趙王仗大義，脫衣讓砍，豫讓砍後即自殺。

豫讓、前野和麻得盤相比有天淵之別並非是偶然的，價值觀的有無，真理的是非，信仰的濃淡，自尊和人格的高低等等均影響一個人和民族的成敗盛衰。麻得盤缺人生價值，不識是非，不愛自己民族，不以恥為恥，反以恥為榮，為幾個銅板出賣民族，民族自然無法振興。

當年歐洲殖民者開拓非洲時，也是拿一些葡萄酒之類行賄

各酋長，即獲大片大片土地，今天非洲的國家多以經緯度劃界而不循自然地理或民族劃界，即是殖民時代留下的印記。

由上可知，真理和信仰的缺失，使自私膨脹，自私又影響人格，貴州苗人殺苗人，顯然是求活命比求是非大千萬倍，加之缺悟性缺識性，南人在歷史上總是長不大，他們無法理出一套自我完善、自我成長的經典，因而總是在歷代中原皇帝麾下搖旗吶喊的小二，並為歷代皇帝灌注迷藥昏昏沉沉。

第二節 南人的缺陷

　　一個民族要屹立於世界民族之林，必須具備競爭條件。南人數千年來在競爭中總是以失敗而告終。成為依附民族。這種結局緣於自身缺陷。南人缺陷很多，主要表現在如下幾方面。

（一）民風缺陷

　　民風是一個民族生存的搖藍，辛亥革命期有人對民風是這樣評價：「國之存亡系於民，民之強弱視於氣，人而無氣其人罔不死，國而無氣其國罔不亡，是故欲造偉大之國民，必先有強壯之民氣」，足見民風之重要。民風內容很多，與興衰關係極大的是；信、敬和悍。

　　信是信仰，全世界的基督教、伊斯蘭教、佛教、印度教之所以長盛不衰，其因就是有廣大教民信仰的基礎，教徒都信仰教義，恪守教義。基督教有十誡，佛門有八正道，伊斯蘭有信真主、信先知、這些教義使他們深信無疑，僅僅是伊斯蘭教徒朝覲，數百萬人浩浩蕩蕩集在一地拋石頭，其場面已讓人吃驚。佛教徒的和尚尼姑終生不娶不嫁，不貪不淫，沒有堅定的信仰是無法實現的。

　　阿拉伯人信仰很濃，他們崇尚「直哈德」，阿拉伯語是「奮鬥」之意，即每個人都有為宗教盡義務，伊斯蘭教教徒稱是穆斯林，意是順從者，信真主信先知，崇尚聖戰，歐洲殖民者曾欲征服阿拉伯，結果，費了上百年之久，尚沒有將阿拉伯征服。回教徒精誠團結也是聞名於世，「回回一家親」已是家喻戶曉的名詞。

　　南人則不同，對信仰和認同感一詞很陌生，以族屬為例，給戴什麼帽都不在乎，南人歸屬認識不按事實、不據標準、僅憑印象。壯人就有駱越人、蠻人、僚人、俚人、僮人、浪人、漢人等歸屬。粵人也有越人、蠻人、俚人、粵人和漢人等稱謂。其他的南方各群體要麼說是融合於漢，要麼是舉族「中原南

遷」。這說明，南人缺少信仰，有奶就是娘。自尊成分很少。

敬是敬畏，穆斯林對宗教的虔誠和奉獻也是舉世聞名的，穆斯林不僅講究信仰，更講究奉獻。伊斯蘭的念、禮、齋、課、朝五功，缺少奉獻是不能成為教徒，天天堅持做禮拜，伊曆9月戒飲戒食，一生要朝觀一次，還要交納一定課費，所有這些，都是要有信仰和奉獻心才能實現。

悍是強悍，古希臘人是強悍民族。人民的民主意識非常濃，有「不自由，毋寧死」的氣概。有人這樣描述；斯巴達的男子生來是戰士，不合格的嬰兒立即被拋棄荒野。男孩7歲一律編入軍隊受訓。母親送兒上戰場都送一塊盾牌，他們說死活都一樣。持牌光榮歸來，或讓人抬回屍體。斯巴達字典沒有「逃跑」和「投降」，有強敵要求斯巴達國王投降，國王回答只有一個字「請」。史稱斯巴達式回答。古希臘的強悍頑強，創造了一代燦爛的古希臘文化，在世界史上是罕見。

南人與阿拉伯古希臘民族相比，談不上什麼強悍力。清代廣西潯州府載有「郡屬之僮，樸厚勤謹，畏見官司，客人凌之，無敢抗者」。解放前廣西大瑤山瑤民到外邊集市出售土特品，奸商硬是強迫瑤民將蛤蚧低價賣給他，否則就要捏死蛤蚧。瑤民只好就範。這樣的事，在解放前是屢見不鮮。小事尚不敢，大事更不妄為。

三國期蜀是弱國。但西南夷亦受蜀國開疆之苦。諸葛亮打敗了孟獲，孟獲不像斯巴達人那樣視死如歸，而是感恩而泣說：「公天威也，南人不復反矣」。無獨有偶，宋代曹克明率兵征剿廣西西北部諸蠻，蠻帥蒙承貴被打敗，曹施小計未殺，蒙感恩大泣，北望稱萬歲，並誓言「奴山推倒，龍江西流，不敢複叛。」並請改州縣名，以示歸順之意，將撫水州為安化州，撫水縣為歸仁縣，京水縣為長寧縣。安化、歸仁、長寧、顧名思義，均是辛醉名詞。但蒙承貴全無計慮。南人的懦弱和愚昧，也體現在明代的用兵。明代將兵分為四等，一等兵守蒙古，二等兵守女真，三等兵守蠻，四等兵守內地。由此可知，蒙古最強，回回女真次之，諸蠻最弱。明將王越與蒙古兵在紅鹽池一

戰，僅僅斬 430 人，為大功。明將石彪擒蒙兵 40 人，斬 500 人，為戰功第一，而明將山雲破廣西蠻，殲 20260 人。明將方瑛破貴州苗，俘斬 4 萬餘人才算戰功。況者，破諸蠻的明兵中，多含有相當土兵，仍能將諸蠻征剿，勢如破竹。足見南方群體被削弱凝聚力、悟知力、競爭力後，已是弱不禁風，任人鞭笞了。

　　南人不僅缺少強悍，也缺少正義，有一個弱女被人在野外強暴，恰有一個同村的男子看見，該男子不僅沒有仗義拔刀相助，反留步欣賞，其後施暴者被法院審判，要同村男子作證，男子竟說；我沒有看見呀。某村有 30 來戶，因權錢交易出現非法徵地，其後開發商又仗權侵犯了農民切身利益，農民向政府上訪上告本是合法合理。令人不可思議是；絕大部分村民害怕上告，說是違背國策，危害社會安定，經發動僅僅有兩個村民回應。幸運是，政府依理讓開發商補足了款項。可悲是，如何分配補款，又有按戶、按地、按人頭分之爭，而且為爭執大打出手，一人重傷兩人輕傷，形成害怕上訪不害怕打架死人。這就是「僕人志短」的典型，無法分清愛什麼揚棄什麼。

（二）思想和意識力的缺陷

　　思想主要是對價值觀和人格的取向，意識則屬覺察程度。有一名教授對民族意識是這樣說：「民族意識概括起來說，就是綜合反映和認識民族生存、交往發展及其特點的一種社會認識」。內容包括一是歸屬意識，一是權利意識。對公民意識，有人解釋是公民對自己在國家中的地位自我認識，其含義有兩層；當民眾直接面對政府權力運作時，它是民眾對於這一權力公共性質的認可及監督；當民眾側身對公共領域時，它是對公共利益的自覺維護與積極參與。因此，公民意識貴在參與和監督。南人卻奉行「沉默是金」和「逢人只說三分話」當座右銘。有人對談論民主提心吊膽說「甯做和平狗，不做亂世人」，或說「好死不如賴活」。他們認為民主帶來動亂，帶來死人，所以願當狗和賴活。表面看來南人很怕死，實際又為瑣事爭吵而喝農藥自殺者不乏其人，顯然是缺乏信仰而造成死有不同的態度。

　　南人對族群意識、族群信仰和族群感情的淡薄表現淋漓盡致，中國人本來是混血民族。這一點毛澤東著作也有論及，奇怪是南方群體染上弱族小民畸形心態，一是不承認自己有土著血統。二是看不起土著人，三是儘量掩蓋真相。《射雕英雄傳》裡有個喬峰，他非常憎恨契丹人，其實他就是地道契丹種。南人也是一樣，某人是宜山壯人，畢業於黃埔軍校，官至中將，但他拒認是壯人，也拒講壯話。南方群體其血統本來是以土著人為主，自己是土著血統卻看不起土著，罵是土佬，這是典型的愚昧，愚昧造就虛榮，虛榮失去理智，變成了「獻媚求榮」的小人心態。像喬峰這樣的人，怎能有衛護契丹的重任呢？

　　由上可知，南方群體存在的信仰和意識缺陷，使愛家鄉、愛民族、愛民族文化、崇尚真理就淡化或減少了。連自己的祖宗都不認，競爭就變成奢談，也沒有什麼樹為旗幟與人競爭，孔子說「名不正則言不順，言不順則事不成」。衰微就屬必然。

（三）悟識力的缺陷

　　南人因受數千年的封建洗腦和愚化，基本上談不上是非美醜的認識，總是做皇上忠誠的聽眾。孫中山把人群分為先知先覺、後知後覺和不知不覺三種。社會競爭需要有一大群精英作領軍人物。所謂精英，其條件是：能見人所不見，做人所不做，說人所不說，不但有預見洞察能力，又有敢說敢當。中世紀的歐洲幾乎所有人都深信太陽繞著地球轉，只有哥白尼、布魯諾稱是地球繞太陽轉，布魯諾被教會火燒至死仍不改口。南方群體則不同，深信先祖是來自炎帝、黃帝兩人，深信中原南遷，深信姓氏有 5000 年歷史，深信韋姓是韓信後，深信孔子後裔有 200 萬，朱熹後裔有 800 萬。

　　悟識力的缺陷在族譜上表現最典型，廣西土官的田州岑氏，自稱是「世出周文王封其異母弟耀之子渠為岑亭……傳至東漢舞陰侯彭公；之後，遷居浙江紹興府餘姚縣上林鄉石人裡岑王村」。又稱（岑仲淑）「隨狄青武襄公來粵西征儂智高建功」。事平後「鎮守邕寧」。田州土官岑氏是廣西赫赫有名，

竟是如此無知；其一、文王是前 1152 年稱王，此時尚無岑姓，也無族譜留世。其二、紹興府於 1131 年才建府，此時儂氏已死 74 年，儂代何來有紹興府？其三、邕寧縣在 1914 年才建，原稱南寧縣，儂代何來有（岑氏）「鎮守邕寧」？短短百餘字竟有多處漏洞百出，足見悟識力很低很低，難怪幾乎所有的土官，均稱是隨狄青來。

悟識力的缺陷另一表現為是非不清；南方群體有一個明顯反常現象：一方面對群體本身持冷漠症；另一方面對國族（漢民族）又是高熱症。

當今的南人母語，已是岌岌可危，南人卻顯出滿不在乎，沒有留戀，沒有傷感。但對國族命運，又報予非常熱忱。如果我們翻開歷史，南人歌頌本民族、歌頌母語的文章寥寥無幾。但對國家報效精忠、視死如歸的文章多不勝數；「留取丹心照汗青」的名句是南人（文天祥），「家祭不忘告乃翁」是南人（陸游），「殺之不為不義」是南人（王夫之）。抗清英雄袁崇煥、鄭成功、張蒼水是南人。辛亥革命的反清旗手和革命家，幾乎全是南人。其中，最著名有秋謹、陳天華、鄒容、黃興、孫中山等。黃花崗 72 烈士幾乎也全是南人。孫中山反清武裝起義計 11 次，全在南方。其中，兩廣占 9 次，雲南、安徽各一次。辛亥革命第一槍也是在南方。清末民初的國粹主義，就是以章炳麟等南人為旗手。推廣國語運動也是南人為先聲。陳獨秀、黎錦熙等成績蜚然。國語運動核心是「言文一致」、「國語統一」，當今復仇奸日女也是四川人……總之，論忠君報國，南人是赫赫有名，但論及愛家鄉、愛母語、愛民族文化和歷史，南人卻是一片蒼白。使致今天長輩教兒孫學國語，不講母語為榮。奢談屈原、勾踐成笑柄。以上種種現象在中原人罕見。南人的愛國主義遠遠比中原人強數十倍，南人的「冷民族」，「熱國族」的反差是令人深思的。顯然，這是群體文化不成熟的體現。

這種現象的解釋是：南人自古落後，受教育少且屬畸形教育，致全民愚昧少識，形成直覺思維氾濫而邏輯思維不足，人

們的美醜是非，不在於理性，而在於感官的刺激量。誰的聲音大，地位高、誰的感官刺激量就深刻。愛國忠君是世世代代不倦誨教，形成了條件反射，自宋代後，國家社稷先後有元蒙、滿清進犯。鴉片戰爭後又飽受列強侵凌。因此愛國教育悄悄掀起並日益強烈。尤其是清代、反清義士和革命黨人大力宣傳，使國族聲音變成最強烈刺激。反之，族群教育遭受冷漠或壓制，刺激量極微。以刺激量定成敗，南人受到革命和一統的教育最多，愛家鄉、愛母語教育則缺，理所當然變成一冷一熱反常現象。

（四）完善力的缺陷

每個民族都有自身文化。這些文化的優劣是決定不同社會優劣之因。南方群體與猶太民族比較，前者是不聞窗外事，只求溫飽，不求是非，更沒有捨生取義。後者文化先進，成為超級睿智強悍民族。

猶太民族的信仰力、凝聚力，民族感情和和堅韌睿智是舉世聞名的。

猶太人在西元 135 年被羅馬人驅逐出巴勒斯坦，至今已達近 2000 年。他們的母語已滅絕了，文字也少用。但猶太人堅信猶太教，儘管散居世界各國，卻不減對其宗教的信仰、文化不改，多是族內通婚，民族意識非常強烈，沒有忘記復國心願。自 1882 年俄猶太人平斯克提出復國主張後，猶太人熱烈擁護。1896 年維也納猶太人赫茨爾出版「猶太國」一書，次年在瑞士開會通過復國綱領。1918 年後，大量的猶太人從世界各地蜂擁而來到巴勒斯坦，人口從 1918 年的 5 萬升到 1939 年的 50 萬。1948 年 5 月 14 日，成立以色列國，至今以色列人口超過 500 萬。以色列人創造了世界幾個奇蹟：第一、復活了滅絕 2000 年的語言，猶太語隨滅國後已不復存，僅保留在聖經；第二、恢復了希伯萊文；第三、猶太人取得的成就居世界之冠；第四、小小的以色列國竟是世界上最小的超級大國。

以色列民族從 1901 年至 1970 年間，世界每百萬人獲諾

貝爾獎人數是：非猶太人為 0.023，猶太人為 0.64，後者是前者的近 30 倍，美 200 名最有影響的名人中，猶太人占二分之一。美 100 多名獲諾貝爾獎中，猶太人也占二分之一，全美名牌大學教授，猶太人占三分之一。美百萬富翁中，猶太人也占三分之一。富布斯公佈美前 40 名富翁，猶太人占 18 個，科學界的愛因斯坦、波爾、費米、李普曼、奧本海默；經濟界的李嘉圖、摩根、洛克菲勒、哈默、巴菲特；哲學界的柏格森、胡塞爾、斯賓諾沙；政治思想界的馬克思、佛洛德、伯恩斯坦、基辛格、迪斯雷利、舒爾茨；音樂家孟德爾頌、馬勒、貝多芬、柴門霍夫；文學界的海湟，卡夫卡、左拉、畫家畢卡索、拉裴爾、布洛赫。其它名人有卓別林、迪士尼。有稱連屠殺猶太人的希特勒也含四分之一的猶太人血統。

以上的名人均屬世界頂尖級人物。猶太人的成就，是與其多災多難，不屈不撓，勤學善思分不開的。他們是通過發奮上進擠進民族之林。

民族競爭是比四力，即悟知力、凝聚力、強悍力、競爭力。猶太人有強烈的醒覺，強烈的信仰，強烈的民族感和凝聚力，強烈的上進力。振興民族四條件他們全具備。以色列立國後基本是戰火紛飛，國土又小，屬不毛之地的沙漠。但以色列人不戀俄、德、法、美等國的富強，地肥美，甘願遷到沙漠之地的小國居住，這點與南方群體相比，高低優劣就凸現了。

文化的差距另一內容是表現在新和舊、先進與落後的態度。南方群體之所以數千年衰弱不振，很大的原因缺少有效教育和負性文化侵蝕而變成自私、懦弱、不團結，無主見的風氣。相反，日本能在短短數十年一躍成世界強國，一是不自私，國王能出讓權力效法「明治維新」改革；二是不守舊，日本人先是學中國儒家文化，後又脫亞入歐轉學西方文化；三是有良好民風，日人信仰武士道，包括忠君、愛國、敬神，尚武等思想，以忠孝、信義、武俠等為崇拜，他們服從長上，為上犧牲的精神，二戰期日本的自殺飛機，已讓世人刮目相待。

南方群體在歷史上一直處於不平等地位下生活，沒有自己

的政治平臺，沒有文字，沒有話語權。所有的教育聲音全來自封建統治者，形成的文化是原始和低檔次，形成落後的文化。《桂海虞衡志》是這樣描寫廣西少數民族：「見知寨如裡正之見長官，奉提舉如卒伍之於主將，視邑管如朝庭，望經略帥府則如神明」。在桂西南的壯區，很多人給孩子取名，多用粵語名而不是壯名，以示高人一等。元代前，雲貴等大西南地區依然是夷蠻，是南詔、大理的故地，元後僅僅五、六百年間，雲貴地區的雅語（官話）率遠遠比廣西官話高數倍，說明攀附崇雅心很強烈。這些愚性攀附文化當然使南方群體民風頹廢，無法扛起振興大旗。

（五）教育的缺陷

民族的進步賴於教育，教育的優劣決定於教育條件、教育內容和教育方法，南人在歷史上除極少數上層人物能獲點滴教育外，廣大百姓能享教育非常少，以廣西為例，宋代之前沒有正規書院，到宋代，才出現勾漏書院（1131年——1162年），能到書院讀書的人也極少，桂西地區書院更是空白，直到元明，史志記載土司子女求學效法是「寄藉內地，納糧補授」。到1743年，桂西才有「秀陽書院」。廣西在明清有舉人4958人，其中桂林府占51.2%、南寧府和太平府僅占19.4%、思恩府和右江地區為零。雲貴地區教育更落後，這可以從歷代狀元、方志數、家譜數和歷代名人數得以佐證。且教育內容又是單面，除儒家君君臣臣順服教育外，缺少獨立思考教育。更主要是教育缺少言傳身教，儒家宣導「己所不欲勿施於人」等大道理在論語中滔滔不絕，一回歸社會就不靈了，當皇帝有三宮六院，當官不僅發財，官氣也十足，《聊齋志異》稱何為官是「出則輿馬，入則高堂，上一呼而下百諾，見者側目視，側足立，此名為官」。民謠也有「舉秀才，不知書，察孝廉，父別居，寒素清白濁如泥，高弟良將怯如雞」。理論和現實形成鮮明反差，教育只成一種擺設。南人在古代受教育的機會很少，教育內容又是順從教育，在現實中又接受說一套做一套，教育深深印上利益教育印記，使南人也漸漸染上自私，和基督教徒、佛教徒

相比，有天淵之別。

（六）自強競爭力的缺陷

競爭力的內容很多，這裡僅討論兩點，一是自尊和自信。一是醒悟和識知。因為缺自尊和真知，使南人在競爭中屢屢敗北。

一個民族如果沒有民族自尊、自信和自省意識、必定是缺少愛自己家鄉和自己民族文化。只有具備這些條件，人們心中才會升起愛家鄉的太陽。南方群體缺自尊缺人格的缺陷與其他民族對比最能體現；開封的猶太人儘管已被稱為漢達上千年，至今竟要求識別，一些人尚跑到耶路撒冷定居；蒙古人常常在央視舞臺上表演，幾乎個個稱自己是蒙古人而自豪，儘量講蒙古語。南方少數民族則不同，講母語躲躲閃閃，生怕別人蔑視。在數億的南人中，當今的孩子多不講母語，母語的瀕危已是人人共睹卻無人留戀、質疑、反思和傷感，更少有人提出護衛。相反，認為世界大同，語言融合是顛撲不破的真理。這樣，母語如一張任人廢棄的手紙丟掉了。

如果我們調查，會發現南人崇外心非常濃，尤其是南方少數民族，普遍持有「本地薑不辣」觀念，都認為家鄉不美，民族無光，語言不甜，求虛榮求攀附心很濃。侗壯民族一離開村口就操起強勢民族語言，意示我不是土佬，對外也稱是「祖籍山東河南」，在滇黔和越南有很多僑居的壯人，尤其是在越南占了華僑近一半，但操的是粵語絕無壯語，在對外婚姻中，也是以嫁外為榮，能嫁到河南河北，在村子裡也受人羨慕。西南山區有一才貌雙全女大學生，在家鄉的官員、老闆、知名人士紛紛追求，卻視為「土佬」不屑一顧，非黃河長江不嫁，她轉輾江蘇、四川、河南、湖北等地數年，除被玩弄外一無所得，最後轉老家廣西，竟與一個無文憑、無房產、無職業在當地打工的安徽仔完婚，該男子長年在外飄忽不定，極少顧家，結婚生子男方家全不問津，女方從未到男方家，也不瞭解男方家境。但女子卻感到非常榮幸，逢人便說「我的兒子不要他講廣西

話」。文革期廣西桂西北建有一些廠礦，使有本地籍（少數民族）和外地籍之分，結果，婚配的關係是：90％本地女嫁給外籍，外籍女罕有嫁給本地男子。婚配存有歧視；一流本地女只能嫁給二、三流的外籍男人。而這些，南人也少有反躬自問是什麼，更沒有提出怎麼辦。這是典型缺自尊、自信、自省和人格的表現。

南人的崇外、媚外、恐外，廣西壯人的「不敢抗」，使南人始終長不大。

第三節 鄉情鄉音鄉語的冷漠

一、概述

　　民族方言母語三者關連性最大又是人類最重要標誌。民族一般指文化、語言、歷史或宗教與其它人群在客觀上有區分的一群人；方言指是語言的變體；母語則稱是一個人最初學會的本民族語言。由於利益驅動，在部分國家尤其是集權國家，對民族語言方言的界定不是依標準而是依利益定奪，常被政治利益集團肢解成各取所需，就民族而言，有按國度劃分；如美利堅民族、巴西民族。有按宗教分；如猶太民族、伊斯蘭民族。有按文化政治分；如漢民族。庫爾德民族是世界公認的民族，但在土耳其、伊朗等國卻不承認，認為是自己民族的一部分。這些劃分均是據利益來分。方言亦如此，語言和方言的界定是以能交流理解或不能交流理解為標準，但在法國，加泰羅尼亞語、普魯旺斯語、加斯科尼亞語等語間是可以交流互通，但前者因地位高，定為獨立語言；後兩者地位稍低，定為法語方言。我國漢語分類沒有語族和語支，只有漢語言。粵、吳、閩等語相互間如雞鴨對唱互不相通，乃定吳、粵、閩、客、贛、湘、徽等語屬漢方言。西方學者則從語言學角度出發按科學劃定；凡是相互之間不能通話稱語言；相互能交流理解稱方言。故稱漢語為漢語族，吳、粵、閩等各方言則分為 13 種語言，每種語言都擁有國際語言代碼；如北方話為 cmn、吳語為 Wuu、粵語為 Yue. 原漢語七大方言中，閩語被分為五種語言，加上晉語和徽語共 13 種語。西方學者據此劃為各自是獨立的語言，不稱是方言。這種劃分比按國度、按宗教、按文化劃分更合理，更容易操作。不會出現任人唯是了。

　　由上可知，對語言和方言的劃分，西方依尊重個性審定從嚴，我國依政治一統審定從寬，使語言識別是各取所需，定粵方言是什麼都有道理。故一學者稱；有政治地位是語言，沒有政治地位是方言。語言學家溫艾克更是形象說；方言擁有陸軍

海軍就是一個語言。這說明，判斷語言方言，不應看戴帽子，更應是不妨礙與對方交流談情說愛。我們對民族和語言劃定不能生吞活剝，更應從戴這頂帽子是否合理？是不是自已認可？還是別人強加？這頂帽子是否對母語有利？

出現民族語言的識別分歧，實際是其「徽章」和「利益」的博弈造成的；利益形成護語和排斥語言的不同需求，其深層次是方言母語政治化誤識造成的。

方言母語深得人類的鍾情，是其有文化性和認同性特徵。民族方言母語皆具獨立個性，使有普天下再找不出第二個我的群體，而人類的天性也是追求「獨我」為神聖，為彰顯「獨我」，古今中外的人類便冥思苦想發明或崇尚不同的文字、不同語言、不同信仰、不同習俗。使至一件衣服、一種髮型、一座房子、一首歌都深深印上「獨我」符號，變成了個人或群體的身份徽章和尊嚴標誌，並對「獨我」產生無比的情懷和萬般崇拜。有人這樣讚美語言；稱語言就像一個人的牌子，牢牢掛在顏面。人們一見一聽身份徽章，即刻激起我類他類並勾起親疏情懷，漂流在異國他鄉久了的遊子，一旦飄來一絲甜甜和親切熟悉的鄉音，會本能反應捕捉鄉音的撲來，孤寂久年的內心，也被甜甜的鄉音撩開溢出溫暖和喜悅。這些遊子一旦回到久違故鄉，濃濃的方言會撲面而來，再與老人用家鄉話聊幾句，就能感受其中的溫情所在，鄉土之情讓人重拾起童年的歡樂，激起無限的愛和力量，這是一名人的贊言。正是方言母語的魅力所在，是別的語言不能代替、不能表達和傳遞的。因為民族方言母語的特殊地位，被古今墨客騷人視為千古絕唱。學者王育德稱「語言是民族之母」，唐代詩人賀知章有「少小離家老大回，鄉音無改鬢毛衰」，很多文人名人提出「傳承母語，無愧祖先」的口號，有個學者說；世界上最痛苦的事不是你失去什麼，而是卻忘自已的民族和母語。對母語的歌頌和愛戀，莫過於法作家都德《最後一課》裡的描寫，都德把德國人戰勝法國後將阿爾薩斯法語改學德語的痛苦場面描成淒悽楚楚（暫不論是非）。正因方言母語有極大意義，方言權利受國際社會關

注日益明顯；自二戰後經歷了母語教育、母語人權、母語保護三階段。母語教育提出母語概念和問題，1951 年各國專家開會提出「每個學生開始接受正規教育時都應使用其母語」。母語人權提出母語權是人權的重要一部分，母語權包括習得權、使用權和傳播權，並先後由聯合國教科文組織等在 1992 年、1996 年發表「萊塞弗宣言」、「世界基本語言權憲章」、「世界語言權利宣言」，明確母語的權利。母語保護提出護衛措施，2001 年發表「世界文化多樣性宣言」、「多語並存世界裡的教育」等檔，1999 年上述組織定每年 2 月 21 日為「國際母語節」。只是我們意識形態濃，使國人對母語節非常陌生。近年我國對母語也日益重視，先後召開了多次母語學術研討會。

正是方言和母語有感情認同作用，具有磁力線。當封建王朝因開疆拓土存在被征服者的不同語言、不同文化時，就會激起「非我族類，其心必異」的思維而惶惶不安，視為隱患。這也是效同化效「一統」的起點。形成對方言母語征剿的地雷。恰恰這一點又是民族方言母語受邊緣化受衰微的主因。

在文明社會，人們能容允不同文化、不同語言存在，但在封建社會則不然，它們重視權力，想方設法「化異為同」，以達「維穩」。主要措施手段是；先是使陌生人變認乾爹；後是解除對方心理防衛，同化、愚化、窮化和曲解掩蓋是消除心理防衛的良方。昔日日本入侵我國，效法是歪理、歪帽（定性）、歪行；歪理是「大東亞共榮圈」理論，歪帽是「中日親善」，彼此是同種同文是一家。歪行則是效仿我國歷代王朝的「以夷制夷」，「分而治之」的權術，內蒙新疆有蒙疆政權、東三省有傳儀的滿州國、廣大中原則有汪精衛的中國國民政府。在廣大的東亞地區，是推行神聖的大和民族文化，影視、廣播、社交場合使用日語，東三省也遷來上百萬的日本移民。由此可知，如果日本不敗，則數百年上千年後東條英機也能像秦皇那樣被國人讚是千古一帝，華倭一家。人們只有讚頌武功和廣袤「一統」疆土，絕不可有甘冒風險質疑華日之別。甲乙兩群體的差異也被歪理和權術修補成天衣無縫了。古今中外都是如此，只

是程度有別。伊朗人就稱庫爾德人是其民族一部分,兩民族沒有差別。伊朗人的這種提法,很明顯就是力圖掩蓋或淡化相異成分,達到鞏固政權。

由於歷代封建者推行同化政策,南方群體的母語衰微已是有目共睹,其因眾說紛紜。近年有人調查;南方群體不願講母語的原因有;「不自信,覺家鄉話土」有 63.9％的人認可;「虛榮心作祟」有 54.5％的人認可;「覺得家鄉話難聽」有 50.9％的人認可;「不願讓人知道自己來自哪裡」有 48.7％的人認可……上海話和廣東話一樣都是強勢語言,吳語人口有近億,但上海話的萎縮和邊緣化也是日益加劇,學者趙亞希在中國改革報上披露;90 後的中小學生已不用上海話交流,在家中用上海話交流僅占一半,有 40％的上海籍中小學生已不會講上海話,這些說明南方群體的群體意識、群體感情、群體信仰趨近蕩然無存。顯而易見,這就是缺少尊嚴和權利意識造成的。

我國母語的瀕危有自己特點;一是瀕危人口最多,世界瀕危語言人口雖未見統計,但瀕危語言基本是微小語種,故總人口數不多,我國瀕危是大語種,土家語有近千萬人,滿語超千萬人,全國瀕危語言有上億人,占全球瀕危語言人口應在 80％以上。二是瀕危發展快,近 20 年來 10 歲以下兒童多不講母語了,短短數年比過去上千年的同化還要多。三是瀕危因素不同,世界各國瀕危因素基本是自然型,屬人口太少、經濟太弱而受同化,我國則屬政治型,推普政策使母語受影響。四是保護母語力度微弱,僅限於口號,損害母語的政策尚未糾正,更沒有搶救母語具體措施。

母語受損已是不爭的事實。幸運是,也有少數有識之士母語之情尚未泯滅,對母語的瀕亡在臨憂心忡忡,2011 年上海 82 名學者聯合署名發佈「關於科學保護上海話的倡議書」,提倡幼稚園、中學生在課外時間說上海話。學者丁某也說;「一種方言的消亡,也就意味著關閉了一扇文明的門窗,所以,應該給方言足夠的生存空間,以便更多獨具特色的地域文明能更

好地傳承下去」。

二、冷漠原因

對於母語的衰微，看法是很多，但有幾點值得我們思考；一是境外粵語區比國內部分粵語區生存優良，二是母語生存力是解放前比解放後強，三是母語生存力是農村比城市強。順著這三特點思考會發現很多問題。說法雖多，但主要是觀念、傳統文化、體制等等缺陷。這些缺陷又催生四大錯誤：一是誤識誤判，誤識是一統理論、華尊夷卑和世界大同理論奉為神聖，誤判是認定為中原南遷；二是中了虛榮的陷阱，虛榮的風暴讓南人乖乖自斃；三是缺正確思想和方法指導，判斷客家族源，僅僅據可信度不高的音韻現象，忽視活生生的語言差距、習俗差距、心理差距及遺傳差距等客觀事實存在，不講理、不講事實，專講理論的空對空，這種思想和方法必然引起判斷謬誤；四是缺真理教育，出現缺信仰缺感情，缺人格認識。這些錯誤最後沉澱為一點是對母語冷漠。現就冷漠前因後果剖如下。

（一）母語意識淡薄和危機

母語意識，母語感情、母語信仰是民族興衰之根，如果缺少這些要素，人們就會對自己的方言母語冷漠，民族和民族文化就無法生存。有人說，國民遠離真理、討厭本民族文化。這是一個民族信仰危機的信號。國民的民族意識冷漠，如同巨大的離心力，對民族的發展有巨大的破壞力，民族冷漠的特點是視民族利益與自己無關，認為民族是自己身外的東西。

這樣，恥講家鄉話，看不起家鄉人，沒有江東父老概念，便悄悄佔據心靈而產生冷漠。

母語意識不是孤立存在，它與群體意識、權利意識、尊嚴意識等息息相關。

群體意識是人們對家庭、集體、團體、黨派、階級、民族等等的覺察和關注程度。巴倫的解釋是「通過某種紐帶聯繫在

一起，並具有不同程度內聚力的一群人」。顯而易見，群體意識的精粹在於「覺察和關注程度」、在於「內聚力」。

當群體意識淡薄時，人們會對先祖陌生和缺懷念、對鄉情鄉音和江東父老失去愛戀，對屈原、勾踐等等歷史典故視為可笑、聽京劇津津有味，對聽浙江醒感戲、福建平講戲、湖南師道戲等則感俗不可耐而噁心。民族虛無主義也浮起；「華尊夷卑」成了評判是非的法則，凡解讀自身文化，幾乎全求助於中原文化來詮釋，仿佛是缺少中原不成戲，大凡南方考古，南方文化。幾乎印上「中原文化」或中原影響的雷同臺詞。修族譜、修方志更是有眼有鼻滔滔不絕道明「南遷」強音。

群體意識淡薄另一表現是重亡國輕亡文化，重國族輕群族。對亡國耿耿於懷，對亡文化竟是毫無所謂。事實上亡文化比亡國更慘烈。評判是非不能看帽子而是看結果。印度亡國數百年，越南朝鮮亡國上百年數十年，臺灣也被日本統治五十餘年。最後這些國家和地區的百姓都能活下來，語言和習俗能保存。土耳其、伊拉克及伊朗等國的庫爾德人無亡國之痛，但庫爾德人的文化卻瀕亡了。庫爾德人習俗被取締，庫語被禁止講，庫爾德人享有的權利比不上印度人、越南人和朝鮮人。禁言禁行也比印度、越南多。有媒體稱庫爾德人被薩達姆屠殺達 18.2 萬人之多，僅 1988 年就用化學武器屠殺哈萊卜傑村達 5000 人。庫爾德人和印度人相比，亡國和亡文化孰優孰劣？亡國如果僅僅是失權力，那是統治者的事，如果是亡語言習俗，亡權利，則是天下廣大百姓的心靈踐踏和苦難。

權利意識必須要弄清權利的真正概念含義和內容，當今因私利玩弄慨念盛行，前蘇聯就有生存權取代人權，民主又有集中，自由又有法治等等，往往因玩弄概念使權利變成空殼。因此，權利的含義不能離開人類最主要的需求，不能離開真理，不能離開標準。母語如果生存和發展有障礙，社會不給批評時弊和個人辦報，奢談種種的權利都屬毫無意義。

俄羅斯稱車臣民族是其大家庭成員，是非依權利分析就一目了然。車臣是有固有的歷史；有自己文化和語言；有自己地

域和心理素質。俄羅斯和車臣在 13 世紀同被蒙古人征服，分別被蒙古統治為 240 年和 300 餘年，均比蒙古人統治中國 89 年多數倍。車臣在 16 世紀後又成波斯、奧斯曼、俄羅斯三帝國爭奪對象，至 1895 年被加入俄國版圖。同期古巴和菲律賓被美國佔領但很快獲獨立，車臣依舊不變。臣服後的車臣人受異族異種相待，車臣多次反抗未果，到蘇聯執政期，1944 年被撤銷共和國地位，同年將 38.7 萬車臣人驅逐到西北利亞或中亞，人口幾乎占近全部，流放後的車臣人餓死、病死及屠殺競損失了 40％人口，蘇聯解體後於 1994 年和 1999 年又發生兩次車臣戰爭，第一次戰爭平民死亡達 10 萬，第二次車臣反叛分子被殲一萬餘人。車臣人屬二等地位，傳統文化和宗教被禁，學校只能用俄語，車臣語僅限於家庭用。車臣人不能為自己辯護是非和公決。自己的利益存在受損。

同理，土耳其稱庫爾德人是自己民族，硬是將庫爾德民族載上土耳其民族帽子，但是，庫爾德人地位和權利受損，母語被禁，庫語學校被關，不承認有庫爾德人，庫爾德人被征剿不斷。

尊嚴意識是人類進步的推進器，尊嚴講究美醜善惡意識，缺少尊嚴其結局必是以個人利益為風向標，哪裡有利益就往哪裡爭，社會和諧的遊戲就不復存。尊嚴的意義就在於維護真理，維護自己神聖的信念，不為邪念的五斗米折腰。這樣，整個社會就能控在正軌上作遊戲。民族母語的尊嚴，就是維護先祖世世代代傳承的最神聖的那部分。如果存心拋棄先祖神聖的遺產，撿起別人的文化當成自己的驕傲，這不是尊嚴，而是尊嚴危機。

（二）悟識力的低微

人類的悟識力是生存和評判美醜的利器，因無知而錯、而敗、而傷和而亡多不勝數。對語衰而言，「方言有害論」、語言大同、「中原南遷」等若認識不清，侈談衛護母語屬笑話。對悟識力的認識可參考下面專論。

（三）陰私思維膨脹的霸性徵剿

陰私思維就是獸性思維，其特徵是以私為旗號，以剿為法和內容，包括統語言統習俗、用一統的利益教育洗腦、效開疆拓土示威、求絕對權力不許「逆言」犯上等等。其中打壓母語生存最為重要。母語的生存是需要條件的：一是有活動平臺及良好語言環境，包括有經濟、文化、政治的城市中心；二是有法律保護；三是有衛護母語具體措施；四是無語言歧視；五有母語的信仰和認同感。對照這些生存條件，會發現處處有紅頭文件打壓母語，招工招生有某某語優先；母語平臺不良，母語出不了家門，社會見不到母語蹤影，一切社會活動交流國語化，方言區兒童教學效單語教學，媒體也缺母語聲音，當今南方部分方言區的企事業單位服務視窗多掛有「請講普通話」示意牌，提示不講國語辦不成事；母語缺少話語權，缺少衰微探討，無法申張母語權利、損害母語的政策和舉措無法糾正，母語失去呵護。母語必然萎縮了。

母語平臺是講究權力來源；權力來源於誰，權力就會討好誰，專制體制是向上或向皇帝討好；民主體制是向下（選民）討好。權力的討好方位是平臺優劣的主要條件，向上討好就有皇帝是老大，向下討好則是選民是老大，皇帝是老大就需要維權護權統語言統習俗，母語就有傷筋骨。選民當老大無須統語言統習俗作護權治國措施，母語就有生存條件。

（四）負性文化侵蝕

負性文化（自私和虛榮等）對人和社會影響極大，對人是產生心靈扭曲，對社會是立體性破壞。道理很簡單；負性文化左右人的思維方式，思維方式決定思想，思想支配行動定興衰存亡。僅僅以虛榮文化而論，就有南人恥講母語、愛攀豪門、謊稱祖籍地等等。負性文化對摧毀母語防衛力、維護封建權貴利益，其功確確實實無與倫化。詳情見四章一節討論。

母語的冷漠，如果用簡單的公式表示，則母語冷漠與虛榮、愚性無知、負性環境成正比；與信仰、母語認同感成反比。

當虛榮心愈大、語言歧視愈濃、識知愈低、信仰與母語認同感愈低，母語冷漠愈明顯。

綜上所述，母語冷漠實質是歷代封建權貴實施利益教育、推行洗腦術和推行同化的結果，各方言和母語區，超 90％的教育實行單語教學，10 歲以下的兒童基本全揚棄母語。洗腦教育又致人們深信韋姓是韓信後，使母語意識喪失，「母語的光茫」成了廢話，南人的信仰、族群意識、家鄉感情多已不存，取而代之是「風聲、雨聲、我不作聲。國事、眾事，關我屁事」。對於母語的瀕危，他們會笑一笑說；「早應歸西天安息了」。這樣，40 年後母語將從地平線上消失了。

第四節 群體悟識力的蒼白

一、認識的複雜性

悟指醒悟、覺悟，識指知道、能辨別，悟識力應是鑒別力來理解。認識是主體收集客體的主動行為，是認識意識的表現形式。

人每天都與周圍打交道，認識和判斷就成永恆的主題，認識和判斷的研究也凸現重要。當今的「祖籍中原」、方言有害論、世界大同及一統神聖觀等認識，均有是是非非，我們可以這樣說，人類千難萬難，正確認識是第一難。

有人將 2=2 證明為 4=5

因為 2=2 可示為：$8 \div 4 = 10 \div 5$

兩邊提取公因數 4 和 5，得 $4（2 \div 1）=5（2 \div 1）$

消掉兩邊公因數（$2 \div 1$），則得 4=5

以上提示事物是複雜的，數學是科學性含量最高仍能曲解，曲解普通的人和事更是輕而易舉。語言和方言，一般以能交流或不能交流來區分；同化或沒有同化，與全部接納或沒有接納對方文化作區分。但粵語、閩語、吳語和北方官話是牛馬互不相通，卻屬漢方言和屬漢化。蒙語和裕固語、柯爾克孜語和維吾爾語、壯語和布依語等之間，可以溝通交流，又視為不同語言，而不是方言。

土家族、滿族、仡佬族用漢字、漢語、漢俗，卻不屬漢化，是另一族。粵人、閩人、吳人僅用漢字、漢俗，不用漢語，卻視為漢化，稱是漢族，眾多權威科學家已證明，我國有以長江為界存南北蒙古種，但社會仍有鋪天蓋地的中原一元論。

對秦始皇的評價也是這樣，秦始皇、成吉思汗、皇太極均致力於開疆拓土，為中國版圖樹一幟，但前者被稱千古一帝，

後兩者視為侵略罪人。故朱元璋和孫中山均提「驅逐韃虜」的口號。80 年代報上大批特批西方的性解放論，今天又默認農民工的臨時夫妻和協議同居。孔夫子的命更慘，時而捧上天，時而打入地並踏上一隻腳。就是母語，提及衛護常常視為異端而大受評擊討伐，討論優化社會也屬謊言和噪音。社會可證 1+1=3，那麼，真理就有如小姑娘那樣任人打扮。所以，有人稱「智者見智，仁者見仁」。在這裡，也許不僅僅是仁智之辯了，當是政治意識或利益作崇，這就是事物複雜性之因，有了政治意識或利益參與，認識和判斷的面目全非了。這些說明，識別是是非非和真理，是一件非常重要和刻不容緩的大事。我們要尋求的就是實實在在的公理。找出尋求的方向和方法。

認識與判斷對方言和母語的盛衰影響非常大，母語的盛衰全賴與母語思想、母語信仰和母語感情所決定，這些又由人的認識所左右。當認識含糊，思想就有世界大同、方言有害論；認識不深，對母語就持可有可無，母語與大白菜同價；認識偏廢，就有人云亦云，出現「我先祖是山東」。出現禁言禁行有理、出現方言是「含不穩定因素」等等是真理，既然南人是中原籍屬正確，那麼，棄俗從雅當是認祖歸宗的聖事，母語意識和感情就成不重要了。

二、認識的障礙

（一）認識的現狀

當今認識混亂是社會最大的公害；特點是面廣、人多事多、影響極深。小到潑婦相吵各說各有理，大到國與國觀點事件相爭。如民主的優劣，日本和朝鮮的評價就存天淵之別。我們在傳媒上能見到的不同文人表演也是目不接暇，鬥起膽論證「妓女的偉大」也不乏其人；從利就業、利納稅到解決性失衡的高論應有盡有。而當代為秦皇正名、為曹操正名、為朱元璋正名的文人也獲厚利，文人的論題在重獎之下已是「攻無不克」，所以，普天下已近無理可言，是非任人評說了。老百姓講了這麼一句形象話；「官」字兩個口，上一口下一口，好壞話由口

說。文人對歪理能擺正，是因為有兩個口。但有一題是文人無法論證的；「我是我媽和猴子交媾生」，這句話實打實不含兩個口了。

南方群體缺少獨立思考和獨立認識，受環境左右最大。是非就由誰的嗓門大小取捨，真理和事實讓位於嗓門。形成認知能力低下，母語有什麼意義？民族文化是什麼等等均是含糊不清，對要或不要母語也持無所謂。對重大事件和社會變化淡漠麻木也是令人吃驚的。在廣大江南地，尤其是壯侗地區，對母語的滅絕持無所謂的人群達近100％，持民族同化無所謂的人群也近100％，文革的好壞，持無所謂也達90％以上。以上雖是估計，但總體是正確的。這說明，南人的認識和判斷依然是一個嚴峻的問題，這個問題不解決，就很難改善社會優化，很難挽救母語瀕臨滅絕。

在當前，影響認識和判斷有兩大障礙，一是提供認識和判斷的資訊非常有限和不可靠；一是廣大百姓識別力低下。從政治陰私宣傳、社會謠言、虛假廣告及傳銷等等。均有大量迷信者或崇拜者，使致這些陰私得逞。

再一方面，認識品質粗糙，以感性認識為主，理性認識不足，只有收錄沒有消化，更沒有獨立見解，因而多是偏聽偏信，書上或聖人講什麼就信什麼，不依據調查和事實，而是據印象。

（二）詭騙伎倆

事物是以矛盾為特徵，有矛必有盾，人類一面努力挖掘認識，陰私者又一面掩蓋或干擾認識，陰私者可舉出秦始皇很多偉績，同樣改革者也可列焚書坑儒為據，形成認識拉鋸戰。最後的勝敗靠權力，靠權術。其中詭辯被應用最多；古希臘普羅太格拉收一訴訟徒弟，合同規定是，徒弟在入學前交一半學費，另一半是畢業後打贏了官司時交，徒弟畢業後按兵不動不想交另一半學費，老師急了並想出一妙計狀告學生，說：「如果我勝訴，按判絕交費，如果我敗訴，你贏了，按合同交費，總之，我勝訴或敗訴，你都得付學費」。

　　學生聽後卻說：「老師，你錯了，官司輸贏，我都不付學費，如果我敗訴，按合同我不交費，如果我勝訴，按法庭判決，我也不付費，或勝或敗，都不應交那另一半學費」。

　　由上可知，一經詭辯，事情就變複雜。我國國民自私較重。為維護私利，封建權貴者總是在民智民知做文章。形成了封建特色思想；一是愚民思想和愚民理論政策強烈，以老子和商鞅等人為旗手，秦始皇為耕耘。特點是禁言禁行，民間也持「沉默是金」。二是樹一統文化，推行「有我無他」，全社會只存一種文化、一種思想。異見者給予封殺打擊。三是認識利益化，大凡社會種種認識，均圍繞為利益服務。從文學、歷史、方志和族譜，多是以失真為代價服務於利益，彼此相爭講假話，姓氏 5000 年和孔子後裔 200 萬就是典型代表。

　　皇帝為了鞏固其既得利益，鞏固江山，常用詭騙方法有：一是神化自己，二是醜化別人。總目的是這個皇位只能是我。神化自己有神聖法、掩蓋法、轉移法、模糊法、虛實法、回避法等，醜化別人有挑剔法、取捨法、混淆法等。

　　以上各法，均可顧名思義理解，朝鮮能有遍地喊領袖萬歲，當然與宣傳領袖的偉大和神聖有關。前蘇聯的卡庭事件，槍殺數萬名波蘭將士，能掩蓋 40 餘年，與混淆法、掩蓋法有關。上世紀六十年代大饑荒餓死人，其事實是：（1）、當年部分人尚活著；（2）、解放 60 多年，饑餓年代人口是負增長，其餘是正增長；（3）、各地方誌檔案調查均有真實資料。然而，仍有名學者稱「餓死三千萬是瑤言」，「虛假資料」或稱當年是「正常情況」。這裡用的是挑剔法或取捨法詭騙。文革期，媒體稱湖南道縣戮殺群眾達 4519 人，占全縣人口 2％。年齡有 12 月至 80 歲，有刀砍、鐵烙、活埋、沉河，還有數十人捆在一起炸藥炸。挖眼、割耳、剖腹、割乳等也有。但當今網上仍有稱文革好，這是用掩蓋法、回避法的詭騙。2003 年發生伊拉克戰爭，開戰第 4 天，某報用整版報導伊戰計 12 條新聞，除 3 條新聞為中性外，其餘 9 條是傾向性新聞。沒有報導伊軍失利和傷亡。這就是虛實法和取捨法。

對一些史實，稱秦滅南越有功，元滅宋、清滅明有罪，中原遷南方是有據，遷日本、遷越南、遷泰國又說是荒唐……這些，用的就是混淆法、挑剔法詭騙。

以上種種詭騙，最能說明問題是「餓死三千萬是謠言」一文。

首先，混淆概念，把「營養性死亡」和「餓死」分開，把非正常死亡和正常死亡混淆。這樣，餓死人的概念就含糊化。

其次，應用挑剔法。在方志、檔案、調查報告的資料總有出入或差距，該學者便效取捨法，取小舍大，以點代面，為「正常死亡」找證據。

最後，應用回避法和虛實法，對客觀的餓死人一味視而不見，而是從文字遊戲作文章，以咬文嚼字取其一點，否定全盤。

我們探討母語，相信也會遇到用上述方法來對待。個人認為，如果確需爭鳴探討，應該循這些問題討論：要或不要母語？南人和北人是否能分辨？清代前的正統皇帝是否全是北人？南人的母語是否有萎縮？這些問題是不是事實？能不能討論？總之，爭鳴應循科學客觀，不要避實就虛，不繞道，不要空對空，更不要玩弄文字遊戲，這樣的爭鳴應是有益的。

（三）認識的問題

由於認識不能分清是非，當今把誤當是、是當誤並不少見，最主要問題是：

1.社會矛盾是經濟而不是權力（政治）矛盾。

2.集權是治國，民主是亂國。。

3.國家形象庸俗化，凡提問題視為「抹黑」損害國家形象而禁止。

4.自私是人的天性，誰沒有自私？

5.世界將走向大同，民族和母語的存在沒有意義。

6.方言的存在不利於國家穩定。

7.只要解決吃穿，什麼權益和信仰都無所謂。

8.評判缺陷，評判是據利益、據宣傳力度、據唯書、唯上、唯聖而不是事實。

此外，「中原南遷」、中華姓氏 5 千年、方言有害論、一統神聖論、華尊夷卑等等均屬是非的典型。

當今認識最突出的問題是線性思維，認識和思考僅僅停留在感性和表面上，缺少分析和質疑。皇帝的優劣不在於利民，而在於利權，誰的戰功大，誰的疆域大，誰最有權威，不管他殺多少人，耗多少勞民傷財，均不影響他成最偉大的皇帝。這些認識不僅是個別人或普通人的認識，而是滲有眾多的名人、學者及精英等共同合唱，形成主流派，如秦皇登上千古一帝已是公認的鐵案。這說明以瘋狂殺人和封人嘴巴仍定優秀標準實是荒唐的。

（四）認識謬誤的原因

人類鑒別是非的困難，原因是很多，包括思想、環境及歷史文化等等。為何孔子有褒有貶？為何 4=5 ？為何是非總是扯不清？其原因主要是：

其一、評判視角和標準異化；以什麼作評判依據，是正確或謬誤主因之一，如人權，有依生存權定奪而不是依選舉權公決權；論「中原南遷」，是據族譜而不是據基因和文化；稱秦皇千古一帝，是據統六國而不是國富民樂；評母語，以權力作參照物，就稱有損國家穩定。以人為本作參照物，就有民族文化和人權高於一切。諸此種種，是視角不同和標準異化造成謬誤。評判是非，需要從要素本質、要素的需求層次及要素與利益關係程度來審定。人類的需求層次以精神需求為最高，也有稱滿足講話滿足意志是天性，生存僅僅指有飯吃，以生存權代表人權就犯以次充優了。視角和標準失真，權術者就會偷換概念讓人們跟著傳媒念「開疆萬歲，方言不對」的經。

其二、利益和感情取向失控，出現評判感情化。

前些年廣西某地自撰《中國覃氏通書》一書，為了尋求「祖藉發祥地」，不遠數千里和不計耗費銀元組團到河南、山東尋根。在山東並沒有找見覃懷滿祖地益都縣糯米街 98 號，也不見覃姓村落，只有譚姓。同樣在河南也找不到先祖的「覃懷國」，也沒有覃姓。只見鎮上有覃懷賓館、覃懷飯店，於是如獲至寶，欣喜萬分，並在尋根報告中大加頌贊，稱找到了「覃懷發祥地」，很明顯，僅僅據一旅社名稱就印證「覃懷國」先祖地，應是感性代替理智的結果。

惠安女明明有「封建頭，開放肚」習俗，競稱是「衣冠八族」後裔而自豪。利益影響評判更大，臨高人不願定為壯族，怕定為少數民族後男人難找媳婦。

其三、評判環境不良；評判需要條件，這些條件有；一是正確思想指導、二是有優良寬鬆環境，三是豐富和準確資訊、四是有良好認識素質和方法。對照這些條件，具備不多。

評判最講究資訊，當資訊失真不實、或資訊不暢、或資訊處理利益化等等，是非就無法判斷；資訊失真多是政治干擾造成，干擾的手法有選擇性取捨、或封鎖資訊、或歪曲資訊等等。明代永樂年間，明征越南，號稱兵 80 萬，實際兩方兵力不超 30 萬；1955 年破獲建國第一大詐騙案，李萬銘通過偽造檔案、介紹信、電文等假資訊冒充老紅軍、「人民功臣」，從一個國民黨下級軍官升任到林業部處長，並獲赴蘇聯參觀，行騙達 4 年多在陝西偶然被翻船，提示假資訊讓人受騙。取捨性資訊和封鎖資訊以文革期多見，轟動世人的唐山大地震、通海大地震、河南水庫潰壩事件等死傷人數上萬上數十萬，但當時全以封鎖保密。至今河南水庫潰壩死亡人數仍是個謎，死亡人數有官方 2.6 萬說、民間的 8.5 萬說、全國政協委員喬培新等人報告為 23 萬人。

其四、缺邏輯分析，識別力低下。表現是認識含糊，思辨不足，認識方法缺陷，無法發現和提出問題。

認識模糊、就有以感性思維作指導，重印象而不重條件和標準等。評判是比什麼？怎樣比均不清，族譜和遺傳基因的意義孰大孰小均難分辨，喊了上千年楚越人同化於漢卻不知同化了什麼內容。形成認識很模糊，

思辨不足和認識方法缺陷影響評判很大，尤其是邏輯，如求陰私，必求權力，求權就需爭權護權，爭權護權必有壓人和封人嘴巴，結果百姓權益不僅受損，社會只存一個聲音致腐朽遍地。說集權含種種優越，不是無知，就是別有用心了。

人稱認識方法有二種，一種是迷信經驗，以感性思維為法；一種是歸納演繹法，以邏輯思維斷事。迷信指不懷疑就相信，是懶惰的原始思維，這種思維效率很低下、準確率很差。今天韋姓的人多稱是韓信後，一些人尚改為韓姓，這就是迷信族譜和方志最典型的明證，缺少邏輯思維造成的。

三、認識的基礎及觀點

（一）認識的原則

認識是人腦反映客觀事物的特性和聯繫，並揭示事物對人的意義與作用的思維活動。廣義包括感知、記憶、思維和想像等。認識（意識）分三層次；認知階段；解決「是什麼」，「什麼事實」。評價階段；回答「有何用」？「有什麼價值」？意志（決策）階段；解決「怎麼辦」？「實施什麼行為」？三階段最後旨在決策判斷。故判斷是認識的皇冠。判斷貴在程式和方法，其中遵循原則和標準是評判是非不失為最有效的方法。如評判人和社會的是非，其原則應包括如下內容

1.事實和結果。權術者詭騙的秘訣多是用咬文嚼字作遊戲，或是理論到理論，不談實際，避談具體。一旦改用事實和結果作標準，權術者就露餡。近年網上有文人石某著「西方文化致命的缺陷」一文稱；西方文化一是縱貪、二是縱惡、三是縱邪念。消費欲、權力欲、性愛欲構成貪。法護惡人構成惡。自由言論構成邪念。作者論證僅戴帽子，不舉事實，不作比較，

論證犯了以偏既全的思維誤區，更重要是；事實和結果證石某是偽論，既然西方文化是千瘡百孔，人們應是擇優捨劣，對腐朽避而遠之，現實卻是；人們像潮水那樣擁向西方。姑且不提中東難民，就是國人明星和高官家屬都紛紛出國，媒體不乏稱有「裸官」。古巴和東德也有大量人員逃往西方，卻罕見有西人逃往古巴和東德。這種涇渭分明的事實和結果卻視而不見，而專功「馬尾巴功能」，顯然是腦袋決定屁股了。如果用事實和結果定是非，相信權術者便無言以答了。

南北朝鮮均相互對罵稱對方是邪惡已方是優良，為對罵動用眾多的文人及大量資源，這實是愚昧的捨本求末，如果將對罵改為讓公民自由選擇居留地作優劣標準，豈不是更省事省資源嗎？不選良法而求對罵，顯然是有意欺哄世人。

2. 多數性及辯論性。是非鑒別的一個重要原則是循多數性和辯論性。是非是需要通過相互論證、相互爭鳴和相互辯論後才能分清優劣美醜，同時獲多數人的肯定，如果不給辯論，不尊重多數人意志。否定公投，排除直接選舉等等，應該說這均不符理性，很難認定是優越社會遊戲摸式。

3. 邏輯性。私利者是謀利益的，為了掩蓋自己謀私又不得不借用權術擺平。但權術與真理總有距離，任何美化私利總有破綻。前蘇聯稱自己的制度最優越，卻禁止人們公開評判，優越與禁止評論就不符合邏輯。同理，權利有人權、族權（母語權、習俗權）、文化權（宗教等）、國權（國家主權）等，其重要性是循與距離成反比，與人愈近，關切度愈大，反之關切度愈小。但封建統治者只講國權，少講人權，不講族權，這種放大國權，淡化人權、族權的現象顯然與邏輯相違。

4. 本質和標準觀點。辨別是非離不開本質和標準，提煉本質，能讓人明是非，如權術本質是實現陰私的利器，有一目了然。提出標準，能享半斤八兩認識，堵了詭辯之路。當今敵對國家間都拿專制暴政回擊對方，其因是缺少標準。如果專制標準以一是暴力或繼承獲得政權。二是不能公開批評政府或施政缺陷。三是有護權維權措施。四是有重意識宣傳、先軍政策。

五是效權術和同化為治國之本。以本質和標準講話，那麼，爭論沒有了。

今天評價秦始皇出現分歧，一是沒有理出本質，統文字、設郡縣不是本質，而是手段，一統不是為公而是為私。二是思想模糊，以民為本或以權為本、是仁政或暴政分不清。三是缺標準，以社會 6 條標準來衡量，秦皇不具一條。若評價以本質和標準為據，人的本質是求利於人生，利和諧，秦皇的奉一統，是以權為本，本質是為自已謀私利，與利人生、利和諧相違，稱秦皇是千古一帝當然是荒唐了。同理，定閩人、粵人為漢，應有標準可循，否則是非不清；當今對人權爭執不休，其根也是缺標準，變成各說一是，如果按馬斯洛需求理論作標準，需求層次則有生理需求、精神需求和靈魂需求由低向高分五層次。生存權、發展權屬低層生理需求，與高層次的精神需求監督權，表達權，自由權，知情權等相距甚遠，那麼，人權概念應是後者而不是前者，將前者取代後者就有強詞奪理之嫌了。

5. 利益背景觀點。人們常說腦袋決定屁股，也有稱什麼山上唱什麼歌。每種觀點和理論總是圍繞自己利益服務。所以，以利益背景來評估是非不失為一條快捷方式。韓某等五大學生領袖在文革期被毛澤東懲罰。那麼，這五人是否有微詞？從利益背境分析便瞭若指掌。因為五人都因「造反」和熱淚頌領袖起家，如果對領袖有微詞，等於自已否定自已，他們必然照樣挺文革和頌毛。網上有稱某學生領袖 60 大壽時邀文革故舊共敘有感。席間亮出對聯，橫批是「六十大富」，上聯是「三十年河東、鬥私批修、靈魂深處鬧革命、革命尚未成功」。下聯是「三十年河西、成家立業、身體力行搞經營、經營初見成效」。足見挺文革未改，又示虛偽成分，按文革理論，革命和經營是勢不兩立。批修鬥士下海，是天大的諷刺了。

6. 具體細節觀點。名學者龍應臺曾說過這樣的話：「判斷窮國或富國，下一場雨就夠了。走街時鞋子濕是窮國，鞋子不濕是富國。」民間諺語亦有稱：「養牛是窮人，養狗是富人。種稻是窮人，種草是富人。吃肉是窮人，吃野菜是富人」……

由此可知，具體細節的意義有時遠遠比長篇大論要重要和深刻得多。如果我們反思各種權術者或詭辯者，其要訣總是說含糊話。總是理論到理論，絕不循事實到事實。這種以虛代實，以假充優是權術者共同特點。以前寫方志，規定凡提到文革事件的原則是「宜粗不宜細」，粗是戴上帽子，但不講細節，提到人權，僅僅提口號或理論。談具體措施，談公投，提言論自由則屬禁忌，談到保護人類文化遺產，可以有連篇累牘的大作和申請遺產保護，但對探討人類母語習俗遺產則隻字不提，形成選擇性需求，所以說，應用具體細節判斷是非，用養狗養牛、用能自由辯論、用公投、公款吃喝等等來判別是非具有重大意義。評價反腐，如果有人問為何又不搞官員財產公開，這句問話細節遠遠比任何長篇大論要強得多。

7. 對比性；權貴者為掩蓋自己行徑，總是通過以點代面、以表代裡等等美化自己，墨索里尼就是用火車正點率高證明自己偉大。但如果改用人權、國民人均收入、國民消費水準等指標來衡量，並作縱橫向對比、與多數國家比，墨索里尼就沒有欺騙市場。

獸性思維為了追求利益玩弄權術將水攪渾，使人產生誤覺，這是歷史上屢見不鮮，不妨將上世紀五、六十年代前蘇聯和美國相互攻擊剖析說明；雙方都稱對方是侵略者，而我們也稱美帝國主義侵略者和稱蘇聯老大哥的口號，是是非非如果以上面的原則和標準為準繩，則答案又將是另一回事了。

其一，性質對比。蘇美兩國都有擴張史，但物件和性質不同。1776 年美國獨立後是對同族同域擴張，用武不多。俄國是借助武力對異國異族征討。

其二，殖民觀點對比。1898 年，西班牙敗於美國，出讓古巴、菲律賓、關島、波多黎各及西屬印度群島五地，這是美國至今唯一海外殖民地。但是，古巴、菲律賓先後獨立，波多黎各 4 次公決入美但因美國國會未批入美未果。1998 年的公決中支持獨立僅占 2.54％，支持加入美國達 61.3％。關島在 1950 年美國國會通過法案確定為「未合併領土」，預示有自

決權。前蘇聯卻不是這樣，前蘇聯和德國聯合出兵瓜分波蘭、出兵侵犯芬蘭及波羅的海沿岸三國。車臣近年要求獨立公投，當局不但不允許反而武力征剿，出現車臣兩次戰爭，死了 10 多萬人。

其三，二戰後利益政策對比。二戰後美國未獲戰敗國一寸土地，1968 年歸還日本小笠原群島，1972 年將沖繩島行政權歸還日本。反之，前蘇聯在二戰期前後通過武力強佔西烏克蘭、白俄羅斯地區、芬蘭、薩拉比亞、出兵強迫愛沙尼亞、立陶宛、拉脫維亞三國加盟蘇聯，與德國瓜分波蘭，又以戰勝國奪得東普魯士、庫頁島和千島群島，二戰中，蘇聯新增國土共 68 萬平方公里，1951 年日本宣佈放棄庫頁島主權，仍堅稱有北方四島主權，但俄羅斯堅持不放。

由上可知，判斷僅憑印象不據事實害處極大。除對美國蘇聯的誤識誤判外，其它的事例亦多不勝數，開疆的是非、人物的是非、社會的是非、民族語言的是非等等都有憑印象不據事實而產生誤判。

人類進步的標準，可以用價值觀的有無，真理的是非，信仰的濃淡，人格的高低等等作參照物，哪些元素的價值含量高就是進步。

（二）認識的條件及標準

認識事物需要條件；有正確思想指導及思想感情；干擾評判要素少；認識環境優良，包括識別力、標準、資訊等；有良好評判方法。其中思想是認識的基根。

思想主要是價值觀，不同的人有不同的理念，不同的理念決定不同的認識、不同判斷和言行，形成眾說紛紜。因此，尋求真理是鑒別是非最有效的武器。有人對判斷是非是這樣說；人有一張嘴，一要吃飯、二要講話、三長大後要接吻，三權必備，禁止任何之一都是違反天性。也是說，評判是非不能離開本質和原則，文革期有歌詞大讚「文化大革命就是好」，其評判就是不依吃飯、講話和接吻為標準，而是依「姓資姓社」定

是非，評判就不準確。

利益對評判影響極大，利益是左右感情，感情必然左右行動。形成為私要講假話，強化假資訊就出現「謊言重複一千遍是真理」，嶺南人崇尚伏波將軍就是數千年張揚「華尊夷卑」的結果。

干擾評判的要素很多，如歪曲真相、掩蓋事實、假資訊、歪理歪論等等，均使人們墜入五里雲霧。

認識和評判需要有理論、標準和資訊等。尤其是資訊更重要，資訊需透明、公開、有爭鳴辯論，阿拉伯女人有包頭巾，很難識其真面目。集權社會講究維穩、講究保密和資訊不暢等等。利於自己的資訊就公開，不利者則封鎖。這樣就很難判斷是非。廣西韋李梁陳等姓多稱是狄青後裔，有口傳、族譜、宗祠、墓誌等可據。但環境條件是；一是狄青征蠻來龍去脈均不清。二是狄青的兵源、人數、成分不清。三是對族譜、宗祠、墓誌、姓氏等的歷史、演變及可信度不清。明代之前廣西西部文盲率近 100％，誰來修譜、修祠和修志？廣西西部的譜、祠和志幾乎是清後修，憑什麼條件能弄清是狄青後裔？

良好的評判方法重在講辯證和邏輯、講程式，講事實和標準。以辯證為例，美國和朝鮮比，比社會治安、比失業率，則北朝鮮優越，比言論自由、比物質豐富，則美國勝一籌。同樣道理，南北朝鮮也常常對罵，北朝鮮稱是世界幸福國家排名前第二名，有原子彈、氫彈和洲際導彈，而韓國沒有，比這些，韓國要敗北，但如果比「一要講話、二要吃飯、三要接吻」，則北朝鮮有不給「亂」講話，缺少飯吃，金某的姑丈和親哥的命都難保，是是非非經分析辯論就一清二楚。

秦始皇是個有爭議的人物，因利益的關係當今是肯定多否定少，屬偉大的人物。這種定性值得商榷；其一，人類評判優劣標準是以滿足人類需求而不是滿足權力需求。秦滅六國，統文字，統貨幣，設郡縣等等，這和國內外所有帝王一樣是陰私的符號，是帝王為追求權力常做的菜譜。把陰私當成滿足人類

需求是強詞奪理了。其二，當今世界存數不盡的語言、文字和大大小小不同國家，並沒有影響地球村存在，沒有影響人類對精神和物質的追求，拔高「一統」，恐是另有所圖了。其三，從歷史觀察，天下開國皇帝有無數，推行新政也有無數，類似設郡置縣在世界各地都有，統一中國也不止秦始皇一人，劉邦、劉秀、楊堅、李淵、趙匡胤、忽必烈、朱元璋、皇太極等人都有一統中國之功。從辯證而言，國家的分分合合是極為常見，這絕非是秦皇發明的專利。拔高秦皇是不合事理。其四，評判是非不能看口號而是據結果；秦皇舉政是民不聊生，有人考據秦皇發動 22 次戰爭，斬殺對方軍人 181 萬，有記錄是 166.8 萬，白起一人殺超 100 萬，在長平就坑殺趙軍達 45 萬。秦征服徭役達 1000 萬人次，死亡上百萬，秦皇死後殉葬宮女工匠上千人。焚書坑儒和殺功臣也不少，呂不韋和白起冤死就是典型。秦以暴政圖護皇業萬代，卻僅僅維持短暫的 17 年。更重要是，秦體制並未能帶來長治久安，中國歷史依然分分合合，且分裂或被異族統治的時間更長。可以這樣說，當今尚沒有證據證明秦一統模式優於歐洲自然獨立模式；無法證明秦統一後的國家優於統一前的國家，離開「國泰民安」奢談美化武功與人類需求相違。其五，有良知的史家均稱戰國是「無義戰」，將秦皇的「無義戰」當作「有義戰」，混淆了侵略和捍衛主權的區分，無疑等於承認獸性侵略是偉業，承認希特勒、東條英機是一代偉人。秦皇的焚書坑儒，與開疆統一相比，我們的視角是人的生命第一，權力利益居次，秦皇所有措施都是為自已陰私而舉，稱秦皇是千古一帝，不是愚昧也是別有用心。將秦始皇捧上神臺是政治利益決定，一旦否定秦皇，等於否定強權專制，否定儒家的「大一統」理論，損害帝王利益。所以，儘管秦皇劣跡斑斑，依然能冠上千古一帝的美名。這就是評判背景。

對秦始皇的評價分歧，缺標準又是一大因素，如果對政治家的評判依；一是殺人死人的多少，二是百姓的吃穿優劣，三是百姓能否枇評政府。依這三標準，秦始皇和蔣經國的優劣分明。所以，評判標準是判別是非最佳的金標準。

歷史和事實證明，正確認識離不開標準，評判社會和母語環境的優劣和標準對照即一目了然．評價和判斷社會或體制的優劣，可參考如下標準：

1.社會存在優化權力和制權機制。

2.有充分保障人權、保障族權。族群權益不受損。

3.有調動人積極因素的機制，糾錯和激勵機制健康運轉。

4.社會優良，社會和諧和透明，沒有控言控資訊及歪曲事實。

5.滿足人類需求層次高，個人的理性意志和選擇不受限制。

6.有優秀文化，尊重普世價值，有良好的施政措施和方法。

以細節作評判更能說明問題；如公民能不能公開批評政府或國家元首執政缺陷；公民能不能享有直選或公決權利，享有自由辯論、自由辦報；國際間的移民逞「入超」等等。這些細節都是評判重磅炸彈。

（三）認識是非的判斷觀點

事物非常複雜，每天都有公說公有理，婆說婆有理事件發生，顯然說謊話的人並不少，讓世間充滿眼花繚亂而大惑。由此可知，有自已的獨立見解和提升評判力極為重要。

按上面所言，將理論、條件、原則和方法標準等引入判斷，是非會清楚，但講複雜倒不如講簡單；

其一，評判原則是據本質和最大的需求作參照物，非本質非需求均屬次要。

其二，評判細節以「能辯論」和「公認論」為標準，凡缺言論自由、缺公決選擇權、有民怕官是最不完善社會。

人的本質是求理性要講話，追求精神大於求物質。把秦始皇置郡縣統六國捧上聖壇不符評判原則和評判細節標準。

以民怕官和官怕民作衡量標準是遊戲模式最佳的裁判，不

會有喋喋不休耗費了大量資源為「雞生蛋蛋生雞」爭執了。

四、謬誤的識別

　　事物的複雜性，其因主要是二，一是事物本身，當事物處模糊狀，如商紂王是好是壞，缺少有效資料，是難判斷的。一是人為性，卡庭慘案是誰製造？，本來是客觀存在，但為了利益，使客觀存在變成「雞生蛋，蛋生雞」的難題。

　　那麼，是不是對事物就束手無策呢？不是的，儘管難以洞明，但當用正確方法時，多數事物還是清晰的。

　　首先，講走程式，重認識觀點。凡遇到人、事和社會的評判，不能憑感覺印象走，而是循序思考；即先審、繼搜材料和證據、再行論證、最後審視結果和反映。如審查社會是非，需明白價值觀、明白國家民族和個人的需求、明白評判標準、明白現狀及存在問題等等。認識觀點是化繁為簡、化虛為實、主次分明、重程式和標準。古今敵對國家都在對罵，伊朗和美國均罵對方是侵略者。一旦引入循序分析是非非即一目了然；先審本質，伊朗奉私，美國奉公，繼審核心標準，伊朗奉權力為私有，政教合一集權體制，美國效權力公有，事民主制。再繼考究事實及結果，伊朗為爭河道和三小島和伊拉克打了八年仗，波多黎各多次要求入美卻被拒絕。最後分析論證，通過複雜對罵為看本質、追求繁簡虛實主次的要義。就能分清誰是誰非。

　　其次，進行科學論證。評判的成敗在於論證，依據經驗，有效的論證應遵循所提的 7 條原則和 6 條參考標準。這些原則和標準歸納起來可簡稱為如下觀點，即有審視觀、本質觀、主次觀、數量觀、事實觀、科學觀、反證觀、規律觀、邏輯觀、辯證論治觀、標準觀、背景觀、統計觀、比較觀、程式觀等等。事實和結果原則反映在本質觀、數量觀、統計觀等，多數和辯證原則反映在統計觀、辯證論治觀、矛盾觀等，有科學事實依據的標準反映在審視觀、反證觀、邏輯觀等等。

　　最後，以本質標準審定是非。任何人、事和社會都有本質

內涵，挖掘提煉本質就能辨清是非。社會的優劣；有言論自由能評判政府和無封鎖資訊是優，反之是劣；評母語地位；母語能生存為是，瀕危為非；辨中原南遷的是非，以全同化為是，不全同化為非；評價政治家，以仁政和死人少為是，暴政和死人多為非……。離開本質標準轉到支節非本質討論常常是權術者以次充優、以點代面、以假代真等等的慣用拿手好戲。前蘇聯論證社會優劣時以經濟公有制為是而不是依權力和權利公有為是，事實上權力和權利公有遠遠比經濟公有更優越。絕對權力有絕對腐敗，絕對私有絕沒有絕對餓死人。皇帝必然打人殺人，地主資本家只能在窮人前露富求滿足虛榮心理。財權要比皇權的威風低得多。

要獲準確評判，須按程式逐條審視。為便於說明，將客家人五次南遷來分析。

客家人居粵、贛、閩三地交界處並散居江南各地，交界地域連成一片。人口 3000 萬左右，客家是南方各方言群體中持「中原南遷」說最響的群體。以客家人羅香林為代表，在上世紀 30 年代，通過族譜、方志得出客家人自漢代至清代近 2000 年間不斷南遷，其它學者也稱有五次大規模南遷。主要有永嘉之亂，安史之亂、靖康之變等，第一次由五胡亂華從中原遷江漢一帶。第二次黃巢起義、安史之亂，再遷粵、閩、贛三地。第三次又有從太湖流域入粵、閩、贛，最後一次是太平天國散遷桂、湘、川、黔等地，「客家南遷說」不僅說得具體，且最有影響，客家的真實如何，今詳析如下：

一是審視觀和背景觀分析：

所謂審視，是審其理論是否有理，有事實，所謂背景是看其歷史。

客家一詞，最早見於康熙 26 年（1687 年），初名不多用。東莞縣誌（1639 年）尚稱客家為獠，新會縣誌稱猺，敦煌「壇經」稱惠能大師是獦獠，後又有稱棚民，佘客，歷史上也有把客家稱為「性類瑤獞」（饒平）、廣東簾，後稱為客家。客家自稱福廣人、嶺東人、循州人、嘉應人、汀州人和韶州人等，

無中原地名。

客家在語言、地域、人體特徵、習俗、姓氏等與佘人全同或大部分相同。解放初北師大編著的《學習字典》稱客家是「為華南地區一少數民族」。上世紀 20 年代商務館出版的《世界地理》（烏爾著）一書稱；客族非漢。解放初期，少數民族在京遊行，尚有少數客家人加入遊行隊伍，並要求「民族識別」。

客家人因有上述特點，習俗與中原大異，多受歧視，常與蠻夷並列，客被寫成狢，饒平客家話被稱為俚語，史上有蔑稱佘客仔，佘客婆，福建客家人被稱為客仔時就會發氣，提示客家「中原南遷」有虛榮背景。

當今的客家地域在歷史上是佘族地。自唐宋起就有佘人出現記載。宋代有佘人陳吊眼「聚黨數萬」據高安寨，後被官府破，「斬首 2 萬級」，到 1281 年，陳吊眼又聚眾 10 萬，又被官兵擊敗並「擒吊眼斬之」。後又有黃華聚黨 3 萬人，擾建寧，又被官兵擊敗，餘部被收編為佘軍。元史也有佘軍，答喇罕軍記載，明代有官兵以覃桓、紀鏞為首進剿饒平佘，斬 1258 人。明將王守仁剿佘人詹師富，斬 7000 餘人，明史載，海陽縣有黃崗、鳳凰山巡檢司等（土司）。明代廣東通志有「潮州府民有山佘……我朝設土官以治之，銜曰佘官」。佘族被官兵打敗後，「蠻歸附後入籍為民」，唐代設「唐化里」。宋、元、明、清繼續沿用「唐化里」專營教化蠻獠。教化的內容，當然是儒學，用漢俗、漢字、漢語，但漢語缺標準音參考。百姓只能用自已的口音去讀，久而久之，蠻夷版的方言就出現。從背景觀分析，客家有受辱的背景，有佘客同源的背景，客家有傳承佘族的事實，史無南遷事實記載。這點已有許多學者研究並成文。

二是程式觀，本質觀、科學觀分析：

客家「南遷說」的謬誤是缺程式觀造成的，要定「南遷說」是正確，必須有理論、史實、事實、標準、邏輯及論證等程式環節考究，而提客家「南遷說」的鼻祖羅香林竟不按程式出牌，

他僅僅以史實中的家譜及極少數方志定是非，而對理論、正史、語言習俗及邏輯全然不顧了，把永嘉之亂、安史之亂當成牽強附會，當然是謬誤的。

客家有受歧史，國人虛榮非常濃。用家譜來提升自己的地位，史上屢見不鮮，故「中原南遷」，本質是求虛榮。佘客同源儘管明顯，因虛榮使客家人不認這門親。

客家的南遷說，一不按程式，二不講史實和事實，三不效論證和不講邏輯，四不講條件和標準。同化規律是強文化同化弱文化，客家人用弱文化俚語俚俗該如何解釋？客家「中原南遷」是否符合科學，從語言、地域、體型、習俗、姓氏來講，不支持南遷，客家人自稱人口已上億人，史上必是數十萬人浩浩蕩蕩跨黃河，過長江，這不符合歷史的交通和遷移能力。客家提出種種遷移經過，也缺少科學支持，以方志、家譜為依據代替正史，是有違科學。家譜族源正確的不多。所以，客家南遷不符合科學觀。

三是邏輯觀，辯證觀、矛盾觀分析：

以邏輯和辯證分析客家是非，最能說明問題：（1）遷移規律是趨近、趨優。粵、贛、閩交界全是山區，宋史記梅州是「人稀土曠」，是流放的「遠惡州」，稱是「該地炎瘴頗甚，許土人領任……令秋冬赴治，使職巡行，皆令避盛夏」。由此可見梅州之惡劣，其它地方比梅州更差。中原人南遷不選平原近地蘇皖，而選千里迢迢的粵、贛、閩山地，是不符合遷移規律。（2）今稱客家有近億人口。南遷時當是上十上百萬人。依當時的科技水準，要攜妻帶女，千里迢迢跨大河走大山，是不容易的。（3）稱南遷歷近 2000 年，有五次。前批遷移和後批遷移時差近二千年。前後批的客人肯定在語言、習俗有差異，這和當今客家人語言相當一致有違背。（4）連春根博士論文稱，客家語的共同詞與粵方言相同有 733 條，與贛語同 543 條，與閩語同 435 條。堂堂的中原雅語，捨優從俗，借俚語是不可能的。這與同化定律相悖。（5）客家南遷跨時間久、地域大、有江漢平原、太湖平原居留史，那麼，客家人應有中原人、又

有楚人、吳人的語言和習俗，可是客家人少見其特點，相反，倒是有佘人、粵人、閩人的特點。（6）人類的遷移，具有由近而遠，向四周輻射的規律，按南遷規律、客家人應是近中原最多，次是江漢或太湖流域，後才是邊遠的粵、桂、閩地，但客家人的分佈卻是以梅州、汀州的粵、贛、閩交界山區為中心，向四周輻射，這與南遷規律相悖。（7）同化規律是強勢文化同化弱勢文化，客家號稱是「中原南遷」。所持的語言、習俗卻是南方弱勢文化，與同化規律相反。2009 年，聯合國教科文組織定客家語為一門語言（非方言）。即與官話不同。這種現象與邏輯不符，同化規律絕不會有弱勢文化同化強勢文化。（8）已獲證據，客家人在語言學、習俗、姓氏、遺傳等與中原大異，而與南方其它群體相近，這與有悖「南遷」規律。（9）中原群體是高文化群體，遷移後必保持這種特徵，縱觀歷史，在宋代之前，客家人基本無狀元。宋之後，江南騰飛，但客家人出現的狀元，遠比吳人、粵人、贛人、閩人、湘人少得多。提示不是強勢華裔，而是土著。

判斷是非，用邏輯觀、辯證觀和矛盾觀常常達到判斷要求，以邏輯觀等分析足以證明客家「中原南遷」是偽命題。

四是標準觀、主次觀、統計觀：

客家是否是南遷？可用遷移標準和民族標準來審定，也可用民族融合成分的主要或次要審定，亦可統計各種遺傳檢驗報告來審定。

以民族標準而言，國際公認的標準是同血統、同語言、同習俗、同地域、同文化心理素質等標準判斷。顯然客家遠遠未達標準。定為漢屬主觀性。我們統計已見到的各種遺傳報告，如血型、白細胞抗原、血紅蛋白、血清蛋白、酶、DNA 等（見杜若甫，中國人群體遺傳學），與中原人有別，能與中原人相似的遺傳報告極少。同理，學者王力（本身是客家人）稱客家語言持的是漢語古音。一、漢語古音是清代人發現，且僅是發現現象，無法定性，漢字屬非拼音文字，無法依字母來傳承讀音。要重構古音系統，確定精確讀音非易事。古漢語有同音字

注音法、反切音法均很難確定古音。到元、明出現蒙古八思文、西方拼音文字後，近代漢語音才能比較清晰反映。所以說，稱客家語是漢古音，只是一種推測。二、即使能推測一些客語屬漢古音，也不能定客語就是漢古音，因為可以是借詞，這種現象古今中外不勝數。在國內，除客語存漢古音外，粵方言、閩方言、吳方言、及西南方言都發現，而且侗壯民族發現更多。就是越南、朝鮮、日本都有保留「古漢語」。所以說，客語是古漢音，是欠科學依據的。

五是事實觀、數量觀。判斷是非要據事實，無此觀點而據現象，多是謬誤，否定客家「中原南遷」主要事實是：

(1)習俗。客家習俗是典型奇特之一。客家有「女椎髻、跣足、衣尚青藍，男子短衫，不巾不帽，婦女高髻垂纓，頭戴竹冠蒙巾，飾理路狀」的描述，學者王增能謂衣服有衫尾，四周和褲腳綴花邊，褲頭大，褲檔深，服飾像畬族婦女。吳永章文章稱客家有圍龍屋、土樓、遊神、船燈、洗骨苗、二次葬（將骨洗淨後再埋）、崇拜盤古、繡花船形靴、竹筒飯、蒲包飯、老鼠乾、擂茶俗。客家人有「弔喪用鼓樂」俗。被詩人蘇東坡笑為「鐘鼓不分哀樂事」。

此外，客家人愛唱山歌是出名的，有食魚生、吃粽子等南方習俗。

客家人不食鮮鼠肉，而食鼠乾。客家人的擂茶俗和侗人打油茶相似。所謂椎髻，是把辮髮盤成高髻，用紅頭繩一紮，像獨木船似的，稱椎髻。二次葬、崇拜盤古，跣足等等，均與南方侗瑤苗民族相似。

(2)語言。客家語言有 6─7 聲調，比中原聲調多近倍，鼻音聲母豐富，多沒有撮口呼韻母，部分詞彙與中原差異巨大。如：叫（笑）、面（臉）、熱頭（大陽）、火蛇（閃電）、今日甫日（今天）、秋日甫日（昨天）。

有南方各族的詞序倒置，如：牛公（公牛）、雞公（公雞）、鴨公（公鴨）、人客（客人）緊要（要緊）。

　　副詞多在動詞後，如：食多滴（多吃一點），著多一件衫（多穿一件衣服），話少兩句（少說兩句話），緊食緊食（正在吃飯）。

　　客方言稱人為只，如一只人，詞彙多有詞頭和詞尾，如阿，有阿公、阿妹、阿婆、老頭，均與南方各方言和少數民族相似。

　　客家語也有文讀、白讀現象。文讀指模仿標準音，白讀實是方言音。本質是中古代讀不標準的音遺留下來，這在吳、粵、閩、壯族都可以經常見到，客語沒有捲舌音，這與官方言截然不同與南方各方言同。

　　客家語法也與官方言不同，如：我給他一件衣服。客語為：涯分巨一件衫，涯分一件衫巨。

　　無論如何，客家語從語音、詞彙、語法分折，均與南方各群體語相似，與中原雅語相距甚遠，客家人捨雅從俗，於理、於情均說不過去。

　　(3)人文。客家人有非常濃厚的民族意識，客家間特別親熱。對母語的愛戀也特別深。少有放棄自己的母語，相互間也特別團結，並以刻苦耐勞著稱。這與艱巨環境，受壓仰和歧視的環境分不開的。猶太人是這樣，瑤人也是這樣，總有強烈民族意識，而粵、吳、侗壯則少有了。這些心理特徵，與中原人有絕然不同。

　　(4)姓氏。客家人的姓氏與中原也有不同。客家人沒有系統統計姓氏排名，但客家大縣不乏可見。

　　梅縣前八名姓氏按順序是：謝、吳、江、陳、侯、白、黎、李

　　上杭縣前 10 名順序是：黃、陳、李、張、林、邱、劉、藍、賴、王。

　　佘族姓氏：盤、藍、雷、鐘、賴、林、連、陳、吳、周、古、彭、李、魏、孔等 30 餘姓。

山東省前 10 名順序是；王、張、李、劉、孫、趙、陳、徐、馬。

從姓氏可知，客家姓氏與中原大異，客家人是典型南方姓，又有與畬族相吻之處，與中原少有賴、藍、鐘、連、黎、侯等姓不同。

(5)遺傳。遺傳是鑒定族群是非的金標準，通過檢測遺傳標記作數理統計或作實驗室檢測，只要檢測符合科學，完全可以對族群作出定性。遺傳的表現是多方面的，包括形體、皮紋、血型、血紅蛋白、血清蛋白、酶、DNA 等等，均含不同的遺傳價值。例如，僅僅依客家人 O 型血為 40％以上，就可基本否定是中原籍.

當兩群體是同源時，其遺傳標記是相同的，若有統計學差異，則證明兩群體非同源。當今國人多數權威科學家，包括袁義達、杜若甫、趙桐茂、張海國、郝露萍等頂級遺傳學者經研究後均認定；國人以長江為界，分南北不同的遺傳群體，長江北屬蒙古種，長江南屬南蒙古種，正統學者則稱為北方漢人和南方漢人。如果客家人系中原南遷，其遺傳標記的基因應屬中原型。但大量檢測證明；客家人遺傳標記與南方人相同而與中原人有差異，客家人與中原人的遺傳標記差異遠遠比與畬、瑤、苗、侗、壯等少數民族的差弄還要大得多，稱客家人是中原南遷就沒有事實根據了。

僅從形體分析：客家是典型的南蒙古種，即眼裂稍大、鼻根稍低、紅唇稍厚、面形低、胎記較少，身材較矮，蒙古褶較少，人類學家認為南蒙古種由柳江人發展而來。杜若甫的《中國人群體遺傳學》一書有血型、HLA、、血紅蛋白、血清蛋白、酶、味盲、DNA 多態性、皮紋及人體特徵等九大類近 30 項統計中，有客家人資料 10 項統計，除部分檢測例數少或方法不一致資料矛盾無法評判外，餘 5 項檢測均支持南蒙古種，

如 O 型血；

臺灣客家 0.4956，臺灣廣東籍客家 0.4153，廣西巴馬壯

族 0.4575，河南 0.3036

M.N 血型：

梅縣 M.0.5309 N.0.4691，廣州 M.5422 N.0.4578，廣西金秀瑤族 M,0.6127，N,0.3873，河北省 M.0.4804 N.0.5159，

P 血型：

梅縣 P1：0.0917，惠州 P1：0.1096 山東 P1：0.2057

結論是，P1 北高南低，有統計學意義（P< 0.05）。

此外，其他學者亦檢測異常血紅蛋白病、白細胞抗原、酶、血清蛋白等，基本支持客家人為南方土著。如免疫球蛋白同種異形血清被視為人種標誌，學者趙桐茂檢測各地 GM1.21 和 GM1.3.5，檢測結果如下：

GM1.21：石家莊 43.75，濟南 39.15，梅縣 11.76，廣州 9.95 侗族（桂）4.56,Gm1.21 的頻率是從北向南遞減。

GM.1.3.5：石家莊 23.58，濟南 25.53，梅縣 71.71，廣州 74.09，侗族（桂）81.05,Gm1.35 的頻率是從北向南遞增。

大量檢測報告均支援客家人的遺傳標記屬南方型，這裡不便一一列羅枚舉了，可參考五章六節有關內容。

通過姓氏、習俗、語言、人文、遺傳等來分析客家，沒有一項是支持「中原南遷」，事實上客家人主要是土著。江西省在 1985 年—1987 年民族識別中，就有 12 多萬客家人改為佘族，設立了四十多個民族自治村，臺灣記者鐘俊升來閩探訪，竟發現自己原是佘人，這說明，客家「土著」說理由充足。「中原南遷」說是缺少事實依據。

對分析客家可用標準觀、邏輯觀、事實觀等來分析，對其他問題的分析亦大同小異，只是重點不同。例如，2014 年馬航客機在烏克蘭上空被擊落，是非主要靠邏輯觀、本質觀、矛

盾觀、而事實觀、標準觀則屬次要，要靠事實和標準很難定性。
無論如何，只要能正確運用這些原則、方法，是非大體能分曉。

第三章　母語衰微之二
——獸性思維膨脹的發酵

母語衰微另一原因是母語成長環境平臺脆弱殘缺，其因是強者獸性思維膨脹，處處為陰私謀利，為鞏固自身權力，推出各形各色護權措施，核心是剷除不同思想和不同文化，出現「求同伐異」，「大一統」等思想，主要舉措則有同化、禁忌、愚化、窮化和權術化等四大利箭作實施。歷代封建者不斷對南方弱勢群體的心理和政治經濟打壓，使南方群體始終長不大；另一方面，受打擊而產生心靈扭曲的南方群體，無法自強自立，總是以弱民心態追求攀附圖心理平衡，形成馬太效應，弱者更弱，出現冷漠母語、不愛家鄉，無悟識和懦弱等等缺陷，群體的競爭力蕩除不存而有語衰。

第一節 母語傷痕的元兇——巨鱷的貪婪

　　人類社會總有戰爭，存在你哄我詐，為何出現獸性思維？為何總有求同伐異？總有追求同化？追求統語言？總有我是老大？這都是人類獸性思維的結晶。獸性思維的結晶沉澱物就是遊戲模式異化產生貪婪，現不妨提出如下問題探討。

一、特徵

　　有稱人類需求有五層次，概括是生存、權利、文化（語言、習俗等）和自尊等四方面內容。但是，因人類獸性思維的存在，總有你搶我奪蛋糕，使人類需求大受損害。獸性思維本質就是剝奪他人需求滿足自已私利。

　　獸性思維特徵很多，但主要有；利益本位制、權力（官）本位制、文化（語言、習俗、意識形態等）本位制及疆域本位制。這些特徵影響了人和社會興衰榮辱。這裡所提的本位制，是借助金本位制一詞移植表述而言，現試剖如下；

　　利益本位制；顧名思義，利益本位制就是一切為己獨佔或多占，容不得他人多得。這種思維無處不在，無時不存，思維的表現主要是：其一，視利益至上，不尚真理，不講事實；其二，總想當老大，當世界第一；其三，總想將別國別族占為已有；其四，總想將自己的理念、意志和行為強加於他人。其五，總想將不同文化、語言和習俗變成自已文化和語言。

　　利益本位制屬人類天性。不僅存在廣泛，影響也大。為利益的爭奪可以有戰爭、權術、虛假、虛榮等等。網上大贊「中國可以說不」，「漢語是世界上最美的語言」等等即是其代表。沙俄時代已是橫跨歐亞的泱泱大國，但並未滿足而和日本為爭奪我國東北領土大打出手。慈禧太后垂簾聽政數十年，生命已近終點，卻為權力將自己的侄兒光緒皇幽禁起來。有瑞士學者統計，前 3000 年至 1964 年計 4964 年間，共發生戰爭 14513 次，只有 329 年是和平，僅第二次世界大戰，間接或直

接捲入戰爭有 61 個國家，人口達 20 億。交戰國動員 1.1 億軍隊，戰亡 5500 萬人，軍隊占 3200 萬，直接經濟損失 4 萬億美元。古今因戰爭喪生達 36.4 億人，損失財產折合黃金可鋪一條寬 7.5 公里厚 10 米，環地球一周的金帶。

權力（官）本位制；權力本位制、文化（語言、習俗、意識形態）本位制和疆域本位制三者是封建專制的特產。尤其是權力本位制，是以官本位為崇拜，有人說整個社會以官為本、以官為貴、以官為尊。人的一切價值以官來定位，官大的社會價值大，官小的身價自然小，無官的被視為草民了。不僅有官為本的價值取向，尚有以官意志為轉移、以官級分利、以官位定權、以官為職業、以官職稱呼、機構官級化等等。官不僅有明文授祿多少斗米，當今尚有配什麼車，住何等病房。單位分科級、縣級、廳級單位等種，與官不相干的職業則比照「官」來定位各自的價值。如工程師相當於正科級，教授則相當於正縣級，史上的皇侯將相，分九品等級，七品以下屬芝麻官了。原來是好友，當上官後不能指名道姓，應稱科長、廳長、部長或書記之類，否則招來不測。

權力本位制有三個特徵；一是以官的意志為利益特權，利益是由權決定分配。二是唯上是從為制度標準，誰官大誰是真理，官員是對上負責，不是對下對民負責。否則烏紗帽不保，明知深耕密植不能增收也受群眾反對，但唯上是從，只能命令群眾按上辦。三是以官為本的價值取向，這和經濟界的金本位制一樣，任何商品價值均以黃金為單一價值尺度，官大價就大。因為官層含巨大利益誘惑，整個社會變成千軍萬馬奪搶烏紗帽。「萬般皆下品，惟有讀書高」就是生動形容，讀書才能當官，當官就有一人得道，雞犬升天。權力本位制可以詮釋集權社會為何爭權奪利多，權術多，腐朽多。因為體制決定爭權利益，利益依賴權術，權術必重意識形態，意識形態又以禁言禁行為爭權護權的歸宿，結果是禁言禁行氾濫成災，貪官無人敢講敢管，變成誰都想貪財。

文化本位制；這裡的文化主要指語言、習俗和意識形態。

因為集權社會是奉權力本位制，一切都以權力為圓心畫弧。那麼，爭權護權就成歷代帝王的必修課，經上千年不斷總結並悟出；不同語言和習俗有「非我族類，其心必異」的潛患，必須想方設法打擊異類或化異為同，才能鞏固權力。因此，同化和教化追求嗜同性是歷代王朝最佳的選擇，打擊和限制方言母語就提上議程和實施。正音書院，正音蒙館就是其代表，正音書院是為護權而興，絕不僅僅是為利交流。同理，意識形態是為爭權護權服務，因此一是不講理，有權就是理。二是私利濃，公開提出為政治服務。三是重權術，為實現追求目的，不擇一切手段。為籠絡民心，可把皇上的傷疤說成美人痣，把歪理講成聖言。所以，大凡集權社會，第一印象映入眼簾就是數不清的口號、標語、領袖肖像及禁言禁行等等。論權術以商鞅為大師，一部《商君書》將權術說得淋漓盡致，商鞅稱治國要弱民，認為民弱社會才安定，為了弱民，主要治術有；以愚民達到弱民、以辱民達到弱民、以貧達到弱民、以「奸民」達到弱民等等。所謂「奸民」，是依靠奸者治善者，他說，「以良民治，必亂至削。以奸民治，必治至強」。商鞅的愚、辱、貧和奸等治術，已為歷代王朝無聲無息奉為聖經，為鞏固權力功不可沒。

疆域本位制；集權社會奉的是強權，受的是利益教育和虛榮文化、一統文化等影響並深入人心。舉國上下均以戰功和開疆為本位制，視武功和開疆的業績定優劣，打開 24 史，全是一部為武功和開疆歌功頌德，凡武功和開疆成功者，均捧上神臺，失敗者為萬眾側目。秦皇開五嶺，漢武帝平南越和匈奴，稱千古一帝，唐太宗征突厥和朝鮮成功，成中國明君的代表，反之，隋煬帝三征朝鮮無功，被冠上暴君，宋代經濟文化科學發達，卻是金人手下敗將，只能屈居三等王朝，難與漢唐平起平坐。疆域本位制以疆為是、以疆為貴。特點一是不尚理；疆域是講利益不效是非，凡有爭議者總是自己有理。二是高度張揚，24 史多有疆域志，方志離不開沿革和圖經，把疆域神聖化利益化張揚。三是以疆域為紅線定是非，凡社稷及形象，任何人不可質疑或考究，國人上下對疆域的認識已達極度敏感地步；不問是非，凡對疆域有獨見或微詞者，幾乎全打入冷宮，

而是否有理，凡說成祖宗寶土只有獲賞絕無側目之見。故全社會的人都爭當點贊絕不自作聰明。由於受紅線約束，歷史上的真相很難辨清，且越辨越誇張化神聖化。

由於數千年來的疆城本位制的不斷薰陶，國人不僅對自己疆域細微敏感，對國外的疆域變遷也持高度關注，上世紀 60 年代後先後有孟巴分治、蘇聯和南斯拉夫解體，蘇丹及南蘇丹分離，以及加拿大的魁北克公投，英國蘇格蘭公投等等。國人全有傾向微詞或譴責而不是理解，微詞甚比當事國百姓還激動。足見中外思維文化之差是巨大的，保守或進步可見於細微之間。

二、原因

獸性思維的膨脹，原因是多方面的：

一是人的自私天性。人自私特徵有嗜同欲、嗜尊欲、佔有欲和控制欲。

嗜同性使有求同伐異心理，容不得相反言行，追求發號施令、強迫對方言聽計從為滿足，故不同語言習俗被打入冷宮。嗜同性是推行同化和一統的思想基礎。

嗜尊性則唯我獨尊，唯我獨是，中原和雅言是尊，四夷和俗語是卑的理念就形成；為求尊榮而誘發歌功頌德，不許百姓揭短質疑。是政治意識形態的培養基。

佔有欲是自私的總根，總是以占為己有為愉悅，包括權、利、榮譽都想全包攬，兄弟間為分一張凳有大打出手。社會也這樣；本來權力是公權，由公民選舉產生，自私者卻諸訴武力謀取，把公權改為世世代代相傳的私權。

控制欲實屬嗜尊欲的膨脹，秦開五嶺、唐征平壤就是控制欲的化身。治國是老百姓的事，有權自己支配自己，自私者則把大權集在一身發號施令，百姓只是應聲蟲；百姓希望有表達權、監督權，能批評施政缺陷，自私者則以種種理由限制百姓

的這種權利；百姓應有知情權，自私者又以保密保安全為由封鎖資訊……總之，理性是力求百姓權力最大化，而獸性則儘量縮小民權，擴大皇權，朱元璋和薩達姆就不受監督不受批評，不受約束，求權力處金字塔頂點，這就是社會不和諧總根。

人類私心最大體現在權力，為戀權出現爭名爭權，當權力爭奪得逞，下個遊戲環節又是保權護權了，那麼，保權護權的強力措施就是剷除「隱患」。而不同語言不同習俗即是「非我族類，其心必異」的最大危險要素，所以，歷代封建權貴者提出的「以夏變夷」的理由就源於此。母語自然成了「維穩」瞄準的打擊靶標。歷代權貴者總是把統語言統習俗放在治國首位，美其名稱是「教化」或「禮義」。先是在理論上大造「非我族類，其心必異」及「華夷之辨」，後又在方言區設有「正音蒙館」和「正音書院」。明代尚編「洪武正音」教材，實施語言同化。達到「以夏變夷」目的。這就是獸性陰私的典型。陰私尚可從現實事例作證明；同是瀕危，人們對大熊貓不惜鉅資保護，「團團」「圓圓」（熊貓暱稱）的聲音充斥各種媒體，保護措施完美無缺。反之，母語的價值遠遠比大熊貓價值大，卻無耗資保護，也缺措施，更缺媒體聲音蹤影。母語和大熊貓的反差，印證了人類私心。

二是負性文化侵蝕。負性文化是看不見，摸不著，卻是實實在在攫住人心並發生扭曲。如果我們調查或研究社會負面現象，都可以追蹤到弊根是負性文化作祟；有個中國人和日本人、美國人相互談對富豪的態度，中國人說；我恨不得捅死他。日本人則說；我以後超過他。美國人則聳聳肩說；他富不關我的事。三人觀點不同，提示文化水準不同，中國人的仇富心使有毒死富人魚塘、拔掉西瓜地、桶死第一名等等的事例不是個案。負性文化的形象思維、自私、虛榮、一統文化等等侵蝕使國人的面目全非。

負性文化的作用使人的獸性變成更可怕。南北朝期，冉閔滅後趙，誅殺羯人20餘萬，連高鼻、深目、多鬚的人也被戮殺。前面已提漢代遼寧太守祭彤，指使鮮卑人戮殺匈奴人。按首級

數到太守處領賞。每年花在賞付人頭費達二億七千萬錢。瀘溪縣誌據「黔記」也有賞殺苗人記載,「凡擒生苗一名賞銀元 5 兩,殺一苗人賞銀三兩」,明將徐達攻下元大都(北京),親屬無不被殺,百萬人口的元大都只剩 1.4 萬人,就是近代文明、辛亥革命時在武漢、成都、福州、南京、西安等地滿城的滿人都發生慘遭屠殺現象,僅西安滿城被一個「關中刀客」幫會將一個個滿人斬殺,負性文化的侵蝕,使人和獸的距離拉近。

　　三是落後的社會模式。社會模式分集權制和民意制,模式不同,其特徵和對社會影響也不同,詳見六章四節的討論。

　　四是獸性思維被放大。當權力來自槍桿子獲得時,「槍桿子」的理論必然被應用在治國上。以「階級鬥爭為綱」和「階級鬥爭一抓就靈」的理論就堂堂正正出現。通過這個理論美化專制和權術。前蘇聯大清洗和波爾布特大屠殺就是基於這個理論。文革時期的政治鬥爭三原則有「政治鬥爭無誠信可言」、「謊言重複三遍就是真理,善於引導對方犯錯誤」和「革命造謠好得很」等就是美化獸性的典型,(報刊文摘 2014 年 4 月 18 日)。

　　獸性思維放大主要表現在兩方面;一是鬥爭萬能論,為了陰私,動用權力掀起一個運動到一個運動,將全民扔進絞肉機自相打殺變成人人自危。一是政治意識萬能論,奉意識形態為治國聖品,通過強化意識形態打擊不同政見。先是教育人人警惕「敵情」意識,當這種「意識」撒向社會就有使人成獸心而不是佛心。繼是大力張揚意識形態尖銳論,僅文革期樣板戲插曲歌名已是令人毛骨悚然;如「仇恨人心要發芽」、「血債還要血來償」等等,這僅僅是殺氣騰騰的歌曲一小角,如果我們留意,朝鮮媒體上的宣傳畫幾乎清一色握槍拿刀,我們身邊的玩具也多是坦克大炮,媒體論壇上的文人也是唯恐天下不亂大講特講人咬人的論題,這就是張揚獸性的典型。後是歪曲事實戴帽子,由於「階級鬥爭」思維氾濫,處處是草木皆兵,有學者稱中國的非典流行是美國製造,運動員周蜜到馬來西亞執教,被國人炮轟稱是「賣國」,彭爾寧因畫向日葵,被誣為「心

向日本」，在延安時被定為日本特務而遭無情打擊，直至文革後才獲得平反……

五是缺少普世價值意識。為了克服獸性，人類提出了普世價值、權利、真理、信仰、人格等內容，這些元素的特徵是人最基本的需求；人類對精神追求有成千上萬元素，但是，最根本的需求是權利和自尊；權利是民主、公平、言論自由等，自尊包括母語、民族文化為最高。我們不妨稱之為原生態精神需求。這些需求要素能有效克服獸性；能糾正弊病而顯出正能量。是人和社會的風向標。

但是，當獸性思維膨脹時，普世價值就成了垃圾品，原因是普世價值妨礙了權貴者的陰私。於是有淡化普世價值；一是曲改其內容，不是以次充優，就是內容氾濫，法國革命期提出是自由、民主、平等、博愛已是含覆蓋性很大，仍有添加內容使重點不突出。二是利益傾向濃，對普世價值的認識各取所需；變成一千個人心中有一千個哈姆雷特，易學家看到了淺，道學家看到是淫，理學家看到是逆，哲學家看到是亂……所以同是真理、民主、自由一詞，就出現黑白之分，各有各的版本。事實上只要將普世價值從天上接回地上，以滿足社會和諧，滿足人類需求，有理論和事實依據，則對普世價值不再有分歧。三是政治干擾認識；民主、自由在上世紀五、六十年代被大批特批。真理也是這樣，出現實踐是唯一標準和根本的標準之爭，保守派抓住先哲的馬列毛都沒有說過「唯一」一詞作文章反擊改革派。按概念和習慣，人權應指精神需求的權利，不能離開表達權、自由權等，但這些與薩達姆集權體制利益不符，於是將人權解讀為生存權，使從精神需求變為物質需求，這樣，人權的尷尬得以解除了。

以上說明，本來是超國界，超民族、超宗教、超階級的名詞，由於政治意識的干預，變成了既陌生，又是爭執不休的「雞生蛋，蛋生雞」的難題。人類一旦存有私心，一旦掌握政治權術，雞蛋可以挑出骨頭。

六是教育畸形。教育畸形也稱利益教育或洗腦教育，包括

宣傳和民風。教育目的是剷除獸性、樹理性促社會進步。以奉真理、樹人格、明美醜善惡為旗將人類引進溫馨的世界。遺憾是人類自私的天性卻將教育推進利益產業鏈，使教育淪為一人一派政治的工具，大言不愧提出「教育為政治服務」。

人類推崇畸形教育，一是本質決定；畸形教育是為私而存，必然要歪曲真理和事實美化陰私；把秦皇扮成偉大、稱禁言控民是偉大創舉、專制體制被描成完美無缺、將永遠當皇、不給辯論、不給「亂說」當成金科玉律。一是環境決定；封建權貴者存兩塊短板；一是陰私的醜陋缺陷；一是權力不穩的缺陷。醜陋要掩蓋，不穩要加固。掩蓋和加固是無法通過真理教育講道理擺事實來擺平，只能利用歪對歪，虛對虛、通過曲解真理、掩蓋真相、不利的內容千方百計掩蓋禁忌，利我的內容大講特講，並以歪理歪事美化自己。經加工後將陰私掩蓋或磨平。讓天真的聽眾培養成乖乖聽話，出現了偏聽偏信，最後達到「維穩」。以姓氏和族源為例，我國有文字僅 3000 餘年，而相信文人說姓氏 5000 年大有人在；嶺南人更像越南人而和中原人有差異，但嶺南人深信像中原人。顯然這是洗腦的結果。是利益教育的蒙蔽作用。

利益教育雖獲暫時多分蛋糕。竟給社會播下兩棵腐朽種子。

一是播下社會信仰和真理危機，出現言行分離。林彪說「不說假話辦不成大事」，諺語有「大貪官作報告，中貪官聽報告，小貪官帶手銬」等即是言行分離的典型。明代王陽明是個大儒，但他在征剿廣西蠻時，殺人並未手軟。王夫之也是一個飽受孔孟洗禮的學者，竟說「殺之（蠻夷）不為不義」等語。某學者 2001 年在「文匯報」撰文，認為招安比鎮壓還壞，理由：鎮壓使得階級矛盾更尖銳，階級鬥爭更為劇烈，階級鬥爭越激烈，越能促進社會發展。說這些話都是名人，經利益洗腦後也將「殺人」與真理視為同價同值了，足見利益教育的摧毀力不可小覷。

一是播下加劇獸性思維膨脹，讓人類相互敵視相殘；本來

人類已有自私，又因政治需求鼓吹人咬人的渲染，大張旗鼓高呼「注意階級鬥爭新動向」，形成社會人人自危，達到鷸蚌相爭漁翁得利，使威儷「維穩法」達到目的。

山西有個地主牛友蘭，其子牛某是大學生，國家財政部副部長。土改時，牛友蘭被人用鐵絲穿鼻子，並由其子牽著遊鬥，鼻子流血不止，三天後死了。民間有「牛某拉死他老子」。前面已提，一留學生狂奸三個日女獲近百分之百支持……這樣的言論，這樣的思想，是喜還是悲。是愛國主義還是獸性主義。我們不得不思考和反思我們的教育，教育只教不育是人類的悲劇。

利益教育最大的惡果一是催生了集權制；一是社會誠信民風崩塌，奉陰私使人人想當皇，講權術致遍地假話成災。

上面的事實向我們挑明；利益教育是為「歪」而生，那麼，以「歪」作教育的社會必然是獸性思維膨脹，「統語言統習俗」的出臺便順理成章。

獸性思維得以經久不衰，是緣於自私難除，負性文化難鏟。落後體制屹立不動，教育無方等因造成，使致人類社會苦不堪言。

三、獸性思維的表現

獸性思維以追求陰私為天職，這個基因細胞就決定了其特徵，也決定獸性思維的思想和行為，其表現主要是陰私強烈，施政強暴，講究權術，重意識形態和效同化等，總目的是鞏固自已的既得利益。

南方母語的衰微，除上面的信仰缺失、人素質低下等因素外，尚與母語成長環境惡劣有關，南方各方言為何被視為鳥語？是歷代封建王朝在政治、經濟、文化和軍事上對南人實行全面剝削和打壓的結果，使母語呈侏儒狀生存。

首先，政治歧視和打壓

馮玉祥在《我所認識的蔣介石》一書中曾對政治歧視大為不滿，他說：我到鎮遠（貴州）看了志書，知道這個名稱挺不妥當，孫中山先生的三民主義上，有民族主義一章，明明說著「國內各民族平等」，說鎮遠，鎮什麼遠？說平蕃，平什麼蕃？若說一句公道話，這就是帝國主義的名詞，完全是侵略人的名詞」。這種歧視性的名詞在少數民族地區多如牛毛，烏魯木齊稱迪化、呼和浩特稱歸化、遷入我國的俄羅斯族稱歸化族，僅廣西，就有鎮邊縣、鎮南關、鎮結縣、懷遠縣、思恩縣、平治縣、平南縣、平樂縣、隆安縣、融安縣、興安縣、昭平縣、桂平縣等。這些鎮、恩、平、安等名稱都含辛酸史、為示進步，一些名稱更改了，如鎮南關改睦南關再改友誼關，鎮邊縣改睦邊縣再改那坡縣。

政治歧視和打壓尚表現在推行一系列治夷政策；包括以夷制夷、分而治之、改土歸流等。廣西通志就有歷朝馭蠻篇，專授治蠻權術。如果我們稍留意歷朝政治，會發現置設的土司不僅數量多，且互不統轄，缺少有土司式金字塔權力機構，顯而易見，這實是「以夷制夷，分而治之」的權術，目的在於相互制約，防止尾大不掉的舉措。另一方面，土司僅僅是歷代統治的權術，不是真正撫夷惠民的仁政，當封建統治馭權條件成熟時，土司就被拋進墳墓，以廣西為例，自明代洪武初年起，先是廢除欽州 7 峒土司，到清雍正末，土司的州縣由 120 多個減至 40 多個，1929 年全廣西土司全滅。這說明，土司僅僅是皇帝手中一張玩牌，而不是皇帝開恩。

由於政治歧視和打壓，使南人在競爭中敗北的事例比比皆是；婚姻是競爭最敏感的天秤，當今婚配誰多誰少一目了然。商業的佔領率也是敏感的試劑，當今有多少的少數民族老闆屈指可數。重點高校裡的少數民族學生的多少也是競爭的晴雨表。在政治、文化、金融等高層次競爭更是無能為力。如果我們統計古今狀元籍貫，北宋前全國有狀元 126 人，南方僅有 52 人，占 41％；號稱「江浙才子」的浙江，古今共有 54 名狀元，北宋前僅有 2 人，餘 52 人是南宋遷都臨安後出現。歷史上吳

人、閩人、粵人、桂人、湘人等南方群體沒有皇帝出現，在地方競爭也是這樣。廣西融水苗族自治縣，苗族人口占 36.2％（1986 年）苗族占縣科局級幹部僅 10％，且多是副職，同期廣西少數民族人口占 39％，在幹部中僅占 31.3％，廳局級幹部比率更少。

其次，張揚歧視，削弱南人自信力

數千年來，歷代王朝均志在推行歧視議論，在社會和媒體上大講特講張揚「華尊夷卑」思想和理論。使南方群體的利益、地位受到大損，古語有「四夷，枝葉也」朱元璋有「夷狄，禽獸也」，把夷狄當成禽獸。連當代革命黨人鄒容也稱蠻夷是「其心是獸心也」，史上的楚語被視為「鴃舌鳥語」，孟子也說「苗蠻鴃舌之人，不聞先王之道」。南人被醜化史不絕書。

史有羈縻制，《史記》司馬相如傳索隱稱「羈，馬絡頭也，縻，牛韁也」，《漢宮儀》「馬雲羈，牛雲縻，言制四夷如牛馬之受羈縻也」。即視少數民族為牛馬，其酋豪充當栓牛馬的「絡頭」和「韁」。歧視之深不寒而顫。歷代對少數民族盡是欺詐歧視，《舊唐書》稱夷蠻是「比之禽獸」，《粵西叢載》主張對待瑤苗要「假我爵祿，寵之名號，乃易為統攝」，王翱則要施「服其心志，束其肌膚」的主張。在古籍中，對夷蠻名稱均幾乎加上犬字旁，以示與人區別，如徭、苗、獠、侗、僮、客家等民族都有犬字旁。

在現實中歧視現象更多，清代土官入府城，先要稟報，入城要步行，見知府要行一跪三叩禮。有話要跪著說，府官不待茶，不給吃，若土官和流官同見，則流官在上，土官在下。就是在當代，華夷之見還是時有發生，歧視少數民族很露骨，廣西鹿寨縣四排中學一老師就反映一諺語「壯仔壯仔，跌下海，魚不吃，人也踩」。上世紀 80 年代臨高人曾討論民族識別，當地群眾就講這樣的話「如果承認是壯族會被歧視的」，有的說「改為少數民族之後要和漢族找物件通婚都有困難」。所以當地上下都不願改為壯族。因民族關係影響到婚姻，社會上多不勝舉，有一女很愛某男子，經詢問後知道男方是壯族，很快

就分手了。當今民族地區光棍漢特別多，其因除經濟環境外，最主要還是民族歧見。

史書將南方皆稱為夷蠻，楚人即稱蠻，至今陝西東南部的商州、洛南等地，有安徽、江西移民，所講的話被稱是「蠻子話」。當代陳伯達因革命在民國期被抓，天津員警稱是「抓到一個蠻子」。夷蠻在歷史上盡受歧視和壓迫，清代規定童生到舉人不會官話，不准送考，少數民族受歧視更大，清代大史家趙翼就說有「土民雖讀書，不許應試」的話。古代科舉考試對南方群體也予歧視，《清實錄》記康熙年間的科舉考試有北寬南嚴，北方均易考，南方難考。於是就有江浙等南籍冒直隸籍應考，清廷發現後，設「審音御史」，以口音審查考生籍貫，共設十三省語音。這說明，南北歧見躍然紙上。

再次，推行馭權、弱化和愚化之術

南北朝前，廣大的長江以南尚存多個南方政權，秦之前有楚、越、吳、巴等國，秦代後尚有南越、閩越、東越等國，三國代有吳與蜀、魏鼎立。封建王朝深知經營統治的重要。實行「恩威兼施」政策和「以夷制夷，分而治之」的政策。漢元鼎年間，先後征剿討伐南越、閩越和東越。並謂「東越狹多阻，閩越悍，數反復，詔軍吏皆將其民徒處江、淮間。東越地遂虛」。漢武帝用暴力趕走一國百姓，在史上是罕見的。而對投降漢軍的越人將領，又大加收買，分別封官有海常侯、臨蔡侯、東成侯、開陵侯、北石侯、無錫侯等等。

對邊遠的蠻族，則先是效羈縻制，後改土司制，其特點是將蠻地分為一小塊一小塊，不許相互統轄。且對這些土司實行挑撥間離，明清代，封建王朝大力征剿湘黔苗民，僅 1430 年至 1644 年間，苗民起義就有 300 餘起，被鎮壓不計其數，其中 1459 年黔中苗民就有 4490 餘人被殺，5500 餘人婦女被虜他鄉。1461 年，又有 3300 餘人被殺，3000 家被焚毀。1615年，明將蔡複一從銅仁至保靖築一「沿邊土牆」凡三百餘裡，到 1797 年清將郭富那又從鳳凰起，至保靖縣喜鵲營止（今吉首市），修築透迤 380 餘里的石質邊牆，今稱為南方長城。邊

牆之外是生苗，邊牆之內是熟苗。封建統治者就是利用生苗和熟苗相互殘殺。

最後，對夷蠻實行掠奪式征剿

由於南方群體失去地位和話語權，歷代備受壓迫和討剿不斷。其內容一是虜為奴僕，二是強行同化，三是服兵役，四是戍邊，五是被征剿。

歷代不僅有征剿周邊，還掠奪夷蠻販賣為奴，《周書僚傳》載：「每歲令隣近州鎮出兵討之，獲其口以充賤奴。謂之為壓僚蔫」。唐貞觀 12 年，破巫州僚，獲男女三千口。同年破巴、洋、集、壁四州僚，獲男女萬餘口，貞觀 14 年間擊羅寶諸獠擄男女七千人，捕獲者作奴隸賣各地，歷史上擄夷蠻為奴已是常情，故僮字即源於此。直至上世紀 50 年代，周恩來才下令將僮字改為壯，以示尊重。

封建統治為了鞏固權力，認為「異質」是對權力最大的威脅，「化異為同」是歷代護權衛權的既定方針。使董仲舒的「大一統」理論得以脫穎而出，而且這個理論被廣泛張揚和應用。「尊儒家，廢百家」是其代表，民間流行的「沉默是金」，「禍從口出」也是「大一統」的沉澱。而「大一統」在群體和語言習俗上影響最大，歷代統治都以「變夷為華」為政績。明滅元後，洪武元年朱元璋布令蒙古人色目人：「複元冠如唐制」，禁止辮髮、椎髻、胡服、胡語、胡姓。明律還規定；蒙古人色目人不得同類自相嫁娶，如違，打 80 杖，男女入宮為奴。明清代，征剿西南苗民不僅趕殺，還不許用苗話和苗姓。同化最成功最普遍是移民充邊和「改土歸流」。明代效衛所設置，實質是寓兵於農，守屯結合的兵制，在夷蠻地衛所制又兼移民同化和征剿作用。每衛有 5600 人，每所有 1120 人，軍士是世襲。在西南各省的軍士基本都是當地徵集的夷蠻，衛所有軍田、屯田，軍士種田和駐防相兼。明成祖代，屯田軍人數有稱近 280 萬，加之家屬，人數非常可觀了。在西南各省夷蠻人數占優的地區，有衛所更多；僅四川有 16 衛、雲南有 16 衛、貴州有 18 衛，有謂貴州一省屯田兵達 30 萬以上。在衛所的軍戶儘管

來自不同民族的夷蠻，但必須講官話，這就是當今貴州省屯堡人、穿青人、龍家人等誤為是明將傅友德的南京兵後裔等的種種理由依據。今天大西南各省的官話比率之高，語言高度同一，無不是衛所制的影響結果。加之明代行「改土歸流」後，流官強迫推行官話，使西南夷蠻地官話率遠遠比華南華東南的官話率高上百倍上千倍。

封建統治另一馭權術是對異族或不同族群效「以夷制夷，分而治之」，以西南夷蠻為例，自漢代起就有征夷兵打夷人、征土兵打土人的毒計。162 年，漢調長沙、零陵等地蠻人攻打蒼梧、南海、交趾等地，漢昭帝發鉤町兵擊益州；唐代，唐將楊譚等人征梧州、柳州、象州等地夷蠻，征討黃乾曜起義，宋代，平儂智高就是調永順、保靖兵三千餘人前往征剿，明代是歷代徵調土兵最多的王朝，1554 年，調廣西田州瓦氏夫人率6873 人赴金山衛（今上海）征海寇，明成祖征安南，徵調廣西土兵 3 萬人，明征廣西大藤峽起義、征廣西古田起義、征湘黔苗疆、清代鎮壓苗民起義等，均徵調土兵夷兵參與彈壓。各朝代擁有的土兵夷兵也很多；如宋代元豐年間，峒丁有「其數十餘萬」，明《粵西叢載》稱 1572 年平懷遠起義，有「狼兵十萬人」。在宋代的廣西，有禁軍（中央軍）僅數千人，最大的駐軍桂林僅有 2500 人，而廂兵（地方兵）達 12700 人，餘是鄉兵和峒丁達 10 多萬人，廂兵、鄉兵、峒丁基本是蠻人。這說明，歷代王朝的主要指導思想是「夷制夷」。也佐證「狄青後裔」和屯堡人「南京人後裔」是無根據的。

歷代的大量夷兵土兵除參加征剿外，戍邊是主要職責，明代效「衛所制」，這些軍士一面耕作一面駐防，為封建統治守邊保平安。這些戍邊的駐地，也成了當今的眾多「方言島」。海南的村話和福建「南平土官話」，即是歷代戍邊的結果。

歷代封建統治用夷兵只是手段，同化征剿夷蠻才是最終的目的。自秦平南越起，歷朝都有對南方群體征剿用兵，明代洪武年間，明將周德興、鄧愈等人征剿湘西覃垕，平散毛三十六洞，平五開，古州諸蠻 223 洞，籍其民 15000 人，俘土兵

4500人，平其地。洪武十八年，明將湯和又征剿五開蠻吳面兒，「擊折九溪諸蠻僚，俘獲四萬餘人，諸苗始懼」。清代張廣泗剿苗寨，「共毀除千有二百二十四寨，赦免三百八十八寨，陳折萬有七千六百有奇」。直至1933年民國期，當地政府還出動一旅兵力對廣西桂中桂北瑤民鎮壓，三萬多的瑤民被殺三千多，諷刺是，鎮壓後又組識瑤民各鄉村長到全國各地參觀。「剿撫並施」的權術活靈活現。

通過對歷史關係的剖析，使人明白南人冷漠母語真諦；由於歷史上南人受歧受壓不斷，使南人心靈發生扭曲；視中原為神聖，而本土是污穢，故出現攀附為榮，土俗為恥。當今南方母語分崩離析，實是心靈發生扭曲的折射。南人被矮化，當然缺族群和家鄉意識、缺母語意識，母語就衰微。

語言是一個民族的徽章，又是政治的尺規，南方群體經南北政治較量後已是敗北，南人的母語自然落為二等，語言的雅俗之見便萌出，華尊夷卑也由較量的成敗定性。南人的母語也成敗北的犧牲品。

第二節 同化的退色力

同化和史稱的「王化」「教化」應是同義詞，彼此都有「同我」要素，從廣義來審視，同化與一統應是近義詞，一統是自私思想的表述，同化則是自私的行動和措施，兩者互為一裡一表，推動實現自私目的。因為同化是為陰私，故數千年來封建權貴者均高舉「變夷為華」的同化（教化）大旗經久不衰。

同化的概念很多，一般是：文化環境不同的個人或群體與另一不同的文化模式相接觸，融合成為同質的文化單位。

通俗說，甲放棄自己的文化（語言、習俗等）去接受乙的文化。

同化的標準：一是文化同，語言和習俗相同或相近；二是實現認同感、使從陌生變成認同祖宗；三是喪失自強力，經奴化、愚化及歪理、歪帽等洗腦後，被臣服者已是無知、無情、無志、無競爭力。符合同一標準是完全同化，含語言習俗相近或不同者是不全同化。

同化的類型：

按性質分：一種是自然型，沒有外力干預；一種是政治型，通過外力強迫同化。前者多見於民主國家，後者則是專制國家特點。

按形態分：一種是完全同化（人口擴張型），一種是不全同化（文化擴張型）。

完全同化：實是血緣融合性同化，指強弱兩群體語言習俗等文化相同劃一，不存差異。特徵是；一是弱勢群體文化無條件同化於強勢群體文化之中。這就是同化規律。同化的基礎一是含強弱，二是存人員直接交流。

不全同化：實是攀附模仿性同化，其基礎也含強弱兩群體，但缺有效人員直接交流。因種種原因致弱勢方攀附或模仿強勢

方文化，模仿缺少有效傳授，使雙方語言習俗等文化存在差異，缺少相同劃一，稱不全同化。當兩群體強弱相當有直接交流則產生混合性同化，其語言習俗呈混合性，與完全同化和不全同化有別。

產生如上不同的結果機理是；當強弱兩群體存在人員密切交流時，兩方交流用語必定是強勢方標準音，從而形成強弱兩方文化高度同一。也佐證兩群體存在人員直接交流；當強弱兩群體無人員交流時，弱方依然保持自己文化和母語，因經商、就學、兵役、官員交流等需要，弱方也通過借用和自學仿用強勢語，但因學習條件嚴重不足而出現南腔北調或含諸多的母語，形成強弱兩方存文化差異。不全同化佐證強弱兩方缺少人員遷移交流。由上可知，同化規律可作族源鑒別條件之一。

同化的本質是自私膨脹，同化的目的；是提高認同感，竭力解除被征服者心理防衛，激起感恩和認同，最後達到鞏固權力和追求虛榮目的。

同化主要目的內容有四：一是使弱勢方忘記和淡化自己先祖；二是使弱勢者對自己的文化冷漠無感情；三是使弱勢者有自悲無自尊失去競爭力；四是不斷神化強勢方。

同化的內容很多，一般總以追求語言、習俗、文字和心理情操等同一為內容，但有些國家以宗教為主，語言、習俗相同，宗教不同，仍相互為異類，相互防範和打壓，如印度和巴基斯坦即是一例。不管哪種內容，最終追求的目的都是為征服心理。

一、同化與文化

文化是同化的前提，封建專制者之所以關注文化，是文化固有的特點決定的。

1.獨立個性：這是人類天性，人類有求異於他人的嗜好。一件衣、一個髮型。大到語言習俗、均追求與他人不一樣，以示我是我，我不屬於他人的暗示。這使人產生錯覺，同性相吸，

異性相斥。文化的異同激起人們產生親疏心理。

2. 神聖性：人類的發展是曆氏族部落，部族聯盟、民族等發展，在發展過程中，產生了各自的語言、習俗等文化，這些文化代代相傳。在人們的心中樹起了神聖符號；老祖宗傳承的，成了人們萬般珍惜。這樣，激起人們對自己的母語、習俗格外器重，並昇華至與自尊、人格，榮恥相提並論。封建專制者行同化，就是要剷除異性文化的這種防衛抵抗，使異性變同性，產生吸引，消除隱患。

3. 感情性：人的天性又有以同為親，視異為疏的傾向。人們對鄉人、鄉水、鄉音特別愛戀。故有「甜不甜，家鄉水，親不親，故鄉人」的美譽。故鄉文化拉近了人的距離已是常識，封建專制者深諳此道，總是千方百計提升其感情量，所以有國學熱，孔子熱等風，對異性文化總是排斥。如鄒容對夷蠻等異族是這樣描繪：「其土則穢壤，其人則氈種，其心則獸心，其俗則氋俗」。對異性文化是如此仇視，推行強迫同化便出現。

二、同化原理

人類為何要推行同化？其因一是人類有陰私和求同排異心理；一是文化含有感情、神聖和個性特徵。前者產生支配欲，總想當老大；後者則產生防衛力。當強弱兩群體共處一個平臺時，必然是強勢群體的陰私排異本能膨脹，剷除弱勢群體的防衛力就屬常態，統語言統習俗便騰空而降。這就是同化總根。從本質講，同化是自私和愚性誤識的沉澱，由私產生強凌弱，因愚有視不同文化含「隱患」，因而要推行同化。

產生同化需求，是由同化的心理基礎、同化的條件、同化的環境決定的。現分述如下；

1. 同化的心理基礎：心理內容主要是；自私天性、求同支配天性和愚昧天性。這些心理天性使人獸性膨脹，總想控制支配他人。當存在思維幼稚時，持同化思想的人都有這種思維路線圖；認為人類賴於文化而存，有感情、愛家鄉、愛民族、愛

本族文化。這種文化有凝集防衛力，會使勝利者的陰私利益受挑戰。用古代的話表達是「非我族類，其心必異」。用當代時髦的話表述則是「含不穩定的危險因素」。剷除這種危險因素，在於破除隔離帶，實行同化政策，這種邏輯思維，從平民到名人、高官，都存濃厚的印記。

2. 同化條件：同化條件主要是強勢方存自私，弱勢方存心靈扭曲。強者弱肉強食，弱者人格貽盡處處追求攀附。形成強者要打，弱者願給罰，同化條件全具備。南方群體的心靈扭曲和崇尚虛榮可用「登峰造極」來形容，從修史、修志、修族譜、寫楹聯、祭宗祠、舉寺廟，直至普通生活衣食住行，全以虛榮為是，使虛榮大放異彩；文章不是重表達，而是重華麗，於是駢體文、八股文、絕句、宋詞等等得以登場，方志少不了八景，族譜的名人不能缺，這種虛榮文化給弱勢群體致命傷：一是自卑心濃，自尊心淡；二是攀附文化崛起；三是加速同化速率；四是淡化民族感情意識和信仰，以南方少數民族為例，一出門，就不講母語，也不願表白自己的族屬。論祖先離不開狄青後裔，這就是虛榮造的孽，其潛臺詞是：我爸也是李剛。

3. 同化的環境：同化環境的種種因素很多，包括錯誤理論、體制、民風及負性文化等等。錯誤的理論是出於政治需要，一些理論家有這樣的表述：世界將趨大同，國家、民族、家庭、語言將相繼消失，取而代之是無民族，無階級，同語言、同習俗的大同世界，其理論依據是：這些都是私有制的產物，隨私有制的消失，這些要素也要消失。既然母語無存在意義，那麼，棄俗從雅就是正道。負性文化對同化影響最大，無論是自私、虛榮、或是一統思想。都使人念念不忘盤算如何吞掉異已。有人說過這樣的話：「中國人就是牛，來什麼人就同化什麼人」，又說：「中國人最可怕的地方在於，外族進入中國就成了中國人」。中國人如果沒有虛榮文化，張揚文化。中國人能這樣牛嗎？胡人能脫下狄衣換上漢衣嗎？

體制對同化也有影響，人類對權力的取向分公權（民選）和私權（奪權），公權是民眾分果果，用不著用權術去爭去保；

私權是耗費生命等去投資，必然用同化、禁言禁行等舉措維護投資利益，同化被當作護權一道名菜必定要亮出來了。

當百姓被物質欲誤導後，民風就有金錢漲價正義貶值，就有千軍萬馬去搶美元盧布，母語的存亡就成「國事家事不關我事」，如果我們留意身邊會發現；個個小孩操國語，個個成人唱「瀟灑走一回」，大家都認為是正常無須大驚小怪。當一統文化經洗腦後植入人心，母語方言就成多餘的名詞，確保填飽肚子不求是非已是人們的座右銘。

以上種種要素有些表面似是有理，如世界大同及方言有害論等，這些觀點實是錯誤的；粵方言、吳方言等人口都達數千萬，每個方言比法國、英國的人口都多。方言流行也有上千年，沒有妨礙南北交流，沒有影響凝集力、也沒有影響宋王朝、明王朝的形成，提示方言是有生命。社會總是不斷運動，不可能存在於封閉同一，無變化的大同實體。我國推廣孔子學院，抵制國際語，倡民族主義等等。本質就是否定大同世界。

總之，同化主要原因是認為不同文化存在危險因素，為了自身利益，必須千方百計剷除不同文化，化不同為同一，以提升認同感，消除隱患，這就是同化的目的。也是同化本質的狹隘表現，是封建專制的特點。

三、同化的特點與分期

同化的特點較多，常見是如下幾點：

1.社會交流愈多，同化率愈高。同化由發達區漸及欠發達區。故城市同化較早，山區受同化較遲較輕，貴州文化高的熟苗早已漢化，今天只存山地的生苗。

2.同化受政治制度左右。民主制國家重人權，極少干預人類的文化信仰，而封建專制極權國家重權力、利益和榮譽。為鞏固政權、干預文化信仰是常有的事。土耳其就不准庫爾德人用本民族語，不准用庫爾德文。類似的現象在伊朗也發生，說

庫爾德人是波斯族的一部分，並非是庫爾德人。

3.高層（官員、文化界）的同化率遠遠比低層社會（平民）高得多，原因是高層人士的虛榮心更濃。西南許多土司或名人改操官話就是一例。

4.同化率與民族意識、民族感情成反比。客家人和部分瑤人，其同化率遠遠比周邊的民族低得多。壯族、布依族等民族感情淡，同化率非常高。

5.同化率與競爭力成反比。粵、閩、浙、蘇等地臣服中原已超兩千多年，但仍保持其獨特的母語，而雲、貴等地臣服中原僅是數百年，其母語已是大部喪盡。出現這種差異，是沿海各地經濟、文化發達，有深厚的自我意識，故能抵禦同化。而雲貴儘管有上千年的南詔、大理立國史，卻是處處落後；沒有文字、沒有自己一部史書、沒有學校，用海貝作貨幣等等，後又受征剿不斷。待中原文化潮水一擊，加之虛榮和張揚灌注，雲貴群體已是失去自我紛紛追求攀附為榮，所以同化率遠遠比沿海各地高。雲貴兩省漢族比率比廣西高，不是南遷數量差異，而是經濟文化不同。

南方群體的同化因地因民族而異，同化的時間、程度和內容有差距，一般都經歷三期：

軍事期。特點是僅限於軍事臨時佔領，缺少有效的控制，故政治鬆散，郡縣未設或不全，尤其是南方少數民族地區，中原達官貴人和士兵多不願前赴。當地又是叛服無常，官方只能效羈縻制和土司制。行「以夷制夷」，「分而治之」，因此，南方的許多文化得以生存實是土司制的保護所至。此期的語言習俗屬自主階段。外力干預少。

政治期。從南北朝起，都城南遷建康，對南人的統治才稍完善，南北交流也日趨稍多。此期特點是：一、置郡縣漸增加；二、民族意識漸淡，以異化儒家文化，尤其是虛榮文化，一統文化的不斷強攻，南人對先祖漸淡化，感情漸薄，虛榮漸濃，例江南士族以「洛下書生詠」為榮（即學洛陽腔調），連吊死

人大哭也要學北方腔調。史有「及有遭喪者而學中國哭者」的
記載。孔子、諸葛亮、李世民、黃帝、炎帝，直至楊貴妃等等
都可以在南方群體中找到他們蹤跡標誌，提示南方群體已從陌
生轉到認乾爹。此期的語言習俗屬倒旗階段，外力入侵使文化
意識變淡。

　　文化期。從清後期至今，社會已發生巨變，即政治空前
完善，科技發達，同化進入了嶄新的階段，尤其十多年來，同
化率以幾何級數飛躍增長，變成了學前期兒童不操母語比比皆
是。此期的特點是：一、制定各種同化策略和政策。二、強化
推行國語，限制母語，三、推行全方位同化措施，包括電視、
廣播、影視以及招生、招工、招幹等等，皆以國語優先、母語
受限的局面。語霸得以形成，加速同化。此期的語言習俗屬蛻
變階段，外力的作用使母語分崩離析。

　　此期的特點是：一、大民族主義空前強烈，孫中山等人為
推翻滿清公開提出民族主義，推翻滿清後，又效強迫同化政策，
除滿、回、蒙、藏、維等五族外，餘多不承認。二、社會交流
呈天文數字猛增，闖關東、走西口、下南洋是清末民初的移民
大潮。到今天，社會有流動人口 3 億之巨，流動促進強化國語。
三、同化政策空前強化，明的或暗的同化政策並舉，從媒體的
規範用語到國語的種種比賽，使方言日趨萎縮。四、南人的炎
黃子孫認同感日趨穩定，絕不會反問有何事實、有何證據、也
不講邏輯，更不會討論。

四、同化的手段

　　封建統治視異性文化為「不穩定的危險因素」。因此，歷
代各朝大舉美其名為「教化」的措施，其具體是：

　　1.解除對方的防衛心理，最成功是灌注虛榮文化、儒家文
化。處處樹等級、尊卑分明，處處炫富露貴。舊時有一演員扮
武則天，在臺上故意用手一揚，露出了兩隻手錶，令觀眾又笑
又羨慕。虛榮文化令弱勢群體抬不起頭，為了利益和面子，當

然選擇了攀附文化。北方少數民族朝鮮人、滿人、蒙古人、回人、維人等極少有稱是孔子、岳飛、李世民後裔，原因是他們的先祖已是名揚四海，一代成吉思汗，橫掃歐亞，這已足令他們自豪了。而南方群體找不到名人影子，狄青後裔就成了追求。

另一措施是渲染張揚文化。張揚就是宣揚和神化自己，達到先聲奪人的目的。史書稱中國是中央，四周是夷蠻，皆稱是未開化的民族，蠻族離中原愈遠，等級愈低，故有南蠻、北狄、西戎、東夷等稱，史稱是「化外之民」，到近代，仍稱西方白人是「紅毛蕃」，意是劣等民族。

這種張揚文化對西方人毫無用處，但對周邊的夷蠻民族就很神，經張揚已令夷蠻神不守舍，羨慕不已。於是有魏孝文帝下令改用漢語漢服，南方少數民族的「祖籍中原」，實也是中了「張揚」的邪。

在明代，義大利傳教士利瑪竇在中國刻印了《坤輿萬國全圖》，按最新的知識將地球分成幾個大洲大洋，中國中心論被打破了，但封建皇帝依然不信這些，藐視洋人依故，並稱他們來見是「朝觀」，「朝貢」「觀見」等等，均示國人自傲的濃厚心理。

2.強化政治措施和強化同化，提高認同感。秦滅楚，後征南越，均效郡縣設置。由於征服地太邊遠，改用羈縻制和土司制，實行以夷制夷，待社會發展，交通發達後，則「改土歸流」；土官被推進墳墓，流官上任，必然效法同化政策，儒家的孔孟就進了夷、蠻家。另一方面，推行全面控制，不許亂說亂行，孫中山也說；「凡是一種民族征服別種民族，自然不准別種民族有獨立的思想。」車臣要寫其民族被征服史，當然不行。

強化同化主要體現在意識形態領域上，大凡在修書、修史、修志、修族譜中均大力宣傳「中原南遷」「炎黃子孫」的觀點，考古文物中也多有「中原影響」詞兒。歷代數千年都有祭祖活動。為張揚族譜竟不顧事實大談姓氏的發祥地和支系，顯然是因政治意識需求而捨本求末了。

3.營造同化環境。某些方言意識很濃，需要破除其抵禦心理和環境，歷代王朝均效法古今中外的移民法，今天湖南張家界一帶的白族，桃源的維吾爾族，就是在明、清代分別由川滇或新疆調兵的結果。另一方面，歷代王朝都有制定各種同化政策；朱元璋就規定蒙古人、色目人要用漢語、漢服、漢俗，滿清入關時就規定漢人「剃頭更服」，要漢人留辮子，穿滿服。世人稱有「留頭不留髮，留髮不留頭」的說法。通過營造同化環境，讓人們潛移默化認乾爹。

營造同化環境最有效方法是灌輸儒家「等級」思想，尤其是「華尊夷卑」的張揚，史上遊牧民族以強者身份被同化，根就是「等級」作祟。青海西祁土司最能說明；西祁土司原是成吉思汗後裔，元蒙亡後仍是當地有影響土著，但受明張揚儒家思想洗腦後，上層人物自愧為夷蠻，決意漢化；土司衙門與民建築仿效內地、習儒家詩書禮樂、民俗層效「王化」導向、紛紛學唱戲、唱皮影子、立關帝廟，皇上也賜給「祁」姓。這土司世稱為「王化家族」。遊牧民族影子沒有了。

4.建立同化示範點。在廣大的南方各方言區，自南宋後，經濟、文化發達，民族意識，民族感情仍存在，上海的「阿拉」就是很神氣。濃濃方言不改，因此，歷代王朝通過內附、屯軍、駐軍等政策，推行漢化。其中以明代最典型，明設軍屯、民屯和商屯，雲南有軍屯二十五衛、貴州有軍屯二十四衛，二千戶所。一衛有五千六百人，一所有千一百二十人。雲貴漢化之高，無不與軍屯有千絲萬縷有聯繫。海南的軍話、浙皖邊界的官話，福建南平「土官話」、長樂琴江村旗下官話，武平縣中山鎮的「軍家話」。廣西德勝的「百姓話」等等的方言島，都是歷史屯軍的遺跡。是為周邊的方言樹立「官話」的楷模。今天，上海「阿拉」在官話前已不神氣。現在的邊疆各省區都建有大量的農場，實與歷史屯軍、駐軍的「教化」無異，因為當地並非缺勞動力，無須從千里之外引進，全部農場推行國語，這種滲沙子的措施，用意就很明顯。

5.強化洗腦術，剷除對方文化。語言、文字、習俗等是同化最主要目標和內容。有人認為，文字具「一國之精粹，立國

之原素」，主張「滅人國者，必先滅其文字，文字滅而後國遒真亡矣，蓋其文字與愛國心默相維繫，該本國文字未有不油然生其祖國之感」。歷代王朝統語言統文字，道理就在這裡。

洗腦術重在創立同化理論，包括一統理論、大同理論、儒家尊卑等級理論等等。這種畸形教育，確使同化注上強針。洗腦術尚重權術，包括愚化、窮化和恩威兼施等等，歷史上對少數民族上層人物的收買拉攏，或舉兵威儡征剿，已是司空見慣的常事。

歷代的同化思想，在國內外都有出現。如前蘇聯，就有強遷哥薩克人、印古什人、車臣人、韃靼人、巴爾喀人等到異地居住，取締民族節日，民族回憶歷史，等。我國的軍墾農場實也有這種思想的色彩。因大舉辦農場，當地的少數民族人口比率逐年下降。1956 年，新疆維族占全區 75％、漢族占 5％，到 2010 年，維族占全區 48％，漢族升至 40.1％，同期的雲南漢族由 64.8％升至 66.63％，貴州漢族由 60％升至 63.89％。在全國各民族地區中，漢族比率逐年上升已是不爭的事實。過去西藏極少有漢人，2010 年統計，有漢人 245363 人，占全區 8.17％。這些說明，移民充邊，加速同化，已是悄悄進行。

由於推行同化，南方各群體母語臨近瀕危，為利對比，現將 2000 年在德國科隆修訂的瀕危語言分等介紹如下：

安全語言。所有成員都在學習和使用。

受威脅語言。成員內部使用，但總人數少。

受侵蝕語言。部分使用母語，部分使用其它語言。

危險語言。僅在 20 歲以上使用，20 歲以下不用。

嚴重危險語言。僅在 40 歲以上使用，餘不用。

臨滅語言。只有在 70 歲以上用。

滅絕語言。失去應用。

對照上述分等標準，南方各方言均屬受威脅語言，壯族則

屬危險語言級。南寧粵方言、福州閩方言、海口瓊方言等亦同。而滿語、土家語、赫哲語、仡佬語等已是面臨瀕危或滅絕。

五、同化的利弊

　　同化的弊病很多，詳情參見四章六節，同化是陰私又是幼稚的，任何企望通過統語言、求鞏固卻是徒勞的。同化僅僅是政治的權術，是外因，不是內因。社會的興衰，不能企求統語言，而在於社會優化改革，若諸弊不改，統語言也無助於事無法改變流向的。前蘇聯重同化卻有解體就是一例。西班牙、葡萄牙征服南美洲後大行同化，全美洲變成了「拉丁美洲」，全洲僅存西語和葡語兩種。時至今日，美洲國家有誰買西、葡兩國的帳呢？

第三節 禁忌的愚化力

一、概念與性質

母語的生存需要有研討完善的聲音、有發現問題的聲音、有呵護母語的聲音。當將母語視為與權力及利益有利害關係時，就有對不符自己利益的聲音視為異端而封殺，這就是禁忌。

禁忌，指被禁止或忌諱的言行。禁忌本質就是陰私的愚民手段，變相剝脫百姓的知情權。權貴者在人們視線外掛起一幅遮布，讓人們看不到窗外的世界，從而掩蓋了真相，也把自己的醜陋包裝掩蓋起來，讓百姓無知無欲、不明是非，廣大百姓不能「論古非今」。禁忌實現了維護學霸、言霸地位，達到壟斷資訊和顛倒黑白，實現鞏固既得利益目的。前蘇聯如果不掩蓋卡庭事件真相，它就無法加罪於德國。故禁忌是「皇帝」陰私的專利品。是壟斷資訊最佳武器。

禁忌追求是陰私的言霸學霸，其特徵一是以權壓人；一是持歪理，是非只有一家之言；一是不准質疑，不准討論和辯論。規定人們無條件只能是這樣說，不能是那樣說。要人們承認唯一，承認一成不變。禁忌和虛榮、權術、一統、同化一樣，是封建集權的五大特徵表現之一。是通過禁言禁行和權術掩蓋見不得陽光的另一面，綠林大盜出身的大軍閥張作霖如果登上皇位，必然自稱是代表人民和正義，禁止評論綠林的是非，禁談民主和選票，一旦持有異議，必是興師動眾圍剿，先是戴上叛國害民帽子，如果張作霖不聞不問，則張作霖當不了幾天皇，所以，他必然要奉禁忌和權術的尚方寶劍。

禁忌的內容很多；即護權需要愚民，而愚民則需借助禁忌掩蓋真相使百姓無知無欲達到護權，形成內容很多面也廣，這裡要討論的是文化性禁忌和政治性禁忌。婚姻有「豬猴不到頭」、「白馬畏青牛」之忌，示豬相和猴相，馬相和牛相不能相婚，喪期不能進鄰家門，孕婦不能回娘家分娩等等屬文化性

禁忌。上世紀五十年代禁說新沙皇，七十年代禁說蘇聯老大哥則屬政治性禁忌。禁忌的手段主要是政治意識敏感症，將人們的言行與政治掛勾分好壞而護誰打誰。政治性禁忌多效思想管制、資訊管制和真相管制。不給揭短、不給辯論及不給亂看，流行的說法是；不該懂的就不懂，不該是你看的就不看。

探討禁忌的意義在於：其一，分是非，諺語說「不做虧心事不怕鬼叫門」，做虧心事的一方必定是怕鬼而捂人嘴巴。那麼，捂人嘴巴必定有見不得陽光的醜行。其二，利社會優化，我們認為母語存在種種衰微因素要克服要糾正，如果持敏感意識視提出探討提高到與有損國家形象有損凝集力而效打壓，那麼，母語的問題不能被世人重視，存在問題也不能給予解決，則母語瀕亡必是歸宿。由上可知，當今南北朝鮮有爭執優劣，用誰是捂嘴誰怕鬼叫門，誰應是做虧心事。

各國各民族都有禁忌，但都遵循尊重人權尊重多數人意志的原則，如果超過這些原則，與私利為標準。這和國際多數文明國家格格不入了，是歷史「文字獄」的翻版。

二、古今表現

歷史上因犯禁而命喪黃泉的人史不盡書，在漢代，楊惲因〈報孫會宗書〉被腰斬、曹魏末、嵇康因〈與山巨源絕交書〉被司馬昭斬，北魏崔浩因編史犯禁，被誅連三族，史稱「國史之獄」，宋代大文豪蘇東坡、黃庭堅等人亦因犯禁被流放廣西。明清文字獄最盛，朱元璋有落寇史、當過和尚，所以忌「光」、「賊」、「禿」、「生」、「盜」等字，杭州府一文人為吹捧朱元璋，贊為「光天之下，天生聖人，為世作則」一語，結果竟是弄巧成拙。皇認為，光乃光頭，生者僧也，則音近賊，結果被掉了腦袋。同期文人林伯璟、孟清、林之亮等數十人因犯禁被斬，到清代，僅乾隆一代就有 130 多宗文字獄案，有 47宗被處死，其中徐駿的「清風不識字，何來亂翻書」犯禁被殺。朱方旦是名醫，因太聰明，說人的思想中樞是大腦而非傳統中醫認定的心，這犯了國粹權威的大忌，全國醫界討伐為「妖言

惑眾」，皇上下令斬，著作被焚。

到當代文明社會，禁忌減少一些，但政治性禁忌仍有發生，前蘇聯著名作家索爾仁尼琴就因《古拉格群島》一書被驅逐出國，文革期鄧拓因《三家村夜話》被害死，田漢因《謝瑤環》被視為歌頌才子佳人獲罪死在獄中，音樂家雷振邦為〈蝴蝶泉邊〉一歌扣上資產階級靡靡之音致死裡逃生，文革期間無數人因言因文犯禁被打成反革命分子。當前主要禁區有；在國際中，智力、種族、暴力、性取向是禁忌區，凡研究人智力、種族智愚等是不允許的。在國內，（1）政治領域；（2）民族與方言探真；（3）祖訓；（4）國粹；（5）國土與利益；這些領域絕不允許存疑。所以說，我們絕沒有出現洛克、盧梭、康德等大師，因為我們缺少培育大師的土壤，缺少質疑條件。我們教育出來的學子只能解題，不能出題，出題比解題更需情商和智商。

由於利益權貴者將語言政治化，語言上的禁忌也是屢見不鮮，禁忌被應用於這三方面；一是宣傳上淡化方言母語的地位，宣傳只有國語少有母語。二是研究母語的榮衰是雷區，封殺多而肯定少。三是母語邊緣化，從制定政策、推行措施，常常含歧視元素；媒體要用國語聲音、兒童教學要單語教學、行政機關只允許講官方語言、錄聘人員有國語優先等等。凡對語言政策有微詞，更屬禁忌之列。

總之，古今因言、因書、因歌曲獲罪的人不計其數，人們對犯禁如談虎色變，造成當今世人為明哲保身而異化。「莫談國事」、「沉默是金」、「禍從口出」、「好話一句暖人心」等等成了為人處世的座右銘，人間真理大廈崩塌了。

三、原因

人類社會出現禁忌，原因很多，我們不妨從一則故事說起，古代有一寺廟，四周有高牆圍著與世隔絕。一天，一個小和尚跟方丈出來打水，小和尚見一個女人就問方丈「這個是什

麼？」「這是老虎」方丈應聲而答，小和尚說：「我愛老虎」「怎麼能愛老虎？老虎害人！」方丈高聲露怒。

佛家是講究淨土，男女是犯佛家禁忌，方丈把女人說是老虎顯然是為利益而發，所以說，禁忌的原因一是利益性，二是虛榮性，三是愚昧性。簡單說；禁忌是權貴者的滅火器，由於權貴者缺理缺德，無法在陽光下辯論和亮出，只好打出「學霸」、「言霸」捧子，要人們閉嘴。利益性禁忌最典型是上世紀未轟動全球《撒旦詩篇》事件。

拉什迪是英國作家，1988 年在英出版《撒旦詩篇》幻覺小說，稱夢幻一位商人受到主的耳語，成了先知，創造一種宗教。穆斯林教徒認為：作者用象徵手法褻瀆先知穆罕默德。英國、印度一些穆斯林起來抗議，這些消息傳到伊朗精神領袖霍梅尼，拉什迪是對是錯全不給辯論。於次年情人節以「褻瀆伊斯蘭」為由判作者死刑，號召全世界穆斯林追殺拉什迪，追殺獎金最高者有達 300 萬美元。結果，追殺令後的第四天作者發表道歉聲明。但道歉無效，作者只能東躲西躲、隨時搬家、航空公司也因安全為由拒絕他乘機、妻子也離去。日文、義大利文譯者被殺死或重傷、土耳其文譯者差點被燒死，挪威出版商遭槍傷、有許多銷售書店被炸。全世界有 60 人因本書而死，有上百人受傷，創造了因書死亡的世界紀錄，人類的是非受到空前挑戰。至 1989 年霍梅尼病死，死後 10 年暗殺令才收回，到 2000 年拉什迪才能自由旅行。作者被追殺 10 年，成了全球一大新聞。

虛榮性禁忌是一種準心理缺陷，是扭曲的自尊心，無法對情欲和理性作出有效的選擇，陶醉於表面現象，有人稱是「精神手淫」，乾隆帝是一個偉大的皇帝，又是虛榮心較濃、終生功於開疆，擴大的疆土是明代疆土四倍多，形成我國今天的版圖，有「十全武功老人」稱號，卻被虛榮愚弄，有一次紀昀不慎失口叫一聲稱乾隆帝是老頭子，恰恰被乾隆本人聽到，嚇得紀昀汗毛直豎，連忙解釋說：老——年過花甲，稱老；頭——頭為首，為皇，治天下，稱頭；子——子鼠是十二生肖第一個，

為最大，稱子。經紀昀一番巧簧之舌奉承，把貶義變成褒義。乾隆的虛榮細胞被啟動，紀昀也借助小聰明撿回一條命。

因虛榮思維的存在，使虛榮性禁忌多如牛毛；京城百姓的房子不能高過皇宮、衣服不能是黃袍、百姓的家稱舍，達官貴人的家是府。在當代，虛榮引入政治後，政績工程、政績浮誇、虛假資料層出不窮，對主旋律是歌頌或「抹黑」，已有明碼標價，老百姓絕不敢對政績工程說三道四，虛榮性禁忌已成社會巨大的毒瘤。

禁忌另一原因是愚昧，由於愚昧出現很多笑話，學者劉濟昆提有一事：文革期大興破「四舊」，重慶市第一中學資本家女牛豔麗嫌取名缺革命，改名為牛跟黨被馬光宗抓住批鬥，後馬光宗也改名為馬革命又被其它人揪住鬥爭，理由是：馬革命、牛跟黨都是污辱偉大的黨。同期四川大學也大批屈原是叛國賊，理由：國民黨僅搞兩個中國，屈原則抗秦「吞滅諸侯」，是搞七個中國，屈原挑戰一統才是真正的反革命和叛國賊。

人們產生愚昧，原因是多方的，但以思維缺陷占最主要，表現是以感性思維為軸，存在思維視角不廣、分析不透、論證無力和判斷謬誤等。

視角不廣，是僅僅滿足於可見可摸的感官部分，對禁言、禁行的後遺症，對優化潛在的高能量，對優劣的選擇，均因屬看不見摸不著而變成被遺忘的角落，這頗如教訓孩子那樣，滿足於吭一大聲有良效，其餘各種教育方法就不清楚了，造成視角不廣而誤判。

分析不透是感性思維造成，拉什迪悲劇是因霍梅尼只見維護先知形象，卻不見講理、不講事實、不計後果；定罪「象徵手法」是不是有事實可據？是不是符合人類真理？全社會都以推斷論罪會造成怎麼樣的後果？顯然，缺少邏輯思維是拉什迪悲劇之因。

論證需要思維敏捷，思維方法正確，當論證以感性思維指導時，思維僅僅停留在感官表面，不妨稱之為第一級論證，當

論證遵循邏輯思維分析，就會發現禁言禁行之因是專制體制，不妨稱為第二級論證，再從專制的特徵效種種舉措分析、包括禁言禁行等等必然催生各種各樣的社會病，不妨稱為第三級論證。

由此可知，感性思維只能做到第一級論證，無法做到像邏輯思維那樣有多維多級論證分析，所想的，所考慮的分析要素遠遠比邏輯思維少，判斷錯誤必然比邏輯思維多，人類的愚昧，常常是不善於邏輯思維，無法深入分析，難以揭示深層次的規律和矛盾，於是就有以禁言禁行當作治國安邦的唯一答案。

四、謬誤與弊病

禁言禁行當成治國弊病很多。人類雖有千千萬萬的訴求，終歸都是追求滿足精神和物質的需求。尤其是滿足「天賦人權」。如何達到滿足？經人類上千年的總結，認為必須有好思想、好理論和文化、好體制環境、好民風、人的素質優良和好經驗方法。這些好的元素不是自天而降，而是要求人們擁有的睿智和超前思維去甄別和選擇這些元素，即善於利用人類最優秀的元素成果武裝自己，達到獲得最高的性價比。也是說，要甄別和選擇最佳元素，必定要經過發現、論證和比較選擇三環節。這三環節還須以傳媒資訊形式傳遞給社會，讓社會認可這種選擇。這樣，發現、論證和選擇都離不開議論。議論是獲得性價比最佳手段。禁忌的錯誤也在於封殺議論，認為「論古非今」是有損政治穩定。其結果，鏟斷了良好的思想、鏟斷真理和事實、鏟斷了良好經驗和方法，變成孤芳自賞封閉自己，是舍本求末的愚昧。這就是禁忌帶來誤國誤民的典型。其誤國誤民的理由主要是：

首先，從哲學和邏輯分析：事物的運動是內因而不是外因，以表面禁言禁行的外因取代自身完善的內因，在哲學上是犯錯誤的。人們的宗旨是追求優化，貴在擇優，哪裡有好理論，好技術、好方法就選擇哪種，這已是規律。對社會而言，業已證

明禁言禁行是劣，優化社會方法是良，我們不能捨優取劣。科學技術效擇優，社會管理摸式則不效擇優，這是有悖邏輯。

其次，從倫理講，社會的進步是靠資訊支撐。健康的社會運行靠三個環節，一是良好的思想指導，良好的文化和體制；二是自身有完善能力，善於發現問題，提出問題；三是善於解決問題。缺少任何一環社會運轉都產生障礙。其中善於發現問題、提出問題尤為重要。這三個環節運行是否健康？最根本條件之一是資訊的挖掘和流動，我們不妨稱社會就是資訊社會。好思想、好文化和理論、好經驗和方法，都是靠人們不斷探討挖掘並整理成為資訊供人類社會參考和利用。缺少資訊參考，就等於社會缺少眼睛耳朵，社會難以良性運轉。可以這樣說；資訊是社會最寶貴的財富之一。信息量的多或少、暢或阻是社會進步的標杆。能擁有資訊就是靠有寬鬆平臺，使百姓能指出缺陷、點出矛盾所在，道出主張，這些都是社會自身完善能力最基本的條件，禁忌恰恰是破壞資訊開發和運行條件，處處設禁區和紅線，不許探討問題，不許揭矛盾，資訊無法挖掘和流動，社會運行鏈被打斷了。社會不存健全完善條件。

社會發展依靠的動力是「除舊佈新」。除舊就是發現問題、提出問題的能力，有這些能力才能創新、學者馬達宏對創新是這樣評價：科學只能證偽不能證實，證偽就是不斷求證求真、不斷否定之否定、推翻過去的東西……量子力學發展到今天，就是推翻過去很多科學理論。馬先生的話是中肯的，正是這樣，英國海德公園設有辯論平臺，一些國家有魔鬼辯護士，專功尋找問題、質疑問題，而禁言禁行則不許提問題，視揭矛盾為「抹黑」，與優化創新背道而馳了，正是這種思想指導，使民族和方言等問題成堆，民族有邊緣化，方言有萎縮化。

再次，從事實而言，古今中外沒有禁言禁行治國成功的先例，禁言禁行只能滿足感官和眼前，不能招來長治久安。秦代效焚書坑儒，前蘇聯和東歐效大清洗和修柏林牆，薩達姆有萬人坑，可謂是禁言禁行的典範，誠然，卻是個個亡於揭竿而起，最令人深思的是，薩達姆在垮臺前以百分之百高票選為總統，

選民揮旗支持有加，可是，聯軍剛跨幼發底斯河。薩達姆 60 萬精英衛隊竟蒸發無影無蹤消失了，聯軍進入巴格達不費一槍一炮，而薩達姆銅像也在一瞬間被「選民」推倒。

同理，視言行自由會帶來誤國害民也是偽命題，是憑印象，不據事實，古今中外沒有找到為某一句話、某愛好導致亡國亡族的先例。讓人講話天不會崩。

反之，優化體制帶來的強國民富不勝其數，日本的「明治維新」，臺灣的蔣經國新政，我國的改革開放；使日本一躍擠進列強前列，臺灣變成亞洲四小龍，我國則成世界第二經濟大國……禁言禁行和優化體制的是是非非，已是不言自明瞭。

出現這樣的結果反差，其道理是，治國賴於民心，俗話稱「得民心者得天下」，優化社會能使百姓帶來實惠，而禁言禁行本身就是有違民心，加之禁言禁行的後遺症使百姓苦不堪言，所以，民心就有消耗，治國大旗無法扛起。

最後，禁言禁行是眾多弊病的溫室，對人類社會危害巨大：

1. 阻礙社會優化

前面已提，禁言禁行不許亂說亂動，不存百家爭鳴，好思想、好體制無法面世，社會只能原地打轉。

2. 真理和信仰真空

缺真理缺信仰讓社會大受重創，出現真理和信仰危機的原因是：既得利益者為了維護自身利益，採取理論是自私，方針政策是自私，方法也是自私，理論上是崇上崇聖，不可質疑。方針政策有「一切為政治服務」，以利益至上為宗旨，出現有學者吳晗筆下的解放前朱元璋和解放後的朱元璋兩個版本，辛亥革命前後有滿族不同稱謂，層層設有紅線，聖上、書上、國粹、體制、一統等等是禁區，對岳飛、文天祥不能揭短，對秦檜、陳獨秀不可探微，現實與真理有一段距離，存在悖論。人們無法解釋立法和現實有不同，無法解釋禁言禁行與價值觀對峙，這樣真理不存在了，缺少真理，信仰也隨之不存在。缺少

了真理和信仰，民心從何談起？社會風氣從何談起？

3.社會不和諧

禁言禁行是集權體制的特徵。禁的結果是：社會不透明、資訊不通暢，百姓獲取資訊有限，於是出現謠言和新聞出口轉內銷等弊病，另是集權體制為鞏固權力、大搞各種政治運動，如前蘇聯大清洗和文革就是其中典型代表，出現人鬥人人揭人現象．

4.社會弊病叢生

如果我們留意，秦漢之前是百家爭鳴，出現有孔子、孟子、莊子、老子等大師，秦漢效「獨尊儒術」之後，只存儒家一技獨放。朱熹、王守仁、馮友蘭等都是儒家子弟，儒家文化誘發的一統文化、等級文化、虛榮文化等更是蕩除一切優良，社會逞落後狀態，尤其是社會學更落後。

同時，為鞏固政權追求強化意識形態，奉行突出政治和禁言禁行，其危害更大。因真理需要服從政治，使真理模糊，因政治運動使人人自危，出現投機者、違心者充斥各角落，更重要是培養一大批良效式的寫作班子，大扣帽子，大談空論，大搞權術，於是社會出現人哄人、人壓人、造成取巧者獲利，誠實者遭殃，社會歪風迭起。這樣例子不勝數。

5、弱化綜合症；弱化綜合症是禁忌最大的敗筆，禁忌又是人類社會最大的公害，百姓為禁忌買痛苦的單。社會的本質是追求進步，即物質充足、精神富有，每個人權利都獲尊重。達到進步的條件一是提供豐富的資訊和政見，一是有論證擇良選優。使社會能不斷擁有最先進的思想、最優的科學和方法移植到社會加以培育應用。禁忌卻以陰私為尺規，置設「求同排異」的濾器，斬斷了社會擇優條件，它把陰私和害眾的缺陷加以掩蓋保護並當聖品讓百姓照葫蘆瓢畫，打擊創新犯禁者，結果全社會的人們只能依秦皇一人定調同唱一首腐朽的老歌，社會中最優的歌聲卻遭禁唱排除在外。社會痛失擇優而逞弱化狀態。改革開放前不許養超過三隻雞而有布票肥皂票滿天飛就是

一證。

　　由上可知，以禁言禁行為治國良方，只是一劑望梅止渴無藥效的安撫劑，只能止癢，不能除病。其最大的敗筆是弱化人力資源，加劇成本投資，人與人的關係不是相互競爭而是禁言禁行。結果無法發現人才、無優選人才、無發現問題、堵塞才路、扼殺人最富有價值的創新求索精神，缺少嶄露平臺，致社會發展停滯，這就是我們不學會選取性價比的結果，撿了一個禁言禁行爛果當寶貝。

第四節 貧困的喪志力

一、概況

母語的地位由政治、經濟及文化決定，但經濟有時影響更大。當經濟落後，百姓貧困，無論是群體或個人，總是恥為衣服襤褸，不敢抬頭，追逐攀附出賣母語就成常態，這就是常說的「人窮志短」。粵語的強勢，無不得益於香港、珠三角的財大氣粗。而 1000 多年前香港、珠三角屬政治矮子，經濟落後，其語言被視為南蠻鳥語。故討論貧富影響語言盛衰非同一般。

封建權貴者為了鞏固自已權力，對弱勢群體實施貧困化是一張王牌手段之一；一面直接掠奪，征剿不斷，一面驅逐到惡劣環境，至今少數民族幾乎居深山野嶺即是一證。因貧困，弱勢群體培養成僅求活命，不求體面做人了，皇權不受挑戰。

貧困指在經濟或精神上的貧乏窘困，是社會畸形現象，是經濟、社會、文化貧困落後現象的總稱。分類很多；有分物質性貧困、精神性貧困，收入性貧困、權利性貧困，區域性貧困，制度性貧困、政策性貧困等等。從空間而言，又有國家、群體和個人貧困，這裡要討論是群體性和個人貧困。即一國之內為何有群體和個人貧富之分。所討論主要針對貧富不均之因。

精神性貧困和物質性貧困相比，前者更重要更普遍，它包括政治貧因和文化貧困；政治貧困分群體和個體，對群體而言，就有越南淪為法國殖民地，失去政治地位；對個體而言，一是指政治民主淡薄，對自己應有的政治權利一無所知或訴求。一是自已的政治權利喪失，沒享有自由、平等、民主及宗教信仰等權利。

文化貧困對群體而言，是指群體思想理念守舊落後，思維無力，不求圖新進步，處處以古人「聖人」為師不求真理，致社會體制無法優化而有舉國腐朽貧困。對個體而言，文化貧困指無醒悟、無識知、無信仰和無民族感情，表現只求物質多寡，

不問精神有無，寧有低三下四，不可有淡菜清湯。對周圍麻木不仁，信仰和是非全與自己無關；人格、自尊、真理意識，善惡美醜等的有無並不重要，常常持有奶就是娘；缺識知和鑒別力，容易產生偏聽偏信。

物質性貧困則比較複雜，無論群體或個體貧困，總根都是權利缺位調控無力造成分配不均而貧困。不能維持基本的生存需要，生活不得溫飽，勞動再生產難予維持。國際貧困線標準是人均不足每日 1 美元，我國 2009 年貧困線定為每年人均收入低於 1196 元，顯然國際貧困線比我國貧困線尚高 1 倍多。

獲諾貝爾獎印度學者阿瑪蒂亞‧森稱：貧困分創造收入能力和機會的貧困。不管那種貧困，基本都是權利的缺乏或者其它條件的不足造成的。美學者路易士則從文化角度探討貧困，認為窮人的貧困是因獨特的文化（生活方式）造成，這種文化缺上進，缺競爭而造成貧困。

事實上貧困的因素是：一是自然因素，二是人素質因素；三是權利和政策的缺失。三者中最主要是權利和政策缺位，很多貧富之差不全是客觀因素造成，而是施政缺陷、權利不公引起。有人概括稱為差序不公，即貧困由差序文化和差序分配決定。故有稱權利性貧困是切貼的。

近千年來，人們對貧富原因作不懈探討，各形各色理論多如牛毛，有杜哥爾等人的重農學派、倫威爾等人的重商學派、凡勃倫等人的制度學派、弗裡德曼的貨幣學派、門格爾等人的邊際效用學派和凱恩斯的宏觀經濟學派等等。這些學派從經濟視角、社會視角、文化視角、制度視角等進行探討貧困原因。目的進行改革以達到經濟繁榮，消除貧困。其中弗裡德曼、門格爾、凱恩斯等人更是赫赫有名的經濟視角探討貧富卓有成就的領軍人物。而瓦倫丁等人的視角貧困論，則認為貧困是惡劣環境造成，南方少數民族的貧困，除政治和文化落後外，是歷史上被壓迫的結果，以雲南為例，平壩住的是漢人、傣人、白族人、納西人、山腰住的是哈尼人、瑤人、山頂多是佤人、傈人、獨龍人等居住。南方幾乎所有的少數民族都在惡劣的山

區裡生活。

二、貧困常識

要認識貧困，須瞭解貧困種種問題，才能明白是非。

1、貧困的條件；原始社會不存貧富，而文明社會則有，這是後者具備了貧富不均的要素；其一、有剩餘勞動和剩餘價值；其二、存強弱不同群體，沒有弱者，就沒有富人；其三、有不平等的惡性競爭；其四、權利、政策和勞動價值量化存在缺陷，部分人因缺權和缺政策而貧困，部分人勞動無法定量。

2、經濟社會變化特徵；隨社會的不斷發展，經濟社會也隨之變化，這些變化是造成政策和管理滯後的原因。常見的變化特徵有；（1）勞動和模式由一元變多元化，即出現體能勞動和權術勞動，實業經濟和虛擬經濟。（2）物態需求轉心態需求為重心，使以心態需求為基礎的虛擬經濟得以無限膨脹，形成強勢經濟。（3）就業從簡單有序轉複雜無序，形成透明勞動和非透明勞動、可控分配和非可控分配，暴利行業形成。（4）政府財政由實業經濟支撐轉為虛擬經濟支撐，經濟思想是重交換價值輕使用價值。以交換價值觀指導經濟運行，銀根的鬆緊政策成了時髦的經濟救星。

3、社會經濟競爭；當今人類社會不缺衣食，缺少的是聖誕老人合理分果果。按老子的「無為說」的「至死不相往來」也有享天倫之樂，用不著設計種種遊戲去爭去搶。誠然社會進步出現大量剩餘勞動力後要解決穿衣吃飯讓經濟學家犯難，只好將他們全趕進「鈔票鬥獸場」裡撕殺，權威們教唆稱是「商場就是戰場」，「時間就是金錢」等等口號，並設計出彩票、股票、占卜、仲介等等「錢生錢」遊戲，這些遊戲是不比體力、技術和管理要素，而是專攻遊戲規則的漏洞，以權術、人脈、情商和機緣等專攻漏洞挖第一桶金，而政府補漏能力又有限，結果富翁和乞丐出現了。經濟學家在種糧和打鐵之外又壘起一座虛擬經濟城堡，滿以為用「看不見的手」做遊戲能增加鈔票，

卻招來牛奶倒進海、衣服當火燒的大蕭條，提示「錢生錢」遊戲絕非完美無缺，反而引起鬧洶洶。「錢生錢」的遊戲是；用術賺錢是上策，技術賺錢是中策，體力賺錢是下策。遊戲把種田人打下地，將李鬼扶起，使種糧窮，算命先生富，這不是好遊戲。

4、存在問題；經濟存在的問題主要是；一是經濟理念和理論研究缺陷，二是分配缺陷，三是生產力的認識缺陷，四是負性經濟（浪費和環境污染等）的認識。

經濟理念內容很多，主要是計劃經濟和市場經濟關係的協調，虛擬經濟的評價。就業和政府的錢袋子。

計劃經濟有一統就死，引物質短缺，並培育專制。市場經濟有一放就亂，物質多污染也多，貧富也出現。顯而易見，市場經濟的亂多是政策和管理滯後造成的，尤其是虛擬經濟使有衝出鐵籠的餓虎肆虐社會而經濟學家也聽之任之。

政府錢袋子和就業向來是個難題，經濟學家發明了「錢生錢」遊戲，設計出各形各色的虛擬產業平臺包括股市、彩票、保險、銀行、仲介、算命等新興產業，政府將印出鈔票撒在虛擬領域加速循環，社會的人們也跟著鈔票轉，鈔票多轉一次或多設一道崗，等於多收一次過路費和解決一批就業。經濟學家把政府錢袋子和解決就業全押在 GDP 增長率上，認為解決兩者瓶頸是靠投資，促消費增加 GDP 增長率，流行的說法是每增一個百分點能增加就業多少個崗位，GDP 是有升有降，失業就成必然。顯而易見，當今種種經濟問題，實是經濟學家沒有做好這些「躲貓貓」遊戲。

當今的經濟理論研究表現多是閉門造車，不僅缺少政治學社會學思維元素，就是在業內也有亞當・斯密「看不見的手」與凱恩斯「調控論」打架，慣性思維更多，例如，當喪失勞動力或失業時，政府也要給予救濟。而政府也有做不完公益性的工，但理論家寧願發救濟款，卻不讓失業者去做公益性產業，兩者互補關係缺少研究。

經濟分配缺陷是貧富最重要源點，其內容主要有產業歧視、薪酬缺陷、價格缺陷、交易缺陷、資源配置缺陷和政策缺陷等。如果深入調查會發現；分配特點是重虛擬經濟輕實業經濟，重市場和感官優先，凡與利潤、與鈔票打交道者多得，公益性職業少得，數學大教授被地理先生扳倒，是因為大教授領鈔票缺話語權要跑幾個門，而地理先生是一手交貨一手交錢，且要多少錢由地理先生說了算。

生產力是政治經濟學家最關心的大題，問題是常常把虛擬經濟絕對化，本來社會滿足衣食住行用的能力已是綽綽有餘，經濟學家卻為 GDP 增長率要人們加班加點拼命追求勞動效率。並提出增投資、促消費，認為馬可仕夫人有三千多對鞋子是利國利民，這種無限拔高和神化人為財富，是否有利社會健康是令人生疑的，GDP 增長常與水土流失成正化。

負性經濟對社會影響更大，如果深入調查，社會財富的損失量令人失色；政策的失誤有近億人上山大辦鋼鐵，有無數三線廠荒蕪沉睡在深山，有土豪不斷更新換代追求鋪張浪費，有商人不斷翻新裝修門面以招攬顧客等等，而那些走私，行賄受賄的灰色產業更是驚人，這些負性經濟導致的資源浪費和污染環境受關注不多，甚是認為大拆大建是擴投資、促消費、助增 GDP 的良策。

三、貧困的機理

貧困簡單說就是群體缺少財源，群體和百姓是無工做或做工不值錢。為何出現這些貧困呢？不妨舉例說明：

某村有四兄弟，老大老實巴巴在一家醫學高校當解剖學教授，解剖學已是夕陽學科，可挖掘的創新已是不多，成了照本宣科的書呆子，經濟地位只能是溫飽級；老二高中畢業後在家務農，人誠實內向，常念「君子食無求飽，居無求安」以自慰。過日出而作，日落而息的基本需求生活；老三讀書少，但很機靈，自稱拜了幾個風水大師後也樹起地理先生大旗，生意愈來

愈旺，經濟地位竟達小康級；老四讀書更少，但腦子更精靈，他開始也窮，於是向銀行貸款 1 萬元辦一個小賣部，經營有盈餘，他又以這個小賣部作抵押向銀行貸款 10 萬元辦一個仲介公司，又以仲介公司作抵押再向銀行貸款 100 萬元辦投資公司，生意愈做愈大變成了土豪級。出入是寶馬車及年輕秘書陪伴。老四財大氣粗先後涉足房產業、金融業等高利潤產業，變成當地屈指可數的企業家老大，是當地納稅第一大戶，故當地官員都會拍拍他肩膀示讚。有一年四兄弟回村掃墓，老大老二是騎自行車、老三騎摩托車、老四是坐寶馬車。坐車的故事成了遠近百姓的熱話題。

上面故事提出這樣問題；如果時間移到上世紀六十年代，老大吃皇糧，旱澇保收，老二老三老四拿工分吃飯，每個勞動日僅一角伍分錢，年年吃過頭糧，生活遠比老大差。經濟平臺利於老大而不利於幾個兄弟。八十年代後風向大改，經濟平臺利於老三老四，當教授當農民少得，算命先生多得，開發商成暴發戶。

這說明，貧富不均的原因雖然很多，但以實業經濟和虛擬經濟的地位差異影響最重要，上述四兄弟的貧富不同就是典型一例。老大老二務實體經濟，只能攀溫飽；老三老四效虛擬產業，登上了小康或富豪。

四兄弟的不同產業追求為何有不同歸宿呢？主要是以下原因決定：

其一，「設廟」存缺陷。生產力提高後，一、二產業出現大量剩餘勞動力，解決的良方在於造就各種虛擬產業，仲介、占卜、賭業、博彩業等得以登場亮相，這些產業的特徵是權術含量高、暴利機率高、惡性競爭力高。老三、老四只要把東門的菜搬到西門賣，或是在老虎機投上 2 元賭資，或者在地攤上亮出看相神手招牌等等，就能像魔術師的手帕那樣變幻出無數的鈔票來。大凡是靠權術和投機的收入遠遠比靠種田靠錘子的收入高得多。這種觀點可用反證法驗證；當社會退回易物時代或歐文、傅立葉的烏托邦社會主義，貧富絕不會從地下冒出來。

　　其二，分配缺陷。四兄弟如果都種田，相信每人每天只得 10 個工分，出現不同分工後，缺分配指導思想、缺分配參照物、缺勞動量化、缺分配標準等等，依據什麼分配道理就說不清了。四兄弟的勞動酬報是由利潤決定，也就是勞動價格有不同。老大老二的勞動以使用價值和勞動量為基準，勞動量和勞動價值容易評判，獲得利潤偏低，故勞動價格呈低水準相對固定運行；而老三老四則不同，其勞動對象是非物質，無法與實物或固定利潤捆綁，使用價值和勞動量模糊，其產品交換又常含壟斷投機和脅迫（心儀）需求因素，比老大老二多了非理性利潤價格存在。老二生產出的糧食按成本價賣僅三元一斤，轉給老四後，老四用「魔術法」將每斤糧價三元變成每斤十幾元，糧價可以翻幾倍至十幾倍。虛擬經濟令老三老四戰勝老大老二，變成了財大氣粗。分配靠燒香拜佛求財神保祐。這種分配必然不合理而出現貧富不公。這就是老三老四攀上財霸地位的絕竅。

　　其三，管理調節滯後。虛擬經濟擁有強大的經濟話語權，是其佔有產業非透明性非理性決定的；當社會財富以交換價值為重心時，產品價格就不是據使用價值和勞動量定性，物美質優被產品的稀缺性和心儀需求取代，半個月織一件毛衣比不上理一個陰陽頭得的錢。這樣，追求稀缺性和心儀需求是虛擬經濟重要特徵。顯而易見，這些特徵實是管理和調節缺陷造成的，老四搞房地產行權錢交易挖得第一桶金，如果設有重稅、或有官方財產公示制度，相信老四的第一桶金就少了。

　　其四，虛擬產業霸權形成，虛擬產業有產業勢力大、競爭力大、受惠度大等特點。其從業人員、勢力，產業資金遠比一、二產業大。又有權術性、投機性、壟斷性、非理性和欠透明性等優勢，社會財富集中在虛擬產業領域。財富分配是據利潤和產值，利潤和產值離不開價格，實體產業的產品有形有量，產品價格由成本和管理資本決定；虛擬經濟產品屬「虛」，價格是由市場供需關係決定，多含心儀價格和脅迫價格成分。因此，經商人包裝戳穿幾個爛洞的牛仔褲就不是一隻羊價而是飆升至

幾隻十幾隻羊價了，這種定價特徵世稱資本化定價。以美國
2017 年 GDP 為例，第一，二產業僅是 38648 億美元，占 20％
弱，而金融、保險等服務業產值達 155219 億美元，占 80％強。
我國 1978 年到 2015 年間，第一產業產值增幅僅達 58 倍，而
第三產業產值增幅達 390 倍，後者是前者的 6.7 倍。政府的錢
袋子也因第三產業的增幅鼓起來，因而虛擬經濟能爬上分配頂
峰。

　　由於實業和虛擬經濟有背景的不同。第三產業可有一夜
暴富，第一產業卻鮮見腰纏萬貫。虛擬經濟樹為皇冠實是人類
無奈和遺憾，但社會又沒有找到解決就業和解決政府財政的妙
方，當然全押在虛擬經濟當政府的收稅員，缺少稅收政府就要
土崩瓦解。

　　對國家而言，貧富則由自然條件、競爭力和體制模式決
定，尤其是後者最重要。委內瑞拉、緬甸、柬埔寨、智利、阿
根廷、玻利維亞、伊朗等國都實行過集權制和計劃經濟，經濟
都是停滯不前。反之，日本和瑞士都是資源貧缺的國家，但效
市場經濟和民主制，經濟均發達。日本民族有進取好學的文化。
瑞士是一個山國，但瑞士人少有叢林思維，不接納你死我活的
鬥爭觀點。鮮有「非我族類，其心必異」和「含不穩定因素」
心理，1815 年明文為永久中立國，兩次世界大戰始終保持中
立。國家以德、法、意和拉丁羅曼語同為官方語言。天主教占
46％，基督教 40％，其它宗教占 7％，瑞士自 1874 年起修
改憲法，憲法實行「公民表決」和「公民倡議」的直接民主。
1999 年新憲法規定，瑞士為聯邦制，各州有自己的憲法。全
國大大小小政黨有 30 多個，這在我國是難以理解的。

　　其實，貧困機理可用一句話表述；貧困與分配機制缺陷成
正比、與勞動文化角色固化（轉型無力）成正比、與權力缺位
成正比。是經濟學家設計產業分配方案的敗筆。設計者對有效
勞動和權術性勞動進餐安排座位分不清，使權術勞動坐上貴賓
席，而有效勞動是席地而坐。對這種非理性的分配現象設計者
不是千方百計尋求糾正而是狠狠摔出一話；「誰喊你當農民不

做商販」？

四、 權利缺位與分配不公

貧困分有國家、地區、群體和個人貧困，我們要討論是後三者。

貧困是社會普遍的現象，出現城鄉、地區、行業和人與人貧富差別，其因除上面所提的原因外，主要是權利缺位和管理失衡造成；包括創業的起點不公、過程不公、機會不公和結果不公等，現剖述如下。

（一）權利性貧困

權利性貧困是缺少權利保護造成的，形成創業存在起點不公、機會不公等。尚表現在利用政府政策或政府投資的公益業中獲益的多少，深圳的騰飛，是靠改革開放試點獲益，保定、開封、桂林分別落後於石家莊、鄭州和南寧，是省會遷移到後者，使桂林人利益受損而南寧人得益，這是政策受惠的差異。當國家舉一國全民之力大搞國計民生建設時，受惠的往往不是全體，而多是局部，南水北調，是京津冀受益為主，處理淮河，是皖蘇魯受益，全國高端人才資源和高端教育資源幾乎是京滬兩地壟斷，北京上海富廣西貴州窮就能解釋。

當缺勞動權、教育權、公平權、表達權、參與權等等時，貧困就易發生。某山區一個村原來較富裕；是遠近聞名的編織村、鐵匠村和染布村。到近 30 年，已是塑膠品代替編竹品、洋刀代替土刀、機織布取代土布。山村農戶變成無所事事，喪失了勞動權；山民可轉行做小生意或修車，又缺資本、缺經驗和缺學習，喪失了教育權。山民只能守護幾畝瘦田地，但種糧遠比販糧收入低，缺少了公平權。山民也深知要修路、修橋、建水井等，但老實巴巴的山民不善講、不會寫、更不會交際，在官場中又不識任何人，無法反映申請建設訴求，喪失了表達權、參與權。這樣，山村由富變窮，實是權利低劣造成的。典型的權利不公是廣西天等縣駄堪鄉道念村立屯的事例；該屯

通外界被一座大石山檔住，出入要翻大山，小屯村民為改善交通，只能自力更生，自發修路，自 1973 年起，歷 24 年，耗費 2000 多條鋼釬、燒了 3.2 萬根蠟燭、用壞 336 支電筒、報廢 462 輛人力車，打通了一條長 460 米、寬 4.6 米、高 4 米的隧道。城市的道路可以有政府年年撥人撥財撥物翻修上等級，農村的路、橋和水井等等則自已出錢出力修。顯然是農村少了話語權，少了公平權。

青海玉樹地區要保護三江源，付出是禁開發禁污染而有投資少，經濟滯後。貴州貴陽市得益於北京中關村產業轉移，短短十多年增加上千億元產值。甲乙兩地相鄰，條件相似，甲地因故獲批准建煙廠、石油化工廠等，財政收入是乙地的 10 多倍。這就是資源配置和投資不合理。

（二）政策及管理缺陷性貧困

這種貧困是政策及管理不到位造成的，形成創業過程不公。有些是客觀原因存在，如各行業間的勞動價值認定就存難題，其一，產值摸糊性；各產業產值不易確定；理髮和賣貨、算命先生和數學家等，其產值孰高孰低？很難認定了，社會的產值變成人為性隨意性，拔高賣貨壓低種田就屬常態。這就是算命先生收入比種田高的原因。其二。供求透明性不同；第三產業勞動對象是非物質，多參與市場活動，第一產業屬物質勞動，勞動透明。產品和供求也透明，使分配基數穩定，沒有機緣成分，產業的對象是千家萬戶，容不得有「不規矩」，公益成分濃，豬肉一漲政府就限價，另一方面，天下人都種糧，買主能有貨比三家，無法抬高物價，使分得的蛋糕彼此相近，缺少巨額利潤條件產生，所以在競爭中以慘敗而告終。其三。產業政策不同，就行業而言，煙草，電力、電信、銀行等行業就是靠政策靠壟斷自行定價，形成 10 大暴利行業。如果交換是效以物易物，暴利就很難形成，彼此都以勞動含量為基礎。

政策和管理性缺陷的影響是極大的，由於政策和監管不到位，我國曾出現「雙軌制」、「抓大放小」、「國企改革」、「擴

大內需」等等經濟政策，每次改革多含漏洞，於是出現有人獲得改革「第一桶金」，被世人稱為「原罪」。再後又出現產業不公，一、二產業受惠不多，三產業受寵，2015年全國富翁前20名中，房地產、網路電訊和電商就占一半，首富王健林是房地產，資產達1905億元，前50名富翁中，沒有一個是純第一產業，從富翁的構成分析，就佐證社會競爭不公，為何數億人口的第一產業沒有一個大富翁？這就是規則有漏洞，使第三產業極易變成暴富。

政策缺陷影響行業差距最大、財政的收支靠政府決策，於是就有誰收益誰不受益的差異，2015年全國財政支出175768億元，國家為每人開支一萬多元，這些錢的投資幾乎是選擇性，投資對強勢群體、強勢產業有利，對山區人和第一產業的人仿佛是水中撈月。

（三）文化缺陷性貧困

因歷史、環境及人員素質的差異，使社會不同的人群產生不同的文化角色，有的善農耕、有的善技藝、有的善經商、有的能言善道有的不善言辭。社會的發展又是從一元轉多元勞動，從原始勞動競爭轉為「權術」勞動競爭，當個人或群體因文化滯後無法適應「權術」勞動時，就出現勞動不允分或勞動不值錢而貧因。使物質勞動者少得而非物質勞動者多得。出現賣貨收入是農民收入數倍數十倍，從勞動量轉化到權術和「權術」分配，是人類貧富產生的起點。

造成不同產業獲利不同的原因是；分配是按GDP產值和利潤為基楚，GDP產值和利潤以第三產業最高，2017年美國第三產業產值占GDP的80％強，政府財政收入也賴於產值和利潤，這就使第三產業形成財霸和權霸，第三產業遠遠獲多分蛋糕。第三產業占GDP的比率愈高，第一產業占GDP的比率愈小，兩者間的貧富差越大。1978年和2015年第一、第三產業都能滿足社會的需求，但第一產業增幅僅增58倍，而第三產業增390倍，論產值，1978年第三產業的生產總值僅是

第一產業的生產總值的 84%，到 2015 年，第三產業增至是第一產業的 5.6 倍．達 341567 億元。據統計：2010 年我國農村居民年均收入是 5919 元，城鎮居民為 19109 元，後者比前者多 13190 元，是前者 3.23 倍。城鎮居民多屬第三產業，農村居民多屬第一產業。又據 2011 年凌敏文章稱；2007 年全國 10％的高收入人群中城鎮居民占 93％，農村居民僅占 7％。出現種棉遠遠比不上賣布。提示兩者滿足社會需求相同而回報不同。分配不是按聖誕老人分果果，而是比權術；凡屬第一產業，是利潤低，回報低。凡第三產業及新興產業，是利潤高回報高。

　　以上種種所說歸納，貧困原因是：其一，社會出現了剩餘勞動力。其二，出現新產業及產業間分配歧視，出現強弱群體並相互間作惡性競爭。其三，存在制度和政策缺陷。當社會勞動轉型後，出現了非物質勞動行業，該行業以權術見長為特徵，不妨稱為權術性勞動，傳統農耕勞動可稱為勞力性勞動。權術性勞動佔有量化不清、政策優惠及社會財富集中等優勢，獲得酬報遠遠比勞力性勞動多得多。從勞力轉為權術勞動，使分配產生巨變。分配不是據勞動量而是據權術勞動運作。是人類無法制定另一種更合理的分配遊戲模式。總是做「躲貓貓」遊戲，結果讓「姚明」總是競爭不過「潘長江」，淪為失業或半失業而貧困。這個平臺的畸形主要是把剩餘勞動推進絞肉機作你死我活為一個銅板撕殺，股市使人出現一夜暴富一朝跳樓，變成勝者富敗者窮的慘狀。

五、少數民族貧困

　　少數民族貧困是個難題，當今學者多從外部論述較多，極少從內部進行剖析。僅僅提供物質幫助是遠遠不夠，重要是應從練內功著眼，放權和改變陳舊意識，少數民族的貧困才能剷除。

　　那麼，少數民族窮在哪裡？少數民族的貧窮除受自然條件，群體競爭力低下，就業不足等因素外，最主要是分配平臺缺陷，存在差序文化影響，存在分配過程缺陷等。現就存在問

題剖析如下：

（一）地域文化級差

各地方歷史不同，文化不同、政治背景不同，則產生不同的經濟模式。不同的經濟模式有不同的經濟回報。這就是地域文化級差經濟，也可稱為差序文化經濟。山區人以第一產業占絕對，東北各省以第二產業佔優勢，而東南沿海各地又以第三產業發達。仔細調查，某些地方又以某專業突出，某某地以打鐵、種花、養魚、紡織、刺繡、製陶瓷等等為特長已是司空見慣。

社會分配蛋糕是以利潤為基礎。第三產業利潤最高，分的蛋糕最大。第二產業次之。分得的蛋糕居中，第一產業利潤最小，分的蛋糕最小。這就是分配不均所致的貧富之因，而利潤又是人為經濟活動缺陷造成的。對個人而言，改變職業謀求改善報酬並不難，但對一個群體，一個民族，一旦形成地域文化性產業後，要改變從業就很難很難。要讓山區少數民族都去務第二、第三產業，可能性很小。

貴州從江縣，1998 年時人口 25 萬，苗、侗、瑤 89％。那裡的服務業，幾乎為外地人包攬。出售自家的產品不按價收款，賣一把菜，送兩把菜。該收一元，實收五角，賺錢是不好意思，那裡也沒有商品觀，某人養了十三頭牛，至牛瘟流行也不賣，卻請全村人殺牛痛飲。縣城都柳江寬 200 米，擺渡人從不收錢。投資建從江大橋，耗資 500 萬元，承包是外地人，民工幾乎全來自四川，當地沒有做民工習慣。像從江少數民族不會講，不會應酬，不會技藝，文化又低的人，能與江浙人競爭一個公務員，競爭一個高薪崗位是非常困難的。山區人無能力去競爭高報酬的飯碗。

隨社會的發展社會分工更多，分工所新擬的各種遊戲模式多以惡性競爭為宗旨，除傳統的商業行銷外，股票、賭業、仲介和占卜等等遍地湧出。惡性競爭需要權術文化而不是傳統的正性文化，少數民族只有正性文化缺權術文化，故無法在惡性

競爭的環境中生存。這樣，蛋糕分配總是讓從江人拿小塊，江浙人拿大塊。

（二）缺自我完善平臺

一個民族要屹立於世界民族之林而不衰，條件是三：一是有屹立條件。包括自然條件，適度人口，制度和政策，二是群體素質全面提升，包括醒悟，識知、民族感情、上進等因素。三是有自我完善平臺，即自己能支配和改善自己。對照這些條件，民族地區少具備。

以從江人為例，其落後在於思想守舊、知識貧乏，技能落伍，更重要是缺強有力的啟動要素；技術、管理、資金，政策等要素奇缺，要克服這些障礙，缺少一個條件都是寸步難行。

（三）受惠度全方位低下

所謂受惠度，就是個人或群體從官方政策中獲直接或間接的受惠，直接受惠是資金、財物、投資等獲得支持。間接受惠是政策、文化、經濟規劃等等。

數千年來。少數民族只有納稅、徵糧、徵兵，絕無官方的受惠。歷史上征儂智高、征楚川、征廣西大藤峽……所用的兵分別多是湘西土兵、雲貴的傣、白、苗族土兵，廣西俍兵。連出征的軍響官方分文不出，全由土司籌備。這種奴化、愚化、窮化的政策，民族自然落後。

發展經濟，離不開投資。2013 年我國投資總資產（不含農戶）共 43.6 萬億元，相當於當年 GPD 的 75%，投資中，第一產業占 9241 億元，第二產業投資是其 19 倍，第三產業投資是其 26 倍。民族地區幾乎是第一產業，加之投資條件不良關係，獲得投資很少很少，沒有投資稅收就很少。

每個國家都大力發展公益福利業，如公園、城市道路、圖書館、體育館、娛樂城等等。僅北京國家大戲院，花 26 億元，南水北調僅中線要花 3500 億元，加上東線、西線、投資遠超 5000 億元，此外，城鎮居民享有住房公積金、養老保險，

所有這些，山區人享有不多。前面已提的廣西天等縣駄堪鄉道念村立屯自行修隧道就是典型一例。如果道念村立屯居在城市中，能是自已修路修橋修水管嗎？

在國家分配中，絕大部分的錢投給城鎮居民，2012年國家財政收入12.9萬億元，支出達13.9萬億元，從開支可知，當年國家開支的是平均每人1萬元，山區人能從國家開支受益確是很少。蛋糕分到哪裡，顯然是強勢群體多得。

民族繁榮，靠制度和政策，深圳因改革開放得益是眾所周知。縱觀幾十年來出臺的政策，事關山區的政策不多。相反，政策出臺受惠的多與城鎮居民，商人、老闆、白領階層等等有關，工資改革，城鎮人受惠，減少工商稅或低息貸款，是商人受惠，出口退稅是老闆受惠⋯⋯房地產商從國家銀行貸一筆款搞房地產，一轉手，就獲巨額利潤。這些福份絕不會落到山區農民頭上，相反，國家向他們徵收低價的土地，一轉手高價賣給商人，整個利益鏈山區農民獲益不多。

我們國家每年有近上萬億的灰色收入（王小魯報告2008年為5.4萬億元）。如回扣、貪污、受賄、賭業⋯⋯這些灰色收入與山區人無緣。

另一方面，國家的慈善業、公益業、金融業等等，山區人受惠是極少的，我們可以統計城鎮的五保、低保與山區人五保戶收入相比（以前農村無低保戶）。用城鎮和山區人的股票持有率相比，會發現在這些領域的蛋糕，山區人分得也很少。

正因有全方位的受惠低下，人均收入最能說明問題：2013年上海、北京、浙江、天津農民人均收入15000元以上，其中上海為19208元。全國農民人均收入為8896元，而廣西、雲南、貴州三地農民人均收入均比全國農民均值低。廣西為6791元，雲南為6141元、貴州為5650元，三地均是上海農民收入的三分之一左右，三地的少數民族比上海農民收入更加很少，這就是受惠低的反映。

為何出現這樣差距？本質是權益和政策缺位造成，如舉辦

公園，劇院或交通，受益當是實業家、商人等強勢群體。僅僅以炒股為例，2013 年上、深股票市價 243407 億元，是第一產業產值的近 4 倍，幾乎是全國每人有股近 2 萬元。2013 年房地產產值是 15.9 萬億元，也是人均有房產 1 萬多元，是第一產業產值近 3 倍，這些資本可以轉化為巨大利潤，這份利潤與山區無緣。要改變政策缺位，改變分配不合理，一是要思想解放、推行改革，要糾正狹隘政治意識思維，放權少管，二是大力扶助弱勢群體，從政策、財力、物力、技術等全面給予幫助。

（四）不平等競爭

南方少數民族的貧困，除上述因素外，最關鍵仍是不平等競爭。

一是競爭條件不合理；原始時代，以單一勞動分蛋糕，彼此力氣相當，分配相差不大。進入階級社會後，改單一勞動為多元勞動，出現仲介、商業、金融、文化藝術等職業。各職業的報酬盡不相同，在現實中物質勞動是低酬，非物質勞動是高酬行業，形成產業間分配不合理；從江人在歷史上剛從部落脫胎，其後又受封建專制的奴化、愚化教育，故只能停留在落後時代，形成農耕文化。而江浙人則不同。春秋時代已有吳越立國，尤其是南朝和南宋政治南移後，江浙人進步巨大，近當代均屬「江浙才子」，形成商業文化。像這樣的背景，從江人即使有三頭六臂，也無法與江浙人爭分蛋糕。在國際間也是這樣，世界分有先進國家和後發國家，當 A 國是後發國，B 國是老牌國，那麼，很多優勢行業被先入為主的 B 國佔領，在經濟一體化進程中 A 國處劣勢，許多高附加值為 B 國壟斷，A 國只能從事勞動密集型、環境污染型、資源消耗型產品，致 A 國勞動力每小時的產值低 ,B 國產值高，出現窮國和富國。為減少不平等競爭，各國都制定不同匯率、關稅和補貼等政策，以保護本國經濟。一國內不同群體缺少這種保護權力，因此，一國中的弱勢群體遠比國際弱國更脆弱，更艱難。

　　一是競爭平臺不合理：由於歷史和文化背景的不同，塑造不同的文化群體或個性，有的長於農耕、有的功於技藝、江浙人善工商、中原人能言善辯，山區人憨厚誠實、不善交際言辭……總之，每個群體或個人總以一種文化特長裝飾自己，這種文化專長必須與高酬產業相匹配才能獲最大化受益而富裕，反之不匹配吻合者則利益受損而貧困。以體育為例，僅僅有藍球賽，則姚明富，劉翔窮。當運動會改為田徑賽，則劉翔富，姚明窮。同理，當社會效市場經濟，就有第三產業富第一產業窮，江浙人善工商致富，山區人不善言辭和技藝則窮。效集權體制時，孫權、朱元璋等權術高手便能應運而生奪取天下。因此，貧困就像是山區人喪失了擇業的權利。無法選擇和適應優勢的虛擬產業而貧困。

　　不平等競爭就是不比從江人的力氣強項而是比從江人商業弱項，顯然是不公平，如果比原始勞動，比力氣，相信從江人是一等馬，江浙人是三等馬，江浙人就會敗下陣。我們說的不平等，是借助國家機器要人們放棄其原有的強項遊戲模式去接受弱項遊戲模式，從而喪失其原有的優勢。

　　一是競爭機制不合理：讓不同質的強弱客體關在籠子裡競爭，老實巴巴的從江人和識廣多見的江浙人競爭算命職業，從江人必定是失敗。由此可知，解決貧富，就應糾正不平等競爭，即是讓同類競爭，糾正異類競爭，讓從江人跟從江人賽跑。這像奧運會那樣，分有常人奧運會和殘奧會。當 10 匹一等馬競爭分蛋糕，因實力相當，結果每匹馬都獲 5 斤。當 5 匹一等馬和 5 匹三等馬競爭時，因實力不同，結果一等馬分得 7 斤，三等馬才得 3 斤，共 50 斤。讓一等馬的江浙人與三等馬的從江人相互競爭，顯然就不合理。

　　華人在國外很多，取得的成就也大不一樣。在東南亞，華人財富甲天下。2011 年馬來西亞 9 大富豪中，華人占 6 個，首富郭鶴年資產達 125 億美元，占 9 大富豪總資產四分之一強。印尼前 10 大富豪華人占 7 人，首富奕聰資產達 120 億美元，新加坡前 10 大富豪中，華人占 9 人，在泰國、緬甸、華人富

商也比比可見。相形之下，華人在歐美就相形見拙了。均是當小二的餐飲，代銷等低酬業，在美國、英國、法國、德國、以色列等國的前 50 名富豪中，能找到華人的身影很少。華人在美國上百萬人，入美已有上百年，在美國前 50 名富豪中沒有華人。這樣，同是華人，在歐美和在東南亞竟有天壤之別。顯然就是地域文化級差的反映。用馬來表示，歐美是一等馬，華人是二等馬，東南亞馬來人是三等馬。

結論是；貧困與地域文化級差成正比。與素質低下成正比，與優化制度成反比。即強弱兩者群體差異愈大，素質愈低，貧困愈大，反之貧困就小。不合理的競爭，使財富從弱者轉向強者。

網上很多人反對給少數民族高考加分，認為是不公平，他們沒有想到少數民族所考的是非母語，加分本身不是照顧，而是補償，是克服不公平的措施，讓南腔北調的李嘉誠和趙本山同臺競爭國語比賽，當然不合理。

第五節 語霸思維的駕馭力

語霸指我語獨尊，他語低劣而不斷打擊不同語言，追求語言同化。語霸思維則是為追求實現語霸而萌出種種權術思想和舉措，通過包括威懾、愚化、弱化、窮化、奴化和同化等內容。達到了使異族政治無權、經濟無錢、文化無知、祖宗不存、人格三等，解除了臣服異族的知、情、志、進的崛立四力，鞏固了皇權的安全。對普通百姓則有獨立人格和權利不存，思想麻木，靈魂泯滅，封建者實現了消除隱患的目的。

經數千年的不斷探討，古今中外封建權貴者已有一套完善維護語霸的封建治國體系；包括一套殖民思想，一套文化，一套駕馭理論，一套體制，一套政策和方法，其具體舉措多有如下內容：

1. 編造「聖霸」、編造歪理歪行神聖化。聖是屬至上「真理」，霸是不能質疑、不能討論、更不能否定，目的衛護既得利益。換言之，權術者通過傳媒大量複製「意識形態生產系統工程」產品，將陰私理論神聖化；稱皇權是神授、聖旨是金科玉律、「一統」是國粹、嚴法禁言是利國泰民安……總之，編造的「聖霸」全打著代表祖國、民族、人民、國土、國粹文化、政治信仰等等的虛假旗號，美其名是「國家靈魂」、「民族精神」。事實上一切「聖言」都是障眼法，幾千年來個個朝代都講「皇恩」，而百姓年年依舊交賦納糧不改，也不敢對皇上說不，家國興衰受益都是皇帝，苦的依然是百姓，奢談「真理」底線僅僅是權術者招魂的靈牌。

「聖霸」和歪理歪行神聖化典型事例是對秦皇的美化；秦皇是黑是白史已有共識。但為既得利益，竟不顧真理和事實，將秦始皇暴政和專制稱是利鞏固國家、愚民和文字獄是利統一思想。集權制、郡縣制、開疆和勞民等等也成頌贊物件。也是說，秦始皇的種種行徑和歷代封建統治的需求是不謀而合的，因此把秦始皇樹為千古一帝，樹為政治楷模。所以說，把權力

本位制或民生本位制當成參照物，評價的答案常常是相反。把一統神聖化、權力神聖化、權術和專制神聖化，秦始皇的千古一帝當然是授之無愧。

無獨有偶，前蘇聯「聖霸」思維也典型；為統儡沙皇時代征服的各族，編出了「民族共同體」、「超民族共同體」、「多民族共同體」等口號。意是大家都是兄弟一家，事實是，1934年真理報載文蘇聯愛國主義和俄羅斯民族主義是等同。1937年提出「偉大的俄羅斯人」，稱俄羅斯民族是「蘇聯人民的代表」。各族都要效忠和依附俄羅斯，質疑者會冠上「走資產階級民族主義道路」的罪名。將受無限打擊和清洗。就這樣，沙皇的侵略行徑被淡化，甚是磨掉了。俄羅斯與各族依然是老大哥和小兄弟的關係。

我國是封建大國，積累了大量的「聖霸」理論，江統的「徙戎論」，孫晟的「離強合弱」論，張柬「蔑視夷狄論」，陳子昂「以夷制夷」論，韓愈的「華夷辯論」等等。所有的理論都圍繞「非我族類，其心必異」、「華尊夷卑」和「大一統」作文章。依據這些理論，華夏是尊，四夷是卑。尊在上卑在下，故金、遼、元、清入主中原是違天意犯倫理。洪秀全販賣「聖霸」也典型，他創立拜上帝教，只准歌頌，不許質疑。對儒教則效大征討；孔子的書被燒、讀儒家的書要殺頭。洪秀全借助這一「聖霸」虛假理論，將不同思想徹底打壓和剷除。

2. 銷販駕馭術文化，創建護權鏈。語霸實質就是維護陰私利益，維護利益需靠權力，而權力的盛衰要素甚多，但以權術、威儡和利益教育是護權最具威力的三大利器。這樣，駕馭術成了帝王學核心精華。

權術的內容很多，將在後面的權術文化討論。這裡僅對權術的蒙騙術、威儡鎮控術給予試剖，目的加深對語霸的深層認識。

蒙騙術是很常見，這裡不妨提一故事說明；從前有三個秀才進京趕考，途中遇號稱活神仙的算命先生，便上前求討：「我

們此番能考中幾個？」算命先生閉上眼掐算了一會兒，然後豎起一根指頭。三個秀才不明其意，請求講清楚，算命先生說：「天機不可洩露，以後你們自會明白」。

後來三秀才只考中一個，那人特來酬謝，一見面就誇獎說：「先生料事如神，果然名不虛傳」。還學算命先生當初豎指的妙舉。

秀才走後，算命先生的老婆問他：「你怎算得這樣靈？」算命先生嘿嘿一笑：「你不懂其中的奧妙，豎一根指頭，可以作出多種解釋：如果三個都考中，那是一律考中；要是全沒有考中，那就是一律落榜；要是考中一個，那就是一人考中；要是考中兩個，那就是一人落榜，不管是哪種情況，都能證明我算的是對的。」老婆聽後高興說：「你鬼點子真多，怪不得我初戀被您迷，我算是服了你。」

威懾鎮控術被應用更多。在明代，朱元璋一孫子抱怨朱元璋殺人太多，朱將一根帶有滿刺的枝條令孫子緊握，孫子哭著臉不敢拿，朱又用刀將刺削掉要孫子再拿，孫子照做了，最後朱語重心長說：「我現在殺人，不就是讓你們在今後敢拿這枝條嗎？」朱一語道破了玄機。軍閥張作霖對大兒張學良說：「我死後，除不能讓你的老婆聽從你老師外，你什麼都得聽老師。」足見張作霖對楊宇霆的信賴之深，然而，張作霖死後不久，張學良即藉故將恩師楊宇霆殺掉了。時至今日，20多歲的幼皇金某把二號人物、他的姑父張某也殺掉，接著又開發原子彈、氫彈和導彈。一系列的威懾舉措，讓世人對娃娃皇刮目相待，威信獲空前提高，誰都不敢對金家的蛋糕提出挑戰。

威懾鎮控術在集團利益表現更突出，是對臣服異族和國內臣民最具殺傷力的利器；明代征剿廣西大藤峽前後217年，殺瑤壯達10萬人以上，俘3萬，將大藤峽改為斷腸峽；明萬曆年間，凌雲翼破瑤寨562個，俘斬瑤民4萬多人；清乾隆年間，張廣泗剿苗寨「共毀除千有二百二十四寨，赦免三百八十有八寨，斬萬有七千六百有奇」、「其饑餓隕死崖谷間者不可勝數」。歷史上對異族大開殺誡，史不絕書，對國內臣民也不

例外，韓非子主張「禁奸之法，太上禁其心，其次禁其言，其次禁其事」，「散其黨，收其餘，閉其門，奪其輔」（解散他的同黨，逮捕他的餘孽，封閉他的門戶，剷除他的輔佐），言是這樣，行也是這樣，歷史上對平民的鎮壓，都有明文規定，以刑法為例，秦刑名有黥為城旦（築長城），謫（遠貶），籍沒（全家為奴），連坐（一家連九家），棄市（示眾），殘戮（殺），腰斬（斬腰），車裂、坑磔（裂其體而殺之），戮屍（刺屍），梟首（懸首在樹上），具五刑，夷三族等共數十種，其中夷三族為滅父族，母族、妻族，五刑是先黥、劓、斬左右趾、笞殺之、梟其首、菹其骨、肉於市等。漢代之後，刑法大同小異，明代效嚴刑，有律 606 條。由此可知無論是對內對外，為了鞏固權力都採用國家機器鎮壓，當代專制國家雖多廢肉刑，但控言論、控資訊，圍剿不同政見依然是專制國家的治國方針。在朝鮮，收聽外國電臺就是禁忌。

同理，為鎮控效洗腦風暴更驚人；為提升南北認同感，先編秦皇一統神聖論，是首次洗腦；繼為提升威儡，提高征服射傷力，又吹響黃河中心論、中原南遷論和黃帝後裔論，三論齊發摧毀了土著印記；後為彌補南北差異影子，又研發了文化標準論，識別以「印象」為標準，權術將差異磨平成天衣無縫。為了忽悠世人，每個權術者都誓言旦旦承諾說有「美好的明天」，但美好總是姍姍來遲。百姓得到總是畫餅充饑。

3.開疆和控民防民。要達到鞏固政權，封建皇帝總是追求國要大。追求兵強馬壯、先軍政策和開疆是偉大皇帝不可缺少的一環，歷代王朝只要有能力，都志在對外征剿。開疆護權的機理是；因數千年虛榮文化的渲染，國民已深深植入虛榮基因，封建帝王也深諳這道理，於是掌起開疆拓土兵威四夷大旗啟動和填滿國人虛榮細胞。如果我們留意會發現；凡對帝王的歌功頌德和評價，必是以武功的成敗為定乾坤。如果沒有這些武功，就沒有秦始皇、漢武帝、唐太宗和薩達姆的盛名了。客觀講，開疆能帶來榮譽和威信，有了武功，異族不敢犯、諸蠻不能叛，百姓不敢論古非今，「不穩定因素」就不存在，達到盛世強國

目的。有了武功、文人寫史時也只有頌揚絕無微詞，皇帝聲譽大振，皇帝一人高高在上，出現一呼百諾。以武功治國的思想是歷代各國王朝追求的謎訣。

控民防民術以商鞅的《商君書》講得最具體，該書一直是太傅教太子的教材，只有君王或准君王才能讀到。是歷代君主治國馭民心照不宣的詭秘暗器。全書三萬餘字，核心是毀商，主張禁止糧食貿易，另是弱民。實行流氓治國，效統一思想、行思想控制、奪個人資產、讓民眾完全依附國家，通過愚民（統一思想），弱民（倡國強民弱），疲民（疲於奔命），辱民（無自尊自信，在恐怖中生活），貧民（除生活外，無餘糧餘財，致人窮志短）。這就是《商君書》的馭民五術，總目的是控民防民，讓民眾失去一切反叛能力。

所以說，想當皇，須有打一場勝仗。想有皇業千秋萬代，就學《商君書》，學會殺雞儆猴，不許百姓亂說亂動，薩達姆就是這樣做。

4. 推行集權體制和政策。民主制度的權力來自民選，崇尚民主選票和言論自由，這大大損害了陰私的利益，使執政者失去絕對權力和權威，故選擇集權體制是必然的。這種體制使執政者享有絕對權力。在集權體制下，政出一人或一派並永遠執政，民眾只有服從，沒有異議，只有聲音同一，行動一致，故施政高效。在軍事衝突或突發事件具有卓越建樹。以前蘇聯為例，二戰期重要軍事工業迅速東移，迅速招募兵員，並以鞏固安全為由，迅速強迫 2500 萬各族人民遷到西伯利亞以東，其中包括韃靼人、朝鮮人等，這種絕對權威為打敗德國創下最佳的物質基礎。因專制具有施政高效特點，故鞏固權力都離不開專制，即用暴政來維護權力。2011 年 10 月 31 日，百度網有「論蔣介石失敗的內在原因」一文，作者將蔣介石的失敗歸為；其一，沒有大力加強中央集權，地方勢力強大。其二，秘密戰線建設差，情報沒有提到重要位置。其三，沒有剷除敵對勢力，剷除異己。其四，沒有增強文明戰爭和「非我族類，其心必異」意識，結果被美國拋棄。縱觀作者全文，是不折不扣的販賣封

建集權威、秘、術、私為大成的思想，意是蔣介石專制獨裁成分太少。

集權體制為了把謀私合法化，神聖化，掩蓋謀私，就得借助媒體大力宣傳，以標榜自己是正確，由於宣傳是一邊倒，內容是一家獨唱，好壞優劣任由一方獨裁，資訊也只有一家，沒有兩家；不存在辯論、爭鳴，不存在公投，因此致是非不清，資訊不透明。普通百姓只有上面講什麼就聽什麼和信什麼，只能偏聽偏信。質疑聲音就沒有了。誰都不敢對薩達姆說不。

5.強化意識形態。鞏固權力離不開強化意識形態，不妨稱為洗腦和鎮控，特點有三：重輿論和宣傳，宣傳由官方控制；效恐怖鎮控，通過應用各種政治運動推行強化控制；宣教與權術有機結合，宣教內容為政治服務，全面控制人的言行。

意識形態重在宣傳，二戰期的法西斯是典型代表，專制者崇尚「謊言重複一千遍是真理」的信念，故效暴風式洗腦，應用權術，動用國家機器進行說教，以達到最大的宣傳效果。有人這樣描述義大利墨索里尼；他能巧妙地在人民面前表現成一個壯實的運動員，一個無畏的英雄，一個無比的愛國者和一個超人，能勝任首相，墨索里尼不允許對他批評，報紙必須歌頌他，否則就遭封閉，大學教授們凡是倡言反抗他就被解聘，反對黨都被打碎了，任何言論自由，出版自由，集會自由都沒有了。這個元首打算用國家的紀律代替個人自由，每個公民們必須服從國家的意志，而國家的意志就是墨索里尼。德國希特勒也是這樣，1934年自稱「元首」，他把議會當成一個橡皮圖章，他的權力處在議會之上，把一切政黨都壓下去，迫害猶太人和反對黨，禁宗教自由，廢除工會、禁止罷工；報紙、廣播、劇院、電影、學校全在政府控制之下，同時，他還建立一支強大的海軍和一支不亞於任何一國的空軍。他用武裝的黨徒來加強他自己，使群眾照他的命令辦事，每個人都得尊敬元首，盲目地服從他，人民不是為自己而生活，而是為國家的光榮而生活，為了使每個德國人的頭腦中牢固樹立這種思想，戈倍爾令在報紙、雜誌、電影、廣播節目中無休止地加以重複宣傳，動不動

就組織舉行各種動人場面的遊行、男女老少擁向街頭，一起歡呼，一起搖旗吶喊、高呼「元首萬歲」。通過大力宣傳，希特勒變成了神，文革時的造神運動，實是希特勒的翻版。只是命運結局各有不同。

強化意識實質就是一張濾網和一根警棍，濾網是濾掉不同聲音，警棍是鞭打不聽話的「頑童」。其手段是先訂歪理，按歪理定是非，後舉歪帽和歪行。如前蘇聯只肯定「米丘林說」是正確，餘是謬誤要打擊。專制體制設數不盡的網，人們能有的空間就是一張床。社會變成千人一面，存在問題不能揭得不到糾正，這就是集權體制腐朽之因。

6. 推行同化愚民政策。同化和愚民已在前面介紹，國外有同化庫爾德人事例，我國史有「變夷為華」理論和「教化」舉措，編有「洪武正音」。在閩、粵、浙等地建立「正音書院」和「正音蒙館」等等，旨在消除「非我族類」。

愚民更是權術者一大絕活，大學生新聞網有一網友就愚民是這樣評價：「專制之下必定盛產愚民」、「愚民永遠是獨裁者的社會基礎，專制者就是要用各種方式炮製出一批又一批、一代又一代愚民，如果誰不愚，就要消滅。」這網友言之含激，但理卻是中肯的。就鞏固權力而言，庸者遠遠比智者要勝一等。鞏固權力貴在有聽話順從，而不是宏才大略。愚者不明理，不分是非，只有順從沒有異議，能給統治者帶來安全感和信賴感。而智者有思想，識別是非能力強，極易產生震主之威，後患無窮。三國期曹操殺楊修就是這個道理，因楊修聰明過人。

愚民法歷史很悠久，秦代前商鞅說「民愚則易治也」，韓非子也說「民智之不可用」。兩權術大師道出了愚民真諦。

愚民的方法很多，常見的有蒙法、騙法、蝕法等等。

掩蓋真相，控制資訊等是蒙法，張冠李戴、轉移視線、混淆黑白等屬騙法，而讓對方疲命、缺溫飽、無學不術是蝕法。旨使對方殘疾不全無法與世競爭。

　　前蘇聯有控資訊、控言論、效保密、不許亂說亂動。國外的圖書、報紙、電影、電視被禁進口。新聞只有我家無他家。資訊是靠上面講什麼，百姓就聽什麼，講到什麼程度。百姓才領會到什麼程度。民國期文人介紹敦煌文書，幾乎只提漢文書、極少提及有突厥文、回鶻文、梵文、粟特文、西藏文、摩尼文、吐火羅文、於闐文、巴利文、佉盧文、西夏文和宰利文等，更沒有作出介紹。這些外文占敦煌文書四萬餘件中的四分之一強。這就是蒙法內容。淡化或掩蓋母語節、人權節等等也屬蒙法怪胎。

　　前蘇聯有將卡庭慘案加罪於德國，又稱基米爾字母優於中亞各族字母（多是阿拉伯字母），要阿塞拜疆、土庫曼等中亞國家的文字改用基米爾字母文字。目的淡化中亞民族感情利於統治。二戰期又與日本先哄後打等等就是騙法典型。

　　蝕法常見於宗主國與殖民地、強弱群體間的權術應用。對宗主國或強勢族群來說，鞏固既得利益良法就是加大剝削和壓迫，灌輸負性文化等等。務使弱勢方無競爭力對強方提出挑戰，強弱拉距越大，強方霸主地位越牢。

第六節 獸性思維不是永遠的贏家

　　人類的自私與獸性思維關係極大，獸性思維指一是將利益放大，把追求權、利、榮譽視為最神聖；二是將強化意識形態、禁言禁行、同化當成鞏固權力的法寶，造成一味追求精神恐怖；三是權術神聖化，把掩蓋和詭騙當成治國方針。

　　以感性獸性思維來指導思想是錯誤的，理由是：

　　首先，判斷有誤。

　　獸性思維是效私欲而不是理性，效感官而不據邏輯，因而判斷失誤常常發生，有人講一個古代分魚的故事。為了多分魚，出現有：

　　第一次分魚。整條魚是由有刀的人贏得。

　　第二次分魚，人聰明了，帶上刀，但有兩人帶上長劍，結果被帶劍的兩個人平分。

　　第三次分魚，彼此更聰明，都帶上劍，又有三人拿出火銃，經協商，帶槍的三個人要一半，另一半由帶刀的人平分。

　　第四次分魚。大家更精了。每個人都端出大炮，於是大家只好平分。

　　結果，在原始時代，是分著吃，在發達的時代，拿出這麼多的武器，最後也是分著吃，提示自私並沒有給人類帶來好處，只有壞處。

　　英國、西班牙和葡萄牙等國曾擁有大量殖民地，而德國卻少有。殖民地沒有給西班牙葡萄牙富足、給國家強大。現在相比，誰優誰劣有目共睹。又例，印度失去巴基斯坦，而巴基斯坦又失去孟加拉國，這些國家在失去土地前和失去土地後都是一樣。如果巴基斯坦國又歸入印度，相信印度也得不到大利。相反，增加了一份「不穩定因素」和付一定代價。反之，為當老大求開疆拓土的德國、日本，前者在一戰後損失國土 8 萬多

平方公里，二次戰敗後又損失 17.3 萬平方公里，僅剩 35.7 萬平方公里國土，損先達 36％。二戰後日本損失更多，包括失朝鮮等共損失 30 餘萬平方公里，總損失達 44％。這就是自私不盈性。

判斷有誤另一表現是未識社會發展潮流；如果我們細細觀察，人類是由蒙昧到野蠻到文明理性發展；社會則曆狩獵社會、農耕社會、古典文明社會及近代現代文明社會邁步。遠古人用石器，當代人用電腦手機。前 100 多年，英國和俄國還為爭奪伊朗、阿富汗做殖民地而摸擦，100 多年後英國同意蘇格蘭獨立公投，蘇聯同意解體。上世紀 50 年代後雖戰爭不斷，勝敗互見，卻沒有殖民地出現。這說明，人類理性已是大大提高。這些，已在一統文化一節詳述。

我國幾千年來均崇尚「荀學秦政」為國策，對外「平蠻攘夷」效同化，對內效威儡禁異禁論。以為享有萬世皇業，國富民安；現實恰恰相反：只有秦始皇、秦二世卻沒出現秦萬世，「尊秦政」使中國不思變創造了世界封建史吉尼斯記錄；只有金木水火土當成國粹，竟不見量子力學、幾何學、解剖學和飛機、電機、電腦等有專利面市；以兵馬俑和毛公鼎與四千年前金字塔、獅身人面像相提並論，顯然前者是黯然失色。「荀學秦政」帶來只是封建主短時滿足私欲卻是誤國害民。

並沒有給中國帶來富強繁榮，說明對自私的認識是一種誤區。任何國家凡多占了別人幾塊錢，多侵他國一點土地，均無助於國強民富，得到的僅僅是空虛符號。

以看得見的權力定是非，其害處是讓千軍萬馬為爭奪權力而魚肉百姓，其結果利的是統治者，苦的是老百姓。

其次，邏輯思維缺失。

人類社會是循良性發展律、交替律、不盈律發展。社會總是由低級向高級、新舊相替，絕不是如宣傳那樣「萬萬歲」。曾是呼風喚雨強盛民族的古羅馬、奧斯曼帝國、元蒙帝國和大清帝國是如此。演到劇終都沒有誰是贏家。它們除留幾句歷史

記載讓後人憑弔外，身影全消失在歷史的長河中，變成亡國亡種。現在，我們無法找到古埃及語，鮮卑語，滿語了。遺憾是，人類總不明不盈律的精粹，總是重複昨天開疆同化的故事。

思維缺陷的表現是以現象取代本質，造成弊病叢生。滿州人是剽悍驍勇的民族，但因遊牧社會使文化落後，入主中原後，滿皇視帝業為千秋萬代傳承，思維方式按傳統思維模式引領志在開疆拓土，將周邊各國各族占為已有。疆土是有史以來第二大，在全國各地建立滿城，設滿官，把滿人撒在全國守皇家天下，滿清發跡地卻變成了空殼。民族競爭是比文化、比潛力，不是比大刀而是比槍炮，待到武昌炮響，滿清不堪一擊，滿人又無路可退，要是滿人持多元的邏輯思維，經營老家，與鄰為睦，不做「十全武功」老人，也許今天的滿族又是另一個故事了。

滿人的敗筆在於不識國家凝集定律；凝集力與人口成反比、與多成分成反比、與負性文化成反比、與真理信仰成正比。滿人不是重視社會發展規律，而是錯誤認為開疆可以保皇業，出現「十全武功」皇帝。直到今天，有誰惦念乾隆武功呢？

再次，獸性思維有違人類價值。

人類為了更好生活，規範了人與人，人與社會的活動準則，這就是普世價值。人們總結了數千年來的歷史經驗，一致認為社會矛盾的總根是利益，而利益又以權力為最。也是說，左右人類社會的優或劣是權力的分配，當私權大於公權（民權）時，人的獸性欲望就顯現，人類社會就不安寧，當公權（民權）大於私權時，權力就被關在鐵籠裡，執政者不敢胡作非為。

獸性思維總是追求權力的蛋糕，追求利益和榮譽。追求個人利益又以損害公民的權利為前提，要百姓唯唯諾諾，百依百順，這種自私的追求大大違背了人類的活動準則，破壞了人類和諧，所以人們說，自私是萬惡之源，一點也不假。自私終將被人類揚棄，這一點也不假。

再其次，獸性思維缺乏實質性利益。

　　古時有兩人進園賞花。開始一起走一起閒談，十分爽心，後來有一人總想走在前欣賞，後面的人也不示弱追上前，兩人相互爭走前面，結果愈走愈快，變成大汗淋漓。賞花也大打折扣。在前在後都不影響賞花，卻為爭前後付出代價。獸性思維也是如此。本來社會不存在贏家，但獸性思維還是迷於眼前利益而依然故我，前蘇聯為實現「世界一片紅」，對外輸出革命，對內強化思想控制，並搞「大清洗」，有上百萬人成了亡靈。蒙古、柬埔寨也跟著學，遭屠殺的平民也達上十上百萬，滿以為能鞏固權力，但僅僅不到半個世紀，前蘇聯崩塌，東歐一片紅又回到原點，上百萬平民鮮血做了無用功。

　　這樣的事例在歷史上更多，橫跨歐亞非的羅馬帝國維持1480年後滅亡、跨歐亞非奧斯曼帝國維持622年滅亡、羅馬帝國強盛時國土超500萬平方公里，人口上億人。滅國後分裂成無數國家。奧斯曼國土面積也超500萬平方公里，人口達2380萬人（1914年），1922年解體後分成當今的40個國家。我國先後同化了匈奴、鮮卑、契丹、西夏等族，並沒有因此而強大，反而連遭元蒙、滿清先後打敗淪為亡國。歷史上所有的帝國，全是30年河東，30年河西，奧斯曼帝國在1922年滅亡前、帝國分裂成土耳其、匈牙利、保加利亞、前南斯拉夫諸國、希臘和敘利亞、伊拉克、沙特等中東諸國、奧斯曼帝國的創始者土耳其被稱為「西亞病夫」，這都是風水輪流轉的結果，社會歷史是不斷運動絕非是一成不變的，獸性思維力圖追求利益萬萬歲，實是幼稚無知違反歷史規律的。歷史上大量事實證明獸性思維都在做吹泡泡遊戲。

　　最後，獸性思維是誤國勞民傷財的元兇；獸性思維釀成國與國、人與人槍刀相見已是人人皆知，即彼此都為爭前後賞花而命送黃泉。對勞民傷財危害更大，如果我們認真調查和統計，會發現部分拼死拼活的陰私竟是得不償失；因為私利，有人將全村的公山砍光種上速生桉、又為發財將山下的美麗石林炸平建一座小冶煉廠，這個財大氣粗的土豪將賺來的錢部分花在吸毒上，部分花在豪賭。自己染上鉛汞中毒職業病，更可悲是：

小河因速生桉斷了流，村民又因水污染癌症猛增，原來的絕美風景水清山秀林奇不存了。同理，為陰私大搞詐編和制假貨，而不義之財又讓巫師、地理先生、祖墳、嫖賭刮走了，人們再次被獸性思維愚弄。

獸性思維留給人類的創傷是巨大的，僅僅以爭權為例，自漢代起，為了防止皇后篡權，制定了「立子殺母制」，當幼皇登基時，就要把他母親殺死，這制度持續近千年。當今的大權集一身所造成的社會病更無法言喻。大權集一身本來就是見不得陽光，但權貴又要扮做百姓的救星，集權與救星是水火不相容。於是只能發明理論和借用權術擺平，其結果社會不存在誠信，百姓也學著權貴作秀。因此社會缺誠信而出現的腐朽有如洪水猛獸不可抵擋。

開疆同化思維帶來的弊病更大，可參見三章一節等內容，今補充如下幾點；

1. 負性文化膨脹。開疆和同化的基礎是自私，一代一代追求開疆和同化，一代又一代強化自私，於是獸性得到張揚，人的理性受抑制，社會的好人好事不得器重，兇殘奸刁反獲高評。秦始皇、曹操、朱元璋倍受崇拜，實是受開疆和同化思維影響而誤判。以武功和開疆定英雄。

2. 國家的凝聚力下降，社會落後。凝聚力來自認同感，來自真理。你是我父親，自然感情倍加，反之感情會大大減色。當某群體滲有外界群體成分後，固有的成分就要變化。當今的庫爾德人臣服於土耳其等國，若要庫爾德人為國盡忠盡職，為國捐軀，則力度會減少，日本人、朝鮮人報國心很濃，印度人、中國人則較淡，其因是後者成分複雜患上融合綜合症，存在正宗和非正宗的區別，其原因是：開疆和同化的目的雖達到，但被征服的影子依然存在並產生逆反心理，且一代一代傳承，雖然若干代後敵意健忘，但已形成對國陌生，對新民族不愛，變成無信仰、無責任，形成一種次文化。中國所以稱為「一盤散沙」，其因就是存在這種次文化。例如，粵人號稱漢族，但應聘時以官話而不是以母語粵語為優先。受失落的養子會對養父

產生膈膜，這樣，民族協和性下降，國家凝聚力下降。遺憾是，這種道理被封建王朝所忽略和未意識。

獸性思維對社會影響更大，僅剖權術後遺症就能窺見冰山一角，封建主為了護權，推行情利誘惑、征服人心是最具殺傷力暗器，擒賊先擒王，國人的士大夫輻射力最大，如何駕馭士大夫成了歷代封建主視點，良法就是封官賜爵受祿，唐代前按「士族制」分果果，豪門才有資格當官，唐代後效「學而優則仕」，把知識份子精英趕進考場，誰歌功頌德的文章好誰就能當官，於是精英由獨立思考變成「吃皇糧，講皇話」，全社會又掀起官本位制風暴，一切以官定含金量。結果，全社會出現了「尊卑」等級，弱勢群體成了邊緣化，而士大夫則演成封建主吹鼓手，使泱泱大國只有一個「皇恩」聲音而缺少地球繞太陽聲音，道士的煉丹術總煉不出金銅元素和長生不老藥，全怪「一個聲音」掩埋了求異邏輯思維，落後就顯現。

3.母語和權利萎縮。「非我族類，其心必異」已是統治者的警言，因而千方百計將「非我」變成「我族」。手段就是三種：一是行同化，打擊對方的語言和文化，二是彈壓、剝奪對方種種權利，包括言論自由，信仰自由等等，三是心理征服，灌輸種種奴化文化，如虛榮文化、一統文化、張揚文化等等。

母語的存在需要有一定條件，即政策保護、環境寬容、民族無歧視。在同化政策籠罩下，這些條件是缺失的，因此母語萎縮是必然。

同化政策源於專制制度，專制是效強權。控言論、控自由是其特點。這樣，百姓的知情權、監督權、人權等等必是削弱，百姓權利受損害。保護母語的聲音被剝奪，母語就無受保護。

4.開疆綜合症。開疆綜合症在前面已談，今補充其特徵於下：一是無競爭。歐洲之發達，是域內諸侯眾多，競爭劇烈，促進域內各項事業發展；亞洲封建濃厚，追求開疆同化，存在一大一小，缺乏競爭，當然是落後。二是無優化，開疆本身就是專制，加之地大人多，各種背景盡不相同，以一個政策、一

個管理方法，很難治好一個泱泱大國。僅以交通為例，其混亂已是有目共睹。三是矛盾加劇。開疆後存不同文化人群，存不同利益背景在一起。產生的矛盾就多。新西蘭是遙遠的島國，與外界交流不多，民風和社會堪稱一流。美國和巴西則是移民國家，社會就不是那麼和諧。四是國家競爭力下降：追求開疆和同化必引民族或種族成分改變，結果優秀成分被淡化，當今的南美洲各國多是印歐混血種或黑白混血種，如委內瑞拉和哥倫比亞，西班牙後裔均僅占 20％，印歐混血種分別占 65％、68％，儘管這兩個國家資源條件比西班牙優越，但政治、經濟、文化遠遠落後於西班牙。同理，雅利安民族被世人視為優秀民族，英人、德人、北歐人的競爭力是其代表，但同是含雅利安血緣的印度人，卻少有強大的競爭力。如果我們留意，凡種族結合部，如中亞（歐亞混血），中東、地中海沿岸（歐亞非混血），其社會發展比北歐要落後，突厥國家、阿拉伯國家、希臘、葡萄牙等國均比瑞典、挪威等國窮。這就是同化基因退化症的結果，這結果常被政治家置之腦後。

5. 擴大地域文化級差，加大貧富差別。要減輕貧困，就要減少地域文化級差，使一等馬、二等馬、三等馬歸類賽跑，不能出現一等馬和三等馬同時競爭。

當開疆愈大，則地域文化差距愈大，強者獲利的空間更大，弱者所受的衝擊也變更多，以新西蘭為例，歐洲人未入侵前，毛利人可以自由和諧在土地上生存，歐洲人來後，土地被侵犯，森林被砍伐，生存空間大大減少。這就是說，歐洲人入侵前，是毛利人與毛利人競爭，結果是和諧的，歐洲人入侵後，是毛利人與歐洲人競爭，結果是悲劇的。

當今國際貿易有海關、有關稅，本質就是克服地域文化級差的弊病，通過海關、關稅調節，保護弱勢群體。當追求開疆變成一個大國時，弱勢群體失去保護，貧富之差就擴大了。

第四章 母語衰微之三

——扭曲靈魂的幽靈

　　文化是人類靈魂的皇冠，文化通過潛移默化左右人類心靈，干預社會發展進程，東方人重自私和形象思維文化，多效集權制，西方人重個性文化，多求民主制。好文化可引領人類踏進溫馨的天國；負性文化則如惡魔摧殘人類的良知，讓人類靈魂扭曲，對母語的侵凌更是罄竹難書。負性文化引爆的獸心、虛榮、愚性、權術等摧垮了母語的防護堤。是母語衰微的元兇。

第一節 負性文化的肆虐

一、概述

負性文化和同化、愚民、窮化等駕馭治民權術手段一樣，都有為封建權貴者護權防民作用。所不同是，負性文化的作用比任何權術能量更大、隱蔽性更高，危害性最烈。

文化缺公認明確定義，文有「記錄、表述和評述」，化有「分析，理解和包容」意義。從存在主義角度理解，文化是對一個人或一群人的存在方式的描述。我們理解文化是包羅萬象，有廣義和狹義等種，包括物質文化、精神文化、物態文化、心態文化、硯文化等等，名稱達上百上千。這裡所討論是心態文化，即自私文化、虛榮文化、一統文化、張揚文化、形象（感性）思維文化和權術文化六種。文化有正向（正性）和負向（負性）功能，所提的六種文化全屬負向文化，博大精深的正向文化沒有討論，其因是這六種負向文化與民族及語言興衰，國家存亡，人生沉浮息息相關更大。

有人對文化的功能是這樣評價；文化是社會變革的發動機，任何社會形態的文化，本質上不只是對現行社會的肯定和支持，而且包含對現行社會的評價與批判；它不僅包含著這個社會「是什麼」的價值支撐，而且也蘊含著這個社會「應如何」的價值判斷。人類社會發展歷史表明；當一種舊的制度，舊的體制無法進一步運轉下去的時候，文化對新的制度，新的體制建立的先導作用十分明顯。藏在新制度、新體制中的文化精神，一方面為批判、否定和超越舊制度、舊體制提供銳利武器；另一方面又以一種新的價值理念以及由此而建立新的價值世界為藍圖，給人們從理想、信念的支撐。

這位先生講得很切貼，但太專業又嫌曖昧，事實上文化就是有導向、整合、維持秩序和傳承功能，這位元先生僅談導向作用。蔡武先生認為文化功能有：（1）、具凝集力和創造力；

（2）、經濟發展動力；（3）、滿足精神文化需求；（4）、是國家名片（蔡先生末提是民族名片）。這就是對正性文化的評價。

我們認為，文化是人類社會的靈魂，人們說人的習慣形成性格，性格決定命運，多愁善感的林黛玉歸宿必是亡靈。而生性奸詐的曹操必爭皇帝。同理，社會或國家的崇拜成文化，文化的優劣決定美醜興衰。不妨以下面事例說明：

兩千多年前，猶太國被巴比倫征服，耶路撒冷城被毀，國民被擄往巴比倫，後來，猶太人又被波斯人、羅馬人等征服。西元二世紀，猶太人被驅逐出巴勒斯坦，羅馬人禁止猶太人從事宗教活動、禁止割禮、禁止安息日，猶太人被流浪世界，但是，猶太民族卻能奇蹟的生存下來。這都是歸功於猶太教文化的功績。

而滿清卻不是這樣，滿洲人在入關前素以驍勇善戰著稱，但缺信仰缺文化，相反虛榮文化、形象思維文化有餘。入關後沉湎享受，不圖求新，太平軍起事後，滿軍不堪一擊，最後是漢人曾國藩、李鴻章的地方軍救了滿清，此後推行漢化，一代呼風喚雨的清庭最後被滅了。

史上鮮卑人也是驍勇有餘，睿智不足。鮮卑人問鼎中原後，同樣被虛榮文化，形象思維文化打敗了。鮮卑人深感「華尊夷卑」。於是棄夷從華、改學漢語、穿漢服、從漢禮，最後一代驍勇民族被華夏同化。

有人說「中國人就是牛，來什麼就同化什麼」，又說「中國人最可怕的地方在於；外族進入中國就成了中國人，中國人到了任何地方他還是中國人」。這些現象的背後實是自私文化、一統文化和張揚文化的發酵。有私就有同化，有張揚就有大贊「黑眼睛，黃皮膚」，鑼鼓喧天啟動了國人表層的「感性」細胞對入侵的遊牧民族有抵抗力和免疫力，化武功是戰敗者為精神是勝利者。

正因負性文化有巨大破壞消耗理性，故利益權貴者把它當

成以毒攻毒的利器。借助負性文化解除政敵或異己的挑戰，化解對方鬥志、或征服人心，實現化異為同，僅僅是拋出「華尊夷卑」一計，即招來閩人「衣冠八族」，壯人「狄青後裔」。所以說，負性文化是歷代帝王治權治民的「良方」，帝王一天都離不開講權術文化。

負性文化以「一統」為旗號，以「自私」和「虛榮」為攻心內容，以「權術」和「張揚」為手段，形成一套完善的維護封建網，使封建體制經久不衰。負性文化是語衰最具重量級的炸彈。有人說，猶太教使猶太人散而不亡；儒家使中國敗而不變，回回有形散而神不散，足見文化的影響之大。

二、機理

負性文化形成對社會巨大的破壞力，是由負性文化特徵決定的。負性文化按作用分兩類：一類是激勵獸性自私；包括自私文化、虛榮文化和張揚文化。這類有扭曲心靈作用，使人的認識產生謬誤形成心靈扭曲。自私文化使強者貪婪、弱者失理，為一銅板可以出賣靈魂。虛榮文化使強者迷武功戀開疆，弱者夾尾巴求攀附。而張揚「華尊夷卑」令弱者唯唯諾諾。一類是削弱悟識；這類有掩蓋作用，使真相不明、是非不清。包括感性思維文化、一統文化和權術文化。感性思維文化重表面不重邏輯，就很難分清中原南遷是非。權術文化效是當非、非當是使弱者偏聽偏信，是非含糊。一統文化視開疆拓土武功定天下為真理和神聖、以成敗論英雄、以固守帝王江山為古今遵循的信念，以宣揚「六合同風，九州同貫（習慣）」的訓言為同化利器。權貴者灌上了叢林思維而求武功，國民則陶醉於一統帶來的「泱泱大國」夢欣喜若狂，一統的神聖化將秦皇漢武帝捧成千古一帝，並成一門治國常理獲普遍首肯。

負性文化的激勵自私和削弱悟識的特徵引發了摧毀人類家園的大火；其一，由私和愚培育出千軍萬馬陰私者；其二，陰私大軍浩浩蕩蕩向權、利、名進剿，權是求我當皇並代代相傳，利求三宮六院佳麗，名則奉震威四海；其三，為奪權、利、名

蛋糕各路陰私「精英」盡顯武攻筆伐風采。催生了社會弊病鏈形成；陰私必求集權遊戲，集權必奉維權護權，奉絕對權威；維權護權離不開動真格，於是講權術、說謊話、效暴政、不許亂說亂動不許「抹黑」等等利器從武庫中搬出來，這些護權舉措最後又引發了權力腐朽、文化腐朽、社會腐朽。出現真理真空、信仰真空、誠信不存、社會呈病態運行。例如，為了護權，視方言母語為「不穩定因素」而圍剿，方言區百姓尊嚴受損，人類文化遭了殃。所以說，論負性文化的功和過集中到一點是它催生集權遊戲，集權衛道士又撿起警棍向不聽話的人們橫掃致哀痛嚎哭，並狠狠摔出「你們聽不聽話」？這就是人類悲劇的全部原理。

三、作用與弊病

負性文化的作用主要是：

一是守舊落後作用

形象思維文化是重形象思維和定勢思維，排除創新思維和求異思維，結果形成崇上、崇聖和守舊理念，出現「不能養超過三隻鴨」是真理，當然也不能懷疑皇上不是；治民理論以「一統」理論、恩典理論、自私和權術理論等尤為典型，其要害就是灌輸洗腦，使人接受「天授皇權」等觀點；

守舊和落後根是自私，有自私就有排外，有一統就不能有異文化，佛教自漢代傳入後，幾經遭受多次滅佛，北魏太武帝、北周武帝、唐皇武宗都效討剿佛門，史稱「三武滅佛」。

二是扭曲心靈作用

負性文化的非理性和利益性特徵像一股股濁流吞噬人的良知，並通過各種媒介影響並左右人的思想和言行傾向，產生潛移默化，扭曲人的心理，改變人的思想行為就形成，其結果，自私文化有戀權貪財，虛榮文化有愛面子，一統文化有「統語言、統習俗」需求，張揚文化有唯我獨尊，形象思維文化和權

術文化輕真理，重偏聽偏信、重形式不重內容，重權威不重事實等等，容易聽進「階級鬥爭」、「劫富濟貧」和「民主是壞東西」，不易聽進「民主是好東西」和「與人為善」、出現講假話、講詭辯的性格。這些性格的整合又作用於國家或民族的精神，從而決定興衰。封建統治者相中負性文化，是因負性文化的毒箭麻醉作用能為利益權貴者的陰私創建奇功。這也是我們認識外部世界的金鑰匙。

三是經營歪理作用

自私文化的陰私特徵強烈，權術文化的非理性強烈。兩者都有為實現利益目的不擇手段，重在迷惑。當然離不開歪理歪論，把白說成黑，黑說成白。俄羅斯稱克里米亞是俄國領土，烏克蘭則說俄羅斯侵略烏克蘭克里米亞。當亂世出現群雄紛爭天下時，古今中外的利益權貴者都致力於聲東擊西，混淆是非、顛倒黑白的相互攻擊，美其名稱是鬥勇鬥智，實是為己謀私。洪秀全之所以能雄居半個中國，靠的是天地會和宣傳口號「一拜天為父，二拜地為母，三拜日為兄，四拜月為嫂」和「有田同耕，有飯同食……無處不均勻，無人不暖飽」等等甜言收買，夢稱其父是上帝「斧火華」，其兄是耶穌。而事實是，洪本人擁有上百個妻子，宮女上千，洪殺人如麻。洪利用權術取得半個天下。

四是左右社會遊戲規則作用

負性文化的高能性特徵主要體現在左右社會遊戲規則，即社會體制。社會體制分公權遊戲和私權遊戲兩種。當社會盛行負性文化時，人類就有追求自私和權力、滿足權力獨享。以負性文化武裝起來的人群選擇社會遊戲規則時必選符合自己利益的遊戲，私權遊戲模式恰恰能滿足負性文化自私和權力的需求，於是供求出現一拍即合，滿足陰私和權術的私權遊戲就成人類的首選。專制體制便應運而生。落後民族為何多效專制，其因就是專制能滿足陰私者的利益，變成以求利選定社會體制，這就是前因後果法則。若遊戲不是選專制而選民主制，則打下的江山又轉讓他人，與求利求名的初衷相違，負性文化絕

不允許利益轉讓。

五是獸性思維源泉

負性文化有非理性和利益性的特徵，這個特徵必然影響人的思維。這種思維的大前提是認為人是獸性，追求任何利益均屬天經地義。出現母語冷漠症、民族虛無症、圖虛榮圖攀附，人和人明爭暗鬥等等是正常。這種思維排除人類理性，不妨從下面事例窺視一般。

國人喜歡將中國文化用文明古國博大精深來形容，但是，現實卻是另一回事，國人排外風濃得很，對先進的思想總是右提防左提防，生怕出現「隱患」。我國文化是優或是劣，可用以下幾個事例來說明。

2006 年 10 月 27 日雅虎網報導，中國一留學生闖入日本家，用迷藥將三女子強暴兩個多小時，網登後，至 2007 年 4 月 25 日止，共有跟帖 51 頁，人數達 1128 人，持批評者不到 5 人，其餘千餘人異口同聲稱「我頂」。有：

（1）「嘎、嘎，真的，日本女人日起來清爽吧。」

（2）「給他帶勳章吧。」「哥們，你是民族英雄，我佩服。」

（3）「幹完後應拍幾張照片共用一下嘛。」「幹得還不夠，應先姦後殺。」

……

我們在這裡要討論是：一、這是什麼文化？二、作案是留學生。四川宋某，受良好教育的人。三、支持率幾乎近 100%。說明什麼？

如果說，這是民族主義關係，那麼，對國內則難圓其說了。聯合早報網 2007 年 8 月 5 日刊沈澤瑋的報導，題是，中國標語：

（1）雲南楚雄某村：「一人超生，全村結紮」

（2）安徽某縣：「寧添十座墳，不添一個人」

（3）湖南某縣：「誰不實行計劃生育，就叫他家破人亡」

（4）江蘇農村多見：「寧可血流成河，不准超生一個」

（5）山東某農村：「能引地引出來，能流地流出來，堅決不能生下來」

（6）廣西德保路上：「一胎環，二胎紮，三胎四胎殺殺殺」

我們要討論的不是標語本質和真假，而是考究標語的後面文化，像這樣的標語，在優秀文化社會是不會出現的。

以上的標語我們不全信，但這種現象卻是不爭的事實，國人為何負性文化特別濃，是對負性文化的負性面認識太淺。

負性文化的弊病，主要體現如下：

1.思想和思維方式腐朽；社會的進步是依靠先進思想和良好的思維方式來支撐，缺少人愛人、缺少人關心社會、缺少獻言獻策和缺種種權利等等，這個社會就無法良性運轉。也是說社會需要正性文化來維持，但正性文化與權貴者的利益衝突，於是人們選擇負性文化，以權術和張揚等手段謀取私利，使有「不說假話辦不成大事」。社會失去了誠信，失去民主、平等和博愛來灌溉，假活，人鬥人等腐朽思想和落後思維便氾濫成災。

腐朽思想以保守性為典型；文革是血跡斑斑，且有黨中央決議，定調是「浩劫」。但是，國人的守舊和政治意識異常頑固：（1）揭文革的傷痕文學被控制，詭稱「向前看或向後看」來阻撓揭露文革；（2）地方誌修撰中也有規定，對文革「宜粗不宜細」的原則，即對文革一筆帶過即可；（3）名作家巴金提出建立「文革博物館」建議也遭封殺；（4）學者張榮生在 2002 年 11 月在一家刊物上發文：「不宜把文革稱為十年浩劫。」

2.撒下陰私體制模式；前面已提，負性文化本質是為利益

而存，為利益效勞，其胎生的體制必定是衛護既得利益的體制，否則無法滿足陰私者的要求。落後的民族有落後的文化，落後的文化又是落後體制的產婆，集權體制極易在落後文化國家開花結果是必然的。其結果，社會失去健康運轉，希特勒屠殺猶太人，緣於希一人拍腦袋。我國文革的降臨，也是一張大字報燒起。結果，文革期北京大興縣在短短的一週內，先後殺黑五類 325 人，有 22 戶被殺絕，年齡最大 80 歲，最小 38 天。

　　期間，紅衛兵幾乎成暴民，有抄家、打砸、批鬥中的坐飛機，跪卵石、陰陽頭等等應有盡有，被折磨死、自殺的人數不勝數。政界有萬曉塘、周小舟、閻紅彥、衛恒等省級書記，有紅軍元老李立三、陳昌浩、有劉少奇、賀龍、賈拓夫、陶鑄、彭德懷、鄧拓、吳晗等，民主人士有范長江、黃紹竑、陳璉、李達、彭康。文化界更多了，有老舍、陳笑雨、羅文斌、楊朔、田漢、趙樹理、嚴鳳英、上官雲珠、潘天壽、馬連良等，科學界有葉企孫、趙九章、楊端六、施今墨，史界有陳夢家、剪伯贊、向達、錢海嶽，經濟界有顧准，體育界有傅其芳、姜小甯、容國團等等。

　　其中部分是夫妻或全家自殺，如大史家翦伯贊、傅雷、劉綏松等，而顧聖嬰是全家自殺。

　　3. 社會自我完善受礙；社會完善須這些條件，一是有完善糾錯機制，二是寬鬆政治環境，允許有多元思想和不同政見存在，三是強化公民權利意識。當負性文化升溫，保權保利強烈時，便出現叢林思維和意識形態敏感症，推行韓非子李斯模式治國。尤其是意識形態敏感症，亂扣帽子、亂打棍子，實行言霸行霸，只許打擊別人，不許對方辯論和反駁成了一條寶貴治國驗方。結果，社會完善條件不具一條，自身缺陷無法克服，而歪理、歪政、歪行到處氾濫。前蘇聯最典型。

　　4. 出現真理真空，倫理衰敗；負性文化以陰私為圓心畫孤，全方位求名、利和地位。以私治國，真理和信仰必然全崩潰，出現真空，詳見有關篇章介紹。

5.方言母語受創;自私文化催生求利求榮譽,把開疆拓土、同化教化為政績,視異性文化當成隱患。那麼,方言和母語必列入「維穩」之列,方言母語必受打擊和限制而邊緣化萎縮化。詳情在下面另有介紹。

6.滋生各種負面病症。負性文化的病症是其特徵決定的:利我優先帶來自私氾濫、重感性輕理性帶來盲從、奉模糊輕具體導致優劣不分、重面子使有追求開疆和奉同化、輕精神輕權利催生專制。負性文化使歪理歪論歪行盛行,真理便消失無影無蹤,真理大旗倒下,人間是非出現真空。負性文化釀成社會衰敗。

歷代的名人大師對負性文化深惡痛絕,紛紛著書立說譴責,如:梁漱溟在《中國文化要義》一書提 10 條,其中有:

(1)自私自利、不講公德、一盤散沙、缺責任心。

(2)愛講禮貌、虛情客套、繁文縟節、重形式、愛面子、虛偽。

(3)知足自得,貪而無厭、安分守己、聽天命。

(7)馬虎、不求精確、不講數字。

(8)堅忍而殘忍、缺同情、史有滅三族、鏟草除根、剝皮、易子而食等。

(10)圓熟老到,心眼多。

魯迅稱國人是:(1)自高自大;(2)重面子;………(5)目光短淺;(6)奴性;(7)膽小、自私。

柏楊稱中國之陋是:

(1)髒、亂、吵

(2)窩裡鬥

(3)死不認錯

（4）大話、假話、空話

（5）自卑兼自傲

（6）一盤散沙

（7）不讚美別人，只打擊別人

（8）奴性入骨

（9）只許自己闖紅燈，不許別人闖

（10）平庸、無獨立思考，不問是非，只問利害。

孫中山在「論國人」中提 17 條，其中有：（1）守舊法、無變通；（2）夜郎自大；（3）停滯不前（保守）；（4）不崇尚自由。

梁啟超對國人的評價是：（1）缺獨立性，缺自由思想；（2）奴性、為我；（3）愚昧膽怯、欺騙（虛偽）。

總之，負性文化加劇人自私，使有皇帝一代傳一代衛護皇權得以生存數千年，成為世界封建史之最；又因虛榮炮彈攻擊，匈奴、鮮卑、契丹等等強者甘拜下風「變夷為華」而亡族，弱者的南夷也因仰慕華風紛紛攀附，經兩千多年的薰陶，負性文化已是植入人心。這就是名人說的國人劣根。

我們提出負性文化，基本涵蓋和可以解讀以上各大師所說的內容，柏楊說的死不認錯、魯迅講的重面子、孫中山稱的夜郎自大等等、雖說法不同，實質都是虛榮文化結的果；梁漱溟說貪而無厭、魯迅講的自私、柏楊稱的只許自已闖紅燈，也就是自私文化的具體反映。可以毫無誇張地說，要讀懂中國，必須要讀懂國人的負性文化，國人的每點標點符號，每個細胞，都隱含負性文化的傑作，要不，怎能解釋梁漱溟的「易子而食」和柏楊的「只打擊別人」呢？

負性文化最大的破壞力是解除南人健康的價值觀，其中使南人的信仰、意識、感情蕩除耗盡。尤其是群體意識，母語意識全被負性文化吞噬了。變成母語當著一把白菜賣，鄉親鄉故

不再愛。經負性文化的摧殘，南人對方言的作用，母語的意義
非常陌生，使有母語的存或失都無所謂。論信仰和感情，可以
說是一片荒漠，「我愛我的母語」的聲音仿佛在南人間聽不到。
紛紛棄母語操雅語為榮，加速了南人的同化率。

負性文化特徵和作用又給利益權貴者帶來豐碩的眼前利
益，卻給自己染上慢性絕症，無論那個利益權貴者，得益的僅
僅是曇花一現，很快又回復到原點，做了沉重代價的無效功，
這個活生生定律，只是人們為了私利竟是利令智昏忘卻了。

四、負性文化與母語

負性文化的共性都有扭曲人心、摧毀民風、削弱國力的特
點。而對母語的侵蝕影響危害更大，母語的衰微全與六種負性
文化形成因果關係。母語的生存和發展離不開好的思想、好的
民風、好的識知力、好的語言環境和好的經驗方法五條件支撐。
而這些生存條件恰恰被負性文化摧毀了。

自私必然講究利益，有利益欲者必選擇集權體制，集權體
制又為江山效護權維權，最後以統語言統習俗作護權維權的措
施，以防「非我族類」。這就是數千年來封建專制打壓不同語
言之因，好的語言環境條件夭折了。

虛榮文化影響母語更深，當灌注虛榮元素後，人們被虛榮
所陶醉飄飄然致榮恥不分，巴不得一夜間棄母語奉雅語擠進高
等人群，成為「我祖上也是豪門」，好的思想條件不具，冷漠
母語愛雅語就出籠。

形象思維使有感情用事，很少問個為什麼，當缺少邏輯思
維時，好的識知鑒別條件就消失。本來中原南遷不值一駁，本
來少有「同姓一家親」現象，但人們不分青紅皂白認定了。既
然「祖籍中原」能成立，棄母語奉雅語就有臉不紅心不跳，是
正正當當回娘家了。

一統文化視統語言、統習俗為神聖，棄俗從雅就成真理，

走向大同的思想成了全社會最響亮的聲音，好的語言環境的條件無法形成。

　　權術文化和張揚文化都是洗腦功能，要人們自覺拋棄母語去接受陌生的語言。洗腦貴在詭辯和大呼隆，美化秦皇必須把一統意義講深講透；要美化朱元璋，就要把誅胡藍兩案說成有理有據，有板有眼；要統一語言，當然離不開講不同語言有礙交流、有礙社會進步等等。通過應用權術和宣傳洗腦，人們更樂意走上語言大同。愛家鄉、愛母語的民風條件便蕩然無存……。其結果，母語生存條件消失無影無蹤，母語當然要衰敗。

第二節 自私文化與靈魂變形

自私是人類天性和後天影響而形成，其定義很多，有稱指人以損害他人、社會利益為代價來滿足自己利益要求的行為。自私廣泛滲透各領域並影響各要素，彰顯文化特徵，形成一種文化。又是虛榮文化、一統文化、權術文化、張揚文化的根。

自私本質是人類資源配置的獨裁，是人類畸形變態萌出誤區的結果，是原始低級的獸性思維價值觀的析射。自私以滿足感官、滿足情感而不是追求真理、本質和科學事實為歸宿。自私又是對利益和理智失控及無法擺平的愚性應答。導致以武力作後盾，以恩威為術作先導，最終謀求利益最大化。

說自私是變態，是自私所得僅僅是微不足道的曇花一現，而失去則是終生花環；楊秀清已被天王授為「九千歲」，變態私心仍不滿足求「萬萬歲」，結果為韋昌輝刀下死鬼。洪秀全已有妻妾成群上百人，竟仍要選宮女上千，同理，上世紀初，英國已是「日不落太陽國家」，蘇俄也是橫跨歐亞兩洲的世界第一大國，兩國仍不滿足為不毛之地的阿富汗明爭暗鬥數十年。這些說明自私只是畸形兒，畸形心態將人們從真理聖壇拉進陷阱誤區，要人們只認可大炮不認黃油有價值。

自私是人的天性又是普遍存在，其特徵主要有：

（1）以利益作指導，損人利已是常見的現象。

（2）叢林思維強烈，鬥爭論、求同排異及意識敏感症等充斥各角落，目的是滿足威儀。

（3）效集權體制，效一統理論及負性文化，以滿足利益需求。

（4）崇尚權術及威儀治國，歪理歪行氾濫、不講真話講假話。以滿足鞏固權力。

（5）利益教育及壟斷優先，排除真理教育和自由競爭。

不同民族和不同文化的自私程度有不同，我國的自私特點是：

一是封建悠久，爭權奪利已是常見，

二是缺少信仰，缺少理性，全世界不信宗教者幾乎全是中國人。國人不信行善修道，當然自私基因濃。

三是愚民政策，老子曾說；「古之善為道者，非以明民，將以愚之，民之難治，以其智多，故以智治國，國之賊；不以智治國，國之福」，在這裡，老子講得非常具體。

四是自私強烈，與其它民族相比較，國人的自私基因可稱上是桂冠。不僅有愚民的基因，更缺民主的元素。數千年只有「萬歲」，絕無「天賦人權」的訴求，結果是自私被無限放大，不能正確解讀理性和獸性關係，總是無限拔高和放大獸性，曹操名言只有我負天下人，沒有天下人負我就是一典型代表。視一銅錢當成臉盆大。出現「這個皇位是我」的吼聲，為皇位讓億萬國民替皇上買痛苦的「維權」單。皇帝只有衛護江山，絕不會出讓皇位充當「第二個華盛頓、第二個賈利勒」，皇帝死後，仍追求在世的奢侈生活，珍貴無比的陪葬品令軍閥孫殿英唾涎三尺而盜乾隆墓。足見國人的自私很濃。

五是自私根深難除，我國歷史以自私集權著稱，處處講權術、講名利、講虛榮和一統，尤其是專制體制講究一人一黨獨攬天下、他人他黨不許沾邊，百姓就會產生質疑，認為皇上也有自私，我們就不能自私嗎？

因為中外私心濃淡有別，日本有《醜陋的日本人》，但我國不可有《中國文化的批判》，只有國粹是博大精深。

自私分佈廣、內容形式多、影響大。民間有句名言是；「不要權和利鬼都怕」、「人不為己，天誅地滅」，自私具體表現如下：

權力性自私：權力自私在國人心中達到「利令智昏」的地步；每個人都想爬上權力金字塔頂點，都想謀私發號施令，欲

所欲為，但皇位只有一個，於是龍爭虎鬥，出現胡亥、李世民篡位的現象。權力性自私另一表現是維護權力，本來權力是人民授予，應是擇優棄劣，當效專制後，大改人民授予，效法權力是我，並通過統語言、統習俗、禁言、禁行、控制百姓，達到鞏固權力的目的。為了護權，封建統治者又通過征剿開疆、置郡縣等措施加以修補，遺憾是，這種為私利措施竟被政治文人捧上神臺，稱為千古英明皇帝。自私得到熱捧。

文化性自私：文化自私的怪胎之一就是「存同伐異」，只許和我相同，不能和我相異，否則視為另類，是含影響自己的利益。所以歷代王朝都主張統語言、統習俗，推行教化，當今的民族邊緣化、母語萎縮化實是文化性自私的衍生品。文化性自私另一表現是虛榮傾向強烈，只准歌頌，不准提問題，否則稱為「抹黑」，具體詳情在「論禁忌」篇中討論。

文化性自私多表現在意識形態。美國星巴克咖啡店在2000 年進住故宮，同期在故宮飲料店超過 30 多家，星巴克占地僅僅 10 多平方米，根本不顯眼，進駐後非議不斷，2005 年被摘下星巴克標誌，2007 年被解除合同，其中名人芮某炮攻是糟踏中國文化，是洋文化侵略中國（聯合早報網 2007 年 7月 15 日）。

愚昧性自私：愚性自私是因負性文化、畸形教育、愚民政策等因造成。教育效單面灌注，只授君君臣臣，不授哲學和邏輯、不重科學和實驗、好掩蓋事實和真相、百姓變成和尚念經卻不能消化創造。結果重表面不重本質、務虛不務實、老百姓僅求燒香拜佛卻不講是否得到發財平安。我國歷代王朝都重開疆、重進貢、但國家並無起色，民不聊生。我國有統語言、統習俗的傳統、而瑞士、盧森堡卻無，兩者舉政不同結局也相異，我國是內亂民窮，瑞士、盧森堡是國泰民富，孰優孰劣分明。

愚性自私尚表現在唯利棄義上，新疆省級建制已有 100 多年，也許名字不符意識要求，名人於某提出改稱「西域省」（聯合早報網 2009 年 8 月 25 日）。在這裡不僅將名稱改，也把區改為省，民族自治就不再講究，法律成一紙空文。

　　愚昧性自私總根在於識知能力貧缺、對得失的評判無法喊號、對人類及社會不盈「定律」、平衡「定律」瞭解非常有限，而受形象思維麻醉卻非常深，從而表現出嬰幼兒有奶就是娘，仿佛當老大能飄飄欲仙。全忘當老大的定時炸彈爆炸。

　　利益性自私：內容非常廣泛，有涉外、民族、地域、民間等自私。

　　國人的自私程度如何，不妨轉述網上幾件事而論；事件發生在前 10 多年的上海，美國安麗保健跨國公司是世界 500 強前 30 知名企業，制度以歐美設計為標準。按美國安麗規定；產品實行「無因全款退貨」，不管任何原因，顧客使用後感到不滿意，哪怕一瓶沐浴露一滴不剩，只要瓶還在，就可以到安麗退得全款。這制度在美國施行了很久。一直是安麗公司的信譽和品牌象徵，退款率微乎其微，安麗產品是優質的。

　　然而在中國，精明的國人很快以「特色」方式震撼了美國人；很多中國人回家把剛買的安麗洗碗劑、洗衣液倒出一半留用，再用半空的瓶子、甚至全空的瓶子去求全額退款。剛開業不久的安麗公司，每天清晨門口排起退款的長隊，絡繹不絕。一時間，令安麗的美國人大吃一驚，美國人怎麼也搞不明白，擁有半個世紀行銷經驗和完整制度的安麗公司，在西方實行一直良好。為何到了中國竟然遭遇如此數量巨大的退貨？真的是產品品質不好嗎？

　　但由於承諾在先，安麗頂著每天巨大虧損，且出現令人奇怪事；一方面銷量急劇上升，大大超過預期。另一方面又是越來越多退貨，最後竟然每天退款達 100 萬元，終於讓安麗吃不消了，安麗在中國的制度進行修改；產品用完一半，只能退款一半、全部用完，不能退款。自此，安麗改變了銷售模式，領悟了「中國特色」出現水土不服。這事世稱為「安麗退貨門事件」。

　　菲傭伊萬傑琳到 2011 年已住港 25 年，按法律可為永久居民。但菲傭申請被拒，菲傭上告法院，結果勝訴，但港府

拒絕實行。80％的港民也反對菲傭留居。相比之下，美國有
1000萬偷渡外籍人員，歐巴馬竟提出立法給綠卡。西歐法、
德、英、意等國均接納大量移民和難民，僅法國就有500萬，
占總人口10％以上，且接二連三製造騷亂。2005年燒掠巴黎
就是一例。美國能接納1000萬，法國能接納500萬，香港卻
不能留區區一人，反差非常明顯。

前10多年，有徐工凱雷收購案、達能娃哈哈並購案、高
盛並購雙匯國有股案、新加坡豐隆集團購新飛電器股權案、德
國舍弗勒將並購洛軸等等，無論是將購或已購國內企業，國人
均沸沸揚揚，反對國外並購中企，理由是有損國家利益。貴州
貞豐和雲南兩金礦被澳大利亞和加拿大控股，中央電視臺「經
濟半小時」稱「將威脅到經濟安全」。徐工凱雷案稱是「外貿
威脅」。經商務部澄清方平息。

內外相比，國人並購外企多不勝數，但國外竟無一人喊
「威脅」。

2012年2月22日，成都商報稱溫州商人林春平購買美國
大西洋銀行，更名為「新滙豐銀行」。有意思是，林在國內絕
不可能購買銀行。

2010年3月29日聯合早報網稱，浙江吉利集團以18億
美元收購美在瑞典開辦的富豪轎車公司，富豪轎車與徐工機械
廠相比，前者的軍事技術含量遠遠比後者多得多，但美無半句
「威脅」的話。

至2011年止，中國境外企業超1.5萬家，分佈177個國
家，直接投資2588億美元，企業總資產達一萬億美元，國企
占一半。

由於我國對外投資和貿易，至2011年止，中國有外匯儲
備達3.2萬億美元，居世界前列。

政治意識形態性自私：

又是國人的一大特色，表現是：深圳是開放城市，管理方

將路碑標上中英兩種文字，結果招來「賣國」攻擊。國人學英語，本是語言範圍，經引進意識形態就變味了。我國不少高官和名教授都先後站出來對學英語有非議。稱強化學英語，會使「母語文化衰微和英語的霸權」。這麼多的名人對學習英語有微詞，其背後預示政治的自私。令人吃驚是；所講的母語衰微僅僅指官方言，而其它母語則不提衰微了，厚此薄彼涇渭分明。

外國人不僅有學漢語，我國還自費在世界各國建孔子學院上千所，卻沒有「漢語霸權」的提法，我們卻對外語處處審視細微。

用比較觀極易辨明。韓國也是個封建意識悠久的國家，但進步卻快。2006 年 6 月 7 日「女子文摘」載該國坡州城居民全是韓國人，但鎮裡只准講英語，使用韓語屬非法，犯法雖不懲罰，但人人遵守。

類似坡州的英語城，在韓國有 10 個，目的減少海外求學人數，韓國建英語城並無「賣國」之憂，也無極左派評擊，深圳的中英路碑卻受發難，意識形態的敏感性一目了然。

柏楊的《醜陋的中國人》一書面市後，一些人大為憤慨，其家鄉人河南輝縣也拒絕為他立碑。同期日本人池原衛也寫一本專揭韓國人的醜陋，書售竟達數十萬冊，並成韓國當年暢銷書，居排行榜榜首。池本人也收到 70 多次請他去「罵韓國人」的演講邀請。但池拒絕，柏楊受臭罵，池原衛受捧，一貶一褒。再次彰顯意識形態的不同，誰對中國揭短，其下場將是可悲，這已是無數事例所證實。（詳見解放日報）。

自私實是愚昧結的果，弊病很多：

1. 萬惡之源。社會一切負性醜陋現象，其根幾乎源在自私，所以，國家和社會的真善美醜，進步或落後，以社會的自私多或少來衡量不失為一條有效的標準內容。自私已成人類一條公害。自私存在於國家，則有你爭我奪，為領土、為資源、為形象爭得不可開交、日本和韓國就因爭竹島（韓國稱獨島）大鬧翻臉，該島由 34 個岩礁和兩個小島組成，總面積僅 18.6

平方公里，卻因自私和榮譽無法平息爭執。自私存於民族間，就有我優你劣、求同伐異、華尊夷卑出現，如果我們統計歷史的華夷關係，多是征剿、進貢、內附、教化、置郡縣等為內容，僅以廣西碑刻為例，所有的石刻，大部與征剿有關，如重要的16 處碑，記征剿功就占 13 處，包括有：

「平蠻碑」（唐），記征剿西原蠻。

「平蠻碑」（唐，韓雲卿），記平壯族首領潘長安一事。

「大宋平蠻碑」（宋），記狄青軍功。

「平蠻三將題名「（宋），記狄青三將軍軍功。

「紀功碑」（明），記征剿大藤峽瑤壯起義。

「瘞宜賊首級記「（宋），記殺「宜山賊」1494 人剁成肉漿一事。

「平蠻碑」（明），記征剿紅水河八寨軍功。

「平蠻碑」（明），記剿融水蠻。

「平思田勒石碑」（明），記剿田州蠻。

自私存於百姓，就有拐、騙、偷、搶等等。總之，自私給人類帶來動亂和苦難。造成民風頹廢、道德淪落。

2. 催生權力異化；權力有多種定義和多種本質的詮釋，有認為權力是集體賦予領導主體支配公共價值資源份額的一種資格，其本質有認為是資源的佔有和支配。權力分國家權力（公權）和社會權力（私權和共權）。本來，權力的原義是百姓授予，替百姓辦事，這就是人民公僕的來源。遺憾是，當自私潛入權力後，權力性質大改，公僕變成主人，主人成僕人。百姓對官僅能維維諾諾，不敢有個不字。由於權力變成私有，並占社會最大的資源。出現人人爭官、個個敬官、官官相護，官被提到全社會的金字塔頂。也是說，自私催生官本位制，催生集權制，這也是自私最大的敗局。官本位制在後面另有補充。

3. 國衰民弱之源。自私就是利我，人稱是「拔一毛利天下而不為」，既然一切為我，就不存在真理和責任、不講奉獻，不講愛民族愛人民，也是說沒有信仰，缺少信仰當然不會關心愛護民族和人民。變成「國事、民事、天下事，關我屁事」，歷代王朝進剿夷蠻，絕大部分都用土兵。「以夷制夷」的權術之所以得逞，很大原因就是夷蠻自身缺信仰缺真理，變成有奶就是娘，這就是國衰民弱的根源之一。

4. 民族母語受創之源。民族和母語受創之因是系「存同伐異」的自私狹隘天性造成，認為不同文化和思想會損害自己利益，因而千方百計化異為同，推行同化，限制方言和母語發展，使民族和方言受損。詳見有關章節介紹。

5. 專制之源，出現權力壟斷。自私旨在戀權、戀利、戀榮譽，並實行權力壟斷，將財富資源、社會資源、人力資源和精神資源占為己有。那麼，由私欲建立起來的社會體制，必然是選擇強權專制才能確保私欲的要求。絕不允許存「說三道四」損害陰私利益。專制有關內容可參考上節介紹。

6. 權術氾濫和信仰危機。負性文化以私販賣其奸，使普世價值和奸私形成悖論，人們無法解釋眼前的倡民主但又不給講政府缺陷，倡學術自由又有圍剿不同政見，無數的現實矛盾讓人們萬分迷茫，利益權貴者無法解釋時又以權術來擺平，出現發展權取代人權公決權，出現營養性死亡取代非正常死亡。教育主體不是循真理事實教育而是效利益教育，老百姓身感生活在自私的權術空間，缺少講真理講誠信的溫暖，有人以滑稽口吻說;「什麼都假，連老婆都不例外」。社會缺少真理支撐力，國家的魅力和號召力就大大削弱了，這就是以理治國和以術治國的區別和不同的結果。

我們不妨舉俄羅斯政變來說明不同治國的結果差異；前蘇聯效權術治國，很講究權術，大造輿論、禁言禁行是常用的手段。前蘇聯有一歌曲的歌詞是「我們的國家多麼遼闊廣大……可以自由呼吸」，歌詞把前蘇聯描繪成世界上最美好的國家，諷刺是，1991 年 8.19 保守派發動政變時，儘管參加的人員有

副總統、總理、國防副主席、國防部長、內務部長、國家安全委員會主席等要員，發表「告蘇聯人民書」，並調動軍隊、禁止罷工和遊行、只准真理報等 9 家發行，政變勢力貌似非常強大，改革派葉利欽僅僅幾聲號召反對，莫斯科市民紛紛響應自動參與遊行罷工，軍人拒絕鎮壓群眾，三天后政變失敗。號稱美好的國家卻得不到人民支持。正因為追求權術，不尚科學事實和真理，社會失去誠信、百姓看破了紅塵，出現什麼都不信，這就是信仰危機的根。所以說，權術僅僅是耍小聰明，是短見的治標不治本愚昧舉措，於理、於社會、於長治久安，均是一劑腐蝕劑。

總之，自私的敗筆在於：（1）信仰危機，誠信缺失。戀權本身就是「名不正、言不順」的政治。卻要借權術打扮成偽君子，要扮成「神聖」，只好借助詭騙、謊言、打壓等手段，給自己打扮加分，這種陽奉陰違必然釀成信仰誠信危機。(2)權術汜濫，自私者要維權維利，又只能借權術來擺平，變成上樑不正下樑歪。各路諸侯和百姓也跟著學，結果全社會講權術、社會正氣衰、邪氣旺，國家的號召力降低了。國家走向衰敗。(3)腐朽難絕，自私旨在爭分蛋糕，但蛋糕量是一定，如果每個人都想多分，別人就少分，解決辦法是拳頭刀槍相見，變成了一個王朝代替另一個王朝，但始終總不能克服自私，矛盾依然存在，變成了「沒完沒了的階級鬥爭」。

其實，自私是人類的誤區，自私是存不盈性規律，我們不妨從現實來說明。

在球場看球，開始人人坐下看都滿意，後來，一人為了更看清楚，便站起來看，後面的人被擋也紛紛站起來，結果，所有觀看的人都站著看，站著和坐著看都一樣清楚，但付出是疲勞。

國人的自私源遠流長，要揭我國的自私，會傷國人的面子，而要糾正自私，更是有一段很長的路要走。說國人自私濃，相信會有人異議，濃與不濃，僅僅作前後左右比較即一目了然：

（1）印度將英語當成官方語言。

（2）美國有私槍近 3 億支。

（3）德國在 2015 年接受難民 100 萬人。

（4）黑人歐巴馬當上美國總統。

（5）蘇格蘭 { 英 }、魁北克 { 加 } 能有獨立公投。

（6）日本井上清歷史教授著文稱釣魚島屬中國（1972 年）

（7）美國幾乎天天有人上街遊行示威。

　　英國的蘇格蘭、加拿大的魁北克等地允許獨立公投、利比亞的賈利勒推翻卡紮菲後棄功而去、德國能接納百萬不同宗教不同民族難民等等，我們能做到嗎？

　　以上幾點，我們能允許或做到嗎？若答案是「不」，其原因又是什麼？

第三節 虛榮文化與追求攀附

虛榮尚包括虛假、虛偽。虛榮是人類的普通心理狀態，心理學認為是一種過分追求扭曲的自尊心，是性格缺陷和不正常的社會情感。

虛榮僅是現象，但它滲透並影響人類思想和行為後，虛榮則上升為一種文化。

虛榮的本質就是人類自私的延伸，即其基根是自私和扭曲的心理。虛榮產生的原因；一是利益，一是榮譽，一是愚昧。李世民稱是隴西李，顯然是為了利益；隋煬帝大擺百戲，圖的是榮譽；閩人爭當「衣冠八族」，當是愚昧無知了。虛榮使每朝皇帝追求國強疆大，四夷朝貢不斷。使每個人都為死要面子渾身解數。光宗耀祖、衣錦還鄉及出人頭地等等成了最高的追求。

虛榮是由四大要素支撐的；一是天性的自尊心理，每個人都有為面子渾身解數欲多占情感的蛋糕。二是社會競爭失衡，產生強弱尊卑；三是形象思維膨脹；四是缺理性產生心理扭曲，扭曲是一種病態，總是為取得榮譽和引起普遍注意而表現的一種不正常的社會情感。竭力追慕浮華，以掩蓋心理上的殘疾。

論自尊天性，是與天俱來。俗語稱：「人活一張臉，樹活一張皮」，「死要面子」是國人一道風景線，名人林語堂稱「面子、命運和人情為統治中國的三女神」（人情後改恩典）。外國學者德芬也說：「對中國人大部分行為、態度的分析，窮極到一點就是『面子』，那不可思議的感受性、隱秘性，平素被謙讓掩蓋著的，根源於極度虛榮的、病態的功利主義」。這樣，自尊天性決定了虛榮。

論競爭失衡，是社會利益配置循優勝劣汰，結果出現強弱對立群體。當有病態心理的弱者競爭失敗後、低智無能的小人畸形心態得以淋漓盡致的表現出來，為彌補失去這部分，失敗者總是尋求一種虛擬符號來安撫自己。以達到補償心靈的平

衡。這補償就是虛榮，這就是人們常說的「打腫臉充胖子」。其背後掩蓋著是自卑和心虛等深層心理缺陷，這樣，失敗者謊稱俺家祖籍是山東也成沒完沒了的虛擬炫耀。競爭失衡成了虛榮的沃土。

形象思維是最常見病症，虛榮志在滿足感官，無須引入深層理性認識，與形象思維不謀而合。這就是小孩愛聽「寶寶乖」的原因。

論心理扭曲，是弱者選擇補償心靈的種種方式；一是有弱勢攀附強勢圖生存現象，因存有強凌弱，為生存閩人說是「衣冠八姓」，客家人說是「中原南遷」，否則他們就會被稱為「化外」的蠻人，他們不僅要受侵凌，也遠遠超過閩人客家人面子的承受力。披著中原的虎皮需求就成常態。一是出現虛假民風，有李世民稱祖上是李耳後、孔祥熙是孔子後等等。

榮譽在現實生活中有淋漓盡致的反映，國人取名字均是求光環耀眼，取好絕不取次。廈門戶籍人口 138 萬，男人取「志強」有 2293 人，其依次是：志堅、國強、志明等，女姓最多是美麗，有 2275 人，其後依次是：麗華、麗美、麗珍等。都在千人以上。在北京、廣州市也一樣。北京同名同姓前 10 名是：張偉 59275 人，次是王偉、李偉、劉偉，均在 4 萬人以上，廣州同名同姓前 10 名是：陳志強 1147 人，次是李志強、陳偉強、陳俊傑均在 700 人以上。從起名字來分析，名字都好聽，且品位高尚，離不開報國愛民的傾向，提示國民追求真理，熱愛民族比比皆是。誠然一旦回歸現實，無論是起名的作俑者，或是當事人，多持「各人自掃門前雪，莫管他家瓦上霜」了。使講和做相距千里，這就是國人的虛偽。

虛榮的歷史已很悠久，在隋代大業 6 年，隋煬帝為了炫耀富足，在都城洛陽大擺百戲，戲場方圍 5000 步，樂隊達 1800 人，為裝飾市容，城內外的樹木都用絲帛纏繞，令商人必穿華麗衣服。為顯東方大國，凡西域商人進酒店，令店主必須熱情招待，醉飽出門不許收取分文，還得說：「中國豐饒，酒飯一律不要錢。」

　　唐代，一和尚問李世民是那個地方的李，唐皇答是隴西李，為李耳後。和尚卻說他是拓拔達闍的李，和尚講的是有根據的。唐皇講是隴西李顯然是為利益，隴西李是名門後，地位高，號召力也強，若是拓拔達闍李，為鮮卑人後，不僅地位低賤，也失去國人的支持。中國絕不能讓外族人統治。唐皇為了利益當然不敢認這門親。

　　國人的虛榮主要是要面子不求人格真理，1915年袁世凱制定國歌，歌詞有「華胄從來昆侖顛」一詞，意是我祖也是西方人，不是東方劣等民族；南方群體也有「祖籍中原」，示我不是「老土」；平民百姓家在上海蘇州，也以「阿拉」為榮。國人重面子是舉世聞名的。

　　虛榮也有諸多的特點：

　　1.有名人助威。漢武帝開疆平越。在山西出巡時聽到平越大捷，就把巡地改為「聞喜縣」，後來漢軍又俘獲南越大官呂嘉，又把另一地改為「獲嘉縣」。

　　2.有虛榮配套工程。為了推崇虛榮文化，又釀造其它助威文化，如楹聯文化、官服飾文化、八股文、駢體文、絕句、文言文、京劇、越劇、鑼鼓文化、鞭炮文化、舞龍文化等等，這些助威文化的特點是實用有限，張揚大無邊，如對聯，絕不是辛酸淚水，而是福祿偉績。官服一看就認出幾品官。象棋中車、馬、炮可以橫衝直撞，小卒小兵只能向前走一步。八股文、駢體文、絕句，只求絕美華麗，表達力就居次了，這些配套工程出籠，改變了人的心態。如京劇武生出場，是飛眉擠眼，腿一擺，手一揚，十分氣派。世間那些得意的官人，不也是學著撫摸鬍子，用鼻子嗡嗡答人嗎？

　　3.有國學文化張揚。國學文化很多，主要指修史、修方志、修族譜、立祠堂等，這是中國的特產，也是制夷揚華最主要手段。凡正史，少不了華尊夷卑、開疆拓土，意在壯國威，方志重在沿革和八景，建制愈久愈張揚天下，八景愈多愈顯地靈人傑。族譜和祠堂更神了，祖上有名人，祠堂有祖訓，這個家族

格外榮耀。人們為何供中原為宗，實質就是不讓外人看不起，我祖也是豪門的。

4.有一套理論體系。先賢孔子倡禮、樂、仁，志在君君、臣臣、父父、子子等，這理論被封建帝皇相中。漢董仲舒深諳此理，提出「獨尊儒術，廢百家」的一統思想主張。到宋代，程朱理學以儒學為中心，把三綱五常推上神壇，這樣，尊卑貴賤得進一步強化。以和親為例，堂堂的盛世漢唐尚有公主遠嫁遊牧民族。宋和明雖是弱朝，卻沒有和親政策了。這都是受程朱理學和「華夷之辯」影響的結果。南北朝時，北方胡人也選拔漢士族為官，士族多是輕視胡人或不買帳。有個胡人大官的女嫁給漢人，臨出嫁前母親就吩咐女兒要學禮，以免被漢人取笑。

人們追求虛榮，是由虛榮本身固有的作用決定的：

1.威懾作用。虛榮是崇拜權、名和榮譽定貴賤，貴者高高在上有威，卑者灰溜溜做人。亮出高貴牌不僅滿足虛榮，也有鎮懾作用。劉邦是貧民出身，文化又低，當皇后仍習慣與手下你爭我吵，使威信不存。有個叔孫通告訴他：皇上，如今你當了皇，不講尊卑貴賤怎麼成？我來幫你造個規矩，保準你取得絕對權威。

定什麼規矩？就是朝儀，每當劉邦一出現，面前的人呼啦滿地跪著，劉邦感歎道：「今天才知道當了皇帝原來是這樣尊貴。」

有古諺言：「山不在高，有仙則名，水不在深，有龍則靈。」國人由於愚化的薰陶，據印象不憑事實已是常態，而數千年來倡導的「華尊夷卑」、「華夏中心」不僅具「先聲奪人」的魔力功效，也有潛移默化的功能。一提到華夏、蠻夷早已羞恥無地自容。

廣西的土人平話人應是土著人，都講自已方言母語，解放前都稱是漢族，土人人數較多，地位略高，平話人只居鄉村，土人則居鄉村或小鎮，瑤人居大山。解放後土人改為壯族，平

話人依舊歸漢，民族成分的變化使得平話人處處以老大自詡，土人則屈居當小二，帽子的份量道出有虛榮和威懾的音符。

從匈奴、鮮卑、元蒙到滿人，個個都是呼風喚雨問鼎中原的主人，到頭來都敗在僕人的虛榮這把軟刀子，自愧夷是卑，於是揚棄母語，學起官腔，擠進「炎黃」隊伍為榮，可以這樣說，中國史上有敗而不亡，實得益於築起虛榮的「仰慕華風」這道長城擋住了外族大刀長矛，這就是虛榮的威懾魔力。

2. 榮譽作用。國人爭名人籍、名地，已是爭得不可開交。肖山和諸暨爭西施故里，山西芮城和廣西容縣爭楊貴妃故里，陝西耀縣和山西永濟爭柳公權故里，此外，尚有焦作、寶雞、湖南炎陵爭炎帝故里，山西運城、湖南寧遠爭舜帝故里，而伏羲故里則由天水、河南周口相爭，南陽和襄陽則爭諸葛亮寶地。湖南桃花縣和重慶酉陽爭桃花源。爭香格里拉最多，有雲南迪慶、麗江、四川稻城，最後由中央出面定中甸縣，改為香格里拉縣，連小說的西門慶，神話中的女媧，都有相爭，其中女媧故里有湖北竹山、河北涉縣、陝西天水、山西長治等六處相爭。

南方群體本來是敗北民族，歷來被中原視為「夷蠻」的小二。南北人在一起，總有北人盛氣凌人，南人惶惶恐恐。自宋之後，南人崛起，為擺脫這段不愉快的辛酸歷史，抬出「祖籍中原」便應運而生，統治者能獲認同感也膽然放心，而南人獲一名份則心花怒放，彼此各有所得而大悅。這就是榮譽的作用。

爭名人籍、爭名地，已是中國虛榮獨特的一道風景線。

3. 蒙蔽麻醉作用。這是虛榮最重要的作用，封建權貴者為追求維護權力的籬笆常常是塊心病，虛榮恰恰有擔當護權籬笆的作用，因為虛榮把權力、財富及榮譽當成人類最高的聖品和最大追求，權力、財富和榮譽被無限拔高和崇拜。且把擁有這些的多或少視為身份的高低貴賤，並將身份等級政治化。這樣，變成高貴者治人，低層者治於人。虛榮把弱勢群體訓為百依百順的羊羔，又是弱勢群體的毒麻藥。滿人鮮卑人被灌上虛榮迷魂湯後，便改為漢語漢服，統治者護權護利目的得以實現。所

以，林語堂說面子是統治中國的「三女神」之一，是非常切貼。

4. 功利和征服作用。虛榮文化能給強者帶來趾高氣揚、呼風喚雨的神功，對弱者則是一劑毒麻劑和傷心丸，使弱者灰溜溜夾尾巴做人，失去自信和人格，只有獻媚絕無抗爭。歷史上雖有匈奴人、鮮卑人、元蒙人，滿清人先後入主中原，但遊牧民族到黃河邊後，見到放鞭炮、敲鑼打鼓、迷眼楹聯、傲慢京劇所陶醉或折服。再加史書、方志、族譜的輪番轟炸，除羨慕新奇之外，更多是崇拜和攀附。弱者攀附強者後仿佛能提高其地位，也滿足了虛榮、恰恰也是這一點，墜入封建統治者設下的陷阱——我是你恩人。這就是虛榮絕筆所在。史雖有胡人多次入主中原，但因漢文化依然固如泰山，靠這把虛榮軟刀子擋住了胡人的大刀弓箭，把入主的胡人打得七零八落，轉敗為勝。借助虛榮鞏固帝王大業永世不衰。這就是虛榮文化的奧妙所在。用魯迅的話表達，是阿Q精神勝利法的結果。

其他的夷蠻人命運也是大同小異，如開封的猶太人，泉州、廣州的阿拉伯人，被虛榮擊敗後，已是無影無蹤，只能從姓氏略見影子。如肇姓、郎姓、金姓、蒲姓、撒姓等。虛榮對南方群體更有神效，由於尊卑貴賤的狂轟濫炸，其結果不僅產生對權貴神聖崇拜，也勾起虛無主義和自卑心態。這樣，無法樹起競爭大旗擠進民族之林，南方群體恥為蠻人，恥講蠻話，一心追求攀附，實是虛榮的功利作用。是被封建權貴勾進設下的虛榮陷阱。可以這樣斷言；今天的母語衰微，其深層的主因是虛榮文化滋生。母語衰微又是虛榮文化給人類帶來最大的禍害！

虛榮宛如看不見的賭場陷阱，弱勢群體無法與強勢群體攀比，虛榮火愈旺，弱勢群體輸愈多，而強勢群體贏愈大，這就是虛榮對鞏固權貴者權力最大的貢獻。

虛榮的害處是：

一是社會不平等之因；海南臨高人，在討論民族識別時就說：劃為少數民族好是好，但年青人談戀愛就難了。時至今日，

少數民族地區男子光棍漢比比皆是，當漢人和少數民族同時愛一個女子時，如果後者沒有絕對的優勢，肯定是情場失敗者。少數民族姑娘也能嫁給外地人為榮。虛榮也使人痛苦不堪。有一廣西壯人出差上海，閒聊中有人問他是哪裡人，他竟回答我是廣西，但不是壯人。顯然，虛榮的毒瘤是多麼嚴峻。當虛榮氾濫成災時，民族就衰敗，社會就沒落。當然，封建權貴者也獲暫時的實惠。原因是虛榮的追求離不開權力、財富和名譽。虛榮把這些追求當成核心價值並無限拔高放大視為聖品而崇拜。全社會既然以權力、財富和名譽為價值取向，弱勢群體是無權、無財、無名。但社會又盛行燒虛榮大火，弱勢群體心理便產生失衡並發生扭曲，出現屈居甘當小二。另一方面，弱勢群體無法與強勢群體攀比，且處處受強勢群體歧視，於是產生自卑自悲心態，只好借助虛榮安撫自己的空虛。虛榮成了畫餅充饑。

二是民族和母語意識蒸發：民族和母語的意識存在靠自身文化信仰維繫，而虛榮恰恰是嫌貧愛富、慕尊輕卑淡化了固有的文化信仰。中原南遷、狄青後裔，楊貴妃故里等等即是攀附虛榮的出籠，意是我們也是一等品自居，目的與強勢群體爭個平起平坐。一旦中原南遷概念形成，就有歸宗認祖、認乾爹出現，自認自己是堂堂正正中原正品。當然就不買俚語俚俗的賬，棄母語攀雅語和不愛家鄉成了時髦。這點是母語衰微的根和虛榮的征服心靈原理。今侗壯民族就有講雅語是高貴講母語是醜陋，解放前初，有人當了幾年兵回鄉後稱不會講母語，這使富有母語感的父親火了，就從屋裡拿出一把斧頭要向兒子砍過去，兒子慌了，急忙用母語講向父親求饒，這出虛榮戲成了街頭巷尾的笑料。

三是扭曲了人的心靈：虛榮不是以真理、真情、信仰和自尊等正能量為崇拜，而是以權力、財富和名譽作攀比並以此定貴賤尊卑，追求攀附的原理就在這裡。

四是是非不清，美醜不明。虛榮是以滿足感官刺激為參照物，即排除了理性的追求，結果極少有分析、有反省，使致

產生誤判。日本對臺灣的得或失，烏克蘭和俄羅斯對克什米亞的誰是誰非，顯然絕非十分重要。絕不因擁有臺灣或克什米亞而強大，而富足。事實上雙方僅僅求虛榮美名，而奪到的這塊地有何益處，則不重要了，重要是榮譽。誠然，古今中外卻因開疆帶來讚美聲的同時，是葬送了千千萬萬條生命釀成流血成河。這就是世人只懂拍腦袋卻不善思考而致。

　　五是社會誠信下降；每個人都在求虛榮，但虛榮與現實存在供求矛盾，因而只好編造「祖籍中原」，社會真話少了，誠信也少了。

第四節 張揚文化與混淆是非

張揚有宣揚，聲張意義，可延伸為輕狂，與外傳、外揚、誇張等詞近似。我們所稱是其廣義，主要是指宣傳和輕狂，所討論的也主要是宣傳。

宣傳有正性和負性兩種，前者旨在提供資訊，沒有利益傾向，如氣象報告。後者利益傾向很濃，如政治宣傳、商業宣傳。

張揚形成的原因主要有三大基礎；一是人的天性、二是社會不透明性、三是人的自私性。

因為天性，使有戀渲染表像傾向，是看鬧熱而不看門道，另一天性是心理惰性，出現「謊言重複一千遍是真理」，因此權術者總是鍾情於大呼隆、喋喋不休反復張揚。張揚和虛榮相似，屬扭曲的病態心理。虛榮文化是通過內心感染而影響人心，而張揚文化則借助感官影響人的心靈，虛榮和張揚構成一表一裡，表裡結合征服人心。

因為社會資訊不透明，百姓弄不清上帝的葫蘆裝什麼藥，也不明伊朗是不是研製原子彈。於是人人總是猜，各種版本的張揚便滿天飛了，資訊不透明恰恰又是為陰私者提供「是當非，非當是」的孵化器。

因為自私，宣傳的每一點符號都印上私字；人們常說「酒香不怕巷子深」，如果是酒香，用不著打鑼打鼓了，因為酒不香，就用張揚來補償，強迫表演者扭擺屁股揮手臂打鑼打鼓．張揚使既得利益者受益，張楊成了追求陰私的重要手段，缺少宣傳張揚陰私者便寸步難行。尤其是極權社會，其理是；極權是求私利（權力），求私利是依賴權術，權術又依賴張揚，正如孵蛋離不開溫度。張揚離不開拔高自已、低貶別人、歪曲是非、捏造事實和張揚歪理歪論等等。如果不這樣做，就無法掩蓋卞庭慘案和上世紀 30 年代瓜分波蘭。因此，如果我們打開電視新聞作對比，會發現集權國家報導薩達姆的成就滿天飛，民主國家報導薩達姆則寥寥數句。宣傳張揚是極權體制和民主制鑒

別的金標準之一。

　　張揚形成的機理主要是思維方式決定，張揚是感官的對象，也是形象思維的敏感區，就是說，國人的張揚心態形成實是人類低級思維——形象思維的具體表現。當形象思維膨脹時，人們不能看到深一層，只好在表面做文章，以表面的一言一語作感官刺激，通過大宣傳，達到求私利目的。張揚形成另一基礎是人的心理特徵，心理有首因效應、從眾效應、光環效應等，這些效應實質就是依賴感官印象而存在。因為依賴感官，就有以第一印象為主、人云亦云為主、以我成見為主，缺少邏輯辯證思維。故低級思維和心理特徵是張揚的物質基礎。由形象思維和心理特徵共同支撐張揚達到陰私目的。

　　張揚的陰私表現很多，主要有：

　　一戰後就有一「宣傳分析研究所」學術機構成立（1937年），並出版《宣傳的藝術》一書。該書就訂有宣傳七法：包括辱罵法、轉移法、洗牌作弊及樂隊花車法等。所謂樂隊花車，就是通過敲鑼打鼓激勵氣氛。

　　二戰後出現兩大社會陣營，宣傳更成重頭戲，宣傳成了第二支國防軍。

　　國人自私虛榮濃、張揚文化更濃。故張揚文化的地位在世界是罕見的。歷代王朝皆將張揚奉為聖器。有人將中國描繪是「中國也，天下之中心之國也，海內之居中之國也。」所以，皇帝不但要「蒞中國」，而且要「撫四夷」，使之「遐邇一體」。

　　又說「天下有三生靈，華夏、夷狄、禽獸，華夏最開化，次是夷狄，禽獸則完全未開化。」

　　大文學家韓愈則說「人者，夷狄禽獸之主也。」

　　近代，國人視歐美洋人稱是「紅毛蕃」，意是鄙視，故反對「洋務」，反對「師夷之長」，以鄧實等人為代表的晚清「國粹主義」最典型，稱「國粹亡則國亡」。「清流」人物張佩倫大談「忠義報國」。大罵李鴻章是賣國。張被派去與洋人打仗，

結果，南洋海軍全覆沒。張本人也倉惶逃命。這就是對張揚文化的一大諷刺。

張揚表現的形式很多，如上文所提的修史、方志、族譜、祠堂、楹聯文化、鞭炮文化、舞龍舞獅文化、棋弈文化、京戲等等，通過大宣傳，敲鑼打鼓，志在製造氣氛，旨在壓制對方，抬高自己，都是圍繞尊卑貴賤而張揚。

張揚的廣泛存在與其固有的特點分不開的，張揚的主要特點是：

其一，利益性；張楊的存在與利益關係很大，那裡有追求利益強烈，就有張揚需求最強烈。專制體制視權為私有，將利益為最大化，因此，專制體制社會的宣傳遠遠比民主制社會多得多，宣傳的多少是專制社會和民主社會的區別點之一。

其二，傾向性；宣傳作為追求利益的手段，就決定宣傳帶上強烈的政治和利益色彩。尤其是政治，常常把宣傳當成治國安邦、鞏固政權的有效武器。大凡強權專制社會，都有強化意識形態傾向，尤其是利益衝突利害時，宣傳就登場了。由於宣傳有傾向性和利益性特點，宣傳在專制社會特別重視，存在龐大的政治機構，眾多的政工人員，存在研究多、從業人員多，研究的方法也多，因此專制社會都設有非常強大的宣傳機構，負責意識形態的管理和宣傳工作。前蘇聯負責意識形態是蘇聯主要領導人之一的蘇斯洛夫，各地均設宣傳機構，直致車間、班組都有政治指導員。從上而下有統一內容，統一方法，統一行動。在前蘇聯，對外都是用同一聲音說話。這些事例說明宣傳在專制社會作用巨大。

其三，非理性；權力和利益的誘惑，使每個封建統治者渾身解數朝這目標進發，為了目標必然存在不擇手段，於是權術就成了手段的光環，宣傳作為權術的主要骨架，就染上權術不擇手段的基因；大凡政治宣傳，普遍存在掩蓋、曲解、捏造等傾向，不講真理、不尊重事實、不尊重公民權利。奉行欲加之罪，何須之理。能做到客觀公正不多。如秦代中原人南遷一事，

史記是「以謫徙民，與越雜處十三歲。」到南北朝徐廣和清人
梁廷楠，改稱有 50 萬人南遷。梁謂「謫有罪者 50 萬徙居焉」。
岳飛抗金，在遼史和金史皆稱嶽飛是小勝。而宋史稱是大勝，
嶽飛的地位就不尋常。張揚的非理性尚可從下面事實反映，如
果我們翻開阿爾巴尼亞報紙，要找 50 年代蘇聯負性政治性新
聞或美國的正性新聞，簡直難如登天。但到六十年代，還是原
來的國家，原來的體制，原來的當權者。載蘇聯的新聞幾乎全
是負性。由正變負，顯然與傾向性有關。為追逐經濟效益，假
廣告、假宣傳遍地可見。因為宣傳的非理性傾向。經長年反復
宣傳，可出現白是黑、黑是白的結果。專制國家為何將宣傳媒
體收歸國有，看中就是宣傳的功利性。

　　其四，迷惑性；宣傳的迷惑性是人類心理效應決定，因為
首因效應，即激起第一印象並深信無疑；因光環效應可產生有
情眼睛出西施，出現偏聽偏信；因從眾心理形成「十人指鹿為
馬是馬」，加之壟斷強化宣傳。「謊言重複一千遍成真理」就
得以形成。當「中原南遷論」日復一日宣傳時，認同性已深入
每個人的精髓，任何確鑿事實和道理，直致炸藥炸、雷電劈，
絕無改變人的「祖籍中原」信念。宣傳的迷感威力確是大無邊，
這也是封建權貴者鍾情宣傳的秘奧。

　　張揚的迷惑性最大的功績是鞏固社會作用；我國封建體制
能屹立數千年，其奧妙是創造了世界奇蹟一代接一代如接力跑
那樣不間斷寫史志，志書像巨輪那樣將封建的一統思想、等級
思想、虛榮思想、權術思想等運載到各個時代，左右和支配人
們的靈魂，從而使有唯我獨尊、唯我獨是。獨尊和獨是令歷朝
皇帝均不敢對祖訓和疆域怠慢。故世襲制和疆域大一統得以數
千年廟火不斷飄香。

　　其五，威懾性。張揚的目的是利益，為了利益自然排除理
性，使誇張、美化、歌功頌德、虛假、恫嚇等等手段就出籠，
以古代用兵為例，為了張揚恫嚇，出兵數字的誇大不勝枚舉；
有人考證，曹操 80 萬大軍征江南，實不超 20 萬，春秋戰國
期動不動就號稱帶甲上十上百萬，如秦、楚帶甲百萬，魏帶甲

30 萬，韓帶甲 20 萬等等，戰國期總人口約 1500 萬，兵員動員率一般是 5％，故戰國期總兵員不超 100 萬，哪來的秦帶甲百萬呢？同理，明第一次征討努爾哈赤，帶兵不足 10 萬（內含朝鮮兵 1 萬多），竟說是 47 萬人，明土木堡之變，稱出兵 50 萬，實只有 17 萬，1766 年清乾隆派雲南總督楊應琚征緬甸，楊寫信給緬王稱是 50 萬大軍，實際僅僅 3000 個大頭兵，乾隆 53 年征尼泊爾，也把清兵吹噓是幾十萬大軍，實也是幾千人。以上說明，封建帝王為了利益大玩權術已是屢見不鮮，彰顯威儀謀取私利是歷代帝王慣用的手段。

從上面的張揚宣傳特點可知，宣傳的利益性、傾向性、非理性、迷惑性非常強烈，這正符合專制體制的需求，宣傳在專制國家被發揮淋漓盡致。視為治國良方。

張揚是陰私而存在，其利益性、非理性等特點又明顯，因而決定了很多弊病的產生，常見的弊病有；

張揚激勵感性思維：和其它文化一樣，張揚文化也是雙刃劍。張揚文化本身就是以感官為基礎、揚棄思維。修志、修族譜、立祠堂、楹聯、鞭炮、舞獅、棋弈等等都是沖感官而發，為感官而謀。今天是放鞭炮，明天是舞龍舞獅。後天在祠堂跪拜。沒有一件是激勵腦神經。久而久之，輕理性，重感性的次文化形成。中國歷史上科技難發展，哲學思想、邏輯文化不發達，與重感性分不開的。

張揚是摧毀誠信元兇：張揚文化是為權、利和榮譽而存在，特徵是把小當成大，把假當成真宣傳。否則，張揚就失去意義。但社會不講真理，不講事實，這個社會就由虛假充斥，而虛假社會是違背人類的遊戲規則。人人沒有信仰，沒有敬畏，沒有誠信，人類社會就無法運轉。每個人都闖紅燈，都不聽號令，都不敬業勤奮，僅僅靠權術和張揚，社會就衰敗。我國到 2010 年止，出逃國外的貪官達 5000 餘人，攜款達 5000 餘億元。而國內的貪官，有稱排隊隔一殺一，冤枉不了多少個，這句話雖誇張，卻含事實的。經反思，原因甚多，但教育不到點。宣傳有偏廢不失為重要原因。甚少報喜不報憂，重形式輕內容

是一大弊病。

張揚是製造是非的總根；宣傳的迷惑性是社會令人頭痛的「雞生蛋，蛋生雞」的主因之一，也是「祖籍中原」、民族母語冷漠症的元兇之一，宣傳能把好講成壞，把壞說成好，好壞不是依客歡公正來宣傳，而是依利益傾向取捨，因宣傳不客觀造成世人誤識誤判比比皆是，是社會矛盾和不和諧的發酵劑。

如何識別宣傳的迷惑，提高認識，是極重要的問題。

識別物件是人和事，因此離不開人和事是非判斷，判斷可參考二章五節 7 條原則和 6 條社會評判標準。其中是無私性和能言性兩點最簡化方便操作，秦始皇求權力謀私，不許百姓「亂說亂動」，與無私性和能言性相違。謂是千古一帝，實是政治引領，是迷惑需要。可悲是我們也跟著喊，國人識別能力可見一斑。

再以方言有害論觀點而言，觀點有利益背景，方言本質是傳遞資訊載體，是人類寶貴的文化遺產和群體歸屬及尊嚴的「徽章」，方言的存在能滿足方言群體的精神需求，其結果又是讓社會文化多姿多彩，促競爭、促進步。為了私利和統語言而扣上方言有害論，人類是非美醜不存在了。

如何鑒別宣傳是正性或負性宣傳？可以依宣傳特點判斷，負性宣傳特徵是；一是壟斷宣傳，不許「亂講」，也不許辯論。二是宣傳傾向強烈，只存我好他壞，絕無自己負面資訊。三是官方控制宣傳，民間不能辦報。四是宣傳空對空，只講大道理和口號，少講具體事實，更不講標準，形成模糊話由權威者定奪是非。依這些標準一一對照，則宣傳張楊的欺騙性不攻自破。

第五節 形象思維文化的弱智缺陷

　　人類社會最終的追求是改造社會，滿足需求。改造社會最重要的一環是認識社會，沒有認識，就談不上改造。認識是借助思維方式為前提，通過分析、綜合及判斷達到認識目的。離開正確思維方式，認識活動就受障礙。由此可知，思維決定認識、認識又決定思想、思想又左右人和社會的優劣。東方社會重專制，西方社會戀民主，其因是西方人有以人為本的思維，而東方人是以權以利為本的思維，思維不同，答案和結果就不同。西方人講究言論自由，東方人講究「維穩」。

　　思維是人類利用感官接受現象信號和利用大腦加工處理所接受的現象信號，從而發現和創造知識來引導行為的過程。也有稱思維是人腦對客觀現實作出概括和間接的認識，回答怎麼做，怎麼想；思維方式是思考問題的根本方法，回答解決問題模式化、程式化；感性思維和理性思維均是思維方式的一種手段。

　　人類思維分第一級分類和第二級分類。前者包括形象思維和概念性思維。後者包括抽象思維（邏輯思維）、科學具象思維和戰略思維等。形象思維的定義較多，通俗定義是用直觀形象和表像解決問題的思維。形象思維物件是看得見，回答反映是這樣。有稱是以感官感受為基礎的思維方式，靠自己的經驗和直覺，去思考和判斷，反映事物的個別屬性，個別事物及其外部的特徵和聯繫。特點是弧立片面、分散和敏感、概念模糊、思維模糊、認識模糊，是感性強理性弱。不究深層是非，屬低級思維。依定義，形象思維不應包括藝術思維。簡單說是用感官（眼、耳）代替大腦，美國科學家斯佩里研究表明；右腦長形象思維，有稱「藝術腦」、「創造腦」。左腦長邏輯思維，有稱「學術腦」、「意識腦」。

　　邏輯思維是一種建立在證據和邏輯推理基礎上的思維方式，靠已掌握的科學方法去思考和判斷，反映事物共同的、本

質的屬性，反映事物內在的、必然的聯繫。屬高級思維，物件是看不見摸不著，回答為什麼是這樣。形象思維和邏輯思維的區別有人是這樣表述：某人見一枝花，他一定會在心裡叫出形狀和顏色的名字，也就是符號。以直觀定符號就是形象思維。然後他再借助「上、下、左、右」的關係詞來推導得出符號之間的幾何位置關係的結論，這種無聲的「叫出」就是邏輯思維。兩者差異在：物件不同。一個是賴形象，一個是賴抽象；過程不同：兩者起點階段都相同，都是用感官觀察實際現象開始，但到後段不同；兩者對觀察到的實際現象的處理方式不同：前者僅僅將觀察到的實際現象記憶下來，沒有經大腦加工資訊。後者則對觀察到的實際現象進行壓縮處理，即資訊經大腦加工壓縮。壓縮處理的手段是判斷、概念和推理；結果不同：前者是表像直觀認識，後者是內在聯繫和本質的認識。簡而言之，邏輯思維和形象思維宛如農夫那樣都是耕作土地，一個用傳統的牛耕人鋤，另一個用現代化的拖拉機收割機。經營思想和經營技術不同，產生的經濟效益必然有差異。

正確認識需要邏輯思維，需要從現象到本質，多角度多層次給予剖析。而形象思維不是這樣，它以直覺感官為攝取認識的手段，排除分析、綜合、判斷及推理等思維方法。這像戀愛觀一樣，當感性思維支配時，只能以美求婚，以感官刺激量定性。缺少理性意識，人們以美貌、高大、地位、有房有車有存款作優選，而思想、智慧、才華和性格則屬次要，同理，當評判國家和政治家時，也是以國家的統一、武功的大小、開疆的成敗論是非。凡開疆成功、戰功累累的皇帝，必是只有頌贊絕無非議。出現上面以表像定性，其因在於感性思維是靠感官刺激量、感情量、利益性三特徵來支配，凡感官刺激越強、印象越深；感情越深，評價越高；利益關係越大，受肯定越大。武功是看得見，摸得著，武功又滿足虛榮心理，又給權、利、名豐收。

思維與社會文化關係極大，中外的思維方式就有截然不同。中國學生和洋學生一起共餐，中國學生說：這烤鴨很好吃。

洋學生則問，這烤鴨是怎樣製作呢？好吃和怎樣就是文化的區別，是感性思維文化和邏輯思維文化不同的結果。

在西方，西方民族重務實，重邏輯思維。戀民主，求本質及原由。這都是世世代代的不同思維傳承的結果。西方社會有城邦文化、民主意識較濃，有開放思想、工商經濟及優良自然環境等影響，形成邏輯思維發達。西元前 5 世紀，就有蘇格拉底的「三段論法」出現，此後又有其學生柏拉圖及亞里斯多德等人不斷鑽研，將古希臘哲學推至頂峰。到了文化復興時期，在亞里斯多德的歸納演繹法基礎上，又加上培根的實證主義、伽利略的實驗、牛頓的假說等等，將演繹歸納、分析、論證、推理和求證判斷再推向新高。崇尚思維，必然是講真理求事實，社會就易獲優化。

西方社會的重邏輯思維，不妨以伽利略試驗作說明；亞里斯多德曾斷言，物體下落的速度與物體的重量成正比，物體越重，下落速度越快。這「真理」統治了近兩千年。直到 16 世紀才被伽利略推翻，伽利略認為；這「真理」存在矛盾，將大小兩塊石頭捆在一起成一塊新石頭時，其速度就有兩種解釋，一種認為新石頭的速度應小於大石頭，因為有小石頭速度拖慢；一種認為新石頭的速度應大於大石頭，因為新石頭比大石頭更重。這種邏輯的矛盾迫使伽利略以試驗來鑑別。1589 年伽利略在比薩斜塔作試驗，將有 100 磅的鐵球和有 1 磅重的鐵球同時在塔上放落，結果兩球同時落地，沒有出現重量與下落速度成正比的現象，這說明，邏輯思維在現實社會意義巨大。也說明西方人善尊重邏輯思維。2000 多年前，希臘大數學家歐幾裡得的「幾何原本」，就發現 23 條定義，5 條公設、5 條公理組成的演繹推理系統。當今「幾何原本」尚不衰。邏輯思維也左右社會變化和人的思想，法國總統馬克宏，16 歲時已深深愛上了已有 40 歲並有三個孩子的自己高中語文老師布麗吉特。其中一個兒子是馬克宏同班同學。到 30 歲時馬克宏娶已有孫子的 54 歲老師。法國總統薩科齊第二任妻子塞西莉亞，幫助薩科齊競選總統成功後竟即離開薩而去。法國人能容忍 500 萬

異教徒入住，容允異教徒在該國遊行，法國人的舉止言行在國人中是無法理解的。

　　相反，東方民族多務虛，崇尚形象思維。出現東方民族戀專制，迷現象鬧熱。國人婚姻觀是愛年輕貌美有錢和地位，對人與人、人與社會的關係總是以敵對的眼光打量，對區區的美國星巴克咖啡店竟耿耿於懷，對探討方言說是美國中情局設的圈套，對不同方言和母語處處看不慣和不放心，生怕「其心必異」。這都是東西方依皈邏輯思維或形象思維的不同結果。是什麼樣的思維決定著什麼樣的結局。

　　形象思維產生的原因是多方面的：

　　首先，缺少思維土壤；啟動思維的條件是：一是有寬鬆交流資訊存在；二是存百家爭鳴；三是群體的真理教育意識強。歷代封建王朝為了鞏固權力多是步愚民教育，效權術和暴政。舉國上下只有一個聲音，不許有任何微詞，百姓的思想和知識貧乏得很，宛如劉姥姥進大觀園什麼都感新鮮無知。啟動思維條件全不具備，因此，封建集權體制國家的文化多是形象思維有餘邏輯思維缺位，集權國家的落後保守的根也在這裡。

　　其次，廣大百姓生存條件也差，求活命不求平等已成常態，求活命就有求自私、就有求「沉默是金」等，思維成了奢侈品。

　　再次，是全社會權術盛行，假話氾濫，「逢人只說三分話」成了座右銘。尤其是專制體制有「聽話」漲價「思考」貶值，國人失去良好的思維方式條件，只好撿起直觀的、簡單的、原始的感性思維。以眼耳取代分析綜合判斷。這些條件誘發人們思維效簡單直觀而不求考究，複雜邏輯思維被抑制而簡單感性思維被啟動，人們的思維層次被浮在淺層，這像遊西湖那樣，僅僅被幾座塔和廟，一湖水吸引，無法透過其後面有白娘子、岳飛的精彩故事，更不用問西湖是怎樣形成了。

　　最後，思維環境缺陷；思維環境缺陷有兩層：一層是社會環境，一層是選擇思維方式。前者是封建權貴為鞏固權力，推

出一統理論，因此，一統思想得以凌空騰出，春秋戰國期的老子、莊子、孟子、荀子、墨子、惠子、韓非子等人粗糙哲學思想紛紛落地，全被秦漢一統大旗撲滅了，取而代之是數千年來儒家獨霸天下。文化的禁錮使人的思維也禁錮，這就是我國少有思想家哲學家大師的前因後果。加之國人自私思想強烈，自私決定專制制度，專制制度又催生愚民政策和控制言論，控制思想交流。這樣，邏輯思維被壓抑，人們以錄放影機式的思維方式為正宗，思考是多餘，腦子只有收錄和播放功能，反正聖旨不可違背，理解要執行，不理解也要執行，何必費心癢癢考？這樣，東方社會盛行感性思維而邏輯思維萎縮。也是人們以眼耳代大腦的結果。當演變成感性思維文化後致弊病成災。

形象思維有很多特徵；一是表面性、二是非理性、三是保守性、四是模糊性。

表面性；感性思維常常是不求甚解而是浮於表面，具體反映在戀愛觀是以表為是，社稷以開疆論優劣、帝王以武為功。下棋只看一步不看多步，無法正確認識事物規律及本質，造成種種失誤。意識形態和開疆拓土的氾濫，總根之一仍在感性思維，由於迷表象，缺少分析，僅看到利益，不看到潛在隱患。開疆拓土迎來不斷勝利的喜訊。卻沒有想到寡婦和孤兒的出現，沒有想到多一片土和少一片土是否有利可圖。另一方面，感性思維以看得見為參照物，忽視分析，必然催生是非不分產生模糊認識或誤識。有一文人無論是人品、性格、思想、思維能力、認識能力等是上乘的，他的夫人卻罵他是「木頭」，無法勾出一點點愛意，原因很簡單，這位夫人以看得見的買米、掃地、修電燈、煮飯煮菜等持家絕招來衡量她的丈夫，當然愛不起來。這也是「僕人眼裡無偉人」的最佳詮釋。這種以表代本質的認識移植到政治，就會出現是非顛倒；史上秦始皇、曹操、朱元璋、洪秀全等人儘管有草芥人命，血跡斑斑，但卻以看得見的「得天下」為準則，把這些人推上偉人的神壇。相反，清代的曾國藩、李鴻章因沾異族清庭，儘管有德才兼備，卻被國人一片臭罵。當今有部分人戀文革的窮而不羨今天的富，其

因就是模糊思維的缺陷，缺少深層次探索，把文革的表面守紀和當今犯禁對比，並對貧富不均持逆反心理，得出今不如昔的謬誤。

非理性；非理性的特點是不重邏輯重感情。以個人感情和意志定是非。而不是據客觀的、本質的、有事實有根據定是非。如果我們觀察，會發現我們對民族認識及同化認識是求印象卻不求問是為什麼，更不求標準和事實。客、閩、粵等方言僅僅滿足於漢民族和漢化的帽子認識。很少拿出事實及標準作依據，或者以非本質的、可信度差的資料支撐門面，連永嘉之亂也當成牽強附會的依據理由。

非理性另一表現是缺少比較、橫向、求異等思維，造成封閉保守，對新思想、新觀點常常是拒絕。以社會制度為例，制度有極權制度和民主制兩種。前者以感官為據效直覺思維，以看得見的權力為核心，認為人類有獸性天性，因而接受爭分蛋糕和弱肉強食，接受權威，接受要一人說了算的理念，故奉強權。後者以邏輯思維為據，以分析為準繩，認為社會有獸性，又有理性相兼，克服獸性就要克服權力過大，主張大眾政治而不是一人政治。故效法言論自由，倡不同政見。以選票定是非，這樣，社會獲得不斷優化。以上兩種社會理念涇渭分明。

保守性；感性思維效法一元思維，以一元的感官作定論，因為思維淺陋、視角不廣，出現科學和邏輯學落後。《易經》是儒家重要經典，但《易經》不是在調查、分析和實驗上作功夫，而是以表面感官為主線，投入大量的人力物力財力，歷2000多年經久不衰，其論著不下五、六千種，僅清代《四庫全書》收錄研究《易經》達 158 部，存目 317 部，所研究卻是占卜和預測，與科學實驗相距甚遠，且影響其它科學發展。如道家借其理論闡述煉丹術，中醫依其理論創立金木水火土的學說。道家煉丹術已有千多年歷史，長生不老藥的仙丹依然無影無蹤。中醫也一樣，把深奧的科學用金、木、水、火、土來詮釋，以金木水火土與肺心腎肝脾相對應，得出「培土生金」理論，肺病可以通過治脾胃得以治療。然而，當代科學可以割

脾並不傷肺,「土生金」就難圓其說。更令人遺憾是;凡對《易經》質疑者,會引極左群起而攻之責為褻瀆國學,罪名大得很。

形象思維對社會影響更大,國人封建思想為何濃,是感性思維造就一大群短視群體,這群體又以短視的目光審視是非,以感官為是。專制能帶來滿足表面感官的實惠,與短視群體產生共鳴。為什麼落後文化的民族總是選擇保守強權專制體制,道理就在這裡。

電視劇「歷史轉折中的鄧小平」反映保守性最生動;70、80年代有恢復高考,平反「四五」天安門事件,平反冤假錯案、上山下鄉青年回城,搞經濟特區等等,全受守舊派拋出「兩個凡是」,拋出經典來反對。尤其是曲部長,將毛主席、華主席、鄧小平的言論列表比較,活靈活現解釋離經叛道。搞特區需有地租,守舊派稱「地租和舊時租界相同」。改革派只好將「地租」改稱為「土地出讓金」,爭論得以平息,實質上兩者都是同物異名,從這點可以看出感性思維者是多麼幼稚。

電視劇中提到「不能包產到戶」、「不能養超過三隻鴨」,諸此種種,是典型形象思維唯上、唯書、唯聖人的翻版。

持邏輯思維的改革派則不同:他們先提出深圳河兩岸為何不同?為何內地人要逃港去思考,從邏輯分析得出是窮,於是指出貧窮不是社會主義。一個特色的社會主義概念便浮出水面了,這樣,改革派從提現象、分析現象,提答案,前前後後僅兩三年時間,而結果是:中國從貧困國家一躍為世界第二經濟大國。實踐是檢驗真理,是是非非世人已是明白。

模糊性;學者宗白華說;中國學者歷來有兩種極其強烈的嗜愛和習慣,就是模糊籠統和牽強附會。學者楚漁對國人思維模式的缺陷是模糊、混亂和僵化。兩學者對模糊均有同感。模糊應與權術文化有關。有了模糊,可以使權術者可左可右。有幾個人論馬,一個說;他見到一萬斤的馬,另一個說,他見10釐米長的馬。其他人都說是荒謬。對方則答,一個稱是河馬,另一個稱是海馬,都與馬相關。這就是模糊答辯,又是權

術答辯。世界語言大同之所以被人們認同，就是其理論模糊造成的，僅僅有大同口號，卻沒有大同的依據和論證。

形象思維的缺陷很多，有人稱國人思維存五大缺陷；包括概念不清、不證而論、亂用類比推理、以經典為論據、以偏概全等。主要表現是：

概念不清相當常見，老子的「道」、孔子的「仁」、中醫的「氣」等等，都可以隨便理解，這問題就來了，文革期的「反革命」帽子滿天飛，應是概念不清惹的禍。同理，當今的民族方言概念不清也引誤識誤判。邏輯的推理必需借助概念，國人的邏輯思維退化，概念不清應是原因之一。

不證而論在古今事件常常發生。當今的中原南遷鐵案，很少有人舉事作證；包括人數、地點、時間及邏輯分析等等，而是用永嘉之亂、安史之亂等等的片言隻語為依據，甚是還用上家譜為證。而對南下中原人為何違背同化規律不用雅語雅俗則視而不見，不作考證解釋，這些都是典型的不證而論的表現。我國是口號王國，應是不證而論結的果。

亂用類化推理可見於許多古籍，中醫的「脾屬土、肺屬金」等等即是代表，也是感性思維不證而論的表現。

以經典為論據是感性思維一大特色，危害也很大。典型的事例是文革期紅衛兵批鬥陳毅並百般歪曲加罪於陳毅，陳毅急中生智，要紅衛兵翻開語錄最後空白頁補上一條；說；「最高指示，陳毅是個好同志」。頓時紅衛兵個個面面相覷，經問證實後紅衛兵垂頭喪氣離去。這種以經典作論據的思維，僅僅唯上唯書不作考究，久而久之致國人盲從，沒主見，隨大流，邏輯思維萎縮，感性思維便膨脹。

以偏既全是愚性的表現，也是權術的手段。人和事物都是有多面體，如果以某一點定是非，就有「雞生蛋，蛋生雞」出現，上面所談的孔子在辛亥革命前、辛亥革命後、民國期及文革期的不同命運，實是以偏概全、是非不辨的結果。是非被以偏概全粉碎了，真理很難捕捉。

　　形象思維的缺陷給人類社會的創傷是無法言喻的，如果說，自私是萬惡之源，那麼，形象思維則是萬物腐朽之本。許多腐朽之因都可以在源頭上找到形象思維的蹤跡。使形象思維文化成了保守落後愚昧的代名詞。因為人類時時刻刻離不開認識和判斷，而這些又是與思維息息相關。當思維產生異化時，就形成扭曲心靈的幽靈。我們所提的六種負性文化中，自私文化和形象思維文化是總根，由它衍生其它負性文化。

　　因為形象思維判斷無力，出現很多荒唐事：辛亥革命前，張揚孔子多而印象深，聖人地位無人敢微詞，孔子成了家喻戶曉的聖人，辛亥革命後就爆出打倒孔家店，孔子身價一落千丈，民國對孔子又改不偏不倚，孔子身價又有回升，到了文革因政治需要，孔子被徹底打倒，誰都不敢讀孔孟書一句，近年國學又大興，孔子語錄又成了時髦，孔子又慢慢搬上神臺。這說明孔子的身價不是據事實而是據人印象。人們對開疆的評價也是這樣，開疆已有數千年反覆歌頌，人們對開疆感情甚深，開疆又給帝王帶來榮譽等利益。開疆在感性思維者心中宛如永恆的耀眼聖火。判斷無力極易產生保守，如果我們稍留心觀察；大凡第一個首創的遊戲模式，不管是好是壞，人們總遵循不能修改，守舊派反對改革就是這道理。

　　克服形象思維缺陷，首先要提高群體素質，內容如前所述。次是善於調查觀察，從調查觀察中引起分析的興趣，為邏輯思維打下基礎。再次是提倡寬容社會，大興百花齊放，言論自由，培養人們思考，培養分析是非。最後是優化教育學習，當教育不是效真理教育而是利益教育時，人們得到的教育是單面性知識，單面思維（感性思維），又是只有灌注，沒有消化。單面思維的結果只有出現「萬萬歲」，沒有「石頭剪刀布」的辯證思想。結果，使致謬誤遍地。使致「培土生金」、中原南遷、姓氏五千年等得以出籠。

第六節 一統文化與獸性霸權

一、概況

一統又稱大一統，是中國封建特徵之一。一統首見於漢書王吉傳「春秋所以大一統者，六合（指天、地、東、南、西、北）同風（風俗）。九州同貫（習慣）也」，大一統就是要六合同風，九州同俗，是狹隘自私文化。一統不僅要統語言、統習俗，更要統思想、統權力和統地域。有人稱；中國人行政文化有三個特徵；低分化、重宗法、尊一統。一統強調國家和權力集中支配，不重個人權利。強化國家利益，實質也是鞏固皇權利益，用一統的旗號為自已狹隘利益謀私。

一統的深層本質翻譯就是「我是老大，聽我的」，通俗講就是你的文化必須和我的文化相同，不能相異，否則大舉征剿。故一統是霸道名詞，又是自私名詞。

一統思想的思維是：人類社會以獸性支配，獸性就是爭奪利益，弱國小國就挨打。只有效一統圓大國夢，才能擺脫挨打。這思想已流傳數千年，帝王要維護其江山，需要有征剿、戰功和榮譽來維護。否則江山難保。由此可知，一統實是封建者設下的陷阱。是帝王玩弄陰私的一張王牌，力圖舉一統大旗保皇業江山。

在一統思維的指導下，將一統當成治國的良方。以一統思想作藍本。凡符合一統的屬是，不符合一統和封建利益屬非，並效「順我者昌，逆我者亡」的專制政策。控制和打壓不同觀點和不同言論，視多個聲音是國家安全的隱患。效法禁言禁行、打壓方言和母語，目的是消滅「隱患」。

正是這種思想指導，統語言統習俗的思維便出籠，辛亥革命後，政治家和學者就提出國語，經投票選官話為國語。粵語以數票之差敗北。吳語也不得多票，閩語、湘語尚屬老小，客語更是不足掛齒了。到臺灣回歸，即組織學習國語，棄日語，

不到一年多，國語已成官方用語，日語消失無影無蹤。就是今天，高考也將語言當成一劑政治意識藥方。外語分數一降再降，國語分數一升再升，並在國外建立孔子學院。

由於一統符合歷代統治者的利益，故歷代都崇尚和吹捧一統，就是當代，也有名學者稱一統是「它是一種理想，一種自民族、國家實體昇華了的境界」。

二、一統機理

一統文化可以稱上是我國特色文化之一，和虛榮文化、張揚文化、權術文化構成了鞏固封建權力的四大支柱。一統文化形成的原因很多，但主要是這幾方面：

一是文化思想決定：一統思想根是自私，誘因是虛榮和愚昧等。其信念是「非我族類，其心必異」。凡有不同風，不同俗者，認為會動搖王朝的根基，所以必須剷除。西方社會則少有這些負性文化思想，而是崇尚自然、崇尚邏輯思維，西方人很講究現實，不務虛，少有敲鑼打鼓放鞭炮，他們對國家的一統理念是不重形式而是重真理重滿足人的需求。真理應尊重，非理性則揚棄，典型的事例是羅馬帝國分治，羅馬帝國建立於西元前 27 年，強盛時跨歐亞非三洲，面積達 500 萬平方公里，人口多達上億人（平均 6500 萬人）。到 395 年，狄奧多西一世卻視大國不利管理將帝國一分為二，世稱西羅馬和東羅馬。分別立國 81 年和 1058 年，這在我國一統觀念是不可思議的。當代英國也是這樣，英國依法依現實讓蘇格蘭獨立公投，但對福克蘭群島則與阿根廷兵戎相見，彰顯西方人是務實不務虛。其判斷是非標準是；一，群體的權利受尊重。二，群體文化能生存。三，利於群體的利益有更大優化空間。蘇格蘭土地上生活是蘇格蘭民族，在福克蘭生活有 90％以上是英國人，經福克蘭公民公投也幾乎全願留在英國。依據權益、文化、利益空間等標準的內容取向，英國對上述兩者依民意作出不同反應，英人視國家與愛情理念等量齊觀。當愛情不存在時，就不必守護這張結婚證，不必守護死亡的婚姻。於是出現一個准予離異，

另一個是不能離婚，這些都與封建一統開疆拓土的理念有截然不同。

一百年前英國人尚崇拜開疆拓土，一百年後轉有蘇格蘭公民公投獨立，這實是時代的巨變。國人的觀念意識則不同，是重婚姻而不重愛情，因而有指腹為婚、父母之命、媒妁之言成為婚姻指揮捧，愛情、感情成了聽天由命，嫁雞隨雞，嫁狗隨狗的理念得以形成。同理，這理念移植到國家上，便出現重一統、輕個性、輕權利的思維意識。

國人另一文化思想是以成敗論英雄，俗稱「勝為王，敗為寇」，論是非不在於真理而在於成敗。這種思想必然激勵歷代帝皇志在開疆拓土和追逐「一統」。以求留名千古萬代。

二是虛榮濃厚：虛榮是以權力、地位、財富和榮譽為追逐內容，大凡這些條件得滿足，虛榮感即獲空前膨脹。權力和榮譽主要體現在疆土和武功。這樣，外求開疆拓土，內效統語言統習俗的「六合同風」就成了歷代帝王的追求國策，當開疆成功或者朝貢不絕，或舉國上下同享一個聲音，這些都能滿足帝皇的虛榮心。

三是追求利益：無論哪個王朝，都有企求鞏固王權願望以滿足私利。鞏固王權的條件是：一是有絕對權威；二是有強大的國力，包括有廣袤國土資源和眾多人力資源；三是有霸權文化和鎮控力。能滿足這些條件恰恰是一統文化最佳的優勢；當開疆拓土捷報頻傳時，舉國歡呼萬歲，宿敵不敢胡作非為，當統語言統思想視為「防隱患」，鞏固王權的願望就能達到。

三國時期，蜀國為了擴大地盤，先後多次征剿西南夷，故史有「七擒七縱孟獲」的故事，而吳國也不甘落後，數十年不斷征剿山越，僅 234 年至 237 年，吳將諸葛恪討丹陽郡山越，僅一次用兵達 4 萬餘人，前後用兵達 13 萬人，征服山越後征其男子為兵，至吳國滅亡時，有兵 20 萬，其中山越籍占近半。

歷代帝皇不斷開疆統語言追崇「一統」。其因就是一統能給封建帝皇帶來豐厚回報。

三、一統特點

一統文化在世界各國都有，只是濃淡不同，而我國特別強烈，特點是：

一是一統與意識形態相結合，維護一統就是政治；清皇胤禛雍正七年上諭書稱「我朝入主中土，君臨天下，連蒙古極邊諸部落都歸入版圖。這樣說來，中國的疆土開拓廣遠，應該是中國臣民的大幸。那得再存華夷中外的成見？」。一語道破窗紙，原來開疆是為征服民心。清朝一代，將明代 353 萬平方公里的疆土，擴大至 1300.6 萬平方公里，翻了近 4 倍，多出的疆土相當於一個美國國土面積，以開疆征服民心，是歷代王朝一大權術。

二是以開疆成敗定是非，中國的封建政治評判定律是：偉業與開疆成正比，與張揚成正比。和武功失敗成反比。評判條件與文化、經濟、社會制度關連度不大。中國史首推漢唐為盛世，其因就是漢有平越和平西南夷，唐逐突厥，東滅朝鮮。為此，漢武帝和李世民被推為千古一帝之一，由於武功論是非，使乾隆帝一生志在兵戎，有一征大小金川，二征准部，三再征准部，四征回部，五征緬甸，六再征大小金川，七征臺灣，八征越南，九征尼泊爾，十再征尼泊爾。乾隆本人被冠上「十全武功」老人。只是乾隆非漢種，無法與漢武帝、李世民平起平坐，實際是，後兩者與乾隆比是小巫見大巫。

三是開疆神聖理論。歷代文人為維護開疆，有各種歪理學說和觀點，某學者著《唐太宗》一書，對唐征西、征東是這樣評價：不僅打擊東突厥是正義戰爭，與西突厥展開爭奪西域的戰爭，也是有益的戰爭……即使像唐太宗進攻高麗的戰爭……也在客觀上便利了朝鮮人民擺脫了封建割據而走向統一的道路。著名史家范文瀾對唐開疆拓土也是這樣評價「……擊敗北方行國，援助西方諸國脫離行國的統治，這樣的戰爭，對中國和西方諸國都是有益的」、「唐太宗決心滅突厥國，這確是唯一可行的自衛法。」

　　顯而易見，這些學者都是玩弄概念，宋代越南兵犯廣西是侵略，唐太宗開疆又稱不是侵略，該如何解釋呢？

　　四是以權術為重要手段。封建統治追求利益必然講究權術，權術又常常離不開「一統」手段，通過一統理論征服人心。突出的事例有中原中心論、唯我利益觀等，凡考古、論述南方民俗、語言及姓氏等等，其規律和程式總先是以中原為參照物，按參照物的版本去尋找對號入座，不管與參照物相似程度如何，總能挑出細微相似點而作中原文化的定論。南方幾乎所有的考古報告，其主題詞就是「有明顯中原文化」的描述，結論當然要印證有「中原南遷」。今出版的《中原姓氏尋》一書，就稱全國 1500 餘姓根在河南。為了突出一統利益，凡論及國內民族或部落，其源頭離不開傳說的三皇五帝：「閩越王無諸及越東海王搖者，其先皆越王勾踐之後也」、「朝鮮王滿者，故燕人也」。當今的客家、粵人、閩人、苗瑤侗人等等的南方群體，其主題詞也是「中原南遷」，而一河之隔的越人、佬人、泰人則拒於「中原南遷」門外。對待客家語言習俗也持利益化，本來客家是南方諸方言中最具土著特色的群體，卻以特色文化硬定為似是似非不據事實的古中原文化。經權術處理把特色變為經典，完滿解決了差異的質疑。這說明，在一統文化的影響下，群體間的是是非非不是循事實，而是利益主宰。一統的理論為達到鞏固權力的目的，一是美化征剿，二是不尚真理，三是安撫人心，歌頌帝王江山神聖化，。這樣，一統理論深深印上了封建自私的標記。

四、一統誤區

　　一統又有蒙弊功能特點，從本質講，一統應是貶義詞，但歷代封建為了自身利益，動用自身權力對一統大加粉飾美化，將一統與國家、百姓利益相提並論，稱一統是國家的榮譽、百姓的福音。使一統從貶義搖身一變成溫馨可敬可愛的褒義詞。因此歷代帝王都將一統視為神聖而互為干戈，都打著一統神聖旗號讓無數平民百姓為聖戰而喪命黃泉白骨滿地。曹操為一統

不知死了多少人。今天，一統的統語言統習俗又能帶來什麼是值得反思的。

將一統和開疆視為治國良方，實是誤區：

1.「一統」理論違背人類和社會發展。就人類而言，存有「一種米養萬種人」，現實中絕沒有完全相同個性的人，不同的思想、不同的愛好、不同的遺傳基因等等的差異是構成人類的特徵。因此追求所謂的「統一思想、統一行動、統語言」等等理念是違反人類天性的。同理，就社會而言，社會是永遠不斷發展，絕不存在永遠的「同一」不變。一統和開疆只是一種愚昧，是形象思維幼稚病的表現。古諺稱「久合必分，久分必合」。古今中外，有哪個超級大國永盛不衰呢？有哪個國家一成不變呢？歷史證明，蒙古帝國、阿拉伯帝國、奧斯曼帝國和羅馬帝國等等都是像走馬燈那樣一縱即逝。大清帝國的滿人成了亡種。故追求一統，求大國情懷，是不切實際的。所以說，追求一統是短見的，追求和諧富足才是永恆的真理。

古今中外事例均佐證「一統」是荒謬的，從有文字記載起，是分比合的時間長，戰爭比和平多。柏楊統計世界在前 1132 年至 1999 年間，無戰爭是 214 年，有戰爭是 2917 年。蘇聯學者統計全世界在前 1496 年至 1961 年 3457 年間，和平只有 227 年。史家宮顯也說「漢以後，中國是分裂的」，這些戰爭，必然帶來疆界的不斷變化，所以說，開疆實是僅僅圖一時衝動的愉快。清代是除元帝國外，為古代中國第一大國，可是，開疆仍被國人一片臭罵是「賣國」，而清人也墜入亡國亡種。這就是對一統和開疆的一大諷刺。

「一統」的統語言更是荒謬，「統語言」不是人類需求，但「統語言」帶來是讓千萬方言區人民失去母語而傷感。「統語言」在古今中外歷史上也沒有找到「強國富民」的先例，拉丁語無法阻止羅馬帝國的崩裂，印地語沒有彌合印度和巴基斯坦，馬來語沒能使印尼和馬來西亞結成一統，而突厥語無法使泛突厥主義形成……另一方面，語言是不斷運動變化。大同的語言是沒有的。羅馬帝國強大時，將拉丁語推廣到各地。拉丁

語是世界語霸。當羅馬帝國滅亡之後，拉丁語迅速轉化為法、意、西班牙、葡萄牙語等，而拉丁語變成死語。橫跨歐、亞、非的波斯帝國也是這樣。古波斯語也是死語。秦代以秦語為雅語，至今有誰能念幾句秦代雅語？那麼，我們的「統語言」就能例外嗎？由此可知，將限制方言當成治國良方是愚昧短見的。

「統語言」對社會沒有實際意義，能有的只是滿足虛榮心，「一統」的背後是鞏固封建權力，認為沒有異類異心，帝王業就能千秋萬代傳下去。故統語言僅是陰私的一種手段。章氏提的中古音也不例外。

2.「一統」缺少理論和事實支持。縱觀古今中外各種理論，尚沒有名正言順並受人類首肯的「一統」理論出現。同時，當代獸性思維已淡化。一戰前人們的思想仍以殖民主義為主流，開疆拓土是榮譽的象徵，英國有疆土 3376 萬平方公里、法國有 1234 萬平方公里、西班牙有 2300 萬平方公里、葡萄牙有 500 萬平方公里、蒙古帝國最大，疆土達 4400 萬平方公里，二戰後，這思想大大淡化了。除蒙古剩有百餘萬平方公里國土外，其餘國家剩餘疆土均不超 60 萬平方公里，但這些國家比以前更富有，更和諧，沒有留戀昔日帝國風采。

其一、在一戰前，世界獨立國家僅有 50 個左右，二戰前增至 75 個。二戰後民族獨立如雨後春筍。印度、菲律賓、印尼、馬來西亞、利比亞、蘇丹等數十個國家獲獨立，1989 年國家增至 169 個，其中 100 個是二戰後獨立。至 1990 年止，非洲殖民國家全部獲得獨立，且 90％以上國家是和平取得。共同特點是不費一槍一炮，英國昔日是「日不落太陽」的國家，至今的殖民地基本沒有。如果英帝國仍以「一統思想」維護「日不落」的大英帝國，絕不會有和平轉讓的現象。

其二、戰敗國沒有割地賠款。二戰後，局部戰爭不斷，阿富汗、伊拉克、埃及、塞爾維亞都以戰敗而告終，幸運是，這些戰敗國沒有割地賠款。相反，尚從戰勝國那裡獲資助，這是人類思想的一大突變。

　　其三、追求和諧和理性，過去宗主國和殖民地的關係總是刀和劍，強壓弱。自二戰後這種強壓弱的刀劍現象大大減少，二戰後獲獨立的國家通過武力取得的事例非常少，獲獨立的國家分兩種，大部分獨立是談判獲得，尤其是 1960 年聯合國「給予殖民地國家和人民獨立宣言」決議頒佈後，獨立國家猛增。另一種獨立是採用公決，二戰後舉行的公決有 55 次，有 12 次公決是反對獨立，如魁北克、百慕大、蘇格蘭、加泰羅尼亞、新赫裡多尼亞、黑山等地區，其餘的除極少數因政府反對或公決不合法等未獲獨立外，近 90％的地區獲得獨立。如厄立特里亞、東帝汶、馬爾他、阿爾及利亞、吉布地、幾內亞、薩摩亞及前蘇聯前南斯拉夫諸聯邦國均通過公決獲獨立。令人吃驚是；魁北克、黑山尚舉行多次公決，黑山第一次公決反對獨立，第二次公決支持獨立。說明通過公決解決爭端已被人類接受，如果缺少理性絕不會出現公決而是拳頭。理性的另一表現是歐洲白人國家接納了大量的有色人種，包括眾多黑人。美國黑人擠上上層不斷增多。黑人歐巴馬還當上美國總統，這在 100 年前是不可想像的。在我國更是不可想像。

　　其四、「一統」思想日益淡化：一是國際組織取代帝國思想，先是有聯合國，繼之有歐盟、東盟、阿拉伯聯盟等，區域性的聯合更多，如湄公河流域聯合、南亞聯合、伊斯蘭聯合、英聯邦聯合等如雨後春筍，均示人類求進步，不求一統和開疆。當今人們很少把國家榮譽與大國夢聯繫在一起，而是追求務實的和諧生活。

　　一是國家總數有增無減，前面已經提及：1945 年聯合國之初有 56 個成員國，到 2012 年有 193 個成員國，翻了近 4 倍。1972 年歐洲僅有 32 個國家，到 2015 年增至 44 個國家和地區。

　　一是小國不斷增加，至 1980 年止統計，世界有 23 個袖珍國家，其面積小於三千平方公里。人口少於 40 萬人，此外，尚有 9 個國家有一項達到這標準，面積小於 500 平方公里的國家有 20 個，其中凡梵諦岡、摩納哥、瑙魯、圖瓦盧、聖馬利諾面積不足 100 平方公里，與我們一個鄉鎮大。人口在 50 萬

以下的國家和地區共有 62 個。占世界國家三分之一。人口不足 10 萬有 33 個，不足 1 萬有 5 個國家和地區。這些國家的特點是，除少數珍袖小國因歷史關係而貧困外，絕大多數珍袖國家是富甲天下。如歐洲五珍袖國，個個是世界富國前茅。這些國家雖小，且多不設軍隊，但極少受大國侵凌。這些小國社會和諧。部分國家已廢除死刑。儘管部分國家有外籍居民多，語言多，如摩納哥外籍居民占 70%，列支敦士登占 34.5%。摩納哥官方語言有法語、義大利語、英語和摩納哥方言，都能融洽相處。沒有擔心民族、語言的不同帶來隱患和不安全。

一是國家分離遠遠比合併多：二戰後，除東西德合併為一外，其它的少見。相反，印巴孟分治，捷克、蘇丹、南斯拉夫、前蘇聯等等，均分離成兩個或多個國家。前蘇聯是一分為十六。南斯拉夫是一分為六，印度一分為三，捷克、蘇丹、印尼、沙特等等均有變化，連英國的蘇格蘭、加拿大的魁北克都先後舉行獨立公決投票，分離比合併多上十倍，提示人類不戀一統而戀自由。

3. 務實重於務虛的思維不斷強化：在一戰前。人們將開疆拓土視為榮譽的象徵。人們以疆土的大小論是非。1914 年，英殖民地是本土的 111 倍。17 世紀，葡萄牙的殖民地是本土 55 倍。西班牙的殖民地是本土 40 倍。如今英、葡、西等國的領土遠遠比我國青海省小得多。前蘇聯解體後，失去了 533 萬平方公里，相當於 22 個英國大。但這些國家並不因失去領土而沮喪，相反，他們的經濟遠比大帝國期強。他們也不必為民族問題大傷腦筋。這說明，殖民政策已被人類拋棄。人們沒有留戀那些用武力征服的疆土，不留戀榮譽、面子。而是追求文明。

4. 國際社會理性認識不斷增強；當代社會已是今非昔比，人們已從自私轉到理性，尊重個性、尊重人權已是當代潮流。人類信仰理性，說明追求開疆拓土和強權已是漸被揚棄，轉而選擇相互尊重和和諧共處；人類共同制定各種公約和法律就是追求理性的表現；據不完全統計，自 1948 年至 2007 年，聯

合國各成員先後簽定了「世界人權宣言」，「國際人權公約」，「德黑蘭宣言」，「給予殖民地國家和人民獨立宣言」，「公民權利和政治權利國際公約」，「世界文化多樣性宣言」和「土著民族權利宣言」等七個主要公約，這些公約均旨在保護人權及保護人類文化。其中有四個公約均提及「所有民族均享有自決權」和「人人有權享有主張和發表意見的自由」的內容，有兩個公約提及「保護和發展其文化遺產」的內容。首部公約「世界人權宣言」第 1 條稱「人人生而自由，在尊嚴和權利上一律平等」，第 20 條稱「人人有權享有和平集會和結社的自由」。

從上面內容可知，全世界人民理性意識不斷增強；都在重視人權、愛護民族文化、克服自私。把擁有上千萬人口的母語還不如大熊貓的保護，實是人類的悲哀。

5. 文明潮流勢不可擋。一統的特點總是盤算吞噬別人成天下第一老大，將統語言統習俗視為真理，這種觀點受一些網友質疑：「我不明白，立足於自已的母語生存下去，對於其它語言甚至不惜打壓和攻擊，試問，這有什麼意義？退一萬步來說，就算你的祖宗話成了地球唯一的語言，又有何意義？……那些滿腦子想著吞了誰，滅了誰的『母語赤子』，是否清楚自己在做些什麼？」顯而易見，該網友就是反對獸性的一統思維，佐證文明潮流已是人類接受。

在現實社會也是如此，100 多年來，人類社會經歷了獨立革命、民主革命和正在成長的個性革命。二戰後，殖民地基本獲得獨立。但獨立後的國家有轉向強權專制。突尼斯阿里掌權 24 年、埃及穆巴拉克掌權 30 年、利比亞卡紮菲掌權 42 年、葉門薩利赫掌權 33 年。這些獨裁者引發「阿拉伯之春」革命而紛紛垮臺。卡紮菲被擊斃，穆巴拉克被判刑。革命波及敘利亞、巴林、阿爾及利亞、約旦、伊拉克、阿曼、摩洛哥、科威特、黎巴嫩、蘇丹、茅利塔尼亞等穆斯林國家。東歐和獨聯體各國，也不滿強權專制而爆發天鵝絨革命（捷克）、玫瑰革命（格魯吉亞）、橙色革命（烏克蘭）、鬱金香革命（吉爾吉斯）。這些革命迫使雅克什、謝瓦爾德納澤、亞努科維奇、阿卡耶夫等

專制獨裁下臺。現在，人們又轉向追求個性和尊嚴，美國的女權運動，反種族運動已是深入人心。最令人吃驚是，前 20 年人們還認為同性戀是妖魔，提同性戀如談虎色變。至今僅短短10 多年風雲大改。同性戀人數由少變多。2015 年 6 月 26 日，美國高等法院 9 個法官以 5：4 的投票結果承認同性戀的合法性。這簡直是核彈爆炸。

五、一統弊病

對於大一統的認識，因為視角、利益及人素質的差異而有不同評價；西方崇尚個性，一統思想非常淡薄，評價也很低。而國人評價的參照物是利益，即以權力為砝碼。利益及視角的差異令數千年來政治家和文人精英對一統評價非常高。名人楊某在一統專著中寫道：「大一統的思想，三千年來浸潤著我國人民的思想感情，這是一種凝集力……不是狹隘的民族觀念……它是一種理想……它要求人們統一於華夏」。他還說：「大一統必以夏變夷，使夷狄進於爵」。他對大一統「外事四邑，內興功利」的思想也很欣賞，因為一統思想屬哲學範疇又是內容深奧，加之不是本書要旨，沒有回答一統的是是非非，但僅僅從倫理、邏輯和現實而言，說大一統是「一種理想」顯然有欺哄世人了；楊某說的「以夏變夷」及「外事四邑」，這就是「狹隘的民族觀念」，從邏輯講，大一統追求是「終極理論」，普天下只有儒家，只有一種語言，一種民族，這不符合邏輯。物理學有量子力學大一統理論需求，至今尚無人能證明。

一統文化因其特點給社會帶來巨大的重創，主要是：

1. 一統和開疆有損社會和諧：一統本質是自私，是圖搶別人的蛋糕。造成相互殘殺，這些在前面已討論。

2. 阻礙科學進步，損害人類文化遺產；科學發展有賴於自由競爭的環境，而一統和開疆則破壞這環境。解放前史家基本認定夏、商是兩個不同民族。夏是自西而東，以彩陶文化為代表，擬是含印歐人種的夏族。殷是自東而西，以黑陶文化為代

表，擬是蒙古人種的夷族，前者有仰韶文化，後者有龍山文化。持這種觀點有傅斯年呂思勉教授等人，傅斯年在 1933 年尚著《夷夏東西說》一書，稱「夷與商屬於東系，夏與周屬於西系」。並獲多數史家首肯。到上世紀 60 年代史風大變，一統文化占上風，范文瀾郭沫若等實權派史家對傅斯年教授觀點提出挑戰，並認為龍山文化是繼承仰韶文化，即兩文化不是獨立，而是統一，更重要是，這一統定性是有權威性。此後考古的一切發現只能按這版本去詮釋。如河姆渡文化遺址、新幹遺址、雲南澄江學山遺址等等。雖有與中原文化不同，但都要標上「有明顯中原文化特徵」。四川三星堆最具地方特點，僅僅突大眼、高鼻、大嘴的人頭像特徵，是中原任何地方找不到的，但也得標上「受中原文化影響」的印記。在一統思想的干擾下，實事求是減少，科學面目變形。一統思想也使認識混亂：2005 年 9 月，網易論壇有人提出將廣西壯族自治區改為廣西省，回帖中支持率達 90% 以上。其中不乏為壯人。無獨有偶，文人於某，曾提將新疆維吾爾族自治區改為西域省，顯而易見，一統文化催生政治意識，反過來，後者又促進一統文化發展。有一統文化意識，必然反對社會良性優化。

一統阻礙科學尚表現以私利取代科學，號稱國父孫中山。本人是典型南人。接受一統文化洗禮後，便以利益定是非。1921 年孫曾說「漢族號稱四萬萬，或尚不止此數，而不能真正獨立為一完全漢族的國家。實是我們漢族莫大的恥辱，這就是本黨的民族主義沒有完成，務使滿、蒙、回、藏同化於我漢族，成一大民族主義的國家。」（孫文論民族主義 1921 年 3 月 6 日）。在這裡，孫先生說得最直白了，不能同化其它民族稱不上漢族。孫先生本人是講粵語，仍倡一統。孫先生一生罵國外列強壓迫，對國內又是另一套。

一統阻礙科學又表現在無的放矢，為張揚一統，不計任何是非劃一。如始祖，理髮是呂洞賓，裁縫是軒轅氏，木匠是魯班，造紙是蔡倫，中醫是華佗，製筆是蒙恬……論四夷的始祖，也是炎黃之後。如北狄、犬戎、出自黃帝族，苗民出自顓頊族，

瑤民出自帝舜族，氐羌出自伯夷父族，巴人出自太皞族，華族出自炎黃後……上述均是傳說，缺原始記錄文字。如北狄是黃帝族後，黃帝期尚沒有文字，文字出現是黃帝后 2000 多年。司馬遷捕風捉影編了個一統故事，百姓也跟著學，全民造假也就出籠了。

一統最大的害處是破壞人類文化遺產，全人類都非常愛護文化遺產尤其是非物質性，我國還定每年 6 月第二周週一是世界文化遺產日，端午節、重陽節、廟會等都得強烈的關注。族群語言和習俗是文化的精粹，理應得到倍加重視。卻因與政治種種掛勾打出鋪天蓋地的「請講國語」告示，群體母語受邊緣化而萎縮瀕危。

3. 促同化綜合征的形成。人類的發展機理是：存在競爭，通過競爭促進發展，同化形成一統後，競爭不存在，變成一技獨放無生氣。一統扼殺千姿百態，減少人類對美的需求，詳情可參考三章六節。

4. 加劇地域文化級差性貧困。貧困與地域文化級差成正比，當某地處均質原生態社會時，彼此實力相當，貧富差異不大，當地域擴大，存在不同質競爭後，弱勢群體無法與強勢群體競爭而淪為貧困。前蘇聯是跨兩大洲，含兩大人種。集一百多個民族的世界第一幅員大國。境內有優劣發展不同民族存在。結果，烏茲別克、土庫曼種棉花，阿塞拜疆產石油，哈薩克、吉爾吉斯發展畜牧業。這些國家經濟單一，科技和製造業落後，人民也相對貧困，而大俄羅斯則重在發展科技和製造業、綜合經濟發達、人民也較其它聯盟國家富裕。蘇聯解體後，原落後的中亞各加盟共和國才獲經濟發展。人民生活水準也大大提高。如阿塞拜疆，石油資源不再被掠奪，在 2000 年，國內生產總值增長率達 11.4%。

在前蘇聯，因地域文化級差造成兩大不公平：政策不公平；中亞各國僅能發展低酬的原材料產業。分配不公平；在中亞各加盟國中，官員、科技人員、技工、管理人員等高酬人群多來自大俄羅斯，而加盟各國的人，只能在低酬領域中工作。

許多人開始明白地域文化級差的弊端。英國的蘇格蘭、加拿大的魁北克均舉行獨立公投。

地域愈大，各地文化差異愈大，不公平現象愈大；地域愈小，文化差異愈小．不公平現象愈小。這現象在前蘇聯和解體後得以證明。誠然，這規律卻為人們忽略，因而出現大一統思維。

5.加劇社會管理成本；一統需要將異質文化變成同質文化。這就需要投入成本，如將粵語、吳語全改為普通話。要派出師資和培訓，要教育經費，還要防範異質文化不軌，所以，歷史上有屯軍或駐軍。一旦控制失誤，兵戎相見會有出現。要強化宣傳，須投入大量人力、財力、物力……總之，有一統存在，就有加大管理成本，國家的財力就耗費在無效點上。

縱觀一統，社會上下均有高呼「一統萬歲」的誤區，實是意識不到一統弊端；一統因要同化「非我族類」而效的統語言，使母語瀕滅，使人類文化瀕滅；一統因奉行護權措施的「人鬥人」，為維護一統而視處處是「階級鬥爭新動向」，使人與人相互加劇敵視氣氛；一統因開疆拓土致寡婦和孤兒不斷湧現。秦漢效一統後，先前莊子老子的百家爭鳴消失了，取而代之是一家儒文化獨鳴，其結果換來了兩千多年頑固不化的封建「祖訓」，一代又一代只爭權只護權。這些，天真的人們常常忽略了。我們應該對歷代王朝奉行的國策認真反省；一統只能帶來滿足虛榮，帶來鞏固王權，卻不能強國民富。相反，使民族文化受損、母語日漸萎縮。我們再不能為封建統治者設下陷阱迷惑了，如果我們都能剷除心中的私字和愚字，我們會享有摩納哥國人民那樣的溫馨。所以說，一統思想實是短見，迷上虛榮，是注上了一劑毒針，害上隱患。

我們討論一統，絕非是全盤否定一統，否定客觀現實。而是批判一統陰暗面，衛護母語。如果舉一統為旗號征剿母語，則人類文化必受摧殘。

第七節　權術文化的魔力

一、簡況

　　權術，指權謀、手段。《尹文子·大道下》稱「奇者，權術是也」，術在歷史上分有儒術、法術、騙術、權術等。僅僅是權術，又分政變之術、馭臣之術、愚民之術、狡辯之術、誣陷之術等多種。這裡討論的權術文化僅僅限於帝王之術，是馭臣治民的手段，並由此發酵形成一種負性文化。

　　從冠名可知，權術的本質和目的都是謀私。這裡不妨用個故事說明：

　　北周代，宇文泰向蘇綽求教治國之道，據稱兩人密談三天三夜。

　　宇文泰（下稱宇）問：國何以立？

　　蘇綽（下稱蘇）答：具（用）官。

　　宇：如何具官？

　　蘇：用貪官，反貪官。

　　宇不解：為何要用貪官？

　　蘇：你要想叫別人為你賣命，就必須給人好處，而你又沒有那麼多錢給他們，那就給他權，讓他用手中的權去搜刮民脂民膏，他不就得好處嗎？

　　宇：貪官用我給的權得好處，又給我帶來什麼好處？

　　蘇：因為他能得到好處是因為你給的權，所以，他為了保住自已的好處就必須維護你的權，那麼，你的統治不就牢固了嗎？你要知道皇位人人想坐，如果沒有貪官維護你的政權，那麼，你怎麼鞏固統治？

　　宇大悟：既然用了貪官，為什麼還要反呢？

蘇：這就是權術的精髓所在，要用貪官，就必須反貪官。只有這樣才能欺騙民眾，才能鞏固政權。

宇：說說其中秘奧。

蘇：這有兩大好處，其一，天下那有不貪的官？官不怕貪，怕的不聽你的話，以反貪為名，消除不聽你的官，保留聽你的貪官。這樣，既可消除異己，鞏固你的權力。其二，官吏只要貪墨，他的把柄就在你手中。他敢背叛你，你就以貪墨為藉口滅了他，貪官怕你滅了他，就只有乖乖聽你的話。你如果不用貪官，你就失去反貪這個法寶。你怎麼能駕馭官吏呢？如果人人是清官，深得人民愛戴，他不聽話，你沒有藉口除掉他，即使硬剷除，會引來民情騷動。所以，必須用貪官，你才可以清理官僚隊伍，成為清一色擁護你的人。

蘇還補充：如果用貪官招惹民怨，就扛起反貪大旗，最大化宣傳力度，佔領道義制高點。證明你是心繫黎民，讓民眾認為你是最好的皇帝。把責任推到貪官身上。那些民怨太大的官吏，宰了他，為民伸冤。總之，用貪官以培植死黨，除貪官以清除異己，殺貪官以收買人心，沒收貪財以實自己腰包。這就是玩弄權術的至高藝術境界。

上面的故事真實性如何姑且不論，但它的偶意和哲理性卻非常生動和深刻的：一是回答了集權制為何腐朽？權力本體是陰私已腐，國家何有不爛？一是回答權術為何不講理性？集權制如果倡民主，蘇綽的用貪官反貪官的維穩權術就無法得逞。一是道出權術的本質性，如果權術不求陰私，歷代帝王就不會求「帝王之術」，宇文泰不會向蘇綽求教，畢竟權術的掩蓋和詭騙性使帝王獲回報多多。一是解釋集權制為何權術多？曹操不「鬼」得不了天下。集權制在奪權、掌權、固權、馭臣和治人等等都離不開權術。社會上談不上監督，談不上選舉，從上到下是一人說了算。官員要往上爬，途徑就是行賄上司、虛報政績等等，故專制體制權術特別多。一部《三國演義》就是權術的代表作。

　　權術一旦搬進人類社會有如烈性炸彈引人哀痛嚎哭，僅僅是強化意識控制一項，就有文革期處處聲討「反革命」罪行。凡喊口號不大都受側目相待。而打出一統牌，「請講某某話」告誡滿天飛，方言和母語就要掃出門外。

二、歷史與現象

　　權術與社會發展同步，在落後的原始社會，不存在權術，故宋代葉適說：「三代聖王，有至誠而無權術」，一般認為到春秋代權術才出現。《孫子兵法》、《韓非子》、《鬼谷子》及《戰國策》等籍是其代表。史稱是權術第一次高潮。到東漢末至三國，出現奸臣曹操「挾天子以令諸侯」的權術、世稱「三國諸王有權術而無至誠」，形成「三國無義戰」，第二次權術高潮到來。此後權術在我國上下廣泛開花結果，並視權術為神聖的花環。

　　我國歷史上權術業特別發達，古代就有《韓非子》，《孫子兵法》，《三十六計》，史學中有《戰國策》、《史記》、《資治通鑒》，文學中有《三國演義》、《隋唐演義》、普通讀物更多了。當代有《厚黑學》、《博弈學》。《如何做戀愛高手》等等，高校中的行銷專業，灌上權術色彩更濃，尤其是《厚黑學》，誠開布公宣稱人臉要厚，心要黑，故稱厚黑學。林彪提出「不說假話辦不成大事」。可以這樣說，我國封建專制已研究出一套完善的權術理論和方法。

　　在我國歷史上，較早應用權術是老子愚民法，他稱「古之善為道者，非以明民，將以愚之，民以難治，以其智多」，主張「虛其心實其腹，弱其志，強其骨，使民無知無欲」。在這裡，老子講非常直白精彩，百姓像頭牛是最好的社會。

　　到戰國，韓非子主張法、術、勢治國，術即駕馭術。

　　秦代趙高和李斯將權術推到新高。趙高對秦二世獻策：「嚴法而刻刑，令有罪者相坐誅，至收族，滅大臣而遠骨肉（疏遠皇室的近親）……盡除去先帝之故臣，更置陛下之親信者近

之⋯⋯計算出於此（辦法就是這些）。」結果，二世殺大臣蒙毅，公子十二人被處死，十公主被殺掉，連坐誅者數不勝數。趙高解釋說：「人臣當憂死而不暇，何變之得謀？」（大臣憂自命難保，還敢有叛變心嗎？）

李斯的權術也不示弱。對二世說：「凡賢主者，必將能拂世摩俗，而廢其所惡，立其所欲，故生則有尊重之勢，死則有賢明之諡也，是以明君獨斷，故權不在臣也，然後能滅仁義之塗，掩馳說之口，困烈士之行，塞聰揜明，內獨視聽，故外不可傾以仁義烈士之行⋯⋯故能犖然獨行恣睢之心，而莫之敢逆。」（凡賢君，能抗俗順自己意志，除自己所惡，立自己所欲，生有威信，死有好名聲，需要獨斷權力不能下放，仁義聲望的人使無前途，堵能言的人嘴巴，限制有德行的人影響，封聰明有見解的人，不受周圍影響，能夠屹立不動，實現自己目標，這樣，沒有人敢反抗了。）

秦二世依李斯計，收稅重者為好官，路上犯人過半，街上死人多，殺人愈多愈為忠臣。

諷刺是，李斯預感不安，說：「物極則衰，吾未知所稅駕也。」（物極必反，我不懂自己結果將如何）果然，後李斯受五刑（黥刑、鼻刑、割舌、斬左右手），笞殺（打死）菹（碎屍）夷三族。

漢代也是效秦法，戮殺功臣，將異姓王改為同姓王，劉邦採用「狡兔死，走狗烹」毒計。先後殺楚王韓信，梁王彭越，劉如意代張敖為趙王，劉建代臧荼為燕王，劉交為楚王，劉恢為梁王，劉長代英布為淮南王，劉肥為齊王，劉恆為代王，劉友為淮陽王，劉濞為吳王⋯⋯

晉代曹操的權術聞名宇內，在近代又受熱捧。曹操小時很淘氣，常受叔叔到父親處告狀，有一天，曹操在路上碰見叔叔，就裝病倒下地，叔叔趕緊回家告訴曹嵩，曹嵩來後見兒子無恙，問他是怎麼回事，操說：我本來就好好的，是叔叔不喜歡我，才老愛說我有問題。從此曹嵩就不信弟弟的話了。曹操與袁紹

對峙時，糧草將盡，遂與糧官商量分糧時用小斛代替大斛，這種弄虛作假頓時受將士議論紛紛，但曹操早已胸有成竹，對糧官說：「我要借你的頭以平眾怒」，遂將糧官斬首，令人挑著頭在軍營中示眾，血淋淋的腦袋上還貼著曹操親筆詞；「行小斛，盜官穀，斬之軍門」。將糧不足的責任推到糧官身上，眾人見曹操已將「貪官」斬首，也消了氣。

明代是歷代王朝最黑暗之一，其權術主要是：（1）政柄集於一身，廢宰輔。（2）行嚴刑。明官吏有罪者，笞以上悉謫屯鳳陽，人數上萬計。（3）制權臣，把功臣胡惟庸、藍玉誅殺。被誅殺的尚有部下、族人數萬。如胡案，被殺有名臣陳守、塗節、廖永忠、汪廣洋、周德興、王弼（已還鄉尚殺）、李斯等名臣。（4）壓迫異族。雜居內地的蒙古色目人，強迫漢化。明律規定：凡蒙古色目人只准與中國人通婚，不許本類自相嫁娶，違者男女沒入宮，男為奴，女為婢，並禁胡服，禁胡語，只能用漢姓。

三、權術的機理、特徵

權術產生的原因一是私心本質膨脹，一是遊戲模式異化。兩者催生了權術。

沒有私心，就沒有黃鼠狼給雞拜年的故事：黃鼠狼是肉食動物，必然以雞鴨等作獵食品。同理，人類私心比一條餓狼還厲害，因為私心，才有帝王權術，出現劉邦除異性王、楊廣弒父殺兄、趙匡胤杯酒釋兵權、朱元璋洪武四大案等等，尤其是朱元璋，以殺雞儆猴之術將開國元勳幾乎殺絕，開創了 276 年大明王朝的奠基。

社會遊戲模式有兩種，一種遊戲是我做主，即集權制；另一種遊戲是大家輪流做主，即共和制。兩者遊戲的性質和結局有截然不同：其一，遊戲設計理念不同，集權制的設計理念效「我當皇，都聽我，我要的是哪個最大的果果」。而共和制是按約定成俗出牌，輸了得走人，沒有占多大的便宜。其二，做

主的私利含金量不同，集權制分果果由自已定，當是撿大棄小。共和制按約定由聖誕老人分。其三，做主的投資成本不同，朱元璋是靠出生入死爭得皇位，而歐巴馬僅僅據幾句承諾獲得總統。其四，做主的「維修」成本不同，「約定出牌」無須要維修費，而「我當皇」卻要費神哄人壓人禁言行，否則就有蘇綽的話「你的統治就不牢固」。

由上可知，集權模式玩法是私利含金量多，投資大，維護成本大的遊戲。私利和投資大決定是人人追皇位人人求要回成本和利潤，那麼，爭權奪利就哇哇脫胎落地。而爭權奪利最佳的射手便是權術，集權遊戲圖個人打拼，打拼靠拳頭和權術，形成亂世奸殘逞英雄稱世，誰的拳頭大、嗓子響、歪點多，誰就贏得天下。草莽劉邦朱元璋詭計多端被捧上神臺，世人也無奈默認「勝為王」。共和制則不同了，遊戲是運動員選裁判員，容不得有裁判員陰私舞弊。尼克森的權術再多，「水門」掩醜再好，也逃不過選民眼光而被彈劾。這說明，集權制的權術能給劉邦朱元璋帶來碩果累累，權術對尼克森卻是終生敗筆。故稱權術是集權制專利品絕非是空穴來風。

有人提出國人權術三大基礎理論是；人性惡是權術的土壤，荀子稱人性惡，應防備，故講權術；陰陽學說是權術的工具，《周易》講進退、虛實、真偽辯證等，《周易》成了權謀學的哲學基礎；利己主義是權術的目的，以董仲舒的利己主義「大一統」理論為代表。所以，權術得以廣泛流行，是有條件有基礎的。如果用簡單公式表示，則權術定律是；權術與利益傾向競爭、與集權程度、與市場經濟成正比，與言論自由和透明度成反比。凡集權愈大、私利愈多、禁言禁行愈多，則權術愈多。大明王朝和朱元璋應用權術遠遠比英國和邱吉爾應用權術多上千上萬倍。

權術有先哄、後騙、最後是壓，依環節不同而施用，力求百姓麻醉和無知狀態，最終達到權力的穩固如山。這樣，道德與私利的博弈摧毀了誠信系統工程。權術稍稍從地下冒起，加上商鞅式的政客考究創新，中國式的權術變成氾濫成災。年過

七旬武則天滿腔「仁義道德」，競與男寵張易之張昌宗兩兄弟共度良宵銷魂。百姓看破了紅塵而學破罐破摔，言行分離的民風讓權術之火越燒越旺，連自稱是毛學生的林彪也說上「不說假話辦不成大事」。有一線民稱「權術才是中國繁榮兩千年的核心秘奧」，語雖歪卻是形象的。

　　權術的特徵較多，主要有普遍性、利益性、非理性、隱晦性和功能性。

　　所謂普遍性，指權術無處不存。老子、莊子、荀子、韓非子等諸子是帝王之道的權術先師，其中韓非子是歷代帝王必研之學。韓非子的駕馭術所提的法、術、勢是以馭臣、鞏己、制夷治民為靶標；法是治民之法典；術是馭吏之權術；勢是鞏己之權勢，鞏已有加強集權、平衡勢力。馭臣效樹立威信、情利誘惑、相互監督、以他排他、分職弱權等術；如果我們縱覽24史，幾乎全是演繹帝王對付敵國、對付夷蠻、農民起義、權臣專政、后妃外戚干政亂政、朋黨之爭、太監擅權、地方割據等等的駕馭故事。

　　所謂利益性（工具性），指權術陰私濃，以利益為逐並成陰私工具。以中國（漢）國家概念的標準為例，就有其標準是依利益變化而有標準變化；秦代前是諸侯割據，國家標準是據血緣，秦國越國楚國是有別的；秦代一統後，血緣標準有礙一統利益，改血緣標準為地緣標準，只存中國不存秦楚越人了；漢唐務開疆，地緣標準既不符開疆也不符利益，於是國家標準又由地緣標準變為文化標準。滿蒙回藏再不是韃虜而是中華民族了。

　　依利益，理論也隨之變化而變化，清代前，沒有南遷理論，沒有客家中原說，沒有客家古漢語音說，沒有出現祭黃帝陵，也沒有組織華人尋找祖源地。只是到辛亥革命尤其是抗戰後，羅香林、王力的「客家說」口號響徹大江南北，也是說，理論和拜祖的出現不是依原生態，而是由政治意識者吹泡泡的結果。

　　所謂非理性，指權術不尚真理，不講是非，為利益可以顛倒黑白。連白馬都講為不是馬。我們講白馬是馬，他們則提，白馬是一概念（A）。馬是集合概念（B），依哲學同一律A是A，B是B，A不能等於B，所以，白馬非馬就圓滿詭騙解答了。更甚者有人提出可以證明 1=2，解釋是：假設 X=a2-a2，並代入式 X=X，得 a2-a2=a2-a2

　　左邊提取公因數 a，右邊因式分解，得 a（a-a）=（a-a）（a+a）

　　兩邊除以公因數（a-a），得：a=a+a

　　兩邊除再以公因數 a　　1=1+1　　即 1=2

　　這證明實是詭騙法，現實中不乏其例；法西斯是慘無人道的，但是，也可以舉出希特勒能做到減少失業率，墨索里尼能做到火車正點，如果以失業率和火車正點來證明法西斯的正確，那是欺人之談了。我們提少數民族貧困，如果拿出增長率多少多少，不作橫向對比，當然結論有不同。同理，母語瀕危已是事實，卻拿發行多少民族報刊、譯製多少方言片來證明無危機，結論也是謬誤的。如果有人想攻擊本書是歪論，首先攻擊是理論，次攻擊是現實事例，所用的方法自然多是詭騙術和混淆術。我們提出民族標準，提出文化級差，提普世價值等觀點，極左者會先從概念上作文章，進行肢解後以全新的詮釋，要證明本文的事實謬誤更容易，因為，所舉的事實不可能全部準確無誤，數位有出入，時間有誤差是屬必然的。極左者不作母語瀕危應答而專挑咬文嚼字顯然是別有用心。

　　所謂隱晦性；指權術掩蓋和欺騙性能量非常大，因為世間事物異常複雜；2014年馬航客機在烏克蘭上空被擊落，俄羅斯稱俄軍沒有入侵烏克蘭東部，朝鮮稱沒有攻擊美國網路。朝鮮戰爭是誰先打第一槍等等，都是屬無確鑿證據，無法弄清的「雞生蛋、蛋生雞」難題。於是權術成了熱門武器，為何權術得到歷代統治者的鍾情？是權術本身含巨大蒙蔽作用，蒙蔽帶來利益，這些蒙蔽主要點是：

1.用遙遙將來代替當代，以虛玄驅逐事實，時間拉長，空間是缺少可看可摸的烏有。模糊話、口號話、答非所問話、奉承話等等非人間話應有盡有。

2.用理論代替實際，只講「空對空」，不講具體，成了不玩世間人煙的神仙。

3.奉秘密代替公開透明，奉轉移視線以甲代乙，以假充優，只講經濟公平不提權利公平。

4.用蒙朧代替清晰。前蘇聯用「可以自由呼吸」的歌詞當作言論自由和直選。

5.機率性和許諾性誘惑。賭博含機率，傳銷藏誘惑，權術兼而有之而吸引人。

所謂功能性，即是權術有強大征服人心能量，權術有混淆是非，能通過潛移默化將歪理打扮成真理，左右人的思想和認識，最後達到陰私目的。以歷代封建權貴的同化術為例，首先是先秦提「非我族類，其心必異」口號，用口號製造議論。其次是假販「土司制」，效「以夷制夷」。再次藉口種種理由廢土司，改土歸流，蠻地效漢化。同時江南地也實施同化舉措；立書院，明代編修「洪武正音」，在閩浙粵地建「正音蒙館」和「正音書院」，最後是推行文化擴張征服人心，明代起大興修志，修族譜，強化修史。另一手段是封建權貴者刮起虛榮一統風暴，儒家發明的「君君、臣臣」等級後，「衣錦還故鄉」、駟馬高車、權豪勢要、人上人等等將尊卑貴賤表現得淋漓盡致，虛榮被描繪成光彩奪目。官員衣服三品以上為紫色、四品深緋色、九品淺青色。連鬼也分低級鬼和高級鬼（山神、水神）。虛榮令弱者深感無地自容，於是客人的「中原南遷」、閩人的「衣冠八姓」、壯人平話人的「狄青後裔」等等打著高貴旗號擠進虛榮列車，其結果，自然是封建權貴者耕耘的「認同感」裁培物大獲豐收。這說明，歷代封建一代接一代為追求維權護權強化認同感使盡了絕招。

因為集權是以權力本位制為核心，志在權力私有，統儡四

方，以獲得權力定英雄，權術是兩軍對壘最有攻擊力的武器，陰私方搬出權術就成順理成章，必然使盡九牛二虎之力爭權力，權術就漲價成了耀眼的光環。

四、權術的手段

權術的手段多如牛毛，有政變之術、馭臣之術、愚民之術、諂媚之術、狡辯之術、誣陷之術等等。可以這樣說，權術依賴蒙蔽，蒙蔽的歸宿是掩蓋真相。權術幾乎全是為掩蓋真相而渾身解數。真相不明，則是非不清，變成權術者壟斷話語權定是或定非，達到陰私利益目的。歷代統治者用蒙朧不可靠的族譜來認定「中原南遷」，顯然就是忽悠南人不明真相認定爸是李剛而非李鬼。

這些權術主要手法有：誘騙法、轉移法、模糊法、虛實法、取捨法、混淆法、回避法，直致權術者施行的政策措施如愚民、同化、禁忌、威懾及利益教育等等。歸納有如下幾種。

哄法：在權術中最常見。洪秀全起事時，口號是：天下一家，共享太平，主張天下多男人，盡是兄弟之輩，天下多女人，皆是姐妹之群。可是，剛剛打到永安，便把從天王到士兵分等級，丞相到軍師的兒子稱公子，女人稱玉。1853 年入南京後，即大興土木。洪規定一夫一妻制。洪本人卻有 108 個妻子，宮女上千。洪大搞專制，稱孔子是妖。「孔孟」之書為妖書。規定凡傳誦者皆斬。妖書皆毀。洪秀全殺人如麻，僅 1856 年，洪利用韋昌輝誅殺東王楊秀清及其親信數萬人。1851 年全國人口 43216 萬，到 1861 年 10 年間人口降至 26689 萬。這在清二百多年間是沒有過的。人口的減少多與戰爭有關，尤其是燒殺有關。統計可能有偏差，但人口下降已是史家所公認。由於某種政治利益，自辛亥革命起，太平軍的暴行多隱瞞，而其抗異族備受百般讚頌。

揚抑法：其作用是抬高美化自已，醜化別人。是同化最有效的利器。史書《明太祖實錄》有「中華也，中國也，親被

王教，自屬中國，衣冠威儀、習俗孝悌、居身禮義，故謂之中華。」

　　相比之下，對夷狄則低貶不絕。孟子稱「苗蠻鴃舌之人，不聞先王之道」。《明太祖文集》載朱元璋稱「夷狄、禽獸也，故孔子賤之」。鄒容和王夫之更偏激，鄒稱「誅殺五百萬有奇披毛戴角之滿州種，洗盡 260 年慘殘虐酷之大恥辱，使中國大陸成乾淨土。」王則稱「夫（夷）者，殲之不為不仁，殺之不為不義，誘之不為不信」。揚仰法的結果，使四夷頓激「仰慕華風」，讓魏孝文帝脫下夷裝穿上漢服。

　　威懾法：土耳其對付庫爾德人可稱上駕馭良術，庫爾德人在土境最多，達 1500 餘萬人，庫爾德人以驍勇見稱，在伊拉克、敘利亞等國成燙手的山芋，但在土耳其則不同；庫爾德人成溫順的綿羊。其因是從凱末爾時代起，施展武力殺戮、同化洗腦和內部瓦解三術。凡反抗者格殺忽論，使人人相危；詭稱庫爾德人是山地突厥人，與土耳其人是同祖同宗，至今新一代已認同；庫爾德人部落很多，通過部落首長支一派打一派讓他們相互制衡和爭鬥，達到內部瓦解。庫爾德人無法有力量與官方叫扳了，成了服貼的羊羔。同理，晁錯是漢文帝的知己和紅人，替漢文帝獻計削藩，結果引七王之亂，為安撫諸侯之心，漢文帝拿晁錯當替罪羊處死。漢武帝代的主父偃、朱元璋代的李善長等等重臣也遭同樣命運。

　　同化法：封建主都是志在開疆，對開疆的新臣民需要洗腦提高認同感的權術來維穩，於是各種各樣的「歪論」便出籠。如果沒有「歪論」，就難磨平隔閡。無法掩蓋傷疤，無法解釋民主自由是壞東西。

　　在國外奉同化較濃是前蘇聯，文革期學者阮欣寫「如此民族接近」一文，揭露前蘇聯用滲透權術法同化非俄羅斯，手段是：一是建立新工業區和荒地開發區，強制移民。二是鼓吹異族通婚，加速俄羅斯化，拉脫維亞異族通婚率達 21％，摩爾達維亞和烏克蘭城市異族通婚率達 25％，哈薩克農村達 17％。以上措施使各加盟國國民比重下降，哈薩克的俄羅斯族

占 46%，哈薩克族降至占 33%。1976 年 2 月 4 日新華社記者寫「蘇修繼承老沙皇衣缽，推行大俄羅斯主義」一文中也說，蘇聯採用：（1）互派幹部，加速同化。（2）歪曲掩蓋歷史事件，稱摩爾達維亞是請求加入俄羅斯。（3）打擊摩爾達維亞幹部，稱之不稱職。（4）實行經濟剝削，要摩爾達維亞種葡萄、煙草，實行單一經濟。

同期，大連紅旗造船廠理論組和新華社記者述評文章也揭露非俄羅斯民族被受壓，亞美尼亞、格魯吉亞、烏克蘭三國書記被撤。非俄羅斯區規定從小學起必須用俄語教學，公務活動用俄語，目的是消滅非俄羅斯民族語言，實現俄羅斯化。

鎮控法：為了強化駕馭術，歷代封建又大搞人身依附權術。

人身依附手段最狠，管仲是人身依附術高手，有人說其思想核心是「利出一孔」。即國家採用政治、經濟及法律手段，控制一切謀生管道，同時壟斷社會財富分配，那麼人民要想生存與發展，必然事事仰於君主的恩賜，君主就可以隨心所欲地奴役支配每個臣民。人身依附術常見有嚴禁遷徙、戶籍制度、什伍制度、保甲連坐制度等等。朱元璋「大浩」規定，農民不能離開原地。戰國期就有什伍制，「五家為鄰，五鄰為里」「十家為什」。實行獲罪一家連九家，什五制和戶籍制意在控制人身自由、防控反叛。通過人身依附術實施，天下人只有乖，絕無尊嚴只求「三斗米折腰」。

權術不僅用於馭臣馭民，更重要是對周邊民族的應用。常用的權術除上面的各法之外，尚有攻心法、掩蓋法、戮殺法、夷制夷法、將騙、誘、愚民、威儡、彈壓等法全用上。

首先，推行愚化、窮化和同化。禁忌、同化和貧困已在前面討論，這裡僅補充其漏。史有「平蠻攘夷，推行同化」之說；歷代王朝徵用土兵，除有「以夷制夷」外尚含「同化」之功。以廣西歷代為例，凡參加征剿或駐防的俍兵，極易接受漢文化，尤其是俍兵屯軍，很快撐起「祖籍山東」大旗，以便提升身份。由於少數民族受歷代封建統治者的征剿，後又灌上「華尊夷卑」

的理念，使致蠻人後裔多不願承認自己是蠻人。例，海南的臨高人，廣東茂名一帶的土白話人，均標榜自己是漢族，而那些稱為少數民族的人，也自稱「祖籍中原」。顯而易見，這些現象實是同化攻心法所結的果。

其次，推行誘騙鎮控：明代永樂年間，貴州一土司勢力大，官方千方百計找藉口滅土司，鎮守貴州都督馬史華的手段是用刺激法逼蠻造反，以便抓住口實鎮壓。他將一土司頭目妻子奢香脫光衣服鞭打，頓時苗蠻憤怒填胸要反抗。所幸現任土司沒有上圈套，而是上京陳訴。結果皇上用替罪羊擺平息事。漢代，遼東太守祭彤，使鮮卑大酋長偏何等人殺匈奴，依首級數論賞，結果，很多部落首領都爭著殺匈奴人的買賣。拿著人頭領賞。僅每年從青、徐兩州便拿出二億七千萬錢購北匈奴人頭。足見殺戮之劇。

再次：效法「夷制夷」。漢擊西南夷，部分兵就是用當地兵。唐開元 12 年，武陵蠻覃行璋苗民起義，調彭氏家族來鎮壓，使彭能為土司長達 800 年。宋代，平儂智高的兵大部分是湖南保靖、永順土兵。

明代，征剿廣西大藤峽、八寨均調土兵征剿。曾征萬餘土兵征大藤峽、景泰 7 年，征保靖土兵剿銅鼓五開、黎平諸蠻。

最後；效法奴役自殘法；這是封建統治另一毒計。凡是地方或邊防有事，總是要土兵去當炮灰，連出征的費用也自備，官府分文未支。

1062 年廣西經略司熊本上書稱「宜州土丁 7000 餘人，緩急可用」，僅一州就有土兵 7000 餘人，足見土兵之多。

明代，明成祖征安南，就調廣西土兵 3 萬餘人參戰。

同期，海倭侵擾東南沿海，明竟不征近地蘇、浙、皖兵而征千里迢迢遠地廣西俍兵抗寇。明代《倭寇考略》有「明倭患已極，征四方俍、土兵剿之」。足見用心所在。1554 年，瓦氏夫人率 6873 人赴金山衛抗寇，取得大戰績。於是朝廷深知

俍兵驍勇，征俍兵更多了。

封建王朝不僅用土兵征剿，也用土兵守護邊防和地方治安。南方居地邊遠，氣候習俗與中原大異，使用土兵駐防不失為一良法。當今的兩廣，尚留下很多俍兵屯軍陳跡。在廣東，有舊壯人和新壯人之分，舊壯人就是土生土長的舊越人後裔。新壯人則是俍兵駐防的後代，在廣東的連山、懷集、電白、茂名一帶的壯人，即是俍兵的後裔，只是當今電白、茂名、化州的俍人後裔不願承認為壯罷了。

在廣西，俍兵駐防遍佈整個廣西，如陸川縣六平黃姓、六茛吳姓均是俍人後裔，其地名就明顯印上壯地名。由於駐防都是點狀分佈，因而出現許多方言島。因為俍兵多屬百色、河池、南寧壯方言，與當地壯語有異，故出現風趣的俍兵方言島。如龍屯（金秀縣七建鄉），抱村（象州百丈鄉）。盤古村（象州妙皇鄉），蘆崗村（賀縣鵝塘鄉）以及恭城、鐘山等縣，都有操河池壯語方言島。

駕馭術對不同國家或群體應用最多，除上述權術手段外，我國盛行以夷制夷、和親、封官、賜姓、設州縣、設廟宇、愚民、同化等等權術手段。在 24 史裡，演繹權術成了史書一大內容。所以，有人說中國歷史「兩千年之學，旬（荀）學也，兩千年之政策，秦政也」，無論如何改朝換代，總離不開戀權力。總離不開「荀學秦政」。沒有權術，皇位就化為烏有，趙匡胤奪周世宗位，李嗣源代唐莊宗位，全是前兩者張揚權術得逞。

五、權術誤區及弊病

從本質分析，權術雖貌似給政治修籬笆作用，實是注上一劑毒針；權術僅僅能治標、卻不能治本。而治標的副作用非常大；

其一，誤手段為本質。權術是陰私特產，是謀權的手段。從社會發展和理論分析，陰私不是真理，權力旁落是絕對，權

術修籬笆只是相對，李斯用權術給秦皇「輸液輸氧」，無論是「掩馳說之口」，或是焚書坑儒，或是統文字置郡縣。依然有陳勝吳廣揭竿而起。曹操是權術大師得天下，但得天下後，很快又被他人奪走了。曹操苦心經營的心血付諸東流。曹操的故事又回到原點。這種遊戲是耗百姓的血、財、物。是一種不明智的遊戲。權術者最終沒有多分蛋糕。

　　其二，誤「維穩」是治國良方。權術者認為社會的離心力是「論古非今」，提高社會引力在於愚民控民和防民，史稱御民之術。古今御民術都離不開大呼隆、大宣傳、禁異見、禁抹黑等等。仿佛社會用一個聲音說話，有順耳沒有逆耳，就視社會是國泰民安。引力的是非是否如此，另有專題討論，這裡僅提兩點；社會僅有一個聲音是否是好事？禁抹黑是否有引力？引力是有條件講基楚據事實的，如果總有擴皇權縮民權存在，百姓會為自己失去的權利而憤憤不平。

　　其三，誤一統和開疆是樹威立尊之術。大凡歷代封建王朝，要樹自己威信，鞏固自已權力，缺少同一聲音，缺少武功，是無法樹威立尊的。前朝開疆拓土能保是明君，超過前朝開疆是千古偉人，從名人、文人到普通百姓，都有這個共識。這樣，以開疆拓土當成樹威立尊之術，被一代又一代傳承，成了封建專制一道菜譜。這在前面已談了。

　　權術雖然帶來暫時好處，卻給社會帶來巨大的弊端：

　　1. 權術是損害國家威信的元兇。國民黨為何失敗？原因之一是講權術，辛亥革命前，革命黨人稱滿人是異種，要「驅逐韃虜」，稱滿文化是胡學，稱東三省是胡三省，稱漢人是亡國亡種，倡國學是「保種、保國、存學之志」。又稱「中國十八省，十八省之外不是中國」。到辛亥革命後，臉譜大變，滿人從異種變成「中華民族」，胡三省不提了，國學不再風光，取而代之是「五四運動」的打倒孔家店口號。是是非非任人評說，真理和事實受褻瀆，而國家都不講真話。老百姓也不講誠信了。舉國上下，歪風盛行。為何貪污受賄這麼多，根就在於真理和誠信缺失。可以設想，要是國家和政府總是以權術忽悠百姓，

這個國家和政府無法在百姓心中樹起威信。

2.形式主義盛行。因為權術是為利益負責，不是為真理負責，所以便出現以利益定乾坤。盛行概念到概念，即虛對虛，重經典、重權威、不重事實、不重普世價值。在「歷史轉折中的鄧小平」電視劇中，有這樣細節，聯產承包制能大幅度提高產量已是公認的事實。但苦於缺經典、缺權威支撐，鳳陽縣夏小姐在會上介紹經驗中即遭保守派反駁。僅僅是「是不是要出現兩極分化」「是不是要回到資本主義」兩句反問，夏小姐便啞口無言而哭了，因為種種原因夏小姐無法反駁，也是說事實敗給理論，夏小姐要反敗為勝，只能突破「大理論」。但破「大理論」又談何容易？在這裡，保守派應用的是「經典」鎮懾法。

3.母語衰微的利器。如果我們深入調查會發現；封建權貴實施同化，幾乎全借助權術而得逞。封建權貴制定的每項政策和措施，多隱含清剿和削弱「異音異俗」的暗器，雲貴川的官話率遠遠比東南沿海官話率高上百上千倍，顯然是明代間前者置設的軍事衛所遠遠比後者多，是衛所權術暗器發揮了同化作用。

4.信用危機。權術為了利益不惜歪曲真理和事實。有人稱兔子永遠追不上烏龜，理由是；烏龜在前兔子在後，兩者距離形成有時間差，當兔子跑到烏龜點，烏龜也向前，兔子再跑到烏龜新點，烏龜也總往前爬，兩者距離儘管越來越近，但永遠存在時間差，從數學講時間差是無窮盡，也是說兔子永遠追不上烏龜。像這樣用歪理作詭辯的事例在社會流行多不勝數；上世紀六十年代饑荒有改革派守舊派的「三年困難時期」和「三年自然災害」之爭，辛亥革命前有章太炎挺國學和辛亥革命後胡適倒孔之爭，中國人起源有梁啟超章太炎的西來說和范文瀾本土說之爭。我國文字出現才 3000 餘年，競說張王姓已有 5000 多年歷史；稱越南菲律賓是殖民地而香港澳門又不是殖民地；辛亥革命前稱滿人是異種異族，辛亥革命後孫中山又稱是中華民族一部分；壯族在解放前被戴上漢族帽，解放後又變成壯人；華夏族只有本土說絕無西來說，而南人只有南遷說

沒有本土說，兩廣人與越南人河南人比長相，連小孩都會認定兩廣人與前者更像與後者有差，但人們反而是否定前者肯定後者。所有這些權術事例，必然讓社會的人說上同一的一句話：「憎人的」。

因為社會存在歪理和權術，構成了社會信用危機，社會真理常被權術取代，形成誠信受損，歪理盛行；也影響人們對民族方言母語的正確認識，人們無法分清誰對誰不對。因此，許多謬誤被南方群體全盤肯定了。「祖籍中原」就是其中之一。

人類出現權術，根就在於：一是獸性思維。對社會總以「階級鬥爭」對待，時時提防或攻擊別人，因而耗費心思對待周邊人群。二是自私太濃。由於私心而通過權術謀求利益在史上屢見不鮮。三是素質低下，權術帶來的利益有限，而失去卻相當多，弄權術實屬是成本與回報無法辯清的弱智。一個商販要是短斤少兩，他將失去是顧客。

權術是集權體制的怪胎，也是集權體制最大的敗筆；以權術作政治謝幕，必然引謊言、歪理、詭計、人哄人氾濫成災，人類社會找不到一塊淨土，人類慢慢患絕症自殺而亡。

第五章　母語衰微之四

——這不是我家鄉

　　中原南遷一詞，是征服南人心靈最有效的利器，又是造成母語衰微的元兇；因有祖籍中原，有桂人「狄青後裔」、有閩人「衣冠八族」，就有家鄉為「這不是我家鄉」的認識，出現南人歸宗認祖之心，對母語冷漠、對家鄉缺意識、出現追求攀附。中原南遷已是解釋南方群體族源的鐵案，也是當今媒體最多最響的聲音之一。使數億的南人對此深信不疑，有一負名的高級知識份子韋某，依據同化規律的知識，他對南人的不全同化的存在可否定雙方有人員遷徙交流的邏輯結論表示認同，但他又肯定韋姓是隨狄青南遷，說是有族譜為據。這種既否定有人員交流但又肯定韋姓是南遷的悖論，足見中原南遷一詞已使南人像中邪那樣不尊重事實真理。所以，揭示中原南遷的是是非非，追回其原貌，是呵護母語生存，防止母語冷漠最有效的選擇。中原南遷的提法是否有事實依據？我們認為這是歷朝歷代政治權力相沿襲的結果，而不是真正有科學事實為依據，現將中原南遷的是是非非剖析如下：

第一節 揭開南遷說的鑰匙

一、概述

（一）由來與態度

中原南遷已成鐵案並獲從高官、文人到普通百姓首肯，成了媒體頻率最高最強的聲音。誠然，對這樣「含金量」很大的要題，古今竟很少有人問是非，包括連漏洞百出的「狄青後裔」「衣冠八族」等等定調也受人崇拜。這就讓人生疑，是否含某種利益驅使？

對於有重大存疑的要題，是以真理服從利益？或是利益與真理分別對待？我們的傾向是後者。因為真理絕不會損害利益，相反真理有利於利益。凡國家和民族，總是有求通過核心價值的引力提升國家和民族的地位，如果每個人都在追求真理，服從真理，那麼，國家和民族的前程不是夢。把求是非、追真理當成異端，顯然是左的「意識敏感症」作祟。況者，要衛護母語，絕不能跳過南遷說這道門檻。因為母語的衰微，與南遷說激起的母語冷漠、家鄉冷漠及認同冷漠的浪花有千絲萬縷的聯繫。對待南遷說的討論，我們應尊重人類文化遺產和尊嚴權利，不能因面子和利益向真理挑戰，應該順勢持寬容和理解的態度對待人類文化，而不應選擇評擊和歧視保護母語。

我們提出質疑南遷說，實屬逼出來的無奈。其一，當今母語的衰微，除私利、負性文化影響外，最主要是思想和認識，而思想和認識又全是中原南遷論所左右，可以設想，當某人認定有生父和養父時，這個人能為養父投入全部的奉獻嗎？當他深知所持的是醜陋鳥語而不是自己悅耳祖語，這個人能熱愛鳥語嗎？可以這樣說；當今母語衰微，其深層主因是南遷說造成，南遷說一日不破，則母語衰微一日不止。其二、母語不僅事關群體和個人的尊嚴和價值，又是人類寶貴的文化遺產的一部分，如果母語的價值比不上大熊貓，豈不是人類的悲哀嗎？其

三，考究南遷是非，其意義遠遠超出南遷論範圍，我國的封建史之最，官本位制之深，全系獸性利益思維鑄成，這個利益思維釀出「非我族類」、釀出一統、釀出「沒談國事」等等，要衛護母語，當然要克服利益思維。否則「請說普通話」的告示會氾濫成災。其四，語言又是人類權利的體現，只允許講這種語，禁另一種語，就不符文明社會了。其五，南遷說的偽論偽事已明顯，若因私衛護偽論偽事並視為真理當成國策，那麼，以偽論當真理，國風、民風、民心又將如何？偽論偽事能扛起振興民族大旗嗎？我們認為；探討中原南遷真偽，絕不是像極左派那樣擔心有損國家「維穩」，相反，人們會通過認識真理、認識優化而深信國家的美好未來，用不著拿警棍「維穩」，真理比警棍遠遠更有威力。

（二）探討觀點

要弄清南人真實身份，給予明確定位，應循正確思想指導：1.不跟風、不唯書、不唯上、不唯聖，只唯實；2.思想不守舊；3.重科學、重事實、重證據，崇尚胡適的格言：拿證據來。

（三）探討方法

講究程式和原則觀，包括本質觀、主次觀、辯證觀、比較觀、數量觀、標準觀、審視觀等等，碰到一個問題，先審視其真假，有無事實，有無利益背景，有無符合邏輯，然後再查證，把問題是非分清，其中最重要是利益背景，事物本質和標準。

標準觀對鑒別是非非常有效。我們產生誤判，除其它因素外，主要是僅求表面模糊印象，不求甚解，更無標準造成的。

（四）探討的缺陷

影響探討南人真實身份因素很多，但主要有：

1.認識滯後、感情離譜。持落後的集權思維認識時，是無法接受否定南遷說理念的；同理，思想和感情偏離客觀，評價失去理性支配時，判斷會產生謬誤；極左者總是看不慣改革，

「一統觀」者必反對保護母語，反對保護民族文化。感情色彩成了正確判斷的障礙。

2. 自私心太濃。經自私文化的潛移默化，國人思想言行絕不離開私字，「既得利益」者總是千方百計維護「既得」，全不計較真理和事實。改革開放可以使經濟活躍，使國強民富，但守舊派卻囿於「姓資姓社」概念而極力反對。對學術成果和社會文化，總是從執政者的意志和「一統」的理念作取捨依據而無視事實存在。中國幾千年來所有的政治家，除個別地區個別人外，極少找到超前思維和走出私利——像賈利勒那樣，打下天下不坐天下。

3. 缺少獨立人格。受形象思維文化影響，國人迷表面，迷書迷上非常濃，表現是：發現問題不是先由自己思考，而是去找前人或聖人是怎麼說，於是照葫蘆畫瓢畫上去，沒有自己思考的一點影子。

4. 研究方法缺陷。鑒別群體是非有賴很多學科來驗證。當研究方法存在缺陷時，其結果就不可靠了。這些包括觀點不科學，抽樣不科學，方法不科學等等。例如，大規模的採樣，客家人的 O 型血占 40% 以上，如果某學者在客家某點採樣 100 人檢查，結果是 O 型血占 30%。得出結論是：客家人血型與華北人相吻，佐證客家人是中原南遷，顯然，這結論是錯誤的。一是採樣點缺乏代表性。二是採樣人數及地域有限。

隨科學的發展，檢測手段不斷更新。如 DNA、酶等檢測手段都是應用不久，檢測例數有限，評價時需以代表或權威性檢測為據。

二、觀點與鑒別

對南方群體的族源，大體上有三種觀點：一是中原南遷。持這種觀點是以羅香林為首的客家中原南遷說。閩族也有「衣冠八族」之說，稱福建的林、黃、陳、鄭、詹、丘、何、胡八姓是黃巢之亂南遷的地道中原正品。二是南北融合，主要成分

是中原人。持這種觀點的勢力最大，形成一邊倒的主流觀點，也是正統文人的觀點。三是土著說，以土著為主，滲有少數其它民族，這觀點基本無人提，也受官方或學者所否定，是最薄弱的觀點。

南遷說是不是有理？應該以事實作回答，而不是信口開河任由名人定調。

首先，大凡衡量人和事，應有標準，否則眾說紛紜莫衷一是，標準的意義在於杜絕人們僅憑印象定是非而產生謬誤。減少「雞生蛋蛋生雞」的無結果爭執。如南人是不是中原南遷？是非很難辨別，但引入標準則一目了然，是非清楚了。當今的南遷說是對標準漠視，討論中也沒有依標準逐一論述，或歪曲事實。

其次，南遷說論證是空對空，或所據史料缺少權威性。民族大遷移從甲地到乙地，必然有遷移蹤跡可循。其蹤跡是我們鑒別是非最有力的依據。也是探討是非的主要內容。縱觀南遷說的理論，竟無遷移蹤跡意識，也沒有遷移蹤跡證據。不講事實不講理就硬性戴上一個南遷帽子。

客家中原南遷說主要依據有二：一是依據史料事件作附會，如西晉的永嘉之亂。但缺人數、地點、遷移目的地等記載，羅香林即將這些現象當成客家南遷證據。二是據族譜，以客家的族譜記錄為依據。

持南北融合觀依據是：一是有《史記》「與越雜處」的記載，各代戍邊記載。二是據史料中各代戰爭動亂瑣碎避難記載。三是據方志和族譜。

無論是客家南遷說或南北融合說，都是依據史料中個別記載，但這些多是相互矛盾的三流史料。對史料又是生吞活剝不作分折，如依《史記》者，不考究可信度或是否有記載，竟而以「與越雜處」四個字定有 50 萬人南遷。以族譜作族源定奪，更是歷代史家的大忌，極少有史家將族譜作論述族源的依據。

再次，南遷說論述缺科學、缺全面。只據粗糙的文字資料，缺少邏輯分析和實物證據，缺少如姓氏學、民俗學、語言學、考古學、地名學、遺傳學、民族學等等的考究，南遷說拿不出一點證據證實自己的觀點，未免有強詞奪理之嫌。

對南遷說的鑒別應有三種群體類型；一種是羅香林稱的客家「中原南遷」型，沒有異族加入成分，稱是純漢種；一種是50萬人」與越雜處」型，稱是混血型；另一種土生土長的土著型。

應該說，鑒別應循純種、融合和土著三個方向尋找證據，但南遷說僅以「與越雜處」一詞否定遺傳學、民俗學等事實。連北侖河一河之隔有北岸是混血種、南岸是土著種也不作解釋。

最後，當有人質疑南遷說時，不是視而不見、就是冷漠、甚是視為異端而打壓。這種學風學霸應該是文明社會的大忌，也佐證南遷說的真理性底氣不足。如果南遷說有理有據，就不怕人質疑。

標準是普遍公認的有權威性、有客觀性的鑒別手段，缺少標準等於缺少事實。為利判斷，現將主要標準介紹如下：

1.民族標準：同語言、同血統、同文化習俗、同地域、同心理素質。

2.方言標準：詞彙、語序、語音高度吻合無矛盾。彼此能相互交流或理解無障礙。

3.同化融合標準：異質元素融合為單質元素。單質元素指：同語言、同文化習俗、同心理素質、同社會地位。

依此標準，粵方言、吳方言、閩方言、客家方言等不能視為方言、也不能視為同化於漢族。

4.可信史料標準：史料來源無竄改、增刪、修補；作者無利益、無思想傾向。史料無矛盾。史料獲考古、人種、地名、邏輯等支援認可；有最古老版本或地下文物佐證。

依上標準，《史記》屬半信史料而不是全信史料。

5. 統計或報告可信度標準：採樣或抽查資料可靠，例數達調查要求；資料或報告有多數人相近或相同；使用的檢測手段是先進、成熟、可靠的；能反映被檢測者本質的。

6. 是非參考標準：有寬容社會環境，能自由表達；無政治或利益傾向；有客觀的第三者參與審計；符合事件、人物邏輯；有肯定可靠的證據和事實。

各種各樣的標準極多，只要認真分析思考，標準是不難制定的。制定的標準要達到科學、準確、全面及客觀。

對於南遷說的是非，判斷條件是靠正確思想指導、有資料、有鑒別知識和方法。是不是有中原南遷，不能憑印象，而是依據標準定是非。中原南遷的標準是：

1. 有詳實史料支持，包括時間、地點、人數等。

2. 有遷移的客觀證據；即保留有原居地的語言、習俗、姓氏、遺傳基因、人文（地名、人口特徵、社會文化等）的特徵，如果缺少原居地特徵，則論斷不成立。

3. 符合遷移條件；遷移條件良好，包括政治環境、交通條件、地理條件等。依條件，中原人絕不可能有規模遷往南詔國、大理國或土司地區居住。

4. 符合同化規律，遷移後的同化是符合弱勢文化被強勢文化同化。且屬完全同化。

5. 符合遷移理論和邏輯，不存在悖論。不違背邏輯。不存在捨近求遠、棄優就劣的現象。並能完滿解釋各種存在現象。

對照這些標準，說閩人、客家人等系中原南遷的論斷是非常蒼白的。

三種群體的是是非非，完全可以從史料、語言、習俗、姓氏、遺傳、邏輯及人文等幾方面來分析作鑒別，僅僅以史料中的某句片言隻語定是非，是不符科學和事實的。

　　這些要素各有各特點和功能，鑒別作用有異。其中遺傳基因對鑒別是非的力度最大最可靠，雖然檢測仍有些缺陷，包括利益和條件影響等，但對群體的族源定性已是綽綽有餘。加之語言學、姓氏學及民俗學等的鑒別分析，族群定性已不再是困難。

　　甲乙兩群體存在差異時，總有其差異現象客觀存在、若掩蓋差異總有矛盾難以自圓其說，這就是邏輯作鑒別的基礎。甲地具有的重要特徵在乙地沒有出現，或乙地常見的特徵在甲地沒有存在，那麼，說甲乙兩地是同體同質就違背邏輯了，同理，我國出現文字僅 3000 餘年，說姓氏有 5000 餘年的歷史，既無事實可憑，也違背邏輯。中原南遷之所以能成鐵案，顯然是為私利，為了虛榮，不顧事實、不顧邏輯而造成的謬誤。

三、民族識別史

　　至 1949 年止，歷史上從無作權威性民族識別，該地是何族，只是由印象而定。如晉代稱廣州為夷人，解放前稱講粵語的人（白話人），當今稱漢人，就是操同一語言也有各種稱呼，如壯語，有布依人，布儂人，都安人，隆安人等等。

　　解放前，孫中山稱中國有漢、滿、回、蒙、藏等五族。其它民族均列入漢，後加苗瑤、到蔣介石一代僅稱「中華民族」、即偌大的中國只有一個民族。

　　解放後，國家出臺民族識別政策，其標準是：

　　1.共同語言。所謂共同，指能夠相互勾通交流。

　　2.共同血統，包括同種族、同支系，應有檢驗學作依據。

　　3.共同文化習俗，包括飲食、服飾、居住、宗教、文字等等。

　　4.共同地域，每個民族都有地域。

　　5.共同生理、心理素質，包括個性、心理特徵、認同感等。

　　但是，我國民族識別多不按上述標準劃定。原因是：一是歷史觀念。我國民族識別是以文化以統屬來區分，是含糊性。二是政治性。中國有「一統」文化指導，凡臣屬的民族都要往「炎黃筐」裡裝。以防「非我族類，其心必異」。三是客觀條件，中國南方有粵、閩、吳、贛、客家、湘、西南等七大方言區，按標準則無疑定另一族，這在中國傳統，中國政治是不允許的。

　　不按標準，中國學者早已作議論準備：

　　1.史家錢穆說「四夷與諸夏，實在有一個分別的標準，這個標準不是血統而是文化……夷狄進中國則中國之」由此說很清楚。

　　2.南人多以漢自稱，如文天祥有「留取丹心照汗青」名句，這裡雖指是國的含義。但也含民族認同感成分。漢不以語言分。

　　3.辛亥革命前，章太炎為駁康有為稱滿人已用漢語漢字形同駱越閩廣非異族。章則說「不知駱越閩廣歸化漢人而非陵制漢人者也」，又說「今廣東福建之域，宅五帝之子姓矣，其世有世系，其俗同九州，其與沙漠之異族，舞干戚而盜帝位，其可同乎？」在這裡，一是章也認定民族不依語言等為標準，而以臣服為據；二是章應用權術，以陵制或非陵制為標準，顯然是霸道，如果駱越閩廣是問鼎中原，又視為另一族，是不講理了；三是章對歸化漢人不提歸化標準，佐示定民族是含糊性；四是章本人也是南人，又是大文人，竟不尚事理，提示「一統」文化高度植入每個人的脊髓。章稱宅五帝之子姓，其世有世系，其俗同九州等等，既模糊，又缺事實事理，朝鮮、越南等也是用「宅五帝之子姓」，但朝越不稱是漢族。

　　由於識別民族多不依標準，湖南的瓦鄉人、本地人、梧州瑤人、貴州裡民人、六甲人、湖廣人、穿青人、蔡家人、閩、粵、桂的蛋民、廣東臨高人、福建惠安人、壯侗語系的村話人、標話人、茶洞人等等都劃為漢族了。事實上這些群體民族標誌很明顯，如瓦鄉人有自己的語言、服飾、惠安女以「封建頭、節約衫、民主肚、浪費褲」的特徵聞名於世，福建蛋民在閩縣縣

誌就被歧視為「習於卑賤，不齒……閩人呼之為曲蹄……視如奴隸，賤其品也」，穿青人民族意識非常強，至今仍堅持為獨立一族，要求識別、儘管識別的原則是「名隨主人」，儘管有不同歷史和語言，以上這些群體依然歸於漢族，故粵、閩、吳、客家、贛、湘、西南等方言群體更是地道漢族了。這都是政治一統的結果。

廣東人史有夷、蠻、俚、粵人、偶稱粵族，語言、習俗明顯不同中原，也是漢族而不是粵族，如果定為粵族，孫中山也難選上總統。

民族識別自 1952 年起，至 1982 年中止，先後分四階段，定 56 個民族。

第一階段，1952 年至 1954 年，僅 1953 年人口普查匯總登記的民族達 488 個，僅雲南就有 268 個，貴州有 100 多個，1950 年全國上報是 80 多個，定蒙、回、苗、夷、朝鮮、瑤、黎、高山等 11 個民族。

第二階段，1954-1964 年，經識別，第一次又定壯、布依、侗、白、傣、等 27 個民族，第二次又定土家、佘、京、仫佬、毛南等 15 個民族，至此，全國已有 53 個民族。

第三階段，1965-1978 年，此期因文革干擾，識別工作停止。

第四階段，1979-1982 年，於 1979 年確定珞巴、基諾 2 個民族，至此已定 55 個民族，加漢族為 56 個民族，此後不再識別了，但有許多人要求更改民族成分，僅 1982 年，就有 500 多萬人，結果僅有 260 萬人獲承認，另一大半未得承認，這些人多是遼寧、河北的滿人、湖南、湖北、四川、貴州的土家人，湖南、貴州的苗人和侗人。

但也有例外，官方有意將臨高人改為壯族，但臨高上下民眾都反對。

由於識別多不依標準，因此出現張冠李戴現象甚多，例如：

摩梭人在雲南定為納西族，在四川定為蒙古族，海南瑤族定為苗族，雲南的「本人」定為 10 多個民族，廣西和貴州的紅水河兩岸，南岸定為壯族，北岸為布依族。

識別的特點是：定為漢從寬，許多有民族特色的群體都劃為漢，定為少數民族從嚴，如穿青人、六甲人要求識別很強烈，但費孝通認為穿青人系朱元璋戍邊的漢人後裔，故未予承認。

事實上戍邊的漢軍多屬鄰近的不同民族的土兵、這一點，費老是明白的，但「一統」思想支配下，依然堅持定為漢人。

由於識別多不據標準，全國上報的 488 個民族，最後僅定 56 個，雲南上報 268 個民族，最後定 26 個。這些說明，民族識別有像憑權威人士拍腦袋定性的跡象。

四、史料評價

（一）史料真顏

歷史是賴史料定奪，但史書經數千年的反覆傳抄翻印，已是面目全非。學者鄧之誠稱「若論遠古，則楊朱所謂三皇之事，若存若亡。五帝之事，若明若暗」。學者岑麟祥稱：「孔子五經、周禮、左氏傳、論語等十三經，很少是原作。」顧炎武也稱：「明代萬曆間人，多好改竄古書，人心之邪，風氣之變，由此而始」。顧氏稱「由此而始」亦不對，改竄之風早已有之。僅《史記》，原書僅有 526500 字。今本有 556600 字，比原書多 3 萬餘字。其中〈外戚世家〉補 1180 字，〈龜策列傳〉補 7664 字。〈秦始皇本記〉補 2872 字。史家認為《史記》有 45217 字是非司馬遷原作，實際遠不止此數。

張心澂的《偽書通考》載有偽籍 1100 種，鄧瑞全的《中國偽書綜考》則記有 1200 種，其中，經部 88 種，史部 98 種，子部 352 種，集部 604 種，史部包括《史記》、《漢書》、《竹書紀年》、《國語》等書，其它有近代《石達開日記》。《李鴻章回憶錄》等為全偽。《戊戌奏稿》為部分偽，而康有為《大

同書》為年代偽，改作偽的原因固然很多。但政治和利益仍是主要，有時是官方定調。清代行「寓禁於證」政策。修「四庫全書」時實行全毀，部分抽毀，把不利於統治的古籍毀掉。「四庫全書」有 3416 部，全毀、抽毀的圖書達 3011 種。幾乎占了「四庫全書」近 90％。清代是這樣，其它各朝也是大同小異。

史料的保存和管理失當又是造成史料失真的另一原因之一。史書從帛書、竹簡到紙質抄寫到印刷，期間經歷有老化、蟲損、天災人禍，不斷轉抄等等，使每種書都有不同版本。差異多少不同，馬王堆漢墓和湖北張家山漢墓均發現有醫書《陰陽十一脈經》、《陰陽脈死侯》、《脈法》三書，馬王堆墓三書的字數分別是：583 字、89 字、188 字。張家山墓三書的字數分別是 915 字、166 字、312 字。後者的每種書均比前者多近 1 倍。醫書是這樣，其它書亦然。

另一方面，當代也很少理解古代環境。例如。晉之前，書寫物件多是竹簡。每根簡約 20 字。一本《史記》就需 2 萬 6 千多根竹簡。若每簡重 20 克，就有上千斤重。古有成語「學富五車」。這樣算來，他的知識僅僅有一部多史記的知識。從這點理解，說司馬遷博覽群書，精讀各種史籍，大概是造神。太平天國離我們僅僅一百多年，但韋昌輝、蕭朝貴、李開芳等人的祖籍即鬧得不可開交，而司馬遷竟能活靈活現描繪千多年前的商湯對話「格女眾庶，來，女悉聽朕言……」（你們都過來，聽我的話）這只是文學家而不是史家所能。

正因歷史條件關係，史書相互抵觸多不勝舉。對商代，《史記》稱傳 17 代，《竹書紀年》稱 496 年，而《左傳》稱 600 年。就是名詩，也有後人改「床前看月光，疑是地上霜，舉頭望山月，低頭思故鄉」名詩。明代為了張揚「大明」，將「看」和「山」全改為「明」，後人也是將錯就錯，按新版去讀。

由於古籍失真和環境限制，能準確識史很難，故孟子感慨說：「盡信書，不如無書」。魯迅則提倡不讀或少讀中國書。錢玄同認為中國書每頁都是昏話。吳稚暉更左，主張中國書應扔到廁所裡。這些大師雖是言之過激，卻含一定道理和意義。

（二）《史記》是非

「中原南遷」概念已成主流，從官方到權威學者，全認定這判斷而成鐵案，其主要的依據是《史記》的「與越雜處」，另據是地方誌和族譜。因此，對史記，地方誌、族譜應該認真考究給予客觀的評定。

《史記》是司馬遷之作，司馬遷生卒年均不詳，生年有前 135 年或前 145 年兩說，卒年也有前 90 和前 86 兩說，即享年 45-59 歲間，遷於前 104 年起開始寫《史記》，其間有 3 年被囚。前 93 年左右完成，真正寫作時間為 8 年左右，《史記》在司馬遷死後 20 多年才問世，這期間已有失缺。《史記》問世後有稱有 18 種不同版本，現存最早是南北朝抄本殘卷，最早刻本是北宋《史記集解》，北宋前刻本已失傳，後有南宋黃善夫刻本、明代《21 史》本、毛氏汲古閣《17 史》本等。

《史記》稱有 130 篇，其中 10 篇是缺，後有褚少孫補足 130 篇，所補的篇目有記載，除褚少孫補記外，尚有其它人補修，康有為和崔適均認為劉歆（漢）曾竄亂《史記》，《史記》在南北朝前未受重視，其後漸受推崇，到唐宋達頂峰。

司馬遷是董仲舒的門生，深受董的思想影響，董是漢「獨尊儒術」的創始人，因此，《史記》有非常明顯的「一統」印記，司馬遷還說《史記》是「究天人之際，通古今之變，成一家之言」。很明顯，《史記》的要旨不僅是史，更重要是觀點，史事為觀點服務。故每篇都有評說，即「太史公曰」，既然如此，史事就會受干擾，如果我們認真分析《史記》，凡乎通篇都有推崇「一統」思想、盡是「其先某某（中原）後」、「華尊夷卑」、「善惡觀」、「等級觀」等等為「一家之言」詮釋，用這種思想指導史學，很難做到「秉筆直書」。

漢代前，寫書是用竹簡或帛，故著書是件難事，常常有惜字如金，孔子作《春秋》，寫史上百年。僅有一萬六千字，先秦除《左傳》之外，都是以記述為主，極少有對話，《尚書》、《春秋》就是一例，但《史記》卻有大篇大篇對話，尤其是鴻

門宴，簡直比小說還小說，試想是誰作當場記述呢？這些對話顯然是為「一家之言」而發的。《史記》對秦始皇的陵墓描繪有聲有色，但司馬遷又說造墓的工匠、奴隸全被關閉活埋了，那麼，墓中的狀況又是據誰所講呢？

為彰顯「善惡觀」，司馬遷講三個預言：一是「亡秦者胡」，一是「始皇死而地分」的墜星，一是「今年祖龍死」，三個預言都非常準確，這令人生疑了。為了突出「一統」，司馬遷筆下各種族，各民族全源於黃帝和炎帝，這大概是「炎黃子孫」概念的鼻祖。如匈奴「其先祖夏後氏之苗裔也」。朝鮮有：「朝鮮王滿者，故燕人也」，越人：「越王勾踐，其先禹之苗裔」，楚人是「楚之先祖出帝顓高陽」，吳人是「吳太伯……皆周太王之子」，閩人是：「閩越王無諸及東越東海王搖者，其先皆越王勾踐之後也」，滇王莊蹻：「莊蹻者，故楚莊王苗裔也」，南越國王趙佗，「南越王尉陀者，真定人也」，謂趙佗是秦將，所有的人皆是中原。一統思想活靈活現。

使人感到大惑是：莊蹻是由楚入滇稱王，卻向漢使者問：「漢孰與我大？」這句話不符邏輯，漢大滇大莊蹻應清楚。任囂對佗說「頗有中國人相輔」，而趙佗行的卻是「因稍以法誅秦所置長吏」，「一輔」和「一誅」也是自相矛盾。

因《史記》刻意追求「一家之言」，使史事漏洞百出，不合邏輯者比比皆見，為捧帝王神聖，稱舜住過地方有「一年而所居成聚，二年成邑，三年成都」。趙佗也是百歲以上老人，這些都難令人信服。皇帝的出生更神靈，殷契有「母曰簡狄……三人行引浴，見玄鳥墜其卵，簡狄取吞之，因孕生契」。周王棄亦是「周後稷名棄，其母有合氏女，曰姜原……姜原出野，見巨龍跡，心忻然說，欲踐之，踐之而身動如孕者，居期而生子」，如果說這兩個皇帝是早期的傳說，那麼，司馬遷同代的漢帝劉邦，就難圓其辭了。劉邦有「母曰劉媼，其先劉媼嘗息大澤之陂，夢與龍遇，是時雷電晦冥，太公往視，則見蛟龍於其上，已而有身，遂產高祖」，司馬遷這種說法顯然與史實相距甚遠。

《史記》稱秦有統一貨幣，統一文字，統一度量衡。經考古發現，湖北睡虎地出土的秦簡是隸書，而非統一的小篆，考古發現秦幣重量也不一致，秦錢幣一般重 8 克左右，但秦始皇陵出土的半兩錢僅 2.2 克－3.8 克，在廣西象州的秦半兩錢最重 10 克。中國貨幣真正統一為漢武帝時期完成，《史記》有周幽王烽火戲諸侯記載，清華大學收藏 2500 多枚簡記周幽王事蹟，均無記載戲諸侯記載。南越國皇帝名字應該不會記錯，但《史記》稱南越國第二代王是趙胡，考古卻證為趙眜。《史記》稱蘇秦和張儀是同代，在鬼谷子處完成學業，1973 年長沙馬王堆三號墓出土的「戰國縱橫家書」卻示張儀死於燕昭王三年，而蘇秦是燕昭王四年才當上燕國國相，怎能是同代呢？《史記》載西漢禁向南越售鐵器，說明西漢前嶺南及雲貴地區不能冶鐵，然而廣西平樂銀山嶺戰國墓及雲南江川李家山古滇國墓、廣南句町國墓群，祥雲縣大波那村戰國墓等均有鐵器發現，銀山嶺和李家山墓都見到鐵刮刀或鐵刀削等，學者徐君李君對祥雲縣戰國墓年代有質疑（有鐵器），經 1964 年、1977 年及 2007 年多家權威機構多次檢測後均示鐵器年代為戰國期，北京機構檢測為 2425±55 年。提示《史記》可信度不高。《史記》記載：項羽「燒秦宮室，火三月不滅」，當今考古證實，阿房宮沒有被燒。《史記》稱二代長沙王死於漢文帝 15 年，出土文物證為漢文帝 12 年，《史記》稱胡亥篡位，《趙正書》漢簡卻說是秦始皇認可胡亥。《史記》稱陳勝吳廣舉旗是赴役誤期造成，出土的雲夢睡虎地秦簡則無嚴懲條文記載。《滑稽列傳》有楚莊王論及韓趙魏故事，事實是；楚莊王於西元前 613 年執政，後三者是前 376 年才出現，兩者相距 237 年，顯然是編造了。中山國是戰國稱雄之一，在司馬遷筆下竟無影子。……《史記》司馬遷筆下的秦始皇陵被描繪成栩栩如生，而舉世著名的皇陵兵馬俑有 8000 餘件，實用兵器有 4 萬多件，僅僅四個陪葬坑面積就達 3 萬多平方米，工程十分浩大，但《史記》竟是隻字不提，這不合情理。當代史家已證實；楚世家年表、齊世家的「齊滅郯」、先商世系等，均存有誤。《史記》稱商世系是甲微到報丁，王維國則證為甲微到報乙，

　　考究《史記》之謬誤應是清代梁玉繩《史記志疑》一書最負盛名，該書 36 卷。梁稱「今本《史記》歷經後人增刪非史公之舊」，其理由是：《史記》序是五十三萬六千五百字，《史通》稱 50 萬字，《通考》稱 70 萬言，《論衡》引《史記》言「富貴不違貧賤，貧賤不違富足」，今本無此言，示後人刪掉。

　　《史記志疑》指出《史記》在東漢時已因後人補綴、刪改而非原貌，有經晉六朝輾轉抄寫，六朝宋裴駰作《史記集解》時就感歎說「考校此書，文句不同，莫辦其實……真偽舛雜」，到宋有刻本，增改竄亂的情況更多，梁氏的《史記志疑》所舉的謬誤，僅〈秦本紀第五〉，共校出 192 處，例如，《史記》稱「18 年，齊恒公卒」校為：「齊恒卒於秦穆十七年，此誤」，又如：《史記》「十二年，齊營仲、隰朋死」，校為「正，為 15 年，誤為 12 年也」。〈始皇本記第六〉有 133 處錯而校，如《史記》：「古秦襄公至二世，六百一十歲」，校為「案，實五百七十一歲」，《史記》的〈南越列傳〉稱與越雜處「十三歲」，梁稱「始皇 33 年略取陸梁地，至二世元年陳勝反，首尾 6 年，安得 13 歲年乎？」

　　今本《史記》556600 字，比原著多 3 萬多字，史家認為《史記》有 45217 字非司馬遷之作，參與增刪的人員有：漢代楊終，褚少孫和馮商。劉知幾（唐）認定補者有 15 家之多，後世有《史記》18 版本，有稱褚少孫補有：〈武帝紀〉、〈三王世家〉、〈龜策列傳〉、〈日者列傳〉等。馮商補述十餘篇左右，漢代皇帝曾下令刪改，且秘不示人，在漢魏代列為禁書，官民不得自由閱讀。

　　因為《史記》史料有缺陷，歷代名人對他評價是：毛澤東稱司馬遷是文學家，文學與史家當然有距離，部分史家稱《史記》：「可憑信者十無一二」，大史家顧頡剛說得最具體：「上古材料，最麻煩就是夾雜傳說成分太多，光是一味雜湊，話雖說得暢快，恐怕距離事實大遠，現存古書，莫非漢人所編定……而漢代是一個通經致用的時代，為謀他們應用的方便，常常不惜犧牲古書，來遷就他自己，所以漢學，是攪亂史跡的大本

營」。顧氏所稱的大本營，顯然就是司馬遷，因司馬遷名氣大，又受主流派器重，顧氏是不敢冒犯，故只能打擦邊球，怕「國粹派」大攻擊。史家楊宣說；「《史記》，蘇秦所輯的，幾乎全是後人杜撰的長篇遊說詞」，郭沫若在〈我怎樣寫棠棣之花〉一文中也說；「《史記》這部書……但它本身實在有不少瑕疵，這些瑕疵有些是出於司馬遷存心的潤色，有些出於他的疏忽，戰國時代的史事，訛誤最多」。惠煥章在〈陝西歷史百迷〉一文也說；「《史記》因成書較早，早已不是司馬遷的原本」，康有為稱「《史記》經劉歆竄亂，至若年代懸隔，章句割裂，當是後人妄人所增」，有史家認為《史記》所論三皇五帝，系秦儒家「大一統」思想而偽造。

　　《史記》是我國第一部紀傳體史書，觀點與封建正統思想吻合，又倡「大一統」，儘管有不實，但人們不敢微詞，且史料有限，無法認定哪些是誤，哪些是正，如趙佗是真定人，誰都拿不出證據否定，變成了主流派的「中原南遷」的鐵證。

　　但若從科學和實事求是，以《史記》定是非是蒼白的，如果又有考古學、姓氏學、語言學、遺傳學等不支持，以《史記》定奪就不對，這裡所舉的《史記》來龍去脈，目的是希望能對《史記》有正確判斷，不可唯書、唯上、唯聖定是非，而應循事實。我們認為，對《史記》應辯證對待優劣，反對極左派一提《史記》失誤就視為誣衊國粹。以國粹大棒壓人不講理是有違真理。

（三）方志和族譜

　　方志也是主流派「中原南遷」的鐵證，事實上方志是虛榮和「大一統」的產物。全國有方志約8000多種，包括通志、府志、縣誌、志略和各種方志。其中通志122種，府志875種，縣誌5728種，志略333種，宋代前3種，宋代28種，元代9種，明代942種，清代4889種，餘是民國，由此可知，元之前的方志是極少的，宋之前基本沒有正式方志，這些方志在各地又不同，河北、陝西、山西、山東、江蘇、浙江、河南、湖南、

江西、四川、廣東 11 省在 400 種以上，最多是浙江省，計
590 種，次是河北，567 種，最少是寧夏、內蒙、吉林、黑龍江、
青海、新疆、臺灣、西藏等 8 省區，均少於 100 種，最少是寧
夏 32 種，次是青海 39 種，廣西、雲南、貴州在 100 — 300
種間。元代之前有方志的省份僅是上海、陝西、山東、江蘇、
浙江、安徽、福建、河南、河北、廣東等 10 省市，臺灣、西藏、
新疆、青海、黑龍江、吉林、內蒙等省區到清代才有修志，雲、
貴、桂、川、湘、贛等省區到明代才修志，且數量也少。

　　方志是地方人員編寫，由於虛榮和水準等因素，品質較低
劣，好的方志不多，史家譚其驤說「明清修志的人，只有少數
是有學問的，多數是沒有多大學問的」，清代著名學者紀昀則
說「其相沿之通病，莫大於誇飾，莫濫於攀附，一誇飾，而古
跡、人物輾轉附會，一攀附，而瑣屑之事，庸遝之詩文，相連
而登」，紀氏說得很精闢，翻開志書，少不了八境、名關。黃
帝、炎帝之跡各地紛爭，這在前面已提了。主流派以方志證「中
原南遷」，顯然是不嚴肅、不科學的，方志是弘揚文化的一種
表現，既是弘揚，就應謹慎對待。

　　族譜和史書、方志一樣，是弘揚文化的三大表現手段之
一，並充當政治功能，學者羅香林就是據族譜等認定客家人系
中原南遷。

　　族譜的內容包括譜名、譜序、凡例、恩榮錄、姓氏流源、
祠堂、世系、傳記、藝文、字輩等等。其中譜序、姓氏流源、
傳記、恩榮錄就是專門弘揚先祖光輝歷史和豐功偉績，姓氏流
源、世系則愈遠愈早愈為榮耀，故又引攀附而弄假，「狄青後
裔」就冒出來，族譜是 30 年一修、60 年大修，由於歷史的盛
衰交替，戰爭和天災人禍，能堅持修譜是很少很少的，《孔子
世系》是我國悠久族譜的代表，但明代以來也才修四次，分別
在明代天啟、清康熙及民國年間修，提示如期修譜並非易事。
《孔子世系》是這樣，普通百姓更不提了，絕大多數都沒有族
譜，所以說，先祖是韓信或狄青，基本是杜撰的臆造。

　　先秦有官修《世本》，但記的是帝皇世系，私修族譜是沒

有的，故韋姓稱是韓信後是胡編亂造了。到南北朝出現譜牒之名，南北朝是講究虛榮的時代，社會存在士族，即貴族，因此對姓氏特別講究，國家設有譜局，負責審查名門族源，族譜有「別選舉、定婚姻、明貴賤」的社會功能，所以有「有司選舉、必稽譜牒」，是選拔官員的依據，唐代組織官修《氏族志》一書，計293姓，1651家，分成九等，皇族李氏為一等，外戚二等，原來顯赫的宗族列為三等，到武則天掌權時，又組織人編「姓氏錄」將武姓列為一等。

　　宋之後，由官修到私修族譜。族譜才有在民間落戶。歐陽修、蘇洵都修自己的族譜，到明代更多。清代更是普及。清康熙、雍正都號召修譜。浙、蘇、皖、贛、湘等地為甚，故中國家譜以陳姓最多，達2752種，次是王氏，有2317種。由於保管不當、天災人禍、戰爭等等，隋唐前的家譜已亡失殆盡。宋元明亦寥寥無幾。現存的家譜有手寫和印刷，全國約5萬種，以清代和民國為主，現存最早的家譜是宋內府寫本《仙源類譜》，專述趙匡胤皇帝家族，至今已1100年。

　　家譜是達官貴人的事，普通老百姓基本是文盲，吃不飽，穿不暖，「光宗耀祖」屬奢談了。尤其是西南山區，絕大多數人尚無姓氏，《北史卷95》載「獠者，蓋南蠻之別種……. 種類甚多散居河谷，略無姓氏之別，又無名字，所生男女，唯其長幼次第呼之」。《周書》亦載「獠者，蓋南蠻之別種……俗多不辯姓氏，又無名字」。據考證，壯族在唐之前尚無姓氏，只有極個別上層人物擁有，至今部分西南民族尚是如此，如夷族、藏族等。其它民族的姓氏也是出現很晚，如傣族，到明代才有姓，由於沒有姓、修族譜就成無米之炊。如有的也是很晚，如廣西桂西，最早的族譜是1472年的思誠州《趙氏族譜》，且是刻在石崖上，真正的紙質書寫族譜，在廣西桂西應該是明末才出現。由此可知，所謂的韓信後裔、狄青後裔，只是虛榮的造化罷了。宋之前無私修族譜，韓信後裔如何傳下來？

　　從族譜的演化史可知，族譜的功能有二：一是記載利益；二是傳承虛榮。是望族後裔者可以榮登福祿，而祖上載有皇上

賜匾碑，或榮登某某大官。該是光宗耀祖了，在應考、婚姻、官司等等場合，望族都佔有優勢，而作為統治者，如果臣民都樂於認同「炎黃子孫」，認同「中原一統」。那麼，臣民可視為皇帝的兒孫。凝聚力則強，帝皇祖業可以千秋萬代。所以，康熙號召修譜，絕非空穴來風。

　　族譜由於存在功利性，凡滲有功利性，滲有政治性，事物的面目多是失真。修譜的人基本上都有拔高或臆造成分，這種歪風常見於方志、族譜上。廣西土官族譜，除未記族源外，全是「中原籍」，而廣西百姓所修的族譜 80％以上也是「祖籍中原」，由此可知，以族譜定遠古祖籍某地，實是自欺其人的，於邏輯、於事實都不沾邊。

第二節 先祖文化決非一元論

一、概述

　　人類歷史分史前期（沒有文字記錄）和史後期（有記錄）。史前期是據人類化石、石頭、陶器等作粗糙判斷。地球有人類活動距今 200 萬年以上。我國雲南元謀猿人距今 100 萬年左右。柳江人距今 4 萬—10 萬年。人類有文字記錄的歷史，最早是古埃及和古巴比侖，均在 6000 年前，希臘和印度是 4000 多年前，我國在 3000 多年前出現甲骨文和金文。但都不具有史的價值。所以，中國 3000 年前的歷史是靠傳說，嚴格說屬史前期。但國人總是以 5000 年歷史為說，那是另一回事。

　　據 DNA 檢測，遺傳學家認為人類的先祖始於 20 萬年前的非洲。約 10 萬年前走出非洲。5 萬年前由中南半島經珠江流域北遷長江、黃河，但不排除西北進入。

　　這理論遭考古學挑戰。因為中國考古已有百萬年的元謀猿人。10 萬年的柳江人，與基因說相矛盾。至今一元論的基因說和多元論的考古學爭執不休，是非難以判斷。

　　無論是考古學，還是基因學，南人的歷史比北人更悠久。南人有最古老的元謀猿人和基因學呈北遷傾向。而北方缺優勢因素。

　　全世界各地都有人類文化遺址，以歐亞大陸最多，各地人類社會發展先後不同，以陶器、冶銅、冶鐵、馴養動物、織布、種植大、小麥、蘋果及文字應用等作參考。均以近東（包括兩河、尼羅河、克里特島）為最早出現。次是印度和中國。美、澳洲則較晚。中國出現的銅、鐵、文字均比近東晚 1000—2000 年。

　　我國的文化遺址以河姆渡文化最古老，距今 7000—8000 年，其它有仰紹文化（4000—6000 年），紅山文化（6000

年）。至今我國發現人類遺址達數百處。我國有紅陶、彩陶、黑陶文化之分。黃河中上游以紅陶、彩陶為主，山東半島、長江流域及南方以黑陶為主。這種南北不同的文化，至解放後少提了，傾向黃河文化一元論。

二、世界史況

約 5000 年前，文字記載埃及已建立第一王朝。以後歷 30 個王朝，到前 332 年為馬其頓亞歷山大征服為止。前後歷近 3000 年。後為羅馬帝國、阿拉伯帝國、奧斯曼帝國所征服。原埃及已是亡國亡種。那些人是原埃及人的後裔。人類學家尚有分歧，兩河也一樣。5000 年前也有巴比侖尼亞國家，它的契形文字寫在泥板上保留至今。希臘人最早可溯及 4000 年前的克里特文化。出土有銅器，象牙雕刻和象形文字。留下的克諾薩斯王宮壁畫、彩畫、陶器令人歎為觀止。希臘、羅馬不愧為世界文化的瑰寶。蘇格拉底、柏拉圖、亞里斯多德、托羅密、阿基米德等早已是家喻戶曉的超級大師。印度在 4000 年前也留下哈拉伯文化，並有「梨俱吠陀」等書。印度後為雅利安人、大月支人、韃靼人、阿拉伯人、阿富汗人、突厥人和蒙古人入侵或征服。所以，印度有黑種人、黃種人和白種人，被稱為人種博物館。這是歷史更遷所致。美洲各地社會發展不一，那裡是紅種人的天下。自歐人入侵美洲後，印第安人慘遭殺戮。人口大減，取而代之是西班牙、葡萄牙和黑人後裔，因長年相處，各種族已有融合。澳洲社會發展更晚，英國人入侵澳洲後，毛利人也遭重創。

世界歷史總是強凌弱、大壓小。歷史上建立跨洲的大帝國有 7 個，其中，跨歐、亞、非洲有 5 個，跨歐亞洲 2 個，前者包括波斯、馬其頓、羅馬、阿拉伯、奧斯曼五帝國。後者包括亞述和蒙古兩帝國。其中版圖最大。影響較大是蒙古帝國，它包括伊兒汗國（中亞、南亞）、欽察汗國（俄羅斯等地）、察合臺汗國（中亞）和元帝國（以中國為主）。僅僅是元帝國的版圖已是中國前所未有。而西南的雲、貴、西藏等，也是元代

才正式納入元帝國版圖，西藏為屬國。

三、中國史況

中國最早有文字是甲骨文，距今3000多年，發現的單字約5000個，已識有1200—1500字，發現金文距今也有三千年左右。有單字3772個，已識有2420個，金文和甲骨文記載都沒有史事意義。也沒有紀年。僅供瑣碎人名、地名等，中國真正有紀年記載是前841年，有系統文字記錄最早的書是《尚書》。最早的原始歷史書是《春秋》，兩者成書至今不到3000年。故無論從考古、甲骨文、金文、《尚書》和《春秋》，都無法斷定3000年前的事。我國10大科學之一的夏商周斷代工程大受世人質疑亦是此因。

特點：

中國常自詡為文明古國，是有一定根據。但與兩河、埃及比，稍差一截。與古希臘比，也差一些。因中國封建歷史長，其特點較多：

1.文化多元性。當今中國持一元的「黃河中心論」，這與傳統的「一統」思想相吻，這觀點是謬誤的。（1）學者陳剩勇在上世紀90年代中期，曾著文質疑黃河中心論。（2）從考古學來觀察，最古老的文化遺址是河姆渡遺址和紅山文化遺址。最古老的人類化石是雲南元謀人。次是巫山人。而四川三星堆遺址、江西新幹遺址、河姆渡遺址等等南方文化遺址與中原文化遺址有截然不同，印證存不同的文化。（3）從史書記載，中國古代有夏、東夷、苗、蠻、戎、狄、羌等各民族存在。當然都有相應文化。例如，有史家認為夏人與商人不同。夏人以紅陶文化為代表，其分佈自西而東，沿黃河分佈，商人（殷人）是夷人，以龍山文化為代表。屬黑陶文化，分佈在黃河下游及江南。（4）從人類學分析，中國人種存以長江為界，分南北不同的蒙古種。

以上事實證明，中國文化是多元的，而非一元文化。有不

少學者提出不同觀點。有提：遼河文化圈、黃河文化圈、東南文化圈、青藏文化圈、江漢文化圈、巴蜀文化圈、雲貴文化圈等七個文化圈。

2. 史前期朦朧不清。中國有文字紀年記載是前 841 年，之前的年代是不可靠。中國有文字（甲骨文）約 3000 餘年，但甲骨文、金文不是成熟文字，且可識不到一半，沒有真正的歷史記事價值。最早的書是《尚書》，由孔子整理。該書成書時間不詳，所記的內容偶有商代故事。該書不僅難讀，而且存大量的後人偽造。今《尚書》有 58 篇，在漢初僅有 28 篇，後不斷增加。據考證，偽書占 25 篇。秦代之前的史料很少，而且多粗糙和不可靠。所以說，中國的 5000 年歷史，有 2000 多年是靠傳說，把傳說當成真，該是另一種思想指導了。

3. 北強南弱、北簡南繁。中國自有文字記錄起，永遠是北方或北方遊牧民族強盛。先後有炎黃逐蚩尤、秦統六國、三國歸晉。隋、周統南北朝。宋滅十國，其後有元蒙、滿清異族入主中原。歷次改朝換代，全是中原政權或北方遊牧民族打敗南人。歷史上從沒有南人問鼎中原。也沒有南人當中國皇帝。

4. 南北人文化差異。因南北地理不同，江南江河眾多，山多地少，加之歷史上政治中心在中原，南方開發較遲，地方勢力大。此外尚有雲貴自古是立國，西南是羈縻土司，使南北交流少，故保持了地方大量的不同文化，形成今天各方言區和各少數民族。而北方不同，地勢呈一覽平川，少有高山大河，加之歷來是兵家必爭之地。所以兵荒馬亂遠遠比南方嚴重。這兩條件促進人民交流，所以秦代的秦人、韓人、齊人、燕人、魏人在較短時間內就達「統語言、統文字」基本要求，形成今天的北方官方言的基礎。

歷史：

中國商代中期有甲骨文和金文，但無史事價值，到東周，孔子據當時資料寫了《春秋》一書，這是中國第一部史籍，也是有可信的歷史記載。到漢代，司馬遷作《史記》，從夏代寫

起，直到漢共 3000 年左右。《史記》把神話、傳說都寫上去，而《春秋》一書始於魯隱西元年（前 722 年），止於前 481 年。由此可知，《春秋》比《史記》嚴謹得多。自漢以後，各朝都有為前朝修史的習慣，相沿成俗，這是中國的特例，也是大一統的助燃劑。

漢代之前能留到今天的原始古籍基本沒有，僅有少量考古竹簡、帛書。隋、唐也屬鳳毛麟角。宋元明也很少，今天的古籍基本是輾轉傳抄，謬誤不少，造成認識歷史有限。

一般認為，中國第一個王朝是夏朝，但有分歧。左派稱夏之前尚有虞朝，而右派認為史無夏朝。歷代官方多依《史記》定奪，當是政治結果。

中國歷代王朝是：夏、商、周（西周、東周）、戰國、秦、漢（東、西漢）、三國、兩晉、南北朝和十六國、隋、唐、五代十國、宋（南、北宋）、元、明、清計十六個朝代。

夏商的歷史靠傳說，周代末出現諸侯混戰。秦統一六國後，僅維持 16 年就垮臺了。實際有效統治不到 10 年。史稱秦統文字、統貨幣、統度量衡等實屬言過其實。到漢代（前 206 年至 220 年）大搞開疆拓土，並依董仲舒建議行「罷黜百家，獨尊儒家」。從此將儒家文化引入政治，出現了「大一統」文化、虛榮文化、權術文化，這是孔子所未料及的。由此社會由百家爭鳴轉為一花獨放。中國社會日趨保守和獨裁，這當是「獨尊」的惡果。西晉末，匈奴、鮮卑、羯、氐、羌崛起，並占黃河中上游，人數占一半左右。後致「五胡亂華」，結果，西晉被胡人亡。從西元 317 年到 581 年止，黃河流域是胡人天下，但由於漢虛榮文化和張揚文化的射傷力，胡人被征服了。鮮卑人孝文帝強制推行漢化，講漢音、穿漢服，與漢人通婚……經孝文帝推行漢化，華胡已成一體。隋、唐很多官員亦是胡人後裔。唐皇李世民也有四分之三鮮卑血統。但到唐中唐末，已漢化的胡人依然揭竿而起。先有安祿山、史思明，後有李克用等起兵。在五代的後唐、後晉、後漢三代就是突厥人建立的，到宋代，北方遊牧民族又崛起。先是遼，後是金，金尚打敗北宋，

佔領黃河流域，宋朝只好遷都臨安建立南宋。後又被元蒙所滅。元蒙尚滅周邊國家，如大理、金、西夏、朝鮮、西藏等地，並包括中亞，建立元帝國，若加其它三個蒙古汗國，蒙古是跨歐亞兩洲超級帝國，也是世界有史以來版圖最大的帝國。西藏、新疆、雲南、貴州及蒙古本土，自此歸入中國版圖。元尚完善民族統治，創建土司制，從此結束漢至宋鬆散的羈縻政策。到明中期，統治者又行「改土歸流」。羈縻制、土司制僅是權宜之計，是統治者無能力控制民族地區而迫不得已的妥協措施。一旦社會發展，能力有餘，「改土歸流」必是歸宿。這符合封建「一統」思維。

明代，把蒙古人驅逐長城以北，留有今天的明長城。明代疆域遠遠比元朝小得多，但依然控制本土及雲貴地區，到清代，滿清人又大舉兵南下入主中原達 268 年，把西藏、新疆、蒙古重新納入版圖，並將朝鮮、越南、緬甸、尼泊爾、納入屬國。清一代疆域僅次於元蒙，比明多 900 多萬平方公里，相當現在一個中國。東三省、蒙古、新疆、西藏、臺灣全是大清帝國天下。諷刺是，大清帝國不僅落得被國人罵，尤其是革命黨人罵，滿清人也步匈奴、鮮卑後塵，亡國亡種了。

自秦到清末 2132 年間，中國與遊牧民族對峙長達 1988 年，其中遊牧民族直接統治北人達 810 年，直接統治南人 358 年，而中原與南方少數民族對峙，僅 505 年（南詔算起）。南方少數民族和南人均沒有犯黃河。中國 6 次南北分裂，全是北人或遊牧民族完成統一。南弱北強異常明顯，世界上凡熱帶民族，不是落後就是軟弱，如馬來人、印第安人、非洲黑人，只能屈服，沒有呼風喚雨。而溫寒帶民族，如德意志、日本、英國等等，全是強悍，這是一個謎。

遊牧民族善騎射，農耕民族善精工才藝。凡名硯、名秀、名樓、名書院、名菜等等，無不是南人之作，而北人少有。提示北人與遊牧民族混血後，強悍有餘而技藝不足。近代南人政治崛起。從洪秀全、孫中山、蔣介石、李宗仁、毛澤東、鄧小平、陳獨秀等等幾乎全是南人。這是冷兵器時代已過，科技時

代來臨，競爭不再是比騎射揮刀，而是比智商。這樣，南人得以脫穎而出了。

南方群體的史前資料非常豐富。1.有中國最古老的人類化石；2.有最古老的河姆渡文化，距今已8000年，有良渚文化、三星堆文化，其特點是國內罕見；3.有國內最古的冶銅遺址（江西瑞昌銅嶺）；4.有各期人類化石，如柳江人、甑皮岩人等，以上提示：江南更是史前文化中心，與黃河文化相比更勝一籌，說「黃河文化中心論」，顯然是蒼白無力的。

南方因山多河多，加之氣候炎熱，使古時的部族、部落發展緩慢，各部落相互封閉，沒有形成大交流、大競爭。因而得以保持眾多部落原貌，發展成今天多方言，多習俗、多民族的局面，粵、閩、吳、客家、贛、湘方言及各少數民族，就是在這種眾多的部落基礎上發展而成，固有深厚的南方文化特徵。

在廣大的江南各地，依歷史的差別可分為巴蜀、楚越、閩越、湘桂西、滇黔、青藏和臺灣等七地。

楚越地即是歷史上的楚、越、吳三國故地，於前223年被秦所滅，是繼承荊楚民族、百越民族形成江南和江漢文化。

巴蜀約前三世紀已被秦國兼吞。設郡縣，但政治仍鬆散，巴人和蜀人及其他部落創造巴蜀文化，也是西南方言的主要先民。

閩越，包括粵桂閩地，先後建有南越國、閩越國。南漢國和閩國等國，閩越地最有趣是秦50萬人南遷。但《史記》沒有記載，到後代史書才見到。

鄂湘桂西這三地至今仍是少數民族，自前214年被秦滅。前111年漢滅南越國後，和其它閩越地一樣效羈縻制，羈縻實屬一種鬆散控制。僅求象徵「進貢」，且來去不追。至元代，改行土司制，土司有軍事、經濟、文化、政治權，除向朝廷進貢和受朝廷冊封外，還有兵役任務，自唐到清，均有調遣土兵征剿夷蠻。是「以夷制夷」的典型。到明中期起，漸行「改土

歸流」，撤土官為漢官，至民國初「改土歸流」才大體完成。

　　滇黔地有稱前 278 年莊蹻立滇國，後有南詔（748 至 937
年）、大理（937 至 1253 年）等國，其中，南詔最強大，與
唐對峙。大理國與宋對峙。1253 年，被元蒙忽必烈所滅。滇
黔地立國有上千年，臣服中原僅 269 年，臣服元、清 358 年。

　　青藏和臺灣地，前者到元代才被蒙古人征服。後者在十六
世紀為西班牙和荷蘭佔領，1683 年清軍打敗荷蘭征服臺灣，
並置臺灣府。

　　由上可知，南北群體都有自己歷史，有自己文化，這和世
界各地一樣，因此不能說只有希臘羅馬文化中心論，用黃河中
心論印證「中原南遷」顯然是荒謬的。

第三節 南遷說的含金量

如果尊重事實，拋棄政治性和虛榮，應該說中原南遷極易分清是非，南遷說僅僅是為一統政治服務。為了能讓真相大白，今從人文、民俗、人口、語言、姓氏、遺傳等方面加以剖析，以求追回南人真容。

一、南遷說與史料及事實相違

「南遷說」和「炎黃子孫」說，所依據主要是《史記》：尤其是《史記》的「秦始皇本紀」所記的「為桂林、象郡、南海，以適遣戍」一語作定奪。次是某些方志。羅香林教授則多取族譜定論。那麼，以《史記》作定奪是否符合科學？我們持否定態度，其理由是：

其一，有無「中原南遷」，不能缺少概念、缺少標準、缺少事實、也不應據某史書，尤其是不可靠的史書。「南遷說」違背了鑒史常理，連傳說的黃帝也當成真。

其二、《史記》含濃厚失真背景，如果我們細審《史記》，會發現《史記》的陰陽五行觀點、大一統觀點、神學迷信觀點、等級觀點等比比皆是。夷狄先祖均源於炎黃，簡狄、姜嫄、劉媼均與神有孕，而呂太后列入本紀，勾踐列入世家、韓信入列傳、三者入席不能錯位。這些恰恰又是司馬遷的「老師」董仲舒的儒家今文經派的等級觀點。是董倡「獨尊儒術」、「天人感應」、帝制神學體系的典型反映。又符合帝王的利益。另一方面，司馬遷也直言不諱稱《史記》是「通古今之變，成一家之言」，政治傾向很濃。如果我們再深入考究，對《史記》的評價有與民族利益成正比，唐代後民族關係變複雜，《史記》愈受重視。當代有稱「史家之絕唱」就不足為奇，《史記》造成的信古派和疑古派之爭，實是利益和政治博弈的反映，若按疑古派觀點，中國就缺上下五千年、缺國粹、缺華尊夷卑，這和講虛榮講意識的國人是格格不入的。顧頡剛和胡適被枇被

罵，當是這兩人是智商高而情商不高的書呆子。司馬遷則不同，他領了董仲舒「獨尊儒術」的情。遷有利益背景，說「莊蹻者，故楚莊王苗裔也」就值得三思。

其三，《史紀》史事不可靠。首先，任何史書均有失實是常情，稱《史記》有誤信古派不應反感。其次、環境和條件限制，《史記》是兩千多年前又是首部紀傳體史書，用的是帛或簡，社會文化落後、資料奇缺，前有焚書、後有項羽火燒秦宮三月不息、先秦史料大損，故漢代能有先秦資料已是鳳毛麟角，古今文經之爭即是資料殘缺造成的明證，《史記》要做到精確無誤是天方夜譚。再次，《史記》失實確鑿；前面已談，考古已證貨幣、烽火戲諸侯、楚莊王與韓趙魏、胡亥篡位、趙胡、張儀等等已是屬偽；論劉媼等人與神有孕、「亡秦者胡」等預言，任囂趙佗稱中原為「一輔一誅」的矛盾等等均不符事理。最後，《史記》因史事欠實，述事矛盾不符邏輯，如：前214年，《史記》〈南越列傳〉尉陀「與越雜處十三歲」。按此推理，尉佗在前227年征南越，此時秦尚未統一中國。也沒有對越用兵，何來十三歲？尉佗死於前134年，史稱尉佗活100歲，也是說，尉佗在前234年生，僅是7歲的小孩已參加征南越。《史記》〈南越列傳〉任囂稱謂「頗有中國人相輔」，而尉佗卻是「因稍以法誅秦所置長吏」。一輔一誅又是矛盾。《史記》失真尚有後人補修竄亂和保存不良的事實；前面已提的褚少孫、楊終、馮商等人都有參與修補，漢帝也有下令刪改，《史記》有載任囂囑尉佗一語，《史記》是117字，《資治通鑑》減至93字，《南越五主傳》又增至129字，既是錄言，不該有多少之差。這就是《史記》有增刪的明證。另外，司馬遷也絕非是人們所吹捧那樣治史謹嚴，而是含失範，《史記》將傳說、神話、迷信、民間傳聞入史，這不是史家的品質。

其四，《史記》和《漢書》均無明確「50萬人南遷」記載，「50萬南遷」是後代史書增添。《史記》對南北關係是「以適遺戍」、「適治獄吏不直者，築長城及南越地」。《漢書》的記敘是「以適徒民與越雜處」「乃發適遺戍以備之」，這些

記載均明白無誤沒有 50 萬人南遷。《淮南子》記敘是「秦皇
使尉，屠睢發卒 50 萬，與越人戰……攻秦人，大破之，殺屠
睢」。《淮南子》所說的 50 萬是軍人，且已被越人大敗。只
是到了南北朝，徐廣注《史記》，注解為「五十萬人守五嶺」。
到了宋代，司馬光著《資治通鑒》，改為「以適徙民 50 萬人
戍五嶺，與越雜處」。司馬光由守改為雜處。清梁廷楠更詳細
化：「謫有罪者 50 萬人徒居焉，使與其土人雜處」。由上可知，
50 萬人是後代追補的，非漢代人所說。司馬遷無記 50 萬。到
宋代司馬光就冒出來。清代梁廷楠不僅有 50 萬，更有統帥率
領。為了使人相信其事，《史記》還補上「佗上書，求女無夫
家者萬五千人，為士卒衣補」。這種補述更是漏洞百出，首先，
50 萬人是「徙民」或「有罪者」，與「士卒」不同。其次，「有
罪者」或「徙民」都不需求女「衣補」。最後，尉佗僅僅是南
海龍川令，他的上司是任囂，尉佗無權無能力上書求女補衣。
提示史料可信度有限。

　　其五，《史記》史事價值有限。《史記》無論從思想指導，
或邏輯分析、或創作條件，或史實真偽等均含缺陷或不足；司
馬遷為儒家大一統「成一家之言」，逑事含糊混亂，曹劌和曹
沫，子嬰是扶蘇子或始皇弟不清，部分史事成一筆糊塗賬。取
傳說神活入史等等，均降低了《史記》史實價值性。而「南遷
說」無視《史記》的不足，將「不足」捧為金科玉律，按同化
規律，「南遷說」的 50 萬人南遷與當地人的比例是 1 比 1，
中州人是統治者，嶺南必定是雅語雅俗，但現實是「陸生至，
尉他魋結箕倨見陸生」，陸賈也說：「今王眾不過數十萬，皆
蠻夷」。這些記載準確無誤表明南越人全是蠻夷，尉陀也是典
型越俗。沒有見到 50 萬中州人的雅俗雅語影子。「南遷說」
無視客觀，史書已是不全可信，也無明確記載 50 萬人南遷，
卻定性為「50 萬人與越雜處」，足見為了一統觀點，實事求
是就不講了。

　　正因《史記》含諸多的糊塗帳，使歷代史家和名人都有微
詞，包括漢代王充，近當代的崔適、康有為、梁啟超、胡適、

顧頡剛等人，這在前面已論。

方志的可信度如何，史家紀昀和譚其驤已有評價，族譜除記世系外，其功能以利益和虛榮為重，大凡族譜，從皇帝到平民，都是無限拔高自己的先祖，愈是名人，拔高愈多。

方志和族譜的可信度規律是：凡記醜多是實，記善多是假。夷人蠻人遷徙是可信，北人貴人遷入則多不實。10 代內多是實，10 代後多是假。

古今大量的史料均證明南方是土著人。先秦南方是苗、蠻、楚、越、巴蜀等蠻人居住。漢後，有越、夷、獠、蠻、閩人等、元蒙征服中國後，發現江南人與中原人在語言、習俗、形體均不同，故將江南群體稱為南人。以示與漢人有別。此後，南方均保持有眾多土司存在。均示江南是土著人的天下。五代詞人孫光憲有「木棉花映叢祠小，越禽聲裡春光曉，銅鼓與蠻歌，南人祈賽多」詩句。這裡的南人、越禽、蠻歌、銅鼓等絕不是描寫中原人。宋代周去非的《嶺南代答》，也稱嶺南土人能「以歌代言」。土人更不是中原人。《南齊書》州郡志也稱嶺南是「民戶不多，而俚獠猥雜」。這裡所提的民戶並非是南遷中原人，而是臣服於官府並列入郡縣編戶的人。《後漢書》也稱「凡交址所統，雖置郡縣，而言語各異，重譯乃通」。示語言不同是常事。《魏書》稱廣府（今西江中下游）是「鳥語禽呼，言語不同，猴蛇魚鱉，嗜欲皆異」，晉代稱「廣州南岸周旋六千餘裡。不賓服者乃五萬餘戶，及桂林不羈之輩，複當萬戶。至於服從官役，才五千餘家」。晉代廣州、桂林仍有絕大部分人沒有臣服官府，當然不是中原人。

另一方面，也有大量方志記載夷蠻漢化的史料，當今文人均稱雲貴兩地是漢人南遷的結果，學者張佐稱「明代大約有三百萬漢族移民雲南」。事實上在《明史》、《雲南通志》、《滇志》、《滇略》等書都有眾多記載雲南土著漢化的事實，如：

定遠所（今牟定縣），「定遠之民有撒摩都者，即白羅羅之類，近年以來，稍變其俗，而衣服飲食與同漢口，更慕詩

書……。」

麗江府，「雲南諸土司，知詩書，好禮守義，以麗江木氏為首。」

永昌府，「近郡之夷數種，今近城居者，鹹慕漢俗，而凶吉之禮，多變其舊」。

大理府，「習俗與華不甚遠，上者能讀書。」

楚雄府，「近郡之夷名羅婺……與漢俗漸同。」

曲靖府，「近建學校，舊習漸遠。」

《滇略》稱雲南是，「衣冠禮法，言語習尚，大率類建業，二百年來，薰陶漸染，彬彬文獻與中州埒矣……。」

以上說明，一是雲南各地皆有眾多夷人，二是都存漢化現象，三是漢化以府城為中心向外擴張。

在史志上，記載南遷的事蹟是不多，除後人稱「50萬南遷」外，其它南遷基本是個體、集體行為，相反，有規模的北遷。在史書上不計其數。如果我們認真統計史書記載的南遷和北遷的資料，會發現北遷的次數、人數和地點遠遠比南遷多得多。在歷史上，有確切著名遷徙史事有；南北朝胡人南遷黃河，人數達數百萬，明初山西和江南人遷居黃河中下游，人數達上百萬。這就是史稱著名的「洪洞大槐樹移民」和「湖廣填川」。清末民初的闖關東、走西口和下南洋三地遷徙，人數更可觀，縱觀這些遷徙均與「中原南遷」無關。

相反，史書記載北遷的史事屢見不鮮：

西元69年，哀牢王柳貌率50萬人內附，漢立永昌郡管理。西元100年、108年和西元116年，又共有64萬人內附。

前111年，桂林監居翁率40萬甌駱人內附。

西元170年，郁林烏滸蠻10萬餘人內附。

南北朝，有南平獠4000餘戶內附。

　　唐貞觀 3 年，內附及開四夷為州縣共有 120 萬，其中許多是南方少數民族。以上僅僅是有限的統計。內附人口已是可觀。內附的群體必稱為民，臣民必然漢化，漢化臣民絕不是「中原南遷」的群體。

　　除內附外，尚有政治性遷徙；

　　在漢代，漢朝征東越，《史記》東越列傳有「詔軍吏皆將其民徒處江、淮間，東越地遂虛」。將一國人民全趕到江淮，在歷史上是罕見。

　　南越國蒼梧王趙光投降漢後，被封為隨挑侯，遷居中原南陽。南越國將桂林監居翁投降漢後，封為湘成侯，遷居河南方城。南越國甌駱王黃同，封下鄜侯，遷居南陽。

　　《後漢書》臧宮傳載：遷到湖北襄陽的駱越人，因不滿政府而有反漢的事件。

　　當今的陝西省柞水縣，就有 4 萬餘人的南方各族移民，有壯、苗、瑤、傣、回等民族，其中藍家灣是壯村。

　　明代洪武年間，蘇、松、杭等地遷 4000 餘戶到臨濠（今皖北），遷江南人 40 萬到鳳陽一帶。遷廣東東莞、番禺、增城 24400 人到泗州（今蘇北盱眙），遷到泗州尚有廣東清遠 1307 人。

　　清代，保靖土司彭禦彬於雍正七年遷居遼陽、桑植縣土司向國棟於雍正四年遷居河南。

　　封建統治者效法以夷攻夷手段，戍邊多是用夷蠻人。形成軍事性遷徙；

　　例如，山東和東北都有「小雲南」名稱，這是明代從雲南調 7 萬多土著人到山東省屯兵、發展成講雲南話的區域，稱「小雲南」。到清代又隨闖關東入東北。廣西壯族戍邊留居的地方更多。有布廣東茂名、化州、信宜、電白、連山及廣東各地形成生壯和熟壯。布湖南有江華縣、布貴州有從江等縣。布四川有甯南縣、會東縣、普格縣、木裡縣。除壯族外，有調傣族布

四川省會理縣，鹽邊縣、攀枝花市、有調布依族戍寧南、會東、普格、木里等縣。這些少數民族除大部分漢化外，至今仍有壯族 4000 餘人，傣族 5500 餘人、布依族 7000 餘人。今海南、福建和浙江南部許多方言島，多是少數民族屯兵留下的遺跡。如海南勉語方言島，為廣西苗兵後裔。海南村話，為廣西壯侗兵後裔。湖南省有維吾爾族 7939 人、白族 12.5 萬人、蒙族 1.5 萬人。這些民族都是從新疆、雲南、蒙古調來征剿湘西少數民族。黑龍江肇東、肇源、泰來等縣存在「站話」。呈點狀分佈。是吳三桂下屬的雲貴兵被發配到黑龍江戍邊。歷史上徵調中原士兵征剿夷蠻並長期駐守是罕見的，由此說明，在南方地區、戍邊的士兵北方籍較少，多是以夷攻夷法，由各少數民族擔當戍邊。故說「狄青後裔」是缺少根據的。狄青兵多是保靖土兵。

歷史上北遷分內附移民、政治移民和軍事移民。大量的史實證明，歷史上北遷的人數遠遠比南遷人數多得多。文人卻滔滔不絕念「南遷經」而不念「北遷經」，應是利益的左右了。

二、南遷說與文化發展相違

當今學者著書，對南北關係都是相同一句話。「帶上了中原先進文化和技術」。學者僅提帽子，從不提具體事、具體地點，相反，眾多的南方特有文化卻視而不見。我們認為：「帶上了中原先進文化和技術」一詞是缺事實依據的，這句話實是為「南遷說」鋪路，是憑感覺走的誤導，其理由是：

1. 與落後文化不符。學者稱「帶上中原先進文化」，如果說確是如此，那麼，南方文化和中原文化應是同步發展。南遷的中原人絕不比其祖藉地的人落後，可是事實並非如此，許多學者都證明，在隋唐之前，江南的開發仍是有限，開發較遲，到明代，雲南尚有貝幣。廣西環江縣塘八村古墓群，從山下到山頂都是墳墓。清代之前，墓前豎起的墓碑全是無字碑。清之後才有碑文。佐證清之前懂漢字的人非常少，而在廣西西部其它地方也有類似現象。田東縣布兵村一古墓，有許多雕像。卻無墓碑。人們疑是「瓦氏夫人」二次葬墓。再調查，桂西各地

的墓碑中，幾乎都是清代後，能有明代極少。元代基本找不到。

到清代，南方文化已是初具規模，但因歷史比中原比江南仍落後。據統計，清代有狀元 112 人，其中江浙就占 69 人，占一半多，而廣西僅 4 人、廣東 3 人、湖南貴州各 2 人，雲南缺。北京大學韓茂莉教授統計中國歷代狀元，歷史上共有 700 多名狀元。其中有籍貫 378 人，在唐宋兩代，北方占 68 名，為 61％。南方有 44 人，占 39％。南方人口比北方尚多，狀元卻比北方少。再統計歷史名人及高官。兩廣和雲貴極少，而皇帝從漢代到清，全無南人。

2. 南北文化迥異。中原群體遷往南方，必帶上自己文化，絕不會接受南方的蠻夷文化。現實中在南方卻少見中原文化影子。北方的佛教文化很濃，如龍門石窟、大同石窟、麥積山石窟、濟南千山佛像群，而南方除四川大足縣有少許佛像外，其它地方佛像很少，多是鬼神的巫文化。南方岩畫很多，廣西左江花山岩畫是世界著名。沿河數十公里都有岩畫，不能不說是奇蹟。人們寧願冒險在山崖上畫岩畫，卻不願就地取材鑿佛像群，怎能說是「帶上先進文化」？南方不少地方都有土著文字，如夷文、雲南納西族的東巴文、湘桂交界的女書，四川的巴蜀文字、廣西土俗字等，如壯族土俗字，在漢代就出現，如水牛，為犁、魚為𩵋，到隋唐，土俗字日臻成熟。宋代范成大的《桂海虞衡志》謂「邊遠陋俗，牒訴卷專用土俗字，桂林諸邑皆然」。明代，右江流行的「嘹歌」，就是用土俗字抄寫的。1989 年出版的《古壯字字典》，共收古壯字 10700 個。這都無法用南遷文化或「帶上先進文化」來解釋。令人不惑是；在華南和西南廣大地區，均有發現眾多的銅鼓，與越南、老撾、泰國等東南亞各國發現的銅鼓連成一片，這在中原是沒有的。銅鼓是南方特有的文物，最早記載見於《後漢書》馬援傳「馬援出征交趾，得駱越銅鼓」，至今我國共發現銅鼓 1500 餘面，最大一面直徑為 2.3 米，小的為 0.7 米。銅鼓在今天仍是南方各族廣泛應用的樂器，銅鼓的存在，佐證南北文化有別。

3. 南方開發較遲。史家楊則俊稱「春秋之前，長江流域還

是夷蠻之地，長江流域的初次開發，是西晉末年」。又說「至隋唐……珠江流域尚未完全開發」。這觀點是正確的。楊教授的話含兩層意思：一是中古代長江、珠江流域還是落後；二是佐證無「50 萬與越雜處」存在。

　　由於南方開發較遲，加之地處遙遠山多，地域荒涼，瘴氣嚴重，被北人視為畏途。唐代稱嶺南是「蠻荒化外」地，《新唐書》有「比發南兵，遠鄉羈旅，疾疫殺傷，續添速死，每發倍難。」西元 43 年，越人征側反，漢將馬援率兵進剿，44 年回朝，史稱「士兵瘴疫死者近半」，49 年馬援又征武陵蠻，「兵卒亦多疫死」，馬本人也病死在戰場。由此可知，軍隊都不願往，又如何談到擇優遷移呢？因為荒涼，南方歷來是封建王朝流放地。在宋代，嶺南廣西北流的鬼門關，仍被流放的官員視為一過了關，就等於喪命。唐宰相李德裕「貶崖州」有詩謂：「崖州在何處，生度鬼門關」。黃庭堅流放廣西宜州，有詩是「只應瘴鄉老，難答故人情」。蘇東坡流放廉州，經北流鬼門關也有詩「自過鬼門關外天，命從人鮓甕頭船」。黃詩是說他到瘴鄉活不了幾天。蘇詩也說過鬼門關後，命也朝不保夕。歷代流放到南方的人多不勝數，僅唐代，流放到廣西就有幾十人，包括褚遂良、宋之問、李瓚、令狐通、穆甯、李燁、王旭、朱渾、韓蓋、馬勳等三十一名官員，而文人犯禁被流放廣西也不少。如張九齡、柳宗元等人都是大名鼎鼎文人，到宋代，流放的人更多了。據史料記載有上百人以上。如黃庭堅、秦觀、范祖禹、王安中、李邦彥、蘇軾等等都是當代名人。既然是荒涼的流放地，作擇優遷移地就不適合了。《宋史》「孫固傳」也有對安南稱「其地瘴癘不堪守，請棄之」的描述，事實上歷代王朝北人到嶺南戍邊，大量逃亡史不絕書。北人也不敢到南方任官，於是出現唐代「南選制」，提示選官到嶺南任職有困難。

　　嶺南是秦「50 萬人與越雜處」發祥地，是中原「帶上先進文化」最早地區之一。尚是如此落後，顯然「南遷」就不符事實。在西南各省區，都存在大量會館。如廣西南寧市，有粵東會館，江西會館、浙江會館等，會館就是老鄉聚集地。目的

是相互照應對付本地人。如果本地人是中原南遷，是同語言、同習俗，就不必修會館了。會館的意義是：一、佐證當地是落後；二、佐證不存在「中原南遷」。以上說明，廣西的文化遠遠比中原落後非常大，這與「帶上中原先進文化」相距甚遠。不是「50 萬人南遷」的中原影子。如果是「帶上先進文化」，就不應是流放地和用土俗字。說這些話，僅僅是文人作政治秀罷了。

4. 與落後社會不符。學者稱「50 萬與越雜處」，意味著中原與土著民是一比一，其性質屬融合，逞完全同化。有中原帶上先進文化，社會當然是先進的，事實並非如此。[漢書] 嚴助傳是這樣描述百越地；「越，方外之地，劉髮文身之民也，不可以冠帶之國法度理也。……臣聞越非有城郭邑里也，處溪谷之間，篁竹之中，……得其地，不可郡縣也」；由此可知，一個不是冠帶之民、無城郭、無郡縣之地，不能稱上「帶上先進文化」，不能稱是中州的後裔。

姓氏、修譜和修志是社會發展的晴雨表。南方少數民族有姓氏很遲。北史卷 95 載「獠者，蓋南蠻之別種……略無姓氏之別，又無名字，所生男女，唯其長幼次第呼之」。據考證，壯族在唐之前，基本無姓氏，傣族到明代才有姓，至今夷族、藏族尚是大部分無姓。

中原多數省份在元代前已修志。如陝西，元代有一種，宋代有一種，江蘇是元代有 3 種，宋代有 6 種，而湖南、廣西、貴州、雲南、四川等省區到明代才修志，西藏和臺灣則到清代才修，均佐證南方文化滯後。

5. 與邏輯不符。上面已提的環江無字墓碑，都是屬毛南族。他們均稱祖上是江西、浙江遷來的。浙贛文化發達，非常講究祠堂和墓誌，能遷到環江就改習俗，就不寫墓碑不合邏輯，顯然是清之前是文盲而出現無字碑。

三、南遷說與人文現象相違

　　人文定義很多，我們說的人文，是指通稱的人類社會的各種文化現象，尤其社會中的各種風俗、地名、考古等等。按照文化同化的同一律，南遷的中原人應保持中原的文化。將當今的南北群體文化作對比，我們沒有找到這種同一律的證據。

　　當今南北關係的各種著作均有驚人的雷同；「帶上中原的先進文化」，戴上了帽子竟不講是什麼帽，而南方依然是「蠻」、名人陳伯達脫不了「蠻」帽、南方仍稱「化外之地」、或稱「故俗治」、或稱「鴃舌鳥語」，至明代雲南仍有用貝幣，「山東青州籍」的龍勝瑤人有刀耕火種史、四川有巴蜀文、中原籍納西人有東巴文、廣大南方有銅鼓而不是中原的鼎……這些，與「帶上中原的先進文化」背道而馳了。可以這樣說，所謂「帶上先進文化」竟是銀樣鑞槍頭打不響，拿不出令人信服的鐵證來，找不出中原文化多少影子，遠遠違反了同化同一律。所以說「中原南遷」是陰私帽而不是貨真價實的帽。僅僅從人文現象而論，就有如下事實不符南遷說：

　　首先，從地名來分析：地名是歷史活化石。南方各地都有大量土著地名，僅廣西 1982 年調查地名時，有壯語地名 7 萬多條。幾乎占地名近半，以那、納、板、班、弄、崀、龍、洞、垌、六、祿等為最。分佈全廣西，研究地名，以徐松石的《粵江流域人民史》研究最詳，他介紹有如那、六、古、淥、蠻、班、弄等，分別表示田、山谷、稞、村落。廣東有「古灶」，順德有「古樓」，三水市有古塘，桂林有古竹，陽朔縣有古定，義甯縣有古落，柳江縣有古練，雒容縣有古丁。古字與果、過、姑、歌、勾、個互通，壯語中是「稞」的意思。吳越舊址有勾曲山、勾容縣、勾無山、勾餘山。古代吳稱勾吳。越王稱「勾踐」。雲南有個舊，越南有個內和個睦竹，江西省有個舜、個柴、個庶等等；他不僅考據那、都、思、古、六、羅等字的含義，也考證地名用字的分佈，如雲羅字布廣東南部、廣西東部、六思字布廣東西南部和廣西中東部，蒙字布廣西中南部，板字布廣西西部……而越人地名也很多，有於陵縣（今山東）於越（百越一支）於潛縣（浙）於餘丘（今臨沂），句曲山（今句容縣）

句章縣（慈溪縣）句無山（今諸暨）句陽縣（今荷澤）句盧山（今江蘇東海縣）……大部分地名已經國語化了，但仍有少數古地名保存下來。壯地名及土著地名的存在，佐證該地先民不是「南遷」的客人，佐證「中原南遷」不存在。當然也佐證南方群體是不全同化，而不是融合，前者是文化擴張，後者是人口擴張。

其次，從群體文化分析：南北群體由於存在族源差異，也反映到技藝文化差異；北方群體含遊牧民族血緣，故剛烈有餘而技藝不足，反之，南方群體為農耕民族，擅長技藝，四大名繡是蘇繡、湘繡、蜀繡、粵繡；三大名錦是雲錦（南京）、蜀錦、宋錦（蘇杭）、名硯、名瓷、名石雕、玉雕、木雕、象牙雕等，除玉雕為北京榜上有名外，其餘全為江南人囊括。如景德鎮、宜興的瓷；楊州、蘇州、成都玉雕；壽山（閩）、青田（浙）石雕；文房四寶是宣紙、湖筆、徽墨、端硯。名菜也是以粵菜、閩菜、川菜、蘇菜甲天下，而黃河以北罕見名技。總而言之，南方特有習俗比比皆是，無法解釋強勢群體的中原人舍雅從俗，接受夷蠻文化。

再次、從習俗文化分析；一個民族遷往另一地，都帶上自己文化，若屬融合，則是強勢文化同化弱勢文化，當今我們卻沒有見到這種現象規律；古今南北群體的習俗向來迥異，史書稱諸夏束髮、戎狄被髮、吳越斷髮。百越民族被稱是斷髮文身，至今的黎族仍有文身習俗。南方群體中，多有自己的節日，如三月三，廣泛為瑤、侗、苗、壯、布依、毛南及部分漢族所崇敬。南方都愛山歌，尤其是客家山歌，侗族山歌等。南方群體的飲食與北人飲食大相徑庭。閩、粵人及南方少數民族，凡地上爬，天上飛，水中游的生物，幾乎都可進食。在中原人則視為不雅了。南人有生食，如魚生、豬肉生。南方各地多有二次葬、岩洞葬、懸棺等習俗，如四川珙縣、福建武夷山、江西等地的懸棺即是聞名於世。南方多地有龍母廟和媽祖廟。民居最能代表民族文化。南方干欄式建築，客家人圍屋建築均與中原不同。而干欄式建築則在 8000 年前的河姆渡發現，這種建築

保持七、八千年，這不是強勢文化。近代的東南沿海民眾尚有不落夫家史，河南盛行舉廟會，僅溫縣一年就辦 243 次，禹州更多。而客家廟會很少，內容也不同。舊時河南女子普遍有纏足，相反，客家女以大足腳聞名。論婚俗，客家有哭嫁俗，嫂子給出嫁女梳頭，葬俗有二次葬俗等，這些在中原河南基本不見到。這種差異不講，卻侈談中原不是純種，客家才是正宗漢人，這說法於科學於邏輯都講不通。

南方各地習俗與中原更不同，僅以飲食為例，南北懸殊就很大；南人愛粽子、愛生食、愛辣味。湖南人有怕不辣、川黔人是不怕辣、江西人辣不怕。按吃辣排行，湖南居首、貴州雲南次之；四川再次、江西居四、湖北居五、廣西、廣東及江浙依次緊列。而北人愛餃子、愛熟爛、辣味不求「怕不辣」。兩者差距不能用同一解釋。

雲南、貴州、海南、重慶、湖南等地都有自己的十八怪。這不是中原文化。

如雲南十八怪中有：雞蛋串著賣，石頭當瓦蓋，領帶當腰帶，竹筒當煙袋，草帽當鍋蓋，腳趾常年露在外，大姑娘不繫褲腰帶，背著娃娃再戀愛，鼉豆花生數著賣。

海南十八怪有：褲衩當著帽子戴，短褲穿衣在長褲外，老頭再窮有人愛，抱著孩子談戀愛。

貴州十八怪有：姑娘外衣兩邊蓋，辣椒餐餐桌上菜，石片當瓦做頂帶，豆腐越臭人越愛，火箭帽子頭上戴。

重慶十八怪有：喪事當作喜事辦，不吃小麵不自在，龜兒老子隨口帶。

湖南麻陽十八怪有：短褲穿在長褲外，麵條像褲帶，竹竿穿著衣褲曬，辣子當主菜，雞蛋串起賣，斗笠當鍋蓋，背著孩子談戀愛。

由上可知，這些習俗絕不可能是中原習俗。再者，有些習俗分佈非常廣，如背著娃娃再戀愛，短褲穿在長褲外，石頭當

瓦蓋，雞蛋串著賣等等。分佈都很廣。稱這些群體是中原南遷融合，是講不通。這些十八怪不僅少數民族有，漢族也有，例如：廣西鐘山縣一帶禁稱「大哥」，只能稱「二哥」。原因老大是生後才進家，是不是自己的親生難說，故要稱「二哥」才是禮貌。這也是背著娃娃再戀愛的遺風。而竹筒當煙袋是廣泛分佈在兩廣粵方言中。

南方群體的習俗與中原習俗遠遠不同。一是多，有「五里不同音，十里不同俗」之稱，在浙閩，常有翻過一座山就有另一種習俗和語音。僅以福建而論，就有數不清的習俗；如長汀縣的鬧春田、南平搶酒節、三明、邵武的儺舞、蚶江海上潑水節、泉州拍胸舞、閩南送王船、漳浦縣穿燈腳、連城走古事、客家元霄節以「游大龍、走古事、賞花燈、燒炮」為聞名。一是奇，南方群體習俗以奇著稱，如壯族、客家等都有哭嫁，喜事當日新娘哭不止。閩南人在大年初三掃墓。晉江的嗦羅連俗是端午節那天到各家各戶拜唱「嗦羅連」歌詞，該俗稱有1800年歷史。最引人稱奇是惠安、湄州、潯埔三大漁女；惠安女有前面所提的「封建頭」等奇特；湄州女則有「帆船頭，大海裳，紅黑褲子寄平安」之稱，長髮梳像船帆，紅花邊蘭色上衣表示大海，褲子是上半紅下半黑。潯埔女以「大裾衫，闊褲腳」取勝，褲子黑、蘭為主，褲筒寬一尺左右，褲頭多白色。潯埔末婚女戴丁勾耳環，已婚女戴「丁香墜」，老奶改戴「老媽丁香墜」耳墜。潯埔女有半夜出嫁俗，和廣東東莞，雲南部分民族的半夜辦婚相似。這些習俗在中原是難見影子的。客家人將婚俗的提親、問名及送嫁妝等共性特徵當作「中原南遷」的證據，實是強詞奪理的詭論。

最後，從地域文化分析；在湘黔交界地區，至今仍留存「南方長城」，有長城存在，就有你我界限存在，當然更不是「南遷」的產物。

從考古學而論，陶器銅器是重要的地域文化鑑別尺規。中原及黃河西部是紅陶、彩陶文化、山東和江南是黑陶文化、河姆渡遺址。三星堆遺址、新幹大洋洲遺址、雲南李家山遺址

等等都是赫赫有名的南方古文化遺址。河姆渡發現有 7000—8000 年前的干欄建築，干欄建築至今仍是南方各族最常見的建築之一，河姆渡遺址被稱為璀璨的史前明珠。三星堆遺址出土文物達數十萬件，是 4000 年前之物，其中金面罩、金杖、青銅人頭等是轟動全球考古界，所有這些文物與中原截然不同。新幹大洋洲遺址出土 3000 年前的文物 1900 餘件，地方特色很濃。有中原未見的扁足鼎、南方特有的樂器大鐃。李家山遺址有銅鼓、干欄銅屋、孔雀蓋提梁銅壺、牛虎銅案等。這些全與中原有別，後者尚轟動世界考古界。銅鼓在華南和西南廣大地區，均有眾多的發現，與越南、老撾、泰國等東南亞各國發現的銅鼓連成一片，這在前面已介紹。以上的文化遺址代表了南方文化，佐證一元文化是不存在的，有南北不同文化是事實。

四、南遷說與人口成份及變化相違

從歷史人口成份及變化來分析，中原南遷說是不成立的。

其一，大量史料記載土著民族蹤跡；以廣西為例。當今廣西東部，基本是持粵語、西南官話的漢人，占全區人口 60％以上。但史書記載卻不是如此。明代嘉靖 25 年部議：「廣西一省俍人居其半。其三瑤人，其二居民」。清代，《粵西諸蠻圖記》亦稱廣西「合其類而十分之，則僅居四、瑤居三、俍居二之，餘僅得一焉。」

明清兩代居民占廣西人口在兩成以下，且這些民戶不是指中原漢族，而是持粵方言、西南方言或編入戶籍的俍人。荔浦縣誌載全縣 300 村，壯占 270 餘村，今壯瑤僅占 13.8％。平樂縣全縣 300 村，漢村 125，瑤村 71，壯村 104。今壯瑤僅占極少數，約 5％。昭平縣為「壯七民三」，今少數民族占 7.2％。岑溪縣，壯瑤頗多，僅連城鄉就有瑤壯 20 餘村，今少數民族占 0.1％。可以說無壯瑤了。北流縣壯瑤村有南祿，茅田、那留、沙垌、龍塘等 10 多村。今少數民族占 2.5％，基本無壯瑤，以上所舉的，除荔浦有少數壯瑤人外，其它縣基本無

壯瑤人了。在廣西，縣縣均有壯、瑤、苗等少數民族記載，如容縣，宋代稱是夷多民少，明代居文律，六肥、羅龍等 32 村。而現在容縣沒有世居少數民族，整個桂東南基本不見壯瑤人，取而代之是「土白話」人。如桂平，全縣 170 萬，其中城區白話 40 萬，土白話 70 萬，壯話 10 萬。北流的上裡（東南部人）被稱為土白話，容縣、蒼梧、岑溪等縣都有眾多的土白話，如今的平南縣瑤人，是講土白話的。由於少數民族改操漢語（即方言）。被人冠上「熟」字，如熟苗、熟瑤、熟壯等等，以示與操母語的原民族區別。凡操母語或用原服飾者稱生，如生苗、生瑤、生壯等等，《太平寰宇記》稱元代壯人為「近編入版圖者，謂之熟壯，性略馴，甚遠者（即生壯）。性梗化不服制。」這裡的熟壯，不僅編入版圖，語言也要更改，所謂性略馴，實指不反抗而言。歷史上稱為蠻者，多指不順朝庭，稱為民者，指入編戶之外，也少有反抗。但可保持母語，這就是閩、粵、吳、贛、湘、客家、西南方言的形成之因。例如，廣西粵語方言民族，其前身應是舊越人或壯瑤人，後變土白話人，又變成粵人。桂平的城區白話，實是受外來商人、工匠影響的外來腔。土白話是本地人的舶來品，屬南腔北調混合白話。廣西桂東的土白話人，湘、粵、桂邊界的「土語人」顯然就是土著式白話或土著式官話，和舊時上海碼頭工的洋涇濱語的性質是大同小異。古代全廣西是越人，漢以後為蠻、獠、俚、俍人。至今少數民族僅占三分之一強，大部分的人是變成土白話，變成粵語、官話了。

廣西是這樣，其它各地亦不例外，例如，顧炎武的《天下郡國利病書》載明代廣東一省有瑤人的州縣 21 個，有人考究達 58 個，龔蔭教授統計元明代廣東有土司 92 個，幾乎處處有瑤人，今廣東瑤人散居 12 縣，總人口僅 15 萬人，南海、番禺、東莞、香山等縣的瑤人早已無影無蹤，提示 90% 以上的瑤人漢化了。

其二，人口成份的變遷佐證存在大量漢化的事實；以滿族為例。17 世紀全國人口 8000 萬。辛亥革命增至 4 億，增 5 倍

多，同期滿族，由 300 萬增至 500 萬，增長僅 1.6 倍，比全國低。提示很多滿人改操漢語，定漢族。民國初年，滿皇室修譜，僅皇室的後裔就達 30 萬。按此比例推算，滿族 500 萬人是明顯縮小了。滿族在 1953 年人口降為 241 萬，不足辛亥革命時人口的一半，說明又有大量漢化。到 2010 年，滿族人口又達 1068 萬，比 1953 年增長 4.4 倍。提示有大量滿族人又恢復了本民族成分。尤其是河北、遼寧兩地、新建了很多滿族自治縣。北京恢復本民族最多。據北京民政志，1910 年京師旗人有 67 萬，占北京人口一大半。清代北京分內城和外城，內城是旗人、外城是漢人。到解放初期，北京僅有滿族 3100 人。1957 年升至 80411 人。2000 年升至 25 萬人。50 年間北京滿族增長 80 倍，顯然新增的人中有 90％ 以上的人是恢復了本民族。這種現象不僅是滿族有。其它民族更有。例，江西省原來沒有佘族，到 1985 年至 1987 年間，江西就建有 40 多個民族村，人口達 12 萬，全是客家人改佘族。苗族、土家族也是這樣。從 1953 年至 2000 年，前者增長 3.5 倍，後者增長 13 倍多，均遠遠超過全國增長 2 倍的水準。無疑增長的部分是恢復本民族所致。由此推理，因虛榮、因利益還沒有恢復民族成分的人更非常多。

　　雲、貴兩地長期是南詔、大理國地，居民當是蠻夷人。元代臣服元蒙後，至今不到 800 年，今漢人占三分之二。多出數千萬人絕不是中原人空投而來，而是漢化，尤其是「改土歸流」後，流官當政，強迫苗民遷徙。或改漢語，用漢姓。這現象在雲貴各地方誌中多有記載。當今苗族有 740 萬，用苗語僅 400 萬，佘族 70 萬，用佘語僅 950 人，而仡佬族、土家族幾乎全改操漢語。故熟壯、熟瑤改用土白話，是順理成章了。富川縣平地瑤（熟瑤）操的更是混合的土白話。以上事例說明，江南是蠻夷的天下，臣服中原後依然用自己的母語，後受中原政治影響，出現借詞、借讀，形成今天的各方言。這些方言，實是變味的母語，而不是中原移民的雅語。在解放前，少數民族一出外地操漢語、民族識別後也定為漢族，就是講母語，也有報漢族成分。例著名的體操王子李寧，居柳州後報漢族，實是壯族，名將白崇禧、粟裕更不承認自己是少數民族。由於歧視關

係，少數民族改操強勢語言是常見的事。在我們身邊天天有發生，這都是虛榮文化造的孽。

其三，歷史人口統計不支特「中原南遷」說；存在人口遷移，從歷史人口統計中可得到反映，遷入地的人口將會猛增。南北朝期，由於大量的胡人內遷融合，全國人口從 265 年的 767 萬增到 520 年 3000 餘萬，增長近 4 倍。史家范文瀾稱其中大部分是內遷漢化的胡人。

但南方人口並無劇烈變動，例廣西，秦代有 40 萬人口。加上「50 萬」中原南遷共計近 100 萬人，到西元 2 年廣西人口僅為 26 萬人，人口不增反而減少，何來的「50 萬南遷」？

史家認為：秦代全國人口約 2000 萬，到 1753 年增到 10275 萬人，增長 5 倍，同期廣西由 40 萬增至 197 萬，增長不到 5 倍，比全國增長低，據此，稱為「大量中原南遷」，實屬口說無憑。

其四、民族識別混亂；解放前沒有民族識別工作、定為何族缺少客觀標準依據，任由人們自行定奪，如廣西壯人，社會學家費孝通稱是土人，土人自稱是說土話的漢人，形如今天平話人、粵人自稱是說庶圍話的漢人或說白話的漢人。土人自稱是漢裔，或棄土為漢。文人稱僮人也是指邊遠深山的人，如陳正祥著《廣西地理》一書，稱廣西漢人包括白話人、土拐人、伶人、山湖廣人、客家人、庶圍人、土話人（壯）等，就是苗瑤也是指邊遠山區的人，熟苗熟瑤歸漢人，當時全省少數民族統計僅有 40 萬，占全省人口 2.8%，其中苗瑤 16 多萬，到解放初作壯族識別調查時，僅有 1.8 萬人承認是壯族，餘 99% 以上的壯族自認是漢族，1951 年省統戰部統計稱有少數民族共 632741 人。李宗仁就不承認有壯族存在，解放初也是定壯人為漢族。這就是典型的人為漢化。定為是漢非漢依政治定奪而不是據客觀事實。

從上述事例可知，「中原南遷」是有限，而「南方北遷」卻是實實在在。當今的南北人群中、南方群體有北相少，北方

群體有南相多，佐證了南方北遷佔優勢。

　　所以說，南方群體的人群基礎是楚、越、濮、蠻等民族，其後不斷融合南方各族，今天所持的方言，絕不是真正漢方言，而是語言。其血緣也不是「中原南遷」說，而是土著，說是漢化是准漢化，不是全漢化。

五、南遷說與政治相違

　　從史前到元蒙二、三千年中，雲、貴、川西仍屬滇、夜郎、南詔。大理所統轄，其中西藏呈獨立或鬆散獨立到清代。中原人大規模遷往絕不可能，這些地方自元代臣服元蒙之後，均無大規模遷移記載，也缺少遷移基礎。明一代四川人口劇減。史有「湖廣填川」記載，當今的客家人就是這段時期入川的。四川遠遠比雲、貴、川西、西藏好，中原人沒有必要舍優取劣，放棄四川而遷入環境較差的雲貴地區。清一代已是近代，有大規模遷移會有史書記載。所以說，元代前這些地區是獨立國家，「南遷」不存在，元代後又有「湖廣填川」之事，「南遷」也不符事理，也無史料佐證。故上述地區「中原南遷」不合政治環境。

　　鄂西、湘西、桂西等地在秦代已被征服，但屬只征不治，行「以夷治夷」，該地存在大量土司。當然也不可能有外地人大規模遷入。沒有置郡縣派官吏，而行無奈的下策「故俗治」。效羈縻或土司制，直到清末長達千多年的歷史。

　　據龔蔭教授考證，唐代全國有羈縻州府 865 個，元明代有土府州 2569 個。其中雲南 587 個，四川 612 個、貴州 412 個、廣西 341 個、廣東 92 個、湖南 59 個、湖北 39 個。這七省區共占全國土府州 83%。到清末，未改流的土司尚有：四川 57 個、雲南 32 個、貴州 62 個（全為長官司）。湖廣 42 個、廣西 33 個。除廣西、貴州無宣撫司、宣慰司、安撫司設置外，四川、雲南、湖廣均有置設，說明這些地區土司權力更大。

　　土司擁有政權、軍權、財權等，除每年進貢外，一切自行

主張，設有軍隊、收稅。

從土司制說明，土司不可能讓異族大規模遷入其地，而中原人也不願遷往，故「中原南遷」不成立。

所謂的狄青後裔，事實是，狄青兵有 3.1 萬，大部分是永靖和廣西境內土兵。北方兵很少，能留守廣西更少。學者鄭維寬稱宋代元豐期廣西人口達 160 萬，山東籍兵不會超一萬，占廣西人口不到 1%，怎能稱廣西是狄青後裔呢？狄青後裔實是土司為了拔高自己先祖，編出的國際笑話，只是人們也相信罷了。

對南方的粵、閩、吳、贛、客家、湘、西南方言等地區，在秦代已被秦征服，但這些地方是蜀國、楚國、吳越國故地。地方勢力非常大，秦人雖設州縣，派官吏，但依然心有餘而力不足。如《資治通鑑》稱；「漢平兩越，平西南夷，置郡縣十七，且以故俗治，毋賦稅」。提示一是政治鬆散。二是也啟用當地人當官，到南北朝和南宋，中原又被遊牧民族打敗而都城被迫南遷。皇帝遷到楚越地寄居，雖是有權，也得讓當地人三分，加之政治南遷，無形又抬高了南人身價。其後，南人又崛起，江南才子佔據中國半壁江山，這就無形保護了當地文化，效仿「土洋」結合，既有本地文化成分，又兼中原官方文化成分，形成了今天的各方言。故粵、閩、吳、贛、客家、湘、西南方言地區是漢化，而不是融合。正像澳門土語的人，不是葡中混血種，而是地道粵人。

漢化或融合的區別，漢化是本地人借部分漢文化，融合則是本地人與外來人融為一體，可參考如下標準：

1. 融合是全方位立體性同化。依同化定律，基本不存在弱勢文化。漢化則保持有弱勢文化

2. 融合是遷移混合而成，故有融合史。如鮮卑融合於漢，有歷史記載。漢化則是土著人借用強勢文化，無歷史記載。

南方群體有漢化事實。古今都有借詞或改學漢語的存在，

廣西的土白話就是壯變漢的典型。

而今天，已是全民改操國語，這是漢化，而不是南北人混合後改語言習俗。中國是農耕民族，不利於遷移，且南方人有數億，比北人尚多。若是融合，即使是古代，也有數百萬中原人南遷，才能達到融合條件。僅僅幾個家族南遷，不足以達到融合目的。由於南方人是漢化，學國語缺老師、缺標準。因而出現白讀文讀或借詞現象，形成自己方言。

從雲貴西藏到土司地區，再到漢方言區，都有政治因素存在，這些政治因素能阻止大規模外來遷入，故「中原南遷」沒有政治條件依據。

六、南遷說與邏輯相違

邏輯學在判斷是非有時起決定作用。法學作定罪時，常與作案動機，作案時間、作案條件等來分析案情，若無具備這三條件，可以否定作案。

同理，中原南遷也可以用邏輯學定是非，中原南遷標準是：1. 有原居地的文化要素，包括語言、習俗、文化等；2. 符合遷移規律：有趨優性、移行性、條件性、文化性；3. 能完滿解釋各種現象：如為何有「五里不同音，十里不同俗」，為何南方多方言，為何南北人不同等等能作科學解釋；4. 有確鑿詳盡史料和確鑿物證。

依據上述的南遷標準，當今的粵、閩、吳、贛、客家、湘、西南方言各群體沒有一條符合。既然一條標準都不符，硬據某些史書說是中原南遷，是武斷了，不符科學和事實。

稱是中原南遷，有如下不符事理：

1. 與同化規律不符：在秦漢代，嶺南的雒越、西甌有人口數十萬，部分學者認為有 50—60 萬。而與越雜處中原人達 50多萬。比例是 1：1。若屬實，則嶺南總人口當是超 100 萬，按強勢文化同化弱勢文化定律，嶺南應是完全漢化。不存方

言、習俗之別。文化發展也應是與中原並駕齊驅。

但實際是，西元 2 年廣西人口僅 26 萬。西漢時，廣東人口 25.6 萬，兩者尚不足 60 萬。至五代時，嶺南仍是「銅鼓與蠻歌」。嶺南存在有土俗字、干欄式民居、銅鼓、二次葬、生吃（魚生），不落夫家，環江無字碑，中原的流放地等等。南方其他地方也一樣，各群體自古都有自己的語言，如楚語穀稱乳，老虎稱於菟；當今留有的「越人歌」無人會解釋（壯語例外），南方群體存有數不清的土語和方言，有「五里不同音，十里不同俗」現象。南北姓氏有明顯差別，各姓氏的比率相差非常大，南北的語言、習俗、姓氏、地名、文化和遺傳等等既不同步，也不同質，這很難用南遷說來解釋。這些違背了全同化規律和姓氏同一規律，而這兩大規律又是中原南遷鑒別真偽的金標準。

2. 與同化邏輯不符：同化邏輯指條件相同，同化率應相同，不存在同化多少的差別。基本是用雅浯雅俗，以完全同化為結局。但據統計，貴州 9 個地市中，漢族比率最高是遵義市，占 88.55％，次是貴陽和畢節市，畢節市為 74.12％，甕安縣高達 95％，最低是黔東南州，僅 21.8％，次是銅仁市，僅 29.5％，其中天柱縣最低為 3％，臺江縣、劍河縣、從江等縣也不足 10％，即貴州省漢族比率最高與最低的地區相差 31.6 倍。雲南省 16 個地市中，漢族比率最高是曲靖市，達 92.9％，次是保山地區和昭通市，分別達 90.32％和 89.83％，巧家縣高達 96％，最低是怒江州，僅 7.8％，次是迪慶州和西雙版納州，分別為 18.4％和 22.4％，西盟縣僅 5.6％，比率最高和最低相差也在 17 倍以上，以上說明，各地同化率不是相近，而是雅俗相差很遠，這些均不符合中原南遷同化同步規律。按南遷說原理，雲貴各地都有中原南遷存在，遷多遷少都必遵循全同化規律，不許存俚語俚俗，各地同化率必是一致，無高低之分。無論是中原南遷或是改土歸流，地方官或流官絕不允許在自已轄區中存在俗語。

3. 與遷徙規律不符：人類遷徙規律是循優棄劣，就近捨

遠。貴州省畢節地區無論在地理上，自然條件上遠遠比黔東南州和銅仁市差得多，畢節赫章縣平均海拔 1996 米，年平均溫僅 13.2 度，從江縣平均海拔不足 1000 米，年均氣溫 18.1 度，降水量也比赫章縣多近 1 倍。雲南省曲靖市和昭通市均屬山高谷深、氣候惡劣，文山州和紅河州自然條件遠比曲靖昭通優越得多，但令人不解是，雲貴兩地均存條件劣者中原移民多（即漢族比率高），條件優者中原移民少。廣西百色也是這樣，百色最好地方是右江河谷和南部，較差是西北部，但右江河谷各縣漢族比率均不超 20％，德保縣僅 2.5％，靖西縣僅 0.73％，後兩者可稱上無中原南遷，而西北部漢族比率多超 30％，其中凌雲縣達 50.2％，樂業縣達 45％。廣西和雲貴地區相比更是明顯；廣西是中南半島與中原交通要道。廣西又有海，臣服中原比雲貴兩地早 1000 多年，雲貴兩地至元代才歸入中國版圖。而雲貴是高原，山地比廣西多，自然條件比廣西差。廣西又有「50 萬與越雜處」。無論從何分析，廣西的中原南遷的人數肯定遠遠比雲貴多幾倍到幾十倍。實際是：廣西漢族為 61％，貴州漢族為 65.3％，雲南漢族為 64.3％，示雲貴的漢人比廣西多，即廣西中原南遷的人比雲貴少。這不符合邏輯和事理。雲貴的漢人從何處何時遷來？若有「南遷」事實，那麼，中原人願遷廣西或願遷雲貴高原？按循優棄劣，就近捨遠規律，客家遷移應是首選東北、朝鮮、江蘇、安徽、湖北等魚米之鄉。現實是，客家人飛到粵、閩、贛三不管劣山區，且以此向四周擴散，這不符合遷移從優從近規律。其解釋應該是；南方漢族非中原南遷，而是通過政治推行漢化的結果，決定漢化率的不同是三：一是土著勢力的不同，勢力大同化少，勢力小則同化多。二是與改流的早晚有關，三是與各地的民族關係民族政策有關。文化勢力包括政治、經濟、文化的強弱等因素，當文化勢力強，抵禦外來文化就強，則漢化就少，當文化勢力弱，抵禦外來文化就差，求虛榮求攀附就濃，漢化就多，雲貴兩地及百色條件差地區漢化率高就是這個道理。文化與漢化的特點是；在群體關係間，文化高有抵禦同化作用，但在群體成員內，文化高反而易於接受同化，西雙版納州傣人比哈尼人布

朗人不易漢化，但僚人土司或城郊僚人則易漢化。漢化率尚與改流有關，廣西田州、陽萬州和果化州（均屬右江河谷）至光緒年或 1915 年才改流，而來安府（凌雲）明洪武 7 年、泗城府（凌雲、樂業）清雍正 5 年改流，改流的早晚形成漢化率不同，改流早，漢化率高，改流晚，漢化率低，故凌雲漢化率遠遠比田州漢化率高。明清兩代，朝庭征剿雲貴的頻度遠遠比征剿廣西多得多，史有「開苗疆」，征楚川，今留南方長城等就是明證，地方誌也有大量強迫苗人不能用苗語的記載，雲貴兩地漢人比廣西多，無不與強迫漢化有關。與弱勢方求虛榮有關。

4. 與客觀事實不符：遷徙須有條件，也有其特點。大規模遷移須有地勢平坦、交通便利，有優良謀生條件；有明顯利益目的。對照這三條件，大規模南遷是不成立的。南方不僅是路遙路難，且在古代時非常落後，山多地少，更重要是水土不合。北人談瘴如談虎色變，加之語言不通，除滿足虛榮外，沒有實用利益價值。因為中國的政治重心都在北方，故歷史上各朝雖能征服南方，依然效「故俗治」，即推行羈縻或土司政策。如果存在中原南遷，為何又搞土司制讓蠻人管中原人呢？豈不是自相矛盾嗎？土司制實是無可奈何的下策，所以，稱秦代有「50 萬人南遷」是政治家的權術罷了。

農耕民族遷徙的特點是移行規律；其遷徙是不斷換位移行遷徙而不是遊牧民族的跳躍式遷徙。因為農耕民族的生存物件靠土地，又需眾多勞動工具，每次遷移須付出極大代價，因此遷移只能是近距離和有生產條件，不勝任遠距離長途爬涉。為何山東河北農民只能闖關東、陝西山西農民只能走西口，粵閩桂農民只能下南洋？苗民瑤民僅遷到老撾和越南卻沒有遷到柬埔塞馬來西亞等地，這都是農耕民族移行遷移規律的證據。而遊牧民族則不同，以馬背為家，愛到哪裡就到哪裡，所以有漢代匈奴出現在歐洲、元代蒙古人遍佈黑海南北及伊朗阿富汗。這都是遊牧民族跳躍式遷徙。漢代 50 萬人南遷，晉代唐代數十萬客家人空投粵閩贛交界，這些遷徙都是浩浩蕩蕩數千上萬里跳躍式遷徙，顯然「跳躍式」有違農耕民族移行遷徙規律了。

　　5. 與邏輯不符：國人遷移是定向，只有南方，且有界限，即遷到當今國界為止。而且，南方群體全屬南遷融合，但又全否定日本、越南、泰國、老撾是「遷徙融合」。這種肯定國內，否定國外，只有南遷，沒有北遷，這不符合邏輯，也不符道理。

　　日本提日人有中國血統。《史記》亦有秦始皇派三千男女童入海的記載，抗戰時日本也提「中日親善」，意思是日中是一家。越南學者陶維英同樣提越南是南遷的百越人。泰老學者堅稱泰人、老人是從嶺南遷往老撾泰國的，且泰老語言與侗臺民族語言是相近。但中國學者一一給予否認。造成北侖河北岸是南遷混血民族，北侖河南岸是土著純種民族，這是有違邏輯的。

　　6. 南遷說無法解釋現實現象：南遷說的大前提是「全同化」，但現實與「全同化」相違比比皆是，很難捕捉到「全同化」影子。例如，既然都是南遷，為何有閩粵吳客等語之別？為何出現翻過一座山就有異音異俗形如走進異國他鄉？中原人已是南方主人，家在南方，為何又行「以夷治夷」，立土司，效「故俗治」，講蠻語呢？從邏輯而言，如果存在中原南遷，中原人沒有必要建立各種會館、正音書院、正音蒙館等，不可能用俚語俚俗，這與「大一統」思想格格不一。

　　中原南遷有違客觀事實。世界各國都有相互交流。問題是：交流是大規模或是個體遷移？是全同化或是不全同化？稱大規模南遷是謬誤的。

第四節 語言違背全同化規律

一、概述

語言是人類傳遞資訊的載體，又是民族識別最主要標準之一，容易受政治干擾，構成一些問題眾說紛紜，探討語言，追回原貌就成格外重要。

語言以語音為物質外殼，由詞彙和語法構成並能表達人類思想的符號系統。

語言的起源有神授說，人創說，勞動創造說等學說，均是假設，無直接證據。

語言有氏族語言、部族語言、部落語言和民族語言等，分語系、語族、語支、語種（語言）、方言、土語等層次，全世界的語系有 15 說 10 說等多種，總共有 5000—7000 種語言，德國語言手冊稱有 5651 種，尚有 1400 多種未被承認，為獨立語言，包括朝鮮、越南等語，語種雖然很多，但人口在 100 萬以上的語種僅有 140 餘種，其中前 10 大語言就占總人口 55.35％，而 10 萬人以下的語言占 5000 種，1000 人以下的語言有 1500 種。我國的語種尚不清楚，有 80 說、129 說、298 說等，如果考慮到方言，次方言和土語，有人稱有 3000 種語言，絕大部分集中在江南。

語言的劃分是據語音、詞彙、語法的親疏來決定，以語言和方言為例，國際習慣以「相互理解性」作識別參考。

1.甲乙兩語言相互交流無障礙稱方言。

2.甲語言使用者理解乙語言，但反之不理解，稱語言。

通俗說兩語言不能通話，是兩種語言。兩種語言有大有小差別，但可通話，是方言。依這些標準，粵、吳、客家等語的屬性是什麼當是一清二楚。

　　因為受種種影響，我國的語言劃分形成特例：（1）漢語
沒有語族、語支，僅有語言。（2）劃定不依習慣標準，不能
相互通話的吳、閩、粵、客、官等方言均為同一語言。（3）
劃分寬嚴不均。國內的維語和柯爾克孜語、壯語和布依語、蒙
古語和東鄉語等均可相互理解通話。卻定為不同語言，而粵、
閩、吳、客等方言則劃為同一語言。（4）劃分與國際存在差異，
國際將壯侗語族劃入侗臺語系而不是漢藏語系，不是漢藏語系
尚有苗語和瑤語等，對粵、閩、吳、客等語言，有稱聯合國教
科文組織定是語言。

　　目前我國漢語分官方言，西南方言，吳方言、粵方言、閩
方言、客家方言、湘方言、贛方言和晉方言等 9 大方言，1955
年前尚有江淮方言，其後被取消歸為官方言。各方言內又有很
多次方言和土語。閩方言，就有閩南、閩中、閩北，海南閩語、
雷州半島閩語等次方言，閩各次方言又有第三、第四級再次方
言，有些再次級方言間尚無法通話交流。提示我們對方言的分
類存在有很大缺陷，分類與現實差距極大。

　　我國的漢語各方言人口都在3000萬以上，其中吳語最多，
8000 萬人以上，次是粵語，人口也在 7000 萬左右，兩者人口
分別居世界語言人口排名第 10 位、第 16 位，人口最少的客方
言，也居世界排名第 37 位。

　　語言功能很多，包括交際、文化錄傳、標誌等功能，其中
標誌功能備受人們器重。每個部落、民族都有自己的語言，形
成民族身份名片。每個人所持的母語也具「語言徽章」作用，
形如自我認同。我國語言特徵是：一是地位象徵，華夏語言最
高貴，稱是雅語，四夷語言低俗，稱俚語或俗語。二是心理作
用，人類社會天性視文化為「同性相吸，異性相斥」的心理，
「非我族類，其心必異」是其真實寫照，同化思維也是由此而
萌。三是政治作用，由於有求同排異心理，人們將語言引入政
治化，網上有人討論方言差異問題，本是最普通的學術見解。
有一網友竟大疾一呼「這是美國中情局企圖顛覆我國的陰謀」。
在現實也有類似，凡涉及探討民族或方言問題，一般都打入冷

宮或打壓。連近年編繪出版的地圖，也一改過去的文風，儘量淡化民族和方言資訊，目的淡化民族意識，例如，15年前出版的廣西地圖，多有各地的民族人口介紹，近年出版的地圖則沒有介紹了。廣西是這樣，全國其它地方也是大同小異。顯然當成「中情局」來理解。

正是將語言政治化，出現淡化方言、方言萎縮的傾向，國人對保護方言也常持冷漠或反對。2001年《語言教學與研究》刊出學者文章，稱方言消亡是大勢所趨。弱勢語言同化於強勢語言是勢不可擋潮流，搶救方言，保護方言不符合大多數人的利益，最後說「我們趁早死這條心」。因對方言偏見的人很多，方言環境大受損害並日益萎縮，昔日上海阿拉操起母語神氣十足，今天的小字輩多不買帳。有學者調查，吳語北部與官話交界處，轉講江淮官話，浙江淳安、龍遊、遂昌、慶元等縣，少年和社會上均用國語，中年以上才用方言。浙江九姓漁民方言，在建德市的青年已不用。少數民族人口占全國近10％。用母語交際僅占民族人口54.6％，有近半的民族已廢棄本民族母語。其中滿、赫哲、塔塔爾等族語言已失去交際。

語言政治化的結果，使主流派持語言「中原南遷」說，若觀點正確，南人語言的語音、詞彙、語法、同源詞等與中原語言應相同劃一，不存差異，不存交流障礙；反之，中原南遷的觀點就不成立，是憑著政治感覺走的隨意名詞。

二、方言是不全同化的結果

語言是不斷變化，變化分同化和異化。異化指自身產生裂痕造成，如壯語和泰語、臨高語的分離就是一例。同化指語流中兩個相近不同的音，其中一個因受另一個的影響而變得跟它相同或相近稱為同化。

同化分自然型和強迫型，吳、閩、粵文化勢力大，政治地位也捎高，所受的同化是自然漸進型，保存自己的文化較多，故與官方言距離大。雲貴地區部落林立文化勢力弱，到明清兩

代又遭不斷征剿和「開苗疆」，不許苗民講苗話，改用西南方言，使保存自已的文化較少。屬政治強迫型同化，故與官方言距離較小。

同化規律與群體強弱而定；群體的強弱與政活、經濟、文化、人口和母語認同度有關，當這些條件優者為強勢群體，反之為弱勢群體。同化規律是；

1.強弱兩群體相互交流（直接或間接）必然產生同化。

2.同化規律是弱勢方被強勢方同化，同化的程度與有無人員交流而定。

3.同化分完全同化和不全同化，完全同化是強弱雙方語言習俗高度同一，不存差異，不存弱勢方文化；不全同化是強弱雙方語言習俗有差異。

完全同化可稱為人口擴張性同化，是強弱兩群體有人員直接交流的結果。

不全同化又分文化擴張性同化和混合性同化，前者指強弱兩群體無人員遷徙交流，弱勢方只能通過學習和模仿強勢方的文化形成「山寨式」強勢語言，當今的西南方言、客方言、湘方言、粵方言等就是被同化「山寨」的結果。

混合性同化是有人員遷移來往，但兩者勢力相當，且缺少政治和文字等支援條件，形成兩種文化混合，產生第三種文化。如有 ABCD 四種語言，當 A 與 C 交流後產生 F 語言，若 F 又和 D 交流，則又產生 E 語言，混合性同化見於氏族、部落間，各種次方言和土語都屬此類。是「五里不同音，十里不同俗」之因。

語言有沒有產生被同化？和這些因素有關：一是語言勢力，包括政治、經濟、文化、人口等要素，凡這些要素優良時是強勢語言，強語言不會被同化；二是語言環境、包括政治和自然環境；西方持多元開放文化，沒有同化思維，弱勢粵方言島能在美國三藩市存在近 200 年久盛不衰就是一例。反之，存

在同化思維時，稍強勢語言也被同化。滿語、粵語、吳語被同化或將被同化就是典型代表。對局部小語言來說，自然環境常是影響因素。江南多方言，多土語，是因環境險阻，交通惡劣阻礙交流而遲封閉狀態，各部落語言受同化不多而得以生存。三是群體的母語認同感。各群體對母語的認同度不同，侗壯民族認同度最低。客家和部分瑤族認同最高。當今粵西、桂東存有許多方言、土白話和土話多是壯人在近二、三百年間被同化而成的。只是因虛榮關係當地人不承認是壯人後裔。

由上可知，在我國，全同化或不全同化，是鑒別強弱群體間有無人員遷徙交流的金標準。這條金標準也可驗證有無「中原南遷」存在。

這種觀點的理由依據是：一是同化定律決定，強弱方有交流時必屬全同化；二是政治決定，古今皇帝全是北方，說官話用皇俗已是共識；三是文化決定，語言靠文字支撐，南方群體缺文字，必然用漢字漢音而出現模仿強勢文化；四是存在強烈虛榮環境，棄俗從雅是不可改變的法則；五是一統意識決定，歷代都不許異性文化存在。由於存在這些因素作用，南北人交流絕不會存俚語俚俗出現，中原人絕不會放棄雅語。古今都有大量鐵事實證明，方言島就是最典型的事例。說中原雅語與當地土著語形成粵語云云，是沒有理論和事實依據的杜撰。當今很多人解釋狄青後裔是「狄青士兵被當地人同化」，顯而易見，這種解釋違背了同化規律。

弱勢文化被強勢文化同化，以事實來證明最能說明問題：

1. 歷代封建政治政策。強勢方為護權利益，常常強行同化。語言被引入政治後，歷代王朝都有化夷為華的措施，在明代，當局編有「洪武正音」，在閩浙粵等地設有「正音書院」和「正音蒙館」，以利推廣官話。當今南方群體中，仍有大量的「土著」人身份可以確認。如土司地區改流後，普遍改操西南方言、粵方言，如雲南思茅縣，原元江軍民府（土府），人口 30 餘萬。今少數民族僅占 36.6%。雲南巍山縣原是蒙化土府，人口 31 萬，今少數民族僅占 41.2%，這說明大部分人漢

化改學官話定為漢族。湖南麻陽苗族，清代被迫趕遷他鄉，不願遷者要改姓不許講苗話，遷雲南稱「六寨苗」。故麻陽苗族不講苗話，不報是苗族。強迫夷蠻改學官話事例史不絕書，朱元璋就強迫蒙古人、色目人改學漢語，違者懲治。這些事例在地方誌中多不勝數，

在南方各地「改流」更能說明強行同化，改流的內容一是廢土官立流官，一是推行官話或強勢語。其表現是；凡改流較早的地方，官話率很高，凡改流晚，官話率較低。廣西東部很早已是流官，幾乎全操粵方言和西南方言。廣西西部改流很晚，明清期土官仍很多，講土話比率很高，幾乎是操壯語苗瑤語。靖西、那坡、大新、忻城等縣改流較晚，土話率達90%以上，臨桂、昭平、荔浦等縣改流較早，土話率很低，僅10%左右，兩者相差巨大。廣西賓陽縣和武鳴縣，兩縣條件相似相鄰，但賓陽縣改流很早。漢族人口達84%。所持的語言是變性土白話，俗稱賓陽話，應是當地的壯人和外來人模仿粵語而成。武鳴縣改流晚，漢族人口僅占15%。廣西田陽縣流官土官互有反復，縣治也互有變化。流官縣治設在那坡，操粵語，土官縣治設在田州，操壯語。以上操粵語和西南方言的地區，顯然是土著棄俗從雅的結果，其證據可以從模仿語欠標準來判斷。以廣西桂平縣為例，縣城有較多的廣東商人，形成完全同化，操的是相當標準粵語，鄉下是不完全同化，操的是不標準土白話，邊遠山區仍操壯話。

2. 虛榮性攀附需求：語言是人身份徽章，講雅語用雅俗已是數千年鐵案，不會有棄雅從俗。在廣西西部，凡小城鎮僅僅滲有少量外來商戶，全鎮都講官話或白話，如廣西環江縣川山街，僅僅有少量賓陽人，全街講西南官話，不講賓陽話或壯話，縣內其他小圩鎮則講壯話。居旅越南的華僑，多是壯人，也全是講粵語。

3. 方言島證明強弱文化地位分明。在江南，尤其是東南沿海地區，存在很多方言島。方言島有活化石作用。

所謂方言島，就是某地人數很少方言群體存在於另一大方

言群體之中，被廣大俗語包圍著。這些方言島基本是強勢語言，如官話或粵語，是歷代王朝屯軍、駐軍後裔。雖大部分是土著人，但屬軍人操雅語，儘管人數很少，但能量大，全然沒有被周圍俗語同化，方言島周邊語言多是弱勢語言，持的是閩語、海南話等。

這些方言島有：

海南軍話、布昌江縣、東方等地，操西南官話。

福建南平城關鎮，操「土官話」，為明代陳懋將軍屯軍，兵源多是贛、浙地。

福建長樂縣琴江村，操滿式漢話，系清代三江口水師營地。

這些方言島沒有被周邊方言同化，是因為操國語，是優等語言和高貴人群。南平的「土官話」、韶關市粵方言、琴江村旗人，均不曉周邊方言，以示清高。旗下人不與城外福州人通婚，不學福州話。辛亥革命後，旗人一落千丈。不得不與周邊的福州人通婚，學福州話。

相反，明代有相當數量俍兵屯兵桂東、廣東、福建等地，這些俍兵村雖有官方背景，但講是壯話，是俗語而不是雅語，很快同化於周圍的粵語、閩語中，至今無一方言島，是俍人同化於當地人群了。只有在廣西境內俍村，周圍也是壯瑤人而得以保留一些至今。這些說明，語言非常講究等級，雅語絕不會被俚語同化。

方言島的存在，佐證三：一是強語言同化弱語言是鐵證；二是否定中原南遷，如果是南遷，不存在方言島；三是虛榮文化非常濃，雅語和俚語決定人的身份和地位，不能混淆，故攀附之風長盛不衰。

在今天，80％以上廣西人、尤其是壯人，其族譜或自稱均是外省人遷來，尤其是中原人，這種說法只能解釋為；少量弱勢的廣西土著人能征服大量強勢的外省官人棄雅從俗，講鳥語

不講雅語。這種奇蹟在理論、邏輯和現實無法解釋,為了攀附,連起碼的尊嚴也不計較了。實質是,南方各方言是土著人不全同化的結果。

三、方言是原住群體語言的傳承

對於方言的形成,國內學者幾乎稱是「中原南遷」說,中山大學一教授稱秦代 50 萬人南遷。帶來古漢語與南越土語交匯形成粵語。又有稱粵語繼承雅語,也有稱粵語是河北話,是最遲脫離中原正音,客語則稱是繼承中原正音,為中原古漢語、閩語則稱是河南洛陽話,對西南方言,稱是楚人與南遷漢人融合而成。更有人提出如下形象公式:

粵語:10%隋唐官話 +70%宋元官話 +20%其它語言。

客語:30％隋唐官話 +50％宋元官話 +10％明清官話 +10％其它語言。

總之,無論何種漢方言,均是中原南遷的結果,並稱南方各方言是古漢語考證的活化石,南方各方言才是正宗漢語,而當今的國語,被稱是源於少數民族,即滿式漢語,網上有稱中原官話是「偽漢胡雜」,這種提法,當是南人為爭虛榮而回擊官話的一種利器。反正我爸也是「李剛」。而且是正品。

主流派認為方言是中原南遷的結果,顯然是缺少事實根據的,南方群體的語言應是南方群體傳承各土著民族語言的結果,包栝百越、楚荊、巴蜀、百濮等民族,理由是:

其一,南北關係是強弱群體關係,應遵循同化定律,不存在南方各方言,若存在方言,提示是不全同化,不全同化示缺少人員直接交流,南方語言應是土生士長。而不是 70％是宋元官話,這有違同化定律。

其二,史科和現實均示南方有眾多土著民族存在;民族和語言存有一個明顯特徵,其數量與緯度成反比,緯度愈高,民族和語言愈少,反之愈多,印度、大平洋島國、非洲、中美洲

都有數不清民族和語言。

在我國的史書上記載也是如此。北方僅有五戎、六狄，而南方有四夷、七閩、九蠻。

當秦統一六國後，政治中心在中原，自秦到清歷代王朝都以角逐中原為目標，誰得中原得天下，這也使中原上千年飽受戰亂，百姓的交流更多。史家稱中國史有三次民族大融合；即戰國秦代期、南北朝唐代期、元明清期。這些大融合實是中原人與北方遊牧民族融合的結果，使中原形成了語言的統一，中原能有的方言，也只存在於胡漢結合部而逞不完全同化保持下來。如晉語及西北一些土話，當是遊牧民族的殘跡，而廣大的中原，已是一統了。

南方則不同，與民族大融合關係甚微。各群體都有保持固有的文化而與中原有別。雲、貴、川西、西藏至元才臣服中原，江南各地雖在秦代被征服，但中原政治影響力有限，逞鞭長莫及，其表現是：在秦代前後，活躍在南方的群體有楚荊民族、百越民族、巴蜀民族。而雲貴有百濮民族。這些民族又有數不清的分支。如南北朝楚荊大地有五溪蠻，沔中蠻、龍山蠻、桂陽蠻。三國時，巴蜀大地有獠，南北朝期江南有武陵蠻，嶺南有俚、臨賀蠻。

從秦代到清，江南各地都有無數蠻夷記載：

如《魏書》，有記江淮「諸蠻無所忌憚」；《宋書》有「荊、雍州蠻，盤瓠之後也」，《宋書》亦提武陵蠻。《南州異物志》載「廣州有賊在廣州之南、蒼梧、郁林、合浦、甯浦、高涼五郡地方數千里」。賊即是蠻，這是歧義，歷史上很常見。《三國志》《宋史》等書記獠蠻也不少。

由此可知，在南方原有楚荊、百越、巴蜀、百濮等民族。被秦征服後，史書稱是漢化。漢化的標準未提，但語言肯定是保留，這在南北朝有雅語、吳語為證。未被同化的群體演化為夷蠻，保持有相對獨立的群體；直致解放前夕國內仍存傣王、苗王、瑤王現象。雲南苦聰人到 1956 年才被發現，均證各地

都有部落存在、都有自己眾多語言和習俗存在。與當今眾多的方言，眾多的少數民族相一致，當代有人稱我國有298種語言，若包括次方言、土語達上千種。提示各方言與歷史各民族各部落有傳承關係。如吳閩方言離不開越族，湘方言離不開楚荊。

其三，有傳承土著語言的事實存在；秦一統中國後，南方各部落部族一面有保持自己母語傾向，一面又因政治、經濟、文化受強勢語言衝擊。又因推行同化政策，尤其是科舉考試，官員交流、經商、屯軍等要素，使愛虛榮、愛攀附的南方群體爭相模仿和借用雅語，形成各種版本形同粵式國語、閩式國語、湘式國語等數不清的部落部族式國語，形成不全同化。這些不同的部落部族式國語就含兩成分；一是自己底層的母語，一是仿借不標準的強勢語。各方言間的不同差距，即是底層母語有不同，又有仿借強勢語的多少和仿借語音的不同，如果仿借強勢語較多，仿借語音較標準，則這種方言與國語差距較小，反之差距就較大。這種現象可從壯語得到佐證；壯族的底層語是壯語，仿借語分三種：一種是仿借國語、國語怎樣讀就怎麼讀，一種是仿借西南官話、一種是壯讀音，壯讀音和粵方言一樣，每個漢字都有自已母語讀音。當借用國語或西南方言講話時，人們會有聽懂一些，當後者講話時，人們就聽不懂了。各方言間的語言差異；本質就是不全同化的反映，形成當今的粵、閩、客等方言。和舊時洋涇濱語（中英混合語）、協合語（漢日混合語）、澳門土語（中葡混合語）的道理一樣，不是英國人、日本人、葡萄牙人遷入中國與中國人融合的語言，不是中原人南遷和土著人融合的結果。而是南方群體模仿借用強勢群體語言。是當地人模仿強勢語的不標準語的結果。

這種不全同化的觀點有如下的事實佐證：

一是湘桂粵三地交界的土語（漢族）；三地土語總人口有上百萬，土語間次級土語林立眾多，令人注目是土語與姓氏相連在一起，不同的姓氏使用自己的不同方言。湖南湘南土語分有唐姓土話、張姓土語等。湖南藍山縣太平鄉有唐、陳、厲、蔣、薛、黃、徐、劉八姓土語，其中唐姓有9000餘人，各姓

土語有不同差異。每個姓氏當是歷史一個部落，每個部落都形成有自己的語言，這應是姓氏語言的基礎。

二是南京話；南京分老南京話區、新南京話區和普通話區三種，東晉代南京有中原官話（洛陽音）、江淮官話（南京音，即吳音）。顯而易見，老南京話是傳承晉代官話的明清南方官話，布城南、城西等居民，稱金陵雅語，總人口上千萬；新南京話應是近代老南京話和國語的變體；而普通話則屬地道當代移民。故老南京話與普通話稍難溝通，新南京話與普通話則易溝通。張家口市也有分土語區和國語區，烏魯木齊則有維語區和漢語區，以上說明語言有傳承史，又示有「混血」和「無混血」用語的不同。就南京而言，相對「無混血」用老南京話，有「混血」用新南京話；移民用國語。湘語有受國語影響不同，分南部老湘語和北部新湘語。

三是有語言學家證實，南方部分方言底層語含原南島語或南亞語成分。

可以斷言，方言的本質是強弱兩方無人員交流呈不全同化的結果，是以自已部族母語為藍本，不斷參照或仿借強勢方語言而形成一種方言。所以，有方言存在就無中原南遷，有中原南遷就無方言存在，這是同化規律決定。

四、南遷說違背語言學規律

主流派認為南人是北人南遷的結果；如果這個觀點正確，則應符合「南遷說」條件；一是南北語言交流無障礙；二是能完滿解釋各種現象；三是「南遷說」有充足和科學理由；四是有語言學支援。縱觀這四條件，「南遷說」不具一條。第一條無須解釋，第二條無法解釋方言島和「五里不同音，十里不同俗」的現象，第三條「南遷說」以古音說和融合說作依據不符科學事實，第四條南北語言不符語言同化規律，差異很大。

（一）南遷說與語言邏輯相違

南遷說是據拍腦袋而定，必然缺少事實，造成漏洞百出，不符合如下事實：

1. 與同化規律相違；以嶺南為例，史載秦代有 50 萬人與越雜處，與當時南越人口是 1：1。無論從哪個角度分析，全同化是無疑的，嶺南人用的必定是雅語，不存俗語。這與嶺南古今處處是鳥語不相符。

南方各方言都聲稱有「中原南遷」，稱是漢族，那麼，各方言群體都以中原雅語為標準，是中原雅語的一部分，也是說，彼此都用中原雅語作交流，各群體間不存在語言交流障礙，即使有也是小差別，無礙於群體間交流。但當今事實是，粵、閩、吳、官等各方言是雞鴨不相通，現實與同化規律相悖。

又有稱粵、客方言均有 80％ 是來自隋、唐、宋、元官話，這更不符邏輯。粵、客方言有 80％是相同的古語卻無法交流，現實也有遍地是方言土語，這是自相矛盾。各方言若確屬古漢語，那麼，哪種方言是正宗？顯然古漢語音說是牽強附會的陰私。古漢語音只是靠推論大膽設想有餘，求證不足的幼稚名詞，形如缺少史料硬定夏商周斷代史。

2. 與封建一統思想相違；數千年來我國均持「變夷為華」政策絕不存「變華為夷」現象，無論是南遷群體，或是被同化的群體，其語言習俗應是相同劃一，不許存有「非我同類」，不許違背一統。

既然南方群體因「中原南遷」逞全同化，就應以中原雅語為劃一，絕不存在文讀、白讀或漢字讀音當地語系化的現象，這不僅違反「一統」思想，也與同化定律相悖，南遷的中原人絕不會另定一個漢字讀音變成另類。

3. 南遷說與事物發展規律相違；當今主流派均稱各方言是古漢語音，這說法缺事實依據；中原一直是我國政治文化中心，中原官話是雅語的繼承者。保留古漢語音最多應是中原官話。絕不是南方各方言，把方言稱是古漢語音是本末倒置。稱南方各方言保留古漢語音也是有違「一統」思想和同化規律；一是

古今南方一直是臣服中原,同化的條件一直存在沒有改變。絕沒有中原雅語改變了而嶺南雅語原地不變,「一統」思想絕不允許南人保持「古漢語音」形成另類。一是數千年來嶺南一直有謂中原人源源不斷南下補充。嶺南人的漢化只有增強絕沒有削弱,「古漢語音」不會從地下冒出而違反同化規律。

(二)南遷說與事實相違

1.南北融合說是杜撰名詞;

當今方言的形成最時髦的定論是某古民族語與雅語融合的結果,說客語含50％宋元官活即是其反映,意在佐證「南遷說」。這種提法不值推敲的,南北是強弱不同群體,主流派也稱有北人南遷,皇帝全是北人,京城在北方,北人說官話、官方設有「正音蒙館」等推行一統,國人等級和虛榮理念異常強烈,這些理由均支持全同化,全同化就不會有方言出現,有方言存在示融合說不成立。。

2.南遷說無法解釋多方言、多土語

無法解釋方言島和「五里不同音,十里不同俗」的現象,除晉方言在北方外,餘七大方言在南方。雲南少數民族總數占全國民族數一半以上,浙江蒼南縣就有閩、甌、客、金鄉、佘等方言區。浙江江山市二十八都鎮,僅有3600餘人的小鎮,就集中了13種語言。如果是存在「南遷」,原有的各方言各土語同化於雅語,儘管會有一些差異,但絕不是彼此不能通話,更不會是「五里不同音,十里不同俗」的現象。

3,古漢語音擬音法不科學;古漢語音是近代才提出的,是依王力「挖填法」、方言逆推法、韻律推理法和借詞等來定古漢語音,這些均缺科學是不可靠的。

古漢語音是人們讀《詩經》、《離騷》等先秦古籍時發現有讀不暢或無押韻現象,解決無押韻有兩法;一是葉音法,依押韻定讀音,一是當代王力(客家人)等學者的「挖填法」,不符押韻者從各方言中尋找相似填充,凡能符合押韻的方言讀

音定為古漢語音，古漢語音一詞由此誕生。這種古音構擬實質是先挖個坑，後面再填。這個坑以押韻為參照物，經排隊比對凡符合押韻者定為古音，顯然是有違客觀嚴謹科學的。這種「挖填法」的謬誤在於方言與押韻間缺少必然關係，以缺少價值作證據就有違科學了。「挖填法」和受人批判的「葉音說」實質是大同小異。這種「挖填法」使客閩粵各方言及侗瑤各族，直致日越韓語均有漢古音，其因就是「挖填法」作祟。

古漢語音是據方言逆推假設、古代韻書和詩詞韻律等來推測，研究本身就存在問題；一是漢古音用近古音、方言、普通話推測中古音，再用中古音（韻律）來推測上古音，兩次推斷不可避免有誤差。因數千年的方言有「音有轉移」，讀音已是今非昔比，以變化讀音來推定無變化古音，本身就是非常不科學。二是漢字古今讀音難定性、漢字不是拼音文字，漢語與印歐語系不同，前者屬字元語言，後者是字母語言，漢語無法像印歐語那樣構詞和發音有著絕對的聯繫，因而定音困難，無法讀出字音。上古幾乎無音系記錄，到漢代參考梵語才出現反切注音法，以前某字讀音只靠「直音」和「讀若」來表示，直音法和反切法均無法精確反映讀音。以不確定的讀音作標準來推測古音，可靠性就很少。三是上古音是不可證的命題，除非我們發明時光倒流查證真實性。因此，用方言逆推古音可信度不高。

以韻律和國外借詞來定漢語古音更是缺科學；首先，漢古音依據的材料有缺陷，韻書到六朝之後才有，韻圖到晚唐才出現。隋之前的韻書已亡佚，其間有近千年是空白，其價值就有限。其次，詩詞韻律和韻書參考價值也少；韻律和韻書所提供僅僅是讀音的方向和範圍，冬和風是含押韻的，但用冬推出風的讀音就不精確。同理，工和中都是韻書的東鐘韻平聲，用工匯出中的讀音也是蒼白的。最後，韻律與聲調關係極大，而漢語古音調類尚不明，對於古代語言調類，各家看法就不同；顧炎武稱「四聲一貫」，即不分四聲；段玉裁稱「只有平、上、入、無去聲」；黃侃則說：「只有平、上一類、去、入一類，即兩類」；

王念孫認為「有四聲，但聲調與後代不同」。所以，漢語古音調類尚難定性，客、閩等方言卻冒出自稱是漢語古音，應是草率和另有所圖了。即使方言與某漢語古音有相似，仍有借詞和「古語」兩種可能，排除「借詞」肯定「古語」是非常武斷的。日語也有借漢語能說日語是漢古音嗎？客閩方言是漢語古音或是借讀，誰都無法據事實舉手表決。也是說，漢語古音是白是黑還不清，怎能定某方言是漢古音？

參考日本、越南、朝鮮等地的借詞作漢古音依據也有問題，借詞本身就有「字有更革，音有轉移」和地方音借詞音不清等的存在，漢古音就無法正確反映。據稱章太炎在朋友面前，用漢代古音讀一篇文章，顯然是賣弄。

學者章太炎是著名反清分子，又是國粹大師，他力圖通過振興國學來提升國民的愛國，這就使研究科學染上政治色彩而失真。

（三）南遷說與語言學相違

語言學包括語音、詞彙、語法三內容，當存在「中原南遷」時，南北語言的語音、詞彙和語法是相同或相近。依據現實調查卻不盡然。

1. 南方語音不支援南遷說

語音主要有音韻和聲調，北方方言聲母多，韻母少。南方各方言則相反。聲母少，韻母多，如北方方言聲母達 20 個以上，韻母約 30 個，南方方言聲母少於 20 個，（吳語除外），韻母都在 40 個以上，其中，潮汕話達 76 個。

南北聲調也有差異；北方聲調較少，不超 4 個調，國語有 4 個聲調，而南方各方言均超過 4 個調，有稱吳語有 8 個調，南京話、上海話也有 5 個調，湘語粵語 6 個調，有說粵語是 9 個調，潮州話 8 個調，閩方言 7—8 個。壯話有 8 個以上，其中玉林話達 10 個調。

南方方言基本有古濁音母，北方言則缺。

　　北方方言有捲舌音，南方方言極少有。

　　南北方言尚有一個被學者忽視的現象：南方群體都有一個相近的腔調，讓粵人、閩人、客家人、壯人講國語，一聽就和朝鮮人、蒙古人、滿洲人講國語腔調不同。前者國語不標準，後者國語較標準。

　　漢字並非拼音文字，我國的古音是如何難定奪。漢字是表意不是標音，上古幾乎無音系記錄，漢字讀音靠外國借詞（朝日越）、靠詩經韻腳、靠標音、靠反切法、靠調類、靠韻書和韻圖等均無法表示漢字正確讀音，因為隨歷史使有讀音不斷變化，朝越借詞讀音也有變化。標音和反切法到漢代才有，只是到了元蒙用八思文拼漢字，明代西洋人用拉丁字拼漢字，加之西洋人翻譯部分書籍，漢語音系才較明確。而元蒙之前的漢語音系，是含糊的，以間接第二第三者來推測漢字讀音，顯然是極不嚴肅，且分歧也大。

　　2. 南方詞彙不支持南遷說

　　南方各方言都有自己的詞彙，這些詞彙與國語詞彙差別巨大。看，粵語稱睇、忙。聽，粵語稱疆。眼，粵語稱岩。看和睇、聽和疆、眼和岩相差巨大。各方言都有詞頭和詞尾，如阿、老、有阿公、阿婆、阿妹、老妹、老頭等等，這在官方言是極少有的。客方言稱人為只，如一只人，這也和粵方言相同。

　　南方各方言相互借詞也很多，有人統計客家常用語常用詞約 3000 條，其中與粵語有共同詞達 733 條，與贛語共同詞543 條，與閩語共同詞 435 條（連春根博士論文）。既然客家系南遷，為何又是大量轉借周邊俚語呢？

　　從基礎詞分折，基礎詞是語言活化石。數字一、二至十的讀音，粵語和壯語非常相似，而粵語和國語相差很遠。如七，粵語和壯語都念為「爭」。八，粵語和壯語念為「邊」。又例，閩語稱人為儂，兒子為囝，房子為厝，筷子為箸，粵語稱舌頭為脷，瓶子為樽，找為搵，久為耐，東西為嘢。吳語稱時間為辰光，睡為困覺，客、贛、吳方言找為尋。這些詞彙，是地道

俚語，按語言同化定律，有中原南遷融合不應存在這些詞彙。南方群體的基本詞彙，如粵方言、閩方言、侗壯民族，如果想借用漢字來注音，很難找到合適的字來表達。例粵語的七和八，用漢字標音很難達到要求。提示詞彙距離遠。三、借用詞連讀不暢。如侗壯民族念「中國人民站起來了「，其中中國人民是借讀，其它詞用本地方言讀，。借讀部分用西南官話念則很流暢，用國語念就不暢，提示南方各方言與西南官話親近，與官方言距離較遠。

3. 南方語法不支援南遷說

語言穩定層次是；句法 > 詞法 > 詞彙 > 語音，句法最不易改變。如果存中原南遷，國語的句法不應有變化。但從語法分析；南方各方言在詞序（語序）、語素等方面與國語有差異。

在詞序方面；南方各方言存在詞序倒置，客方言有副詞多在動詞後，如食多滴（多食一點）、著多一件衫（多穿一件衣服）。話少兩句（少說兩句話）。官方言說正在吃飯，客方言則說緊食緊飯，這些表達方式與粵方言是一致。粵方言有「你去先（你先去）」。這和侗壯語相同。紹興方言有「打伊敗」（打敗他）。湘方言有「賺得錢到」（賺得到錢），這和國語表達不同。

各種語言常用的語序有；按主語（S）謂語（V）賓語（O）的順序分，就有 SOV.SVO.VSO 等六種，其中 SOV 為日語、韓語、土耳其語、波斯語等使用，占總語數 45％。SVO 為漢語、馬來語、越南語、英語等使用，占總語數 30％。VSO 為阿拉伯語，希伯來語，威爾士語等使用，占總語數 18％。

吳語、閩語也有 SOV 現象，如國語：我剛剛吃過飯（SVO）吳語的肖山語是：我飯剛剛吃過（SOV）. 與國語不同。

語序類型尚有 VO、OV 和 NA、AN(名語素 + 形語素，形語素 + 名語素)。例如：

國語是 OV；我比你胖。粵語是 VO，我肥過你。南北語序

類型有不同。

在語素方面；南方很多方言是 NA 類型，與國語 AN 相反，逗語素倒置，如吳語有；牛娘（母牛）、豬娘（母豬）、米碎（碎米）、魚干（干魚）、先早（早先）、菜疏（疏菜）、人客（客人）等等。閩、粵、客方言也不少，侗壯語語素倒置更典型。這是百越語言的活化石。如母豬，閩（浙南）、吳、粵、客、壯、侗均稱是豬母。都有雞公、鴨公、鴨母、鵝公、豬公、人客、飯焦、筍乾等稱謂。

4. 南方的文白讀及方言字不支持南遷說

閩方言、吳方言、客家方言都有文讀白讀現象。其中閩語有文白讀共 600 多個字，解釋這種現象不多也不深。

所謂文讀，就是讀書音、字音，白讀就是平時的說話音。文讀實是不標準的模仿官話音，相當於當今的粵式國語、閩式國語。是從外來強勢語言的借入。由於文讀是前代的讀音，當然有相當部分和今天國語有差別，例地名吳江，吳方言（蘇州）文讀是武疆，白讀因地不同，有稱魚缸，有稱五更，蘇州念人字，文讀是繩，白讀是寧，日字文讀是實。白讀是熱，覺字文讀是決，白讀是告或穀。

在粵方言，平話方言及部分壯區，對每個漢字都有本民族的讀音，這些讀音是怎樣形成相信是來自約定成俗，這是抵禦強勢語言同化的強有力措施。因為有本民族的讀音，借用雅語語音來讀就少，民族語言就少受衝擊。

南方很多方言區有自己方言文字，如川方言的脬（近泡）、嗽（嘔吐）、跋（拖著鞋子）等。粵方言有睇（看）仔（兒子）痕（癢）等。湘方言、客方言的方言字也不少，方言字不僅有生僻字，也有新創造字。新創造字很多，因書寫困難，這裡不便介紹了。創新字就是方言字，廣泛應用於戲劇、山歌和地方小說。

總之，南北方言在語音、詞彙、語法等方面，差距是相當

大的。這種差距不能用古音，不能用借詞來解釋，而是在源頭上存不同語言系統。而文讀、白讀，漢字讀音當地語系化，本質是不全同化，不全同化就否定有人員交流存在，若是中原南遷，持的是雅語，就不存文讀、白讀，讀音當地語系化了。

中外學者評判

南方各方言，由於政治干擾，在分類定性上很難反映其本質，國際學者對南方各方言的分類都有微詞。

2009 年，聯合國教科文組織定客家語為語言，而不是方言。

西方學者也多認為閩語是一種語言，而非方言。有人認為；廈門閩語與北京語同源詞為 48.9％，定方言關係，英語和德語同源詞達 58.5％，是語言關係。顯然這種定性的差異含強烈政治意識。

我國學者董忠司論證閩南話與南島語系，侗臺語系有聯繫。這些學者的觀點，絕非是空穴來風，而是有根據的，可惜這方面是禁區，探討不多，即使有探討，也是以政治「大一統」來指導。

語言很講究親緣性，從語音、詞彙及語法三要素分析南北語言無一不含差異，說方言是雅語的胎生，應是信口開河了。

第五節 南遷姓氏不靠譜

一、概述

南遷說另一證據是姓氏學，主流派依 80％以上的南方群體族譜有謂祖籍中原。1941 年修的廣西鐘山縣誌，全縣 115 姓，其中大姓 23 姓，除岑姓稱源自梧州外，餘 22 大姓全源自外省，其中來自南京 10 姓、廣東 6 姓、湖南 2 姓、山東、江西、江蘇、京兆各 1 姓．因此，考究姓氏的是非就特別重要。瞭解姓氏產生、歷史、特點及變化規律是姓氏鑒別是非主要依據。

姓氏的產生，本質是利益的結果。為了追求私利，以姓氏作凝集力和號召力是歷代封建權貴者慣用的政治手段。「炎黃子孫」和「同姓一家親」就是其反映，凡追求利益愈強烈，姓氏的張揚愈高漲，這可以從姓氏的冷熱度得到印證，文革期對追宗修譜是封殺，當今修譜卻是熱火朝天，姓氏書籍鋪天蓋地，官方尚參與導向修譜，顯然是前者認為講宗族不利於講階級鬥爭。後者則認為淡化宗族不利於凝集力。所以，韋姓稱是韓信後裔就可以理解了。

姓氏源於圖騰，每個氏族和部落都有自己的圖騰崇拜，以示與周圍氏族部落區別，後來圖騰演化為姓，如崇拜虎圖騰為李姓、玄鳥圖騰為趙姓、白頭翁圖騰為胡姓等等，據稱多數的姓氏都有自己圖騰。也有稱姓氏源於居地，黃帝居姬水之濱，取姬姓，炎帝居姜水之旁，以姜為姓，大禹治水有功，皇天賜給姒姓。後世文人稱先有姓，後有氏，姓是族（部落）號，氏是同部族之間的子孫分支排列，即「姓表血統、氏表職宮、表居地、表職業」，或稱姓源於女系，氏源於男系。有學者稱姓氏源自黃帝 12 子，分別得姓姬、酉、祁、已、滕、任、荀、箴、僖、姞、儇、依，所有這些提法，都是據傳說，缺少事實依據。

事實是，姓氏應是 3000 多年前出現文字後的事，又有不同部落的出現，才有將姓氏作本部落的標記。且尚有很多部落

沒有採用。姓氏對普通百姓意義也不大，只是到漢代效「編戶齊民」造冊時方用上姓，目的便於征賦納糧。這一說法可通過姓氏由少到多得以印證。而少數民族的姓氏，更不是炎黃姓氏了。其姓氏出現更晚。如壯族，唐代之前很少有姓，唐後才漸漸有姓氏增多。雲貴高原的各族，其姓氏多是在明清改土歸流。因編戶的需要才有取姓，而藏族、蒙古族、夷族等至今尚多無姓氏。

二、姓氏規律及誤區

要明白姓氏的是是非非，必須要弄清土著性姓氏、遷移性姓氏的規律，否則出現人云亦云和誤判。這些規律包括是；遷移性姓氏有同一性、分散性、衰減性。土著性姓氏有聚集性、點狀性、簡約性、標誌性。例如，甲地的人是從乙地來，其姓氏必保持與乙地姓氏同一性，姓氏分佈基本一樣。當甲乙兩地相互存在專有姓氏及姓氏分佈不同時，如廣西缺少山東隋姓常姓而山東缺少廣西農姓麥姓，兩地的姓氏分佈又有很大差別時，說廣西人是從山東遷來只是畫餅充饑罷了。依據姓氏規律特點可作出是否有遷徙的判斷。

（一）遷移性姓氏規律

1.同一性。甲地人遷到乙地，兩地姓氏相似。乙地李黃岑姓多，則甲地李黃岑姓也多，即其姓氏比率是相近的。中國移民有記載、有證據有資料是近代的闖關東、走西口、下南洋三大遷移。其中闖關東多是山東、河北人，走西口多是山西、陝西人。下南洋是粵、閩人，故東北人的姓氏與山東相似。內蒙漢人姓氏與晉、陝相似。馬來亞、新加坡的華人姓氏與粵、閩、桂相似。如東北和山東有叢、遲、蓋、衣、隋、欒。內蒙和晉、陝多見荊、衛、師，南洋與粵、閩多有游、鄺、麥、林、賴、黃，即遷出遷入兩地姓氏同一性。

同一性規律尚表現在姓氏文化的同一性，我國是講究虛榮的國家，對光宗耀祖非常注重，各姓氏都看重本姓氏名人，所

以，既然姓氏的來源及歷史一樣，姓氏環境條件一樣，姓氏文化也應是同一性。絕不存在甲地某姓氏丁財和人才永世不衰，乙地另一姓氏永遠衰微。北方王姓汪姓名人多而南方韋農名人很少，這與文化發展同一律不符。

2.分散性。從甲地遷往乙地，不可能是一姓外遷，而是多姓遷出。因此姓氏應是分散的。例如，福建連江縣潘渡鄉貴安村。該村系遷移人員多，結果，全村 4343 人，有姓 104 個，其中陳、張兩姓占 1184 人，餘下 3159 人竟有 102 姓。一姓不足 10 家，其中三分之二是外來戶。浙江江山市二十八都鎮有 3600 人，有姓達 140 多個，流行方言達 10 多種。該鎮史上是交通要衝和古軍事駐地。幾乎全是外來移民。我們常見的城鎮和鄉村的姓氏也是如此。城鎮是雜姓，鄉村多大姓。如果乙地上萬、上十萬的人群都是某某一兩姓，就不符分散性，違背姓氏遷移規律，該姓氏當是土生土長而非是政治性遷徙。

3.衰減性。如果姓氏存在發源地向四周擴散，形成一元論，那麼，姓氏的分佈就像一顆鹽那樣由濃至淡從中心向周圍遞減，姓氏的比率以中心區最高，離中心區愈遠姓氏比率愈低。廣西韋農等姓均稱發祥地在河南山東，又是從發祥地直飛廣西，中間地帶的湖北、湖南、安徽、江西等地基本無韋農姓，而廣西韋農姓比率又是比河南、山東高上百倍，這與姓氏衰減性規律相悖，顯然是虛榮的臆造。

（二）土著性姓氏規律

1.聚集性。如果姓氏是土生土長，其姓氏規律與遷移性姓氏規律有截然不同；因為姓氏是由氏族部落、或一村一屯、或大家族發展而成，因此姓氏成小集中，出現有一屯一村甚是數大村連片是同一姓，少含雜姓。聚性的另一現象是區域大姓出現，某地區某縣某鄉集中有幾個大姓。浙江天臺縣的大姓有奚、褚、戴、許、龐、厲、陳、葉、洪、湯等姓，其中戴姓葉姓陳姓分別占洪濤鎮、龍溪鄉和唐宋鄉各 50％、洪姓占山河鄉 40％、湯姓龐姓分別占南屏鄉及平橋鎮各 20％、奚姓占三

合鄉 15％、水南村有許姓 9000 餘人。在廣西全州，蔣唐兩姓就占全縣人口 50％。

2. 點狀性。凡土著性姓氏，因為存在相互影響同取一個姓，形成東邊和西邊部落用同一姓氏，中間的部落又用其他姓氏。使姓氏呈小集中大分散的點狀分佈。廣西覃姓最為典型，在廣西，以西江及紅水河流域多見，容縣有 3 萬餘人、昭平有 4 萬餘人、賓陽 5 萬餘人、上林 6 萬餘人、湖南龍山 7 萬餘人、石門 5 萬餘人。在廣西南部的龍州、寧明、上思及湖南廣大的東北部，覃姓很少見。如果深入分折，覃姓的分佈主要在北壯方言及土家族地區。佐證姓氏與部落關係非常密切。

3. 簡約性。因為是一家族、或一村一屯、或一行政區取姓，就形成該地姓氏少而不複雜。一個村絕不會有上百個大家族。福建上杭縣珊瑚鄉，全鄉僅有 17 姓，廣西全州縣在 1935 年統計全縣僅 108 姓，其中唐蔣占 50％，今全縣增至 230 姓。1941 年，廣西鐘山縣僅有 115 姓，麗江的納西族在明代，僅有木、和兩姓及同、知、高少數姓。清雍正改流後，多姓出現了，民國初有 128 姓。1994 年有 227 姓。偌大的 4000 多萬人口的韓國，僅有 275 姓．以上說明，當按部落或家族取姓氏時，姓氏是逞大分散，小集中，姓氏數也不多。日本在明治維新後要百姓取姓，使用姓自由，不是按部落部族取姓，而是多以家族為取，結果，今日本姓氏多達 10 萬個以上。

4. 標誌性。某些部族部落取姓時，會取一些怪癖姓或稀姓，據統計，全國的姓氏有 4000 多個，其中萬人以下的小姓或稀姓占 3300 多個，有些小姓稀姓是某地獨有，變成某地的標誌姓氏，如河南漳縣武當鄉鄧家裡村，有 74 戶 346 人姓乩，佛山市四大土著姓有老姓，山東的都、支、修、昃姓也是少見。

（三）姓氏發展規律

1. 古今姓氏同一規律，姓氏是族群和個人的名片，俗有稱「頭可斷，姓不改」，各地宗祠一個比一個漂亮是其佐證。如果史籍記載正確無謬誤，古今的姓氏相差不是很大。

2.姓氏人丁發展同步規律。當各群體發展成一定規模後，在相同的條件下各群體人口的發展永遠呈相互同步性，絕不存某姓無限增長某姓衰微，且姓氏的規模與年代成正比，與優越條件成正比。

當今對姓氏的認識誤區主要是；一是姓氏一元論，將擁有上百上千萬的同姓人源於同一始祖，稱為「同姓一家親」，以符合大一統思想。二是中原姓氏中心論，幾乎所有的姓氏，均源自中原。三是姓氏歷史有 5000 餘年，以滿足虛榮。

三、姓氏南遷說是偽命題

出現姓氏南遷說，本質是利益驅動造成的，即為一統和虛榮服務，達到鞏固私權目的。

有無南遷存在，需要滿足如下條件：一是有史實可依，但方志和族譜不能作依據。二是有事實可憑。三是符合邏輯，符合姓氏規律。沒有存在悖論並能完滿解釋各種現象。用這三條件對照姓氏南遷說，南遷說不具任何一條。以姓氏族譜作論證姓氏南遷說，是謬誤的。

說姓氏「南遷說」是偽命題，其理由如下：

（一）姓氏南遷是利益的發酵劑

主流派為證實姓氏南遷，編造了姓氏源流學說，如王姓，第一支源出子姓；李姓，第一支出自嬴姓，先祖可追溯 4000 多年前的五帝；張姓可追溯到五千年前的黃帝子少昊，並說這些姓氏向各地遷徙繁衍。這種提法是錯誤的；其一，黃帝系傳說，屆時也沒有文字，怎能有姓氏傳承呢？其二，姓氏源流學缺史籍史事支持，夏、商中期前無文字，周、秦、漢代尚無私修族譜、經考西周前也無張姓，當今近億人的張姓族譜稱有五千年史應是捕風捉影了。其三，大量事實證明，很多姓氏的歷史並不長。例如；

1.《北史》有：「僚者……略無氏族之別，又無名字，所

生男女，唯其長幼次第呼之。」這說明僚人在南北朝尚無姓氏。

2. 姓氏是由少到多。中國何時有姓，應是商代中期出現甲骨文之後，有文才有姓。到西周，在銅器銘文上能確定的姓不超 30 個。顧炎武謂秦之前的姓有 22 個，可考的姓是：妣、子、風、嬴、已、任、祁、芊、曹、董、姜、偃、歸、曼、傀、漆、允等 22 姓。《世本》載姓 18 個，氏 75 個，漢代《急就篇》載姓 130 個，其中複姓 3 個，唐《大唐氏族志》載姓 293 個，到宋代，著名的《百家姓》載 503 個，複姓 61 個。明代《皇明千家姓》收姓 1968 個。清代張之澍《姓氏尋源》收姓 5129 個。1987 年國家統計局資料收姓有 11969 個，其中複姓 6642 個，當代袁義達稱中國古今有姓氏約 22000 個，其中蒙、滿、藏、夷的漢譯姓 4000 個以上。今存姓 4100 個。餘是已消失的姓。中國的姓氏到底有多少誰也說不清。但如果依人口計就清楚了。目前稀姓和假姓占人口 2.07％，100 人以上的姓有 2400 個，1000 人以上有 1421 個，一萬人以上有 717 個，占人口 97.71％。10 萬人以上有 374 個。百萬人以上有 153 個，占人口 90.67％。千萬人以上有 23 姓，占人口 56.61％。姓氏由少到多和出現稀姓，證明部分姓氏歷史不長。

3．周邊姓氏歷史也不長，歐美姓氏多源於中世紀。少數姓源於古希臘、羅馬時代，但也是限於上層貴族，老百姓尚缺姓。緬甸至今尚無姓，歐洲普遍用姓只有 400 年歷史，土耳其到 1935 年才以法律形式規定用姓。猶太人用姓也很晚。日本在五世紀才使用姓。到 1875 年才頒佈法令要求人人有姓。朝鮮在一世紀始有姓，百濟、新羅分別到四世紀，六世紀方用姓。

我國的少數民族姓氏歷史更短。少數民族姓氏包括本民族姓或漢姓，有 20 個民族沒有姓，如維族、哈薩克族、蒙族、藏族、夷族等，但已有少數改用漢姓，如蒙族、錫拉特改黃姓，查幹改白姓。歷史上鮮卑、突厥、契丹人全改漢姓。如鮮卑人拓拔改元，賀魯改周。當代的滿族基本改用漢姓。如皇族愛新覺羅改金性，壯族、布依族、瑤族、苗族等用漢姓。壯族在唐代之前有姓極少。如《漢書》武帝傳有「越人馳義侯遺」，說

明馳義侯是越人、名遺、無姓。《史記》尉佗有「歸義越侯嚴為戈船將軍」。說明嚴是名，也是無姓。此外，壯族傳說的諸神均無姓；壯族民間故事人物也無姓，如卜夥、萄德即是；古壯王亦無姓氏，句町國王是「毋波」（又稱亡波）、「禹」、「店」等國王，到唐代，壯族漸有黃、儂、甯、周等少數姓，且限於上層人物，普遍用姓應該是明代「改土歸流」後。苗族有本民族姓，到明代「改土歸流」改用漢姓。改姓的原則是「有主跟主姓，無主賜姓」。巡撫貴州御史劉洪主張是「以百家姓編號賜漢姓」。到清雍正雲貴總督鄂爾泰示「按祖先造冊定姓」。總之，明清兩代效「改土歸流」後，要入籍編戶造冊，強迫少數民族用漢姓。各地做法不同。貴州松桃縣苗族在1504 年改漢性，其中代削支改吳性、洪姓，代扁支改隆、唐、覃、李四姓，貴州臺江縣有「各務收」家族。「各務收」即是務收公，人口登記時將「務」譯為「吳」，其後裔即是吳姓。苗族有漢姓苗姓之別，如滇東苗姓有卯簡、卯黨、卯露。川滇黔有姆幾、姆赤、姆吾等。湘西五大苗姓是代削、代咩、代卡、代瓜、代扁、分別改漢姓吳、龍、麻、石、廖、隆和唐六姓。川、滇、黔的楊、吳、李、張、潘、龍、雷、向、安、王等姓，多是苗姓改的。高山族原用蕃姓，清代改漢姓。傣族、夷族、瓦族等也是明清兩代改漢姓。明代王驥征楚川時，把土司乞氏改為怕、刀、剁三姓，彰顯彈壓。

少數民族姓氏有自選、賜姓和改姓兩種。前者系少數民族勢力稍大，能依個人意願取姓，如當代滿人，選漢姓時多選滿姓的頭一個字為姓，如佟姓，由佟佳氏、佟甲氏改，馬姓，為馬佳氏改。關姓，系瓜爾佳氏改。關瓜是諧音。而賜姓或改姓則屬強迫性。乾隆代，征剿臺灣後賜高山族有衛、金、錢、廖、王、潘、黎七姓。1945 年回歸後，又有改姓安、武、岳、田、桂等共 79 姓。這說明賜姓和改姓都是有痛苦的歷程。封建王朝意在同化，防止「非我族類，其心必異」，這是封建王朝賜姓改姓總目的。歷史上少數民族改漢姓多有複姓，如赫連、慕容、長孫、宇文、鮮於、拓拔、達奚等姓是鮮卑人複姓。雖屬漢姓，但仍有「非我」之嫌。含鮮卑人印記。所以，封建王朝

仍不放心，朱元璋下令將這些複姓改為單姓。如呼延為呼、乞伏改訖或曲。以消除痕跡，而漢族複姓如司馬、東郭、令狐、諸葛、歐陽等姓卻安然無事。再次印證賜姓改姓是為政治服務。

少數民族凡能自主改漢姓者，常有明顯個性存在。如雲貴、兩廣，除選用百家常用姓外，也選獨特姓氏，以彰顯民族尊嚴。如雲貴的冉、保、龍、刀、稅、灑、郎、普、段、休等姓，其中保姓占全國 60％，兩廣的植、洗、麥、覃、韋、農等姓，其中覃姓占全國 62％，韋姓占全國 76％。此外也常用諧音姓來彰顯個性。如王和黃，陳和覃、秦、成、程、岑、林，韋和危等等，北方以王姓多，南方黃姓多。廣西桂林秦姓多。廣西紅水河流域覃姓多，這些都有彰顯個性意義。

我國的文字，最早見於商代中期的甲骨文，但甲骨文依然還是不很成熟的文字，至今尚有大部分未認識，而能有價值的文書出現，應是更晚了。所以，顧炎武謂秦之前有姓 22 個，是有科學根據的。文字出現時間不長，說中國姓氏有 5000 年史，是牛氣十足了。以上資料表明，姓氏非全是 5000 年前就有。既然姓氏是不同時期產生，有各期改姓或取姓的事實，說姓氏 5000 年歷史並向南方繁衍就不成立。說苗族吳龍等姓是黃帝后就是胡編亂造。

（二）姓氏南遷缺史籍事實依據

1. 無史料和事實。不少學者稱，中華姓氏有 5000 年史，是世界之最。姓氏可溯及黃帝、炎帝。這種提法，拿不出科學的史料作證。我國最早的書是《尚書》，成書在春秋代。少部分是西周代著作，沒有提炎黃姓氏之事，況且，商代中期前無文字，姓氏憑什麼得以流傳無法解釋，以傳說來定姓氏，是不科學的。

2. 修譜困難。修族譜需有三條件。一是有文化修養；二是有經濟支持；三是有宗族長盛不衰，國泰民安。在落後的奴隸時代或封建時代，能識字的人非常少，奴隸和普通百姓更是不沾邊。90％以上的人群吃不飽，穿不暖，又不識字，沒有修族

譜的能力，即使個別官吏富豪有呼風喚雨之功，但修族譜是一代又一代傳承，這些豪門不是長盛不衰。修族譜是循每 30 年一小修，60 年大修。孔子家譜是全國第一大譜。明之前修譜時間不詳。明至今有 650 年。理應大修 10 次。但赫赫有名的孔子家譜，僅大修四次，最後一次是 1930 年修。我們現存最早家譜是宋代《仙源類譜》。至今有 1100 年，是記述宋皇趙氏家族，可是，趙氏家族只存宋代，其餘各代不見傳世。說明不是無法續修，也是亡佚了。孔子和皇帝的家譜都是如此坎坷，當今的 80％人群均謂有家譜，且稱數十代傳承，是不可靠的。依邏輯推理，古今擁有姓氏族譜比率應是同一律。今世持譜人達 80％。古代持譜率應在 80％以上，這在古代是不可能的。再者，秦之前的姓氏僅有 22 姓，即使全部都修譜也只有 22 種家譜，而當時尚無修譜風，今姓氏超過 4000 姓，那麼，多出姓氏的家譜該從哪裡冒出來？答案是絕大多數的族譜應是近代才修的。

　　3、修譜斷層，唐代前，修譜是官方壟斷，不存私修。秦代前連官修也沒有。宋代後才漸有私修族譜，到明清鼎盛。官修的族譜早已亡佚，宋元代私修族譜也寥寥無幾，元代族譜只是個別發現，能存明代族譜也不多。全國存有幾百種，由此可知，缺少歷代族譜作依據，當今韋姓族譜謂其先祖是韓信後等等都是缺事實的杜撰。

（三）姓氏南遷違背姓氏規律

　　上面已談，姓氏有其固有的規律特點；當今的南方姓氏不符姓氏遷徙規律；

　　1.南遷姓氏存在違背同一性規律。

　　甲地人遷往乙地，兩地的姓氏保持相同或相近。一是姓氏比率相同或相近；二是沒有存在標誌姓。

　　但南方群體和北方群體的姓氏存在明顯不同。為便於比較，我們取各省市區的前 10 名和前 100 名大姓作比較。前 10 名按計分對比，前 100 名按姓氏吻合數對比。前 10 名對比方

法是；以河南的前 10 名姓氏為基點，又以各省區市的前 10 名姓氏與河南姓氏對照，凡排位序吻合者定 5 分。全 10 姓吻合者定 50 分，若排位不同則扣分。差序愈大，扣分愈大。每差一排位扣 0.5 分，差位超過 10 位以上不給分。例如，吉林和河南有王、劉排位相吻，山東和河南有王、張、李、劉、趙、馬 6 姓排位相吻。廣東與河南全無相吻。經統計各省區市的結果是：京、津、寧夏達 41 分以上。山東、山西、黑龍江、內蒙、河北、陝西為 35 － 40 分，吉林、遼寧、甘肅、新疆、雲南為 30—34.5 分，不足 20 分有江蘇、浙江，不足 15 分有湖南、江西、海南。不足 10 分有廣西、廣東、福建、臺灣、澳門、新加坡。回族、壯族也不達 10 分。

淮河以北各省區市均在 30 分以上。淮河以南除雲南外全不足 30 分，且愈往南，分數愈低。

從姓氏排名計分對國外更能說明問題，朝鮮、韓國、越南都用漢姓，但血緣有異，因而排名也不同，韓國有姓 275 個，前 10 名是金、李、朴、崔、鄭、姜、趙、尹、張、林；越南前 10 名是阮、陳、黎、黃、范、潘、武、鄧、裴、杜。其中阮姓占 38.4%。都與中國的前 10 名王李張劉陳、楊黃吳趙周有截然不同。與河南吻合度不足 8 分，國內外姓氏與河南吻合度低佐證各姓氏呈獨立關係。

如果我們改用姓氏的前 100 名的吻合性來分析，其差別更清楚，各省區市的前 100 名姓氏中，河南與山東有 83 姓相同。不同僅 17 姓。與廣東相同僅 53 姓，與福建相同僅 58 姓，不同者均占近一半，是山東省兩倍多。有意思是粵、閩兩省缺河南的姓氏基本相同。即缺：崔、賈、任、田、閆、牛、孟、秦、常、侯、史、段、喬、申、郝、翟、武、邢、焦、尚、賀、樊、耿、靳、毛、齊、金、代、葛、安、魯、苗、萬、路、裴、司、嶽等 37 姓，只有數姓閩粵有差異，說明粵、閩姓氏相似高，而粵、閩兩省與河南相似非常低。

閩人喊「姓氏南遷」最響，不僅有「衣冠八姓」，尚有始祖「光州固始」、「洛河話」等稱，海內外客閩人精英到河南

固始縣尋拜祖地不斷。福建姓氏排名林姓居第二、在河南林姓僅占 87 位，福建前 50 名有洪、游、賴、鐘、廖、翁、邱、顏等姓在河南百名內無蹤影。而河南前 50 名有牛、丁、常、史、田、賈、韓、宋、馬等姓，前 100 名有欒、單、牟、隋、宮、房、曲等姓，前者在福建前 50 名沒有掛名，後者在福建簡直是大海撈針，說閩人祖籍洛河固始，應是信口開河了。

如果再用姓氏聚度比率分析，更能推翻姓氏南遷說。

河南暢姓占全國 60％、粟姓占全國 50％、廉姓占全國 50％，山東隋姓、孔姓分別占全國 50％和 45％。

上述姓氏在南方是少見或罕見。如孔姓，在廣東是 97 位，在福建是 100 位之後，而暢、粟、廉、隋姓，在閩、粵、桂簡直見不到影子。這違反姓氏同一規律。

相反，廣西的韋、農、覃姓分別占全國 76％、70％、62％。且這三姓是大姓，人口眾多，而這三姓的發源地河南、山東，竟也是找不見影子。均在 100 名之後，這不符合姓氏的同一律和衰減性規律。

如果姓氏出現大交流或大轉移，就不應出現姓氏聚度，但現實是，南北姓氏差別非常明顯，如陳姓，粵、桂占全國 78％，古姓，川、粵占 56％，符姓，海南占 49％，歐陽，湖南占 40％。南方常見的姓氏尚有：巫、植、利、麥、卓、揭、冼、保等等，這在北方是極少見的。遷入地的姓氏比率遠遠高於姓氏發祥地姓氏比率，是違反姓氏衰減性規律。

同理，北方姓氏中，佟姓，遼寧占 40％。黨姓，陝西占 40％。蓋姓，黑龍江占 33％，其它北姓有：苗、常、牛、門、曲、房、宮等姓，這在南方十分罕見。

用南方各土司的姓氏作分析更能否定姓氏南遷論，南方幾乎所有的土司都聲稱是「祖籍中原」，谷口房南和白耀天著一書統計廣西明清代土司 75 家，共 81 人，有 24 姓，其中黃姓土司最多，占 21 家，次是岑姓 15 家，餘是趙姓 9 家，韋姓 6

家、李姓許姓各 4 家、馮王莫覃各 2 家、羅、鄧、彭、蘇、徐、潘、程、何、楊、張、梁、零、閉、農各一家。其中黃、岑、韋三姓占土司數 51.8％，再從土司介紹的 16 家中，除安定土司潘姓族譜未提祖籍外，餘 15 家全是外省籍，稱狄青後裔的山東籍占 12 家，12 家中又有 11 家是青州府益都縣白馬街人氏，其中黃姓 3 家，韋姓 2 家，莫姓農姓各一家，如南丹州莫偉勳、都結州農威烈，思陵州韋延壽、東蘭州韋君朝，思明府黃奇勝、羅陽縣土司黃東堂等，均稱是白馬街人氏。從統計可知；山東籍占廣西土司 80％，益都縣白馬街籍的一村土司又占山東籍 91％，黃韋莫農占山東籍土司 58.3％。統計提示山東主要姓氏應是黃韋莫農最多，當是前幾名，否則不符姓氏遷移同一律，但當今山東前 100 名姓氏中，除黃姓居前 28 名外，韋莫農岑覃零閉榜上無名。青州市（益都縣）缺姓氏資料，但青州市屬維坊市轄區，維坊市黃姓居 32 位，韋莫農岑覃零閉百名內無影，昌邑縣與青州市同屬維坊市，黃姓居 21 位，韋莫農岑覃零閉也是榜上無名，與姓氏遷移同一律相違。白馬街一村有土司竟占山東籍 91％，山東籍土司占廣西土司 80％等等，這也遠遠不符事理。廣西的韋、覃、農均稱源自河南、山東，但這兩省很難找到這些姓，說明河南、山東韋、覃、農姓幾乎全部遷到廣西，而該兩地特有姓氏暢、粟、廉、隋等極難在廣西見到，提示這些姓氏又是原地不動，於是出現一些姓全部外遷，一些姓全部不遷，主流派該如何解釋呢？這不符合姓氏遷移同一規律。

2.南遷姓氏違背姓氏分散律。

南方姓氏如果系南遷，其姓氏應遵循姓氏分散律；當遷移時，不可能依姓氏外遷，而是混合遷入居留地。這樣，居留地絕不可能出現整村整片由幾個姓氏獨佔。但現實姓氏則不是分散性；廣東省遂溪縣黃略大村等五村連片全是王姓，共一萬多人。廣東普寧縣是全國第一大縣，有 250 萬人左右。其中萬人以上的大村落達 55 個，一村一姓的占 34 個，一村兩姓占 8 個。一村三姓占 2 個，一村四姓占 4 個，五姓以上的村占 6 個。但

最多的村也只有 15 姓，即月嶼村。其中陳姓占 8 村，楊姓、李姓各占 3 村、劉姓、黃姓、蘇姓各占 2 村。周、莊、王、馬、鄭、江、許、羅、方、韋、林、賴、杜各占一村。這裡有中國最大的陳姓村——橋柱村，人口達 52143 人，有全國最大的方姓村——洪陽村，人口達 35000 人，有全國最大的莊姓村——果隴村，人口達 20620 人，55 個大姓村落人口共 811681 人，占全縣人口 34.4％。這樣高度的姓氏聚度，南遷說是無法解釋，而本土說則能完滿說得通。普寧縣有姓氏上數百個，各姓人口不一，少者幾人數十人，多者數十萬，多者是少者上千上萬倍，而各姓都是南遷落戶，一起來一起往，竟有一些姓只生少死，一些姓又是只死少生，造成差異懸殊，違背姓氏人丁發展同步規律。也違客觀和邏輯，只有是土著人同族同村同取一姓，才得以解釋上萬人一村一姓。

3.南遷姓氏違背衰減性規律。

廣西韋、覃、農、陸等姓均稱源自中原，按姓氏衰減性規律，則河南山東比率最高，次是湖北、安徽、江西等地，最低比率應是廣西。現實卻是顛倒，廣西比率最高，發祥地最低。

4.違背姓氏文化發展同一律。

中國是封建大國，非常講究光宗耀祖，所以，各姓氏都重視自己文化，但南北有別，北姓地處中原，獲天時地利人和條件，故北方姓氏多見名人。反之，雲貴閩廣地處化外之地，文化落後，其名人也少，若是姓氏南遷，南北姓氏的名人數量差不應存在，要是存在，則南遷說難以成立。

統計方法是：以該姓的文化名人排名為分母，以該姓的人口排名為分子，計算其比率進行比較，如黃姓，文化名人排名為 12 位，人口排名為第 7 位，其比率是 58.3％，錢姓文化名人排名為 26 位，人口排名為 96 位，其比率是 96÷26，計算是 369％，錢姓的比率是黃姓比率 6.4 倍，提示錢姓的文化和地位遠遠比黃姓高。據統計，比率大於 100％的姓氏有：王姓為 200％，吳姓為 143％，朱姓為 118％，呂姓為 116％，

杜姓為 142％，汪姓為 280％，崔姓為 200，比率小於 100％
的姓氏有：楊姓為 75％，馬姓為 74％，林姓為 61％，梁姓
為 47％，羅姓為 42％，鄧姓為 48％，鐘姓為 53％，廖姓為
55％，閻姓為 62.5％，覃姓為 32％，歐姓為 38％，麥姓為
49％等等，其中蘆、農、銀三姓無名人。

由上可知，凡比率大於 1 者，均是社會發展發達地區。以
中原和江南為典型，如王姓、朱姓是中原大姓，而錢、汪、吳
是江南大族。反之，凡比率小於 1 者，全是南方或少數民族姓
氏，如黃、林、梁、羅、鐘、歐是典型南方姓。而馬姓多回族。
有十馬九回之稱。楊姓是雲貴少數民族改姓，閻姓系北方滿族
姓氏。覃姓則是典型壯姓土家姓。統計姓氏文化比率，大抵可
推知姓氏人口的聚居地了。如王姓，比率大於 1，應是北方姓，
黃姓比率小於 1，是南方姓或少數民族姓氏。這種推測準確率
達 90％以上。

上述現象是：一為文化發展不同，一為姓氏出現早晚不同，
如蘆、銀、農姓，是出現時間不長，而農、銀姓又是少數民族
姓氏，當然出現的名人少或沒有。

覃姓，農姓、梁姓等均稱是狄青後裔，祖籍山東青州府益
都縣白米街，或是山東白馬縣人氏。廣西桂西幾乎所有的族譜，
都稱是外籍，如果覃、農、梁等姓系中原龍種，應是神靈後裔，
沒有名人或少有名人說不過去。

姓氏的文化比率，可作推翻中原南遷的有力證據之一。

5.姓氏南遷無法解釋土著性姓氏規律現象：

上面已提；土著姓氏規律有聚集性、簡約性、點狀牲及標
誌性。廣東晉寧縣橋柱村全是陳姓共 52143 人、廣東遂溪縣黃
略大村有五村連片一萬餘人全是王姓；福建上杭縣珊瑚鄉全鄉
僅有 17 姓。這些，與姓氏遷移的分散規律相悖，完全無法解
釋姓氏南遷特徵，只有是姓氏土生土長的點狀規律和簡約規律
才能解釋得通。

（四）依族譜定性不可靠

羅香林考據客家的遷徙，多以族譜資料為主，全然漠視族譜的可信度高低。我們認為族譜的價值非常有限。

族譜的可信度是：一、年代愈久遠，可信度愈低。二、利益傾向愈高，可信度愈低。三、修譜條件愈差，可信度愈低。

一般來說，如果是第一次修譜，六代之內是可信的，超過10代，則不可靠了。廣西西部修譜是明中期以後才有，稱600年前先祖是狄青兵，應是可疑。況且，在廣西西部能修譜的都是土司。利益性傾向非常濃，而土司多不熟漢字漢語，相互模仿難免，所有的土司族譜都是祖籍中原，且基本是山東白馬縣籍，這也不難理解了。也是造成不符邏輯的原因。

族譜與姓氏有功利性、虛榮性、政治性功能。由於這三性存在，是族譜失真、姓氏失實的重要原因。

在歷史上，姓氏有身份證作用。如宋代《百家姓》，開頭是「趙錢孫李、周吳鄭王、馮陳褚衛、蔣沈韓楊」。到《皇明千家姓》，開頭改為「朱奉天運、富有萬方、聖神文武、道合陶唐、學弘周禮、統紹禹湯」。宋代皇上是趙姓，明代皇上是朱姓，故都排在首位，表示尊貴。南北朝效門閥選拔官員，選拔以士族為選，故史有「上品無寒門，下品無望族」。門閥制又稱士族制，是當時有錢、有勢的大姓。如譙國的桓氏，琅邪王氏等，其權勢可比皇權。士族不與庶族來往，無聯婚，不務瑣事小官。為保證士族的特權，官方都予修譜牒，故南北朝已有譜牒之名。史有「有司選舉，必稽譜牒」。國家設譜局，負責修譜。譜牒一是身份的證據；二是防庶族冒充。官員由譜局審核選拔官員，非士不錄。士族制自東漢到唐持續數百年，到科舉制興起才廢除。由此可知，族譜的功利性非常濃，把族譜推向高潮，也推高封建的虛榮性和利益性。

到宋代，出現了私修族譜。大名人歐陽修蘇洵等人均私修家譜，明代私修族譜更多，到清代修譜成風。康熙、雍正均號召修譜，尤以浙、蘇、皖、贛、湘為甚。當代又把修譜與祭祖、

尋根結合起來。每年都有官辦的祭黃帝陵、祭媽祖。各種姓氏書籍充斥滿各書店。姓氏之火被越燒越旺。

姓氏和族譜又是集虛榮之大成。虛榮的精華都集中在姓氏和族譜中。

族譜的內容，也依虛榮而完善。族譜包括：譜名、譜序、凡例、姓氏流源（歷史、始祖、遷徙等），恩榮錄（賜匾、賜碑等），世系、傳記等等，配有祠堂、墳墓、藝文、字輩的記述。家譜嚴禁公開，有手寫和印刷等種。當今古代的族譜多亡失，現存最早家譜是宋代《仙源類譜》，記錄宋皇趙氏家族，至今已 1100 餘年。

由族譜的內容可知，譜序、恩榮錄、傳記等項，多是無限拔高或偽造，如果一個大家庭的家譜，尤其是新發跡的土司，祖上沒有一個名人，沒有功勳建樹，怎能有臉面對子孫呢？而流源，世系愈長愈遠愈好，所以，韋姓人說是韓信之後，就不難理解了。

虛榮性尚表現在取姓取名上，在漢代，匈奴人有仰慕華風，有匈奴人改金、劉、卜、喬、康、竺等漢姓。南北朝期、唐代也都有異族改漢姓，但到元代，蒙古人為貴，漢人又有改蒙姓蒙名，如賈嗒爾琛・張巴圖、列哈喇布哈、楊朵爾濟、邁里吉思等人就是取蒙古名，以求高貴。明清異族又改漢名，其中一些少數民族是被迫改漢姓，如夷人的怕、刀、剁。五四運動後，歐風東漸，又有國人改洋名，如符保羅、張喬治等。

族譜的政治性也典型，一是每姓氏都有源流，把上百、上千萬的人都說成是某人後，彰顯一統的政治主張。二是把族源伸到 5000 年前。稱是炎帝黃帝兩人之後，得出一家親的結論。是凝聚力、號召力最響的音符。三是官方參與組織。康熙、雍正都有號召修譜，當代更把修譜與祭黃帝陵、尋根連起來，這遠遠超出了其含義。

族譜的政治性尚表現在賜姓和姓氏分等為典型。

　　賜姓之始源於漢代。劉邦為表彰婁敬、項伯，賜二人為劉姓。唐代賜舊臣和蕃邦異族為李姓多達 16 族，如功臣的羅興，外蕃異族的李懷光、李元忠、李國昌等人均賜李姓。明代朱元璋也賜李文忠、沐英、何文輝為朱姓，人稱是「國姓爺」。顯然，賜姓目的是鞏固政權。

　　姓氏分等的歷史很悠久；東晉南遷時，有分僑姓和吳姓。僑姓是中原高貴士族的王、謝、袁、肖等姓，吳姓是江南土著庶族的朱、張、顧、陸等姓。開始望族看不起庶族，後來江南人地位上升，士族不得不刮目相看。南北朝鮮卑人也一樣，鮮卑人改 144 個漢姓，包括拓拔改元、達奚改奚、獨孤改劉等，並分甲、乙、丙、丁四等級，元、於等姓為甲等，選拔官員都在元、長孫、宇文、陸甲等姓選。唐朝將姓氏分九等，李氏為一等，外戚二等，顯赫宗族三等，武則天掌權後，又將武姓列為一等。姓氏分等後，必然有尊卑之分。當然也誘發虛榮。祖籍中原便應運而生。分等的結果，也利於封建王朝的統治。夾尾巴做人的群體，當然無法與望族分庭抗禮。

　　有了虛榮性，功利性和政治性，就給姓氏披上失真的陰影。本來農姓、覃姓是典型本地姓，但都擠身「祖籍中原」行列。連唐皇李世民也爭當隴西李。

（五）南遷姓氏與邏輯學不符

　　邏輯學對判別是非作用極大，應用在姓氏分析，其價值也非常高。

　　1.河南省政協某要人稱，全國有一千多個姓氏源出河南。《中原姓氏尋》一書也稱全國有 1500 個姓源出河南，並稱舜族由中原向四方大遷移。其後秦漢代又有中原南遷。這觀點不符邏輯；其一，這些多達千餘姓氏當然是常見姓，全國有一萬人以上的姓共 717 個，占總人口 97.77％，也是說，全國有超過 97％的人先祖是河南，而全國各地都有古文化遺址，都有古人類活動。全從中國大地消失了。取而代之是河南人空投而來，這不符合人口同步發展邏輯。其二，黃帝系傳說，且

5000 年前不但無文字，也沒有筆墨紙張，姓氏如何流傳下來？其三，5000 年前又不止炎黃兩人，也不止有炎黃部落，說全國有近 14 億人源自黃帝不能自圓其說。所以，一元論是既無事實，也無邏輯，是大一統的催生品。名人仍如此相信一元論見解，普通百姓更是照說照念。

2·主流派學者稱，黃帝封 12 個兒子的姓分別是姬、酉、祁、已、滕、任、荀、箴、僖、姞、儇、依。按人口的發展，歷史愈久遠，人口愈多。況且，黃帝後裔不輕易改姓的，但目前除任姓是前 100 名大姓外，其餘都是小姓，而僖、姞、儇姓簡直找不到影子，這與黃帝後裔是不相稱，僖、姞、儇的後裔不會超 1 萬人，而朱熹後裔達 800 萬，與邏輯不符。是違背姓氏人丁發展同步規律，又黃帝兒子姓氏與當今王李張大姓相距甚遠，不符古今姓氏同一規律。

姓氏南遷論也不符事實，各代史書都有在廣西任官、流放、駐軍等人員的姓名記載，如唐代流放到廣西就有數十人，翻遍各代史籍來桂名單，能找到覃農韋莫盤閉班麥植岑等姓在史書上是基本沒有找到，來賓縣蓬萊洲宋代摩崖碑刻有宋代駐軍名單，也沒有這些姓氏，這些姓氏都是廣西前百名之內的大姓，其中韋姓是前三名、覃姓是前六名、莫姓是前 13 名、主流派均稱這些姓是南遷的結果，但來桂的名單中卻缺這些姓氏，那麼，這些姓又從那裡冒出來呢？

3.中國學者皆稱有姓氏南遷，但絕無姓氏北遷，況且遷移的特徵是到鴨綠江和北侖河為界，沒有發生越界遷徙。同時，用漢姓不僅是中國，尚有朝鮮、越南也採用，但中國學者否定朝鮮、越南人非源自中原，於是出現這樣悖論，同是李姓、陳姓，鴨綠江之東，北侖河之南，僅僅隔一河之遙，就有同姓不同源，一個是遙遙數千里從中原遷來，一個是土生土長，這不符合邏輯。

4.據媒體稱，宋代朱熹後裔今達 800 萬人。春秋代孔子後裔達 500 萬人（有稱 200 萬），有一富豪提出要為孔子後裔作 DNA 調查，結果遭孔子後裔拒絕。今全國的孔姓多稱是

孔子後裔。大名鼎鼎的孔祥熙就稱是孔子第 60 餘代。人口的增長是同一律，你增我也增，按此推理，全國人口應達數百億人。宋代人口是 5000 萬以上。朱熹僅是 5000 萬之一。顯然朱熹後裔有 800 萬是天文數字。孔子、朱熹後裔有假，狄青後裔就屬真嗎？所以說，姓氏遷徙說是靠不住的，個別遷移不能說是大規模。

四、姓氏的觀點

研究姓氏不能離開考古、語言、地名、習俗等事實而孤立研究。尤其不能無思考而偏聽偏信。大量事實證明；姓氏南遷不存在，姓氏南遷僅是極少數；姓氏也非一元說，而是點狀說；姓氏的產生是發展性而非一步性；姓氏的失真是政治性和利益性造成。

上面已談；無論從史實、事實、姓氏規律及邏輯分析，均無法證明有姓氏南遷存在。因災因戰亂而南遷的少數姓氏不足稱是遍地是「祖籍中原」。

我們認為姓氏是點狀觀點，也稱點狀說。其內容是；同姓並非一家親。遷出遷入有血緣關係僅僅是少部分，絕大多數是入籍編戶。按戶交納皇糧時才取姓的，成千上萬的人取姓，取相同的姓會很多。取姓常常以族、以部落、以村以屯取姓，因而出現姓氏聚度現象。絕不會是學者所稱王姓「第一支源出子姓……第二支系出姬姓……第三支源媯姓……全國有家譜的王姓約 90％源出姬姓」（袁義達，中國姓氏）。全國王姓人口近一億人，僅僅一姬姓能繁衍這麼多人是不符事實的，苗族人王姓相當多，絕不是姬姓後裔。

所以，我們有理由說，在同姓的人群中，絕大部分的人是獨立存在，互不關聯，缺少血緣關係，有關係、有血緣僅僅是少部分，而不是大部分。即點點滴滴的同姓，匯成一大姓。國外也如此。1935 年土耳其才下令用姓，能說土耳其同姓的人是同先祖嗎？民間有稱；「500 年前同姓一家親」是錯誤的。

姓氏是不斷發展中產生；史料稱夏、商有諸侯愈萬。西周代尚有八百諸侯之稱。提示中國境內有大量諸侯，而每個諸侯又由許多部落組成。這些諸侯或部落取姓必是有先有後，就是在同一部落內也不一定同時用姓。因為姓氏與入籍編戶有關，原始部落自給自足，人們取姓沒有用處。壯族在唐代，傣族、苗、瑤族在明代才用姓，已是學術界公認。而滿人在清代才用漢姓，這已是鐵案。

再從史書記載，姓氏由少到多，先是史有 22 姓，後有《世本》93 姓氏，再後是 130 姓……至今約 4000 姓。均說明姓氏不是同時取姓。既然不是同時，怎能把先取姓的群體說是後取姓群體的先祖呢？例如，當今的任姓相信只有少數人是黃帝 12 子後裔（假說），而絕大部分人是在各代先後取任姓，尤其是少數民族的任姓。把黃帝 12 子的後裔當成源流。各地任姓是從黃帝後裔派生，用黃帝後裔的帽子給予全部任姓人群戴，則屬大錯特錯。況且，黃帝只是傳說，所以說，族譜中的源流，是政治一統的產品。

出現姓氏的失真，是封建一統政治思想和利益性造成的，因為有「同姓一家親」和「祖籍中原」存在，無疑是大大有益於鞏固封建政權。

由於姓氏理論不依客觀事實而是依利益需要作詮釋，使姓氏矛盾百出，謬誤無數；朝鮮、越南、嶺南同是在漢代受征剿、同用漢姓，前兩者臣服中原近上千年，理應也有姓氏北遷南遷，姓氏學家和百姓也認同這點，但大史家蒙文通否認越南人是南遷，姓氏學家和史家打架，如果朝越仍臣服我國，其答案又將是如何？會有文人鬥嘴嗎？

經數千年來的利益教育，姓氏祖籍中原已成上億萬的百姓到精英一條共識，且達到不講理不講事實的盲從麻醉狀態，無論是用炸藥炸，烈火燒，絕不會改變祖籍的信念。前面所舉的韋某堅信族譜是山東白馬縣即是億萬人中的代表。

第六節 遺傳學一錘定音

一、概述

　　世界的生物總有差異且意義尤大，是否存有「中原南遷」？可以通過檢測差異分析對比作回答。人類的差異內容非常多，除語言姓氏等文化外，最有價值意義當是人類遺傳學。人的相貌一比、血液一查，最有效、最直觀，南人北人應是清清楚楚。「中原南遷」能迷惑人數千年，實是人們僅僅深信方志族譜記歐巴馬是黃帝後裔遷居美國，全然不顧歐巴馬那張臉，認為族譜比臉更有價值造成的。因此有硬說閩廣人更像山東人不像越南人。

　　遺傳學的高價值是其特徵決定的；遺傳含特異性，通過檢測特異性基因的有或無可決定是非。父母是 O 型血兒子是 B 型血可否定之間有親緣關係。遺傳學又含共性，相距年代越遠，共性越少，反之越多，也是說親緣成分越大。檢測各群體遺傳標記頻率的高低經數理統計可決定遺傳距離，定性已是不難。「中原南遷」就不能信口開河了。彼此都要據數字說話。

　　當今的遺傳學檢測，其檢測的目的有三：一是鑒定有無差異，引入檢查項目和數理統計分折即可達到目的，群體間的血紅蛋白、血清蛋白等有差異可作鑒別依據。一是循非此即彼的排除鑒定，O 型血父母不能有 AB 型血的兒子。一是個體鑒定，是法學和親系鑒定常用的方法。遺傳學檢測分有群體或種族鑒定和親緣或親子鑒定，方法有經典的遺傳標記檢測；包括紅細胞血型、白細胞血型、血小板血型、血紅蛋白、血清蛋白（血清血型）、及紅細胞酶血型等種，約 500 餘種型和亞型。此外尚有皮紋、味盲、盯聹及人體特徵等。另一方法是 DNA 分子標記檢測；包括線粒體 DNA 和 Y- 染色體 DNA 多態性檢測。在這些檢測方法中，以 ABO 血型、白細胞血型（HLA）血紅蛋白、血清蛋白及 DNA 基因價值最大；要鑒別群體或種族，因為檢測僅求排除法，則經典的遺傳標記檢測完全可以勝任；血清蛋

白的 GM 血型被稱為「族群標誌」，其 ST 因子是黃種人專有，FB 因子是白種人專有，C3 因子是黑種人專有，我國南北群體的 GM 血型也有明顯差別。而親子或親緣（四代內）鑑定，以白細胞血型和 DNA 基因價值最高，其中 DNA 基因的親子鑑定可信度幾乎達 100％。

數理統計方法很多；有 T 檢驗和卡方檢驗等，卡方檢驗值越大，符合越低；值越小，偏差越小，符合越大；值為 0，視完全符合．我們說閩粵人屬南蒙古種，山東山西人屬蒙古種，就是據檢測各種遺傳標記再經丁檢驗或卡方檢驗等分析得出結論的。而紅種人 O 型血達近 100％，我國東三省約 30％左右，華南人高達 40％以上。這些差異經數理統計均示有族群鑑別價值。

二、檢測的問題及評價

當代遺傳標記的檢查方法很多，可信度很大。但存在問題也不小；影響檢測正確的因素包括一統政治干擾，為利益追求無視科學；有些檢測受客觀條件限制，條件不足便妄大下論；有些是科學理論欠成熟，尤其是基因類型的定性；有些是檢測技術和檢測方法不同等等。尤其是檢測抽樣不科學，常常缺少代表性、隨機性、可比性和可靠性要求。因為種種問題存在，往往使檢測出現矛盾和失真，檢測結果有不同報告，同是漢族人，網上就有純種和混血之爭。甘肅永昌縣來寨村羅馬人的族源檢測鑑定，小河遺址的人種檢測，殷人骨骼的人種檢測，廣東曹操後裔的檢測。客家人、潮州人、閩南人等等的檢測，都有不同檢測結果，某學者通過檢測 mtDNA（線粒體基因組）得出潮汕人和河南漢人接近，與廣東土著廣府人、客家人距離遠。結論是：潮汕人與南方群體有別，意是中原南遷。無獨有偶，復旦大學名教授通過檢測染色體後稱，客家人父系基因有 40％是漢，有 30％是佘族。結論當然也是客家源自中原。殷人（商人）骨頭在 1928 年、1937 年發現，計 398 具。美國人種學家孔恩經鑑定後分為：（1）白種；（2）黃種；（3）

黃白混血種；（4）未定型。1957 年他參觀後進而分為：（1）現代華北長顱型；（2）類蒙古寬顱型；（3）北歐型。

臺灣的學者楊希枚亦同意上述意見，他分五型：（1）蒙古型 30 具；（2）尼格羅種 4 具；（3）高加索種 2 具；（4）愛斯基摩種 50 具；（5）無法確定者 38 具。以上共 154 具，其餘因太碎無法辨認。

我國學者韓康信則認為：殷人種屬單元性蒙古種，而非多元黃、白、黑種，這說明，「仁者見仁，智者見智」非常明顯，是否有意識因素，很難啟齒。但我國是一統意識國家。

人類和黑猩猩的基因有 99％ 是相同。而中國人中有 99.9％（有稱是 99.99％）的基因是相同。只有 0.1％ 的基因有差異，這種微小差異極易產生混淆．維吾爾族含高頻率的白種人 GM 血型 fb 因子和黃種人 GM 血型 st 因子，要證明維吾爾人是炎黃子孫，那是非常容易。有媒體稱找到了曹操族人牙齒的 DNA，據此可確定曹操後裔，這說法令人生疑，其基因是 O2_M268 類型，是不是僅僅曹操一人擁有此種特異基因類型？曹操一代距今年代久遠，能否精確檢測牙齒中的 DNA？再者，這種檢測法在現實中能舉多少事例證明其可靠性？這些客觀存在常常使判斷產生困難。

另一方面，當代有些科學理論和技術也尚未成熟，人類的族源就有基因說和考古說之爭，基因檢測是依人類遺傳類型理論，但該類型理論剛起步不久，使基因分類和檢測均存不完善，加之檢測面和數量有限，使 DNA 檢測常含矛盾而爭執不休。

檢測分歧另一原因是缺少科學指導；2007 年廣西壯人發現一例有特異 H 血型基因，在沒有大量普查條件下即宣稱是壯人專有基因。這實屬有違科學。基因檢測有些是開展時間不長，水準也有限，檢測量也不多，檢測設備落後，人員技術也不很高，無法做到廣泛普查，故研討僅僅屬小打小鬧，無法有權威可靠的族群檢測資料，加之有些檢測是一家壟斷，缺少第二、第三者印證，一家之言缺少說服力和科學。所以，基因學的族

群檢測依然有「智者見智，仁者見仁」的狀態，無法有權威聲音。說客家父系基因有 40％是漢太武斷了。

如何正確評價各種遺傳學檢測，是當今重要課題，我們的觀點是：

（1）以可靠性最大的檢測項目為據。（2）以多數觀點和結果為據。（3）有多種學科和邏輯學支持為據。有檢測先進成熟。有檢測量多、面廣。有多方檢測對照和雙盲檢測，雙盲指受撿者應不明檢測意圖和樣品來源。（4）無利益傾向為據。

我們認為，對群體鑒別來說，經典的檢測較可靠，完全能作出結論，尤其是血清蛋白的 GM 血型價值極大。而 DNA 檢測常有矛盾，這是除檢測本身原因外，尚受人種融合影響，潮州人是典型南人，但歷史滲有少量阿拉伯人血統，DNA 檢測必然有差異，而這種差異又解釋與「中原中心論」掛勾，謬誤當然出現。同理，小河人種和曹操叔父遺骨僅僅靠一家檢測是不夠的，來寨村羅馬人靠一家檢測必然有分歧。

三、檢測方法與結果

南方群體和北方群體的識別，已有大量血型學等經典傳統檢測，足以作出族群鑒別要求，識別的價值已是綽綽有餘。如通過各種遺傳標記檢測已能分清族群成分；如墨西哥人，印歐遺傳標記占 90％、海地人，非洲標記占 95.5％、歐洲標記占 4.3％、波多黎各人，歐洲基因占 64％、非洲基因占 21％，印第安人基因占 15％，其他國家如阿根廷、秘魯、哥倫比亞、智利等國家都有各自不同的基因頻率。對照嶺南人是否存在「50 萬人南遷」？不妨從如下檢測結果分析：

1.ABO 血型檢測：ABO 血型檢測歷史悠久，檢測已有上千萬上億人，可信度高，對族群的鑒別意義極大，其價值表現在各族群的血型頻率不同，血類型不同，同姓血型不同三方面.

血型有很牢固的遺傳性，每個群體或地域，都有自已固

有的血型頻率表現，如紅種人 O 型血達 100％。我國北方為 31％左右，南方為 40％左右，客家為 40％以上，通過檢測各群體血型分佈頻率的不同，再引入數理統計分析，完全可評判之間有無混血存在。客家人 O 型血為 40％，與華南人同與中原人有差異，說客家人是「中原南遷的純種」就不符血型遺傳科學。

群體的血型主要是 ABO 血型，分 A 型、B 型、O 型和 AB 型，我國依血型分佈頻率高低順序分有 BOA、OBA、OAB、AOB 四類型，不同的族群或地域有不同血類型表現，如中原是 BOA，華中（湘方言和西南方言）是 OAB，華南（粵閩客）是 OBA，雲南是 AOB，如華南廣東，O(45.85％)，B(26.04％)，A(25.15 ％)，河 北 省 O(29.55 ％)，B（35.13 ％），A（25.11％）.如果有「中原南遷」。全部均屬中原 BOA。以 B 型血最多.廣東卻是 O 型血最多，與血型遺傳不符。

南遷說主要依據有」同姓一家親」和「姓氏南遷」的觀點，認為所有的姓氏幾乎源自中原。那麼，依遺傳學的原理，各地同一姓氏的血型比率應相同或相近。但現實卻不是這樣；如陳姓的 O、B 血型，在粵、閩、臺分別是 40.4％和 23.5％；在陝、甘、豫、魯分別為 33％和 30％；在東三省分別為 30％和 33％，O 型由北向南遞增，B 型由北向南遞減。這些說明同姓有不同血型差異。「姓氏南遷」是口說無憑了。

2.血紅蛋白檢測；楊學慱教授對 22 省區市 352879 人異常血紅蛋白調查，結果，異常 1165 例，發生率為 0.234％，高於 0.192％者有 9 省區。除新疆外，全是長江流域或以南，低於 0.17％。有 13 省區，除西藏、江蘇外，全在長江以北。

南北的異常血紅蛋白種類也不同。如 HbDPuniab，長江以南占 100％。北方未發現。HbE 等也多見於南方，占 80％。異常血紅蛋白是遺傳性疾病，南北不同，證南北人員交流有限。

3.血清蛋白檢測；血清蛋白種類很多，包括結合珠蛋白、轉鐵蛋白、銅藍蛋白及免疫球蛋白等種。其中免疫球蛋白同種

異型在人種和群體中有突出的獨一無二特異性，其比率相當恒定，被視為「族群標誌」。目前發現有 18 種，我國常見有 4 種。學者趙桐茂在《遺傳學報》上撰文，對各地的 Gm1.3.5 和 Gm1.21 的頻率列於下表

民族	Gm1.3.5	Gm1.21	地名	Gm1.3.5	Gm1.21
滿族	18.00	49.92	洛陽	28.26	39.35
蒙族	28.55	40.09	商丘	24.04	35.48
藏族	6.05	56.24	肖山	34.32	37.34
佘族	75.44	11.06	南昌	54.14	23.86
侗族（桂）	81.05	4.56	武漢	49.99	19.19
苗族（黔）	87.51	9.07	長沙	60.78	21.63
水族	92.11	3.93	福州	59.47	18.36
壯族	77.19	3.62	柳州	66.76	14.5
			廣州	74.09	10.58
			成都	62.09	16.84

以上的報告表明，Gm1.3.5 和 Gm1.21 有非常的頻率規律。前者是自北向南遞增，後者是自北向南遞減。南北有明顯不同。這種規律與「中原南遷」不相符。

張志剛在《廣西醫學》撰文，以結合珠蛋白查廣西漢、壯、侗、瑤四群體，結論是：結合珠蛋白在四民族間無顯著差異（P > 0.05）。與蘇州醫學院報導的江蘇籍有差異，證廣西四族與蘇漢族有別。四族之間無差別。

4. 酶的檢測：酶的種類很多，在不同的人群有不同特異性表現，其中 6 磷酸葡萄糖脫氫酶（G-6-PD）缺乏症是南方常見遺傳病。中國醫學科學院撰文，各地發生率是：雲南 16.1％，海南 6.8％，廣東 5.5％，梅縣 13.5％，河南信陽 1.22％，江蘇回人 0.7％，結論是，該病常見於長江以南，長江以北罕見。

5. 白細胞抗原（HLA）檢測：HLA 等位元基因頻率在不同群體表現不同.

包蓉素檢測是：HLA—CW01.HLA-CW03.HLA-CW07 三個

位點中，廣西頻率較高，與天津漢族有明顯差異。

夏素琴檢測是：兩廣人有相似 HLA 抗原分佈。廣東的 A11.B46 較高。未見北方人的 A29、B14、B21 等抗原。

胡盛平檢測是：潮汕人，一些 HLA 基因頻率比其它漢族高。結論是：潮汕人與閩南人親緣最近，與北方漢族較遠。

6. 秦書明也對廣西南部平話漢族檢測，該族自稱系狄青後裔，結果是：平話人遺傳結構更靠近南方原住民族。

甘瑞靜也據 Y 染色體單倍群分型分析。廣西桂北平話人的遺傳結構近似南方原住民族，與中原漢族距離遠。

秦、甘兩人的檢測結果，否定平話人「狄青後裔」論。

7. 嘗味檢測。嘗味具遺傳性。韋業華撰文報告是：檢測壯、漢 1353 名學生，結果：壯漢男姓均無顯著意義（P> 0.05）。廣西的壯、漢與北京漢有區別（P< 0.05）。

8. 人體體征分析，典型南北人易分辨。貴州歌手吳劍峰和央視主持人朱軍，一看就能分誰是南北人。古語有「北人有南相，客籍者」。有人將南北人體特徵列於下表。

人體部位	北方人	南方人
身材	北人比南人高 6-10 公分	稍矮
皮下脂肪	厚	皮下脂肪薄
膚色	較淺	較深
鼻	鼻骨高、鼻翼不發達、鼻指數小	鼻骨低、鼻翼發達、鼻指數大
顴骨	近眼眶	顴骨低
眼	眼裂小、多單眼皮、多單鳳眼	眼裂大、多雙眼皮
眼角	內角低，外角高	內外角在同一線上
眼蒙古褶	多見	少見，有者為南北混血
面骨	寬	窄
性毛	較南方少	性毛髮達
頭	指數小，為 79.4	頭指數大，為 80 以上
嘴唇	薄	唇厚
骨骼	輪廓模糊	輪廓清晰

四、檢測的結論

主流派聲稱南方群體是「南遷」和「融合」的結果，這個觀點如果正確，其遺傳應符合如下遺傳規律：

1. 遺傳距離規律：遺傳距離與親緣成反比，按「南遷說」的觀點，我國各族群可分為；一是北方滿蒙等遊牧民族，二是中原華夏，三是純種南遷客家漢人，四是南遷的閩粵等混血型，五是南方土著。若觀點正確，他們的遺傳表現應是；華夏和客家屬兄弟分家，遺傳距離應是最近，次是閩粵人等離開華夏到外地「上門」、遺傳距離應較近，北方遊牧民族與華夏、客家、閩粵等有基因交流史，遺傳距離較遠，南方土著屬化外之地，與華夏、客家、閩粵，北方遊牧民族等血緣是大大不同，遺傳距離最遠。當華夏族有特異性基因時，其基因頻率應依華夏、客家、閩粵、北方遊牧民族、南方土著呈四級梯形距離分佈。

2. 群體內遺傳平面規律：指由於沒有外來基因干擾，群體內各部分的基因頻率呈相同或相近落在同一平面上，不存明顯差異，絕沒有泉州閩人和海南閩人的基因不同。

3. 特異性基因對應分佈規律：各群體產生交流時，雙方的特異性基因相互滲透，不含你有我無而逞對應分佈。

那麼，現實的基因頻率分佈是否符合「南遷」和「融合」理論的基因規律表現呢？

杜若甫等人檢測基因座的基因頻率，計算中國人群的遺傳距離。他在1997年7期的《生物學通報》上稱；（1）在漢族間，南北漢人差異為33％。（2）漢族與當地少數民族差異為：北方各族間差異為30％，南方各族間差異為19％。結論是：「各地（南北漢族）漢族和當地少數民族血緣相近，南北漢族之間血緣更遠」。很多報導是廣西的漢人與壯人遺傳距離近，廣西漢人與北方漢人遺傳距離遠。也佐證杜氏「中國存以長江為界的南北蒙古種」的觀點。杜氏的報告示「南遷及融合」說違背遺傳距離規律，否定主流派「南遷說」的結論。

　　GM 血型被稱「族群標誌」，同是吳人，蕭山的 GM1.3.5 的基因頻率為 0.3518，溫州為 0.5202，GM1.21 的基因頻率前者為 0.3734，後者為 0.2556.均示蕭山和溫州兩地基因頻率不同，存顯著差別。這種基因表現違背「群體內遺傳平面規律」，再次否定「南遷說」觀點。

　　據上楊氏報告，異常血紅蛋白有南北不同，HbDPuniab 為 100％見於長江以南，HbqThailand 則為梅縣地區客家獨有，文獻也大量報告閩粵湘贛群體都有自己特異性基因，無法在祖籍地中原找到這些特異性基因的影子，這些事實均違背特異性基因對應分佈規律，為否定「南遷說」最有力的證據。

　　除上述事實外，大量的檢測均證明南北人有別，否定有「南遷或融合」存在。

　　上海免疫學研究所所長陳仁彪教授通過檢測白細胞抗原後稱：抗原基因頻率是北高南低，部分是北低南高，結論：中國存兩大不同群體存在。

　　學者陳盛強研究黎族白細胞抗原：白細胞抗原的 A1、A3、B7、B14、B44 等基因有從北向南遞減。A11、B16、B17 等基因是從北向南遞增，漢族含華北、華南兩大群體。黎族符合上述華南群體規律。

　　上海交大膚紋學家張海國通過檢測膚紋後結論是：以北緯 33 度為界，中國分南北兩大群體。

　　日本著名學者松木秀雄依據免疫球蛋白同種異型檢測，將蒙古種分為北方型和南方型。

　　趙桐茂教授通過分析血型，發現我國有南北血型差異。1984 年他又檢測白細胞抗原，也存在南北兩大群體的不同抗原。1990 年他又檢免疫球蛋白同種異型，結果再次顯示，南北兩大群體遺傳有異。國外一學者 Curalli-Storza 據 So-60 基因分析得出南中國人與東南亞人結成一群。南中國遺傳距離與越南、泰國人距離較近。

　　柯越海教授對中國 22 省區市漢族 Y 染色體單倍型研究，

南北兩者不僅有差異，且南方人人群多態性明顯高於北方人群，示南向北遷徙佔優勢。

中原南遷是不是事實，本來不應成懸案。將南北人一比，取一點血化驗，全一目了然。遺憾是，世人沒有這樣做，沒有目的、沒有計劃大規模的普查。目前除血型外，其它檢測均是學術性探討。因不是大規模普查，其權威性不高。社會對檢測也不重視，引入利益分析其原因可以理解的。因為一旦檢測具有權威性，檢測與一統便相悖，不符利益宗旨，也不符虛榮要求，有人願出資為孔子後裔作普查，竟遭孔子協會拒絕，應是怕露餡吧。所以檢測要淡化。就是學術性檢測的結果，也作淡化處理。如趙桐茂、杜若甫等人的長江南北論，是少有人瞭解，更少有人引用於學術。儘管如此，有識之士學者依然重視遺傳學，呂振羽著《簡明中國通史》（1955年版）一書中稱；「位於今曰雲南，貴州，四川、西康、青海、廣東……一帶，壯族、夷族……等等，從其人體質和風俗等方面傳統特徵來說，他們可能與歷史上已知漢族融合的甌越、閩越、南越……等，系同源於馬來種，我們稱之謂印尼尼西亞（印尼）種」。也是說，南人屬南蒙古種。

客家人稱是「中原南遷」聲音最大，但從不拿具體史料和事實證明。也不從考古學、史學、習俗學、語言學、姓氏學、遺傳學去研究。卻聲稱客語是「最純正的漢語」。其它的語言方言是不純。顯然是不符事實的，客家是否是「中原南遷」，已在第三章第四節詳述。在這裡僅提一句；如果客家人是最純的南遷中原人，為何其遺傳距離是與南方各族距離最近，與中原人距離最遠呢？

中國有「南遷」理論，卻從來沒有「北遷」「西遷」「東遷（日本）」理論，這些認識太不公平，不公平的背後，除利益意識外，攀附文化是一種助燃劑。足見負性的虛榮文化神功無邊。

以上結果說明，南北交流是少數，而不是「南遷或融合」，既然是少數，就不能稱是「中原南遷」。

第七節 南人的是非

一、古今中外的觀點

提出南人概念，是根據古今中外學者的觀點而形成的。

1. 英人溫斯泰德著《馬來史》一書，謂「銅鼓是由華南的非華族人在西元 41 年馬援征服他們前所製造和崇拜的。」

英人提出非華族概念被中外許多學者採用，將非華族與華族（中原）作區別。

2. 英人大衛斯稱「廣西和廣東兩省人民，無論族系與語言，皆是泰族之苗裔」（《暹邏民族學研究譯叢》1946），在這裡稱兩廣人屬泰族苗裔、亦示與中原有別。

3. 周代，除華族外，尚有非華族的狄、戎、夷、蠻等，其中夷族居東方和南方，蠻居南方。傳說蠻族首領蚩尤曾與炎黃兩帝戰於黃河，最後戰敗被趕回南方，故史有「竄三苗於三危」。

到西周，昭王又攻南蠻告敗。君臣淹死於漢水。蠻族首領熊渠稱王，國號為楚。其它南方也先後建有吳國、越國、越章（江西）、夔越國（四川）等，這些國家都是斷髮紋身。

4. 《晉書食貨志》載「廣州夷人，寶貴銅鼓」。晉書稱廣州是夷人。

5. 《史記索隱》載「荊者楚之舊號，以州西言之荊，蠻者閩也，南夷之名，蠻亦稱越」。

6. 《周禮》謂中國周邊有「四夷、五戎、六狄、七閩、九蠻」。蠻閩夷皆居南方，先秦稱楚為蠻，這說明江南盡是夷蠻的非華族。

7. 元代、元蒙將帝國內民族分四等，一等蒙古人，二等色目人，三等契丹人和漢人，四等南人。南人指江南各民族，這

是史上明確提南人。

8. 當代史家明確提出中華民族系不同的民族構成。如繆鳳林的北方、東方、西方和南方國族。梁任公的蠻越族。常乃惠的夏系、巴蜀系、閩粵系、苗蠻系。呂思勉的漢族、鮮卑族、粵族、藏族等，並將粵族與馬來族等同。

林惠祥是我國民族學、史學元老，所著的《中國民族史》也分有華夏系、荊吳系、百越系、苗瑤系等等。稱漢族來源有四：即華夏系、荊吳系、百越系和苗瑤系。後三者同化融合於漢族，但沒有提及融合標準。

林惠祥稱「荊人所立之國為楚，其族至春秋時尚自稱蠻夷。自別於諸夏或中國，諸夏亦稱之為蠻荊或荊蠻」。《史記》有「熊渠曰「我蠻夷也，不與中國之號諡」。林惠祥又稱「越族為華夏之外之異族其事甚明………史記言越王勾踐為夏、禹後，此不過是越人托古之辭」。在這裡，林教授也駁斥越夏同源之說，《史記》也有「越方外之地，斷髮文身之民也。」的記載。

以上事實提示，無論何種說法，均承認南北人種有別，這些作者地位非常高，但對一統觀點仍不敢有任何微詞，只好遮遮掩掩用巴蜀系、荊吳系、南方國族等稱取代南人或粵族之名。能稱某某族帽子只留給那些弱小落後的瑤人、侗人、苗人、夷人戴上，而財大氣粗的粵人、閩人、吳人、湘人用百越系等中性詞取代。有些民族學家也提粵族、閩族之名，如徐松石，但未作明確界定，而是把僮族當成粵族之祖，僮族又是華夏族一部分。

當今人種學家把人類來源視為樹狀分佈，權威的說法認為根是非洲，走出非洲後分為白種、黃種、黑種、棕種、紅種等幾大樹支。在黃種支又分北蒙古種和南蒙古種。南蒙古種又有稱是馬來種，又有稱是蒙古馬來混血種，都沒有統一名稱。顯然，北人屬蒙古種，南人屬南蒙古種。但由於都缺標準，分歧很大，變成任人評說，只能由我們據事實分是非。

二、維基等觀點

維基網站是國際一家著名的公益性網站，以收錄各學科條目知識為主，其中維基百科，南方漢族的條目是這樣闡述：

南方漢族是分子人類學、民族學、民俗學，為漢族所作的一種次分類，約占漢族 30 ％（應是 50 ％以上），夏族和南方各少數民族（百越、百濮、苗瑤、佘）、馬來族、南島民族等混血而成，包括現在的廣府民系、客家民系、閩民系、吳民系……等，目前，科學家已經確定，漢族有南北之分，但對各省各民系之間的比較仍無法掌握，研究資料也有許多不同。

歷史：

1. 先是蒙古人分漢人，南人。當時蒙古人認為南方居民在語言、習俗和北方漢人不一樣。

2. 1920 年上海商務館出版《世界地理》（烏爾葛著，烏是西洋傳教士）認為客家不屬漢族。

3. 梁啟超也提出南北漢是不同的混血種。

4. 《廣東鄉土歷史》（黃節著，1905 年上海出版）認為「廣東種族有曰客家、福佬族，非粵種，亦非漢種」

特徵：

身材矮，皮下脂肪薄，膚色較深，鼻骨低，鼻翼發達，鼻指數大，顴骨低，眼裂大，且多雙眼皮，內外眼角在同一水準線上，少數人有蒙古褶、面骨窄，性毛比北方人發達，頭指數大，唇厚，骨骼輪廓清晰。

習慣：

1. 閩南人、海南人、閩東人（閩北）潮仙人有榕樹崇拜，和古代閩越族及現代南方相同。

2. 江、浙、閩、臺都有洗骨葬（二次葬）風俗，此俗源於百越族。

　　維基百科多是當地人供稿，撰寫人也多是當地人。當然有受當地思想和文化影響，故南方漢族條目仍不科學和完善。例如：本條目稱南方漢族占漢族 30 %，是大大縮小數，稱南方漢是夏和諸夷混血，又是「一統」的翻版。說各省各民系間難掌握，實是有意回避真實，因為南北遺傳資料已是初具雛形，是能說明事實。

三、當代學者觀點

　　鄧曉華教授是廈門大學名儒。一生研究社會學，尤以語言學最為彰顯，他的多種著作中對我國民族和語言提出有如下觀點：

　　1.語言和方言界定不清。

　　2.民族的慨念不清。

　　3.民族識別受人為干擾。

　　4.人文科學的最新表明，將南中國漢人看成是北方漢人傳播產物的假說值得重新考慮。

　　5.證據表明，北方移民的功能被大大誇大。

　　6.漢化的土著是南中國漢人的最重要源頭。

　　7.中國民族的概念，特別是漢族的界定，主要應從文化認定上來解釋；與體質、基因和語言的關係較小。

　　8.南方漢語言有多層次和多源性。

　　9.其底層反映有原南島語、南亞語成分，音韻系統屬北宋中原音韻，詞彙系統是北方漢語與南方土著民族混合而成。

　　10.現在的主流派認同的六朝「中原祖語」或「六朝古江東語」是南方漢語方言的源頭的觀念，有根本性缺陷。

　　11.我們主張「漢語非漢說，認為存在古南方漢語。」「南方漢語的形成既非完全是土生土長，也絕非完全是北方遷

入⋯⋯⋯它的來源是多樣、多層次的。」

　　12.客家是早漢化，佘族是晚漢化。

　　13.客語有稍多的苗瑤語同源的基本詞；有少量壯侗同源的基本詞。

　　14.滇在明之前漢文化居「非主流文化」。

　　鄧曉華教授尚引考古泰斗吳汝康名言作據；「華南更新世人類化石體現與華北同期人類不同，而與東南亞群島、大洋洲人類化石的特徵相同。」鄧教授不愧為一代名儒，觀點新穎、科學準確、表達簡練。

四、面紗下的真容

（一）是文化擴張或人口擴張

　　文化擴張指強勢方的文化傳給弱勢方，沒有輸出人員交流。特點是僅產生語言不全同化。對姓氏、習俗、人文、人口等影響極少。人口擴張指強勢方不僅輸出文化，還輸出人員交流。特點是產生完全同化，不僅語言、習俗、人文相同劃一，姓氏、人口也受強勢方支配。前者如客家、贛方言，後者如鮮卑、滿人。

　　主流派稱南方群體是中原南遷的結果，屬人口擴張，這種觀點是無事實依據的。中原南遷的真偽，不能憑感情和印象。應該據有正確思想指導；有識別條件和標準；有事實依據等三條件。

　　首先，就理論而言，南遷說所提的「南遷」、「融合於華夏」或「同化於漢」等等的概念本身就含不準確不科學的含糊概念；史無民族概念，只有族或國的概念，那麼，大江南北都是漢或華，怎麼又會有漢人同化於漢人，華人融合於華人之說呢？又同化什麼內容？如果是指語言習俗，粵人閩人語言習俗仍存。另外，南遷說缺少量化觀點，一點也是南遷，一大片也

是南遷，極易產生以點代面的詭術。所以，「融合、漢化」等詞本身就是杜撰。是為權術理論服務。

其次，就思想而言，南遷說是受自私、一統和虛榮文化影響，評價人和事是以私為支點而不是據真理和事實。因此，南遷說本身就含諸多的陰私思想缺陷。出現評判以利益為準。凡符合我為是，不符我為非。這一點，在前面已舉證很多。

再次，對識別條件和標準而言，南遷說幾乎所有的是非觀點和評判，基本是戴帽子，貼標籤，是缺條件缺標準依據。要肯定有中原南遷，必須符合前面已提的南遷五條件和四大規律來審視。但當今南方各群體基本不具任何一條標準；也沒有以標準內容作參考評判；對史事史實也沒有考證；50萬人南遷和姓氏5000年等醒目的大事，至今尚罕見有詳盡科學考究面世。沒有標準，便有任人評說。

最後，南遷說是解釋南方群體流源最強最響最多的聲符，卻極少有史實、事實、遷移條件、符合同化規律和邏輯等論據論證支援。不是人云亦云，就是泛泛幾句引經據典，缺少語言學、遺傳學等分析。這種不證而論的思維幾乎見於論及南人流源的書。

我們在前面已對歷史、考古、地名學、民俗學、社會學、形體學、遺傳學、人文學及人口學等等作調查分析；南遷說均缺少有權威的中原文化證據，否定南遷說證據卻很多。除非有意混淆，則典型的南北人一眼就能分辨。當今的眾多著名學者已公認中國人以長江為界存兩種不同群體。稱中原南遷是地地道道不講理不講事實的感情名詞和利益名詞。

南人不是客家那樣舉族南遷，也不是半對半融合，南人中基本應是土著，外來成分不多。相反，是南人滲入北人較多，而北人滲入南人群體中較少。這和前面客觀分析相符，既然外來成分不多，就不能戴上「南遷」帽子。人員交流和世界各族的交流融合一樣，是你中有我，我中有你。朝鮮人滲有漢人、日本人、通古斯人，但不能說朝鮮人即是漢人。同理，伊朗人

滲有阿拉伯人、蒙古人、阿富汗人等，我們不能說，伊朗人就是阿拉伯人。這種現象在世界多不勝舉，當今世界幾乎沒有一個純種的民族，不能將受文化影響取代為人員交流融合，文化交流和人員交流融合兩概念應分清。

由上可知，90％以上的南人說「祖籍中原」，顯然是虛榮或利益意識的杜撰。

對南遷說的是是非非，主流派據方志族譜定「中原南遷」為鐵案，我們據遺傳標記和史實事實視為誤導，兩者結論相反。族譜和遺傳標記相比，誰的定性價值大？相信人們心中都有一杆秤。

（二）誤識釋疑

那麼，為何南遷說被視為鐵案而認同呢？本來，要分清文化擴張或人口擴張，並非是難事，中原南遷屬排除鑒別，只要能證明存在一個排除條件，則甲非乙的命題就可成立。問題是為了滿足利益和虛榮的需要，利益者不顧一切事實和真理認定中原南遷，以確保中原一元論成立。致南方群體認識複雜化，出現誰的聲音大誰有理。

其一，國人的民族概念是據模糊的文化觀而不是據具體標準觀，那麼南方群體的身份就有任人評說，模糊的概念就成「中原南遷」的土壤和護身符。

其二，不依科學和事實評判；明明閩語與國語無法交流為不全同化，屬文化擴張；卻從古漢語、同源詞等給予證偽稱為完全同化，屬人口擴張。明明存在多方言多土語不符語言全同化，明明有眾多連片上千上萬人口的獨姓村不符姓氏遷移分散律等等、但中原南遷的聲音依然鋪天蓋地。這種不講科學和事實的根源是兩大原因；一是感情關，評判不是依事實而是取感情。經數千年的洗腦教育，南人對先祖的感情已是淡如水、鄉情鄉故也不存，對祖籍的是非不是據事實也不講真理，而是以感情代替理智和事實。一是真理認同關。南北存在「差異」已是真理，但客家人卻不認同，他們把最具特色的圍屋、稱「雞

公」、崇拜盤古、二次葬、跣足等等解釋為正宗的古中原人語言習俗的經典,事實和真理都不講了。感情關和真理認同關不立,再大再重要的真理也屬對牛彈琴失去意義。南人絕無興趣也不買帳去認識先祖。

其三,封建自私思維強烈;當今出現種種社會弊病,根是私心強烈,封建自私思維主要表現有利益教育、權術教育、一統教育、權力本位制和意識敏感症等等。這些內容都是同工異曲,全是圍繞私心利益服務。提「非我族類」是為求同化,稱「衣冠八族」是求利益權術,說「中原南遷」固然亦屬文化效應,「老鄉見老鄉,兩眼淚汪汪」必是利於維權護權,彼此根是一樣,當然認為利於「維穩」。世界上不存在「南遷」和「北遷」之說,而唯獨我們竟是鋪天蓋地鑼鼓,仿佛怕人不知道。足見我們的思維太僵化和私利心濃。為了私權,什麼話都可以編。

其四,識別和認知力低下;中原南遷是否符合事實?回答應不難,遺憾是;古今以來均不據理和事實誇大人口擴張,有的說是舉族全遷(如客家)、有的說是半對半融合(如閩粵),且大有不承認土著血統存在,仿佛古代的四夷、七閩、九蠻及楚越人均從人間蒸發。解釋這種怪狀是歷史上廣大百姓是文盲,史實史事又被封建權貴者壟斷,現實中話語權又是權貴者說一無二。這樣,百姓只有洗耳恭聽,絕無問話,普天下的百姓變成無知的群氓,當然不會考究祖籍來龍去脈。

中原南遷說本質是自私沉澱物,是封建權貴者「一統」權術思想的陷阱和百姓虛榮攀附的怪胎,封建權貴者以「中原南遷」作「一統」的凝集力來維護權力的鞏固,南方百姓則以此當成「我祖上也是富人」來安撫自己的虛榮。而文人成了乖巧,處處取悅政治家和百姓而不講事實。這樣,一個不值一駁的「中原南遷」偽論便成真理。中原南遷的出籠密碼,應該是因自私需要對南方群體作出合乎凝集力合乎鞏固利益的詮釋。出現統語言統習俗的複雜化,當是歷代權貴者玩弄權術「化夷為華」處理化的結果。這就是「中原南遷」和「一統」胎生的來龍去

脈的後幕。遺憾是；我們的百姓竟是無知無悟蒙在鼓中照念「南遷經」。

更令人不惑是；凡南遷說質疑者不是受冷漠就是給予責難，把學術、真理與意識形態聯繫起來。

（三）觀點與態度

我們的認識是：

其一、對南遷說的認識。南北是有差異。我們不能因政治或「一統」掩蓋這種差異，學術不應是政治的應答，而是解讀真理。我們提倡以真理、真相來提升國家凝聚力而不是靠權術、靠虛假提升凝聚力。影響印度凝集力不是多語言，而是宗教。日本沒有姓氏南遷北遷，沒有姓氏發祥地，但日本人的凝集力是有「南遷」的中國人凝集力高上百上千倍。

南方群體已是漢民族的一部分。再也不必要用虛假的權術修補籬笆，國家的興衰是靠內在建設靠真理而不是靠外在加工或權術來維持，我們期盼是實實在在的原生態描述歷史，不能因利益需要而玷污真理。更不能為私利將對母語的探討與政治聯繫。

其二、南遷說討論的意義。提出差異，一是念及母語將亡該如何辦？二是以虛假的南遷資訊取代真理，這個社會形同父親講權術講假話會對兒子產生何種影響？三是人類文化遺產、人格尊嚴、民族文化、先祖的習俗、傳承的母語等是否有存在價值？是要或不要？這均屬大是大非。澄清「中原南遷」的意義在於；若「中原南遷」論斷正確，則無須保護母語，無須提出保護文化，本書也無須吶喊，母語就會早日瀕亡；反之若該論斷謬誤，世無「中原南遷」存在，人們就會留戀母語、惦念家鄉和江東父老，我們就會有自尊、有責任捍衛母語和文化遺產。

母話的衰微原因很多，但總是以「祖籍」為最終答案。人們總是以我不是土著、這不是我家鄉的心理而紛紛棄俗從雅，

使母語受冷漠。大量事實及邏輯分析證明；南遷說是歷代封建主不折不扣精心設計的迷魂陷阱，從《史記》的「以謫徙民」到《資治通鑑》的改為「以謫徙民50萬人」等等，全是陰私編輯的權謀，遺憾是，包括南人精英在內罕見有人捅破陰私，反而有「祖籍某某」欣喜若狂，落入圈套。為讓社會重視上述問題即是我們的初衷。只有提出差異，喚起珍視自己母語和尊嚴，民族文化和母語才有生存的希望。

其三、差異的認識和看法。世界不存絕對的同一，我你不同的差異是永恆存在屬於真理。如果對差異處處看不慣聽不進心不適，或是千方百計追求化異為同，要他人用同一聲音、同一服飾、同一口號和自己站隊，或更甚者視差異提升到政治意識來審視，與有損權力相提並論而征剿。那麼，社會總不安寧，母語總受損，人精神受重創；名人趙薇太陽服事件、史上的「尊王攘夷」、「三武滅佛」、「扶清滅洋」等等即是典型的事例。

以求同排異為治國在史上找不到成功的先例，相反，這思想的支配總是產生矛盾不斷、兵戎相見不斷、敗事不斷。我們倡提升理性，提倡寬容，做大國大民族風範，不做小國寡民小肚雞腸，以胸懷寬廣的心態擁抱世界。

世界各國都有不同民族和不同語言存在，如美利堅民族、巴西民族。問題是，美國、巴西沒有「一統」思想，而我國則凡劃為漢族者就千方百計尋求各種理由引入「一統」來詮釋和推行漢化。這樣，中原南遷被引入利益化以利封建帝王政權的鞏固，這就是中原南遷謬誤之根，也是南人母語衰微之根。南遷說的本質就是破解南人母語防衛的烈性炸藥，為「一統」服務。南遷說一日不破，母語就有逐日瀕亡。正因這一點，恰恰是我們提出質疑「中原南遷」的初衷。

第六章 母語衰微之五

——母語生存空間不良

　　母語的興衰除上面所講的種種因素影響外，最具殺傷力仍是生存空間的優劣，即社會體制自我完善力的優劣。當社會由自私理念支配，就出現為護權而效「統語言統習俗」，弱者母語就成靶標；當社會由民意統率時，社會就有尊重理性愛人類文化遺產。因此，認識、判斷和選擇生存空間就成一門極其重要的科學。本章就是對這三者提出討論，旨在讓人們認識社會遊戲模式、認識遊戲條件、遊戲特徵、遊戲內容及遊戲優劣的原理等等。圖求權益者能提升廣布仁政，棄私為民興利除弊；對百姓則有提升獨立人格，選擇和評價遊戲模式，分清是非優劣。克服人們當前不思改革、不戀母語的缺陷，提高人們對優化遊戲摸式的信賴。

第一節 母語生存不良的解讀

一、母語環境的認識

母語生存環境離不開社會優化。當社會處處限制母語使用，或處處給予歧視，母語的生存就艱難。故尋求剷除這些不良，選擇優良價值觀和遊戲模式就成了探討母語生存的關健。

在這些選擇中，最有意義，但又最有爭議是價值觀和社會模式。

在發達國家，他們崇尚普世價值和民主制度，而在欠發達國家，他們認為專制制度好。如何客觀評價各種選擇，是優化社會的訣竅。

本來，討論社會環境優劣不是本書的宗旨，但民族方言卻由社會的優劣決定盛衰，這樣，就不能就事論事對待民族和方言，如果不關注紅頭文件，再多的保護母語呼聲也只是一堆廢紙。

人類為了彰顯社會進步，國際組織常常頒佈各國民主指數來表示社會優劣，以選舉程式、政府運作、政治參與、政治文化、公民自由五指標作評分，2008 年，世界一組織經過調查將世界各國分成完全民主國家 28 個、部分民主國家 50 個、混合政權國家 38 個、獨裁政權國家 51 個、全球共統計 167 個國家。完全民主國家最高分是瑞典，達 9.89 分，其餘國家有日本，美、法、韓等國。部分民主國家最高分是義大利，達 7.98 分，其餘國家有印度、以色列、泰國、印尼等國。混合政權國家最高分是阿爾巴尼亞，達 5.91 分，其它國家有格魯吉亞、俄羅斯、亞美尼亞、新加坡等國。獨裁國家最高分是約旦，達 3.93 分，最低分是朝鮮，僅 0.86 分，次是乍得、土庫曼、烏茲別克、沙特等國。臺灣地區、香港地區和我國也列入統計，分別居第 33 位、84 位和 138 位. 從統計可知，有民主傳統的歐洲國家得分都很高，而絕大部分伊斯蘭國家、經濟落後國家

及前蘇聯國家得分都很低，基本上是獨裁國家行列。民主指數的調查，其意義在於不僅分清是非，也鞭策人們追求的方向和內容，避免「蛋雞孰先」的玩弄。

二、態度

　　人類追求不同觀點和選擇社會設計方案，是人類正常的現象，無可非議。首先，選擇追求是人類權利；這像選衣服式樣、選菜譜那樣，是蘿蔔白菜，各有所愛。不能將這些愛好也納入「階級鬥爭」的政治角度審視，從自身的利益出發，將他人觀點和選擇妖魔化，並無限拔高，稱是「有我無他，你死我活的階級鬥爭」。把選衣服式樣，討論菜譜的人給予無情打擊。百姓對自己的「選」和「品」的權利也沒有。老百姓為這種遊戲法付出了高昂的代價。僅僅養四隻鴨子是「姓資」要鬥爭，顯然是違背了人性。其次，不同觀點和選擇有利社會發展；社會發展主要靠競爭，通過競爭實現優勝劣汰，最終社會獲得最優管理模式而促進社會發展。另一方面，治國的秘訣之一是善於調動人積極因素，調動就要效百家爭鳴。如果扼殺不同政見和追求，意味著埋沒人才，也無法做到優選，全社會只能按祖傳祖訓一個聲音辦事。最後，包容不同觀點和選擇有利社會和諧；不同觀點和選擇是社會發展的必然，禁和打壓是無效的，這樣，一個是不斷打壓，另一個是不斷沟現，社會永遠是鬥爭無和諧。談民主、自由是妖言惑眾，要開除公職，人性慘遭踐踏。這不是人們的需求。

　　出現對不同觀點和選擇打壓的原因很多；首先是左思想引領，左的表現一是政治意識緊張症，一是政治意識拔高症。兩者特點都是左的化身。極左認為，不同選擇和「毒草」都有影響權力的鞏固，因此將人類的一切言行都需放大鏡來審視，養多養少一隻鴨都用「草木皆兵」的心態對待，生怕多養一隻鴨天會崩，講一句民主地會塌。其次，缺少邏輯思維分析；人類任何觀點和社會設計方案，並非是完美無缺，不是「放之四海皆準的真理」，而是隨時間，隨環境的變遷而不斷補充完善，

否則社會無法進步。最後，缺少自我完善能力；事物的發展規律是內因決定外因。僅強調外功建設，忽略內功，顛倒了主次矛盾。如果肌體健全，幾個病菌沒有影響肌體。尋求借助修籬笆，借助打鑼打鼓拔高自己的形象，而沒有對自身進行全面建設，沒有提高本身的價值，也是拔不高的。諺語稱：「金杯銀盃，不如百姓的口碑。」

三、遊戲法

人與人，人與物的關係，本質就是遊戲規則，即人類要生存，不但要權利，也要義務，這義務就是遵守規則，否則遊戲無法進行。

人類社會遊戲是以權力為劃分，將集權、強權的政體稱為集權制社會，將分權制權稱為民主制社會。由於權力配置不同，社會的遊戲結果也不同。

為了使社會遊戲健康發展，必須有原則來指導遊戲，可參考二章四節社會 6 條標準，並補充如下數點；

1. 選擇的模式能滿足人類的物質和精神需求。

2. 能滿足人類和諧的要求，能保護人類文化，保護環境良好。

3. 有優化社會條件，使社會發展不滯後，效全民參政，全民管理。

………

以上的標準太抽象，化為具體要求則容易理解了：

1. 政體設有立法、司法、行政三權相互制約。

2. 政府施政是公開、透明、開放，有嚴格的管理程式。

3. 公民監督權、知情權、選舉權、表達權等能全面落實。公民享有言論、結社、出版等自由，允許私人辦報。公

民能批評揭發官員不法行為。

4. 民族文化繁榮,文化能保持並無衰減現象,包括語言、習俗等。

5. 群體地位和利益不受損,不出現社會性歧視。少數民族婚姻無赤字,光棍漢少,招工、招生、招幹與人口比率一致。

6. 有優化自身和自己支配自己的權利。

以上的原則和評判要點,也是我們衡量社會制度優劣的標準依據。凡能滿足這些原則和要點,屬社會體制優良,反之是社會體制低劣。

本來,民主制社會和集權制社會的優劣涇渭分明,一對照上面標準和要點就清楚,但是,追求優良社會制度是極不容易的,自辛亥革命至今已 100 年餘年,百姓千呼萬喚民主共和制仍是不盡人意。這種舉步艱難的原因是:其一,社會慣性,我國有數千年封建專制史,不可能輕易剎車;其二,專制符合權貴者自私心理;其三,全民素質低下,對公民意識、法律意識很淺,唯書唯上唯聖很濃。他們將民主視為天下大亂的禍根。尤其是第二點,因自私存在誰得了天下總想永遠要占為己有。

第二節 母語生存完善力的不良

母語的盛衰由社會平臺決定，因此就要進行社會改革，必須善於應用社會最先進的文化武裝國家機器，使國家富有活力。但是，追求社會改革絕非易事。因為追求社會改革，改善語言生存環境，必然觸動既得利益者的乳酪，如強調衛護母語，會損害統語言的藍圖。因此新與舊意識總是發生碰撞，其中自私性、形象思維、冷漠症、意識形態敏感症等是改革的主要攔路虎。

一、自私性

自私性之所以成優化母語平臺的攔路虎，根是自私本身，母語平臺需要是寬鬆環境，但既得利益者需要控言控行統語言來鞏固權力籬笆。母語平臺的需求與既得利益的追求是背道而馳，於是社會的是非變成誰的拳頭大誰講話算數。當然是聽「槍桿子裡出政權」指揮，我們可以從古巴那裡找到答案。

追求自私的內容有千千萬萬，對國家上層而言，自私主要是權、利、榮譽的追求，尤其是權，是一切上層人物角逐最劇烈的物件。出現「權迷心竅」。

人們對民主與專制、真理和謊言、存母語和失母語、暢所欲言和禁言禁行等等，都能分清前者優後者劣，一旦回到現實，人們卻肯定和選擇後者而否定和揚棄前者，形成言行分離，原因何在？就是自私作怪。如果是追求前者，意味劉邦的皇位不能傳子孫、不享三妻六妾、失去「一言九鼎」，劉邦當然不能接受。封建帝王利益受損，對改革必然持反對。慈禧太后撲剿維新變法的道理就在這裡。利益權貴者為追求利益，措施有三；一是美化自己；二是打擊不同聲音；三是限制人民基本權利，包括知情權、表達權、監督權等等降到最低點。例前蘇聯就是通過大清洗運動達到鞏固自己權力的目的。

為了維護自私利益，利益權貴者又炒護權的菜譜，異言異

俗視為護權的「隱患」，統語言、統習俗便成一道名菜，因此，保護不同文化，愛護不同母語必然受到打擊。所以說，自私是扼殺母語生存的元兇。瞭解自私尚可看其他章節。

二、形象思維

　　形象思維不僅是直覺來理解，尚含守舊盲從成分，表現是缺邏輯分析，迷於表象。以唯書、唯上、唯聖定奪是非，而不是據事實。數千年來南方群體幾乎人人嘮叨自己是「中原南遷」，但誰都沒有自問自己為何又持不同母語？這就是形象思維的反映。

　　出現以上種種認識，根是形象思維作祟，從漢代董仲舒和司馬遷大倡「一統」起，至今已有兩千多年，經歷代皇帝「年年講，月月講」、「一統」已是深入人心。奉為真理。人們的思維沿著「非我族類，其心必異」的路徑去思考，因而得出方言是異類，是「其心必異」的答案。異心與鞏固權力是格格不入的，這樣，視民族和方言為怪胎而打擊就不足為怪了。把方言稱為有礙交流，有礙發展云云，只是一種托詞。這樣，母語受歧視，人們自然要攀附「中原南遷」。

　　探討民族和方言問題是不是有害，方言是不是無意義，涉及內容太多難以闡述，但如果我們稍提幾個問號，是非也是清楚的。

　　其一，秦始皇是「大一統」的旗手，為何又成短命王朝？為何一統沒有發揮鞏固權力作用？反之，美國和巴西是世界移民國家，「非我族類」的成分非常多，卻有數百年不見改朝換代，更沒有降低凝聚力之說。

　　其二，有稱方言有礙交流，問題是，我國數千年來從無因方言存在而礙交流。盧森堡、瑞士在社會上有數語並存作國語。也無妨礙交流的提法，稱礙交流應是事出有因。是一種藉口。

　　其三，從辯證而言，所有的語言都是方言範疇。如果說為

利交流，當今世界已是地球村，我們是不是能棄雅語改操國際語，能接受嗎？同理，語言的盛衰是變化的，有朝一日，漢語言從強勢語言變成弱勢語言，會同意統語言口號嗎？

母語是一個民族的族徽，又是一個人人格和自尊的體現，要不要愛民族、愛母語，本來是淺顯的問題，但為了私利，竟說愛民族，愛母語是有害，人類真理沒有了。

三、冷漠症

冷漠症在二章已有論述，這裡不再重複。

四、意識形態敏感症

意識形態是哲學範疇，是對事物理解和認知，是概念、觀點、觀念、思想、價值觀等要素的總和。這裡所說的意識形態敏感症，是以政治意識為指導，以獸性極端思維意識為謀求陰私的一種權術手段，本質是自私的怪胎。意識形態敏感症旨在人類間修起一道陷阱，在人們心理中製造精神恐怖；理論上張揚人鬥人的獸性思維，現實社會推行唯我獨尊、剷除異見、效禁忌、搞大呼隆，讓兄弟相疑、夫妻互監、父子無信，整個社會形同一座絞榨機爾虞我詐、使有魚蚌相爭，漁翁得利，歷代封建主通過恐怖戰術達到威儡和鎮控作用，鞏固既得利益的目的。所以，意識形態敏感症可理解為突出政治，為政治服務。是護權的一張王牌手段。

意識形態敏感症實施的手段是追求語霸，為捍衛既得利益。效法強詞奪理，禁止人們質疑和辯論。滿清入關後，禁講禁寫「夷」字、刪修或篡改古籍，通過「帶帽子打棍子」和「有罪推定論」等妙法，征剿不同政見，以利鞏固權力。這就是意識形態敏感症幕後的全部秘奧。

本來，意識形態是正常現象，對不同觀點和認識應持寬容和理解，應該遵循「我不同意你的觀點，但我尊重你發表觀點的權利」的名言。不應為利益無限上綱上線，無情打擊，允許

人類有蘿蔔、白菜，各有所愛。另一方面，社會的進步是靠不斷探討問題、發現問題、解決問題。人類就是通過這些求索而獲得最佳遊戲模式，這種求索充其量也是圖求國泰民安，滿足人類的需求。絕不是破壞這種美好需求，而意識敏感症則從集團的私利出發，以自己的利益劃線判是非，禁止辯論禁止公投就成常態。這點也是討伐者尷尬之處。

意識形態敏感症對母語是持極左態度；一是將母語探討與政治掛勾，與中情局相提並論。二是當衛道士，專挑母語是非大打出手。三是設歪理歪論，效言霸，不許辯論。四是借左謀私，通過左撈稻草。語言本是人類最基本的食品，卻被左人物貼上「姓資姓社」。

在我國，意識形態敏感症有悠久歷史。先是老子提出愚民政策，他說「古之善為道者，非以明民，將以愚之，民之難治，以其智多」。最後說「使民無知無欲」。

在這裡，老子把民智視為危險因素，這思想持續數千年。商鞅對愚民提得更具體，他說「民愚則易治也」。認為「民強國弱，民弱國強」，「故有國之道，務在弱民」。他還說「國去言民則朴，民樸則不謠」。他所說的弱民就是愚民，所說的去言就是禁言，商鞅主張禁「詩」「書」。

韓非子和商鞅一樣，提出「禁奸之法，大上禁其心，其次禁其言」。禁思想，禁言論是韓非子重要觀點之一。並主張殘刑。

李斯是集歷代權術者之大成並付諸於行動。也主張禁言、困行。提「掩馳說之口，困烈士之行，塞聰揜明，內獨視聽」。並主張暴政。

這些先哲們共同的特點都認為亂世之源在於民智和論古非今，所以都主張禁言愚民。提出的意識形態，本質也是愚民，只允許百姓講什麼，聽什麼，看什麼；不允許亂講、亂聽、亂看，史有「防民之口，甚於防川」這句話就是要防止「妖言惑眾」。

對意識形態，歷代王朝的觀點和方法大同小異。一是拔高美化自己，稱自己是完美無缺，不允許質疑或補充完善，否則給予無情打擊。一是低貶異己。凡對立面只能否定，不能肯定。民間說的「勝為王，敗為寇」的道理就是其反映。

因意識形態服務於政治，出現荒唐的事很多。文革期，一個保衛官員上廁所發現有血跡，馬上抓緊調查，結果是一個有痔瘡的人留下；南京藝術學院教授陳大羽的國畫「迎春圖」。畫面是雄雞兩眼瞪著迎春花被稱是仇視社會主義，要不是彭沖書記暗保，陳教授則難逃一劫。解放前，呂思勉教授著文稱岳飛抗金是小勝而不是大勝，頓時被國人大罵。前些年，陝西胡覺照教授稱諸葛亮是愚忠，也招來舉國大罵。李鴻章辦洋務至今仍被罵不絕。很多電影被禁小說被批，已是常見。電影武訓傳被大批特批，白樺小說因一句臺詞「祖國不愛我，我怎麼愛祖國」。被停職反省多年。習仲勳因《劉志丹》一書被關 16 年。在今天，國人喜歡的趙本山小品，也因揭國人的醜被罵為「痞子文化」。我們提出衛護母語，會稱是搞分裂；提南遷說是謬誤，會戴上抵毀國家形象；說姓氏沒有 5000 年，會被視為賣國。這些都是意識形態敏感症造成的。

出現意識形態敏感症原因是很多，但主要是四，一是認識；二是體制；三是利益；四是愚性。

意識形態是政治產物，極易將意識形態納入政治審視而發生判斷錯誤。他們認為，社會的動盪是來自妖言惑眾，來自不協調聲音或抹黑。強化意識形態，打擊不同聲音，有助治國安邦。

不同的社會體制有不同政治主張，專制體制主張是以武力奪取權力，也主張以暴政維護權力，為了達到護權目的，史有秦始皇焚書坑儒，明清大搞文字獄。文革期把「毛」字寫歪，必受滅頂之災。因此，意識形態被無限放大，是封建權貴者維護既得利益的尚方寶劍。其本質是獸性思維的「人鬥人」的產物，是為維護自己利益而編織的名詞，借這頂帽子打擊對立面，達到鞏固自己利益。這些事例，在前蘇聯和朝鮮已是司空見慣。

　　意識形態敏感症也與利益有千絲萬縷聯繫。我國的政治領域有三大特點：一是政治運動長年不斷，培養出很多政治意識敏感分子。一是政治理論被無限拔高。政治理論鋪天蓋地，形成了政治霸權。賣國帽子滿天飛，出現包產到戶有理說不出口，大鍋飯無理卻是氣昂昂。一是利益驅動氾濫，由於存在「左」的利益土壤，出現大量極左人員，這些人員中，極少數是意識敏感外，絕大多數是「撈稻草」，他們悟出一條經驗；左保險，右危險。凡祖訓國粹，好話有加，絕無自作聰明畫蛇添足。他們除要表明自己的政治色彩外，更需要拿出政治成果。這些成果與利益息息相關。而強化意識形態又是一條既易成功、又安全、又有豐厚回報的快捷方式。在文革期，批判劉少奇的文章比研究青蒿素的文章見刊率要高上百上千倍。當今右提一個抹黑，左提一個顛覆的文章為何這麼多，原因就是這些文章見刊率高，又易寫，又易名利雙收。左和右不同的結局可從現實得以佐證；批紅樓夢、批洋務運動的文章應有盡有，批洪秀全的暴政、質疑客家南遷說的文章竟是寥寥可數，像鄧拓因「燕山夜話」而死的人多如牛毛，而梁效寫作班子、文革五大學生領袖，個個是衣錦還故鄉，絕無有損毫毛。連文革的鬥泰張春橋，戚本禹也獲芳名並留書千古。歷史上因論左獲罪的人基本找不到，而論右致身敗名裂的人有一大籮。正是這些原因，使我國的意識形態敏感症特別發達。

　　意識形態敏感症又是愚性的產物，敏感症根是無知。對現象和本質、是和非分不清，連談方言也視為美國煽動的陰謀，跳表忠舞當成「治國安邦」，太幼稚了。

　　把意識形態當成「治國安邦」是錯誤的。意識形態敏感症的誤判在於：

　　首先，判斷要素錯位；上面已提，事物的運動是內因決定外因，對「治國安邦」而言，內因是社會自身的文化、制度和人力資源的優劣，好思想，好文化，好體制才是引領社會發展而絕不是玩弄意識形態。有報導，柴契爾夫人說；我們不必擔心中國。因為它只有電器輸出，而缺少思想輸出。這話真假姑

且不論，但它的寓意是非常深刻。我們不能崇拜外功而忽視內功。意識形態僅是外因，將禁言、禁資訊交流等視為國策是沒有理論和事實依據。

其次，判斷時間錯位；意識形態是初級社會的產物。當今社會觀念已變化，社會條件也變化，人已從自私走向文明，從愚昧走向理性，人們需要的不是說教，而是真理和思考，從被動狀態轉向自主狀態。「統一指揮，統一行動，統一思想」等等顯然已是落伍，用喊口號，憶苦思甜等法來提升國民素質已失靈。當今國際上除少數專制國家外，極少有「你死我活」鬥爭的提法。也少有大搞政治運動或意識干預社會生活現象。舊瓶裝新酒，關公大刀得天下等已過時，若依然把這套理論重新武裝實屬下策。

再次，意識形態是為政治服務，離不開權術，因而有解放前的朱元璋和解放後的朱元璋，有 50 年代的蘇聯老大哥和 70 年老新沙皇的不同。這種意識形態傾向留下的隱患非常巨大。人們會提出疑問而使社會的誠信、友愛、和諧受到挑戰，也玷污了真理。當今社會出現道德全線滑坡，顯然是人們缺少誠信和信仰造成。大家都說謊話。

最後，就實踐和事實而言，意識形態的功用無證可憑。前蘇聯和東歐國家，突出意識形態是世界一流，對不同觀點和理論實施無情打擊，只存官方一個聲音而無百姓呼聲。從思想、理論、組織、方法等等都作嚴密考究。從政治局到班組，都設有政治機構和政工人員，並有大量研究院，理論小組，高等院校各政治系等等，均負責意識形態工作，上有政治局委員蘇斯洛夫，下有中央及各級宣傳部長，各地各單位都有上千上萬政工官員。強化意識的結果，使學術上只有米丘林學說而無基因學說，作家索爾仁尼琴被驅國外，氫彈之父薩哈羅夫被流放高爾基市，質疑李森科學術觀點的全蘇農科院院長瓦維洛夫等 3000 餘人的專家被捕、流放或開除公職。在東歐，強化意識也明顯，為防止東、西柏林百姓來往，1961 年東柏林修了一條長 155 公里，高 3-4 米的柏林牆，結果，這些意識形態的工

作做了無用功。前蘇聯解體，東歐國家全重新選擇追求。文革期的全國五大學生領袖和白卷英雄，應該說他們的政治立場最穩，對封資修痛恨最深。但是，歷史和真理是無情的。當年的批修鬥私勇士竟幾乎個個變成腰纏萬貫的董事長、總經理，不再反對「剝削」，反對「私有」，演出了人生滑稽戲。

以上說明，所謂強化意識形態是假的，追求私利是真的。

強化意識形態給人類社會帶來巨大的重創。

1. 社會動亂的根源

意識形態信奉「階級鬥爭為綱」和「你類我類」，結果造成相互敵對，互不信任，最後發生無情鬥爭。文革期某地兩派搞聯合成立革委會。一派以馬克思、恩格斯論著為據拋出「哥達綱領的批判」一文，稱聯合是倒旗，於是又重開武鬥，雙方都為護旗而拋頭顱。

非典期，有個名學者著《最後一道防線——基因流失憂思錄》一書，稱非典是美國針對中國的基因武器，非典流行是美國作的孽。

名學者仍是如此敏感和無知，老百姓更是有過於之而無不及。

2. 阻礙社會進步

社會的進步就像前面所說的要靠「除舊佈新」，除舊就要有自省自悟自識，善於觀察和調查、善於發現問題，提出問題，才能解決存在問題。社會的進步賴於不斷優化和創新，探索能力是社會最寶貴的財富，也是人聰明才智的體現，意識形態敏感症卻將探索視為有損維穩而打擊，扼殺了人類最具活力的因素，使社會變成千人一面，萬口同一聲音，社會成了一潭死水，社會無法進步。我們不應將有益的不同觀點探索視為惡意，應吸取文革期處處有敵人的教訓。要糾正母語衰微和冷漠症，必然要提及母語的歷史，背景、性質、存在問題及原因，必然要揭示種種弊病。這些都是世界文明國家規定保護的權利，我們

是泱泱大國又怎能例外？如果將這些探索當成「抹黑」，當成離經叛道，不給探討、不許質疑，沒有人出來喊保護母語，沒有人駁斥世界大同的言論。那麼，問題終不能解決，母語的衰微永遠存在，瀕亡必是歸宿。這就給人類文化遺產帶來巨大損失，給群體心靈受重創，阻礙社會進步。

意識形態總根是自私，為私利而盲目追求要保祖宗，保傳統。通過控制人類意識達到鞏固政權。控制意識的結果讓人類交巨大的學費，其錯誤在於；只有自己正確，其它屬異端，使絢麗多彩的社會變成一枝獨放，社會失去競爭而缺少活力。歷史證明，大凡追求創新和改革都受意識形態敏感者出來阻攔。這事例多不勝舉。

3. 社會倫理的腐蝕劑

意識形態是自私產物。自私需權術才能生存，權術是政治色彩明顯，使有只能講什麼，聽什麼，信什麼，超越規定是禁區。這樣問題就出現了；明明是地球繞太陽轉，卻要人們說是太陽繞地球轉。卡庭慘案明明是前蘇聯製造，卻要媒體稱是德國製造。因政治把白說成黑，黑說成白的事例在專制制度比比皆是。老百姓看在眼裡，記在心上，權貴者都在說慌，百姓絕不會遵從誠信。反正上行下效，彼此都心知肚明。而真理、誠信、友誼是無價之寶。社會失去這些就無法運轉，變成人人都在爾虞我詐。

如果我們認真審查意識形態的每一件事，多含禁區，都有假話，過去的上山下鄉、醫療到邊疆，都有人人戴紅花，表決心書。如今能找出多少人留下來？文革期，批劉少奇的文章絕不少於成萬上億。講劉少奇好的基本是沒有。這些事例說明，說假話，做假事不是個別，而是一大片。包括著名反美反修文人義士和高官子女，如 1998 年痛斥柯林頓「人權惡劣」的北大學生馬某等，都紛紛移居罪孽美國。據某些人統計，移居美國的官僚子女達上十萬，官員成「裸官」不乏其人。這些講假話的人進入社會，當今種種的腐朽就可以解釋了，強化意識形態的敗筆就在這裡。

第三節 母語生存環境的不良

母語的盛衰決定於社會環境的優劣，一則紅頭文件，就能使母語置於死地。僅教學單語出臺，大江南北全湧現國語聲。導致母語衰微因素雖然很多，引母語衰微的種種舉措也很多，但是，最重要的打擊要素仍是封建護權綜合鏈。封建權貴者為追求陰私，在搶權、護權及馭民諸環節中大展玩弄權術，形成護權綜合鏈。世界凡效集權制的國家，如伊朗敘利亞均因推行護權運行鏈使百姓權益受損。我國歷代王朝亦因護權致民不聊生。

當社會選擇陰私並以武力奪權為宗旨時，必然將陰私視為治國理念，對於帝王來說，最大的利就是權，因此，一旦獲得權力後，必是絞盡腦汁維護既得的權力，設計出護權的秘方，這就是護權綜合鏈的背景。護權的秘方很多，包括大權集一身及終身制、禁言禁行、講究意識形態等等、實質都是同工異曲。即從鞏固權力為目的，全面對內控制、對外顯威。其內容和措施是：一是控制人的言行；二是強化宣傳和權術應用，重在愚民教育；三是推行駕馭舉措，對外開疆、對內彰顯威懾、壓制和推行同化政策等是常見的手段。這些護權維權的舉措對帝王護權有利，對百姓的利益損失卻很大。因在奪權、鞏固權力、求利求榮譽諸環節中缺少權力監督、權力管理無方、管理出現盲區缺陷等等，出現了榮譽性弊病、私利性弊病等等就像洪水猛獸撲來。使產生的弊病氾濫，歸納起來主要是：

1.集權性弊病。由「絕對權力，絕對腐敗」引起，如爭權奪利、選拔低劣、腐敗難控等。

2.護權性弊病。由鞏固權力措施引起，包括權術盛行，統語言統文字等，百姓權利和社會文化受損、地域貧困、社會歧視、社會道德水準下降。

3.政治意識性弊病。由突出政治引起，造成糾錯機制落後，學術落後，優化落後，弱勢群體文化及母語受損，信仰危

機等。

4.私利性弊病。由嗜權、嗜利、嗜榮譽引起，包括官員選拔低劣、貧困、社會歧視等。其中最重要是行賄受賄，權錢交易。

5.榮譽性弊病。由護短思維引起，百姓只能頌歌，不能提出問題，更不能揭短，形成社會講假話不講真話。例如，因榮譽而護短，出現禁言論自由、禁學術自由、公民監督權、知情權等等受損；因強化政治意識，必然打擊不同政見，使學術不能爭鳴，好思想、好觀點不能面世，形成學術落後，優化落後。

現對各種弊病現象詳細剖析如下：

集權性弊病；是因大權集於一身，出現監督無力，私心得到欲所欲為。集權性弊病表現在三：一是執政能力低下，皇帝是靠打江山或繼承獲得權力，能打仗不等於有治國水準，繼承者更是優劣不齊。歷史上朱元璋就是個半文盲、明皇朱由校是文盲，只懂做木匠、明皇朱瞻基玩蟋蟀為樂、契丹帝耶律琛是睡覺大王。更甚者我國有娃娃皇達 29 個，最早娃娃皇是西漢昭帝，年紀最小是東漢殤帝，僅 100 多天就當皇，清光緒皇、宣統皇分別是 4 歲、3 歲當皇，歷史上昏君暴君也是不勝其數。由此可知，治國何來有方？同時，各級官員多是衣裙關係或買官賣官，常言稱是「朝裡有人好做官」。官員從上到下無法優選，執政能力自然無力。二是腐敗叢生，集權沒有監督，出現絕對權力，絕對腐敗。廣東省書記吳南生對這種體制深有感觸說「鬼都要變成腐敗」。吳一言擊中要害。廣西玉林地委書記李成龍因腐敗被判死刑，臨刑前說「到了我們這一級，就無人敢監督了」。三是爭權奪利，因有權就有利、有名。因此使天下人都爭權、爭做皇帝。在歷史上，為皇權而爭權奪利，兄弟反目成仇、父子兵戎相見屢見不鮮。在唐代，李世民就是發動政變奪了大哥李建成的皇位。在秦代，胡亥和趙高聯合偽造秦始皇遺詔，把皇位傳給扶蘇改為胡亥。在明代，燕王朱棣用武力把侄子建文帝趕下臺。歷代王朝多有把王室成員分封為各地諸侯王，以減少各諸王對皇帝的威脅。但是，在西漢依然出現

七王（國）之亂。

當代已是文明，但仍有官大壓人的現象。因為一把手是絕對權威，二把手是相對權威，三把手是服從權威，老百姓無權威，造成官員腐朽多如牛毛。

茂名市委書記羅蔭國貪污受賄上千萬元以上，抄出現金近千萬元，情婦 100 多人，；羅案牽出 24 名省管幹部，218 名處級幹部，挽回經濟達 3.2 億元，羅被捕後竟放豪言：

1. 要我交待，得 3 天 3 夜，把茂名官場翻朝天。

2. 要說我是貪官，說明官場都是貪官，沒有一個好人。

3. 我是腐敗分子，我的上任不是腐敗分子嗎？我敢肯定，我的下任絕對還是腐敗分子。

羅把官場講得活靈活現了，貪官有各形各色的「雅稱」獎。數量獎：江蘇建設廳長徐其耀有情婦 146 人，為已揭最高數。素質獎：重慶宣傳部長張宗海，包養 17 名未婚女大學生。學術獎：海南紡織局長李慶善寫性愛日記 95 本，保存性愛物證 236 份，獲學術獎。管理獎：安徽宣城市委書記運用 MBA 知識管理 7 名情婦，獲管理獎。

大量的官員腐敗，其因有二，一是以政治運動表現選人，結果，能言會道、投機取巧的人勝出。誠實無心計的人告敗。官場選拔呈逆陶汰。這現象比比皆是。二是大權集一身，選拔以一把手定是非，於是使買官賣官和巴結上司的人得逞，以上的現象，從基層至高層均屬不少見。官員的素質逞逆陶汰一層一層選拔，使羅蔭國膽言說「沒有一個好人」。

護權性弊病；如果說集權性腐敗是由權大造成，那麼，護權性腐敗則是因鞏固權力造成。歷代封建王朝為了權力，便設計一套管人的措施。千方百計使人絕對服從和絕對對皇上忠誠。因此效奴化教育，洗腦教育，禁言論自由，禁批評揭短，目的是封百姓的嘴巴，遮百姓的眼睛，塞百姓耳朵，封、遮、塞所用的就是權術和侵犯百姓權利。全社會權術膨脹，侵犯人

權不斷，結果產生上行下效，百姓看破紅塵，於是大夥都作孽。社會誠信沒有，信仰沒有，社會道德嚴重倒退。

為鞏固政權，封建權貴者常常通過借助「假想的敵人」讓國人捲入你鬥我、我鬥你的惡性循環而坐收漁利。劉邦的韓信案、朱元璋的藍玉案、洪秀全的楊秀清案等等即是其例，就是近當代也不例外，僅在文革中，各種小運動不斷，如清隊運動，二五運動，鎮反運動，批林批孔和批鄧小平右傾運動等等，推行這些運動的權術相當完善。先是從外到內，從有槍到無槍，從下到上，從草民到文人、官人，從黨外到黨內。如竹筍那樣層層剝離，最後打倒劉、鄧、陶。

政治運動常常推行威懾手法；文革二五運動時，大張旗鼓號召刮 12 級颱風，大搞恐怖，數萬人開公判大會。會前抓誰判誰是絕密。開會時「有罪分子」已被積極分子密控在隊伍中，有罪分子和群眾都不察覺，等到主席臺啦叭一響，「把某某押上來」時，「有罪分子」才面色一青，連推帶踢押到主席臺前「有罪分子」隊伍，而那些沒有被押的群眾，個個心撲通撲通跳，會不會也輪到自己？所幸是，改革開放後糾正了政治運動的做法。

政治意識性弊病：這類的弊病是：歷代封建專制本質是求權、求利、求榮譽。但又想把這種自私當成合法化、神聖化，於是利用權術將 1+1 等於 3 證為正確，另一方面，為突出政治，鋪天蓋地灌注政治色彩，前蘇聯為突出政治，將一切歷史教科書、社會學書籍全貼上政治標籤，大講階級鬥爭、大揭資產階級的腐朽。為突出政治，置設大量機構和突出宣傳，結果使黨校、研究會、研究所無數。出版大量的政治讀物，而這些機構和讀物作用不大，耗費了大量的資源。每天宣傳內容是什麼，口號提什麼，要禁止什麼等等，全由管意識的高層定調。所有這些措施，都是為了維護專制權力。

這類弊病特徵是，視政治意識絕對化、擴大化，政治意識高度敏感和草木皆兵，將社會風雨視為「階級鬥爭新動向」。

　　前面已提，因意識敏感連非典也視為是敵人製造。

　　因為「階級鬥爭」思維以敵視眼光打量周圍人和事。處處出現草木皆兵，我國被禁的書、小說、電影難以統計，其中有武訓傳、早春二月、苦戀、春青之歌等等。

　　又因「階級鬥爭」意識的影響，已使國人的心靈發生扭曲，善意減少了，相互敵視氾濫成災。有電影臺詞稱「高你半級的人，往往是危險的，同級的是天然敵人」。

　　由於鬥爭意識存在，古今中外，慘案不斷。

　　蘇聯搞大清洗，僅 1934 年到 1938 年間，史達林簽署死令就有 681692 人，全蘇聯鎮壓上百萬，政治局被殺有：布哈林、季諾維耶夫、加米涅夫、拉狄克、李可夫、貝賴可夫斯基、托洛斯基（流亡之後被殺），東正教神父 16.5 萬人被捕，其中 10.6 萬人被殺……

　　二戰期，蘇聯在卡庭一地就殺波蘭被俘官兵 22000 餘人。屍體在 1941 年被德國發現並公佈於眾。蘇反咬是德國人幹的。直至 1990 年戈巴契夫才承認並道歉。2010 年波蘭總統乘專機參加卡庭慘案 70 周年紀念會，飛機在卡庭附近失事，機上包括總統在內 96 人無一生還，再次轟動全世界。

　　蒙古國在上世紀中期人口僅百多萬，也仿蘇效大清洗。1937 到 1939 年間就有 56938 個被捕，20396 人被殺。另一資料是 1939 年處決喇嘛達 20356 人、毀寺廟 797 座，蒙古大清洗死亡數無定論，遇難人數有 3.6 萬－10 萬的不同版本。

　　柬埔寨波爾布特執政期，先後殺百姓達 50 萬－300 萬，一般認為 100 萬以上，占全國人口五分之一左右，為當代著名的大屠殺，其中越裔 2 萬人全被殺。43 萬華人殺 4.5 萬，泰裔 2 萬殺 8000。回教徒 25 萬，殺 9 萬。其要人喬森潘等人被國際法庭立案受審，後因柬埔寨庇護審判未果。

　　因為突出政治，錄用幹部形式主義非常濃，凡從模範地區，先進單位出來，都給人鍍一層金，如山西昔陽，文革期就

調出幹部 491 人，有縣級以上幹部 38 人。其中省級 3 人、廳級 18 人、縣級 17 人。其中，陳某是半文盲，官至政治局委員。

為突出政治，構成機構臃腫，人浮於事。如：

湖北省咸寧市四大班子有幹部 412 人，副科級以上占 242 人，平均每個官攤不上一個兵。

河南鄲城縣：公安局領導班子達 16 人，副局長、副政委就有 9 人。（新華每日電訊 2008.4.24）

北京晨報 2005 年 10 月 14 日報導，深圳羅湖區湖景居委會門前掛 22 塊牌子，各辦公室又掛 23 塊，共掛 45 塊牌子。

突出政治也使講假話不斷。

1896 年李鴻章答美國記者時也無奈說「中國辦有報紙，但遺憾是中國編輯們不願將真相告訴讀者，他們不像你們的報紙講真話，只講真話⋯⋯」

李大人深諳中國政治和民眾心理，不得不承認「不願將真相告訴讀者」。

明代是我國歷史上最黑暗的王朝之一，在史學家吳晗筆下宛如惡魔，目的是映射蔣家王朝，到解放後，毛澤東對朱元璋有肯定，於是吳晗新版的「朱元璋傳」的臉譜又變了，功績最多，負性面逞很少。同是一個作家，寫同樣的人前後相距十萬八千里，足見政治給科學文化的重創。

嗜利性弊病；在歷代封建專制中，存在「天下是老子打，皇帝是老子坐」的定律。人們去打天下，本身就是為了利，那麼，這個皇位就不能出讓。歷史上就出現「有權就有錢」的現象。老百姓見官人刮取民膏，於是上行下效。但老百姓沒有權，只好尋找另一種方法，以騙、假、偷等等攝取財錢。

2008 年間，某報披露福州公交集團竟收近噸的假硬幣，價達 120 萬元。2010 年，「東方今報」稱，2009 年茅臺酒銷量達 200 萬噸以上，其中 90％以上是假茅臺酒。2007 年「半

月談內部版」4 期有稱，中央「2007 年民間尋寶記」活動調查，不少地方文物的贗品率達 80-90％。國內的假煙、假酒、假名茶，假礦泉水、病死豬肉、假五金處處充斥市場。1998 年 1 月山西假白酒使 222 人中毒數人死亡。三鹿假毒牛奶，**轟**動了世界。

榮譽性弊病：追求名譽是封建專制的特徵之一。為了捕捉榮譽，最常見的手法是開疆拓土，歌功頌德。只許講好，不許「抹黑」。把提意見，揭問題，探討是非均視為「欺君之罪」。

追求榮譽又誘導政績工程，弄虛作假，使致腐朽不斷。例如，1958 年 6 月 18 日，河南雙樓社畝產小麥 4412 斤，27 天後，湖北麻城前進五社早稻畝產 5665.62 斤，再過 5 天，湖北孝感縣長風社早稻畝產 15361 斤，再過 10 天，麻城縣建國社創畝產 36956 斤，稱有省、地、縣驗收團檢查，並有蘇聯、東德、波蘭、捷克、越南等國專家和各地來訪者達 10 萬多人次，當時有一青年幹部參觀後提出疑問。當場被鬥，並戴上右派分子。該社社長王幹成即提拔為區長，評為全國先進工作者，受黨和國家領導人接見。到 9 月 17 日，該縣的高潮社創中稻畝產 10 萬斤。麻城報發文稱「人有多大的膽，地有多大的產」。但不久，這紀錄被廣西環江縣打破了，創畝產為 13 萬斤，這記錄未被人打破。

1958 年 9 月 1 日，《人民日報》發表「徐水人民公社頌」文章，稱徐水將發射小麥畝產 12 萬斤，皮棉畝產 5000 斤，全縣糧食畝產 2000 斤的高產衛星。農業是如此，科學技術也不能落後，要放衛星。

1958 年春，中科院院長郭沫若傳達南寧會議躍進計畫。

7 月 1 日，新華社報導物理研究所等有多項研究達世界水準。同時，北京各研究單位共有成果 300 餘項，居世界水準 252 項。

8 月 8 日，上海辦科研躍進展覽會，有 440 多項達到或超過世界水準。

　9月中旬，北京大學稱完成 680 項研究，其中 100 多項是尖端級、50 多項是國際級。半月之後，又報導北大科研成果達 3406 項，世界級 1192 項，且 3400 餘項科研是在 40 天內完成的。

　南開大學也不示弱，有 2000 多項研究，其中 15 天內完成 165 項，有世界級 19 種，全國級 30 多種。

　改革開放以後，類似種種弊病多能糾正，這裡提出討論意在溫故知新，利於優化思想的成長，也為優化母語掃除障礙。

第四節 母語生存環境優化的認識

　　母語生存空間不良，除與自身完善力、環境不良、評判遊戲模式有缺陷外，更主要是對模式的深層機理認識含糊，不明社會缺陷根在哪裡，無法對摸式是非舉表決牌。

一、優化的認識

　　所謂優化，就是效仿除舊佈新使環境變得優異。母語盛衰的原因雖然很多，但最大直接影響仍是社會環境，制定的很多政策和措施，可將母語置於或存或亡。因此，認識和優化體制與母語休戚相關，環境優，母語存，環境低劣，母語衰敗。要達到優化母語目的，措施一是要認識和評估環境模式，擇優追求。二是善加工。有優化能力，從治權、糾錯、糾私和施政等環節均追求優質運行。

　　對選擇怎麼樣的價值觀來指導社會，尋求社會最優的設計方案，是古今中外名人名家前仆後繼不斷努力探索的課題，並留下給人類寶貴的文化財富。

　　（1）社會達爾文主義。以斯賓塞為首，認為進化論適用於人類行為的科學，主張人類社會有競爭。

　　（2）心理學派。以穆勒為首，以研究人性原則的科學。

　　（3）文化決定論。以迪爾凱姆為首，認為文化是決定社會發展。

　　（4）地理決定論。以博丁為首，認為地理條件，決定社會發展。

　　（5）經濟決定論。以馬克思為首，強調經濟是一切社會制度的基礎，因而主張階級鬥爭，消滅剝削。

　　（6）種族決定論。以高士德為首，視種族是社會發展重要因素。

在我國，也有各種各樣觀點和理論，包括孔子的「仁義」說、墨子的「兼愛」說、道家「無為」說、荀子的「性惡」說等等。國內外精英對治國價值觀可以說是五花八門。

到當代，出現了兩種觀點；一種是治權說，另一種是集權說。前者認為社會的弊病和矛盾是源於權力配置失衡造成，即權力的產生、分配、制約和監督等環節存在缺陷。權力的集中是萬惡之源。以孟德斯鳩、盧梭等人為首，認為人類需求是生存和權利；視權力是租賃合同理念，認為權力是公民授予代理；提倡「弱政府」，反對國家過多干預，其特點是縮小皇權擴大民權；主張分權制權，相互制約達到平衡，剷除大權集於一身的缺陷；主張強調自由、民主。亨利的名言「不自由，毋寧死」就是其代表；主張法治，設計一套完善法律加以管理，使有私心而不敢犯禁；信仰多數人意志強加於少數人意志、以選票和真理是舉、崇尚選票和非暴力；效群策群力廣集益思擇優治國，這就是民主體制思想基礎。

後者則認為社會主要矛盾是經濟矛盾而不是權利矛盾，以歐文、傅立葉、伯恩斯坦等人為首，認為社會的病根是財產私有，私有制是社會萬惡之源，主張沒收富人財產和主張暴力的「階級鬥爭」，對權力的取向是效「權力私有」理念，奉效「江山是老子打，江山是我家」；權力集中在一人或一派中永久佔有。主張人治，主張分配公平但不求權力公平；主張突破「自由、民主的底線」、為求平等，取消大部分的自由和民主、所以反對民主和反對公決。限制公民亂說亂動；建立強大無比的國家機器，將人民的一切活動置於國家的監控之下；強調國家干預社會生活，其特點是皇權凌駕於民權，皇權大民權小。主張追崇少數人意志強加於多數人意志、以拳頭和權術為是；主張是保肚子不保生命和不保個人權利。這就是集權體制的思想基礎。

本來，按遊戲規則，裁判員應由運動員選舉、點菜譜由多數就餐者定奪，對於社會的走向，可以通過個人的倡議、號召讓公民投票選擇取捨，這已是文明社會普遍的模式，並獲多數

人擁護。遺憾是，少數人竟無視多數人的權利，無視遊戲規則，通過拳頭把少數人的意志強加於多數人的意志，奪得政權後，又通過暴政不許公民亂說亂動，用刀劍維持其既得利益。利比亞卡紮菲就是其中代表。

孟德斯鳩的治權說和歐文、傅立葉的集權說誰是誰非，不妨引一故事來詮釋：

人類為了私利總是戰爭不斷，發明大規模殺人武器層出不窮，有個人說原子彈、氫彈、X彈、Y彈等威力不小、但含輻射等副作用。對此有一專家宣佈研製出一種無污染的理想武器。政府同意劃一地區為其試射，當天觀看試射是人山人海，當炸彈落地，既無灼目的閃光、也沒有震耳的聲響，卻出現驚人的奇蹟；它一爆炸，卻散落下來無數衣冠楚楚的人物，盡是親王、駙馬、御史、尚書、太守、縣令、總統、總理、部長、次官、主任、主席、局長、處長。有的峨冠博帶，有的西裝革履，原來炸彈爆出了自古至今各色各樣官僚。他們落地後，一個個搶佔地盤，爭奪崗位，發號施令，征徭納稅、相互殘殺，沒過多久的日子，那個地區的人就根本無法生存。

專家解釋道：我的飛彈名字叫「官僚」彈，看到沒有，它有多麼厲害！大家目瞪口呆，的確，世上最怕莫過於是「官僚」彈爆炸。

以上故事雖是人們虛構，卻是悟出人類深奧的哲理——權力矛盾遠遠大於經濟矛盾。普遍認為，社會主要矛盾是權力，而不是經濟矛盾。所以，優化的目標也應是權力。只要打通權力，就有事半功倍，一通百通。治權不能解決，就有腐朽叢生。故事也說明；人類社會拯需優化，需要如何研究除去「官僚」彈，換上「革新」彈，如果沒有優化，缺少除舊佈新，「抹黑」意識強烈，人類就無法生存。

社會核心問題是權力配置，說什麼經濟基礎決定上層建築、階級鬥爭云云，均是「雞生蛋，蛋生雞」為求私利的障眼法。道理很簡單，權力太大可以隨便關人殺人，億萬富翁卻只

能露露富作炫耀。

二、優化母語環境的條件和內容

要優化母語環境,首先要明確當前主要矛盾的問題,才能對症下藥。要分清社會主要矛盾是經濟(階級)矛盾或是權利矛盾?是經濟不平等或是權利不平等?是誠信治國、真理治國或權術治國?是真理教育或利益教育?治國是自上而下或自下而上?是效強政府弱社會或強社會弱政府?是控民禁言或取信於民廣開言路?諸此種種,其實就是要澄清兩點;一是社會該具備什麼?社會缺陷有什麼?二是人類追求什麼?這兩點弄清了,社會進步才有希望,才不會為歪理所迷惑。

要解決上面種種問題,就要遵循本稿二章四節和本章有關的原則和標準(條件)逐一解讀,其中主要是有制權、監督、施政透明、尊重權利、有糾錯激勵機制等等。優化環境具體的內容如下:

1、營造寬鬆理性社會環境

這裡不妨用一個故事說明,某國王欲從三個兒子中選一個繼承皇位,方法是派他們到郡國當王依政績優選,五年後再從每個郡國選 10 個百姓投票按票多少定優。結果;老大為民修一條水利,有三個選民因受益投了贊成票;老二嚴禁不同政見,志在開疆,大舉強兵征剿周邊夷蠻,國土倍增,但使百姓勞民傷財,連一贊成票都未獲;老三廣納民意,凡提意見者給小獎、凡建議或解決問題者給大獎,結果舉國政通人和、國泰民安,獲得了全部贊成票。為何老三獲全票而老二未獲一票呢?

顯然,老二效集權體制,老三效民主制治國,兩者的區別在於;老二不讓人講話,生怕影響權威,使舉政失誤不斷,出現勞民傷財失民心;老三鼓勵人揭矛盾解決問題,出現政通人和,所以說給人講話或不給人講話是治國鑒別優劣之本,是社會優劣最直觀的標準,宛如驗一滴血明病症。也是優化社會的秘奧。從三個兒子不同治國提示:歷代皇帝執政的失敗在於不

能解決讓百姓講話、不能解決給百姓贈與、不給百姓爭辯和解決疑慮；總是強迫拖著百姓走而不是讓百姓自覺跟，皇上總吭「美好的明天」卻不給談皇帝的傷疤，官民鏈就產生斷裂。

2、創建社會引力

社會引力不妨稱為民心定律；其引力與真理信仰、權利滿足、內功建設、社會透明及自由辯論成正比；與陰私、禁忌、權術、悖論、自私、苛政成反比，當百姓的民生、民權和精神需求獲滿足後，人們會對體制模式投贊成票，用不著去「維穩」。集權體制缺真理信仰、公民權缺位、重外功不重內功、效保密等。與引力條件要求相反，集權體制又效禁忌多、悖論多、私心多、講權術、行大宣傳、大呼隆、實行苛政等引民眾反感。洪秀全為迷惑百姓競說孔孟的書是妖書，推行控民，「維穩」措施最多，最後還是失民心而失敗了。

集權模式最大的敗筆是追求陰私，直接原因則是權術。陰私與百姓利益相衝突，如何擺平衝突只能借助權術，但權術卻無法解釋不許民間辦報、不許批評政府、最民主和「不許亂說亂動」相悖。集權模式還存諸多矛盾；如真理教育和政治利益教育矛盾；一統和地域利益矛盾；鞏固權力和公民權利矛盾；權力集中與權力監督的矛盾；缺陷是護或揭的矛盾等等。都是權貴者致命的難題，例如真理教育稱姓氏有三千年史，政治教育則說是五千年史。集權模式要擺平姓氏五千年只能借助權術、借助懵人。總之，這些矛盾是權貴者為了自身利益說謊話、百姓看上眼裡記在心裡，慌話影響了模式的引力和公信力，1900多年前古羅馬史家塔西佗說過這樣的話；當社會失去公信力時，不論說真話還是假話，做好事還是壞事。都會被認為說假話、做壞事。世稱塔西佗效應，當塔西佗效應氾濫時，這個社會已是病入膏盲了。

封建專制另一致命傷是每個權貴者都自封是正確偉大，但正確偉大卻不許人們質疑和辯論，變成王婆賣瓜自賣自誇，權貴者怕辯論，怕公決，源在底氣不足，怕露餡。人們常說：金

盃銀盃，不如老百姓的口碑。不給百姓辯論，又有那裡來的口碑呢。這種悖論當然受人懷疑而沒有口碑。陰私引權術，權術使引力下降，「維穩」再多也無法醫治「負引力」。

3、自我完善能力

自我完善能力內容應是；一是追求優良思想和理念，用最優秀思想武裝自已不致落伍；二是選擇優良社會模式，使社會呈健康狀態運行；三是能全面挖掘社會一切積極要素，提升社會競爭力和創新力，使國家和民族領先於世界民族之林。這就需要我們做到兩點；一是善於糾錯，要求執政者能容允糾錯，不護面子；一是善於激勵民智。廣納群策群智，使優秀人才能有機會獻身國家。社會有廣大精英苦於思考，能發現問題、提出問題和解決問題，達到除舊佈新、除弊興利的目的。執政者不是超級智人，執政存在缺陷和失誤是不可避免的，問題在於能及時發現減少失誤損失。兩者都需要提供探討平臺和條件，提供自由討論，倡百花齊放，百家爭鳴。陰私權貴者的思維卻是這樣延伸；認為優化社會應讓位於鞏固權力，挖掘群智僅利國利民但不利於護權維權，認為論古非今只有亂世沒有治世。所以歷代封建者基本奉行強化意識形態，禁言禁行禁不同政見是必備的菜譜，並實行暴政不許逾越雷池。把禁言禁行、堵塞言路、掩蓋矛盾當成國策，把揭露問題視為「抹黑」，並實行一言堂，憑官大拍腦袋定是非，使存在問題不能發現，弊病不能剷除。

4、 克服人類的私心

私心最典型是爭權。形成千軍萬馬搶爬金字塔權力頂點，權力鏈就出現：第一鏈是謀權，因爭權有父子相殺，兄弟反目，出現「本是同根生，相煎何太急」的悲劇。第二鏈就是護權，攝取權力後就謀求鞏固，使權力不僅集於一派一身，且求千秋萬代昌盛，為了追求權力和鞏固權力，需要作出相應措施，包括使用武力、開疆、宣傳、權術、對不同語言和習俗推行同化、出現歪理、歪政和歪行，禁言禁行、禁學術自由。效保密等等

損害百姓權利的種種護權措施便浮出水面。旨在擴大皇權，縮小民權，志在維護私利。護權性弊病、意識形態敏感症弊病、集權性弊病便遍地湧現。第三鏈是求私利，「打江山，坐江山」已是歷代皇帝的座右銘，所有的帝皇都離不開大興土木，三宮六院、開疆拓土、征剿蠻夷、同化愚化等等。因此，糾私樹公是優化最重要的一環之一。

5、保障民權，強化公民意識教育

民權的內容很多，但最主要是三點；言論自由權、選舉和公決權、監督權。缺少這三權，奢談其他權利都是無濟於事。有言論自由才能發現問題，才能糾正時弊；有選舉公決才有尊重民意，有當家作主；監督包括百姓監督、媒體監督、制度監督等。目的使官員不能濫用權力謀私。當今主要障礙是利益者的詭辯；稱世上沒有絕對自由和民主，發達國家也有侵權現象。其詭辯是；用絕對取代基本，用少取代多，用現象取代本質。提出沒有絕對自由民主，目的就是否定民主自由。

民權和民主的意義在於；權力是雙方租賃的契約，民權和民主是監督執政者兌現遵守契約的力量，當出租方失去監督契約話語權時，不公平或破壞契約現象就發生。由此可知，為何集權獨裁者個個都是憎恨民權和民主，其因在於監督力檔住了獨裁者的欲所欲為。

民權地位是社會優劣的金標準；民權標準是權在官或權在民，是民怕官或官怕民。當追求自私求一派一人稱皇。社會不許亂說亂動，國家做好做差百姓無權過問，這社會必定是低劣。只有百姓能說話，有權力當監督員和裁判員，官員有陰私和不兌現承諾被選民罷免。社會才能除弊興利，社會得健康運轉。

我國是封建史最悠久的國家，百姓對民主和自由有如對牛彈琴，人們關注是酒杯而不是羅曼蒂克，不是德先生。因此，清朝亡後又冒出一個洪憲皇，老百姓依然喝彩。提示提高公民意識教育是任重而道遠的艱巨。

6、激勵群智，廣開言路

社會的進步是靠群策群力，善於調動人的積極因素，俗稱「柴多火焰高」，不能閉起門一人一派獨自經營。群策貴在人人參與，使個個能投入改造社會。充分發揮每個人的聰明才智，避免決策失誤。參與者貴在有見解、有獨創。人人參與的大前提是言論自由，如果處處設置「姓資姓社」，參與就成一句空話。

激勵群智以學者鄭風講最形象，他說：「好社會不是一件已經做完的工藝品，而是一件有待我們每個人去參加製造，永遠不是成品的工藝品……關鍵在於這個社會要儘量提供每個人參與改造社會的可能性……社會總是在變，也總是存在問題，但是，要提供改變這種缺點的管道」，鄭先生的話精彩切貼，好社會貴在提供參政管道，這就要求提供言論自由，提供百姓有權參政。如果百姓是一無所有，參政就成彈打鳥飛。

鄭先生提出的好社會觀點，話雖切貼，仍嫌空洞，我們認為；提供管道一是有百花齊放，百家爭鳴，二是不打棍子，三是評判是非有事實有標準依據。

由上可知，人類社會的缺陷是人而不是物，人類社會的矛盾是人類不能瞭解自己和完善自己，造成人類相互壓迫和殘殺。把言論自由、不同政見視為洪水猛獸，前蘇聯布哈林冤案就是一個代表，布是蘇黨黨魁之一，著有《過渡時期經濟學》等書，是個政治家和經濟學家，他提出溫和農業政策、反對用暴力鎮壓資產階級。結果被戴上「叛國罪」、「人民公敵」的罪名被史達林殺頭。因為史達林不許論古非今，個人獨斷效極左農業政策，又效一人生殺予奪，出現上世紀 30 年代大饑荒和屠殺上百萬人的悲劇，也是禁不同言論的悲劇。

簡而言之，優化社會是一項艱巨工程，其優化秘奧一是治權，不效執政終身制，權不能濫用。二是調動人聰明才智。三是保障公民權利，四是選擇良好遊戲模式。遊戲模式貴在克服負性文化、貴在糾錯機制和激勵機制。大量事實證明，社會的

優劣與這些條件息息相關。社會環境優良，母語就沒受邊緣化。

三、社會缺陷的原理

（一）缺陷的認識

　　認識社會缺陷必須要弄清如下問題：社會缺陷內容及原因是什麼？專制遊戲的本質、目的、特徵及判斷；社會為何要選擇缺陷的遊戲？集權遊戲缺陷的機理及原因;遊戲缺陷的後果。上面五大論題是認識社會的核心。

　　社會缺陷內容應指精神需求為主，物質需求為輔；以人的權利、人類文化和人格尊嚴的優劣作參照物而不是「舌尖上的肉」作標準。其中能不能質疑皇上？母語是否受損？能不能選舉和監督官員等等比 GDP 居前茅強得多，社會餓死人是罕見的。相反，因權力不公和文化教育不公等引貧富不公致家破人亡不少見。同理，評判一個政治家或名人的優劣亦按此標準，絕不是什麼開疆武功或絕世工程，萬里長城只能耀眼卻不能救治孟姜女喪夫之痛。

　　有個名人對社會的優劣是這樣評判：能罵皇帝和講理講真話是好社會;百姓怕皇帝的社會和不講理不講真話是殘缺社會。

　　出現孟姜女喪夫之痛，原因是很多，但主要是秦皇為護權護私利修長城奪走了無數人命，變成得利是秦皇，身受痛苦是百姓。而文人吃了皇糧厚著臉大捧秦皇有加。確是人類的悲哀。也是說，社會缺陷總根是秦皇式的集權體制。

　　專制是由一人或少數集團，擁有絕對權力而不受憲政與法律限制的政體。其本質是陰私的化身，以權、利、名為核心追逐；遊戲目的是二：一是求權力千秋萬代，一是求欲所欲為，要「句句是真理」、「一句頂一萬句」。專制特徵是：（1）少數人意志強加於多數人的意志，不許選舉和公決、不許質疑，不給辯論，只有聽話絕無問話。（2）以陰私為取向，追求開疆拓土、征剿夷蠻、效求同排異統語言統習俗，為爭權護利絞

盡腦汁。（3）效絕對權威和金字塔式統治，追求權力終身和皇權至上。（4）追求權術治國，效暴政和謊言為武器。故持歪理、奉人身依附，推行愚民，控制資訊等，實施強化意識恐怖致人人自危達到維穩，並以謊言、詭騙掩蓋陰私醜行。判斷專制常因缺標準及內容而有「見仁見智」，但如果以能講，能看、能聽、能做及有尊嚴為尺規衡量，則朝鮮不准收聽境外電臺、不准看境外報紙電視，俄羅斯 2019 年有監禁評論家納瓦爾尼、逮捕遊行示威 1000 餘人，英法國家則少有禁言禁行，是非應是明如了掌。

專制政體遊戲雖有缺陷，但調查統計世界 167 個國家中，競有 89 個的國家選作遊戲良法，占 53.39％，成熟民主國家僅有 28 個，占 16.7％。顯而易見，絕大多數國家都在追求陰私集權，出現集權遊戲模式和出現巴沙爾式人物就不是個別了。這和歷史環境、強大護衛力量、利益宣傳教育、落後社會文化及悟識力低等因素有關外，最主要原因應是獸性私心強烈、利益共鳴和百姓畸形心態。不妨試以如下事實說明。

其一，自私天性強烈。李世民、朱元璋冒著生死投資官場，那麼，奪取天下後李、朱兩人能不能有無產階級的大公無私胸懷將天下捐給另賢呢？答案是當仁不讓，相反，還要千方千計守護江山傳給子孫萬代，這就是社會缺陷的總源泉。當今文明社會（自稱是民主共和）追求世襲制也不是個案；如金日成傳金正日、納辛貝（多哥）傳福雷、邦戈（加蓬）傳阿里、阿薩德傳巴沙爾、阿利耶夫（阿塞拜疆）傳伊爾哈姆、卡比拉（民主剛果）傳約瑟夫、李光耀傳李顯龍、卡斯楚傳弟弟的勞爾等等。而效心腹接班人的國家更多，如委內瑞拉查韋爾傳馬杜羅、俄羅斯葉利欽傳普京、烏茲別克卡里莫夫傳米爾濟約耶夫、土庫曼尼亞佐夫傳別爾德穆哈梅多夫等等。佐證追求私利和落後文化的人並不少。

另一方面，只有效集權制，才能滿足權欲需求。據不完全統計，在世界 89 個專制半專制國家中，執政超過 20 年竟有 21 人，如果加上君主制國家、超期執政的人更多。其中卡斯楚

55 年、金日成 46 年、卡紮菲 42 年、奧比昂 40 年（赤道幾內亞）。相反，民主及半民主國家有 78 個，竟幾乎找不到執政超 20 年，英國 1721 年任第一首相至今已有 50 多人，僅有首任華波爾 1 人任期達 20 年，超 15 年僅有 3 人，平均每任僅 3.9 年，日本第一首相伊藤博文在 1885 年就任至今已有 130 多年，共有 97 任，其中任期最長不超 11 年，平均每任僅 1 年 3 個月，最短僅是 54 天。換句話說，戴上專制帽可以永遠當皇，沒有這個帽只能像走馬燈那樣打完跟鬥就走人了。權欲和專制是雙胞胎，對獨裁者來說誰見專制帽誰都愛。

其二，社會發展失衡，百姓缺少公民意識；「兩耳不聞窗外事」已是國人的名言。有一網友表態；「我喜歡沙烏地專制這個國家，有錢，沒有憲法、禁止政黨和民主，只要有錢花，管他誰當阿卜杜拉，省心。」提示當百姓愚昧，缺少公民意識時，人類僅僅是求生動物。社會也一樣，當社會處低級落後階段時，總是以專制優先奉為國體。發展到高級階段後才意識到優劣美醜。

上面的認識有下述事實佐證；一是專制國家 90％分佈在落後非洲，加勒比海地區、穆斯林國家、前蘇聯解體國家和亞洲東南部。西歐等發達國家找不到。一是當專制衛護力解除後，人們會選擇以精神為統率的遊戲，2011 年阿拉伯之春革命、中亞多國的「鬱金香」式革命，東歐和前蘇聯的選擇等等，均證明這絕不是什麼敵對勢力的「顛覆」，而是平民百姓盤算哪種遊戲賺錢多。尤其當今多媒體異常發達，某家要壟斷資訊獨自發財已是寸步難行了。

其三，認識含糊，是非主次欠清。集權制能夠存在，與陰私權貴者大力渲染專制的作用有關，一是轉移視線不講社會是餓死人多或自殺人多？不講哪種社會爭權奪利和政變多？不講哪種體制是買官賣官、權錢交易多？而是專講「舌尖上」的遊戲，一是將集權製作用的機緣性當成普遍規律性；阿里在 1987 年到 2007 年間把突尼斯的 GDP 提升 6 倍，全國效免費醫療。希特勒能大大降低失業率，卡紮菲領導下的利比亞人均

GDP 達 14000 美元，為世界富國。曹操能威震群龍解救中原混戰之痛等等，這些確屬專制強人的成功之處。但認識事物應循主流與支流、現象與本質、必然與偶然、真相和事實等來分折；利比亞國民年均收入僅 1000 美元，大量財富集中在權勢人手中，突尼斯的鈔票多少只是一種經濟運行規律，集權制民主制都有經濟奇蹟出現，且後者遠遠比前者多得多。當社會處黨閥混戰時，強權制確是一劑有效治世良方，但當社會已是回位國泰民安時，說強權是絕世光環就屬謬誤。把曹操當成偉人更荒唐。當今世人崇拜和迷信專制，是拔高了集權作用造成的。

其四，集權制有深厚的生存沃土。在當代，存在多種畸形要素，為集權制的生存提供了營養；一是軍人至上、二是公民意識淡薄、三是權貴者權術強烈。

據統計，自二戰後全世界共有 74 個軍人專制國家（包括曾實行過），其中歐洲 2 個（希臘、波蘭），亞洲 18 個、非洲 31 個、美洲 22 個、大洋洲 1 個（斐濟），上面提及執政超過 20 年的 21 個獨夫中，軍人出身就有 18 名，占 85.7%。如聞名的利比亞卡紮菲上校、蘇哈托少將、敘利亞的巴沙爾大將，穆巴拉克中將、卡斯楚總司令、緬甸丹瑞大將等、丹瑞自 1992 年上臺，集鞏發會主席、總理和三軍總司令於一身，將在 1990 年大選獲勝的反對黨翁山蘇姬軟禁起來，以先制憲，後交權為由拒絕交權，2015 年翁山蘇姬又獲大選勝利，但至今丹瑞已是 80 多歲仍戀權不交，翁山蘇姬只是傀儡政府。為了追求權力，常常出現軍人利用「槍杆子」（政變）攝取私利，據不完全統計，僅僅是非洲在 60 年代至 90 年代中，軍事政變成功 70 餘次，發生在 30 多個國家，占非洲國家半數以上。這些軍人寡頭多奉中止或廢除憲治、解散議會、禁止群眾集會遊行、取締政黨、實行軍事管制、推行獨裁統治。凡軍人干政的國家基本是專制國家。

（二）缺陷表現

集權體制的優劣最受世人爭議，既得利益者從自身的思

想、視角及利益出發，肯定的聲音遠遠比否定聲音多得多。我們認為口水仗無濟於事，應以理性和事實作答題，秦皇薩達姆是否屬偉人，不妨借助下述種種事例試作剖析：

1.嗜權性缺陷。為了獲得最大的權力蛋糕，權貴者通過建立家族型統治、江湖心腹型統治及法律利益化統治達到護權；在歷史上家族型統治最常見，西漢代將異性王改同姓王、明代分封藩王、敘利亞阿薩德的家族式統治等等均屬典型。阿薩德核心集團就是由家族和親信組成，胞弟裡法特是禁衛軍司令、內弟馬赫盧夫是共和衛隊指揮官，兒子巴沙爾被作接班人、巴沙爾的弟弟邁哈爾是當今二號人物，由其家族及親信組建的世稱「賈馬阿」非官方權力機構，競控制國家各要害部門，被稱為「雄獅家族」。巴沙爾歷 2011 年阿拉伯之春革命不倒，顯然是內有親信作用，外有俄伊（伊朗）相挺。當今普京和梅德韋傑夫玩起政治二人轉，系梅德韋傑夫是普京的同鄉、老部下、學友關係。特殊的利益關係使兩人能玩起二人轉確保權力不倒。

為了獲更多的權，利用權力修改憲法謀私又是另一種詭法；修改法律延長任期或連選連任有普京、阿里、查韋爾、蒙博托、別爾德穆哈梅多夫、卡裡莫夫等。1980 年穆巴拉克將憲法改為「連選連任」，2000 年葉門總統薩利赫改憲法、總統任期 5 年延至 7 年，2012 年普京總統改任期由 4 年為 6 年，且可連任，2000 年巴沙爾改憲法總統任一屆為可連任數屆，並將年齡從 40 歲減至 34 歲，（巴任總統時僅 35 歲），2016 年別爾德穆哈梅多夫改憲法由 5 年為 7 年、卡里莫夫則無視憲法規定任期無限延長。

為了謀權，獨裁者總是抓住政柄不放，辛巴威總統穆加貝到 2017 年已是 93 歲老朽，連任四屆總統達 30 年之久，仍不顧世人反對要繼續當下去。2011 年敘利亞遊行示威要巴沙爾下臺，各地部落也舉旗動武反抗，但巴沙爾競於 2013 年動用化武鎮壓反抗者，毒死 1300 人，經國際譴責被迫交出化武。2011 年底有報導關押 10 萬多人，至 2019 年止全國因戰爭死

亡達 23 萬人，有 600 萬平民淪為難民。占全國人口四分之一強，儘管要巴沙爾下臺呼聲不絕於耳，卻絲毫沒有減少巴沙爾戀權之心。這說明，獸性自私一旦被權貴者接受，百姓就會有以痛苦和死亡為戀權者買單，故稱秦皇薩達姆是偉人云云，是地道的謊話。為了美化專制體制，很多文人為獨裁者歌功頌德不斷，動用各種資源大力渲染，如某一權貴者頭銜就有偉大領袖、天賜大將軍、世界最著名文學家、眾神之神、世界偉大歌劇締造者、哲學巨人、藝術和建築大師、人類最偉大的音樂天才等等。並授予大元帥稱號。

2.本質性缺陷。集權制本質是自私，自私就出現搶權而不是競選，其結果就出現兩種弊病傾向；一是錄用官員無優化；一是舉政無力，缺少激勵機制和糾錯機制，優無法嶄露劣不能剷除。卡斯楚一任就是 55 年，等於日本 42 個首相任期（日首相平均任期是 1.3 年），卡氏旗下的官員多是衣裙或利益關係選拔。也是說日本首相能有 42 人中好中選好，而古巴只有認定一人選優，旗下的官員也只能在矮子選高個子，這就談不上官員優化了。集權制優先考慮問題是形象和「維穩」，因而視不同意見或不同做法先用政治網過濾。包產到戶是明智良策，但與祖傳祖訓相違，故在上世紀 70 年代被視為妖魔，到了鄧小平時代才得平反，這說明 70 年代無法激勵精英獻策獻計，也無法糾正祖傳的謬誤。

本質性缺陷以暴政和詭騙最典型，集權制因效陰私無法獲廣大百姓點贊和支持，出路只有依靠威懾維權，不聽話的小孩要打屁股，故集權國家的軍隊和安全部門特別多，動不動就彈壓；另是熱於講權術講謊活，巴沙爾用上化武必然尋求掩蓋和否定罪孽，說是反對派屠殺平民就成慣用混淆是非的伎倆。當今世上種種醜行和謊話，80％以上是出自集權政體，其中以假選舉和假宣傳最負有盛名。

突尼斯獨裁者阿裡執政 24 年 4 次大選獲勝連任，其中 1999 年獲 99％選票、2004 年獲 94.49％選票，奧比昂（赤道幾內亞）執政 40 年、2015 年大選獲 90.39％選票，薩達姆執

政 24 年，1995 年大選獲 99％選票，2002 年獲 100％選票；穆巴拉克執政 30 年，2005 年大選獲 88％選票，薩利赫（葉門）執政 33 年，1999 年獲 96.2％選票連任。相形之下，西方發達國家元首獲支持率則低得多，如歐巴馬 2012 年大選得票率僅為 61.7％，特朗普 2016 年大選得票率僅 56.8％，馬克宏（法國）在 2017 年大選也僅獲 65％的選票，英國布雷爾 2005 年大選也僅獲議會支持率 57％。德國 2016 年 GDP 增長率 1.9％，出口 1.21 萬億歐元，貿易順差 2529 億歐元，財政 3 年收支平衡，失業率降至 1990 年後新低，但默克爾 2017 年大選僅獲議會支持率的 39％，西方元首和獨裁者的支持率有天淵之別，佐證獨載國家的大選是虛假的。

縱觀當今的專制國家，幾乎個個國名都冠上「民主」「共和」、「人民」的招牌，而真正民主國家卻罕有掛上；如卡紮菲時代的利比亞、薩達姆代的伊拉克均稱「共和國」、哈梅內伊時代的「伊朗伊斯蘭共和國」、巴沙爾時代敘利亞的「阿拉伯敘利亞共和國」。而美、英、西班牙、瑞士、荷蘭、瑞典、丹麥、日等發達民主國家，不是稱王國就是稱聯邦，如美利堅合眾國、瑞士聯邦、日本國、大不列顛及北愛爾蘭聯合王國、尼德蘭王國等等。卡紮菲在 1969 年通過政變推翻國王後，改共和制，成立革命指導委員會，1977 年後改民眾國（元首稱人民大會秘書長），卡紮菲均任元首，1979 年後改選奧貝迪、拉加卜、茲韋等人擔任，但實權仍是卡紮菲，他雖稱是上校，卻將國家軍隊打造成「私家軍」，他被稱是「人民之父」、「非洲雄獅」、「偉大的領袖」等。

3. 腐朽性缺陷。集權體制無任何監督（有監督屬表面性），權力宛如沖鐵籠的猛虎肆虐社會。表現一是貪污斂財、二是腐朽奢侈、三是剝奪百姓權利。

有報導，蘇哈托家產有 150 億－ 350 億美元，為世界第一政治盜賊，次是薩達姆下臺後查出有現金和支票數百億美元。再是馬可仕，財產 65 億－ 86 億美元；其中存瑞士銀行 10 億美元，存澳大利亞 5 億多美元，有農場 23 處，飛機 29 架，

現金 10 億美元，黃金數噸、加之珠寶折合 10 億美元，其夫人有鞋子 3000 多對。後是蒙博托，家產超 50 億美元，其他的獨裁者貪墨也不菲，如阿里倒臺後查有豪車 234 輛，包括 120 萬美元的邁巴赫超豪華車及勞斯萊斯、寶馬等名車，妻子萊拉家族壟斷國內各大行業。中非總統博薩卡，1977 年加冕儀式耗 2000 萬美元，占該國四分之一財政預算，獨裁者阿明（肯雅）有 13 個妻子，54 個子女，私生子女無法計。他暗戀英女王，女皇生日時，竟要求女皇把她的舊內褲送給他為禮物。他屠殺百姓 30 萬人以上，有一妻有外遇被阿明當場殺掉分屍烹煮吃，反對者槍斃前扒光衣服挖眼睛；獨裁博薩卡對犯人也割耳朵、砍手肢、讓獅子吃政治犯人，他和阿明一樣，也吃人肉。

專制國家多效暴政專橫，世稱博薩卡禁止使用「民主」、「選舉」等字眼，杜絕任何批評和建議。

土耳其總統霍帕夏在 1913 年到 1918 年間就屠殺 160 － 250 萬人，其中包括對亞美尼亞大屠殺。

專制都是追求權威，因此開疆拓土和威懾鎮控是常見手段，理論有「普天之下，莫非王土，率土之濱，莫非王臣」，史實有秦開五嶺，漢逐匈奴，唐征東夷朝鮮等等。世間皇上吼一聲，刀一舉，普天下就會服服貼貼聽話。

（三）機理和原因

集權制的缺陷機理和原因簡單可用幾句話表述；一是人類存在自私，自私最典型是體現在權力上。二是社會的缺陷是追求權力膨脹或權力私有造成。有無治權機制就成社會優劣的風向標。三是絕對權力和權力私有必出現爭權、維權舉惜，這些舉措即是社會缺陷的殺手鐧。四是集權制系自私量身定做的，集權離不開名利鎖心影子。於是出現有一方企求任何人不能永遠當皇，另一強方則稱我要當你敢怎麼樣？這就是本質規律、因果規律，又是社會寡婦孤兒的源泉地。

社會的優劣不是自天而降，而是人類選擇不同遊戲模式的結果。考究和大量事實表明，集權制的缺陷機理和原因主要有：

首先，本質和特徵決定。

前面已提，社會的優劣是遵循因果定律；即栽什麼樹結什麼果。

集權制是視權力為私有，奉利益、榮譽和欲望為靶標，其結果必然產生包括上節所論的集權性弊病、護權性弊病和嗜利性弊病等就湧現。奪得權力後又千方百計提防他人奪走而專心致志做護權功。這麼說奪權和護權也不是省油燈；爭權需要講權術、講假話、要耗費社會資源和百姓生命；護權需要皇上有絕對權力、效征服民心，把控民禁言、愚民和權術當成治國良策。換言之，無論是爭權或護權，皇上都在做陰私絕活；都要哄人壓人說假話，百姓總有沒完沒了的納稅服徭和忍氣吞聲。這就是社會缺陷的真諦。總之，集權制是權力矛盾總根，又無法克服遊戲缺陷。是社會缺陷重磅炸彈。

其次，缺少社會優化及糾錯力。

社會優化的內容很多，這裡指權利不受創；文化語言習俗不受損；無腐朽叢生；無民風頹廢四要件。達到優化環境是需要條件的，其中重要一條是提供優化平臺，即千方百計挖掘人類潛能，讓人自由講話；使人的聰明才智能發揮作用，存在的問題能發現糾正。

依據上述要求和條件，集權制無法做到滿足；一是集權制效大權集於一身，是拍著腦袋說一無二，周圍的官員只有拍手吹捧絕無存疑，決策缺論證，成了一家管見而罕有集思廣益，以一人之見怎能提升決策品質呢？二是集權講究維權維穩，不許存有異見、不許「抹黑」、追求步調一致，講究同一聲音等等，社會成一潭死水，群策群力無法報國，社會激勵和糾錯機制被撲滅。全社會按一個聲音說話、社會何能除弊優化？三是優化和糾錯平臺需要有爭鳴和言論自由，這犯了權貴者的傷疤，參政議政又與絕對權威相違，良法也變成垃圾了，這些已在前面討論。

再次，治權和施政缺陷。

優化社會需攻克兩大難題；即治權有方和施政優良。恰恰是這兩點，集權制翻船了。

前人對治權膨脹的良方是；一是制權，效權力相互制約和有效監督；二是優化官員錄用。

《西遊記》裡的孫悟空法術無邊，處處逞雄犯禁，如來佛只好給他用個「緊箍」，一有犯禁唐僧就念緊箍咒讓孫悟空必須守誠。同理，當權力猛虎不受制約沖出鐵籠就會肆虐社會。故治權是社會優劣的核心。權力不能一家獨大、不能缺少監督，需有包括法律、公民、媒體監督，不能奉「自查自糾」成一條「治官」經典，左手管右手，使官員攜小三無人敢微詞，腐朽就冒出來了。

治權另一缺陷是錄官缺少競爭。錄用的官員不在於德和才，而在聽話及利益關係，凡皇親國戚、親朋死黨，均能分到一份官票美羹。結果，存優劣不分。燒香拜佛者走運，成功者不在德才而在天時地利人和。讓有識有才之士拒於施展舞臺之外，大量優秀人才被埋沒和浪費了，致庸官貪官變成掌上明珠。這樣，擇官效任人唯親，官層無法優選，使舉政力不高，施政力就大大減色，無法興利除弊。造成政治意識恐怖、同化愚化、禁言禁行、開疆拓土、征剿夷蠻、統語言統習俗等等就由餿主意拍腦袋出籠了。社會呈低水準低分化保守運轉。

監督和擇優無疑是要劉邦讓出「皇位」，任何權力陰私者都無法接受的。集權制根本談不上有治權機制。所以說，世稱「絕對權力，絕對腐朽」一點也不假。

最後，缺少號召力和引力。

良好社會需要有號召力和引力支撐。缺少它就變成名不正，言不順，無法引領社會帶進優良和諧。但具號召力和引力需要條件的：

一是無陰私，不存求權私有。一是讓人講話，言行無禁忌。有辯論是非自由。一是社會環境優良，屬民權大官權小，百姓

能批評皇上，有選舉和治權機制，有激勵糾錯等舉政機制，錄官擇優，不含悖論，沒有殺雞儆猴等現象。評判社會優劣可參考是否有三能、三有和三無；即能解釋、能辯論、能批評；有民選官、有言論自由、有參政議政；無言行不一、無意識恐怖、無陰私。

　　現實是權貴者求陰私，為掩蓋陰私又大講權術講假活，致真理不存、是非不分，結果百姓深知受忽悠而湧現上樑不正下樑歪，社會誠信大廈崩塌了！另一方面，權力私有和禁言禁行無論怎樣詭辯和掩蓋都無法擺平「私」字，無法回答當皇僅僅只是你或你的家族而不能是別人？無法解釋為何總是捂人嘴巴不准辯論？僅僅是一句為何不能批評皇上的問話，強權者就啞口無言了。大贊皇恩和隱私禁區悖論成了「名不正言不順」。治國大旗無法撐起，百姓心中浮起迷茫。

　　號召力和引力的喪失常常是民風衰敗引起；良好社會是賴於好民風維繫。但集權和「以術治國」破壞了好民風。孔子倡「為政以德」，主張德治和禮治，孟子也講「民為貴，社稷次之，君為輕」的主張，盡顯了儒家仁愛的風采。成為我國數千年不絕於耳的口號。可是，說歸說，做歸做。國人先天的私、後天的愚及「天下是我打」形如固若金湯的城堡催生了集權模式。「天下是我打」和「民為貴」的對壘中，必然是儒家敗走麥城，若大的天下尚無「天下是我」改為「民為貴」的先例，口水敵不過大刀。這樣，天下悲劇也在這裡；權貴者一面振振有詞念儒家的「民為貴」，一面又是魚肉百姓為樂及行「天下聽我」。社會就存在言行分離的悖論，一方是孔孟的仁義白臉，一方是帝王「這是屬我」的黑臉，老百姓身感被忽悠而懷疑孔孟仁義的大旗，社會信仰真理不存了。況且權貴者穿上龍袍後，大施權術予小恩小惠令文人土豪紛紛舉旗「招安」，文人搖身一變成了「君權神授」、「忠君愛國」、「大一統」及「尊卑貴賤」的吹鼓手，文人選擇「五斗米」而非「不折腰」。於是白臉黑臉及口是心非遍地成災。有言行分離的社會就無法進步，就有短斤少兩，就有樹自私為旗，當然無人相信孔孟等人

豪言壯語的高調。當風向標大旗讓人們心靈失去敬仰時，風向標大旗的引力不存在了，變成了天良有多少斤重？獸性思維洪水就像潰壩那樣氾濫成災，好民風沒有了。可以這樣斷言；講權術無誠信的民族是缺民族精神而待斃。

（四）結論

縱觀上言，社會缺陷歸根在於三點；一是根為陰私；二是由私選陰私集權制；三是集權制舉政效強權護權維權產生嚴重缺陷，致國家和國民深受其害。一句話，就是存官民矛盾，官方多占了百姓蛋糕。解決矛盾需要權貴者讓出部分蛋糕，但秦皇舉起大刀說「不」，形成了社會缺陷。

社會缺陷已是吵吵嚷嚷數千年，吵鬧也形成兩大派，一派主張仁政，彼此都按遊戲規矩出牌領回自己哪份應得的果果；另一派卻因自私效專制暴政，主張以達爾文優勝劣汰法則分蛋糕，比照獸性魔王亮出刀和劍，為維護既得利益不惜講歪理、講權術和講謊話。將人類最精華的需求包括權力，利益和榮譽囊括占為已有，這種私心必然與百姓追求「平分蛋糕」期望相違，官民的矛盾就顯現。社會缺陷當然要爆出。

集權制僅僅是一種幼稚愚性低級的追求，其謬誤把眼前當久遠，把現象當本質，把低劣視為優秀，無論如何，隨社會的發展絕沒有人迷戀「一切聽我」，絕不接受不許爭論不許「亂講」，不相信「舌尖上的肉」是人類最大需求……當人們都明白答案後就會意識到自已該選什麼，空喊我的遊戲是最佳無濟於事。上面所提的「阿拉伯之春」等即是生動的答題。

集權製造成的弊病已在前面詳述，簡而言之就是上述的四大絕症，其中我們認為言行分離致民風衰敗及愚性教育最為突出，出門的母親都會告誡小兒子不要吃陌生人的東西一語是多麼可悲；教育出來的孩子只有聽話沒有問話缺少免疫力缺思維力更可怕；官權越來越大則百姓權力越來越小，提意見的風險就越來越高，我們的父母官卻高贊「緘默症」是盛世的花環。這種結局和誤識，應是伸頭窗外借鑒外風反省反省自己的選擇

了，「皇帝的新衣」理念只是誤國害民。

如果我們調查，會發現權貴者忽悠百姓的拿手好戲是張冠李戴、移花接木術，不講人類最重要的精神需求，專論次要的特定性「經濟騰飛」，把「舌尖上的牛肉」講得有鼻有眼，權術將專制陰私掩蓋成天衣無縫並稱是最優的遊戲模式。

四、遊戲模式的優劣和評估

社會依權力的不同配置分集權強權制和民主共和制，其中又有亞里斯多德分類法、孟德斯鳩分類法、伯哲士分類法等。我們要討論是前兩種體制對社會和母語的影響。當前問題是；每種遊戲模式都自稱自己的模式是最優，其他模式是低劣，形成王婆賣瓜自賣自誇。百姓的判斷也依「勝為王，敗為寇」定奪，誰有權誰是真理，出現秦皇好民主壞的聲音。所以，評判遊戲模式需要有指導思想、有評判內容和標準，不致是非不分。指導思想就是前面所說的講科學講事實，不效「空對空」；評判內容指比本質；比主要矛盾的糾正力度；比事實；比細節等。說什麼經濟基礎決定社會性質云云，不如回答能不能批評皇上，能不能個人辦報紙等更有價值。我們認為，評判社會優或劣，可依性質、奉效文化和理念、民權的地位、體制的優化四個評判維度作參照物；具體的評判方法如下：

1、真理引力的差別

真理最具評判是非和最具引力功能，真理常因陰私權術干擾而面目全非，但只要放在能不能有自由批評皇上，能不能自由辦報的天秤上衡量就一清二楚。以這點作參照物，民主制能做到而官權模式做不到，兩者真理引力有差別。

2、體制模式的性質、特徵

官權模式是源於人類自私和缺少制約自私而形成，既然起點是自私，必然追求「權和利私有化」，出現「天下是老子打，皇位是老子坐」的理念。權力不僅限於一派一人，且要千秋萬

代壟斷。其特徵主要是：

（1）國家或意識形態（宗教或黨派）永遠是第一。護權機制異常發達。護權以權術、人身控制、利益教育等為取向。

（2）權力源自暴力或繼承獲得，權力為一人或某集團永遠佔有。不允許其它黨或他人執政。

（3）金字塔式的組織和權力，皇帝權力至高無上。施政以政府意志為優先。

（4）安全量重於自由，人民不自由。

（5）官本位制取向，追求私利最大化。

從特徵可知，強權追求權力私有、權力無限大和強化護權，與上述的社會完善條件「優化權力、制權、護人權、糾錯激勵」的要求相違，社會環境不但無法優化反而加劇腐朽。

民意社會則不同，其特點是：

（1）主權在民的原則，各種公權由人民授予。權力來自民選，堵住爭權奪利大門，有任期制，受選民和議會制約，官員的來源得到優化。

（2）人民享有基本人權。全社會呈開放狀態，少有保密，無禁區，無控言論，無控資訊。公民有參政議政管道。

（3）社會不存突出政治意識需求，無突出政治意識弊病。無護權維權綜合鏈缺陷。人民享有最大的自由，不妨礙他人權利的行為法律不得禁止。

（4）防止權力濫用，包括三權分立和自治模式。

（5）優化完善力；崇尚良性競爭和優化社會，倡社會自治，效百家爭鳴，以調查問題，探討問題為時尚，不斷解決新問題，公民有監督參政空間。

民權模式是廢皇權推行選票，政治意識形態就成歷史垃圾，左一個禁，右一個打的意識形態魔刀就不會顯現。

　　從上面的特徵對比，民權模式和官權模式的區別在於：權力來源不同；前者是由民選，後者是靠武力獲得。有制權監督和無制權監督的不同；有突出政治意識和無突出政治意識的不同；有社會透明和不透明的不同。公民的權利不同；民權模式是尊重公民權利，官權模式則要公民權利服從黨派或國家利益，實質就是服從最高統帥。權力的管理不同；前者是效放權，防止權力過大，後者則效控權，實行一人說了算，無人監督，無人管。

　　從上面兩者的性質和特徵分析可知；有或沒有的不同，就決定了母語生存取向，僅僅是護權而效「統語言統習俗」，母語就有亮紅牌。

　　由此可知，權力有約束或無約束產生截然不同的結果；利益不同，官權模式是利於執政者而民權模式是不利於執政者利益。所以，落後國家崇尚私利多效官權模式；風氣不同，官權模式效絕對集權無監督，出現絕對權力絕對腐敗。民權模式的權力受制約，腐朽空間較小，法國總統施羅德的弟弟失業多年，施羅德不敢以權力為弟弟謀一職糊口。反之，史達林一人就簽發死令達 681692 人，柬埔寨波爾布特為了奪取政權，殺了上百萬無辜平民，其中華人 43 萬，被殺 4.5 萬，2 萬越南人全被殺，泰人 2 萬被殺 8000 人……這就是有制權和無制權的不同結果。

3、權力的優化

　　所謂權力優化，一指最高執政者是真正民選，一指各級官員效擇優錄用，一指優化監督及廢除官員錄用終身制。

　　遊戲模式優劣與治權機制關係最大，治權機制的缺陷是官權模式最大的敗筆；

　　（1）集權和終身制；集權的背景是靠武力取天下，皇帝是槍打出來而不是選出來，無論是皇上或官員，都具絕對權威，又靠武力和權術守天下，形成遊戲模式的特徵大權集一身，無人監督。權力不能制約；老百姓怕官而不是官怕老百姓，官場

腐朽老百姓不敢冒微詞，變成絕對權力產生絕對腐敗。出現爭權，前蘇聯有史達林和布哈林互鬥，結果布哈林被殺。國民中又搞大清洗，上百萬人成了亡靈。漢代也有為權出現七國（王）之亂；出現濫用權力，柬埔寨波爾布特為了鞏固自已政權，以階級鬥爭為名，殺害了上百萬平民；出現皇權和民權的矛盾，百姓希望有「論古非今」、有言論自由。皇上則要保權維穩，不許妄為犯上。因此，慈禧太后殺譚嗣同、林旭等六君子，原因就是這裡。當皇權無限大時，百姓的聲音就少有了，社會失去了營養和動力。出現官員權力膨脹不受制約。凡效集權，必然有官大壓死人，出現一把手說一不二、二把手說二不一、三把手說三道四、四把手是是是、五六七八九把手、光做筆記不張口。一把手成了太上皇，誰都管不了，一個小小村支書，能貪污上億元，絕不是群眾不懂，而是群眾怕官。

　　集權模式效絕對權力和終身製造成權力失控的缺陷，這和開運動會一樣，運動員選擇裁判是民主，又當運動會籌辦者，又當裁判員，又當運動員是專制，專制具三權在身，運動會就不存公平，誰都管不了三權在身的運動員。

　　（2）官員選錄體制落後，凡是官權模式，均無法解決官員選拔缺陷，古今都是如此，漢代之前，是同鄉、朋友、熟人的衣裙關係優先錄用，漢至初唐改士族制，官員選自豪門大族，出現「非士不錄」，唐到清末千多年，又改科舉制，效「學而優則仕」，誰的文章好誰就能當官。辛亥革命後又轉回漢代前模式，只是手法隱蔽，當講政治風後，又與立場穩定、鬥爭性強掛勾，數千年的官員選拔均無法做到優化。造成施政能力低下，出現喊口號搞運動當政績。

　　（3）官員素質不高，官員的選拔面狹窄：官權模式的官員選拔只能在幹部隊伍中選，幹部中又以政治面貌為選（派系成員）。政治基礎相同又在關係鏈中選，這就出現大弊病：一是官員來源面窄，無法有效優選，二是無競爭，官權模式的官員是裙帶關係，錄用升遷依靠山、以印象為是，出現優敗劣勝。出現庸官貪官。三是存在逆淘汰，能言善道才有機會升官，忠

厚寡言的優者則靠邊站。

（4）官場執政低效率；官權模式的官員有進無出為終身制，形成官多兵少，做事的人少而閒職的人多。某高校有一諺語稱「校級幹部一走廊，處級幹部一禮堂，科級幹部一操場」，對選錄幹部又有諺語稱：能喝半斤喝八兩，這樣的幹部要培養。能喝一斤喝八兩，這樣的幹部要商量。能喝八兩喝一斤，這樣的幹部我放心。由此可知，官員任用機制的落後影響了國家的執政能力，出現了種種弊病。

（5）權力缺少有效監督；優化權力另一內容是監督，主要內容有；百姓監督、媒體監督和法律監督。良好監督的條件一是過程透明、二是材料公開、三是有參與監督管道和條件。如果事事效保密、百姓無法瞭解原由和真相，也無法參與監督活動，那麼，監督就成一句空話。四是監督有法律政策及措施保障。否則監督僅是一紙空文。前蘇聯政界理論界談起監督滔滔不絕，卻很少有法律政策及措施面市，變成只講不做。結果出現史達林個人迷信，上百萬人成了史達林大清洗的亡靈。因此，官場中流行「有權不用，過期無效」的名言，實是缺少監督的析射。

4、模式的完善力

模式的完善力靠理念和文化基石；如果我們留意，會發現社會存因果規律；例落後的文化選擇落後的陰私思想；落後的陰私思想選擇落後的集權體制；落後的集權體制必維護既得利益；護利必先護權；護權重在防異心；於是出現以防異心為主的護權治國、利益教育治國、權術治國、政治意識治國和官本位制治國等等理念，講權術、講禁忌、講意識形態、求同化、求統語言統習俗成了重要國策。其中禁言控行影響最大。社會的發展靠激勵和糾錯擇優運行，禁言控行阻礙了激勵糾錯的作用。由此可知，模式完善力優或劣，決定於其性質，當效官權模式時，皇上是不許「抹黑」的。缺少「抹黑」就無法糾錯。

由於官權模式效權力高度集中，無人監督，百姓無權問

政，造成腐朽叢生，主要表現在如下幾方面：

（1）呵護母語生存困難，無法克服一統思維致母語衰敗。

（2）私心強烈，無法克服絕對權威絕對腐敗規律，無法做到不講權術。

（3）無法克服爭權奪利，無法糾正社會矛盾及悖論，缺少真理、引力和號召力。

（4）為私利不能樹真理和權利公平，無法舉真理教育只能效利益教育。

（5）缺少激勵機制和有效糾錯機制，優良無法嶄露、謬誤不能克服。

（6）無法做到以民心治國，而是戴帽子打棍子以威懾和權術治國。

集權制歸納有四大絕症，一是權力腐朽，二是社會腐朽，三是理論和信仰真空，四是言行分離，使誠信貶值和權術漲價，社會道德水準下降。集權制的缺陷尚表現在自信力下降；即怕權力旁落，怕民主和怕直選，怕講人權和言論自由，怕不同政見，怕公投和示威，怕民辦報紙，怕公開辯論，怕公開透明，怕批評揭露，怕講具體，怕對比，怕方言和多元化。因為怕，只好舉起棍棒吆喝。

我們認為，國家要從亂到治，由衰變盛，一是有大旗支撐，一是有優良治國理法。集權制奉私為旗，宛如將秦皇當楷模，視妓女為聖母，本身就缺號召力，集權制撐起的大旗能有誰敬畏？集權制的陰私怪胎，又培育出兩種絕症；一是治國理念缺陷，一是治國方法缺陷；前者追求愚民控民，認為阿斗比諸葛亮更聽話，更放心，更利維穩。後者奉駕馭術尤其是威懾術當成治國「尚方寶劍」，認為高吭一聲會使頑童屁滾尿流。這些治標不治本的治國理法實際是幼稚的低智商，其害處是一旦離開保姆式員警式的舉政環境後，國民因缺免疫力成了一群暴民。一些國家轉型後出現大範圍的倫理道德崩潰，其深層機

理是員警不在，小偷就來了。集權制念不好佛經，根在於它也不信佛。

　　陰私是一個先天的傷疤，皇上為了掩蓋傷疤和鞏固皇位，又絞盡心思借助權術、同化、愚化、強化意識、禁言禁行等等加以修補。儘管使盡吸奶之力絕無回天之功，傷疤仍是依舊。其結果仍是整個社會信仰危機。所以，我們可以這樣斷言；集權模式是效以利求權、以武謀權、以術維權，即一切以利益為宗旨。集權模式是為陰私而量身定做的。只有選擇以權制權時，和尚才能按固有的版本念經而不敢念歪經。

5、優化的範例

　　民權模式和官權模式不同，其權力不是來自武力而是靠民選。這樣，它鏟斷了人們自私的源頭，沒有提供爭權奪權的舞臺，使曹操掃興空歸。

　　民主體制百年來在我國被文人炒作和爭吵最多，民主自由常常被妖魔化。出現不同的看法實質是缺少比什麼？缺少怎樣比的能力。實際上最簡單的鑒別是百姓能不能批評皇上或政府，韓國百姓有喊朴槿惠下臺，朝鮮百姓能不能對金家說不？前面已提，集權體制無法有效治權和管理，出現集權護權等弊病。為克服集權體制的缺陷，人們想方設法制約權力，民主體制便應運而生，依據存在的缺陷，十七、十八世紀哲人洛克、孟德斯鳩。盧梭等人通過研究專制存在的弊病，提出專制制度的矛盾根本在於權力不能平衡，使致有私心的人獲取政權後謀私利，於是提出民主制度。其總根是效分權制權，讓權力「關在鐵籠裡」。

　　民權模式為何能把權力關在鐵籠？其理是：人類社會可將權力分為公權性和私權性社會，前者修訂有完善的遊戲規則，奉事透明、公開、官員都要在陽光下說話，加之法律監督、媒體監督。法律又完善，有立法、司法、執法三權分立，公民又享有知情權、表達權、監督權，能享有言論自由、遊行、示威自由等等。更重要是，最高官是選民選舉的，做好做差由選民

判斷，且有任期，這樣，官員沒有必要也沒有機會通過用詭騙來謀取權力和利益。能有的僅是一些雞毛蒜皮。

依民主體制的特徵，使民權模式和官權模式有明顯區別。

其一，社會無強化意識形態存在。意識形態本質是鎮壓百姓的理論依據。「抹黑」是戮殺百姓的毒刀。當社會只講選票，就沒有必要講突出政治，老百姓的精神枷鎖就獲解除，不用擔心這是毒草，那是牛鬼了。

其二，論理與言行吻合，真理和信仰沒有發生真空，集權制度推行一切為政治服務，推行權術，結果是講一套，做另一套。總目的都是為獲取權力和鞏固權力。當權力憑選票定是非時，突出政治便消失，整個權力也不需要武力和權術來維護，而是要討好選民。

其三，百姓的扭曲心靈得以糾正。當講究政治意識時，百姓就有違心說話，培養成表裡不一，培養成自私，實質是百姓異化的自我保護，老百姓不這樣做就無法生存. 當社會崇尚選票，不講政治意識時，則加在百姓身上的異化要素被剷除。百姓不必要拐彎抹角講話。社會求真理、講事實被推到聖壇，相互探討，相互爭鳴使真善美和假惡醜得到澄清，社會道德回歸正道。

從民主體制的特徵可知，它符合了社會優化條件的要求。民主制最大的價值在於：糾正了集權性弊病，官權模式絕大部分的弊病源自集權，當權力由選民決定後，爭權奪利，玩弄權術、買官賣官、缺官員優化空間、缺監督政府空間、集權產生的悖論等等弊病得以糾正。社會不存利用權術、利用武力謀取權力，全社會在陽光下活動，不再有講一套做一套，上下都在追求真理，社會運轉呈良性迴圈。從 2000 年至 2011 年 10 年間，日本換了七個首相，除小泉外，其餘的首相任職僅一年，最短的鳩山由紀夫僅 9 個月。1989 年竹下登首相因裡庫路特案醜聞下臺，繼任者宇野宗佑又在上任第 3 天被曝出桃色新聞於 69 天後下臺。1996 年柯林頓連任後，被曝與白宮實習生萊

溫斯基有染，結果遭國會彈劾動議，成為第三位遭國會彈劾的總統，幸好在參議院未通過。這說明，在民主社會當首腦，絕不是件輕鬆的享樂事。選票醫治了集權病症。

由於民主制度的特徵和現實意義，使它在實際社會中發揮了作用。

2010 年 4 月 22 日，比利時首相萊特姆被迫辭職，後各政黨爭執不休，無法選定首相。國家處無政府狀態達一年七個月。但國家運轉依舊。各國首腦如期在布魯塞爾開國際會議。2010年比利時尚當半年的歐盟輪值主席，期間歐盟運轉正常，老百姓照常按時上班。公務員薪金照發，交通、油價、稅收、退休金和最低工資得到調整。百年一遇的冰雪災害得到及時抵抗。

2013 年，美國出現政府關門事件，同年底特律市政府又破產，和比利時一樣，美國政府關門後郵局照常營業，員警一樣執勤，老年退休金照領，底特律市破產影響百姓生活不大。對比之下，我們卻要為「藍風箏」「爸爸」等影片而擔心社會不穩，擔心趙本山「地痞文化」致天下大亂，體制的是是非非，人們心中會有數。

當然，集權體制也絕非是一無是處，而民主制也非是完美無缺。各都有長短，但以主次、數字觀來審視，則不能將多少混淆不分。權術者常玩弄數位遊戲，常說：「你也有不乾淨呀。」顯然，這是雞蛋挑骨頭術。

民主制的缺陷在於：民主制需有良好公民素質，當社會落後，公民民主意識低，民主制難以實行，當在戰亂，互為爭權奪利時，民主制無法與專制抗衡，戰亂時代需要大權集中。講權術，不講真理，專制在權力角逐中要比民主制佔優勢。

集權體制是當權者擁有無限大的權力，能滿足自私要求。另一方面，專制能帶來權威和榮譽。專制效強政府，軍事優先，權術優先，當在亂世或意外事件時常處優勢地位，薩達姆時代的伊拉克、伊朗、朝鮮等國，個個國家均是兵強馬壯、讓世界刮目相待。

綜上所言，社會體制分公權或私權，由於其權力的物件不同，產生的社會效益也不同。私權體制是大權集一身，又與自私天性結合為一體，形如沒有牢籠的猛虎，出現絕對權力，絕對腐朽。而公權體制把權力關在籠裡，猛虎就無法傷人。

五、 當代對優化社會的認識

多年來，大凡一提民主，人們普遍認為是洪水猛獸群起而攻之，貼上標籤是資產階級陳詞濫調。這都是左的後遺症，是對當代政治的誤解。孫旭培先生曾著文詳細介紹我黨民主觀點。

抗戰後，毛澤東就猛烈評擊國民黨一黨獨裁專政；1942年 2 月的「向國民黨的十點要求」中稱國民黨是「言論不自由」，「黨禁不開放」，要求國民黨「開放黨禁，扶植輿論」，1943 年要求國民黨「誠意實行真正民主憲法，廢除一個黨，一個主義，一個領袖的法西斯獨裁統治」，「開放言論，集會、結社自由，廢除國民黨一黨專政」，1945 年毛在七大報告稱「人民的言論、出版、集會、結社、思想信仰和身體這幾項自由，是最重要的自由」，同年 4 月「論聯合政府」和 1949 年答路透社記者甘貝爾也一再強調民主的意義，毛對甘稱；自由民主的中國將是這樣的國家，它的各級政府（是）……無記名的選舉所產生，並向選舉它們的人民負責，它將實行孫中山先生的三民主義，林肯的民有、民治、民享的原則和羅斯福的四大自由……。由此可知，毛澤東是肯定民主和崇尚民主的。

在黨報宣傳中，也將民主當成重點來宣傳，從 1940 年 1月至 1947 年 3 月間，「新華日報」「解放日報」發表的社論、短評等文章中，涉及民主、自由言論的文章有 102 篇，其中「新華日報」就占 86 篇，涉及民主有 63 篇，涉及自由有 23 篇，涉及兩者內容有 16 篇．部分的文題有：

（1）「人民文化低，就不能實行民選嗎？」

（2）「一黨專政反民主，共產黨絕不搞一黨專政。」

（3）「政黨本身不是權力機關，不能凌駕於群眾和政府之上。」

（4）「新聞自由——民主的基礎。」

（5）「一黨獨裁，遍地是災。」

（6）「是民主還是獨裁就看有無言論自由。」

　　從上可知，當今人們將民主和自由視為異端和反叛，實是意識形態敏感症造成。開國初，國家對民主和自由就很重視，國家副主席六人中民主人士就占一半，這就是一例。令人高興是；我國已將自由民主當作價值觀內容了。我們提倡優化社會，僅僅是企望給母語有個生存的平臺，提倡寬容政治，愛護母語，不應持草木皆兵而惶惶恐恐對待母語。

第五節 母語搶救的路徑

一、概述；

語言是人類交流的載體，方言是群體身份的名片。可以這樣說，母語是每個人思想、人格、智慧的象徵。偉大的民族都有愛自己母語的民族，不承認自己的先祖。對母語冷漠，不愛家鄉，不親故人的民族基本是被歷史淘汰。匈奴人、鮮卑人就是如此。而猶太人卻能將已亡失兩千多年的母語奇蹟性復活，讓世人目瞪口呆，贏得了世人的敬重。鮮卑人與猶太人的相提並論，人們自有評說，這就是母語名片的意義。正因語言具有無比的社會價值，是人類最寶貴的文化遺產，1999 年聯合國教科文組織提出每年 2 月 21 日定為母語節，只是我們淡化方言，對母語節不瞭解。

母語衰微的現象在前面已討論，語衰的特點是人多面廣，人口上億；語衰發展快，如果不採取有效保護措施，40 年內會基本瀕亡；搶救難度巨大、阻力大、缺少行政干預、法律及政策措施是無法挽救母語瀕亡的。

對母語的瀕危，存在一個怪現象；在國內，粵語、閩語、吳語是大本營，生存條件竟比國外差，馬來西亞粵語群體的小孩依然操濃濃母語，但在國內部分地區卻不見母語影子。另一怪現象是熱國家國族冷民族群族；國家形象可以大講特講，群族方言不能越雷池，否則招來狹隘地方主義之患。這種反常現象值得世人反思。

二、母語與社會環境的關係

母語存亡影響的因素雖然很多，但主要是社會體制。美國、新加坡、馬來西亞的粵話能長存不衰，為何在國內又大受影響？就是在同一地方，解放前的粵語少有衰微，而今僅僅十多年間像塌方一樣大片大片改操強勢語言了，最能說明問題是；

解放前在方言區，買賣間不用方言是無法做生意，時至今日則顛倒過來，買賣間不操國語無法使生意做強做大。出現這種反常原因何在？也許有人回答稱當今的買賣市場中南北交流比以前多，這句話僅對小部分，鄉間裡的小學生幼稚園沒有外來人，是清一色土生土長，但孩兒們同樣操國語，不講母語。同理，臺灣和香港都是方言區，臺灣人的母語受政治干預較多，而香港人的母語受政治干預極少，粵語被定為官方語言。結果，出現香港粵語盛臺灣閩客語衰的現象，佐證母語受社會體制政策影響極大。

顯而易見，母語衰微總根是人類自私，自私出現「非我族類，其心必異」和一統思想，這種思想時時刻刻在發酵並左右社會體制及方針政策，用同化思維來維護既得利益。在解放前中央權力是有限，地方割據劇烈，上下政令不暢，中央成了一尊菩薩，無法施展有效同化政策措施．解放後則不同，國家已是高度統一，上下全效紅頭文件辦事，那麼，「推普」就成一件輕而易舉區區小事，當「推普」視成神聖國策，則每個官員必是盡責盡力彰顯政績，爭當「推普」第一功。因此，冷母語和母語衰微就出現。所以說，體制及政策是決定母語的存亡興衰。

三、語衰原因

對於方言母語衰微，人們總希望尋根求源，以圖對症施治。然而母語衰微的原因是多方面的，本書在前面總結母語衰微主要提及是母語意識喪失、獸性思維、負性文化、誤識誤判、母語生存環境惡劣等為五大原因，其中負性文化、中原南遷和獸性思維最典型；這些原因屬宏觀問題，而微觀具體問題則更多，除第二章二節及第三章提及的生存條件不良、歷朝封建洗腦術、落後的叢林思維影響及找到遺棄母語的理由等因之外，尚與自我完善能力及母語生存條件等要素有關：

母語生存條件，其內容主要有四：一是應用母語、二是熱愛母語、三是研究母語、四是有法律和措施保障母語。自我完

善能力就是能滿足應用、熱愛、研究和保障母語的條件要求。當今的母語瀕危，是母語生存四條件不具任何一條。

應用母語，就是方言區要用母語交流，母語只有在應用交流中才能不斷完善和發展。滿語、土家語等之所以瀕危，是由於人們不戀母語不講母語而造成用進廢退使母語萎縮。今天的瑤語壯語，同樣作一場報告內容，30多年前母語率占達70％以上，而今母語率不超50％，很多表達都要借用漢語。解放前的輪（火）船、火柴、槍、西瓜、玉米等外來名詞都有壯譯名，而新出現的飛機、火車、咖啡、喇叭等外來名詞就沒有壯譯名了。

不愛母語，母語冷漠症在前面已討論。歷代封建統治出於利益需要，將方言妖魔化，稱方言不是鳥語就是低俗之音，尤其是南人精英，絕大多數的人認為母語瀕亡是件幸事，或是麻木不仁事不關己。他們說；「別多想，能吃飽就是阿彌托佛。」

中原南遷說能獲眾多的人首肯並成鐵案，50萬人「南遷說」、壯民族的「狄青後裔」說，閩人的「衣冠八族」說等等能使人深信無疑，絕非是偶然的，根是不愛母語。凡稍有中原影子，就不分青紅皂白全盤認定中原說。絕不問個為什麼，有無事實根據。顯然是人們的思想已像中邪著魔那樣無條件盲從了。

研究母語，就要設有語言研究所、語言刊物、語言院校等等。旨在研究語言存在的問題、提高語言的表達力，宣傳母語的功能等等，母語在不斷探討和宣傳中獲得進一步提升。如果母語存在問題不能講，南遷說不給質疑，母語生存將受挑戰。

保護母語不能僅僅停留在口號上，應該制定相應法律保護。並設有強有力的衛護機構、研究機構和母語傳媒機構等。當今母語缺權利缺法律保障的現象相當常見；就業、就學、政府機關用語、學校用語及媒體用語等等基本全用國語，以國語參考或以國語表達力定優劣，所以人們說；「學母語有啥用」？在臺灣，母語受歧視也常見，1945年回歸後即推行國語棄日

語，1949 年規定公共場所用國語，禁方言。1949 年——1954
年在小學講方言受罰，1956 年明令在學校禁用方言。

　　實際上，母語衰微總根在於自私，因自私就有追求權力，
出現專制，有專制必然追求一統，一統必然效統語言統習俗作
鞏固凝集力。這就是數千年來封建統治無聲無息默默策劃的陷
阱是以犧牲他人母語為代價換取提高凝集力和鞏固權力。母語
成了權力的犧牲品。

四、問題

　　因為危及母語生存的因素很多，使方言母語存在諸多問
題，主要是：

　　封建一統思維根深蒂固；推行叢林思維；缺少生存條件的
土壤。

　　一統思維對母語打擊最大，粵語在國外能生存，在國內反
而是衰微，顯然是一統作祟。一統又是叢林思維發酵，為鞏固
皇業，陰私者必絞盡腦汁，將開疆同化禁言禁行當成國策必是
不可缺少的菜譜，形成意識敏感症也對方言母語說「不」。母
語成了靶標。母語的生存土壤條件喪失了。

　　除此之外，與下面諸問題最為突出；

　　其一，搶救母語生存難度極大；一是母語冷漠症和母語無
用論嚴重氾濫。方言區對呵護母語已失去興趣；母語已成廉價
的處理品，有關母語的讀物基本不買帳。二是一統勢力強大無
邊，已是無法容允母語有生存空間，如效幼稚園母語教育、學
校雙語教學已是不可能。三是衛護母語聲言低微，當今南人百
姓已是安於向母語說再見，而南人精英更是求名利有餘，憂族
憂民不足或早已不存了。四是社會觀念質變；當今人們對社會
改革需求已顯無奈，因而從精神需求轉向物質追求，使致賭、
毒、喝及女人經成了人們和媒體強音符。這就是精神荒漠必然
歸宿。

其二，語言存在雅俗不同對待；弱勢群體母語受歧視相當常見。語言的選擇不是依需要而是按紅頭文件定調；方言區大力推廣官方語言而冷漠方言，媒體上見不到自己母語的聲音，學校只有單語教學而缺母語教學；也見不到對母語討論，母語的冷處理，使國內的粵方言、閩方言比國外生存條件還差。

其三，缺少事實和標準意識。這是誤識誤判最主要最常見的原因，也是權術者不講理的典型；庫爾德人在土耳其、伊拉克、伊朗、敘利亞等國都稱是該國國族，沒有庫爾德人存在，享有該國國民權益待遇，對照事實和標準卻不盡然；庫爾德人歷史是客觀存在、其種族是客觀存在、其語言是客觀存在、其習俗和地域也是客觀存在，從邏輯講，庫爾德一族不可能被解釋是幾個民族。庫爾德語言被禁、不能宣示自己文化和觀點、庫語存萎縮，國際多稱庫族是多難的民族；庫爾德人與權利標準相對照，庫爾德人不具一條。顯而易見，這幾個國家都在為私心講歪理。每個國家都在講權術放大與庫爾德人相似的部分，掩蓋或歪曲相異的部分，評判不依事實和標準，得出不存在庫爾德人的歪論。

五、救濟母語原則與方法

南方群體的方言母語問題，歸根結底是生存與發展問題，千言萬語都離不開母語為何衰微？要不要母語？為何又有倡國學國語限外語限方言現象？要呵護母語，如何與「一統意識」和「維穩意識」協調？

糾正方言及母語衰微，關鍵在於；須剷除存在的病根、淡化人類自私天性、淡化數千年「一統觀」；權力配置優化，效仿大眾政治，使官怕百姓而不是百姓怕官；效弱政府，強社會，讓百姓參政議政；奉真理教育棄利益教育。並切實遵循如下原則。

1. 端正思想，明方向和辨是非

思想要棄腐納新，弄清什麼是民族？什麼是權利？什麼是

尊嚴等概念，若尚弄不清，就很難對是非舉表決牌。

明方向先要解決什麼問題？目前主要是缺寬鬆環境和政策，「民族方言恐懼症」成了最大的障礙，稍涉及民族和方言問題，不是帶有色眼鏡就是打壓，使問題無法提出，呵護母語聲音缺少。寬鬆環境全賴於體制的優化，如果沒有高層放權，低層擴權，處處憑長官意志，則民族和方言的生存和發展沒有希望。

當前主要矛盾是方言有害無用論，方言已是流行上千上萬年無礙於交流，當今已是地球村、國語在國內及地球村也屬方言，為何獨有國語是無害有益呢？為何不倡用國際語呢？

2.寬政優先，推行自治文化

方言母語的生存，除自身因素外，環境因素更重要，許多弱勢語言得以存在，得益於有寬鬆不干預的環境。當今母語的衰微，根是「防異心」和「一統」思想存在，使方言母語在利益分配、社會文化、政策及舉措等等受邊緣化。一切都由紅頭文件定框框，方言母語失去了自身提升和完善平臺。因此，營造寬鬆讓自己人管自己文化，是解決克服母語衰微的良方。這在美國、英國、西班牙和瑞士等國都有成功的先例，香港也是樣板。國內民族自治沒有衛護母語作用，是缺少自治到位；一切按紅頭文件本本，從中央到地方一刀切，方言母語失去生存土壤。

3.崇尚理性，唯實唯真

人類社會的矛盾，總根是自私和愚性，誘因是形式和內容錯位，追求虛而不是求實用和真理，結果以虛代實，出現把統語言當成「治國安邦」。

如果我們回顧過去，數千年來北方遊牧民族為多分面子蛋糕，不斷兵犯中原，其結果沒有一個遊牧民族多分得面子蛋糕。都做了無用功。

朱元璋打天下後，一廢丞相，一設特務機關的都察院，集

權和鞏固權力達到頂峰；朱也不允許人們公開討論問題，社會的是非美醜只存一家之言，誰都不敢對朱元璋有微詞。使社會存在問題不能暴露，優劣無法鑒別，有才之士失去報國良機，整個社會僅靠一人居億萬人之上的思維模式治國，結果，大明帝國被李自成和清人推翻了。

伊斯蘭教的遜尼派和什葉派均奉穆罕默德為先知，穆罕默德死後便出現爭權奪利，什葉派認為絕對遵從古蘭經，奉有先知血統的阿里為繼承人；遜尼派則認為靈活對待古蘭經，以勞苦功高的人為繼承人。外人都會認為兩派分歧是區區小事，然而「要虛榮不要麵包」和務虛起發酵，彼此都為經典和繼承人的分歧使有一千多年兵戎相見不斷，古有駱駝之戰、隋芬之戰及拿赫魯宛之戰等等，當代有上世紀 80 年代的兩伊 8 年戰爭，結果，遜尼派的伊拉克死 18 萬人，傷 25 萬人，直接經濟損失達 3500 億美元；什葉派的伊朗死 70 萬人，傷 100 萬，直接經濟損失達 3000 億美元，僅德黑蘭就有 20 萬婦女失去丈夫，人類為一個空虛符號尚務虛而不尚理性付出了沉重的代價。

上面事實說明；北方遊牧民族、朱元璋及穆斯林等實質都是為爭當空虛符號的老大，愚昧地做了無用功。

4.批判一統文化等的負性作用

一統文化不是別的，是霸權文化和鞏固統治者權力的御用文化，其特點以自私指導，以個人意志為內容。凡是我的永遠是我，凡曾經是我的也屬我。凡不是我的也想要，將一統視為國強民富的象徵。例如，蒙古民族因歷史關係構成跨國民族，有人調查含蒙古血統的人群占全球人口 20％，即 15 億。一般認為當今蒙古民族有 1000 萬以上，其中蒙古國 280 萬，俄羅斯四個共和國 100 萬，阿富汗、伊朗蒙古後裔有 400 萬。在我國有 598 萬，應該說，蒙古民族跨國現象是正常的。可是國人卻以一統來審視稱蒙族是炎黃子孫的一部分，得出凡有蒙族的地區都是中國的版圖。於是網上有「蒙古回歸」的聲音不絕於耳。只要打入「蒙古回歸」搜索，成百上千的帖子跳入眼簾，有外蒙古多次要求「回歸中國」。有稱蒙古議會已有通過等等。

不僅如此，網上更有人提出大中華，即蒙古、越南、朝鮮、俄羅斯東亞地區，緬甸、老撾、琉球、尼泊爾、新加坡等應歸入中國版圖。有這種一統思維存在。人類的遊戲就無法進行了，要優化社會也受阻礙而舉步艱難。

優化社會，衛護母語。可參照二章四節社會標準內容，並補充如下幾點。

（1）群體間不存在客觀利益差異和國民待遇歧視。有良好的母語活動平臺。應用母語不受限、不歧視。

（2）社會結果公平，不存在自已利益受損，不存母語萎縮。影響母語的負性要素（負性文化、消極政策等）能克服或減少。社會發展與國際同步。

（3）社會效多元思想和多元文化。「一統」思想和「意識敏感症」要克服。

（4）在群體聚居地，應用或交流是母語。就業、就學、招幹、婚姻無歧視。

（5）有良好糾錯機制環境和參與優化母語的權利，百姓能有與母語互動的機會。

由此可知，當今母語萎縮的直接原因是母語缺少生存條件；缺少有好平臺、缺自我完善機制、缺發展要素等等，母語的生存空間就很小。

通過社會調查和總結經驗，要實現社會優化，保護母語，特提出如下幾點具體措施。

（1）提供優質的平臺，制定法律保護民族文化和母語；平臺需要有母語機構，有優良學術研究隊伍；保護民族文化需要有方言聚居地效母語交流和母語教學。

（2）強化公民的權利和優化理論。公民的權利應得保障。言論，資訊，各種看法條件優良，不扣上政治帽子打棍子。理論以普世價值為指導，重平等、自由、民主的內容具體化，民

主與集中沒有混淆。

（3）社會政體應有制權機制，不能讓權力集一身。防止絕對權力，絕對腐敗。

（4）主張弱政府，強社會，崇尚社會自治。務使政府關門後社會管理工作依然能正常運轉。仿效各國地方自治，港澳的高度自治，克服母語受損現象。

（5）樹真理教育，剷除政治意識教育，倡人性，除獸性。

優化社會意義是巨大的。英國移民到澳大利亞時，開始是按人頭計算運輸費，結果商船老闆在運輸途中將運輸的犯人丟下海，後來政府改為以到岸人數付費，克服了大量傷害無辜的現象。當今的導遊和醫院是以回扣為輔助經營模式。那麼，各種醜陋現象必然出現，同理，將一人在上，萬人在下的治國模式，也必然有「我是皇，誰敢動我」的聲音。所以，要不要優化事關社會優劣美醜的不同結果。

我們認為，母語的存亡是由社會干預環境造成，社會講究政治意識，母語就滅絕，反之就能生存。因此，搶救母語就得優化社會，這就是我們提出優化社會的初衷。

第七章 後記

第一節 艱難的抉擇

自己只是普通百姓，無奢望。只求無過能平安。但有一件事使人久久不能平靜，每天都碰見孩兒們不講母語而操起不土不洋的南普音，不僅令人啼笑皆非，也勾起無限的遐想，為什麼一定是國音？鄉音就不能有嗎？國音鄉音就不能共存嗎？厚此薄彼的原因在那裡？其結局是優是劣？如求世界大同，能否提倡國際語？這一幕幕的問號使人難以成眠和陣痛。曾千方百計避開這個幽靈尋求安靜的港灣。奇怪是，愈是避開愈是甩不脫，自己竟找不到甩開的理由，近期有許多人寫傳記面市，於是使自己眼前一亮，能不能也仿效他們那樣作自娛自樂，況且，民生和母語問題遠遠比個人傳記更有意義，甚少它提出這樣問題：我們要不要母語？要不要優化社會？

於是，自己鼓起勇氣闖進民族和方言的雷區，但苦惱接踵而至：一是能力有限，要駕馭諸多學科知識是相形見拙；一是條件有限，資料、時間和文字處理均成難題；一是環境苛刻，民族、方言諸問題受歷史和現實的影響，世人已視為不屑一顧，使有冷漠、疑惑出現，更多認為是無聊的傻事，因此，支持、認可、同情微乎其微，很難找到磋商、賜教、諮詢的酬報。曾求教於他們，幾乎都持反對我的傻行，有的瞪著驚恐的大眼望著發問：「想幹什麼？是想揚名或身敗名裂？」有的說：「識時務者為俊傑，別人都不敢闖，你就有能耐？」有個朋友鄭重說：「算了吧，安安靜靜多活幾年最實惠，別引火焚身。」可以這樣說，在接觸的人中，90％以上的人持反對意見，家人是這樣表態：「看著吧，最後還是當著三毛錢作廢紙賣，玩玩是可以，來真的不行。」

在困惑中，自己請教一位老前輩，先是提想法，後給他看前言內容，沒等看完，他已是迫不及待表態：「坦率說吧，你選題是有價值，有現實意義，民族和方言確如文學的愛情題材那樣是永恆的金娃娃，問題是，你認錯了門，愛情是雙相的，一方有意另一方無情永遠是單相思的苦果。

　　首先，你的題材與「一統」思想相左，歷代達官貴人為鞏固自己既得利益苦苦發明了「一統」理論來衛護，孫中山也曾說：「我說民族主義就是國族主義。」顯然孫先生意在捍衛「一統」，你卻彈起民族方言的陳詞濫調，要封建權貴者放棄「一統」利益，有誰買你的賬？

　　其次，你誤判了對象，當今的人已是今非昔比，因長期的封建負性文化灌輸，要盧布、要茅臺不要老祖宗已是趨勢，柏拉圖主義已全由享樂主義、私利主義所取代，舉國上下連篇累牘是「舌尖上的中國」、「酒文化」等大作，如果你稍留意，街頭巷尾行人道幾乎是數不清的燒烤攤、啤酒攤充斥，母語存亡、權利濃淡已被人們拋至九霄雲外，「對酒當歌，人生幾何」已成座右銘，有誰還在嘮叨你的「母語經」？

　　再次，你的表述是以感情代替理智，國人傳統是求委婉，忌直率，務虛不求實，反對俚語入文，如說廁所只能說是洗手間、衛生間而不能說是茅坑，皇帝還自稱是寡人，你字裡行間充滿俚俗俚語，缺少「春秋文筆」，捧過來的話硬捧捧的。總是種刺多、栽花少、處處「抹黑」，怎能讓精英和國人鍾情呢？

　　最後，出版商是講究利潤，缺少讀者就是缺少利潤，有誰願為你作嫁？

　　所以說，你認錯了門，有意義有事實不等於有理解有同情，中國不是英國，不能存有海德公園、不能有魔鬼辯護士。這些理由就決定了你作無用功。」

　　前輩肺腑之言和精闢見解令人萬般折服和敬佩，前輩最後補上一句：「我國古今最講究意識形態，尤其是領土、一統、祖訓等屬不可逾越雷池的紅線，這些問題討論困難，如果出現觀念改變，那也是 50 年或百年後的事，也是說，當今國人不買你的賬，到 50 年後民族和方言也許又是蕩然無存，你的見解也被拋進垃圾堆，今天或明天，你都是以失敗而告終」。我倆默默對視，彼此都顯出痛苦無奈的神情。並輕輕歎了一聲。

　　前輩的話句句刺我的心，但自己總沒有找到充分理由否定自己，於是癡心不改，並反躬自問，當今強調一統，實質只有

容我雅語，不許有方言，只有一個聲音，不能有異音，這認識普遍視為公理，能帶來社會進步嗎？這就難讓人接受和信服。

其一，從倫理而言，只要自己認為過得好，並符合理性，就沒有理由強求一統強加於他人，普天下的人都有愛戴自己民族文化，視祖先傳承的髮型、服飾、文字、習俗和語言為神聖不可侵犯的標誌，國人反對講授國際語、反對文字拉丁化，就是典型證例。國際法也有明文將民族文化當成寶貴遺產加以保護，而我們卻反其道而行之，奉行統一語言，這就不符人類倫理。幹嗎要強迫別人只能傳承你的髮型習俗呢？再者，個性和共性相比，個性更富有價值和受人熱捧，幹嘛要剷除個性獨樹共性呢？

其二，就現實而言，推行一統，讓全國一半以上的人們心靈受重創。全國有一半人使用方言和母語，人口在世界排名居第二位，占全球總人口十分之一，僅西南方言就居第六位，次於漢語、西班牙語、英語、斯坦語、阿拉伯語，讓世界這麼多的人失去母語，於情於理都說不過去。

再者，推行一統，加劇強權意識，歷史證明一統和強權是相互依賴相互促進，體制的缺陷又引發社會四大問題和四大絕症，即出現權益受損、道德滑坡、地域文化級差和母語萎縮問題形成，使有腐敗、文化衰微、理論信仰真空和言行分離四大絕症出現，一統依賴強權，強權又靠權術維持，有權術就談不上真理、談不上信仰，缺少這些就使腐朽氾濫，這在前面已探討。

其三，就邏輯而言，家庭、民族、國家都是三個不同層次的社會構件，它們之間的價值應該是等量齊觀，拔高家庭和國家而打壓民族是不符邏輯的。為何只有國家和家庭有價值，民族則毫無價值呢？另一方面，一統思維忽略了這樣事實；即使某群體願意棄俗語從雅語，那麼，有不愛自己母語基因的群體就能有愛國家的基因嗎？能增強凝集力嗎？我們認為，基因是遵從同一律。這裡不愛，那裡同樣也不愛。

其四，一統是既得利益者設下的陷阱；秦朝、清朝、蒙古

帝國、英帝國等都有一統史，其性質應是等量齊觀，不存優劣之別，事實卻是秦始皇被捧為千古一帝，後三者則戴上人類魔鬼帽子；真理和是非也因一統的干預而面目全非，在辛亥革命前，革命黨人稱滿人是「異種異俗」要驅逐，辛亥革命後又改稱是「中華民族一部分」。同理，因一統的需要，民族一詞也被肢解，孫中山說：「我說民族主義就是國族主義」。民族變成國族，民族被架空，老百姓被忽悠，真理被利益強暴，佐證一統僅僅是既得利益者編輯的哄人符號，絕不是耀眼的光環。今天，因一統又稱方言有礙社會交流，有礙社會進步云云，奇怪是，印度有 1652 種語言，22 種官方語言，為何印度卻沒有「有礙」提法呢？印度能把英語列為官方語言，而我們的路標附上英文都受評擊，這種差異能說明什麼？「有礙」豈不是為利益泡制的名詞嗎？

由上可知，視一統為公理，於理、於情、於事實都不著邊，應是老百姓誤判，數千年來達官貴人有意欺哄。一統實是封建者為鞏固自己權力說謊。

國人對一統可稱上是五體投地的崇拜，只要能打勝仗，都有「萬國衣冠拜冕旒」的榮耀感。事實上這是錯覺，前面我們已談很多，這裡僅補充幾句問話即可說明問題；一統意義在那裡？一統能不能抗拒分裂？能不能抵禦亡國？能不能帶來國強民富、安居樂業？答案是否定的；南北朝對峙、五代十國爭雄、元蒙和清入主中原等等，足以證明一統的意義是偽命題，連國外的西班牙也是這樣，僅 16 世紀，西班牙就一統南美洲為拉丁美洲（即西班牙語美洲），一統土地達 1820 萬平方公里，刮走的金銀財寶價值達 15000 億美元之巨，在當時屬天文數字，到今天，1820 萬平方公里土地和 15000 億元不翼而飛，西班牙變成歐洲較窮的國家之一，這些均說明，一統只是一個畫餅，只能耀眼不能實腹。

今天提出民族、方言等問題，旨在追求自尊和愛護人類文化遺產，意識敏感症的「恐懼症」只是杞人憂天。我們認為，世界大多數的國家都能容下民族和方言存在，容允不同聲音，我們作為文明古國大國，更應該有理由走在進步的前面。

第二節 體會與思考

一、體會

通過對母語的探討，我們有如下體會：

其一、陰私和愚昧文化是母語衰微的元兇；當負性文化膨脹時，就有為權力不擇手段往金字塔頂上爬，追求一呼百諾、追求讚頌、容不下相異聲音和不同文化，且出現強凌弱、大吃小；有愚昧就有虛代實、假為真。就有隋煬帝不惜上百萬人生命三征高句麗以圖鎮四夷樹武功；以百姓生命換皇威已是歷代王朝慣用的伎倆。

母語的衰微，是民族和方言被與「隱患」捆綁在一起，使有小人心態強烈；這裡含「隱患」、那裡有「其心必異」，處處草木皆兵．這樣，民族和方言就成了負性文化的犧牲品。出現民族邊緣化、母語萎縮。究其因，是價值觀產生異化，催生負性文化形成，並選擇了自私的遊戲模式，制定維護自私利益的政策和措施；設置框框、定規則、出現左禁右禁、教學要用單語、廣播禁用方言、探討民族和方言問題有雷區、不能與主旋律相左等等，民族方言邊緣化就脫胎哇哇落地，這就是民族邊緣化、母語萎縮的根。絕不是方言本身有礙交流的簡單回答。

要克服民族邊緣化和母語萎縮，絕不是簡單的幾句呵護口號，而是應從人的思想、社會文化、體制、政策和措施等方面下功夫，民族和方言才有望獲得生存和繁榮。

其二、物質是生存的基礎，不是人類需求的花環，不能取代精神和權利的地位，一切將「舌尖上的中國」置於「自由、平等」之上的宣傳作法都是不明智的。

其三、信仰、悟識是修身立國之本；提高群體意識和識別能力是信仰和悟識的基根，也是衛護母語最強音符。母語生存就是靠「愛母語」、「明是非」而實現。

其四、禁母語、限方言絕非是治國良方，也非凝集力良藥，反之，恰恰是損害人類文化遺產的元兇，我們對端午節、重陽節的意義大樹特樹衛護，為何對方言母語又是惶惶恐恐視為「離心離德」而推入冷宮呢？

幾千年來封建統治者總是以自私理念治國，滿以為通過對外彰顯武功、對內愚化和監控，可以達到國強民富、帝業千秋萬代，恰恰相反，數千年中竟有一半以上歲月是外患內亂，民不聊生，自私治國理念應深刻反省。不能為一得一失所迷惑，重在優化內功，以理性治國，朝文明社會發展，才能達到國強民富的目的。

其五、開放務實治國；主要內容是二，一是開放和守舊，一是務實和務虛。

人類思想行為存在守舊和開放兩種，人的認識發展是由低向高，社會的特徵總是不斷變化不斷進步，絕不因施政者的意志所轉移，即常說的條條江河歸大海。守舊只是暫時的。但實行守舊政策或開放政策對社會和個人的影響則截然不同。當持守舊政策時，總有處處維護聖上祖上，並披上國粹或遺產對一切質疑或探討者幾乎全予討伐：

柏楊《醜陋的中國人》一書被批。

黎鳴先生《中國人為什麼這麼蠢》一書被批。

楚漁先生《中國人的思維批判》一書被批。

宋懷常先生《中國人的思維危機》一書被批。

李鴻章、張之洞、史家呂思勉等無數人因犯禁被大批特批，張之洞、康有為等人還被紅衛兵掘墓暴屍。相反，極左派史家楊榮國、文革期梁效寫作班子等竟可橫衝直撞如入無人之地，形成務實受罪，投機取巧永遠是贏家。

於是，擺在我們面前是要效守舊治國或要開放治國？是要禁言或倡進言？「防民之口，甚於防川」是優是劣？是要楊榮國或要呂思勉？「維穩」是不是唯一一條治國方針？

　　務虛代替務實的現象相當常見，國有求形象，不能「抹黑」，家有家風，家醜不能外揚，文章的優劣在於重形式，奉表達、標點符號、入格入體為正宗，忽視文章意義、思想及內容。和發達國家相比較，我國滯後的成分很濃，原因很多，其中務虛是最大的弊病之一，務虛思維不講辨證和革新，國家無法達到優化。是使投機者以「空對空」愚弄百姓而獲私利；國家圖虛名而缺真正繁榮富強。

　　務虛和務實的優劣本是涇謂分明，但令人百思不得其解是；為何務虛這麼氾濫和盛行？是否存在利益驅動？國家追求務虛不務實能否達到國強民富？政治性務虛是要「國粹」，不要優化社會，結果讓國民為「國粹」買單而付出沉重的代價。可以預言；以攻克愛滋病和腫瘤為競賽，若國醫仍循金木水火土理論（五行學說）為引領，那麼，相信有結果回答是是非非。

二、思考

　　在母語和方言這塊園地中，存在的問題很多，要思考的問題更多，為利辨明是非，分清美醜，特提如下幾點讓人們思考：

　　1、社會落後的總根是什麼？是不是負性文化侵蝕？

　　2、為何人類有些當老大的心很濃，而一些民族則不濃？

　　3、為何認識自己身世及母語這麼難？

　　4、南遷說為何獲普遍認同和肯定？

　　5、對自已母語為何冷漠？是母語無用或低俗嗎？

　　6、方言定性有無標準？據能相互交流或據音韻？

三、結束語

　　前面已提我國有幾個世界吉尼斯之最令人著迷，而我們身邊南人在歷史上總是甘當小二受屈、總是不愛自己母語的兩大現象也令人無法平靜。伸頭窗外尋求謎底；對封建權貴者而言，

確是私心太濃了，總想將蛋糕獨吞和爭當老大，對相異者實施大洗腦、大摧殘和大手術。洗腦用南遷說、解除真理信仰、虛榮文化和一統文化作四大洗腦劑；以同化、愚化、窮化為摧殘身心絞肉機；以一統獸性思維為大旗，歷代效不斷征剿、控言控行為大手術內容。對南人而言，經封建權貴者四大洗腦、三大摧殘和剿控手術後，南人的面目已是全非，也沒有識破封建權貴者的權術陰私；再也找不出昔日的楚風越魂巴韻了，而是以追求攀附為自豪，這就是南人當小二和冷漠母語的真諦。

南人母語衰微直接原因是真理信仰危機和母語無用論，而母語危機的直接推手則是「南遷說」扮演；因為沒有真理信仰，南人不存什麼自尊、人格、價值觀和人類文化等概念，認為這些是身外虛無的符號，只有耀眼不能果腹，與南人只求活命不求是非是背道而馳，不值得敬畏。真理沒有了，必然相信權術者彈起「母語無用論」的傳唱，且達到深信無疑。加之權術者為陰私而編織的「南遷說」花環蒙蔽真相，使南人從普通百姓到精英，幾乎不講理、不講事實、更不講人間感情。全深信權術者講姓氏「五百年前是一家」，先祖是「系出山東，廣普江夏」。短短十來年間，母語像雪崩般垮塌，在億萬人之中竟罕見有人戀念、同情和異議，母語得不到一句公正話的聲援，仿佛個個都是看不見、聽不到。我們的精英遠遠躲起來了，更甚者還為自己私利充當衛道士評擊公正話是叛道離經，這就是當今母語衰微最權威的直白。

探討母語盛衰，讓人心酸和不安是極左者「陰私本位制」，為了自己多分一點點蛋糕，全不講真理、事實和現實，以自己陰私內容作標準，推行「順則昌，逆則亡」，以叢林思維和意識敏感症打量一切外界的動靜，使母語聲音一片沉默。

我們無奈提出討論，目的是為討回真理，糾正誤區，呵護文化。希望每個有良知的人能蕩除商鞅思維，多思考多寬容，樹起愛民族、愛方言的信仰，社會才能進步，民族文化和母語才有望與世長存，國家也得益共存共榮而達國富民樂，這也是我們的寄望。

　　民族文化和母語即將瀕亡，在瀕亡之前我們有何感觸？說那些訣別話？瀕亡是幸事或是撼事？這將是每個良知和富熱血的人沉重的思考。

　　古語云：國之興亡，匹夫有責。當今有母語存亡，也該是匹夫有任。已是國強民富了，卻有厭棄鄉音，揚棄母語，如何有臉面對江東父老和列祖列宗？享富強而失去珍貴的母語徽章，人格崩了一大半，孰是孰非？人生價值何在？

主要參考書目

春秋・佚名著；張玲譯，《尚書》（珠海出版社，2003）

春秋・左丘明，《左氏春秋》（中國文史出版社，2003）

戰國・荀子著；潘嘉卓注，《荀子》（廣州出版社，2001）

西漢・司馬遷，《史記》（岳楚書社，1988）

東漢・班固，《漢書》（岳楚書社，1996）

劉宋・范曄，《後漢書》（中州古籍出版社，1996）

西晉・陳壽，《三國志》（時代文藝出版社，2001）

唐・令狐德棻，《周書》（中華書局，1971）

北宋・司馬光，《資治通鑑》（團結出版社，1997）

清・張廷玉，《明史》（中華書局，1977）

趙爾巽，《清史稿》（中華書局，1977）

顧祖禹，《讀史方輿紀要》（中華書局，1954）

范文瀾，《中國通史簡編》（人民出版社，1965）

陳安仁，《中華民族抗戰史》（商務印書館，1944）

David H. Zook Jr.、 Robin Higham 著；軍事學院外國軍事研究部譯，《簡明戰爭史（中譯本）》（商務印書館，1982）

D.G.E.霍爾（英）；中山大學東南亞歷史研究所譯，《東南亞史》（商務印書館，1982）

瓊賽（泰）著；廈門大學外文系翻譯小組譯，《老撾史》（福建人民出版社，1974）

海斯（美）著；中央民族學院研究室譯，《世界史》（三聯書店，1975）

周一良，《世界通史》（人民出版社，1962）

舒新城、陳望道、夏征農編，〈歷史分冊〉，《辭海》（上海辭書出版社，1982）

張舜徽，《中國史學名著題解》（中國青年出版社，1984）

黃現璠，《廣西僮族簡史》（廣西人民出版社，1957）

黃臧蘇，《廣西僮族的歷史與現狀》（民族出版社，1957）

張聲震，《壯族通史》（民族出版社，1997）

黃現璠等，《壯族通史》（廣西民族出版社，1988）

編寫祖，《壯族簡史》（廣西人民出版社，1980）

編寫組，《傣族》（民族出版社，1984）

編寫組，《黎族簡史》（廣東人民出版社，1982）

編寫組，《布依族簡史》（貴州人民出版社 1984）

編寫組，《回族簡史》（寧夏人民出版社，1978）

舒新城、陳望道、夏征農編，〈民族分冊〉，《辭海》（上海辭書出版社，1982）

徐松石，《徐松石民族學文集》（廣西師範大學出版社，2005）

列寧（俄）著；張企譯，《關於民族問題的批評意見》（外文出版社，1955）

林惠祥，《中國民族史》（商務印書館，1936）

開封師院資料室，《中國民族地理資料選輯》（商務印書館，1959）

黃光學，《中國的民族識別》（民族出版社，2005）

21 世紀研究會（日）著；冷茹冰譯，《民族的世界地圖》（國際文化出版公司，2004）

趙延年，《世界民族概論》（中央民族出版社，1993）

梁廷楠，《南越五主傳》（廣東人民出版社，1982）

黃淼章，《南越國》（廣東人民出版社，2004）

百越史研究會，《百越民族史論集》（中國社會科學出版社，1982）

范宏貴、顧有識，《壯族論稿》（廣西人民出版社，1989）

謝啟晃，《嶺外壯族匯》（廣西民族出版社，1989）

廣西省統戰部，《廣西兄弟民族概況（內部稿）》（廣西省統戰部，1950）

莫乃群，《廣西地方簡史》（廣西區政協印，1978）

黃德俊，《桂西文史錄》（廣西民族出版社，1995）

於琜，《廣西歷史文化》（廣西人民出版社，2013）

莫乃群，《廣西歷史人物傳》（廣西人民出版社，1989）

楊東甫，《筆記野史中的廣西》（廣西師範大字出版社，2012）

鄭超雄，《土州土治——土司制度面面觀》（廣西人民出版社，2009）

覃桂清，《廣西忻城土司史話》（廣西民族出版社，1990

李甫春，《中國少數民族地區商品經濟研究》（民族出版社，1986）

陳傑，《考古百問》（上海古籍出版社，2002）

張昌倬，《中國 100 處考古發現》（廣西人民出版社，1998）

黃勇，《考古文博》（延邊大學出版社）

屈小強，《三星伴明月．古蜀文明探源》（四川教育出版社，1996）

劉振東，《客死他鄉的國王．南越王陵揭秘》（四川教育出版社，1996）

廣西區博物館，《廣西貴縣羅泊灣漢墓》（文物出版社，1988）

葛兆光，《古代中國文化講義》（復旦大學出版社，2012）

曹伯韓，《國學常識》（當代世界出版社，2013）

向仍旦，《中國古代文化知識》（知識出版社，1983）

崔適，《史記探源》（中華書局，1993）

陳正祥，《廣西地理》（三聯書店，1946）

羅昭祥，《廣西地理大發現》（中國審計出版社，1998）

高名凱，《語言學概論》（中華書局，1979）

鄧曉華，《中國的語言及方言的分類》（中華書局，2009）

歐陽覺亞，《黎語簡志》（民族出版社，1980）

袁義達，《中國姓氏三百大姓》（華東師範大學出版社，2007）

谷口房南（日）、白耀天，《壯族土官族譜集成》（廣西民族出版社，1998）

白耀天，《儂智高：歷史的幸運兒與棄兒》（民族出版社，2006）

范宏貴，《同根生的民族——壯泰各族淵源與文化》（民族出版

社，2007）

杜若甫，《中國人群體遺傳學》（科學出版社，2004）

李富強，《壯族體質人類學研究》（廣西人民出版社，1993）

姜濤，《人口史話》（社會科學文獻出版社，2000）

孟德斯鳩著；張雁澤譯，《論法的精神》（商務印書館，1997》

盧梭著；何兆武譯，《社會契約論》（商務印書館，1996）

州長治主編，《西方四大政治名著》（天津人民出版社，1998）

巴發中編，《權力紛爭的誘惑》（中央黨校出版社，1998）

丁冬江編，《自由理性的追求》（中央黨校出版社，1998）

張國珍，《善與惡的角逐 -- 倫理卷》（中央黨校出版社，1998）

梁海明，《韓非子》（山西古籍出版社，1999）

康有為，《大同書》（內蒙古人民出版社，2005）

嚴家其，《首腦論》（上海人民出版社，1986）

楊向奎，《大一統與儒家思想》（北京人民出版社，2011）

孫文，《孫中山選集》（人民出版社，1966）

羅筠筠，《法勢、權術、君道》（廣西教育出版社，1995）

賀雄飛，《猶太人超凡智慧揭秘》（華玲出版社，1995）

張賀福，《猶太民族不滅之謎》（解放軍文藝出版社，1994）

王為民，（德意志強悍之謎》（解放軍出版社，1994）

蕭平，《辛亥革命烈士詩文選》（中華書局，1981）

鄒容，《革命軍》（華夏出版社，2002）

陳天華，《猛回頭》（華夏出版社，2002.）

嘉榮，《今日的蘇聯是各族人民的監獄》（人民出版社，1978）

國家圖書館出版品預行編目資料

母語衰微與問題研究 / 覃紹則、馬麗紅著
--初版-- 臺北市：蘭臺出版社：2020.5
ISBN：978-986-5633-89-9（平裝）

1.漢語方言 2.臺灣文學史 3.母語

802.5   108019595

小學研究3

母語衰微與問題研究

作　　者：覃紹則、馬麗紅
編　　輯：楊容容、塗宇樵
美　　編：塗宇樵
封面設計：塗宇樵
出 版 者：蘭臺出版社
發　　行：蘭臺出版社
地　　址：臺北市中正區重慶南路1段121號8樓之14
電　　話：(02)2331-1675或(02)2331-1691
傳　　真：(02)2382-6225
E—MAIL：books5w@gmail.com或books5w@yahoo.com.tw
網路書店：http://5w.com.tw/
　　　　　https://www.pcstore.com.tw/yesbooks/
　　　　　https://shopee.tw/books5w
　　　　　博客來網路書店、博客思網路書店
　　　　　三民書局、金石堂書店
總 經 銷：聯合發行股份有限公司
電　　話：(02) 2917-8022　　傳 真：(02) 2915-7212
劃撥戶名：蘭臺出版社 帳號：18995335
香港代理：香港聯合零售有限公司
電　　話：(852)2150-2100　　傳 真：(852)2356-0735
出版日期：2020年5月 初版
定　　價：新臺幣580元整（平裝）
ISBN：978-986-5633-89-9